中國現當代
文學論爭中的
理論問題

錢中文、劉方喜、
吳子林——著

# 目　次

# 第一章　自律與他律

## ──20 世紀 30 年代中期前文學觀念之爭

　　中國的文學理論作為一門十分年輕的學科,起步比較晚。近一百多年,是中國文學理論走向現代化的時代,不斷地加深認識、建設的時代,但作為學科的建設,卻經歷了十分曲折的道路。在這一曲折的過程中,有過自由探索文學觀念的階段,出現過多元的文學思想並存、爭鳴的階段,同時也有過力圖一統文學觀念的階段,被政黨、行政力量進行嚴格規定以至對持不同文學觀念者進行大規模清剿的階段,到當今復歸於多元表述的階段。

　　文學觀念的不同探討、表述、論爭,從主導方面看,實際上是在現代歷史精神的追求中進行的。近、現代歷史追求的意向,就是一種反對封建等級、專制殘暴、落後愚昧的現代意識精神,它通過對科學、民主、平等、自由、理性、人道、法制、權利的普遍肯定,實施與完善,體現為一種不斷走向科學、進步的理性精神與啟蒙精神,一種高度發展的科學精神與人文精神。

　　一百多年來,文學觀念的演變,正是在現代性的策動下進行的。現代性固然表現為一種普遍原則,但是在不同時代其內涵不盡一致,同時在不同集團、不同個人那裡,表現又各有差別,以致出現了多種文學觀念。但是文學觀念的主導旋律,則是啟蒙與救亡。

　　百多年來文學觀念的現代化進程,大致可以分為幾個時期。

　　一、1840 年前後的萌發狀態,文學觀念開始脫離千年傳統而表現了其新的時代意向。但就其形式而論,文學理論仍是原有的傳統詩論;詩論話語也是傳統的話語。

　　二、19 世紀末、20 世紀初,既出現了從傳統詩論轉向現代文論短暫的過渡期,又出現了文學觀念現代化的首演。這種結合,在梁啟超、王國維身上都得到了充分的表現。梁、王二人,既是傳統詩論的繼承者,又是現代文論的開創人。梁啟超的文論,既有傳統詩論,同時又發揚了傳統中的政治教

化精神，與引進過來的西方文學觀念相結合，直接以啟蒙與救亡為導向，顯示了其強烈的現代性特徵，於是過去詩論中那些經常使用的概念，現今被適應當代生活需求的文學觀念所替代了。王國維也是如此，他既吸收了西方美學思想的極為高妙的詩論，同時也引進了當時正在逐漸走向主導的西方文學觀念，從而又從另一個方面，極大地改造了中國原有文學的觀念。此外還出現了符合文學自身特徵，但是由於與啟蒙與救亡有一定距離，而後來常常受到主導文學觀念的擠兌與打擊的現代性文學觀念，不過一旦時過境遷，卻顯示了其無限的生命力。可以這樣說，這時期的文學理論，無論從內容到形式，都是從傳統向現代的躍進，體現了文學理論現代性的重大轉折。

在這過程中間，文學理論的話語急劇地現代化了，隨著觀念的根本性轉變，於是舊有的詩論一改而為現代文論，隨想、感悟式的文字，一變而為分析的、邏輯的論說性文字。原有的一套理論話語，一變而為現代文論話語，當然，實際上大部分是從西方引進的文學理論話語。

三、「五四」文學革命和文學轉型時期，創建了真正意義上的現代新文學，文學觀念顯示了現代性的突進。但是，新文學的突進運動，由於存在著相當程度的激進情緒，而使得正在發展起來的文學理論現代性，受到一定程度的遏制。而 30 年代革命文學、無產階級文學的大辯論，使文學公開轉向政治化，認為文學藝術本身就是政治的一定形式。

四、隨後近 40 多年間，文學觀念現代性的激變與分化，出現了將外國的文學觀與傳統的政教精神合而為一的過程，並被一定時期的社會勢力將傳統文學的政治教化作用發展到了極端，強加給了文學不堪忍受的生命之重，以致嚴重地脫離了它自身的軌道，阻礙了它自身的發展，顯示了現代性的曲折軌跡，最後發展到了現代性的崩潰與反現代性。

五、20 世紀 70 年代末以後文學觀念現代性的多元發展趨向，成了主導趨向。

文學觀念現代性的發展，自然也應包括文學語言的現代性的演變，這是文學觀念現代性的應有之義。

本章主要討論 20 世紀 30 年代中期前中國現代文學觀念的演變。

## 第一節 現代性的反思、批判與文學觀念的現代化需求

文學觀念的變革從來是先由內因造成的，雖然這動因有時十分隱蔽。

文學作為文學，是由文學作品的流傳與接受而獲得生命。唐宋以前的文學，包括那些偉大作家的作品，固然為我們留下了不少千古絕唱。白居易的詩歌據說平民老嫗都能背誦，佛教的寶卷的宣唱，產生了文學的新形式，贏得了低層廣大的聽眾，但那些詩人們的詩作，主要還是在士大夫之間傳播，文學的主流是朝廷、士大夫們專有的詩文，流傳於民間的作品不算很多。到了宋代，詞的興盛向民間有所靠攏，勾欄瓦舍的演唱、娛樂，不管怎麼說，使文學走向了市民與下層，接受面較為寬廣。元、明、清時期的戲曲演出日益增多、改用白話寫的小說得到長足的發展，使它們擁有眾多的普通百姓與識文斷字的市民。雖然詩文仍然被奉為文學的正宗，但它們同過去一樣，只限於在宮廷、官僚、文人中間流行。隨著城市的繁榮與變遷，小說、戲曲的數量日益增多，這些廣為流行的文學樣式，形成了足以與詩文相抗衡的真正的文學潮流而激動於民間。

現代性的反思與批判是互為依存的，它們都指向傳統文化中的保守、落後的一面。現代性的文化反思與批判，引起了審美現代性的演變，新的審美話語的產生，文學文體的新生，新的文學觀念的形成。

早在 1840 年以前，有識見的中國文人就已看到清王朝由盛世而轉向國運衰微和「衰世」的來臨，他們懷著一種憂國憂民的意識，奮力著述，痛陳社會弊端，要求改革政治。及至 1840 年之後，中國訂下了不少喪權辱國的城下之盟，喚醒了不少有識之士的自救圖強的願望，而把目光注向西方。人們介紹並學習西方的科學技術、聲光、電化、重學、開辦鐵路、發展礦務實業等，同時也要求政治、體制的改革；隨著中西文化交流的日益增多，外出文化考察與西方文化的輸入，使得人們開始對世界整體局面有所瞭解和認識。各種社會勢力的鬥爭與權力的爭奪，發展到極其殘酷的地步。

梁啟超在《清代學術概論》裡講到：

「鴉片戰役」以後，志士扼腕切齒，引為大辱奇戚，思所以自濔拔；經世致用觀念之復活，炎炎不可抑。又海禁既開，所謂「西學」者逐漸輸入；始則工藝，次則政制。學者若生息於漆室之中，不知室外更何所有；忽穴一牖外窺，則粲然者皆昔所未賭也；還顧室中，則皆沉黑積穢；於是對外求索之欲日熾，對內厭棄之情日烈。欲破壁以自拔於此黑暗，不得不先對於舊政治而始奮鬥；於是以極幼稚之「西學」知識與清初啟蒙期所謂「經世之學」相結合；別樹一幟，向於正統派公然舉叛旗矣。[1]

這裡十分生動地描述了一批有所覺悟的士大夫階層人物，見到外面世界的開化與進步後所持的清醒態度。開啟民智、救亡圖存那種深沉的憂患意識，正是中國近代這一階段現代性的主要內涵。19 世紀末的維新派的文學革新運動所導致的文學觀念的更新，是由 19 世紀 40 年代前後詩文評的思想內在的變化所準備了的，文學自身的發展，已積聚了變革的深刻的動因，同時由於中西文化與文學的交流與碰撞，也就進一步促成了這一時期中國文學觀念和文學深刻的變化。

在雜文學的時代，中國的政治家、思想家、文學家往往是一身而兼任的。因此，他們的政治主張常常包含了他們的文學觀念，他們的文學觀念也常常表達了他們的政治理念因素。龔自珍宣導的「尊情」說，表達了對家國不振的憂患之情。魏源則提出文外無道、文外無治、文外無學、文外無教，強調的是文與詩的治國教化功能。相同的意思黃遵憲在《人境廬詩草》自序中也說過：「詩之外有事，詩之中有人」[2]。王韜廣泛接觸西學，改革之願望自然強烈，在文學方面，他反對模仿前人，提倡「自抒胸臆」，要表述詩人面向殘破家園的憤鬱之情。他針對桐城派的詩文說：「余不能詩，而詩亦不盡與古合；正惟不於古合，而我性情乃足以自見。」今之所謂詩人，「宗唐祧宋

---

[1]　《梁啟超文選》下，中國廣播電視出版社，1992 年，第 246-247 頁。

[2]　黃遵憲：《自序》，見《人境廬詩草箋注》，古典文學出版社，1957 年，第 1 頁。

以為高，摹杜範韓以為能，而於己之性情無有也，是則雖多奚為？」[3]嚴復接觸的西學面甚廣、甚深，熱望科學、民主，用西學實用的目光，反對八股，痛陳弊端，批判過去的文化、政教典籍。在 1895 年，直接提出在此「救亡危急之秋」，就中土學術的使用價值來說，「曰：無用」。在《詩廬說》中說：「詩者，兩間至無用之物也。饑者得之不可以為飽，寒者挾之不足以為溫，國之弱者不以詩強，世之亂者不以詩治。」「詩之所以獨貴者，非以其無所可用也耶？無所可用者，不可使有用，用之失其真甚焉。」他對當時詞章的評價，極為激烈，認為詞章與經濟殊科，詞章不妨放達，故雖及蜃樓海市，恍惚迷離，但足可「移情遣意」，「得之為至娛，而無暇外慕」，所以「非真無用也，凡此皆富強而後物富民康，以為怡情遣日之用，而非今日救弱救貧之切用也」，但一旦賦予其「事功」，則「淫遁詖邪生於其心，害於其政矣。苟且粉飾，出乎其政，害於其事矣。而中土不幸，其學最尚詞章」[4]。其「用」與「不用」之說，是很有見地的。

就是過去被視為保守落後的、反對變革的一批人士，也感覺著世道之變，不可避免地在他們的文學主張中顯示出變化來，如桐城派諸人。

同時文字語言的改革也提上了日程，文學話語的更新，必然組成文學現代性體現的重要部分。黃遵憲作為維新改革派的人物，在宣導詩歌語言改革方面，十分著力。早在 19 世紀 60 年代末，就反對崇古因襲，提出了詩歌因時代而變的改革的主張：

> 我手寫吾口，古豈能拘牽？即今流俗語，我若登簡編；五千年後人，驚為古闌班。[5]

---

[3]　王韜：《蘅花館詩錄自序》，《弢園文錄》外編卷七，中華書局。

[4]　嚴復：《救亡決論》，《直報》天津，1895 年，5 月 1-11 日。見《嚴復卷》，河北教育出版社，1996 年，第 557 頁。

[5]　黃遵憲：《雜感》，見《人境廬詩草箋注》，古典文學出版社，1957 年，第 15-16 頁。

他主張文字與語言的合一，以減少閱讀的困難。從時代的變遷出發，他說「今之世異於古，今之人亦何必與古人同？」談及語言與文字關係時，他說：「言有萬變而文止一種，則語言與文字離矣。」然而離則如何？

> 蓋語言與文字離，則通文者少，語言與文字合，則通文者多，其勢然也。
>
> 周、秦以下，文體屢變，逮夫近世，章疏移檄，告諭批判，明白曉暢，務期達意，其文體絕為古人所無。若小說家言，更有直用方言以筆之於書者，則語言文字幾幾乎復合矣……欲令天下之農工商賈婦女幼稚皆能通文字之用，其不得不於此求一簡易之法哉！[6]

在要求語言與文字合一以適應現代化的需求，趨向口語，大概表現的最為明白的了。這樣就出現了審美現代性與漢語現代性的交叉問題。

19 世紀後半期，一面是西學東漸，一面是走出國門，這導致中西文化的相當廣泛的交流與瞭解，包括對外國文學的認識。開始有了外國文學的翻譯。其中有通曉法文的陳季同，不僅將中國的一些劇作翻譯出去，用法語寫作介紹中國文化，同時對於外國文學特別是法國文學的瞭解也十分深入，並有獨到的見解，提出中國文學要介紹出去，外國文學要翻譯過來，形成一種當時聞所未聞的「世界的文學」觀，我們在後面還將談及。

政治、文化的翻天覆地的變化、海禁的打開、外國文明的輸入、自救圖強的強烈願望，引起了整個思想界的深刻反思、批判與更新的要求。到了 19 世紀末，終於形成了文學文體現代化的一次首演。首先是小說，然後是戲曲，再後是通俗文藝，成為文學中的主導走向，而把原來的傳統詩文，排擠到了邊緣，形成了其曲折的走向。

---

[6]　黃遵憲：《日本國志學術志二文學》，《中國歷代文論選》第四冊，上海古籍出版社，1982 年，第 117、118 頁。

## 第二節 現代性與文學觀念多元表述與論爭

1897 年，嚴復、夏曾佑在天津《國聞報館附印說部緣起》一文中，縱論古今中外、歷史演化，最後談到「說部之興其入人之深，行世之遠，幾幾出於經史上。而天下之人心風俗，遂不免為說部之所持」。他們認為小說對於西方和日本在開化發達中起到了重大的作用，「且聞歐、美、東瀛，其開化之時，往往得小說之助。」附印說部緣起，目的在於「使民開化。自以為亦愚公之一奮，精衛之一石也」[7]。

戊戌政變之前，康有為、梁啟超主要寄希望於政治變革，為此積極奔走、呼號、上書清帝，採天下之輿論，取萬國之良法，推行新政，明定國是，革舊維新，以救時艱。還在 1897 年，康有為就看到小說在啟發民智方面，有非凡的作用。在《日本書目志》識語中他提到，僅識字之人，有不讀經的，但無有不讀小說者。於是提出：

> 六經不能教，當以小說教之；正史不能入，當以小說入之；語錄不能喻，當以小說喻之；律例不能治，當以小說治之……今中國識字人寡，深通文學之人尤寡，經義史故，亟宜譯小說而講通之。泰西尤隆小說學哉！[8]

1898 年，維新改革遭到了反動封建勢力的鎮壓，康有為不得不流亡日本。1900 年，康有為得知友人欲效梁啟超撰寫以戊戌變法為題材的小說時，贈以一詩《聞菽園居士欲為政變說部詩以速之》，講述了他過去在上海書肆的考察情況，瞭解到書肆銷售情況：書經不如八股，八股不如小說，小說通於

---

[7] 原載天津《國聞報》光緒 23 年（1897 年）10 月 16 日至 11 月 18 日。
[8] 康有為：《日本書目志》，見《康南海先生遺著彙刊》（十一），臺灣宏業書局，1976 年，第 734 頁。

俚俗，讀者最多。康有為在贈詩中談到小說發展的勢頭，以為小說發展之盛，足以與六經爭衡：

> 我遊上海考書肆，群書何者銷流多？經書不如八股盛，八股無如小說何……方今大地此學盛，欲爭六藝為七岑。[9]

說今天小說的地位已大大增高，可與六經爭衡而並列為七。嚴復、陶佑曾、康有為等人，極大地提高了小說這種文體在文學中地位，使小說堂堂正正地成了文學的主潮。同時在儒家的「文以載道」、「經世致用」之說的理論基礎上，竟認為小說可以與六經平行，替代正史、語錄、律例了。

梁啟超在文學話語、文體現代化進程中無疑起著重大的作用。早在 19 世紀末的最後幾年，就力主改革舊文體，嚴厲批判八股文體，反對言文分離，繼黃遵憲等人之後，進一步宣導言文一致的「新文體」。1897 年他任職湖南時務學堂時，在堂約中就提出要做「覺世之文」。對於覺世之文則要求「辭達而已矣！當以條理細備、詞筆銳達為上，不必求工也」。他通過編辦報紙、編輯寫作的實踐，創造了一種通俗易懂的報章「新文體」，而風靡中國報界、學界。後來他自己概述這一經歷時說，為文：

> 務為平易暢達，時雜以俚語韻語及外國語法，縱筆所至不檢束；學者競效之，號新文體；老輩則痛恨，詆為野狐；然其文條理明晰，筆鋒常帶感情，對於讀者，別有一種魔力焉。[10]

梁啟超的宣導與身體力行，使得半文不白的「新文體」推行開來，作為向白話文的過渡，有力地推動了文學的白話化運動。

---

9　《南海先生詩集》卷五《大庇閣詩集》，商務印書館民國三十年版（崔斯哲手寫）。

10　梁啟超：《清代學術概論》，《梁啟超文選》下，中國廣播電視出版社，1992 年，第 252 頁。

　　在《變法通議》的《論幼學第五‧說部書》（1896 年）裡，梁啟超就談及書經不如八股、八股不如小說的閱讀情況，即康有為在上海書肆所做的考察。同時宣傳日本之變法，多賴小說、俚歌之力。1898 年戊戌變法失敗，出走日本，辦《清議報》，本著小說可以為政治改革服務的目的，著手翻譯早已過時的日人政治小說《佳人奇遇》，並親自作序，即《譯印政治小說序》一文，著力提倡政治小說。在這篇序文裡，梁啟超引用了康有為在《日本書目志》中所談及的小說的作用與讀者閱讀之傾向，強調了政治小說在影響普通百姓精神中的作用，並同意外國學者把小說視為國民之靈魂。他說：

> 在昔歐洲各國變革之始，其魁儒碩學，仁人志士，往往以其身之經歷，及胸中所懷，政治之議論，一寄之於小說。於是彼中綴學之子，黌塾之暇，手之口之，下而兵丁、而市儈、而農氓、而工匠、而車夫馬卒、而婦女、而童孺，靡不手之口之。往往每一書出，而全國之議論為之一變。彼美、英、德、法、奧、意、日本各國政界之日進，則政治小說為功最高焉。[11]

他在這篇序文中，對中國傳統小說做了評說：認為中土小說，佳制蓋鮮，「述英雄則規劃《水滸》，道男女則步武《紅樓》，綜其大較，不出誨盜誨淫兩端，陳陳相因，塗塗遞附，故大方之家，每不屑道焉。」

　　接著，梁啟超在他 1902 年創辦的《新小說》創刊號上發表了《論小說與群治之關係》一文。此文一開始就把過去說的兵丁、販夫走卒、農氓工匠，統統視為「一國之民」，認為「欲新一國之民，不可不先新一國之小說。故欲新道德必新小說，欲新宗教必新小說，欲新政治必新小說，欲新風俗必新小說，欲新學藝必新小說，乃至欲新人心，欲新人格，必新小說。何以故？小說有不可思議之力支配人道故。」這小說之不可思議的支配人道之力，就在於小說「常導人遊於他境界，而變換起常觸常受之空氣者也」；能寫盡人

---

[11]　梁啟超：《譯印政治小說序》，原載《清議報》第一冊，光緒二十四年（1898 年）十一月十一日刊。

間喜、怒、哀、樂,「故曰小說為文學之最上乘也」。常可導人於他境者,「理想派小說尚焉」;寫盡喜、怒、哀、樂的,「則寫實派小說尚焉」。而其可以支配人道之四大作用,即薰、浸、刺、提等,它們觸及人心,改造人道。薰,即在不知不覺中受到影響;浸,入而與之俱化;如果這兩者對感受者在不覺中發生,則刺,使感受者驟覺,起異感而不能自製;而提,在於前三者是自外而灌之使入,則現在自內脫之使出。小說既有如此偉力,所以在梁啟超看來,「中國群治腐敗之總根源,可以識矣」。「吾中國人狀元宰相之思想何自來乎?小說也。吾中國才子佳人之思想何自來乎?小說也。吾中國人妖巫狐鬼之思想何自來乎?小說也。」隨後梁啟超把中國社會上盛行的迷信相命,卜筮祈禳,風水械鬥,迎神賽會,輕棄信義,權謀詭詐,苛刻涼薄,輕薄無行,沉溺聲色,綣戀床笫,纏綿歌泣於春花秋月,使一些人惟多情多感多愁多病為一大事業,或幫會門派,巧取豪奪,傷風敗俗,陷溺人群等等社會現象,都統統算到了小說身上。所以最後提出:「故今日欲改良群治,必自小說界革命始;欲新民,必自新小說始。」[12]

　　幾乎與此同時,梁啟超提出了「詩界革命」說,「文界革命」說,要求改革舊文學,建立新文學。他與康有為都很推崇黃遵憲的詩作。

　　梁啟超的小說論,主要看到了這一文體的通俗易懂的特徵,易為「國民」所接受,且有薰浸刺提等作用,是用以教育「國民」的好材料,初步探索了小說的藝術特徵。為此他為之奔走呼號,是有其進步作用的。這大大提高了小說這種文體的地位,是符合文學自身與社會進步發展的需要的。其次,他提出小說要面對國民,以小說啟蒙國民,提高他們的認識,這是中國文學中的民主精神的進一步表現。幾乎沒有人像他那樣在文學中提出國民、面對國民的問題,這是一個十分有意義的問題和話題。再次,梁啟超的小說論提倡的是一種政治小說,並把這種小說提到最高的地位,這是一種典型的政教型文學觀。他的小說界革命、詩界革命、文界革命都是為他的政治革命或稱社會改良服務的。但是由於他改變了封建社會的政教型文學觀的方向,使之面

---

[12]　梁啟超:《論小說與群治之關係》,原載《新小說》(1902 年)第一卷第一期。

向國民，因此符合當時社會、文學更新的需求，自然是值得肯定的。

　　另一方面，我們如果把前面論及的文學話語、文體更新的要求稍加分析綜合，則不難發現，這種政教型文學觀的偏頗也是自見。

　　一是它賦予小說的社會作用過高、過大了。他把歐美、日本的興起，歸之於政治小說在起作用，是不符事實的，言過其實的，因而表現了其歷史觀的嚴重缺陷。二是他把中國社會的種種弊端都歸之於小說，實在是顛倒了社會生活、制度與文學的關係，使得問題本末倒置了，中國群治之腐敗，豈能歸罪於小說，而不是相反？甚至到了 1915 年談到小說的作用時，還與世風聯繫起來說：「近十年來，社會風習，一落千丈，何一非所謂新小說階之屬？循此橫流，更閱數年，中國殆不陸沉焉不止也」。不見世俗流變的真正的社會原因，這正是改良主義的侷限所在。三是由於只重視政治小說，於是就把政治小說的文體絕對化了，而不能正確對待其他小說類型，如將《水滸傳》、《紅樓夢》視為誨盜誨淫小說的源起，這是十分片面的了。這幾個方面，可以說顯示了梁啟超的文學觀的現代性的兩面性或不徹底性。自然，我們也應看到後期梁啟超的文學觀念的變化與發展。

　　梁啟超的小說理論及其實踐深受西方特別是日本文學思潮的影響，對於中國當時輿論起到了發聵振聾的作用，促成了一場真正的小說革命。從理論方面看，梁啟超啟蒙了不少小說家。這些人在「五四」文學運動前，寫了不少有關小說的論述，或發揮，或補充了他的小說理論。如夏曾佑，如前所說，他先與嚴復合作撰文，宣傳過新小說，並在梁啟超的《論小說與群治之關係》發表之後，於 1903 年發表了《小說原理》一文，一面發揮梁啟超的小說觀，一面有所深入，如指出創作小說的五易五難說：寫小人易，寫君子難；寫小事易，寫大事難；寫貧賤易，寫富貴難；寫真事易，寫家事難；敘實事易，敘議論難[13]等。這確是抓住了小說創作的某些特徵，同時在某種意義上又預示了梁啟超宣傳的政治小說發展中的難處。在 1903 年的《新小說》上，狄葆賢發表了《論文學上小說之位置》一文，就梁啟超提出的小說的二德（指

---

[13]　夏曾佑：《小說原理》，原載《繡像小說》第三期，見阿英編：《晚清文學叢鈔》，中華書局，1960 年。

梁啟超說的小說能導人遊於他境界，在抒情狀物方面可和盤托出，徹底而發露之）、四力說，進行了補充。認為小說之妙諦還在於「對待之性質」，即簡與繁、古與今、蓄與洩、雅與俗、實與虛等，小說描寫可就這些方面曲盡其妙，並引梁啟超的話，認為小說可以促使俗語文體之流行，此乃文學進步之關鍵。

　　梁啟超的文論，如前所說，有傳統詩論，但是提倡新文學的理論，則是一種真正現代意義上的文論，它所使用的話語，較之傳統詩論，發生了革命性的變革。它所輸入、使用的文論話語，大致有「國民」、「詩界革命」、「小說界革命」、「文界革命」、「新文體」、「新小說」、「寫實派」、「理想派」、「浪漫派」、「情感說」，在後期其他論文中輸入的有「象徵派」、「浪漫境界」、「人生觀」、「想像力」、「幻想」、「求真美」、「文學的本質和作用」等，此外還有與傳統文論有著聯繫的「薰、浸、刺、提」、「境界」、「趣味」等，構成一種新型的政教型文論話語系統。

　　如果說，梁啟超由政治批判、政治改良而走向學術、創作，而形成了政教型的文學觀，那麼稍後的王國維則是從哲學、學術批判入手，建立了一種批判政教型文學觀並與之相對峙的文學觀，即形式上的無功利說的文學觀。這一文學觀吸取了當時最新的西方哲學思想，突出了文學的自律性特徵，背離了中國原有傳統的文學觀，顯示了中國 20 世紀文學理論的另一個源頭，另一條發展線索，同時也成為中國 20 世紀文學觀念論爭的起始。

　　先看他的學術思想。王國維青年時期在上海時接觸了德國哲學，十分迷戀康德、叔本華、尼采的思想，並想從事哲學的研究，後來又轉到文學、美學方面的探討的。學術的現代性的反思與批判，使他的思想獲得一種專業性知識。他認為舊時儒家抱殘守缺，無創造之思想，學術停滯；而佛教東傳，啟動了中國思想界，學者見之，如饑者得食，渴者得飲，「擔簦訪道者，接武於蔥嶺之道，翻經譯論者，雲集於南北之都，自六朝至於唐室，而佛陀之教極千古之盛矣。此為吾國思想受動之時代。然當是時，吾國固有之思想與印度之思想並行而不相化合，至宋儒出而一調和之，此又由受動之時代出而稍帶能動之性質者也。自宋以後以至本朝，思想之停滯略同於兩漢，至今日

而第二之佛教又見告矣，西洋之思想是也」。王國維把當代西學東漸比作過去佛學的傳入，而啟動了中國文化之創造，應該說他的這一見識是十分進步的。他以為過去傳入的西學，多為形而下之學，而少有形而上學。就哲學而論，他說大學裡分科不設哲學，士人談論哲學，視為異端，政治上之騷動，疑為西洋思想所致。王國維看到，國家雖然有別，但知力人人之所同有，宇宙人生之問題，人人之所不得解，唯有通過哲學學術之探索而求解決。因此他批評康有為的著述，「其震人耳目之處，在脫數千年思想之束縛，而易之以西洋已失勢力之迷信，此其學問上之事業不得不與其政治上之企圖同歸於失敗者也。然康氏之於學術非有固有之興味，不過以之政治上之手段」。至於人們讀譚嗣同，「其興味不在此等幼稚之形而上學，而在其政治上的意見。譚氏此書之目的，亦在此而不在彼，固與南海氏同也」。

　　在王國維看來，學術之爭論，只有是非真偽之別，所以應把學術視為目的，而非手段。「故欲學術之發達，必視學術為目的，而不視為手段而後可」；「學術之發達，存於其獨立而已」，所以「一面當破中外之見，而一面毋以為政論之手段」。涉及當時之文學，在他看來，「亦不重文學自己的價值，而唯視為政治教育之手段，與哲學無異」[14]。王國維對於當時學術所做的批判，如學術不能停留在形而下的層面，而應走向形而上的研究，探討人們生存深感困惑的東西；要求學術自主等，都有見地。但是也應看到，他所說的學術必須離開政治，就其舉例來說，實際是指向當時改良派的進步政治的要求，而對於清廷的腐敗政治，卻不置一字，明顯地顯示了其思想保守、落後的一面，潛伏著他後來的死因。他排斥形而下之真，而崇尚形而上之真，也是相當片面的。

　　經過德國哲學、美學的一番洗禮，王國維將其思想融會於中國文學、美學研究，提出了與傳統詩學大相徑庭、與梁啟超的政教型文學觀大異其趣的新的文學、美學觀。在《文學小言》一文中，王國維接受了席勒、康德、叔本華等人的文學、美學的遊戲說：

---

[14]　王國維：《論近年之學術界》，《王國維文學美學論著集》，北嶽文藝出版社，1987年，第 106、109、110 頁。

> 文學者，遊戲的事業也。人之勢力用於生存競爭而有餘，於是發而為
> 遊戲。[15]

在《人間嗜好之研究》一文中，王國維認為「文學美術亦不過成人之精神的遊
戲」[16]。而遊戲非關實利，文學則是「可愛玩而不可利用者」[17]。美在自身，而
不在其外。這種文學美學觀念，毫無疑問，吸取了席勒、康德、叔本華等人的思
想的，強調了文學的審美特性，非關功利性的一面，「遊戲」、「消遣」的一面。

　　王國維的這種文學觀，集中地表現於他的關於屈原、《紅樓夢》的評論
中，並且尤其突出了叔本華的美學思想。王國維提出文學是表現人生的，他
說，「詩歌者，描寫人生者也」；或是「描寫自然及人生」；再進一步，

> 詩之為道，既以描寫人生為事，而人生者，非孤立之生活，而在家族、
> 國家及社會中之生活也[18]。

在這裡，王國維所謂的「人生」，既是個人的，亦是家庭、社會、國家的，
乃至人性關係，即所謂「夫美術之所寫者，非個人之性質，而人類全體之性
質也」。王國維從叔本華的哲學、美學觀出發，認為人的生活本質不過是一
種「慾」的表現而已。但是生活一旦成為一種慾望表現，則

> 欲之為性無厭，而其原生於不足。不足之狀態，痛苦是也。既償一欲，
> 則此欲以終。然欲之被償者一，而不償者什伯。一欲既終，他欲隨之。
> 故究竟之慰藉，終不可得也。

---

[15]　王國維：《文學小言》，《王國維文學美學論著集》，北嶽文藝出版社，1987 年，
　　第 24 頁。

[16]　王國維：《人間嗜好之研究》，《王國維文學美學論著集》，北嶽文藝出版社，第 45 頁。

[17]　王國維：《古雅在美學上之位置》，《王國維文學美學論著集》，北嶽文藝出版社，
　　1987 年，第 37 頁。

[18]　王國維：《屈子文學之精神》，《王國維文學美學論集》，北嶽文藝出版社，1987
　　年，第 31 頁。

即使各種慾望得到滿足，到時又會萌生倦厭之心。

> 於是吾人自己之生活，若負之而不勝其重。故人生者，如鐘錶之擺，實往復於痛苦與倦厭之間者也。

人們即使獲得快樂，也會愈感痛苦之深。

> 人生之痛苦，既無以逾於生活，而生活之性質，又不外乎痛苦，故欲與生活，與痛苦，三者一而已矣。[19]

這樣，我們看到，王國維所說的人生、生活，實為人之不能滿足之慾望，而不能滿足的慾望產生痛苦。生活、慾望、痛苦，三者互通，無從超越，構成生之悲劇。文學何為？王國維認為，文學在於表現這種生活、慾望、痛苦，而且還在於解脫這種痛苦，使人從悲劇中解脫出來。他說：

> 吾人之知識與實踐之二方面無往而不與生活之欲相關係，即與痛苦相關係。有茲一物焉，使吾人超然於利害之外，而忘物與我之關係。此時也，……物之能使吾人超然於利害之外者，必其物之於吾人無利害關係而後可，易言以明之，必其物非實物而後可。然則，非美術何足以當之乎？

在關於《紅樓夢》的評論中，王國維實際上就文學與生活、人生、國民、政治、歷史等問題和梁啟超爭辯著。王國維認為《紅樓夢》一書，在於表現了一種人生的悲劇，一種厭世解脫的精神，而且十分重要的是，在於它是生活自身的演變。「實示此生活此痛苦由於自造，又示其解脫之道，不可不由自己求知者也」，與悲劇的倫理的「淨化」作用相合，故其解脫是「自律的」。因

---

[19] 王國維：《紅樓夢評論》，《王國維文學美學論著集》，北嶽文藝出版社，1987年，第2頁。

之，《紅樓夢》是「哲學的」、「宇宙的」、「文學的」。王國維引進了叔本華的悲
劇思想，在文學的樣式中，特別推重悲劇，認為悲劇處於文學樣式的最高層。

> 美術之務，在描寫人生之痛苦與其解脫之道而使吾儕馮生之徒，於此
> 桎梏之世界中，離此生活之欲之爭鬥，而得其暫時之平和，此一切美
> 術之目的也。

在這點上，他認為《紅樓夢》較之歌德的《浮士德》，同樣都描寫了人的痛
苦與解脫，故其成就不在其下。他認為在中國文學中，《桃花扇》與《紅樓
夢》都表現了厭世解脫之精神，但在他看來，《桃花扇》之解脫，非真解脫，

> 故《桃花扇》之解脫，他律的也；而《紅樓夢》之解脫，自律的也[20]。

主要是因為《桃花扇》借侯、李之事，寫故國之戚，而非純粹描寫人生為事，
所以是「政治的」、「國民的」、「歷史的」。當然，王國維的「自律」說，實
際上是服從於所謂「厭世」、「解脫」的，以為這才是「人生」，而一旦作品
涉及政治、歷史、國民，就非純粹的人生，是屬於所謂「他律」的了，這當
然是德國美學影響的結果。但是，他首次在文學理論中提出了「自律」與「他
律」的問題，後世圍繞這一文學「自律」與「他律」的關係，竟是自覺或是
不自覺地論爭了一百來年。當然我們應該看到，不同時期的論爭是賦予了「自
律」與「他律」以不同的內涵的。

　　王國維在德國美學思想影響下提出的文學「遊戲說」、悲劇說，觸動了
中國原有的政教型的傳統文學觀，同時和當時改變了方向、服務於政治改良
的政教型文學觀也判然有別，顯示了文學藝術的獨立與自主。他認為文學與
政治應該分開，但是由於過去中國的文學家包括哲學家在內，無不以兼做政
治家為榮，所以往往使他們的創作從屬於政治，詩人文士往往「多託於忠君

---

[20]　王國維：《紅樓夢評論》，《王國維文學美學論著集》，北嶽文藝出版社，1987 年，
　　　第 7、8、10、9 頁。

愛國勸善懲惡之意，以自解免，而純粹美術上之著述，往往受世之迫害而無人為之昭雪者也。此亦中國哲學美術不發達之一原因也」。他認為，這樣哲學家與美學家就「忘其神聖之位置與獨立之價值」，並告誡說：

> 若夫忘哲學美術之神聖，而以為道德政治之手段者，正使其著作無價值者也[21]。

王國維在 20 世紀初就標舉文學、哲學的獨立，表述了它們的自主意識與要求，這在當時確是難能可貴，在學界簡直是空谷足音了。在文學作品的評價上，王國維以叔本華的人生悲劇說作為價值取向，來反對文學的道德、政治評價的傳統說，判定後者無視文學藝術獨立之價值，這種理論自然使人耳目為之一新。因此他關於《紅樓夢》的評價，就與梁啟超的評價迥然不同。當然他的文學觀念，並非無懈可擊，對他的有關人生、慾望、痛苦、解脫之說，我們也不必完全表示同意，像他那樣來理解人生與藝術，也只是部分地合乎文學藝術創作的事實；他把文學與政治、道德絕然分開，也極端片面。同時他所提出的文學的「自律」與「他律」，並以此來區分文學作品品位的高低上下，也多有偏頗。但是就文學觀念的現代性而論，無疑是顯示了當時所能達到的高度的。比如，在西方文學理論中，要求文學研究向內轉，標榜文學的自律，較早的是美國的一位新批評家爵・斯賓根在 1910 年的文章中提出來的，但真正發表有理論見解的，則是俄國形式主義理論家什克洛夫斯基於 1914 年的《語詞的復甦》一文。應該說，王國維的有關文學的自律觀念的論述，比起歐美學者的理論要早整整 10 年。陳寅恪曾著文談及王國維治學有三個方面的貢獻，其中之一是，

> 取外來之觀念，與固有的材料互相參證。凡屬於文藝批評及小說戲曲之作，如紅樓夢評論及宋元戲曲考唐宋大曲考等是也。

---

[21]　王國維：《論哲學家與美術家之天職》，《王國維文學美學論著集》北嶽文藝出版社，1987 年，第 35、36 頁。

又說，這些著作

> 足以轉移一時之風氣，而示來者以軌則。[22]

應當說，這一評價是十分得體的。但是，他的文學內在論與文學遊戲、文學
悲劇觀相結合成的企圖遠離政治、道德的純文學觀，離開洶湧的社會潮流太
遠，更未能觸動、改變他的保守、落後的政治觀，以致當矛盾激化起來，只
好投湖自沉了。

　　新的思想的輸入，使話語發生了變化。如果說梁啟超等人提倡文學革
命，使話語出現了向白話文體的重大轉折，那麼王國維在輸入外國學術思想
中肯定了學術話語更新的必要性。他的《論新學語之輸入》一文，一面提出
了中外思想方式的差別，一面則認為，「言語者，思想之代表也，故新思想
只輸入即新言語輸入之意味也」。當時日本所造譯西語之漢文，曾被大力引
進，好奇者濫用之，泥古者唾棄之，他認為二者皆非。

> 夫普通之文字中，固無事於新奇之語也，至於講一學，治一藝，則非
> 增新語不可。[23]

應該說，這些看法，對於今天來說，仍有其積極意義。我粗略統計，王國維
當時引進並使用了大致如下一些美學、文學術語，其中有的則是他自己創造
的，少量出自對傳統美學觀念的轉化，有：「美學」、「美術」、「藝術」、「純文
學」、「純粹美術」、「藝術之美」、「自然之美」、「優美」、「古雅」、「宏壯」、「美
雅」、「高尚」；「感情」、「想像」、「形式」、「抒情」、「敘事」；「悲劇」、「慾望」、
「遊戲」、「消遣」、「發洩」、「解脫」、「能動」與「受動」、「目的」、「手段」、

---

[22]　陳寅恪：《王靜安先生遺書序》，《陳寅恪史學論文選集》，上海古籍出版社，1992
　　年，第 501 頁。

[23]　王國維：《論新學語之輸入》，《王國維文學美學論著集》，北嶽文藝出版社，1987
　　年，第 112 頁。

「價值」、「獨立之價值」、「他律」、「自律」；「天才」、「超人」、「直觀」、「頓悟」、「創造」；此外還有如「世界」、「自然」、「現象」、「意志」、「人生主觀」、「人生客觀」、「自然主義」、「實踐理性」，以及「境界」、「隔與不隔」等。這些術語，作為強調自律的文學觀念話語系統，竟是流傳至今，成為當代美學、文學理論所經常使用的基本術語，自然，也成了中國現代文論的組成部分。

　　黃人與徐念慈的文學觀大抵界於梁啟超與王國維的文學觀念之間，並與他們進行論爭。他們與梁啟超、王國維不同，都傾向於革命，但都認為梁啟超把文學、小說的作用誇大了。黃人說：「昔之視小說也太輕，而今之視小說又太重也」，使小說成了「國家之法典，宗教之聖經，學校之課本，家庭社會之標準方式」，使國之文明，成了「小說之文明」。小說的影響、作用極大，但小說的實質是「文學之傾於美的方面之一種」，「微論小說，文學之有高格可循者，一屬於審美之情操」[24]。如果小說不屑為美，只在於立誠明善，則不過一無價值之講義，不規則之格言而已。徐念慈在《余之小說觀》一文中，同樣談到過去冬烘學究把小說視為「鴆毒黴菌」，「今近譯籍稗販，所謂風俗改良，國民進化，咸惟小說是賴，又不免譽之失當」。同時該文進一步就「文學與人生」的關係，與梁、王二人論爭，認為：

> 小說固不足生社會，而唯有社會始成小說者也。社會之前途無他，一為勢力之發展，一為慾望之膨脹。小說者，適用此二者之目的，以人生之起居動作，離合悲歡，鋪張其形式，而其精神湛結處，決不能越乎此二者之範。故為小說與人生，不能溝而分之，即謂小說與人生，不能關其偏端，以致僅有事蹟，而失其記載。[25]

---

[24]　黃人：《〈小說林〉發刊詞》，《中國歷代文論選》第 4 冊，上海古籍出版社，1980 年，第 246、247 頁。

[25]　徐念慈（覺我）：《余之小說觀》，阿英編：《晚清文學叢鈔·小說戲曲研究卷》，中華書局，1960 年，第 42-43 頁。

隨後作者討論了著作小說與翻譯小說出版不成比例的問題，小說形式，小說題名，小說趨向，文言小說與白話小說，小說定價等。特別是最後談到今後小說的改良，包括「形式」、「體裁」、「文字」、「旨趣」、「價值」等方面，要符合社會之心理。徐念慈的理論的一個重要特徵，就是他介紹了德國理想美學和感情美學的理論。指出小說藝術特徵，在於一、「滿足吾人之美的慾望，而使無遺憾者也」，圓滿而「合於理性之自然」。二、美之究竟「在具象理想，不在於抽象理想」，「美之究竟，與小說固適合也」。三、能引起「美之快感」。四、「形象性」特徵。五、美的「理想化」[26]特徵等。

應該看到，兩人關於小說的論述，也可看作是對於梁啟超、王國維不同文學思想論爭的介入。它們不同意梁啟超把文學特別是小說的作用看得過重，進行了批評；同時有關小說與人生的關係，也顯然不同於王國維的說法，在生活內涵的闡釋上，與王國維的觀點不盡一致。無疑，黃、徐二人的觀點，較之王國維所說的人生內容要寬闊得多，在這裡王國維完全陷入叔本華的人生的悲劇觀裡了。特別值得一提的是，王徐二人的文學觀觸及了文學藝術的根本特性，即「審美」，同時又認為文學是具有社會功利性的一面的。如果說梁啟超受到日本的啟蒙思想、新民思想的影響而強調文學的社會作用說，王國維從叔本華的美學思想來評論中國的小說，則徐念慈是從黑格爾和感情美學的觀點來解釋小說藝術特徵的，更為符合文學特徵，這在當時是具有較高的學術價值的。但是，有關「形式」、「體裁」等問題，他們未能進一步展開。

在他們的論文裡，也介紹並引進了不少新的術語，如「審美」、「具象理想」、「理想化」、「形象性」、「美之快感」、「形式」、「體裁」、「價值」等，其中一些用語，雖然與梁、王二人的術語互有交叉，但無疑進一步豐富了他們二人的文學理論的話語系統的。其中關於「審美」一語，大概這時是最早使用的。

王鐘麒（天僇生）的小說觀另具特徵，他不同意梁啟超把中國自己的小說貶得一無是處，認為中國小說的作者，「皆賢人君子，窮而在下，有所不能言、不敢言、而又不忍不言者，則姑婉篤詭譎以言之」。指出先人所以作

---

[26]　徐念慈：《〈小說林〉緣起》，阿英編《晚清文學鈔·小說戲曲研究卷》，中華書局，1960 年，第 157、158 頁。

小說，一是：「憤政治之壓制」，寫小說，「以抒其憤」。二是「痛社會之渾濁」，於是在小說中「以寄其憤」，如《紅樓夢》、《儒林外史》等作者，「皆深極哀痛，血透紙背而成者也。其源出於太史公諸傳」。三是「哀婚姻之不自由」。這些觀點，極為深刻地說出了中國優秀小說創作的動因，並且對中國古典小說做了高度的評價。認為把紅摟、水滸看作是誨淫誨盜之作，乃是「不善讀小說之過也」，而後又將改良社會以寫新小說為前驅，此風一開，於是小說氾濫，效果莫可一睹，「此不善作小說之過也」[27]。

此外，那時魯迅不僅翻譯外國小說，而且還研究外國文學思潮。他的論文《摩羅詩力說》，充滿激情地評價、宣傳了外國文學中富於反抗精神的積極浪漫主義思潮。這一思想無疑受到時政和當時國內外文學思潮的巨大影響，以致要使他棄醫從文。但是也正是在這篇論文中，魯迅提出：

> 由純文學上言之，則以一切美學之本質，皆在使觀聽之人，為之興感怡悅。文章為美術之一，質當亦然，與個人暨邦國之存，無所繫屬，實利離盡，究理弗存。

究其原因，文章「益智不如史乘，誠人不如格言，致富不如工商，弋功名不如卒業之券。」接著他引證英國學者的思想，認為人們又樂於觀誦文章，如游大海，神質悉移，元氣體力，為之徒增。所以文章之於人生，其作用決不次於衣食，宮室，宗教，道德。

> 蓋緣人在兩間，必有時自覺以勤劬，有時喪我而惝恍，時必致力於善生，時必並忘其善生之事而入於醇樂，時或活動於現實之區，時或神馳於理想之域；苟致力於其偏，是謂之不具足。嚴冬永留，春氣不至，生其軀殼，死其精魂，其人雖生，而人生之道失。文章不用之用，其

---

27　王鐘麒：《中國歷代小說史論》、《論小說與改良社會之關係》，見阿英編：《晚清文學叢鈔‧小說戲曲研究卷》，中華書局，1960 年，第 35、36、37、38 頁。

在斯乎？涵養人之神思，即文章之職與用也。[28]

十分明顯，魯迅的「純文學」觀，較之王國維的純文學觀是有很大不同的。以「人生」為例，它不是將文學引向王國維的人生悲劇的情結，而是為了涵養人之神思，人之精魂。他所提出的文學的「不用之用」，極具辨證的理論深度。人有物質與精神的兩方面的需求，缺一不可。文學不具實利的功能，不能用以吃喝、穿著，謂之無用或謂不用，但於人的精神涵養不可缺失，謂用與有用。這一觀點，自然也不同於梁啟超的功利主義的文學觀。當然，也要看到，後期的魯迅的文學觀是有所變化的。

文學觀念的現代性，也表現在戲曲方面的革新，並且很為突出。20 世紀初，改良派不僅在張揚小說救國方面身體力行，而且也注意到了戲曲的作用。1904 年，蔣觀雲在《中國之演劇界》一文中說到，外國人認為中國戲劇之演出，有如兒戲，同時有喜劇而無悲劇，而外國則崇尚悲劇，並引拿破崙言，悲劇「能鼓勵人之精神，高尚人之性質，而能使人學為偉大之人物者也」；又說：「夫劇界多悲劇，故能為社會造福，社會所以有慶劇者也；劇界多喜劇，故能為社會種孽，社會所以有慘劇者也」[29]。作者認為戲劇如要有益人心，必以悲劇為主。這種戲劇觀，功利性很強，合乎當時潮流。有人則提出，開智普及之法，首以改良戲本為先；也有探討古代詩樂變遷與戲曲的關係的。

1905 年，三愛（陳獨秀）發表《論戲曲》一文，闡述了戲曲的感化作用，提出了改良戲曲的要求，如要提倡有益於風化的戲，插入可以長人見識的演說，採用新的聲光手法，不演神仙鬼怪之戲，不演淫戲，除去富貴功名之俗套等，這樣，戲院可成為「普天下之大學堂」。這使中國原有的戲劇觀為之一改，向現代化邁進了一大步。更值一提的是，他認為要提高優伶、戲子的地位；認為今之戲曲，即古之樂，古代聖賢皆習音律。「我中國以演戲

---

[28]  魯迅：《摩羅詩力說》，《魯迅全集》第 1 卷，人民文學出版社，1956 年，第 202、203 頁。

[29]  蔣觀雲：《中國之演劇界》，《新民叢報》第三年第十七期，見阿英編：《晚清文學叢鈔‧小說戲曲研究卷》，中華書局，1960 年，第 50、51 頁。

為賤業，不許與常人平等，泰西各國則反是，以優伶與文人學士等同」，而「優伶者，實為普天下之大教師也」[30]。自然，這是一改演員低賤地位的民主的開明思想的表現了。

文學理論的現代性，自應包容通俗文學的崛起的涵義。通俗文學的大量出現，猛烈地衝擊了舊文學觀。

這裡說的通俗文學，是指興起於 20 世紀初的通俗文學。讀者決定文學創作的需求，通俗文學的出現與大規模的流行，是與 20 世紀初中國大城市的迅速發展與廣大市民階層的出現分不開的。處於半殖民地的上海這樣的大城市，實際上是一個國際性的大都會。工商業發達，經營者來自四面八方，帶來了各地的文化因素，但很快地融入了都市生活文化，組成了一個廣泛的市民階層。他們在文化趣味上雖有差異，但在表現城市生活，反映他們的精神需求上卻是一致的。同時由於商品市場的發展，印刷事業的發達，於是就有通俗文學的快速流行。通俗文學的重要特徵，一是它的消遣性、趣味性。消遣性、趣味性，就是娛樂性，所謂「美人顏色，名士文章」，這是當時文人的趣味，也反映了文學的根本特性的一個方面。二是它的商品性，即一開始它就是作為商品交換、金錢買賣的產物。它適應市民的需求，由熟悉城市生活的文人創作，通過發達起來的印刷出版，迅速投放市場，成為商品，行銷各個城市。出現了一批報人、作者，他們看準市民需求，市場行情，努力寫作，憑此獲得稿酬，以敷生活之用。

如前所說，王國維在評論《紅樓夢》時，引入了德國美學中的「遊戲說」，強調藝術創作有如成人過剩的精力發洩，一種精神遊戲，它的非功利性。在中國，這種觀念十分明顯地表現了文學擺脫長時間統治的「文以載道」、「興國大業」的現代趨向，顯示了哲理的形而上性質。

那麼另一種「遊戲說」，早在王國維的《紅樓夢評論》之前好幾年就流行開了。1897 年，李伯元在當年創辦的《遊戲報》的《告白》中，就談到辦報的宗旨是：

---

[30] 三愛：《論戲曲》，《新小說》第二卷第二期，見阿英編：《晚清文學叢鈔‧小說戲曲研究卷》，中華書局，1960 年，第 54、53 頁。

> 以詼諧之筆，寫遊戲之文；遣詞必新，命題皆偶。上自列幫政治，下
> 逮風土人情；問則論辯、傳記、碑誌、歌頌、詩賦、詞曲、演義、小
> 唱之屬，以及楹對、詩鐘、燈虎、酒令之制；人則士農工賈，強弱老
> 幼，遠人逋客，匪徒奸宄，娼優下賤之儔，旁及神仙鬼怪之事，莫不
> 描摹盡致，寓意勸懲。[31]

這種遊戲說，意在娛樂、休閒、消遣，同時寓教於樂、勸善懲惡，明顯地表現了市民需求的功利性及其形而下的一面。

19 世紀下半期，通俗讀物、彈詞長篇、社會言情小說、狹邪小說、探案小說、俠義小說，已相當流行。19 世紀末 20 世紀初，在梁啟超等人的文學革命的鼓吹下，竟是在中國形成了一個小說創作的高潮。小說高潮的掀起，極大地改變了原有的文學觀，使得小說創作成了文學的主潮。其實，梁啟超式的政治小說，由於其理論自身的缺點與創作上的侷限，行之不遠，倒是在這一時候，流行起了譴責小說，隨後是黑幕小說、言情小說，它們進一步被通俗化了。此外還有相當數量的愛國主義詩作刊出。

刊載通俗小說的刊物如雨後春筍，各種題材的小說風行起來，廣為流傳，綿延幾十年，這與當時報業、出版業的急速發展相關。同時從當時的刊物名稱、宗旨看，可以見到市民階層對通俗文學的大量需求與特色。如 1897 年有《遊戲報》，後人譽為「方朔詼諧，淳於嘲謔，實開後來各小報之先聲」[32]，有《海上繁華報》、《笑報》、《消閒報》等；1898 年有《笑笑報》等；1899 年有《通俗報》等，1900 有《奇新報》等；1901 年有《世界繁華報》、《笑林報》等；1902 年有《新小說》、《飛報》等；1903 年有《繡像小說》、《中國白話報》、《花世界》等；1904 年有戲劇月刊《20 世紀大舞臺》等；1905 年有《娛閒日報》等；1906 年有《遊戲世界》、《月月小說》等；1907 年有《小說月報》、《小說林》、《中外小說林》等。1910 年有《小說月報》、《上海白話報》等；1911 年有《婦女時報》等；1913 年則有《遊戲雜誌》、《自

---

[31]　《遊戲報·告白》，見《遊戲報》光緒二十三年（1897 年 6 月 24 日）。
[32]　見《20 世紀中國小說理論資料》第 1 卷，北京大學出版社，1989 年，第 489 頁。

由雜誌》等；1914 年則有《禮拜六》、《小說叢報》、《香豔雜誌》、《上海灘》等；1915 至 1921 年間，則有《小說海》、《婦女雜誌》、《消閒鐘》、《小說新報》、《遊戲新報》、《遊戲世界》[33]等。這些報紙刊載的內容，涉及社會時政、民族主義、科學藝文、歷史演義、神怪野史、傳記逸聞、革命興亡、官場黑幕、探案嬉談、幫會妓院、才子佳人、飛仙劍俠，等等。從這些題材廣泛的小說創作中，供人遊戲、娛樂、休閒已成為小說創作的主導風尚。

在 1913 年的《遊戲雜誌》的創刊號上，創辦人在《序言》中說：

> 不世之勳，一遊戲之事業也，萬國來朝，一遊戲之場也……故作者以遊戲之手段，作此雜誌，讀者亦宜以遊戲之眼光讀此雜誌。[34]

這裡，出版人把遊戲、娛樂與創辦遊戲雜誌和儀式、國事並提，世界不過是遊戲之場，萬事都為遊戲，它們都是不世之勳，這自然是一種玩世、誇張之言了。這裡所針對的讀者群，似乎比較寬泛。1914 年創刊的《禮拜六》，主編王鈍根在其創刊號上的《出版贅言》稱：

> 倦遊歸齋，挑燈展卷，或於良友抵掌評論，或伴愛妻並肩互讀，意興稍闌，則以其餘留於明日讀之。晴曦照窗，花香入坐，一編在手，萬慮都忘，勞瘁一周，安閒此日，不亦快哉！[35]

這裡描繪的讀者，應該都是在城市裡有份體面工作的人，如政府、銀行職員、學校教員，各種別的有較高收入的行當，如商界、企業、交通、郵政的職員。至於一般的普通人，他們哪有禮拜六、禮拜一之分！所以它比較典型地反映了較為上層的市民階層的趣味的。十分明顯，這是一種消閒性的文學觀念，極大地發揮了文學的根本功能中的娛樂、休閒的特徵。十分有意思的是，在

---

[33] 參閱范伯群主編的《中國近現代通俗文學史》，下卷，江蘇教育出版社，2000 年。
[34] 《遊戲雜誌‧序言》，見《遊戲雜誌》創刊號，1913 年 6 月第 1 期。
[35] 《禮拜六‧出版贅言》，見《禮拜六》1914 年 6 月 6 日第 1 期。

為娛樂、消閒的寫作中，王鐘麒倒是看到了在市場經濟下這種文學的侷限方面。他一針見血地說：現在寫書的，

> 不曰：吾若何而後警醒國民？若何而後裨益社會？而曰：吾若何可以投時好？若何可以得重貲？[36]

在這一時期的所謂「新小說」的發展中，外國文學的廣為傳播、中外文學的相互交流與初步的研究，起著極為重要的作用。從當時的「新小說」和外國作品的關係來說，兩者幾乎是同時出現的，外國文學作品的介紹與出版，成了「新小說」創作的一個參照系。鴉片之戰後，中國文人以為中國之失敗，主要在於船堅炮利不如外國，所以努力學習外國的軍事、機械設備。其後發現制度、政治的積弊，於是提倡政治改良運動，在文學成就方面，則仍以老大自居。及至那些在外國做過考察的官員、精通外語的文人，看到了外國還有發達的文化與文學，才認識到了外國文學的長處，於是大力宣傳，進行移譯，並將本國文學與之比較研究。外國文學在中國的傳播與理論上的介紹，這兩個方面，同樣深刻地影響了中國固有的文學觀念。

從近代翻譯作品來看，外國文學從 19 世紀 70 年代就有中譯問世。有的學者將「五四」前的翻譯文學劃為三期，前期從 1870-1894 年，為萌發期；中期從 1895-1906 年，為發展期；後期從 1907-1919 年，為繁盛期，這大體是恰當的[37]。

19 世紀末，梁啟超就曾說過要把譯書作為「強國第一義」。從這種政治觀念出發，於是在 1898 年流亡日本時，翻譯了日本的政治小說《佳人奇遇》。幾乎與此同時，翻譯作品有《巴黎茶花女遺事》、《黑奴籲天錄》、《迦因小傳》、《八十日環遊記》、《月界旅行》、《俄國情史》、《慘世界》、《金銀島》等不斷問世。而且 1906 年前，翻譯作品的數量多於中國作家自行創作的作品。除

---

[36]  王鐘麒：《論小說與改良社會之關係》，見阿英編：《晚清文學叢鈔·小說戲曲卷》，中華書局，1960 年，第 38 頁。

[37]  見郭延禮：《中國近代文學翻譯概論》，湖北教育出版社，1998 年，第 22-43 頁。

了少數人如嚴復、林紓譯文受到推重，但譯文本身問題極多，如譯者誤讀、誤解、誤譯較多，隨便刪節，譯述並用，譯音不准，譯名混亂，今天讀者已難以卒讀。後期翻譯文學大有變化，外國主要國家的優秀作品，包括一些弱小國家，幾乎都有譯本，翻譯水準大有提高，翻譯作品的各種體裁兼備，由於大都為外國文學名著，所以較好地表現了西方的文學精神，並影響了中國的文學觀念。

　　那麼西方的文學精神是什麼呢？是反抗民族壓迫的愛國主義思想，如《黑奴籲天錄》，林紓在其序、跋中，介紹了小說的精神，抨擊了白人對黑人的殘酷奴役，以及華人勞工在美國所受之壓迫與遭受的不公正待遇。是提倡民主、自由、科學的反封建的啟蒙思想。是反對門閥、等級制度的、提倡自由愛情的思想。林紓自稱在翻譯《茶花女遺事》時，「擲筆哭者三數」，小說出版後，在中國影響極大，被譽為外國的《紅樓夢》。是多樣的文學形式的自由的審美創造，如貼近生活的多種小說敘事形式，詩歌的自由體裁，短篇小說的多種體裁，散文詩形式，科幻、探案體裁，話劇形式等。這種種方面，形成了一股強大的啟蒙文學的思潮，不少讀者特別是知識份子，對那些進步的作品，反映強烈，看到黑人的悲慘生活，同時也看到自己在列強暴政、暴力下的可悲命運，從而被激發出強烈的反抗願望。這一切，深刻地醞釀了20世紀初的中國文學觀念的變化。

　　在促進文學觀念的變化中，中外文學的交流、研究，也是一個重要環節。比如19世紀末，學者、詩人如陳季同，通曉多種外語，利用旅法職務之便，逐漸進入了法國文學的殿堂。他用法語寫作，撰寫了《中國人自畫像》、《中國戲劇》等著作，同時也把《聊齋志異》部分作品譯成了法語。對法國文學的深刻瞭解，使他形成了一個與當時歐洲進步文學觀念相呼應的、極為前衛性的「世界的文學」的觀念[38]。他的意思是，不要認為唯有本民族的、中國的文學才是上乘的，外國也有優秀的文學；其次是外國文學中有值得我們學習的東西，所以要大力把它們譯介過來；再次是也要把中國的優秀作品介紹

---

[38]　參見李華川：〈「世界文學」概念在中國的發軔〉，《光明日報》2002年8月22日。

出去，參與各國文學相互交流的過程。不過這時人們的主要認識，還停留在如何介紹上，即如何使文學包括譯介過來的外國文學作品，為當時的啟蒙、時政改革服務。陳季同的文學觀念，即使在現在也是不失其現實意義的。

我們大致在上面粗略地描述了 19 世紀末到 20 世紀初，中國文學觀念在現代性的策動下的演變，這是一種力圖擺脫封建文學觀念、建立一種民主文學觀念的演變，也是「五四」前夕一種促進文學多元發展的文學觀念現代化的首演！

## 第三節　「五四」文學革命時期文學觀念之激變，自律與他律之爭

打通「五四」前後一段時間，把它視為一個時期的整體，對於討論這一時期的文學觀念的變化，是比較合適的。從上面的論述來看，「五四」新文化運動的發生，是被前幾十年社會、政治以及文學本身的激烈變化所準備好了的。

「五四」新文化運動是一場廣泛的文化革命，這場文化革命的主要角色是文學革命，文學革命中的主導則是文學觀念的激變，而文學觀念的激變則不斷伴隨著激烈的論爭。

胡適接受了清末民初和西方的啟蒙思想，經過長期醞釀和與朋友的切磋，並得到陳獨秀的鼓勵，於 1917 年 1 月的《新青年》發表了《文學改良之芻議》。文章提出有名的八不主義，而其宗旨，則以進化論的思想為指導，改革舊文學，提倡新文學，即「活文學」，而「活文學」的中心就是「白話文學」，並斷言白話文學「為中國文學之正宗，又為將來文學必用之利器」[39]。接著陳獨秀與同年 2 月發表《文學革命論》，作為回應。陳獨秀將改良直接提升到革命，稱「文學革命之氣運，醞釀已非一日」，文章對「師古」、「文以載道」、「代聖賢立言」、明之前後七子、八家文派、桐城派等舊文學思想

---

[39]　胡適：《文學改良之芻議》，《新青年》1917 年 1 月 1 日第 2 卷第 5 號。

和代表人物痛加批判，提出「今欲革新政治，勢不得不革新盤踞於運用此政治者精神界之文學，使吾人不張目以視世界社會文學之趨勢及時代之精神」，因而主張要推倒「雕琢的阿諛的貴族文學」、「陳腐的鋪張的古典文學」與「迂晦的艱澀的山林文學」，代之以「國民文學」、「寫實文學」與「通俗的社會文學」，進一步從形式到內容進行文學的革新，張揚了一種新的文學觀念。

　　胡適後來認為，過去的舊文學是「死文字」，文學革命的第一步是解決文字的問題。文字與語言的一致，已討論、實踐了幾十年。如前所說，先是黃遵憲提出「我手寫我口」，到民初裘廷梁視「白話為維新之本」，指出中國有文字而未成智國，民識字而未成智民，何故？文言危害使然。「愚天下之具，莫文言若；智天下之具，莫白話若。」「文言興而後實學廢，白話行而後實學興；實學不興，是謂無民」[40]裘廷梁極力主張以白話替代文言，以興實學，尚停留在有利於民智的開發方面。此後十多年間，白話報紙、白話雜誌、白話小說與戲劇流行開來，文字雖然帶有過渡期性質，但由於書報刊物的普及，白話寫作已形成燎原之勢，不可遏止。因此當胡適他們提倡以白話文替代文言文，歷數其罪狀，把文言文宣佈為承載舊思想的「死文字」，並把白話文學奉為文學正宗，並「以施耐庵，曹雪芹，吳趼人為文學正宗」，而陳獨秀則堅決認為：「改良中國文學當以白話為正宗之說，其是非甚明，必不容反對者有討論之餘地」，也已是水到渠成，形成摧枯拉朽之勢，並且真正打到了「死文字」的要害之處。舊的保守營壘，已如穿堂大院，使得革新勢力可以長驅直入，守舊派在論爭中已經無法設防抵禦，簡直是一觸即潰。在稍後的《建設的革命文學論》一文中，胡適進一步把「國語的文學—文學的國語」視為文學革命的首項任務，即把白話視為中國的「文學的國語」。並提出了實現這一主張的措施。在這一思想的指導下，確立過去的不登大雅之堂的優秀白話小說為文學的主導，這是文學觀念的一個激變。但是，這樣一來，胡適把大量優秀的古典文學，良莠不分，都當作「死文字」、「死文學」來處理了。

---

[40]　裘廷梁：《論白話為維新之本》，《中國歷代文論選》第 4 冊，上海古籍出版社，1980 年，第 168、172 頁。

「五四」時期在文學觀念上獲得發展與進一步闡釋的，是「人的文學」的提出。後來胡適在回顧新文學運動時撰有《新文學的建設理論》一文，他談到新文學運動的醞釀期，提出這一時期的理論：

> 我們的中心理論只有兩個：一是我們要建立一種「活的文學」，一個
> 是我們建立一種「人的文學」。前一個理論是文字工具的革新，後一
> 種是文學內容的革新。中國新文學運動的一切理論都可以包括在這兩
> 個中心思想的裡面。[41]

1918 年 12 月，周作人發表《人的文學》一文，提出以「人的文學」、「反對非人的文學」。周作人的關於人的文學的思想來自日本的文學團體「白樺派」的啟蒙思想。該文發表前後，周作人大量介紹過「白樺派」的武者小路實篤的思想。武者小路曾經建立「新村」，實施所謂「新村理想」。在這個「新村」裡，人們集體勞動，平均分配，貧富平等。人不僅有物質的需求，同時也有精神的需求，人是靈肉一致的人，人的核心思想是「人性」，相信人的一切生活本能，都是美的、善的，應當得到完全滿足。凡是違反人性的不自然的習慣與制度，都應予排斥、改正，也即追求個性的自由發展，同時又改善、協調、完美人與人的關係。按照武者小路實篤說法，個人的地位就是：「我在信任他人的主觀之前，首先要遵信我自己的主觀。」「對我來說，沒有在自我之上的權威。」「只有通過個性，人才有自身存在的價值」，「把個性視為外物的人沒有尊嚴」[42]周作人則說：「我所說的人道主義，是從個人做起。要講人道，愛人類，便須先使自己有人的資格」，但是個人又處在人類中，因此周作人說：人「彼此都是人類卻又各自人類的一個」，在這個人類中，

<hr />

[41]　胡適：《新文學的建設理論》，《新文學大系導論集》，上海良友復興圖書公司，1940
年，第 35 頁。

[42]　參見張福貴等著：《中日近現代文學關係比較研究》，吉林大學出版社，1999 年，
第 145 頁。該書對對周作人與「白樺派」的關係、「人的文學」的思想做了極為
詳盡的梳理。

又必須去愛人類。「人愛人類，就只為人類中有了我，與我相關的緣故」，所以要愛人類，人應是利己而又利他，而利他即是利己。人的物質生活，應該各盡人力所及，取人事所需，而在道德方面，應以愛智信勇為本，「革除一切人道以下或人力以上的因襲的禮法，使人人能享自由真實的幸福生活。」這就是愛人類，自己也在其中的、與「人道主義」相通的「一種個人主義的人間本位主義」了。這就是「人的生活」了，「用這種人道主義為本，對於人生諸問題，加以記錄研究的文字，便謂之人的文學」[43]，這種文學，是主張「人情以內、人力以內」的「人的道德」的文學，「既可描寫理想生活，也可描繪人的平常生活或非人的生活。這種要求個性解放的人的思想與文學思想，對於要求爭脫封建思想束縛的中國人來說，真是一陣隆隆春雷。胡適後來說，這一「『個人主義的人間本位』，也頗能引起一班青年男女向上的熱情，造成一個可以稱為『個人解放』的時代」[44]。

幾乎就在同時，周作人又發表了《平民文學》一文，這可以看做是對「人的文學」思想的進一步發揮。這篇文章提出了文學藝術的派別，即存在「人生藝術派」和「純藝術派」問題，兩相比較，認為時代要求前者。如何區分兩者？周作人認為，「純藝術派以造成純粹藝術品為藝術唯一之目的」，如古文的雕章琢句是，這是貴族文學，自然，白話也可能寫成貴族文學，如過分注意修飾的享樂的遊戲的文學。他以為，那種「純藝術品，不是我們所要求的藝術品」。那麼「平民文學」呢？他認為與貴族文學相反，平民文學「是內容充實，就是普遍與真摯兩件事」：

> 第一，平民文學應以普通的文體，寫普遍的思想與事實。我們不必記英雄豪傑的事業，才子佳人的幸福，只應記載世間普通男女的悲歡成敗。因為英雄豪傑才子佳人，是世上不常見的人；普通的男女是大多數，我們也便是其中的一人，所以其事更為普遍。

---

[43]　周作人：《人的文學》，《新青年》第 5 卷第 6 號，1918 年 12 月 15 日。

[44]　胡適：《新文學的建設理論》，《新文學大系導論集》，上海良友復興圖書公司，1940年，第 50 頁。

> 第二，平民文學應以真摯的文體，記真摯的思想與事實。……平
> 民文學不是專做給平民看的，乃是研究平民生活──人的生活──的
> 文學。他的目的，並非要想將人類的思想趣味，極力按下，同平民一
> 樣，乃是想將平民的生活提高，得到適當的一個地位。

在上面兩篇文章裡，周作人談到「人的文學」與「非人的文學」的區別，在
於前者態度嚴肅，後者持遊戲態度。前者對於非人的生活，懷著悲戚與憤怒，
後者則安於非人的生活，對這種生活感到滿足，帶著玩弄與挑撥的痕跡。他
認為有不少章回小說，雖是白話，卻都含著遊戲的誇張成分，夠不上「人的
文學」、「平民文學」的資格。在他列舉的小說中，如把色情狂的淫書類、《水
滸》、《西遊記》、《七俠五義》、《笑林廣記》、《聊齋志異》、黑幕小說等並列
一起，都算做是妨害人性生長的書，而都予以排斥，這實在是理論上的幼稚
病了！

同時，周作人認為，與「純藝術派」相比，「平民文學」也是講究藝術的。

> 但既是文學作品，自然應有藝術的美。只須以真為主，美既雜其中，
> 這便是人生的藝術派的主張，與以美為主的純藝術派，所以有別。[45]

但在稍後的一篇演辭裡，他對藝術派與人生派的藝術的分析，又進了一步。
他指出人生藝術派主張：

> 藝術有獨立的價值，不必與實用有關，可以超越一切功利而存在。藝
> 術家的全心只在製作純粹的藝術品上不必顧及人世的種種問題。……
> 但在文藝上，重技工而輕情思，妨礙自己表現的目的，甚至於以人生
> 為藝術而存在，所以覺得不甚妥當。人生派說藝術要於人生相關，不
> 承認有與人生脫離關係的藝術。這派的流弊，是容易講到功利裡邊

---

[45]　周作人：《平民文學》，《每週評論》第 5 號，1919 年 1 月 19 日。

去，以為文藝為倫理的工具，變成一種壇上的說教。正當的解說，是
仍以文藝為究極的目的；……便是著者應當用藝術的方法，表現他對
於人生的情思，使讀者能得藝術的享樂與人生的解釋。這樣說來，我
們所要求的當然是人的藝術派的文學。[46]

周作人的「人的文學」與「平民文學」，是對胡適的「國語文學」的重要補
充，賦予了文學革命以思想內容，顯示了新文學的人道主義的內容與性質，
和表達了「五四」新文化運動「人的解放」的呼聲，因此可以算做是「五四」
新文學的「人生藝術派」的文學觀念的重要的理論建設。

差不多在一年之後，和周作人的「人的文學」觀念相呼應，沈雁冰在《現
在文學家的責任是什麼？》一文中說：

文學是表現人生而作的。文學家所表現的人生，決不是一人一家
的人生，乃是一社會一民族的人生。……從這裡研究得普遍的弱點，
用文字描寫出來，這才是表現人生的文學。

積極的責任是欲把德謨克拉西充滿在文學界，使文學成為社會
化，掃除貴族文學的面目，放出平民文學的精神。下一個字是為人類
呼籲的，不是供貴族階級玩賞的；是「血」和「淚」寫成的，不是「濃
情」和「豔意」做成的，是人類中少不得的文章，不是茶餘酒後消遣
的東西。[47]

沈雁冰的論說，把純藝術論和文學為人生的兩種文學主張做了相當清楚的區
別，傾向性十分鮮明。同時，他多次撰文，宣傳文學與人生的關係，主張「人
的文學」與「國民文學」。

---

[46] 周作人：《新文學的要求》，1920 年 1 月 6 日在北平少年學會演講。

[47] 雁冰：《現在文學家的責任是什麼？》，《東方雜誌》17 卷第 1 期，1920 年 1 月
10 日。

　　1920 年初形成並有自己的輿論陣地的「文學研究會」，推舉周作人起草了《文學研究會宣言》，發表於 1921 年 1 月 10 日出版的《小說月報》，《宣言》稱除了「聯絡感情」、「增進知識」外，特別強調了：

> 將文藝當作高興時的遊戲或失意時的消遣的時候，現在已經過去了。我們相信文學是一種工作，而且又是於人生很切要的一種工作；治文學的人也當以這事為他終身的事業，正同勞農一樣。[48]

　　同一期《小說月報》作為配合，發表了沈雁冰的《〈小說月報〉改革宣言》，通過對於寫實主義的提倡、世界文學潮流的介紹，把文學為人生的主張進一步加以具體化。《改革宣言》提出「謀更新而擴充之，將於譯述西洋名家小說而外，兼介紹世界文學界潮流之趨向，討論中國文學革新之方法」，設置各種欄目，雖然提出「對於為藝術的藝術與為人生的藝術，兩無所袒」，但明確認為：

> 寫實主義文學，最近已見衰歇之象，就世界觀之力點言之，似已不應多為介紹；然就國內文學界情形言之，則寫實主義之真精神與寫實主義之真傑作未嘗有其一二，故同人以為寫實主義在今日尚有切實介紹之必要；而同時非寫實的文學亦應充其量輸入。以為進一層之預備。[49]

　　《文學研究會宣言》所提出的文學為人生的文學觀念，表達了不少人要求改造舊文學的熱切的希望。這裡要說明的是，後來沈雁冰說，「文學研究會」只是一個鬆散的聯誼性質的團體，成員有著共同的意向、趣味，各自發表自己的文章，並無統一的指導。將文藝當作高興時的遊戲或失意時的消遣的時候，現在已過去了這句話，是文學研究會團體中成員的共同的心聲，這一態度，「在當時是被理解作『文學應該反映社會的現象，表現並且討論一些有

---

[48]　《文學研究會宣言》，《小說月報》第 12 卷第 1 號，1921 年 1 月 10 日。
[49]　《〈小說月報〉改革宣言》第 12 卷第 1 號，1921 年 1 月 10 日。

關人生一般的問題』」[50]。他那時又說到：「『怨以怒』的文學是亂世文學的正宗，而真的文學也只是反映時代的文學……是於人類有關係的文學」，[51]張揚現實主義的文學觀念。

接著鄭振鐸（西諦）於後撰文提出，所謂文學為人生，就是：「我們現在需要血的文學和淚的文學似乎要比『雍容爾雅』『吟風嘯月』的作品甚些吧：『雍容爾雅』『吟風嘯月』的作品，誠然有時能以天然美安慰我們的被擾的靈魂與苦悶的心神，然而在此刻到處是榛棘，是悲慘，是槍聲炮影的世界上，我們的被擾亂的靈魂與苦悶的心神恐總非他們安慰得了的吧。……然而竟有人能之：滿口的純藝術，剽竊幾個新的名詞，不斷地做白話的鴛鴦蝴蝶式情詩情文，或是唱道著與自然接近，滿堆上雲、月、樹影、山光等字。」[52]同時鄭振鐸也對遊戲文學觀進行批判，他在《新文學觀的建設》一文中說：中國的傳統文學觀有「文以載道」派與吟風弄月的娛樂派，認為這兩種文學觀都必須打破：

> 文學是人生的自然的呼聲。人類情緒的流泄於文字中的，不是以傳道為目的，更不是以娛樂為目的。而是以真摯的感情來引起讀者的同情的。文學中也含有哲理，有時也帶有教訓主義，或宣傳一種理想或主義的色彩，但卻決不是文學的原始目的。如以文學為傳道之用，則一切文學作品都要消滅了。娛樂派的文學觀，是使文學墮落，使文學失其天真，使文學陷溺於金錢之阱的重要原因的；傳道派的文學觀，則是使文學乾枯失澤，使文學陷於教訓的桎梏中，使文學之樹不能充分成長的重要原因。[53]

---

[50] 茅盾：《〈中國新文學大系・小說一集〉導言》，《中國新文學大系導論集》，上海良友復興圖書公司，1940 年，第 87 頁。

[51] 郎損：《社會背景與創作》，《小說月報》第 12 卷第 7 號，1921 年 7 月 10 日。

[52] 西諦：《雜譚・血和淚的文學》，《文學旬刊》第 6 號，1921 年 6 月 30 日。

[53] 西諦：《新文學觀的建設》，《文學旬刊》第 37 期，1922 年 5 月 11 日。

在《文學旬刊》百期中，西諦說，他們的工作在於團結同行，「要在撲滅盲目的復古運動（指「學衡派」——引者）與以文藝為遊戲的《禮拜六》派的工作上合作」[54]。這樣，在 20 年代初以娛樂為主的遊戲派、唯美派文學觀，受到了文學研究會寫實主義派的猛烈批判。在創作上，為人生的寫實主義派的主張，在當時魯迅、冰心、盧隱、王充照、葉紹鈞、落花生等人作品裡，得到了充分的體現，形成了文學中的主潮。自然，在這主潮之外，還有其他方式的創作嘗試，顯示了當時創作的多樣化色彩。

在上面我們已經談到，周作人的文章在這之前已經幾次區分了唯美派與文學為人生派的不同，如 1922 年初，周作人針對兩種文學觀又做了進一步的論說：

> 「為藝術的藝術」將藝術與人生分離，並且將人生附屬於藝術，至於如王爾德的提倡人生之藝術化，固然不很妥當；「為人生的藝術」以藝術附屬於人生，將藝術當作改造生活的工具而非終極，也何嘗不把藝術與人生分離呢？
>
> 總之藝術是獨立的，卻又原來是人性的，所以既不必使他隔離人生，又不必使他服侍人生，之任他成為渾然的人生的藝術便好了。「為藝術」派以個人為藝術的工匠，「為人生」派以藝術為人生的僕役；現在卻以個人為主人，表現情思而成藝術，即為其生活之一部分，初不為福利他人而作，而他人接觸這藝術，得到一種共鳴與感興，使其精神生活充實而豐富，又即以為實生活之基本；這是人生的藝術的要點，有獨立的藝術美和無形的功利。……有些人種花聊以消遣，有些人種花志在賣錢；真種花者以種花為其生活，——而花亦未尚不美，未嘗於人無益。[55]

---

54　西諦：《本刊的回顧和我們今後的希望》，《文學》（原名《文學旬刊》第 100 期）1923 年 12 月 10 日。

55　周作人：《自己的園地》，《知堂序跋》，嶽麓書社，1987 年，第 6-7 頁。

對於周作人上述的話，與前一時期的觀點相比，無疑有了一些變化，與他授命起草《文學研究會宣言》中的觀點，已有不同。那時所說的藝術為人生，分明說的是文學創作是一種事業，一種工作，而今批評了「為人生」派的文學的功利性，取譬於創作，猶如人以種花為其生活，聊以消遣，而無形的功利就在其中。看來，他後來創作的文字的淡散、消閒特徵，於此時的理論文章中已可見其端倪。同時周作人也一貫地批評了「唯美派」將人生附屬於藝術的文學主張。這樣在「為人生」派裡，就出現了不同的聲音。

在西歐，唯美派在後來常與頹廢派連接一起。「五四」時期，這些理論與浪漫主義一起傳入中國。1923 年，彌灑社胡山源發表《宣言》，自稱：「我們乃是藝文之神；／我們不知自己何自而生，／也不知何為而生；／……我們一切作為只知順著我們的 Inspiration（靈感）」[56]。隨後，《彌灑》宣重申奉行的是「無目的的藝術觀不討論不批評而只發表順靈感所創造的文藝作品的月刊」（第 1 卷第 2 期扉頁）。

創造社早就與文學研究會在文學觀念上發生衝突。創造社成員各別，他們在國外接觸過古典的浪漫主義和當時盛行的現代主義派別，對國內的黑暗的現實生活極端不滿。他們提倡文學表現「我們內心的要求」，「重新創造我們的自我」。這一主張在郭沫若的充滿進取、豪放的激情和強烈的反抗精神的詩作中與不少短文中，表現得十分突出。他那時重在以內心為動力和重在內心表現的文學觀，重藝術的天才、唯美。成仿吾的《新文學之使命》認為文學「決不是遊戲」，但其論說又帶有一定的「藝術的藝術」派的色彩，如說：

> 至少我覺得除去一切功利的打算專求文學的全 Perfection 與美 Beauty 有值得我們終身從事的價值之可能性。我們要追求文學的全！我們要追求文學之美！[57]

---

[56]　胡山源：《彌灑臨凡曲》，《彌灑》創刊號，1923 年 3 月 15 日。
[57]　成仿吾：《新文學之使命》，《創造週報》第 2 號，1923 年 5 月 20 日。

而郁達夫先是批評為人生的文學觀，他說：「藝術就是人生，人生就是藝術，又何必把兩者分開來瞎鬧呢？試問無藝術的人生可以算得人生麼？又試問古往今來哪一種藝術品是和人生沒有關係？」[58]在這裡，他明顯地把藝術與人生一視同仁了，藝術品和人生之間存在關係，但藝術並非人生。可以以藝術的態度看待人生，但人生不是藝術。所以郁達夫曲解了文藝為人生的命題，只回答了文藝與人生的關係，且是教訓人的口吻。隨後郁達夫又說，文學在於唯真唯美，不屑於當今腐敗的政治的：

> 我們想以純粹的學理和嚴正的言論來批評文藝政治經濟。我們更想以唯真唯美的精神來創作文學和介紹文學。現代中國的腐敗的政治實際，與無聊的政黨偏見，是我們所不能言亦不屑言的。[59]

鄭伯奇則說：「藝術只是問我的最完全，最統一、最純真的表現，再無別的。『人生派』把藝術看作一種工具，想利用來宣傳主義，那是他們的根本錯誤。」[60]

　　無疑，上述諸人的觀點相互呼應，但又有差別，顯得意見紛呈。但綜合起來是要求文學只表現自我的內心要求，再造自我，要求文學唯真、唯美，宣稱文學無關功利，文學不屑關注殘酷的政治現實，聲稱藝術就是人生，人生就是藝術，這就接近藝術為藝術的主張了；並且對文學研究會成員濫施攻擊，把他們罵為「文閥」、「學閥」，指責他們搞什麼新文化運動。但又說不反對血與淚的文學，而且通過創作對黑暗的社會發出了強烈反抗的呼聲。這些看起來自相矛盾的、不徹底的文學觀自然會在文學界引起論爭。

　　在批判唯美派、頹廢派的文學觀方面，1923 年末雁冰的《「大轉變時期」何時來呢？》是篇重要文章，文章取名「大轉變時期」何時來呢？明顯是針對創造社的為藝術的文學觀而說的，「大轉變時期」是指文學要從脫離人生

---

[58] 郁達夫：《文學上的階級鬥爭》，《創造週報》第 3 號，1923 年 5 月 27 日。

[59] 郁達夫：《創造日宣言》，《中華新報》・《創造日》，1923 年 7 月 21 日。

[60] 鄭伯奇：《國民文學論》，《創造週報》第 33 期，1923 年 12 月 23 日。

的死文學轉向活的文學，附著於人生，促進人生。同時文章的取名大概也有模仿俄羅斯批評家杜勃羅留波夫的著名論文《真正的白天什麼時候到來？》的意思。在這篇短文中，雁冰針對遊戲派創作、創造社諸人的文學見解說：「反對『吟風弄月』的惡習，反對『醉罷；美呀』的所謂唯美的文學，反對頹廢的，浪漫的傾向的文學，這是最近兩三月來常常聽得的論調。」出現這些批評，雁冰認為政治黑暗、民氣消沉、意氣頹唐，只想在唯美主義文學中求得心靈的安慰。一些人自視清高，狂放脫略，把國家興亡大事，視同春花秋月，西洋的頹廢主義文學，被這類「中國名士派的餘孽認了同宗」。他們並不懂得唯美主義是什麼，只是弄些風花雪月的東西，來裝點門面。雁冰寫道：

> 我們決然反對那些全然脫離人生的而且濫調的中國式的唯美的文學作品。我們相信文學不僅是供給煩悶的人們去解悶，逃避現實的人們去陶醉；文學是有激勵人心的積極性的。尤其在我們這時代，我們希望文學能夠擔當喚醒民眾而給他們力量的重大責任。[61]

雁冰的這些觀念，顯然是不同於周作人的上述思想的，對文學表現了很強的功利性。在這種文學的時代強音的激蕩中，一方面，以遊戲、閒樂為主要目的的《禮拜六》，雖然以作品出版進行了全力的抵抗，但在思想傾向、價值觀念上，受到為人生派的重創，於 1921 年復刊後兩年的 1923 年春終刊了。另一方面，雁冰的這篇文章，明顯地批評了 1923 年初出現的「彌灑社」的文學主張，並與前期創造社的文學觀念發生了激烈的交鋒。特別是在 1923、24 年間的論爭中，創造社成員的文章明顯地出現了情緒化傾向。後來鄭振鐸談到，這次文學的革命運動的成就，在於「一、使死的文學成為活的。二、使模仿的文學成為創造的。三、使遊戲的文學成為嚴肅的。四、使非人的文

---

61　雁冰：《「大轉變時期」何時到來？》，《文學》原名《文學旬刊》第 103 期，1923
　　年 12 月 31 日。

學成為人的。五、使隱逸的文學成為都市的（社會的）」[62]。這一概括大體是符合事實的。

1923 年以後幾年，文學觀念又醞釀了激烈的變化，文學革命逐漸走向了革命文學的提倡。

「五四」新文化運動前後六七年間，不僅有歐美文化、文學思想的輸入，而且也有俄國文化、文學思想的引進。很多作家承認，為人生的文學思想，很大程度上是受到俄國文學思想的影響而產生的。俄國文學對社會問題、國家前途、人民命運、下層百姓的苦難生活的執著的探索與深刻的同情，引起了要求改革現狀的年輕、進步的中國作家的強烈興趣。20 年代初前後幾年間，俄國文學中的不少優秀作品，紛紛被介紹過來，成為一股社會性的文學思潮。一些通曉外文的作家都介紹過俄國文學，翻譯過俄國作家的作品，一大批作家如魯迅、茅盾、王充照、郁達夫等都承認俄國文學對他們的影響；一些深通中國文學的作家、文學史家如鄭振鐸、王充照等，也廣泛地論述過俄國文學和編著過俄國文學史。

李大釗在「五四」前已有關於俄國革命思想的介紹與論述。1923 年 5 月 27 日，郁達夫在《創造週報》發表《文學上的階級鬥爭》，聲言「我想學了馬克思和恩格耳斯的態度，大聲疾呼的說：世界上受苦的無產階級，／在文學上社會上被壓迫的同志，／凡對有權有產階級的走狗對敵的文人，／我們大家不可不團結起來，／結成一個世界共和的階級，百折不撓的來實現我們的理想！／我確信『未來是我們的所有』。」[63]這段宣言，激情四射，大概受了《共產黨宣言》的影響，是在文學中較早提出階級鬥爭的呼聲之一。20 年代初，惲代英、鄧中夏發表文章，提出文學與革命的問題，要作家做一個「革命的文學家，你第一件事是要投身於革命事業，培養你的革命的感情」；新詩人「必須從事革命的實際活動」[64]。而肖楚女的

---

[62]　鄭振鐸：《新文壇的昨日今日與明日》，見《中國新文學大系》

[63]　郁達夫：《文學上的階級鬥爭》，《創造週報》第 3 號，1923 年 5 月 27 日。

[64]　代英：《文學與革命》，《中國青年》第 31 期，1924 年 5 月 17 日；中夏：《貢獻於新詩人之前》，《中國青年》第 10 期，1923 年 12 月 22 日。

一篇文章《藝術與生活》，贊同藝術即「人生的表現和批評」，針對當時關於文學問題的大討論，介紹了馬克思主義的藝術觀，這在當時是較早的一篇的。他說：

> 藝術，不過是和那些政治、法律、宗教道德、風俗……一樣，同是人類社會的一種文化，同是建築在社會經濟組織上的表層建築物，同是隨著人類的生活方式之變遷而變遷的東西。只可說生活創造藝術，藝術是生活的反映──藝術雖不能範圍一切，卻能表現一切。只可說藝術的生活，應該表現一切的自由，卻不可說藝術是創造一切的。[65]

接著一些人大力宣傳革命文學，在革命文學的旗幟下，提出了文學的「階級性」，對「五四」新文學開始清算。澤民在《文學與革命的文學》一文中針對鄭振鐸的文學主張寫道：

> 鄭先生的「血淚」雖然 Figurative 得很，可是並不曾把「血淚」的真實意義指示出來，換言之，就是鄭先生所提倡的，並沒有把文學的階級性指示出來，也沒有明白指示我們需要一種新的文學。……現代的革命的泉源是在無產階級裡面，不走到這個階級裡面去，決不能交通他們的情緒生活，決不能產生革命的文學。[66]

而稍後光赤發表論文《現代中國社會與革命文學》，認為在當時中國還沒有出現反抗的、偉大的、革命的文學家，但是大貼階級標籤，給葉紹鈞貼上了「市儈派的小說家之代表」的稱號；冰心則是一朵「暖室的花」，「是個小姐的代表」；郁達夫是個「頹廢派」，但從《蔦蘿集》來看，作者「的確能與我們同立在反對舊社會的戰線上」；至於郭沫若，值得稱讚，但他不應受到稱

---

[65] 蕭楚女：《藝術與生活》，《中國青年》第 38 期，1924 年 7 月 5 日。
[66] 澤民：《文學與革命的文學》，《民國日報》附刊《覺悟》，1924 年 11 月 6 日。

讚而自傲,「郭君!努力罷!」[67]這類文章開始了後來的文學上的「左派」
幼稚病。

　　對於世界文化思潮特別敏感的郭沫若,於 1920 年提倡「生命文學論」,
「生命是文學的本質,文學是生命的反映」,藝術的精神是把小我忘掉,融
合於大宇宙之中的「無我」。1923 年 5 月 18 日他發表了《我們的文學新運
動》一文,提出「凡受著物質的苦厄之民族,必見惠於精神的富裕」;提出
「我們要反抗資本主義的毒龍」,在混沌之中,「要先從破壞做起」,要「做
個糾紛的人生之戰士與醜惡的社會交綏」,「我們的目的要在文學之中爆發出
無產階級的精神,精赤裸裸的人性」[68]。他說,他從未反對過血與淚的文學,
他說他信奉的文學定義是:「文學是苦悶的象徵」,(「文學是批判社會的武
器」)[69]。同年 8 月 21 日在談表現派時,他提出:「藝術家不應該做自然的
孫子,也不應該做自然的兒子,是應該做自然的老子。」[70]認為「藝術是表
現,不是再現」,這顯然是王爾德的生活要向藝術學習的變調。1924 年 5 月
2 日他在上海大學演講中說,藝術的產生是無目的的,但是它的目的,又是
產生後的必然。藝術有兩種使命:統一人類的感情,並產生趨向於同一目標
的能力,同時又能提高人們的精神,使個人的內在的生活美化,形成救國救
民的自覺,「從這種自覺中產生出來的藝術,在它本身不失其獨立的精神,
而它的效用對於中國的前途是不可限量的」[71]。1924 年 9 月 4 日寫就的《藝
術家與革命家》一文中,他認為藝術家和革命家可以兼及,「任何藝術沒有
不和人生發生關係的事」,「一切真正的革命運動都是藝術運動,一切熱誠的
實行家是純真的藝術家,一切志在改革的社會的熱誠的藝術家也便是純真的
革命家。」「20 世紀的文藝運動是在美化人類社會,20 世紀的世界大革命運
動也正是如此。」又說:「我們是革命家,同時也是藝術家。我們要做自己

---

[67]　光赤:《現代中國社會與革命文學》,《民國日報》附刊《覺悟》,1925 年 1 月 1 日。
[68]　郭沫若:《我們的文學新運動》,《創造週報》第 3 號,1923 年 5 月 27 日。
[69]　郭沫若:《暗無天日的世界》,《創造週報》第 7 號,1923 年 6 月 16 日。
[70]　郭沫若:《自然與藝術》,《郭沫若論創作》,上海文藝出版社,1983 年,第 7 頁。
[71]　郭沫若:《文藝之社會的使命》,《文學》月刊第 3 期,1925 年 5 月 18 日,又見
　　　《文藝論集》,人民文學出版社,1978 年,第 92 頁。

的藝術的殉道者，同時也正是人類社會的改造者。」[72]1925 年，郭沫若還寫了一些文章，從文學研究的內在方法，討論了文學的本質問題，認為詩是文學的本質，文學的本質是有節奏的情緒的世界，等等。從上面的摘錄來看，郭沫若的文學觀與他的人生經歷密切相關，它充滿鬥爭精神，滲入政治，批判、改革舊社會，救國救民，既做革命家，又做藝術家，面對血與淚，提出以「無產階級的精神」反抗資本主義這條毒龍，同時又把藝術的表現說發展到極致。

　　1926 年春，郭沫若寫就的《文藝家的覺悟》、《革命與文學》等文，轉入了一個新的境地。一、提出當今的時代是「第四階級革命的時代」，中國是受全世界資本家壓迫的中國，「文學是革命的前驅，而革命的時期中永遠會有一個文學的黃金時代出現」；二、繼續強調文學與革命，並且認為兩者相互一致；認為既有革命的文學，也有反革命的文學，革命文學要反映「時代精神」，「文學是永遠革命的，真正的文學是只有革命文學的一種」：

> 你們應該到兵間去，民間去，工廠間去，革命的漩渦中去，你們要曉得我們所要求的文學是表同情於無產階級的社會主義的寫實主義的文學，我們的要求已經和世界的要求是一致」[73]。（收入後來的文集裡文字上稍有改動）

三、接著談到：

> 我們現在所需要的文藝是站在第四階級說話的文藝，這種文藝在形式上是現實主義的，在內容上是社會主義的。——我在這兒敢斬釘截鐵地說出這一句話。[74]

---

[72]　郭沫若：《藝術家與革命家》，《文藝論集》，人民文學出版社，1979 年，第 80、81、82 頁。

[73]　郭沫若：《革命與文學》，《創造月刊》第 1 卷第 3 期，1926 年 5 月 16 日。

[74]　郭沫若；《文藝家的覺悟》，《郭沫若論創作》，上海文藝出版社，1983 年，第 26-27 頁。

應該說，郭沫若這幾年的文學觀念，發生了重大的變化，一方面，他仍然保持了高昂的情緒，嚮往革命，力求文學與革命的協調，並使文學為革命服務；另一方面，他提出了「無產階級的社會主義的現實主義」的文學，這是一個在當時來說是十分新穎的觀念。這樣他就從人生論文學觀、表現論文學觀、浪漫主義文學觀、受到多種現代主義影響的文學觀，轉向了無產階級的社會主義的現實主義的文學觀，反映社會鬥爭的文學觀。在這裡，他分明主張藝術是不失其獨立的精神的，藝術的本質，也包括了其內在方面的特徵，文學家要為藝術而殉道等。只是他後期的文學實踐，與原先的這些主張相悖了。

　　郭沫若於 1923 年在文學中宣導「無產階級精神」，到 1926 年提出為無產階級服務的社會主義的現實主義的文學主張，沈雁冰則於 1925 年撰文最早標榜「無產階級藝術」，並列舉了當時蘇聯早期文學所提倡的一批作品，從理論誰進行闡發，指出一，「無產階級藝術並非即是描寫無產階級生活的藝術之謂，所以和舊有的農民藝術是有極大的分別的」。二，「無產階級藝術非即所謂革命的藝術，故凡對於資產階級表示極端之憎恨者未必准無產階級藝術。怎麼叫做革命文學呢？淺言之，即凡反抗傳統思想的文學作品都可以稱為革命文學。所以它的性質是單純的破壞。但是無產階級藝術的目的並不是僅僅的破壞。」三，「無產階級藝術又非舊有的社會主義文學。社會主義文學就是表同情於社會主義或宣傳社會主義的文學作品。這類作品和無產階級藝術相混，是極自然的事，因為二者的理想相距甚近。」況且這些作者大都是資產階級社會的知識階層，「他們的社會主義文學大都有的是一副個人主義的骨骼」[75]。接著文章討論了無產階級藝術的內容與形式。沈雁冰的這篇文章中關於「無產階級藝術」的主要思想，在相當程度上有著俄國無產階級文化派的主要代表人物波格丹諾夫的《無產階級的藝術批評》[76]一文思想的影子，它使得幾個概念如革命藝術、社會主義藝術與無產階

---

[75]　沈雁冰：《論無產階級藝術》，《文學週報》第 172、173、175、196 期，1925 年 5 月、10 月。

[76]　可參閱波格丹諾夫：《無產階級的藝術批評》，《無產階級文化派資料編選》，中國社會科學出版社，1983 年，第 38-50 頁。

級藝術相互糾纏,同時表現出了俄國無產階級文化派的某種狹隘的宗派主義情緒。

這時期魯迅關於文學觀的論述雖不算很多,但一些思想振聾發聵,令人深思。1925 年,他揭示了過去中國的文藝是瞞和騙的文藝,是不敢正視人生的文藝。他要求作家取下假面,「真誠地,深入地大膽地看取人生並且寫出他的血和肉來的時候早到了;早就應該有一片嶄新的文場,早就應該有幾個兇猛的闖將!」指出:

> 文藝是國民精神所發的火光,同時也是引導國民精神的前途的燈火。[77]

1927 年的「四‧一二」大屠殺之後,他的觀點更為激進,認為現今雖然在大講「平民文學」,但還無實際成績,目前的文學都是給上等人看的,平民本身還未開口,文學不能止於哀音,而應反抗和怒吼。

> 現在的文學家都是讀書人,如果工人農民不解放,工人農民的思想,仍然是讀書人的思想,必待工人農民得到真正的解放,然後才有真正的平民文學。[78]

在《革命文學》一文中,魯迅提出,如做革命文學,則作家就要做「革命人」:

> 倘是的,則無論寫的是什麼事件,用的是什麼材料,即都是「革命文學」。從噴泉裡出來的都是水,從血管裡出來的都是血。[79]

魯迅的這一觀點,較之我們前面的引文意思,有了變化。前面的觀點說的是,只有工農解放後,才有平民文學,或革命文學,那時才不會去表現讀書人的

---

[77] 魯迅:《論睜了眼看》,《語絲》週刊第 38 期,1925 年 8 月 3 日。
[78] 魯迅:《黃浦生活》週刊第 4 期,1927 年 6 月 12 日。
[79] 魯迅:《革命文學》,《民眾旬刊》第 5 期,1927 年 10 月 21 日。

思想。這一觀點,可能是他自己的切身體會,但也可能是受到了俄國無產階級文化派的文藝思想的影響,也未可知。

回顧 1917 年後的十年,文學觀念的發展相當複雜。這十年中的文學理論所使用的基本話語有:「文學改良」、「白話文學」、「文學革命」、「貴族文學」、「古典文學」、「山林文學」、「國民文學」、「寫實文學」、「社會文學」、「活的文學」、「人的文學」、「非人的文學」、「平民文學」、「唯美派」、「純藝術派」、「人生藝術派」、「功利」、「價值」、「遊戲」、「消遣」、「娛樂派」、「美」、「全」、「浪漫主義」、「革命的浪漫主義」、「人道主義」、「文學上的無產階級」、「無產階級藝術精神」、「革命人」、「革命文學」、「階級性」、「批判社會的武器」、「表現」、「再現」、「目的」、「無目的」、「時代精神」、「到兵間去」、「到民間去」、「到工廠間去」、「無產階級藝術」、「社會主義文學」、「無產階級的社會主義的寫實主義的文學」等。

看一下上面的文學理論話語,我們可以說,「五四」新文學運動時期文學為人生的思潮,是 20 世紀中國文化、社會、政治劇烈變動下以及外國進步文化的強烈影響下形成的,它審時度勢反映了當時文學現代性的主導方面。同時由於社會反動勢力的重壓,促成了文學觀念的新變以及大變革中的激進趨向。新文學幾乎是遞進式地又是急劇地從一個觀念轉向了另一個觀念,先是文學革命、白話文學、人的文學、平民文學,繼而是文學為人生和為藝術而藝術的文學觀念的激烈爭論;娛樂文學觀念的張揚與被批判;之後在外國文學思想特別是蘇俄文學思想的影響下,轉向了「革命文學」的宣傳,提出了「無產階級藝術」,以及「無產階級的社會主義的寫實主義的文學」等觀念。「文學革命」轉向了「革命人」做「革命文學」。這一系列的新觀念,在內涵上前後是很不相同的。在當時文學中的主要代表人物的主張中,文學與革命的問題所以是逐步地、又是緊緊地聯繫在一起,原因在於在當時的文學創作中,尚存在著一些自由,只有文學成了抗爭的主要陣地,因此文學也十分自然地逐漸成了鬥爭的手段與工具。但是這樣一來,文學觀念逐步走向政治化的跡象是十分明顯的。

　　至於文學研究會和創造社這兩個文學團體圍繞文學觀念的論爭，大體可以說是文學的自律與他律之爭，當然情況還要複雜一些。從對文學的總體認識來說，兩派的目的是一致的，都是主張文學的啟蒙、文學為人生的，但到後來又不完全是文學的自律與他律的問題。在文學的主體性上的強調與文學的功能問題的認識上的論爭，就表現了自律與他律的不協調性。創造社成員大都到過國外，較多地接觸了外國的浪漫主義和現代派文學思潮，強調創作是自我的內心表現、個人的天才觀、創作的自發與無意識、快樂與無功利說（從無功利達到功利）、純美等，即文學內在的方面，自律的一面。這樣導致他們認為文學研究會提出的文學為人生的社會功利說，文學價值的應有之義，不過是舊的文學觀的改頭換面與繼續，是對文學的外加，與他們心目中的新文學完全是兩回事，而極盡嘲弄之能事。後來鄭伯奇在談及這一爭論時，把創造社的文學主張與外國的浪漫主義思潮聯繫起來論述是比較合理的。他說：

　　　　創造社的傾向雖然包含了世紀末的種種流派的夾雜物，但它的浪漫主義始終富於反抗的精神和破壞的情緒。用新式的術語，這是革命的浪漫主義。

　　　　郭沫若受德國浪漫派的影響最深，他崇拜自然，尊重自我，提倡反抗，因而也接受了雪萊，恢鐵曼（惠特曼），太戈兒（泰戈爾）的影響，而新浪漫派和表現派更助長了他的這種傾向。郁達夫給人的印象是「頹廢派」，其實不過是浪漫主義塗上了「世紀末」的色彩罷了。他仍然有一顆強烈的羅曼蒂克的心，他在重壓下的呻吟之中寄寓著反抗。成仿吾……在理論上，他接受了人生派的主張，在作品行動他又感受著象徵派，新浪漫派的魅惑。他提倡士氣，他主張剛健的文學，而他卻寫出了一些幽暗的詩。在這幾個人中，張資平最富於寫實主義的傾向，在他的初期的作品還帶著人道主義的色彩。[80]

---

[80]　鄭伯奇：《現代小說導論》（三），《中國新文學大系導論集》，上海良友復興圖書公司，1940 年，第 159、160 頁。

而文學研究會的成員，主要成長在本土，他們大量吸收西方文藝思想，努力與本國國情相結合。他們面對黑暗的生活，提出文學為人生的啟蒙的文學觀念，這適合現實生活的實際需要，是「五四」新文化運動精神的深入，也是文學功能的應有之義。他們不是不懂得文學的內在的特性，但偏重於文學的社會功能，強調了文學的他律，而較少注意創作主體的諸多的內在特徵，即自律，並且在辯論中又把創造社的文學主張推向極端。他們已經不像梁啟超提出文學可以救國救民的主張，但是堅信文學是提升精神、啟蒙人民、改進人生的工具，文學事業是一種「工作」。他們在開始階段的宣言中雖然反對舊文學的「文以載道」說，把娛樂派文學的宗旨歸結為「傳道」的「文以載道」，但實際上他們自己仍然賦予新文學以一種「道」，這就是文學「為人生」的道。在他們看來，文學為人生的道，就是「五四」的啟蒙思想與精神。文學的啟蒙，可以促進社會的啟蒙，這與民族、國家的救亡，是互為表裡、相互一致的，新文學要負擔起喚醒民眾的「重大責任」，這種賦予文學為人生的「道」，應當說是合理的，是文學的應有之義。後人的責難是容易的，但那是超越了歷史的。

　　這一時期的文學觀念也表現了現代性的悖論的一面，這主要體現在對於文學的娛樂、遊戲特性的絕對的排斥上，對通俗文學的否定上。「五四」時期的潮流人物，對文學的娛樂、遊戲功能，抱有嚴峻的態度，主要是為了打倒舊文學、建立新文學的艱巨任務，不能不把精力集中到文學為人生的闡發上。「五四」前後的一些追求遊樂、消閒為主旨的通俗刊物，如《遊戲報》、《遊戲雜誌》、《禮拜六》、黑幕小說等，也發表過一些好作品，但也確實存在對庸俗、低級趣味的張揚。所以在沈雁冰、鄭振鐸等人看來，這有礙文學為人生的啟蒙思想的發揚，因而要對它們進行口誅筆伐，把娛樂派文學當成迎合小市民趣味的文學，是拜金主義的文學，使文學墮落的文學，而加以批判。於是在當時社會極為黑暗的環境中，宣佈了遊戲人生文學的「過時」。但這樣一來，這些派別中的較好的、健康的作品，具有一定社會意義的作品，也被拒之門外了。

　　更為失察之處的是，王國維引進的文學遊戲說，實為文學功能不可或缺的組成部分，是使文學獨立於政治、哲學的文學自主性的表現，但由於與當

時潮流不符，文學的自律說於是被擱置起來了，雖有其時代的合理性成分，但在理論上是偏頗的，有失誤的，在後來幾十年間發生了消極的影響。這是現代性在文學理論中表現出來的悖論。至於創造社的一些成員，開始宣傳浪漫主義文學觀、唯美主義文學觀，但是不久之後，這些人的觀點很快發生轉軌，所以沈雁冰等的論述與之交鋒之後，就轉入新的理論問題的論爭了。

這樣，「五四」前後時期的文學觀念，由於主導意向在於建立思想一新的新文學，長期注重的是文學的他律問題。當文學革命轉入革命文學的討論後，文學的自律問題，自身方面的特徵、問題，更是嚴重地被忽視了的，文學開始在超越他律，加強了向政教型文學觀轉化。

## 第四節　文學觀念的亢奮，向他律的傾斜與對他律的越界

1927 年前幾年，原文學研究會與創造社的一些主要成員，已經從文學革命開始轉向文學革命，從人的文學、為人生的文學和為藝術的文學轉向革命文學、無產階級文學、社會主義文學的討論。雙方在革命形勢和外國文藝思潮的影響下，在文學觀念方面、文學方向上都在改弦易轍，似乎有了接近，但實際情況並非如此。

1928 年初開始，創造社，同時還有新組織起來的太陽社，紛紛著文宣傳革命文學、無產階級文學，批判「五四」新文學。這些激揚文字，意氣風發而思想偏激，於是圍繞革命文學與無產階級革命文學發生了一場激烈的爭論。

文學觀念是這場文學論爭的核心問題，這裡不能不說一下中國無產階級文學藝術思想的來源。

在俄國十月革命後的文化藝術思想中，馬克思主義文藝思想混雜著無產階級文化派的極左思想，在俄國文化界十分流行，而且不斷引發激烈的論爭。這些文化、藝術思想不時被介紹到日本與中國，其中有些是馬克思、恩格斯的片段論述，如意識形態理論、基礎與上層建築理論，而更多的則是打

著無產階級旗號的無產階級文化派關於文化、藝術左派幼稚病思想的介紹，兩者混雜一起，一時使人難以分辨。特別是有關革命時代的思想，文學藝術是組織生活與工具論的思想，無產階級要建立純而又純的無產階級文化藝術的思想，無產階級文化藝術只能由無產階級自身來建立的思想，創造無產階級文化藝術必須排除農民、知識份子參與的宗派主義思想，把過去傳統的文學藝術都視為資產階級的遺產的思想，這種種貌似革命的思想，在 20 年代的俄國文壇風行一時。比如 1918 年後幾年間無產階級文化派（成立於 1917 年十月革命前）的主要代表人物波格丹諾夫說：

> 藝術不僅在認識領域，而且也在感情和志向的領域通過生動的形象的手段，組織社會經驗。因此，它乃是階級社會中組織集體力量——階級力量的最強有力的工具。
>
> 無產階級為了在社會的工作、鬥爭中組織自己的力量，必需有自己階級的藝術。這一藝術的精神是勞動的集體主義：它從勞動的集體主義觀點出發，認識和反映世界，表現其感情的聯繫及戰鬥的和創造的意志的聯繫[81]。
>
> 藝術——無產階級的詩歌、小說、歌曲、音樂作品、戲劇——乃是強有力的宣傳手段[82]。

無產階級文化派作為一個組織，在 20 世紀 20 年代初就受到批評而一蹶不振。但後來組織起來一些文學團體如 1920 年組織起來的《鍛冶場》，1922 年成立的「十月」社（拉普前身），1923 年成立「列夫」（左翼藝術陣線），同年出版了莫斯科無產階級作家協會機關刊物《在崗位上》（崗位派）以及 1925 年在《十月》社組織基礎上成立的「拉普」派，則在很大程度上呼應

---

[81]　波格丹諾夫：《無產階級與藝術》，《十月革命前後蘇聯文學流派》上編，上海譯文出版社，1998 年，第 356 頁。

[82]　《無產階級文化協會國際局宣言》，《十月革命前後蘇聯文學流派》上編，上海譯文出版社，1998 年，第 370-371 頁。

了無產階級文化派思想觀點。比如《鍛冶場》宣稱：「文學同任何藝術一樣，不僅是認識生活的手段，而且是組織生活的手段。」[83]「列夫」聲明：「列夫將以我們的藝術向群眾宣傳，從群眾中獲得組織力量。」「列夫將積極有效的藝術提到更高的勞動熟練程度上。」[84]「崗位派」則宣稱：「我們將在無產階級文學中堅守明確和堅決的共產主義意識形態的崗位」[85]；「我們已進入無產階級文化發展上這樣的時期，只是『承認』無產階級文學已經不夠，一定要承認這種文學的領導權原則，承認這種文學為爭取勝利，為吞掉形形色色資產階級和小資產階級文學而進行的頑強而系統的鬥爭的原則」[86]；同時宣佈高爾基不過是個「同路人」，「昔日鷹之首，今日蛇之王」！

　　我們從前面談到的 20 年代中國進步的、革命的、激進的文學觀念裡，已經可以看出俄國革命後的無產階級文化派（包括好些組織）的各種不同色彩思想，在中國一些作家的主張中有所表現，比如郭沫若就說過，要建立為第四階級說話的文學，只有革命的文學才是真正的文學，革命運動就是藝術運動，等等，而茅盾就介紹過波格丹諾夫的關於藝術批評的綱領性觀點。

　　就是魯迅在 1927 年中也說過，其時中國還無「平民文學」，要等工人、農民解放了，真正的平民文學才會產生，現在只有表現知識份子思想的文學。這年年他底就提出了「革命人」創造「革命文學」的問題。但是 1928 年年初郭沫若就著文說：「有人說：要無產階級自己做的才是無產階級的文藝。這是反革命的宣傳」，「只要你有傾向社會主義的熱誠，你有真實的革命情趣，你都可以來參加這個新的文藝戰線。」[87]不能肯定說這是針對魯迅說的，但卻是使人分明感到鋒芒所向。後期的創造社、太陽社成員機構的成員，

---

[83] 列別傑夫——波梁斯基：《提綱》，《十月革命前後蘇聯文學流派》上編，上海譯文出版社，1998 年，第 450 頁。

[84] 列夫《綱領》，《十月革命前後蘇聯文學流派》上編，上海譯文出版社，1998 年，第 179 頁。

[85] 《在崗位上》社評，1922 年第 1 期。

[86] 轉引自奧新斯基《論黨的『文學』政策問題》，《十月革命前後蘇聯文學流派》上編，上海譯文出版社，1998 年，第 477-478 頁。

[87] 麥克昂（郭沫若）：《英雄樹》，《創造月刊》第 1 卷第 8 期，1928 年 1 月。

大體都是和政黨有著密切關係的青年理論家，他們從日本帶回來了蘇聯、日本的馬克思主義與文學理論思想。在他們看來，中國社會已進入新的革命轉折期，他們是一群真正的革命家，認為革命家就是藝術家，包括郭沫若在內，要標榜一種全新的文化、文學觀念──無產階級文化、文學觀。

　　1928 年開始，創造社與太陽社的刊物《文化批判》、《創造月刊》與《太陽月刊》標榜馬克思主義對資產階級的批判，對「五四」新文化運動展開了進一步的清算。成仿吾提出，要在「政治，社會，哲學，科學，文藝」及其他方面，發動全面批判。「《文化批判》將貢獻全部的革命的理論，將給與革命的全戰線以朗朗的火光。這是一個偉大的啟蒙。」[88]就是說一個新的啟蒙時期來到了。郭沫若稍後回顧十多年間的創造社活動時說，在《創造季刊》與《創造週報》時期，他們所演的腳色「百分之八十以上仍然是在替資產階級做喉舌」，後來創造社幾經分化，「不久之間到了 1928 年，中國的社會呈現出了一個『劇變』創造社也就來了一個『劇變』。新銳的鬥士朱鏡我、李初梨、彭康、馮乃超由日本回來，以清醒的唯物辨證論的意識，劃出了一個《文化批判》時期。創造社的新舊同人，覺悟到的這時候才真正的轉換了過來，不覺悟的在無聲無影之中也就退下了戰線。」[89]這些新銳相當熟悉當時蘇聯、日本的馬克思主義理論，以及混合著無產階級文化派高調的思想。1930年出版的一本《文藝講座》，集中地表達了他們的無產階級文藝主張[90]。可以這樣說，1928、1929 年間，在中國文壇上出現了馬克思主義文學藝術觀夾雜著無產階級文化派的文化藝術觀的一次大宣傳與大爆發。

---

[88]　成仿吾：《祝詞》，《文化批判》第 1 號，1928 年 1 月。

[89]　麥克昂：《文學革命之回顧》，《文藝講座》，神州國光社，1930 年，第 87 頁。

[90]　《文藝講座》收進了朱鏡我的《意識形態論》、彭康的《新文化概論》、馮乃超的《藝術概論》（未完）、郭沫若的《文學革命之回顧》、華漢的《中國新文藝運動》、錢杏邨的《中國新興文學論》、馮雪峰的《俄國無產階級文學發達史》、洪靈菲的《普羅列塔利亞小說論》、許幸之的《藝術上的階級鬥爭與階級同化》、蔣光慈的《社會主義的建設與現代俄國文學》等，收入了魯迅翻譯的日本學者的一篇譯文《藝術與哲學・倫理》。值得注意的是本書收有馮乃超所編寫的兩篇關於馬克思主義藝術理論的文獻：《馬克思主義藝術理論的文獻》與《日本馬克思主義藝術理論書籍》，從中可以瞭解後期創造社文藝理論思想的來龍去脈。

　　成仿吾的《從文學革命到革命文學》一文，先是總結了新文化運動的經歷，認為新文化運動只是有閒階級的知識份子進行的一種「淺薄的啟蒙」，既不瞭解時代，也不瞭解當時思想，文學革命的思想內容不過是「小資產階級的意識形態」，新文化運動幾乎被新文學運動遮蓋得無影無蹤。現在要實行無產階級的啟蒙，這就是要從文學革命到革命文學，作為一個新的口號，一種新的革命的文學觀：

> 文學在社會全部的組織上為上層建築之一；離開全體，我們不能理解一個個的部分，我們必須就社會的全構造考究文學的這一部分，才能得到真確的理解。[91]

成仿吾對新文化運動的評價自然十分偏頗，幾乎否定了「五四」新文化運動。同時也可以看到，他和前面所說的蕭楚女等人正在把馬克思的基礎與上層建築的學說介紹到文學理論中去。蔣光慈這時也著文認為：「說文學是超社會的，說文學只是作者個人生活或個性的表現……這種理論顯然是很謬誤的。」認為「革命文學的第一個條件，是具有反抗一切舊勢力的精神」，針對「五四」時期的文學說，「文學革命是反個人主義的文學！革命文學是要認識現代的生活，而指示出一條改造社會的新路徑」[92]。

　　全面表現這一派別的文學觀念的是李初梨的《這樣地建設革命文學》的一文。該文開宗明義提出必須重新定義文學，「什麼是文學」？作者批判了自稱為革命文學家提出的兩種文學觀：「前一派說：文學是自我的表現。後一派說：文學的任務在描寫社會生活。一個是觀念論的幽靈，個人主義者的囈語；一個是小有產者的把戲，機會主義者的念佛。」這樣，就進一步地對「五四」新文學運動所建立起來的文學觀進行了清算。那麼李初梨所主張的文學是什麼呢？他引用美國作家辛克萊的話，說：

---

[91]　成仿吾：《從文學革命到革命文學》，《創造月刊》第 1 卷第 9 期，1928 年 2 月 1 日。
[92]　蔣光慈：《關於革命文學》，《太陽月刊》第 2 期，1928 年 2 月。

一切的藝術，都是宣傳。普遍地，而且不可逃避地是宣傳；有時無意識地，然而常時故意地是宣傳。

他認為：

> 文學，與其說它是自我的表現，毋寧說它是生活意志的要求。文學，與其說它是反映階級的實踐的意欲。
>
> 文學為意德沃羅基的一種，所以文學的社會任務，在它的組織能力。所以支配階級的文學，總是為它自己的階級宣傳，組織。對於被支配的階級，總是欺瞞，麻醉。
>
> 文學，有它的社會根基──階級的背景。
>
> 文學，有它的組織機能──一個階級的武器。
>
> 革命文學⋯⋯應當而且必然地是無產階級文學。
>
> 無產階級文學是：為完成它主體階級的歷史使命，不是以觀照的──表現的態度，而是以無產階級的意識，產生出來的一種鬥爭的文藝。
>
> 我們的文學家，同時應該是一個革命家。⋯⋯我們的作品，不是像甘人君所說的，是什麼血，什麼淚，而是機關槍，迫擊炮。[93]

同時提出，作家是「為革命而文學」，不是「為文學而革命」；作品則是「由藝術的武器，到武器的藝術。」在這幾篇文章裡，文學被直截了當地宣佈為宣傳，是意識形態的一種，是階級意願的反映，是階級的文學，而且所謂革命文學只能是無產階級的文學，它的所謂組織社會生活的功能就是被當作階級鬥爭的武器的能力。這裡當然有馬克思主義的文學思想，但又強烈地映照出了我們在前面概述的蘇俄初期無產階級文化派和後來崗位派、拉普派的文化藝術思想。

---

[93]　李初梨：《怎樣地建設革命文學》，《文化批判》第 2 號，1928 年 2 月 15 日。

　　錢杏邨的《死去了的阿 Q 時代》一文，則提出了文學與時代、時代精神與革命精神、階級論、文學與革命的關係、超越時代、甚至技巧等問題。

　　根據上面所說的文學觀念，「五四」時期的文學觀念和文學創作，以及周作人提出的文學創作「趣味說」自然都在批判之列，在這場批判中，魯迅的創作和思想首當其衝也是大勢所趨。批判文章認為，現在是工農革命的時代，魯迅所描寫的阿 Q 時代已經死去，農民在革命的狂風暴雨中已經起來反抗、復仇。「無論從那一國的文學去看，真正的時代的作家，他的著作沒有不顧及時代的，沒有不代表時代的。超越時代的這一點精神就是時代作家的唯一生命！然而，魯迅的著作何如呢？不但沒有抓住時代，不但不曾超越時代，而且沒有抓住時代，不但沒有抓住時代，而且不曾追隨時代。」至於阿 Q 是不能放在「五四」時代的，更不能放在五卅時代、大革命時代的，阿 Q 時代已經死去，甚至連描寫阿 Q 的技巧也已死去！魯迅的思想走到清末就停止了，魯迅把小資產階級的「惡習性」、「任性」、「疑忌」暴露無遺！魯迅已走到盡頭，「再不徹底覺悟去找一條生路，也是無可救濟了。」[94]至於杜荃則乾脆把魯迅罵為「是資本主義以前的一個封建餘孽」，「對於社會主義是二重的反革命」，「一位不得志的法西斯蒂」。

　　其時魯迅接觸的馬克思主義社會科學著作不多，但也逐漸轉向革命文學，進行反駁。面對別人對他的猛烈批判，他所表達的文學觀念看來比較合乎情理，至今仍可為我們所接受。針對李初梨的文學是宣傳的觀點，他說：

> 但我以為一切文藝固是宣傳，而一切宣傳卻並非全是文藝，這正如一切花皆有色（我將白也算作色），而凡顏色未必都是花一樣。革命之所以於口號，標語，佈告，電報，教科書……之外，要用文藝者，就因為它是文藝。

---

[94] 錢杏邨：《死去了大阿 Q 時代》，《太陽》月刊，1928 年 3 月號、《我們月刊》創刊號，1928 年 5 月。

關於無產階級文學，魯迅說：「世界上的民眾很有些覺醒了，雖然有許多在
受難，但也有多少專權，那自然也會有民眾文學——說得徹底一點，則第四
階級文學」。至於說到「超時代」，魯迅諷刺說：「現在所號稱革命文學家者，
是鬥爭和所謂超時代。超時代其實就是逃避，倘自己沒有正視現實的勇氣，
又要掛革命的招牌，便自覺地和不自覺地要走入那一條路的。身在現世，怎
麼離去？這是和說自己提著耳朵，就可以離開地球者一樣地欺人。」[95]對於
文藝的作用，魯迅講得也很實在，沒有自命為革命文學家的那種小資產階級
的狂熱。早在 1927 年他就說過：

> 自然也有人以為文學於革命是有偉力的，但我個人總覺得懷疑，文學
> 總是一種餘裕的產物，可以表示一民族的文化，倒是真的。[96]

當郭沫若在鼓吹「我們要加上我們的榮冠——和你們表示區別，就是：我們
的文藝是『普羅列塔利亞的文藝』」，「我們的目的是要消滅普羅列塔利亞階
級，乃至消滅階級的；這點便是普羅列塔利亞文藝的精神。」「文藝是階級
的勇猛的鬥士之一員，而且是先鋒。」[97]而魯迅幾乎於同時說：

> 我是不相信文藝的旋轉乾坤的力量的。但倘有人要在別方面應用它，
> 我以為也可以。譬如「宣傳」就是。[98]

在論及文藝的階級性時，魯迅則說：

> 在我自己，是以為若據性格感情等，都受「支配於經濟（也可以說根
> 據經濟組織或依存於經濟組織）之說，則這些就一定都帶著階級性。

---

[95]　魯迅：《革命與文藝》，《語絲》第 4 卷第 6 期，1928 年 4 月 16 日。

[96]　魯迅：《革命時代的文學》，《黃浦生活》週刊第 4 期 1927 年 6 月 12 日。

[97]　麥克昂：《桌子的跳舞》，《創造月刊 1 卷》第 11 期，1928 年 5 月 1 日。

[98]　魯迅：《革命與文藝》，《語絲》第 4 卷第 6 期，1928 年 4 月 16 日。

> 但是『都帶』，而非『只有』」。[99]

這樣來分析文學的階級性，顯示了文學他律與自律特性的協調，也是實事求是的。

1928 年 10 月，茅盾著文檢討了自己這幾年間的小說寫作，並指出了當時革命文學工具論和創作中的標語口號化傾向，認為：

> 我們的「新作品」即使不是有意地走入了「標語口號文學」的絕路，至少也是無意的撞了上去了。有革命熱情而忽略於文藝的本質，或把文藝也視為宣傳工具——狹義的，——或雖無此忽略與成見而缺乏了文藝素養的人們，是會不知不覺走上了這條路的。[100]

此文刊出後，就受到《創造月刊》的批判。克興著文分析了茅盾的小說的現實的描寫，是「空虛的藝術至上論」，把茅盾定性為具有資產階級意識的小資產階級作家，聲明：「文藝本來是宣傳階級意識形態的武器，所謂的本質僅限於文字本身，除此以外，更沒有什麼行而上學的本質」[101]，於是剝去了文字的內涵，而使文字徒具形式，與意識形態分離了開來。

這樣我們看到，創造社、太陽社成員提出的文學觀念的思想，大部分來自當時的蘇聯的文化文學理論，又是經過了日本左翼文化界的翻譯與宣傳的文化文學理論，而這一時期，又正是日本共產黨福田和夫的左傾時期。他們將馬克思主義和著無產階級文化派的文化藝術思想一起搬將過來，回國後馬上把它們變成教條，把文學觀念教條化了、絕對的功利化了、工具化了。然後根據這類觀念，橫衝直撞，在革命詞句的掩蓋下，對「五四」後的新文學

---

[99] 魯迅：《文學的階級性（並愷良來信）》，《語絲》第 4 卷第 34 期，1928 年 8 月 20 日。

[100] 茅盾：《從牯嶺到東京》，《小說月報》第 19 卷第 10 號，1928 年 10 月 10 日。

[101] 克興：《小資產階級文藝理論謬誤——評茅盾君的〈從牯嶺到東京〉》，《創造月刊》第 2 卷第 5 期，1928 年 12 月 10 日。

傳統採取了階級定性，予以全面否定。馬克思主義當然把文學看作為社會意識形態的一個組成部分，在基礎與上層建築的社會學說的結構中，把它視為意識形態。但涉及文學本身，就難以把意識形態用來概括文學本質。脫離文學自身特徵來規範文學本質，必然導致對文學本質瞭解的抽象化、觀念化。文學是反映了階級特徵的，但那些犯有左派幼稚病的批判者，把文學絕對地當成了階級鬥爭的工具、使「藝術的批判」變為「批判的藝術」。文學確實具有宣傳鼓動作用，但這是它的眾多功能的一個方面，如果以偏蓋全，那文學無異就是報紙上的廣告和宣傳文字了。文學確實反映了社會某個集團的思想觀念，但是只是曲折地反映，只在其審美的藝術結構、文字描寫中透露出來，而且它不僅反映集團的、階級的某種情緒，同時還傳達了人類的共同感情。文學反映時代精神，時代精神既可在歌頌中表現出來，也可通過詩意的批判得以體現。一旦作品所表現的時代精神涵蓋有巨大的歷史內容，那麼它就會獲得長遠時間的容量，而超越時代，傳之久遠。但是錢杏村的所謂超越時代，就是要文學跟著社會革命運動跑，不跟著這種運動跑，就是不能跟上時代，不能超越時代，這完全是一種極端的功利主義的超時代觀。這種批評，遭到魯迅反擊，嘲弄批判者雖然面對生活的苦難，卻是視而不見，算是「超越」時代了！至於一個階級的自身自然有一定的抽象的本質屬性，但作為具體的人，他是與各個階級、集團、人群、風尚、習俗、地域有著千絲萬縷聯繫的人，是極端複雜的人。創造社、太陽社的成員對「五四」新文化運動和魯迅等人進行的批判，正是建立在這種貌似革命、實際是左傾文藝思潮的文學觀念的基礎上的。當然也要看到，這與歷史社會鬥爭的嚴酷性所導致激烈的反抗有著密切的關係，這是我們在評介歷史現象時應該覺察到的。

圍繞革命文學的問題，創造社還與梁實秋發生論爭，並且引發文學的階級性、進而還發生在魯迅與梁實秋之間關於文學的人性問題討論。在創造社、太陽社大力宣傳「革命文學」、文學的階級性的時候，新月社的梁實秋卻著文大唱反調，提倡文學創作的天才論、不存在什麼「革命的文學」、文學是沒有階級性的。他說：

　　一切的文明，都是極少數的天才的創造。科學，藝術，文學，文字，以及政治思想，社會制度，都是少數的聰明才智過人的人所產生出來的。

　　因為文學家是民眾的先知先覺，所以從歷史方面觀察，我們知道**富有革命精神的文學，往往發現在實際的革命運動之前。**

　　在文學上，只有「只有革命時期中的文學」，並無所謂「革命的文學」。**文學家並不表現什麼時代精神，而時代確實反映著文學家的精神。**

　　偉大的文學乃是基於固定的普遍的人性，從人欣深處流出來的情思才是好的文學，文學難得的是忠實，──忠於人性。……人性是測量文學的唯一的標準；

　　**文學是沒有階級性的；**

「『無產階級的文學』或『大多數的文學』」是不能成立的名詞[102]。在《文學是有階級性的嗎？》一文裡，梁實秋嘲弄了有關翻譯普列哈諾夫、魯納察爾斯基等人論著讀不懂，進一步指責無產階級文學理論的「錯誤在把階級的束縛加在文學上面。錯誤在把文學當做階級鬥爭的工具而否定其本身的價值」。認為資本家與勞動者只有遺傳的不同，教育的不同，經濟環境的不同，所以生活狀態也不同，他們共同的地方，在於

　　人性並沒有兩樣，他們都感到**生老病死**的無常，他們都有愛的要求，他們都有憐憫與恐怖的情緒，他們都有倫常的觀念，他們都有企求身心的愉快。**文學就是表現這最基本的人性的藝術。**

　　**文學就沒有階級的區別，「資產階級文學」、「無產階級文學」，都是實際革命家造出來的口號標語。**[103]

---

[102] 梁實秋：《文學與革命》，《新月》第 1 卷第 4 期，1928 年 6 月 10 日。
[103] 梁實秋：《文學是有階級性的嗎？》，《新月》第 2 卷第 6、7 號合刊，1929 年 9 月 10 號。

　　梁實秋的人性論的觀點，是有極為偏頗的一面。文學當然描寫人性，表現人性，但文學的階級性的存在，也是不爭的事實，並非什麼對文學的外加。特別在革命遭到挫折，革命與反革命進行殊死鬥爭的時刻，階級性的問題十分突出，對此視而不見，還要嘲弄這種思想，否定這種理論，這自然會引起反擊。他把有價值的文學僅僅歸看作是天才的創造，也有片面之處；他把文學價值建立在普遍人性的描寫上，否定了普遍的人性在描寫中總是在其具有時代特徵的、具體的形態中得以表現的，因此他的普遍的人性確實就變成抽象的人性了；同時在作家與時代精神的關係上，也是被顛倒了的。當然，梁實秋對於文學的階級鬥爭的工具論的批判，無疑有其積極意義，但對於當時所以會出現張揚階級鬥爭的理論，這也是遠離當時社會、歷史鬥爭的教授所難以理解的。

　　梁實秋的這些觀點無疑是對創造社、太陽社發動的新啟蒙運動在思想上的一個打擊，因此立即遭到馮乃超等人的反駁。在革命和人性、天才是什麼、革命文學產生的必然性、文學的階級性等問題上，馮乃超的駁論還是有力的，但是對於文學的整體認識，特別是在文學藝術的功能方面的理解上，卻是依然保留著波格丹諾夫無產階級文化派的文學藝術是生活的組織論的思想，藝術本質地必然是 Agitation-Propaganda（鼓動—宣傳—引者）。接著梁實秋在提出反駁時，又暗中把魯迅對馬克思主義的文藝理論的翻譯品質扯了進去。魯迅其時經過幾年時間翻譯馬克思主義理論與蘇聯無產階級文學作品，思想有很大的轉變，從進化論走向了階級論。同時經過協調，創造社、太陽社的同人已同魯迅接近起來，醞釀成立中國左翼作家聯盟，並於 1930 年 3 月 2 日成立大會上把魯迅推為盟主，所以此時魯迅已非彼時魯迅，他的文藝思想在相當程度上與當時的革命潮流融合了。針對梁實秋資本家與勞動者只有環境、教育、生活狀態等不同，而在生老病死、倫常等等方面都是共同無異的說法，魯迅說：

　　　文學不借人，也無以表示「性」，一用人，而且正在階級社會裡，即斷不能免掉所屬的階級性，無需加以「束縛」，實乃處於必然。自然，

「喜怒哀樂，人之情也」，然而窮人決無開交易所折本的懊惱，煤油
大王那會知道北京檢煤渣老婆子身受的辛酸，饑區的災民，大約不
會去中蘭花，像闊人的老太爺一樣，賈府上的焦大，也不愛林妹妹
的。[104]

就社會現象、人際關係來說，魯迅說得是很對的，梁實秋所說的不同條件，
實際上正是形成不同人性特徵的關鍵，因而暴露了梁實秋理論上的抽象的一
面。魯迅的舉例是有力的，但是用來概述文學的全部特性，情況又要複雜多
了。過去當魯迅批評創造社的唯階級論時，魯迅說過文學的階級性「都帶」
而非「只有」，現在大約由於進入了辯論、有所強調的緣故，幾乎只說「只
有」了。

　　30 年代初，圍繞文學觀念問題，再次發生文學階級性的論爭並引發文
學與政治關係的論爭。胡秋原以「自由人」自居，發表《阿狗文藝論》、《勿
侵略文藝》等文章，提出：

　　　　藝術只有一個目的那就是生活之表現，認識與批評。偉大的藝
術，盡了表現批評之能事，那就為了藝術，同時也為了人生。
　　　　藝術者，是思想感情之形象的表現，而藝術之價值，則視其含蓄
的思想感情之高下而定。
　　　　文學之最高目的，即在消滅人類間一切的階級隔閡。
　　　　文學與藝術，至死也是自由的。
　　　　藝術雖然不是「至上」，然而決不是「至下」的東西。將藝術墮
落到一種留聲機，那是藝術的叛徒。藝術家雖然不是神聖，然而也決
不是叭兒狗。以不三不四的理論，來強姦文學，是對於藝術尊嚴不可
恕的冒瀆。[105]

---

[104] 魯迅：《「硬譯」與「文學的階級性」》，《萌芽月刊》第 1 卷第 3 期，1930 年 3 月
1 日。
[105] 胡秋原：《阿狗文藝論》，《文化評論》創刊號，1931 年 12 月 25 日。

有某種政治主張的人，每喜歡將他的政見與文藝結婚。

我們固然不否認文藝與政治意識的結合，但是……那種政治主張，應該是高尚的，合乎時代最大多數民眾之需要的……那種政治主張不可主觀地過剩，破壞了藝術之形式；因為藝術不是宣傳，描寫不是議論。不然，都是使人煩厭的。

沒有高尚情思的文藝，根本傷於思想之虛偽的文藝，是很少存在之價值的。[106]

另一位自稱為「第三種人」的蘇汶著文將「民族文學」與「左翼文壇」捆在一起，指責左翼理論家是些只看目前需要的「目前主義」者，

我們與其把他們的主張當做學者式的理論，卻還不如把它當做政治家式的策略，當做行動；……什麼真理，什麼文藝，假使比起整個的無產階級解放運動來，還稱得出幾斤幾兩？……你假如真是一個前進的戰士，你便不會再要真理，再要文藝了。

所謂「藝術的價值」，不過是一種「陪嫁」。「在『知識階級的自由人』和『不自由的，有黨派的』階級爭著文壇的霸權的時候，最吃苦的，卻是這兩種人之外的第三種人。這第三種人便是所謂作者之群。」在「文學不再是文學」的情況下，「死抱住文學不放的作者們是終於只能放手了。」[107]胡秋原與蘇汶對無產階級文學理論的批判，遭到魯迅、瞿秋白、馮雪峰、周揚等人的回擊。

圍繞文學觀念的深入，使得不少問題系統化了。有些問題，過去已經涉及，如文學與革命的關係、文學與政治、文學的階級性、文學的功能與作用等；這次新提出來的，有文學的本質問題，文學的特性問題，「藝術的價值」，文學的黨性和真實性等。

---

[106] H.C.Y.（胡秋原）:《勿侵略文藝》，《文化評論》第 4 期，1932 年 4 月 20 日。
[107] 蘇汶:《關於〈文新〉與胡秋原的文藝辯論》，《現代》第 1 卷第 3 期，1932 年 7 月。

　　不能否定，胡秋原的批評比較尖銳、激烈一些，但確是抓住了左翼批評家的論述中的許多謬誤。我們來看左翼批評家對胡秋原的反擊。瞿秋白（易嘉）的文章談到了中國新興文學理論發生的錯誤：「有些是極端嚴重的錯誤」，指出錢杏村是個幼稚的馬克思主義學生，不瞭解

　　　　文藝現象是和一切社會現象聯繫著的，它雖然是所謂意識形態的表現，是上層建築之中的最高的一層，它雖然不能夠決定社會制度的變更，它雖然結算起來始終也是被生產力的狀態和階級關係所規定的——可是，藝術能夠回轉去影響社會生活，在相當程度之內促進或者阻礙階級鬥爭的發展，稍微變動這種鬥爭的形勢，加強或者削弱某一階級的力量。

　　　　以前錢杏村等受著波格唐（丹）諾夫，未來派等等的影響，認為藝術能夠組織生活，甚至於能夠創造生活，這固然是錯誤。可是這個錯誤也並不在於他要求文藝和生活聯繫起來，卻在於他們認錯了這裡的特殊的聯繫方式。

這個特殊的關係是什麼呢，就是文藝創作發生社會作用不是像政治那樣直接的，而是間接的，但又不是消極的，而是發生積極作用的。因此，「以前錢杏村的批評，要求文學家無條件的把政治論文抄進文藝作品裡去，這固然是他不瞭解文藝的特殊任務在於『用形象去思索』。錢杏村的錯誤不在於他提出文藝的政治化，而在於他實際上取消了文藝，放棄了文藝的特殊工具。」「用形象去思索」，也即後來所說的「形象思維」，要這比過去的對文藝的理解要深入了一些。瞿秋白的這一批評是真誠的，指出了前幾年所犯錯誤的根源，但理論上出現的系統錯誤主要應是李初梨、馮乃超的，而且在文藝政治化上問題觀點依舊。胡秋原引述普列漢諾夫的話，藝術要用形象去思索，承認藝術反映生活、認識和評價生活，「藝術者，是思想感情形象的表現，而藝術之價值，則視其所含蓄的思想感情之高下而定」。瞿秋白認為，這種對藝術價值高低上下的區分，缺乏的是用什麼階級標準來進行評價，胡秋原的

藝術反映生活，認識、批評生活，不過是「自由人」式的觀點。這是清洗了
普列漢諾夫的優點，而把他的輕視階級論的成分的錯誤觀點發展到「虛偽的
旁觀主義」，「事實上是否認藝術的積極作用，否認藝術能夠影響生活」。在
瞿秋白看來，在階級社會裡，是不存在胡秋原式的「自由人」的真正的自由
的。所以，

> 當無產階級公開的要求文藝的鬥爭的工具的時候，誰要出來大叫「勿
> 侵略文藝」，誰就無意之中做了偽善的資產階級的藝術至上派的「留
> 聲機」。

因此這是「反對階級文學的理論」，是「變相的藝術至上論」：

> 肯定的認為藝術不應當做政治的「留聲機」……原是立定主義反對一
> 切『利用』藝術的政治手段。[108]

馮雪峰（洛揚）認為：

> 胡秋原的主義，是文學的自由，是反對文學階級性的強調，是文學的
> 階級任務的取消。[109]

周揚的批判是，胡秋原的「自由的，民主的」文學觀，「只要看看藍（列）
寧的《黨的組織和黨的文學》就可以明白。」這種文學觀與馬克思主義毫無
共同之點，「是百分之百的資產階級的見解」；認為「胡秋原所主張的文學的
自由和藍（列）寧的黨派性對立的」，並且以他的所謂「無黨無派」、「自由
人」的身份破口大罵，「來掩飾他自己的社會法西斯蒂的黨派性」。至於在文

---

[108]　易嘉：《文藝的自由和文學家的不自由》，《現代》第 1 卷第 6 期，1932 年 10 月。
[109]　《「阿狗文藝」論者的醜臉譜──洛揚君致編者》，《文藝新聞》第 58 號，1932
　　　年 6 月 6 日。

藝批評問題上，周揚批評胡秋原認為只要說明作品如何產生就夠了，而不必論及作品好壞及其實踐意義，否定批評的階級性，而

> **「文學應該是黨的文學」這鐵則才是文學批評的現實的基準。**作為這個批評的基準的普羅列塔利亞特的黨派性，和認識批評的客觀性是並不矛盾的。

同時周揚認為，否定文學的積極的變革現實的任務，即文學的政治意義，這也就是取消文學的武器作用。在文學和政治的關係問題上，周揚指責胡秋原把「把文學和政治（即社會的實踐）分開，甚至對立起來」；「反對一切利用文藝的政治手段」：

> 他根本不去理解，文藝和政治是由階級鬥爭的實踐所辯證法地統一了的，而文藝本身就是政治的一定形式。
> 胡秋原在對於藝術的本質的認識上，……已經很明顯地表現了他的反普羅文學的見解。這見解也是有他的**普羅文化否定論**作理論的基礎的。[110]

對於蘇汶的反批評情況也很複雜。面對蘇汶的指責：說無產階級搞的是運動，是些「目前主義」者，為此，他們不要真理，也不要文學，更無從談什麼藝術的價值，等等，瞿秋白指出，無產階級的科學的文藝理論是在革命運動中建立起來的，剝削階級把文藝視為影響群眾的工具，「所以新興階級要革命——同時也就要用文藝來幫助革命，這是要用文藝來做改造群眾的宇宙觀人生觀的武器」。這樣，文學又回到它的階級性問題上去。瞿秋白強調，文學是附屬於一個階級的，許多階級各有各的文學，認為新興階級以前沒有

---

[110] 綺影（周揚）：《自由人文學理論檢討》，《文學月報》第 1 卷第 5、6 期合刊，1933 年 1 月。

文學,所以現在要創造自己的文學,而舊有的階級的文學,現在要剿滅新興
文學了。

> 每一個文學家,不論他們有意的,無意的,不論他是在動筆,或者是
> 沉默著,他始終是某一階級的意識形態的代表。在這天羅地網的階級
> 社會裡,你逃不到什麼地方去,也就做不成「第三種人」。[111]

周揚(周起應)著文反駁蘇汶說:

> 　　我們對於現實愈取無產階級的,黨派的態度,則我們愈近於客觀
> 真理;
> 　　「你假使真是一個前進的戰士」,你就一定要站在無產階級的立
> 場,百分之百地發揮階級性,黨派性,這樣你不但會接近真理,而且
> 只有你才是真理的唯一具現者。

他認為,自由主義的創作理論「就是要文學脫離無產階級而自由」,他引用
列寧的話批判說,資產階級所說的絕對的自由,不過是被金錢收買的自由,
受人豢養的自由。「蘇汶的目的就是要使文學脫離無產階級而自由,換句話
說,就是要在意識形態上解除無產階級的武裝。」[112]在這裡和階級性一起,
文學的黨性問題被提了出來。
　　馮雪峰(丹仁)刊出《關於「第三種文學」的傾向與理論》一文,批判
了蘇汶的文藝理論主張。馮雪峰指出,蘇汶宣揚文藝是能夠脫離政治而自由
的、脫離階級而自由的,雖然他又說一切的文藝都有階級性,但文藝可以不
替階級服務,不做階級鬥爭的武器;所以他反對政治勢力對於文藝的干預;
所以不滿中國和蘇聯的無產階級文藝主張;而要建立「斤斤於藝術價值」的

---

[111]　易嘉:《文藝的自由與文學家的不自由》,《現代》第 1 卷第 6 期,1932 年 10 月。
[112]　周起應:《到底是誰不要真理,不要文藝?》,《現代》第 1 卷第 6 期,1932 年
　　　10 月。

第三種文學。馮雪峰認為，蘇汶的理論錯誤的根子主要在於對「階級性」的解釋上。

> 但是，階級性，主要的卻表現在文藝作品（文藝批評亦如此）之階級的任務，之做階級鬥爭的武器的意義上。
>
> 文學的階級性，以及對於階級的利益，首先是因為文學是階級的意識形態的反映。
>
> 文藝作品不僅單是反映著某一階級的意識形態，它還要反映著客觀的現實，客觀的世界。然而這種的反映是根據著作者的意識形態，階級的世界觀的，到底要受著階級的限制的（到現在為止，只有無產階級的世界觀──辯證法的唯物論，才能夠最接近客觀的真理）。[113]

馮雪峰認為，現實的反映和真理的探求，揭示客觀真理，完全是為了無產階級的。

在論及文藝的功能時，瞿秋白說：

> 文藝──廣泛地說起來──都是煽動和宣傳，有意的無意的都是宣傳，文藝也永遠是，到處是政治的『留聲機』。問題在於做哪一個階級的『留聲機』。總之，文藝只是煽動之中的一種，而並不是一切煽動都是文藝。⋯⋯新興階級不但要普通的煽動，**而且要文藝的煽動**。[114]

周揚提出：我們應該用文學這個武器在群眾中向反動意識開火，肅清對於現實的錯誤觀念，「獲得對於現實的正確認識，而在這個認識的基礎上去革命地改變現實。無產階級文學是無產階級鬥爭中的有力武器，無產階級作家是

---

[113] 丹仁：《關於「第三種文學」的傾向與理論》，《現代》第 2 卷第 3 期，1933 年 1 月。
[114] 易嘉：《文藝的自由和文學家的不自由》，《現代》第 1 卷第 4 期，1932 年 10 月。

用這個武器來服務於革命的目的的戰士」[115]。馮雪峰則說：

> 一切的文學，都是鬥爭的武器；但決不是只有狹義的宣傳鼓動的文
> 學，才是鬥爭的武器。……非狹義的宣傳文學鼓動文學，它越能真實
> 地全面地反映了現實，越能把握住客觀的真理，則它越是偉大的鬥爭
> 的武器。

他認為蘇汶把作為武器的文學與狹義的鼓動文學等同起來是不正確的。

> 文藝自然只能夠或一定程度（相當程度）地影響生活，影響現實，
> 幫助著生活和現實的變革。如此，已夠是偉大的武器了（易嘉提出
> 了文藝作用的「影響生活的定義」，但還需要具體的說明，例如文藝
> 的組織群眾「並非組織生活」是具體的強大作用之一）。

他又說，文藝作品要全面地反映生活真實，把握客觀真理，只有站在無產階
級的立場上才能做到。

> 在無產階級作家，首先要有堅定的階級的立場，和伊里支所說的堅
> 定的黨派的立場。無產階級「在自己的『主觀的』，『階級的』，『黨
> 派的』，利害之中表現著運動全體的利害，在自己的『主觀的』，『階
> 級的』，『黨派的』認識之中表現著客觀的真理。」[116]

馮雪峰承認階級性的表現是個很複雜的問題：「我們要承認所有非無產階級
的文學，未必都就是資產階級的文學的蘇汶先生的話是對的；而且我們不能
否認我們──左翼的批評家往往犯著機械論的（理論上）和宗派主義的（策
略上）錯誤。……我們要糾正易嘉和起應在這次論文中所表現的錯誤。」左

---

[115] 周起應：《到底是誰不要真理，不要文藝？》，《現代》第 1 卷第 6 期，1932 年 10 月。
[116] 丹仁：《關於「第三種文學」的傾向與理論》，《現代》第 2 卷第 3 期，1933 年 1 月。

翼批評家在這次論爭中，學風有所改變，說理的成分多了，而且敢於承認錯誤，這是十分難能可貴的。

至於關於藝術的價值，也成了一個爭論的焦點。瞿秋白說，只有站在消滅人剝削人的制度的立場上的無產階級，才能正確評價人類的藝術的價值，如列寧評價托爾斯泰那樣[117]。而馮雪峰則把藝術的價值歸結為政治價值。他說：

> 藝術價值不是獨立的存在，而是政治的，社會的價值。
>
> 　藝術的價值就不能和政治的價值並列起來；歸根結蒂，它是一個政治的價值。然而，**正和一切政治行動的價值是客觀存在的一樣，藝術價值是客觀的存在；也正如評價政治不能根據庸俗的目前功利主義或相對主義的觀點一樣，不能根據目前主義的功利觀或相對主義的觀點（所謂「彼一時也，此一時也」的觀點即是一例）來評價藝術。**[118]

針對瞿、馮、周等人的批判，胡秋原、蘇汶進行了反駁。應該說，胡、蘇二人的反駁是抓住了左翼批評家在文學觀念上的簡單化觀點的，當然自然也不無極端化的東西。胡秋原在《浪費的論爭》一文中所辯論的主要方面也是藝術的階級性問題，但涉及不少問題。首先是文學的「自由」問題。胡秋原說，列寧說過「文學應該是黨的文學」，也強調過哲學之黨派性。他認為革命領袖這樣說，文學家沒有反對的必要。「『不屬於黨的文學家』滾開吧（伊里支），『滾』就是了。然而，既談文學，僅僅這樣說是不能使人心服的。」作為一個「自由人」，並非「戰士」，對於文學應該是可以自由選擇的。

> 所謂「自由」二字，革命家很怕提起，這自然是當然的，因為它被一班偽善者所強姦。然而真正的自由主義，不僅是我們不必害怕，而正是我們追求的東西。自由主義是革命期的資產階級反抗封建獨裁的武器，然而社會主義者亦不必拒絕它作反對資產階級獨裁的武器。

---

[117] 易嘉：《文藝的自由和文學家的不自由》，《現代》第 1 卷第 4 期，1932 年 10 月。
[118] 丹仁：《關於「第三種文學」的傾向與理論》，《現代》第 2 卷第 3 期，1933 年 1 月。

在這裡，如果說胡秋原不分自由與自由主義的界限，把自由主義當成自由，難免遭到非議，那麼另外一些人為了保護自己天賦的特權，則把別人應有的自由當成了自由主義或自己的財富，而予以沒收，因此他所指出的問題確實是嚴重存在的。其次，胡秋原反對文學的「政治化」、「留聲機」論。他說：

> 一個藝術家一定要做政治的留聲機，我無論如何總是覺得不大夠味兒的。
>
> 馬克斯（思）嚴屬地勸拉薩爾創造戲曲，「要仿效莎士比亞，不要仿效釋（席）勒，不要將許多個性，變為時代精神之喇叭⋯⋯」。不要當喇叭，就是說不要當一個純留聲機。易嘉先生要知道高爾基等之所以偉大，在他是革命的春燕，不是革命的鸚鵡啊。

這在理論上也說到了不少左翼批評家的通病。再次，在文藝的功能上，胡秋原認為左翼批評家誇大了文藝的作用。他認為自己提出的文藝的認識、批評作用，就是「影響生活」了，但是要「文藝來做改造世界」，就力不從心了。「以為文藝可以改造世界，這是『半部《論語》治天下』的見解」。再其次，是針對周揚的文藝的階級性、黨性問題而發的。周揚論及文藝的黨性、階級性時，口吻絕對，不容中間階層之存在，認為愈取黨派態度就愈接近真理，就能成為真理的唯一的體現者。對此，胡秋原對此做了激烈的反駁，認為這樣是「真理只此一家」，如不贊成就是「欺騙民眾」，並會「將一切小資產階級都坑去，火其書罷」[119]。

蘇汶寫了《「第三種人」的出路》一文進行反駁。該文提出的問題依然是文學的功能、階級性問題，還有非無產階級作家的地位與創作問題。蘇汶認為：

---

[119] 胡秋原：《浪費的論爭》，《現代》第 2 卷第 2 期，1932 年 12 月 1 日。

> 左翼文壇在目前顯然拿文藝只當作一種武器而接受；而他們之所以要
> 藝術價值，也無非是為了使這種武器作用加強而已；因為定要是好的
> 文藝才是好的武器……除此之外，他們便無所要求於文藝。

左翼批評家把武器的作用看得十分誇張，甚至要肅清非武器的文學。在蘇汶
看來：

> 只要作者是表現了社會的**真實**，沒有粉飾的真實，那便即使毫無煽動
> 的意義也都決不會是對於新興階級的發展有害的，它必然地呈現了舊
> 社會的矛盾狀態，而且必然第暗示瞭解決這矛盾的出路在於舊社會的
> 毀滅，因為這才是**唯一的真實**。[120]

他指出，如果因為作品沒有顯然的鬥爭意識，而便認為取材不尖端，而被歸
入「不需要」之列，那就會使「作者失去了寫作只有表現生活的消極意義的，
即使無益而至少也不是有害的那種作品的自由了」。應該說，蘇汶這一觀點
是十分正確的，辨析是細緻的。我們知道，有益無害、無益無害的觀點，到
50、60 年代「左」的文藝傾向碰到困難時，曾在文藝界重又提出討論的。
在階級性的問題上，蘇汶認為文學是有階級性的，但問題在於如何理解與辨
析。他提出，一、「所謂階級性是否單指那種有目的的意識的鬥爭作用？」二、
「反映某一階級的生活的文學是否必然是贊助某一階級的鬥爭？」三、「是
否一切非無產階級的文學即是擁護資產階級的文學？」這幾個問題，和階級
性密切相關，不弄清楚它們，就可能使階級性限於空喊，規定一些不切實際
的要求，甚至把並非無產階級作家，都當成資產階級作家來對待了，50 年
代出現的現象正是如此。此外和文學形式的低級與高級的區別，蘇汶還提出
了「文學性」問題。當然蘇汶的文章也是存在錯誤的，如認為 30 年代，中

---

[120] 蘇汶：《「第三種人」的出路──論作家的不自由並答覆易嘉先生》，《現代》第 1
　　　卷第 6 期，1832 年 10 月。

國還沒有發展到產生無產階級文學的階段，和托洛茨基的無產階級文學否定論的觀點相類似。

左翼作家聯盟成立前後六七年間，除了文學觀念大討論，相應地還有文藝大眾化、現實主義、社會主義現實主義、文學真實性以及後來的兩個口號等重要問題的論爭與介紹。

這一時期廣泛使用的理論話語可說琳琅滿目，有「基礎與上層建築」、「意識形態」、「革命文學」、「無產階級文學」、「超時代」、「階級的武器」、「宣傳」、「文藝的本質」、「藝術至上」、「時代精神」、「人性」、「階級性」、「黨性」、「黨的文學」、「辯證法唯物論創作方法」、「政治價值」、「藝術價值」、「自由」、「用形象去思索」、「影響生活」、「政治化」、「政治留聲機」、「真實性」、「文學性」、「世界觀」與「創作方法」等。

回顧這一時期文學觀念的論爭，是由文學革命提出的「人的文學」轉向革命文學、無產階級文學的時期。在這一時期，蘇聯的、日本的無產階級文藝運動的情況不斷被介紹過來，先是提出革命文學，隨後很快就轉成了無產階級文藝，認為只有無產階級文藝才符合時代的要求，要通過無產階級文藝運動，通過對「五四」新文學運動的批判與否定，轉向新的無產階級啟蒙的過渡。在這一時期，馬克思主義關於社會結構的基本學說被介紹了過來，有關列寧的黨的文學、文學的黨性思想與黨派鬥爭的思想論著，普列漢諾夫、盧納察爾斯基、托洛茨基的文學思想著述爭相譯介過來，弗里契、波格丹諾夫著作以及一些蘇聯文藝團體如「無產階級文化派」、崗位派、拉普的文化藝術思想，也被當作無產階級文藝思想文獻而被翻譯了過來。開始標榜的革命文學的建設思想，與其說是無產階級的文藝思想，不如說是「無產階級文化派」的文藝思想，它們情詞激切，富挑戰性，同時打倒一切，使人望而生畏。直到「無產階級文化派」與庸俗社會學文學思想在蘇聯遭到批判，才使一些左翼批評家有了些清醒認識，做了必要的檢討與調整。

在 30 年代初前後六七年的時間裡，在國際「紅色的三十年代」的高峰期，中國左翼批評家通過各種論戰宣傳無產階級文學，在馬克思主義的指導下，初步建立了階級鬥爭的文學觀。這種文學觀把文學視為社會意識形態之

一，確認文學與無產階級鬥爭、無產階級政治的緊密關係，大力張揚文學的階級性、黨性原則，宣揚文學要積極地反映生活、認識與批評生活，「影響生活」，以促進現實的革命變革；張揚現實主義、社會主義的現實主義與革命的浪漫主義、典型化和文學的真實性。應該說，這對於推動文學的建設，是起到積極作用的。

　　但是也要看到，由於當時左翼批評家對馬克思主義的理解不深，而當時階級鬥爭的形式又十分嚴峻，加上現實鬥爭的急切的功利需求，所以同時也就提出了許多簡單化的觀點。例如，在文學的本質上，把文學看成是追求認識真理的東西，與理論需求一視同仁了，文學的獨特性不見了；在文學和政治的關係上，提出了文學從屬與政治，或是政治的工具，聲稱文藝就是政治的留聲機，文藝政治化的合理性，甚至文藝本身就是政治的一定形式的觀點，把文學等同於政治；在文學階級性上，把階級性絕對化了，要求文學成為無產階級階級鬥爭的武器，改造現實的手段；在黨性問題上，要求文學表現階級性的集中表現──無產階級黨性，認為只有這樣的文學才是無產階級的文學；在文學的真實性問題上，宣傳在創作中愈有黨性就愈真實，甚至就能成為真理的唯一代表。此外還有如創作方法與世界觀這類命題。文學的他律是文學自身內涵的一個方面，這幾年的論爭主要表現在這一方面，但是在具體問題的論爭中不僅傾斜於他律，而且大大地溢出了他律、超越了他律，竟使文學完全成了政治手段、武器與工具，使得工具論大為流行，認為藝術價值不僅依附、而且取決於政治價值。後來其中的一些說法，有所緩和、改正，但其缺乏真正的理論反思能力，基本精神被保留了下來，而且被鞏固了下來。我們在前面說過，「五四」時期新文學反對舊文學的「文以載道」說，但並未反掉，只不過以文學的「為人生」之道替代罷了。而現在不僅不反「文以載道」說，還以更新了的無產階級的政治任務之道，強加於文學。究其原因，在於任何階級都不能不關心文學，都不能不對文學抱有一種功利之心，從而賦予文學以某種特殊的社會功能，這在階級鬥爭緊張、嚴峻的時刻更是如此。我們看到，文學理論中的那些純文學觀、為藝術而藝術的主張，從來不是哪個政治家、革命家提出來的。政治家和那些從事文藝活動的政治家、

革命家，從來就是從階級的功利觀出發的，要求文藝緊跟他們的政治主張與活動，要求文藝聽從於他們的政治主張，宣傳他們的「道」。所以馬克思主義的無產階級文學思想一傳入中國，就與過去的「文以載道」的政教型文學思想結合到了一起，這主要是它們在功利觀上有著內在的聯繫，只是「道」不同而不相為謀。而左翼批評家之中不少人是革命家兼批評家，他們通過文學批評進行革命，在他們看來，搞政治與文學就是一回事，文學就是革命鬥爭的一翼。於是他們把這種政教型文藝觀發展到了極致。文學自身的特點與功能被抑制了，文學的作用不僅僅是政治教化，而且還是武器的鬥爭。所以每當在文學創作中提出要遵循文學自身的特徵討論文學問題，提到需要才能、自由思想，這等於在政治上表示了異議，一定會受到批判的。至於文學自律方面的問題，就很難顧及了。

　　30 年代初前後六七年間，文學理論派別眾多，論爭頻繁，但看來其中最有活力的是馬克思主義文學理論派別，到 30 年代至 40 年代初，在文學界逐漸發展成為主力。它所標榜的種種理論，作為過渡期的理論形態，對於《在延安文藝座談會上的講話》具有奠基意義。《講話》結合生活鬥爭的實踐，根據新的形勢和出現的問題，總結並概括了「五四」新文化運動的經驗教訓，特別是繼承了 30 年代初無產階級文藝運動的傳統，將文藝問題理論化、系統化，它所提出的文藝為工農兵服務的新的文藝觀、批評原則，發展了馬克思主義文藝思想，形成了系統的中國式的馬克思主義文藝理論，推動了解放區新文學的發展。同時它也將 30 年代初前後文藝大辯論中的無產階級文學理論不科學的錯誤的觀點肯定了下來，成為一種逐漸走向一統性的文學理論。其中如文藝為政治、文藝為黨的一定的政治路線服務，文學的黨性原則，文學只有階級性，人性都是抽象的，認為無產階級文藝與人性格格不入，文學是鬥爭武器論、工具論，批評鬥爭觀，非此即彼的思維方式等，在特定時期收到了不少積極的成果，但是理論的絕對化與簡單化，對後世文學也產生了嚴重的消極影響。

# 第二章　斷裂與賡續
## ──新詩的歷次論爭及其理論的闡釋與重建

　　「現代化」、「民族化」、「形式化（formative）」，是 20 世紀新詩歷次論爭中出現的一些重要的焦點問題；「斷裂與賡續」的複雜交織，則構成漢語現代詩歌及其理論發展的獨特景觀；而如何充分而全面的開掘漢語的形式創造力和形式表現力、如何使漢語詩歌獲得屬於自身的現代性並同時獲得自身的民族性，這兩方面的問題貫穿於新詩歷次詩學論爭之中──我們試圖在語言本體論與新理性精神層面上，對這些問題進行歷史梳理和理論再闡釋。

## 第一節　「意象化」、「戲劇化」與「聲情化」關係之闡釋與重建

一

　　本節討論新詩早期論爭中由「文─白」之爭到「格律」之爭中的理論問題。「文言與白話之爭」是新詩發展史上的第一次論爭，新詩「現代化」問題得以破題，而「格律」這一「形式化」問題也隨之同時出現在論爭的焦點之中。胡適提出白話新詩的兩個「解放」：「語言文字的解放」和「詩體形式的解放」，胡先驌作了一篇「一萬數千言」的《評嘗試集》與胡適論戰。僅僅從學理上來看，胡先驌等在聲律上的分析是有幾分道理的，但其基本立場卻是反對白話詩──所以，今天看來，我們不能僅僅從「學理」的角度來否定胡適等的歷史性功動──儘管這種歷史性功動與其歷史性不足是並存的，以白話代文言，無疑為漢語詩歌的大發展另闢出了一種新境界，是符合漢語詩歌現代性發展的內在邏輯的。按胡適「兩個解放」的說法，經五四文學革命後，新詩在「語言文字的解放」方面取得了比較徹底的成功，白話新

詩誕生後在短時期內的發展實績，足以回答「用白話能不能把詩作好」這一問題，文—白之爭很快已不再成為問題了——這也正是胡適等的歷史性功勳所在。但新詩「詩體的解放」卻遠不像「語言文字的解放」那樣勢如破竹，在一陣「自由化」浪潮後，在白話新詩陣營內部又有新月派詩人打出了「格律化」旗幟，其後還繼續有關於「格律」的論爭，幾經論爭，格律問題似乎並沒有得到很好的解決，於是 20 世紀 50 年代還再次出現關於格律的論爭，新詩音節問題，迄今似乎依然還是一懸而未決的問題。

　　新詩在音節上所出現的種種問題，有著非常複雜的社會歷史原因，今天要做的恐怕首先是在歷史化的理論框架中，對相關問題重新再作系統、深入的清理。學術界既有研究在方法論上的最大不足，表現為只作片面的「形式化」描述，而缺乏「功能化」的深入分析。而對音節的功能化分析，又需在一系統化理論框架中，結合對詩歌語言的其他要素比如「意象」等綜合的功能分析，才能真正有所突破。片面地就形式論形式、就音節論音節，恰是以往研究少有突破的重要原因，我們強調一種「系統的功能化研究」，為此，特為拈出「戲劇化」、「意象化」、「聲情化」這樣三個相關的功能範疇。「戲劇化」是新詩史上九葉派打出的旗號，袁可嘉分析道：

> 如何使這些意志和情感轉化為詩的經驗？筆者的答覆即是本文的題目：「新詩戲劇化」，即是設法使意志與情感都得著戲劇的表現，而閃避說教或感傷的惡劣傾向。

而孫作雲則指出：「施蟄存是首先明白地提出『意象抒情詩』的旗幟，也是這派詩人中有力的提倡者。」[1]與九葉派的「戲劇化」相應，現代派的口號似可概括為「意象化」，而新月派詩人徐志摩則提出了所謂「音節化」：

---

[1]　袁可嘉：《新詩戲劇化》，孫作雲：《論「現代派」詩》，分別參見楊匡漢、劉福春編《中國現代詩論》上冊，花城出版社，1985 年，第 500 頁，第 231 頁。

不論思想怎樣高尚，情緒怎樣熱烈，你得拿來徹底的「音節化」（那就是詩化）才可以取得詩的認識，要不然思想自思想，情緒自情緒，卻不能說是詩。[2]

我們知道「意象」原是漢語古典詩學中的一個重要範疇，通過廣羅原始文獻，勾沉爬梳，我們發現「聲情」範疇在古代詩論中也有著相當高的使用頻率，通過系統的專門研究與分析，我們得出一個基本結論：「聲情」在漢語古典詩[3]學中是堪與「意象」並列的基本範疇——下面的探討正是根據我們既有研究成果，以「聲情」範疇為基點，對新月派基本詩學觀所作的新的分析和定位。嚴格說來，可歸為一類而堪與「意象（expressive image）」相提並論的就不是「聲韻」或「音節」等，而是「聲情（expressive voice）」，正如「意象」乃是對詩歌語言之「象」的表現功能（expressive）的強調，「聲情」乃是強調和突出詩歌語言之「聲」的情感表現力量（expressive）的「功能範疇」。歷史地看，「意象化」、「戲劇化」所要解決的不是新詩的「形式」問題，而是其「功能」問題；聲韻和諧化或「格律化」要解決的是新詩的「形式」問題，而「聲情化」要解決的則是其「功能」問題——徐志摩所謂的「音節化」實即「聲情化」。僅僅停留、侷限於一種「片面的形式化研究框架」中，把新月派詩學追求僅僅描述為「格律化」，恰恰是既往相關研究在基本方法論上最大不足的具體表現；而只有深入到「功能化」層面，用與「意象化」、「戲劇化」處於同一功能層面的「聲情化」，來描述新月派的詩學觀，我們才能在白話新詩的整體發展史中為其作出準確的價值定位，同時，新月派前後這段新詩發展的深層的歷史脈絡、新詩理論發展本身的內在的規律性，才會被更清晰地揭示出來，進而，新詩音節問題才可能在一歷史的、系統的功能化研究框架中得到合理的再闡釋。

[2]　徐志摩：《詩刊放假》，見鄭振鐸選編《中國新文學大系‧文學論爭》，上海文藝出版社，1981 年影印本，第 335 頁。

[3]　參見劉方喜：《「聲情」辨：漢語古典詩學形式範疇研究之一》，《人文雜誌》2002 年第 6 期，劉方喜：《「聲情」研究方法論的現代啟示》，《文學評論》2004 年第 6 期。並參見劉方喜：《聲情說：詩學思想之中國表述》，知識產權出版社，2008 年。

二

　　新詩理論反思性較強，發展才十年左右，研究者就開始通過「分期」來對這段較短歷史進行檢審了。諸多分期所使用標準大致有「形式化」與「功能化」兩種，在諸種不同分期中，新月派都是一重要界標，而許多分期又都與新月派前後圍繞「音節」的詩學論爭有關，學術界現有相關研究主要不足首先表現為：忽視論爭焦點實際上已經發生明顯偏移，「自然音節」與「格律」之爭，實已轉變為「意象」與「格律」之爭了，論爭的「形式化」焦點已轉變為「功能化」焦點，而這種功能化轉變，蘊涵著極其重大的理論意義，為今天新詩音節研究功能化理論框架的建構提供了極好的契機。

　　當時關於新詩十年左右發展史分期大致有「三分法」與「二分法」兩種，大致說來，三分法運用的主要是「形式化」分期標準，而二分法運用的主要是「功能化」標準。石靈認為新月派作為一場「規律運動」是「對自由詩的一種反動」，而其後的象徵派則又是「對於規律詩的反動」[4]；而孫作雲則更具體地提出了三分法：

　　　　第一期：郭沫若時代的作家，非常多，也非常龐雜。不過這時代的詩，意境與內容，儘管彼此不同，但其共通的特點是形式的不固定，不講韻腳。

　　　　（第二期以聞、徐為代表）這一派詩的特點，是形式的勻整，音節的調叶。

　　　　（第三期）現代派詩的特點便是詩人們欲拋棄詩的文字之美，或忽視文字之美，而求詩的意象之美。他們的詩不乞靈於音律，所以不重韻腳，因而形式亦不勻整。從這一方面說，現代詩是新月派詩的反動。[5]

---

[4]　石靈：《新月詩派》，見楊匡漢、劉福春編《中國現代詩論》上冊，花城出版社，1985 年，第 295 頁。

[5]　孫作雲：《論「現代派」詩》，見楊匡漢、劉福春編《中國現代詩論》上冊，花城出版社，1985 年，第 225-226 頁。

綜合以上諸人分析，可看出一種三分法輪廓：（1）新月派以前早期白話詩與郭沫若為代表的浪漫派為第一期，（2）新月派為第二期，（3）新月派以後的象徵派、現代派為第三期。那麼，這種三分法的標準是什麼呢？是格律形式：新月派是對前此不重格律形式的反動，而現代派等則是對新月派重格律形式的再反動——這種「回頭走」似乎完成了一個週期。余冠英則提出二分法，他首先描述了當時幾種分期法：朱自清以《渡河》出版之年為分期標準，從民六到民十一為「初期」，其後為「後期」；草川未雨則以從民九（《嘗試集》出版之年）到民十三為「草創時代」，十三年後到現在為「進步時代」等等，新詩「雖創自第一期各詩人，卻完成於第二期」——然後余冠英總結道：

> 我想如以《晨報》附刊的《詩鐫》的出版（民國十五年四月）做一個關鍵將這十幾年的新詩史分為前後兩期，則段落最為顯明，因為前期的新詩大都受胡適之的影響，後期則受《詩鐫》的影響。
>
> 胡適之是新詩運動的先鋒，其影響於當時作者之處自不待言。《詩鐫》之提倡創造新韻律運動，表面類似反動，實則在新詩建設的路上更前進了一步。[6]

大致說來，「初期」或「前期」是「草創時代」、「嘗試期」，而「後期」則相對而言可稱之為「完成期」或「成熟期」——那麼，這種二分法的標準是什麼呢？朱自清指出胡適所謂「『具體的做法』不過作比喻說理，可還是缺少餘香與回味的多」[7]，余冠英也指出：

> 前期的詩「清楚明白」，後期的較「朦朧」。

---

[6]　余冠英：《新詩的前後兩期》，見楊匡漢、劉福春編《中國現代詩論》上冊，花城出版社，1985 年，第 155 頁。

[7]　朱自清：《中國新文學大系・詩集》導言，見王永生主編《中國現代文論選》第一冊，貴州人民出版社 1982 年，第 153 頁。

　　　　所謂「沒有一點兒朦朧」正是前期新詩普遍的現象。這也是胡適
之的影響，胡先生提倡新文學運動的時候本以「清楚明白」、「人人能
懂」為文學的標準之一……後期的詩比較重視想像，注意音節，所以
不似前期詩之單調，直率，因此也較多一點「餘香與回味」。[8]

嘗試期新詩主要不足是「直率」或「直白」，這可以說是一種「功能性」不
足，而新詩走向成熟的一個重要標誌，正是克服這種功能性不足──如果我
們把嘗試期的詩稱作「直白派」的話，那麼完成期的詩就是「反直白派」，
這其中的分期標準是「功能化」的。綜合形式化的三分法與功能化的二分法，
大致可得出如下圖示：

| 形式化分期 | 自由派、浪漫派（反格律） | 新月派（重格律） | 現代派（反格律） |
|---|---|---|---|
| 功能化分期 | 直白派（嘗試期） | 反直白派（成熟期） | |

值得特別強調的是，在不同標準的分期中，新詩各流派的基本詩學觀所呈現出
的側面是不同的：在形式化的三分法中，新月派詩學追求的邏輯起點是「形式
的不固定，不講韻腳」；而在功能化的二分法中，新月派詩學革新的邏輯起點
則是「前期詩之單調，直率」而缺乏「餘香與回味」──這種不同理論意義重大。
　　在關於新詩十年發展史的三分法中，貫穿的是圍繞格律的詩學論爭，胡
適提出「自然音節」以反對格律，郭沫若則提出了與之意思相近的「內在的
韻律（不妨簡稱『內形律』）」，以反對所謂「外在的韻律（『外形律』）」也即
格律。郭沫若指出：

　　　　詩之精神在其內在的韻律，內在的韻律（或曰無形律）並不是什
麼平上去入，高下抑揚，強弱長短，宮商角羽；也並不是什麼雙聲疊
韻，什麼押在句中的韻文。這些都是外在的韻律或有形律。內在的韻

8　　余冠英：《新詩的前後兩期》，見楊匡漢、劉福春編《中國現代詩論》上冊，花城
　　出版社，1985 年，第 158-159 頁。

律便是「情緒的自然消漲」。[9]

　　我相信有裸體的詩，便是不借重於音樂的韻語，而直抒情緒中的觀念之推移，這便是所謂散文詩，所謂自由詩。這兒雖沒有一定的外形的韻律，但在自體，是有節奏的。就譬如一張裸體畫的美人，她雖然沒有種種裝飾的美，但自己的肉體，本是美的。[10]

這種「內形律」與「外形律」之對，到戴望舒以更尖銳的方式被表述出來：「詩不能借重音樂，它應該去了音樂的成分」，「詩的韻律不在字的抑揚頓挫上，而在詩的情緒的抑揚頓挫上，即在詩情的程度上」，「韻和整齊的字句會妨礙詩情，或使詩情成為畸形的」[11]等等。不等到新月派，就已有人強調「外形律」的重要了，如陸志韋以及後來的朱光潛等，當然反對最烈者當屬新月派。聞一多針鋒相對地指出：

　　　詩國裡的革命家喊道「皈返自然！」……偶然在言語裡以現一點類似詩的節奏，便說言語就是詩，便要打破詩的音節，要它變得和言語一樣──這真是詩的自殺政策了。詩的所以能激發情感，完全在它的節奏；節奏便是格律。

　　　對於不會作詩的，格律是表現的障礙物；對於一個作家，格律便成了表現的利器。[12]

徐志摩這方面的論述更多：

---

[9]　郭沫若：《論詩三劄》，見楊匡漢、劉福春編《中國現代詩論》上冊，花城出版社，1985 年，第 51 頁。

[10]　郭沫若：《論節奏》，見楊匡漢、劉福春編《中國現代詩論》上冊，花城出版社，1985 年，第 117 頁。

[11]　戴望舒：《詩論》，見王永生主編《中國現代文論選》第一冊，貴州人民出版社，1982 年，第 135 頁。

[12]　聞一多：《詩的格律》，見王永生主編《中國現代文論選》第一冊，貴州人民出版社，1982 年，第 96-97 頁。

我們信我們自身靈裡以及周遭空氣裡多的是要求投胎的思想的
靈魂，我們的責任是替它們構造適當的軀殼，這就是詩文與各種美術
的新格式與新音節的發見……[13]

第一在理論方面，我們討論過新詩的音節與格律。我們乾脆承認
我們是「舊派」──假如「新」的意義不能與「安那其」的意義分離
的話。

正如字句的排列有恃於全詩的音節，音節的本身還得起於真純的
「詩感」。再拿人身作比，一首詩的字句是身體的外形，音節是血脈，
「詩感」或原動的詩意是心臟的跳動，有它才有血脈的流轉。[14]

志摩先生說音節是「血脈」，梁宗岱認為「音節」「簡直是新詩底一半生命」；
而郭沫若的「裸體美人」說實際上把音節比作「衣裳」──這兩種截然不同
的喻象，體現了兩種截然不同的音節觀。艾青也持內形律說：「自由體的詩，
更傾向於根據感情的起伏而產生的內在的旋律的要求」，「寧願裸體，卻決不
要讓不合身材的衣服來窒息你的呼吸」[15]。音節如是美人的服飾，去掉服飾
美人不失裸體之美；音節若是「血脈」，斷了血脈的美人則只能是一具毫無
生命力的僵屍了。

在不長的時間裡，後起的現代派又對新月派重格律作了激烈的再反動，
如果簡單地從表層的形式層來看的話，現代派反格律的種種說法似乎只是在
重彈胡適、郭沫若們的老調（見前引戴望舒語）──其實並不儘然，新月派
之「前」反對格律與其「後」反對格律，在基本思路上既有相同之處，也有
很不同之處：胡、郭以自然音節、內在韻律反對格律，而戴望舒等後來毅然
決然地再反格律，主要依憑的卻似乎已不再是「自然音節」了，那麼是什麼

[13] 徐志摩：《詩刊弁言》，見鄭振鐸選編《中國新文學大系·文學論爭》，上海文藝
    出版社，1981 年影印本，第 333 頁。
[14] 徐志摩：《詩刊放假》，見鄭振鐸選編《中國新文學大系·文學論爭》，上海文藝
    出版社，1981 年影印本，第 335-336 頁。
[15] 艾青：《詩論》，人民文學出版社，1980 年，第 26 頁、第 192 頁。

呢？也就是施蟄存所打出的旗幟「意象抒情詩」，現代派詩的重要特點是不再乞靈於「音律」而求詩的「意象」之美（相關引文見前）——後來艾青也有清晰的表述：

> 以如何最能表達形象的語言，就是詩的語言。稱為「詩」的那文學樣式，腳韻不能作為決定的因素，最主要的是在它是否有豐富的形象——任何好詩都是由於它所含有的形象而永垂不朽，卻絕不會由於它有好的音韻。[16]

以「意象」反「音律」、以「形象」反「音韻」——「自然音節」還只是個「形式」概念，而「意象」則是個「功能」概念了，論爭的「形式化」焦點已轉變為「功能化」焦點了。早期新詩以「自然音節」反格律還僅僅只是一種「形式化」追求，而現代派以「意象」反格律則落實為「功能化」追求了，這種「功能化」的轉變，昭示出新詩發展的內在邏輯，同時也是新詩理論走向成熟的一重要標誌。

## 三

以上簡單梳理了新詩十年的歷史分期及新月派前後圍繞詩歌音節的論爭，其中戴望舒最具典型意義：由早期對音節的重視（《雨巷》是代表作），到後來毅然決然的反對。如果僅僅在一種「形式化」的理論框架中來看，新月派格律運動是一尋求形式整飭、聲韻和諧的努力，「格律化」體現了新月派的「形式化」追求。但如果再深入到「功能化」層面，新月派格律運動的出發點恰恰與「意象化」、「戲劇化」一樣，也是為了克服早期白話新詩的「直白化」——在這個意義上，新月派的詩學追求可以概括為「聲情化」，而「聲情化」則體現了新月派深層的「功能化」的詩學追求。「聲情化」與「意象化」、「戲劇化」，作為三種不同的詩學主張卻有著極其相同的邏輯起點（反

---

[16] 艾青：《詩論》，人民文學出版社，1980 年，第 154-155 頁。

直白），三者揭示，在自身進一步發展的功能性自我調整中，新詩提升漢語白話形式表現力所能採用的三種重要的方式或途徑。這三者本可並存並列，但由於歷史性侷限，宣導「意象化」的現代派如戴望舒及後來的艾青等，卻激烈反對新月派的詩學追求，這種做法使新詩發展的一種可能性得到極度彰顯，但同時卻使新詩發展的其他可能性受到嚴重壓抑。對「戲劇化」、「意象化」與「聲情化」深入的對比、綜合分析，最終可以幫助我們歷史地建構起新詩音節「系統的功能化研究框架」。

下面我們首先比較一下現代派、九葉派、新月派相關的詩學主張：

(1) 當時通行著一種自我表現的說法，做詩通行狂叫，通行直說，以坦白奔放為標榜。我們對於這種傾向私心裡反叛著。記得有一次，記不清是跟蟄存，還是跟望舒，還是跟旁的朋友談起，說詩如果真是赤裸裸的本能底流露，那麼野貓叫春應該算是最好的詩了。[17]

(2) 由於這個轉化過程的欠缺，新詩的毛病表現為平行的二種：說明意志的最後都成為說教的，表現情感的則淪為感傷的，二者都只是自我描寫，都不足以說服讀者或感動他人。……如何使這些意志和情感轉化為詩的經驗？筆者的答覆即是本文的題目：「新詩戲劇化」……[18]

(3) 不論思想怎樣高尚，情緒怎樣熱烈，你得拿來徹底的「音節化」（那就是詩化）才可以取得詩的認識，要不然思想自思想，情緒自情緒，卻不能說是詩。……我們學做詩的一開步就有雙層的危險，單就「內容」容易落了惡濫的「生鐵門篤兒主義」或是「假哲理的唯晦學派」；反過來說，單就外表的結果只是無意義乃至無意義的形式主義。[19]

---

17  蘇汶：《〈望舒草〉序》，見王永生主編《中國現代文論選》第一冊，貴州人民出版社，1982年，第138頁。
18  袁可嘉：《新詩戲劇化》，見楊匡漢、劉福春編《中國現代詩論》上冊，花城出版社，1985年，第500頁。
19  徐志摩：《詩刊放假》，見鄭振鐸選編《中國新文學大系‧文學論爭》，上海文藝出版社，1981年影印本，第335-336頁。

仔細對讀以上三段話，就會發現非常明顯的相同之處，三者「所反對的」是完全一樣的，並且都有明確的針對性：現代派所謂的「當時通行著一種自我表現的說法，做詩通行狂叫，通行直說，以坦白奔放為標榜」，不就是九葉派所謂的「感傷的」、新月派所謂的「生鐵門篤兒主義」？——而這些顯然是針對郭沫若們的浪漫派詩在語言表達功能上的一些流弊而言的；九葉派所謂的「說教的」也就是新月派所謂的「假哲理的唯晦學派」——這顯然是針對胡適們的嘗試派詩在語言表達功能上的一些流弊而言的，而這兩種功能化流弊又可概括為「直說」或「直白」，九葉派與新月派所使用的概念都是完全一樣的，這種明顯的一致絕非是偶然的，其中所透露出的詩學意義是極其重大的：三派一致而準確地認識到了早期新詩的功能性不足，並以此為邏輯起點，在批判性反思的基礎上，對新詩的發展作出了新的功能性調整。可以說三派在對早期新詩之「病」的診斷上是完全一致的，但所開出的「藥方」卻是不一樣的：現代派是「意象化」、九葉派是「戲劇化」、新月派是「音節化」。袁可嘉把「戲劇化」視作「使這些意志和情感轉化為詩的經驗」的過程，這也就是「詩化」的過程，徐志摩認為「音節化」就是「詩化」，「意象化」當然也是一種「詩化」方式。那麼，同為「詩化」的三種方式，如果說「意象化」、「戲劇化」是克服早期新詩直白化這一功能性不足的有效方式，新月派所宣導的「音節化」是不是也是克服直白化的一種有效方式？

在宣導格律的新月派與反對格律的現代派之間，還有一象徵派，穆木天有云：

> 詩要兼造形與音樂之美。
>
> 詩是要暗示的，詩最忌說明的。說明是散文的世界裡的東西……用有限的律動的字句啟示出無限的世界是詩的本能。詩不是像化學的 $H_2+O=H_2O$ 那樣的明白的，詩越不明白越好。明白是概念的世界，

> 詩是最忌概念的⋯⋯中國的新詩的運動，我以為胡適是最大的罪人⋯⋯詩不是說明的，詩是表現的。[20]

穆氏對胡適嘗試派詩「直白」流弊大加批評，可以說正體現了新詩對自身發展中功能性不足的一種自覺。王獨清表白道：

> 我很想學法國象徵派詩人，把「色」與「音」放在文字中，使語言完全受我們底操縱。
>
> （情+力）+（音+色）＝詩
>
> 在以上的公式中最難運用的便是「音」與「色」，特別是中國底語言文字，特別是中國這種單音的語言與構造不細密的文字⋯⋯

王本人的創作就非常重視音節的情感表現力，他認為自己的作品《我從CAFE 中出來》「這種把語句分開，用不齊的韻腳來表作者醉後斷續的、起伏的思想，我怕在現在中國底文壇，還難得到能瞭解的人」[21]。朱自清對象徵派詩分析道：「穆木天氏托情於幽微遠渺之中，音節也頗求整齊，卻不致力於表現色彩感。馮乃超氏利用鏗鏘的音節，得到催眠一般的力量，歌詠的是頹廢、陰影、夢幻、仙鄉。他詩中的色彩感是豐富的。」[22]——反對散文的「概念」、「說明」，追求「暗示」、「表現」與「音（音樂）」「色（造型）」雙美，這兩方面的統一構成了象徵派基本的詩學觀念。白話新詩重視「音」與「色」卻是向外國象徵派學的，其實，重視詩歌語言的「聲」「色」雙美，恰恰是我們漢語古典詩學一極其重要、非常悠久的文化傳統。如清人冒春榮《葚園詩說》卷 4 云：「論詩之要領，『聲』『色』二字足以盡之」，魏晉南北

---

[20] 穆木天：《談詩——寄沫若的一封信》，見王永生主編《中國現代文論選》第一冊，貴州人民出版社 1982 年，第 80-81 頁。

[21] 王獨清：《再談詩——寄給木天、伯奇》，見王永生主編《中國現代文論選》第一冊，貴州人民出版社 1982 年，第 85-86 頁。

[22] 朱自清：《中國新文學大系・詩集》導言，見王永生主編《中國現代文論選》第一冊，貴州人民出版社 1982 年，第 157 頁。

朝人有云「文徽徽以溢目，音泠泠以盈耳」、「文同積玉，韻比風飛」，唐人云「文高積玉，韻警鏗金」，明人云「文之道不逾『聲』『色』二種」等等，均可見古人重聲色雙美之詩學理想。另一方面，古人又高度重視語言聲色形式本身所具有的情感表現功能：所謂「意象」，其實是「色（色澤、色象、物象、形象）」與「暗示」功能交融和合而成的；而「音」與「暗示」功能交融和合則構成「聲情」——這正是詩歌音節「系統的功能化研究框架」最基本的文化語言學基礎。應該說西方象徵派理論的引入，本來為西方現代詩學與漢語古典詩學的「對接」，提供了極好的機緣，但這種「對接」似乎並沒有深入地展開。象徵派推崇「意象」是為了開掘語言之「色」的形式表現力，而推崇「聲音」則是為了開掘語言之「音」的形式表現力——新詩後起的現代派似乎是只取其一，而拋棄另一。在功能化追求中重「意象」而不重「聲情」，在白話新詩中較具普遍性，典型的說法是艾青所謂好詩在好的「形象」而不在好的「音韻」。

　　分析至此，一極其重要的問題就凸顯出來了：在詩歌中，「聲韻」與「情感」或「意義」究竟是一種什麼關係？梁宗岱、朱光潛二先生在這方面頗多理論建樹。與梵樂希的密切關係，使梁宗岱深得法國後期象徵主義精髓：

　　　　深沉的意義，便隨這聲，色，歌，舞而俱來。

　　　　把文字來創造音樂，就是說，把詩提到音樂底純粹的境界，正是一般象徵詩人在殊途中共同的傾向。

　　　　因為它所宣示給我們的，不是一些積極或消極的哲學觀念，而是引導我們達到這些觀念的節奏；是充滿了甘，芳，歌，舞的圖畫，不是徒具外表與粗形的照相。[23]

如果只是緊緊抓住「所象徵」的內容，很難說清楚詩歌特有的「觀念」與「哲學的」觀念之間到底有什麼區別；但是，如果我們從「所以象徵」

---

[23]　梁宗岱：《保羅梵樂希先生》，見梁宗岱著《詩與真‧詩與真二集》，外國文學出版社，1984 年，第 19-22 頁。

的方式出發，就會發現詩歌與哲學的區別在於：哲學往往直接以「語義」傳達觀念，而詩歌則以「節奏（聲）」和「圖畫（色）」來傳達或象徵觀念。

> 所謂純詩，便是摒除一切客觀的寫景，敘事，說理以至感傷的情調，而純粹憑藉那構成它底形體的原素——音樂和色彩——產生一種符咒似的暗示力，以喚起我們感官與想像底感應，而超度我們底靈魂到一種神遊物表的光明極樂的境域。[24]

上面這段話乃是對「純詩」極簡潔的定義，而在白話新詩後來的發展史中，對西方象徵主義理解的一大偏差卻是：只注意到了詩歌「色彩」、「意象」具有暗示力和象徵性，而忽視了詩歌「音樂」也即「聲韻」同樣具有巨大暗示力和象徵性——這種詩學現象在現代派詩論中有著非常突出的表現。梁宗岱引波德賴爾語指出：「象徵之道也可以一以貫之，曰，『契合』而已」，所謂「契合」近於後來格式塔心理學所謂「同構」。全面系統來看，在情感（意義）與聲韻的關係中，其實存在三大和諧律：「外形律」，「內形律」，「契合律」或稱之為「同構律」。其中，「外形律」涉及語音形式之間的客體性和諧，「內形律」涉及人的內在情緒或情感世界的主體性和諧，而「同構律」則涉及情感世界與形式世界之間的主、客體的「間性」和諧。胡、郭的「自然音節」、「內在的韻律」說，強調的主體情緒的決定性作用，而現代藝術理論則揭示：其實「同構律」在這三大和諧律中才是決定性的。片面強調內形律而忽視同構律，造成的結果往往是忽視對語音形式本身巨大情感表現潛能的充分開掘；另一方面，只片面地強調外形律（片面的「格律化」的詩學主張），而忽視形式與主體情感世界的同構性和諧，語音形式本身所固有的潛在情感表現力量，同樣不會得到充分開掘。外形律與內形律真正的統一點，既不在外形律，也不在內形律，而在超越於兩者之外的「同構律」！直到今天，我們關於詩歌音節問題的大多數討論和爭論，似乎都還圍著「外形律」打轉，

---

[24] 梁宗岱：《談詩》，見梁宗岱著《詩與真・詩與真二集》，外國文學出版社，1984年，第95頁。

「外形律（格律）」的贊成者和反對者，都似乎振振有詞而又針鋒相對，卻不知雙方基本立足點竟是完全一樣的，都在同樣片面的「形式化」理論框架中打轉，而對於詩歌來說，關於音節更本質的問題恰恰在雙方爭論的焦點之外──「同構律」，可以說爭論雙方都還沒有觸及到詩歌音節的深層本質。

　　作為精通西方美學的專家，朱光潛在進行音節理論分析時，充分調動了他所掌握的西方理論資源：

　　　　依流行的看法，詩以語言（兼含音與義）表現情感和思想；依形式派和純詩運動者的看法，詩以語言中的一個成分──聲音──表現情感和思想。

　　　　音律的技巧就在選擇富於暗示性或象徵性的調質。

　　　　從康德派形式美學家一直到現代「純詩」派詩學家都把詩的聲音看成「形式的成分」，意義看成「表意的成分」。……詩的最高理想在逼近音樂，以聲音直接地暗示情趣和意象。極力避開理智瞭解的路徑，這是說，把意義放在第二層。[25]

強調形式自律可以說恰恰是西方藝術學「現代性」的重要表現之一──總體來說，新詩既有的發展歷程，乃是漢語詩歌向西方學習尋求使自身「現代化」或獲得自身「現代性」的過程，但音節形式自律觀念在新詩發展史上卻似乎很不占上風──這不表明新詩與自己所追求的西方藝術學和詩學的「現代性」存在著明顯的錯位嗎？針對胡適等提出的「自然音節」說，朱先生還指出，散文固然也可以有節奏，但詩歌的節奏特性不同於散文的節奏特性：

　　理解的節奏是呆板的，偏重意義；情感的節奏是靈活的，偏重腔調。[26]

---

[25]　朱光潛：《詩論》，安徽教育出版社，1997 年，第 77 頁、第 153 頁、第 265 頁。
[26]　朱光潛：《詩論》，安徽教育出版社，1997 年，第 117 頁。

在詩歌作品中，語義與語音結構之間既存在相協調的一面，也存在相衝突相消長的一面，從相消長的一面來說：若偏重語義，節奏往往是呆板的，或者說節奏的和諧程度不夠高，進而這種節奏對情感的表現力就不夠強──所謂「自然的音節（節奏）」的最大問題恰恰出在其形式本身缺乏足夠的情感表現力，偏重所謂「語言的節奏」的新詩，至少可以說是不重視對漢語語音所固有的情感表現力量的充分開掘的。20世紀50年代新民歌運動中繼續有關於音節節奏的爭論，然而爭論焦點似乎依然還在節奏之「有」與「無」、「要」與「不要」上──這恰恰僅僅還只是一種形式化的分析，對於詩歌來說，更深層也更重要的問題，恰恰不在節奏本身的有無，而在節奏形式的情感表現力的有無，簡言之，不在「形式」的有無，而在「功能」的有無：有了節奏但節奏形式缺乏情感表現力，這對於詩歌來說，其節奏問題依然沒有得到真正的解決！創造和諧的節奏等語音形式，從深層講，不是為詩歌貼上一種不同於普通散文語言的裝點門面的外在標籤，而是為詩歌充分調動和開掘語音本來固有的巨大情感表現潛能，以使詩歌語言的表達功能在整體上超越普通散文語言，簡言之：不是為了在「形式」上區別於散文語言，而是為了在「功能」上超越於散文語言。相對而言，語音形式的情感表現潛能，在普通散文語言中恰恰是被壓抑著的，在聲情茂美的詩歌中則得到了充分釋放：詩歌聲情茂美的音節結構，不是對普通散文語言的某種「扭曲」，而是對普通散文語言中某種被壓抑的精神表現潛能的「解放」！脫離「情感表現功能的有無」這一必要的理論基礎，而爭執於音節節奏等形式上的有無，恰恰是以往新詩音節研究及爭論的最大理論誤區所在。

總之，梁、朱二先生都令人信服地揭示出了：詩歌和諧的音節形式結構本身，同樣可以具有巨大的情感表現力量，「音節」問題，絕對不僅僅只是個「形式化」的問題，在深層也更是個「功能化」的問題。「純粹憑藉那構成它底形體的原素──音樂和色彩──產生一種符咒似的暗示力」，「音律的技巧就在選擇富於暗示性或象徵性的調質」，兩位先生都充分地認識到了詩歌音律同樣可以獲得極強的暗示力：

> 事理可以專從文字的意義上領會，情趣必從文字的聲音上體驗。詩的
> 情趣是纏綿不盡，往而復返的，詩的音律也是如此。[27]

從「文字的聲音」上所體驗到的「情趣」也即「聲情」具有「纏綿不盡」的
特點，這種特點表明「聲情化」也可以克服早期新詩「直白化」這一功能性
缺點。

## 四

綜合以上分析，可以大致梳理出新月派前後新詩發展這樣的歷史脈絡：

如果同時結合「形式化」與「功能化」兩方面的分析來看，可以得出以下對
照圖表：

| 形式化 | 反格律化→ | →格律化→ | →反格律化 | |
|---|---|---|---|---|
| 發展階段 | 早期→ | →新月派→ | 現代派 | 九葉派 |
| 功能化 | 直白化→ | 聲情化 | 意象化 | 戲劇化 |
| | | →反直白化 | | |

以上是對新詩及其理論發展史的理論重構。對於新月派前後這段新詩發展
史，其實是可以從「形式化」與「功能化」兩方面來描述和勾勒的：（1）從
「形式化」角度看，新月派詩學追求的邏輯起點是：早期新詩在音節形式上
太過散漫（不重視格律），解決途徑是「格律化」——這種描述本身並無不
對之處，但僅僅侷限於這種表層的形式化描述，恰恰不能真正揭示新詩及其

---

[27]　朱光潛：《詩論》，安徽教育出版社，1997 年，第 99 頁

理論這段發展史的內在邏輯；（2）從「功能化」角度看，新月派詩學追求的
邏輯起點是：早期新詩在表達的功能特性上太過「直白」從而缺乏形式表現
力。「格律化」只揭示了新月派表層的「形式化」追求，「聲情化」才體現出
其深層的「功能化」追求（徐志摩強調「音節化」，但同時強調要力避「形
式主義」，可見其宣導的「音節化」實為「聲情化」，而不僅僅只是一種形式
主義的追求，見前引）。新月派的「聲情化」與現代派的「意象化」、九葉派
的「戲劇化」一起，構成了新詩克服其自身早期直白化缺點而提高漢語白話
表現力的三種有效方式，三者關係是互補性的，三者的互補最終構成了新詩
音節研究歷史的、系統的功能化的理論框架，而只有在此歷史地建構起來的
系統的功能化框架中，音節的詩學意義才可能得到準確而充分的揭示。

　　系統地從詩歌語言表達的功能特性來看，直白化的缺點在其「直」，也
即用語義來直接表達（最多用比喻等修辭手法），而聲情化、意象化、戲劇
化三種方式的功能特點則在「曲」，也即通過「音」、「象」、「事」等來非直
接地表達詩歌所要表達的。那麼，這三種方式之間的關係如何呢？從詩學系
統的功能化框架來說，三者本是並置性、互補性的，對於詩歌來說同等重要。
極一般地說，這三者之間又可能產生兩種基本關係：或相協調而統一，或相
衝突而相消長。從相統一的方面來說，只有在意象化、戲劇化與聲情化三者
相互補充、相互協調中，漢語的形式表現力才可能獲得最大限度的充分而全
面的發揮。從相衝突的方面來說，過分重視和專注於意象營造（意象化）往
往會忽略對詩歌和諧語音結構的創造，從而也就忽視對語音固有情感表現潛
能的開掘（現代派詩、「朦朧詩」等有此傾向）。從以語言為基本載體的「語
言藝術」內部的各種樣式來看，可以說「意象化」或「形象化」，乃是絕大
部分文學門類在語言表達上共同具有的功能特性，散文也可以做到意象化，
所謂戲劇化更是對小說、戲劇表達方式的借鑒，唯有「聲情化」才是詩歌與
其他文學樣式相比最具獨特性的語言表達方式。對於作為「語言」藝術的詩
歌來說，戲劇化、意象化相對而言只是其語言表達功能的「向外」拓展，是
詩歌提升自身語言表現力的「外在」方式；而「聲情化（而非所謂『音樂化』）」
則是其語言表達功能的「向內」深掘，是詩歌提升自身語言表現力的一種「內

在」方式——「向外」拓展與「向內」深掘這兩種方式的基本關係本是互補性的。詩歌當然不是一個絕對封閉的世界，因此，現代派的意象化、九葉派的戲劇化，作為向外拓展詩歌語言表現力的努力，其對於漢語詩歌表現力開掘的貢獻是絕不容抹殺的，但如果完全忽視三者之間的互補關係，以意象化、戲劇化來反對詩歌在語言表達功能上內在的聲情化，則就大謬不然了。

綜上所述可以得出這樣的基本判斷：新詩在音節上所存在的問題，總體來說不是「形式化」的，而是「功能化」的。新月派宣導格律化而現代派反對之，1949 年後，所謂「十七年」時期宣導格律化而新時期的朦朧詩反對之——同樣的論題反覆被爭論，但由於在研究的理論框架上少有突破，歷史似乎只是在被重演。一種至今仍然流行甚廣但其實似是而非的觀念認為，新詩音節的主要問題是「形式散漫」，針對此的解決方案是使詩歌音節形式結構整飭化、規整化也即「格律化」，這種「形式化」的解決方案，恰恰不能解決新詩語音形式結構缺乏情感表現力這一深層的「功能化」問題。新詩發展史上其實已經有了很多關於新格律的實驗，「十七年」詩歌也大抵做到了格律化——如此就能解決新詩在音節上所存在的問題了？新月派與「十七年」詩歌，可以說是新詩格律化的兩次浪潮，新時期朦朧詩派批評格律化的「十七年」詩歌的一大主要不足是「直白」（而以「朦朧」反對、矯正之），但上面的分析我們已經揭示，同為格律化的新月派詩尤其徐志摩的詩，恰恰是為了克服「直白」，而且一定程度上也克服了「直白化」——大致說來，新月派詩格律化的同時實現了聲情化，而「十七年」詩格律化有餘而聲情化不足。另一方面，反對「十七年」詩歌的朦朧詩派，也同樣沒有充分認識到：詩歌「音律的技巧就在選擇富於暗示性或象徵性的調質」、詩歌可以「純粹憑藉那構成它底形體的原素——音樂和色彩——產生一種符咒似的暗示力」，只注意到「意象」可以造成詩歌的朦朧，卻不知「聲情」同樣可以造成詩歌的朦朧，結果在理論和創作上只不過是重蹈現代派之覆轍而已。這裡面還涉及這樣一個重要問題，即「格律化」不是使詩歌聲情化的唯一方式和途徑，「自由化」同樣也可以使詩歌聲情化。從理論上來說，語音客體性的形式和諧化，乃是詩歌聲情化的「必要條件」，和諧化表明語音形式結構具

有某種「合規律性」，但是這種「合規律性」其實是有兩種不同的表現類型
的：一是「有規律的」合規律性（其代表體式是「格律詩」），一是「沒有規
律的」合規律性。從正面來說，「格律詩」可以通過「有規律的」合規律性
做到聲情化，「自由詩」通過「沒有規律的」合規律性也同樣能實現聲情化。
另一方面，語音客體性的和諧，也僅僅只是詩歌聲情化的「必要條件」，但
卻非「充分條件」，格律詩和諧的音節結構，如果不能同時符合「同構律」
而與主體性情感同構，同樣不會獲得情感表現力——因此，從反面來說，「自
由詩」可以不追求聲情化，而「格律詩」也未必就一定能實現聲情化。新詩
種種新格律的實驗沒能完全成功，原因是多方面的，沒能充分聲情化從而使
漢語語音形式本身潛在的巨大情感表現力量充分發揮出來，恐怕也是其中的
重要原因吧。

## 第二節    「格律化」與「自由化」關係之闡釋與重建

本節主要討論 20 世紀 50 年代「新民歌」運動中相關論爭所涉及的理論
問題。經過新月派前後的論爭後，新詩音節問題並沒有得到很好的澄清，於
是 50 年代「新民歌」運動再次出現關於音節的論爭。歷史地看，「新民歌」
運動中的論爭在音節形式研究的「系統化」特性上，較之新月派前後的論爭
有所強化，但其「功能化」特性則有所減弱。關於「新民歌」運動中的詩學
論爭，何其芳總結道：

> 十年來的關於詩歌形式的爭論所涉及的問題是很廣泛的。有些問題已
> 經不只是形式的問題。在眾多而又複雜的問題之中，我想再來談談以
> 下三個問題：（一）自由詩和格律詩的爭論；（二）五七言體或者民歌
> 體和現代格律詩的爭論；（三）民族形式的多樣化問題。[28]

---

[28]　何其芳：《再談詩歌形式問題》，見《詩刊》編輯部編《新詩歌的發展問題》（第
　　　三集），作家出版社，1959 年，第 250 頁。

格律一重要因素「押韻」沒有成為爭論的話題,「五七言體或者民歌體和現代格律詩的爭論」最後的焦點,是關於新格律當用「兩字尾」還是「三字尾」,另外還涉及新格律是否要考慮「平仄律」——這兩個問題可以說是格律形式的「內部問題」,而「自由詩和格律詩的爭論」涉及的則是其「外部問題」。總體來說,以上諸問題又暗含同一焦點:格律之「時代性」與「形式性」之爭:一些論者把「三字尾」、「平仄律」、「格律化」劃歸到「古典陣營」或「舊陣營」,把「雙字尾」、「節奏律」、「自由化」劃歸到「現代陣營」或「新陣營」(當然所謂「節奏律」實際上被認為是兩大陣營的交叉地帶),三者之間的差異就成為「時代性」的差異——這種二分法的一個潛在理據似乎是:因為「三字尾」、「平仄律」、「格律體」在漢語古典詩歌中「大量」存在,所以這些因素就都是「古典性」的、「舊」的(這種「歸納法」是非常可疑的),而為了突出和強調格律之「現代性」、「新」,這些因素就應該被拋棄——「唯新」成了取捨的標準,而深層的文化語言哲學標準則沒有得到系統揭示和準確把握。「格律化」與「自由化」的關係,乃是新詩理論中一個極其重要的基本問題,這一問題的核心又在於對「格律」的理解。系統地看,格律問題可分成「內部」與「外部」兩個方面來討論:格律「內部」的形式問題,涉及格律的音節結構究竟應包含哪些最基本的整體性的構型要素,討論這一內部形式問題的文化語言哲學基礎是:如何充分而全面地開掘語音的「形式創造力」;格律「外部」的形式問題,涉及「格律詩」與「非格律詩」之間的關係問題,「格律詩」體現的是語音結構「有規律的」合規律性,「非格律詩」的和諧語音結構則可以體現「沒有規律的」合規律性。最終,我們認為,「格律化」與「自由化」所體現的乃是提高語音「形式創造力」及「形式表現力」的「強度」與不斷擴展其「廣度」之間的關係,兩者的深層關係是互補性的,而非替代性的。

一

　　關於格律形式內部構型規律的論爭,首先看「三字尾」與「雙字尾」之爭,這是有關詩歌「節奏」的論爭,這次爭論是在已有成果基礎上進行的,比如作為格律「內部問題」的「字數律」就不再是爭論的焦點,這恰是吸取

了新月派「字數律」的不足的教訓，意識到格律的節奏問題主要是「頓（音組）」的問題──當然問題也恰在於：「頓數律」是否還要兼顧「字數律」？

　　鮮明地強調「兩字尾」是現代新格律區別於古典舊格律顯著特徵的，是何其芳、林庚等，反對者有宋壘等，當然持平之論者似更多：

> 民歌裡的舊式五七言必須改變，但是三字尾不但可以保留，而且還可以拿來作為民歌和一般格律詩在格律上的重要區別。一般格律詩也可以有三個字的結尾，但是適合現代口語的二字結尾應當更為普遍……[29]

雙字尾還是三字尾問題，顯然又與詩每行的「字數」有直接關係，三字尾是與五七言句式等「奇數音節的句子」緊密聯繫在一起的。而每行字數的多少又與所謂「頓法」或「頓型」有直接關聯，「（卞之琳認為）節奏的中心環節應是頓數和頓法（頓的內外關係）或者叫音組的安排。漢語今天的口語休止方式不外四種：一字頓，二字頓，三字頓，四字頓。其中以二字頓和三字頓最多。運用到詩裡也可以主要採用二字頓或三字頓」，而金克木《詩歌瑣談》則把「頓」分成「奇」與「偶」兩大類，雙字尾是偶型頓，三字尾是奇型頓[30]。對三字尾特徵的發現，又與對「半逗律」的發現緊密聯繫在一起，按半逗律，四言句式按「二‧二」切分，五言按「二‧三」切分，七言按「四‧三」切分──這樣五七言句式的結尾都是三字「奇」型頓，而且前面的頓必是「偶」型頓（二字或四字頓），因此五七言句式在頓型組合上的重要特徵就是「奇」、「偶」相間。三字尾與雙字尾之爭最終乃是「節奏型」之爭，爭論各方在對頓（音組）是造成節奏的主要因素的認識上是基本上一致的，問題在於，如何用「頓」造成節奏，或者造成什麼樣的節奏？這一問題非常纏夾。

---

[29]　周煦良：《論民歌、自由詩和格律詩》，見《詩刊》編輯部編《新詩歌的發展問題》（第四集），作家出版社，1961年，第61頁。

[30]　分別參見《詩刊》編輯部編《新詩歌的發展問題》（第四集），作家出版社，1961年，第179頁，第107頁。

> 比如這種格律詩的節奏究竟應該怎樣構成就還可以討論。在我的設想
> 中，好像只有兩個辦法，一個是以字為節奏的單位，一個是以頓為節
> 奏的單位。我是肯定後一個辦法的。[31]

何先生的基本設想是組成詩行的頓之「數」要基本一樣多，而不管各頓由幾
個字組成，也即不管頓之「型」，這實際上是由「字數律」一極跳到「頓數
律」一極。這一問題又與如何理解「節奏」有很大關係，「（丁力認為）節奏
是為了增加詩的語言的美，能合乎語言的自然規律，念起來順口，這就夠了。
何其芳認為，自由詩的節奏和格律詩的節奏是不相同的，就像散步和跳舞都
有節奏，但是節奏卻不一樣。」[32]《中國大百科全書》「音樂舞蹈」條指出，
節奏是一種「時間組織」，和音（時值）的長短有關。討論中大家都強調「重
複」在形成節奏中的重要性，「重複」確實是形成節奏的一個必要條件，沒
有重複的聲音流是雜亂無章而無節奏的——然而問題在於，對於音樂和詩歌
來說，僅僅只有重複是遠遠不夠的，不僅要講「節奏性」，而且更要講節奏
的「藝術性」——那麼，什麼是節奏的「藝術性」，什麼樣的節奏具有「藝
術性」？極一般地說，作為一種聲音形式，符合「雜多統一」形式美規律的
節奏就具有藝術性。我們經常用什麼來描述「節奏」？常見的似至少有兩種：
一曰「快」與「慢」，羅念生指出：「少字頓節奏馳緩（如果有節奏的話），
多字頓節奏急促，節奏隨情感而變化」[33]，字數不同的頓，其節奏特性是不
盡相同的；二曰「單調」與「富於變化」——而「單調」還是「富於變化」
又是通過「快」、「慢」的不同組合來表現出來的：如果一段聲音流中每組音
所占時間完全一樣而無快慢之分，典型的如鬧鐘的滴答聲，那麼這段聲音流
的節奏就是單調的、缺少變化的；而如果一段聲音流中每組音所占時間不盡

---

[31] 何其芳：《再談詩歌形式問題》，見《詩刊》編輯部編《新詩歌的發展問題》（第
三集），作家出版社，1959 年，第 272 頁。

[32] 參見《詩刊》編輯部編《新詩歌的發展問題》（第四集），作家出版社，1961 年，
第 184 頁。

[33] 羅念生：《詩的節奏》，見《詩刊》編輯部編《新詩歌的發展問題》（第四集），作
家出版社，1961 年，第 49 頁。

相同，從而音與音之間呈現出快慢相間交織的現象，那麼這段聲音流的節奏就是富於變化的。沒有節奏的聲音流有「雜多」而無「統一」，單調的節奏有「統一」、「重複」而無「雜多」、「變化」，快慢相間而富於變化的節奏才符合「雜多統一」的形式美規律。如圓舞曲的節奏型「嘭─嚓嚓」，是「慢・快・快」──這是「跳舞」的節奏；而一般走路的節奏則基本上是無所謂快慢相間的。是否快慢相間──這是「跳舞」的節奏與「走路」的節奏重要區別所在。回到詩歌，如果我們根據半逗律來分析的話，就會發現，詩行的字數決定著詩行的兩大半頓的組合類型：詩行的字數若是偶數，則兩大半頓往往是偶頓加偶頓（如四言「二・二」、六言「二・二・二」等），這樣就很難做到頓型的奇偶相間，如此，一句內頓與頓之間的時值就沒有變化，從而節奏就相對缺少變化；而五言（二・三）、七言（四・三）在頓型上必然是偶、奇相間，頓與頓之間的時值不盡相同，從而節奏富於變化──比如，四言「白日・下山」，兩個偶型頓合在一起，讀起來無快慢之分，五言「白日・依山盡」，兩字的偶型頓與三字的奇型頓讀下來就有了快慢之分。半逗律的意義也許恰在於揭示了：奇字數詩句的音組的節奏型，在快慢相間中富於變化──而字數是偶數的詩句則往往缺少這種變化。所以，除了早期的四言外，漢語古典詩歌中六言、八言等「偶言」格律詩始終沒能成氣候，這一詩學現象絕對不是偶然的，恰是由漢語詩格律追求「同中有異」，也即，使節奏在規整的格律中也能富於變化，這一形式追求決定的。或者說，漢語古典詩歌在節奏上的追求，是節奏的「藝術性」，而非僅僅單純的「節奏性」──反之，強調雙字尾的現代格律的最大問題也許正在於：只講詩歌的「節奏性」，而不講節奏的「藝術性」。總之，論及漢語詩歌的節奏，只有將「頓數律」與「字數律」統一起來考慮，才能更準確地分析漢語語音的節奏構型規律：僅僅只講每句的「字數」不行，比如「看・白日下山」與「白日・依山盡」，兩句字數完全相同，但由於頓法的不同，兩句的節奏型就完全不一樣；但是，僅僅只講「頓數」也不行，比如「白日・依山盡」與「白日・下山」，兩句頓數完全相同，但由於組成頓的字數不盡相同，兩句的節奏型也是不完全一樣的。

　　這次論爭又一重要理論成果就是，有些論者已經認識到了：三字尾還是雙字尾，從而組成詩句的頓型是否奇偶相間，這直接決定著詩的節奏特性——卞之琳分析道：

> 在對於詩歌格律的看法上，我和何其芳同志出發點相同，著重點有些不同。我特別著重了從頓法上分出五七言調子和非五七言調子。我在《幾點看法》一文第三段說過：「照我們今日的民族語言看來，五七言一路韻語調子便於信口哼唱（有別於按譜歌唱），四六言一路韻語調子倒接近於說話方式，便於照說話方式來念（包括戲劇性的「朗誦」）」。……我不著重分現代格律詩和非現代格律詩，我著重分哼唱式（或者如何其芳同志所說的「類似歌詠」式）調子和說話式調子。[34]

卞、何二先生的不同在於：對於雙字尾與三字尾，卞強調的是「調性」不同，何強調的是「時代性」（「現代」與「非現代」）不同。林庚根據自己的創作經驗，強調要「警惕『五字節奏音組』的三字尾」，「三字尾乃是『五字音組』的危險地帶。要避免這無形中文言化的影響，最直接的辦法就是不用三字尾」[35]。那麼，這種把三字尾、吟詠的調子劃歸為「文言化」的理論根據是什麼？古人大量地使用這種吟詠式的調子，據此是否就能推論這種調子就是「文言化」的？流行於新詩史上的這種看法還與這樣一個判斷緊密相關，那就是認為，詩歌的調子到了現代似乎是越來越接近於口語——但是金克木舉印度詩分析道：

> 印度的梵文詩一般不用腳韻，近幾百年來的各地口語詩才一般都用腳韻。這未必是語言改變的必然結果。就表現能力說，近代、現代的格律比古代的更強而且更豐富。就形式說幾乎完全變了新的，更適宜於

---

[34] 卞之琳：《談詩歌的格律問題》，見《詩刊》編輯部編《新詩歌的發展問題》（第三集），作家出版社，1959年，第292頁。

[35] 林庚：《新詩格律與語言的詩化》，經濟日報出版社，2001年，第32-33頁。

吟唱而不只是更接近說話。[36]

漢語詩歌「現代格律」應且僅僅應建立在「更接近說話」的基礎上——這一論調至少是值得商榷的。放在漢語文學整體發展史的大視野中來看，漢語古典文學中不僅「詩」講究節奏，「文」也講，韓愈所謂「氣盛則言之短長與聲之高下皆宜」中「言之短長」講的就是古文的節奏——後來桐城派強調在古文欣賞中「因聲求氣」講的也是「文」的節奏。其實，漢語古典詩歌五七言句式越來越穩定也是有個過程的，總的來說，盛唐以後的古典詩歌在句式上越來越趨向於規整的五七言（無論「近體」還是「古體」皆如此）——如果我們與另一端「文」相互比較就會發現，作為「文」之一種的駢文，開始其句式並不全是四六言，可是越往後越趨於穩定的四六言句式，其一大特徵是雙字尾。粗略說來，詩歌之趨於穩定的五七言句式，與駢文之趨於穩定的四六言句式，大致上是同步的——由此來看，我們竟可以說，古人越來越把詩定為「三字尾」，恰是為了把「詩」的節奏與「文」的節奏區分開。於是我們就會驚異地發現：何其芳等所強調的「雙字尾」在古人竟然是「文」的節奏特徵！雙字尾的現代格律詩也許只是將詩歌中的「散文節奏」進行到底而已。雙字尾與三字尾節奏型在古漢語中恰恰是大量並存的，《詩經》外雙字尾的四言、六言「詩」等確實比較少見，但雙字尾的四六「文」可是太多了，這兩者在漢語語音的整體構型規律中存在著極強的互補性——以此來看，說現代漢語中雙音節和多音節詞增加了，於是現代格律就要講雙字尾——這種推論是很值得商榷的。

在新詩史上，反對格律的胡適等宣導「自然的音節」，強調格律「現代性」的何其芳等宣導「說話（口語）的音節」，但在強調「怎麼說就怎麼寫」這種趨附於口語的觀念上兩者卻又是相通的，兩者強調的都可謂「文」的音節。我們甚至可以說，何其芳等強調的「雙字尾」恰恰是早期白話詩散文化理念在格律設計中的曲折表現——這更可見散文化觀念在漢語現代詩學中

---

[36]　金克木：《詩歌瑣談》，見《詩刊》編輯部編《新詩歌的發展問題》（第四集），作家出版社，1961 年，第 101 頁。

是如何地根深蒂固。當然不必反對把「文」的節奏引進詩裡，極一般地說在白話詩中「文」的節奏與「詩」的節奏不妨並存，引入「文」的節奏是可以豐富詩的節奏型的──問題反而在於，「文」的節奏外，白話詩是否還需要一種「詩」的節奏？從文化語言哲學的角度來說，最大限度地充分開掘民族語言的形式創造力，乃是詩歌這種獨特的民族語言活動的重要使命之一。這裡就涉及到這樣一個問題：語音和諧形式的創造與語義概念傳達之間的關係──極一般地說這兩者之間可能存在兩種關係：或統一而相協調，或對立而消長──就相消長的一面來說，「理解的節奏是呆板的，偏重意義；情感的節奏是靈活的，偏重腔調」，也即，過分偏重於意義理解，語音節奏的靈活性、富於變化性、和諧性往往就會受到一定的削弱或抑制。仔細分析起來，說古詩的調子更和諧是「為了」更適宜於吟詠，也即把「更適宜於吟詠」當成和諧程度高的古詩調子的「目的」，這種說法是需要推敲的。更準確的說法似應是：「更適宜於吟詠」乃是更為和諧的古詩調子所造成的「結果」，而非其「目的」，即，正是因為古詩語音更為和諧，所以才「更適宜於吟詠」──落實到詩行的字尾上，前已指出，三字尾的古詩，詩行內頓型奇偶相間，快慢相間，節奏富於變化，所以才「更適宜於吟詠」。如此說來，古詩為了吟詠而我們今天的詩歌是為了朗誦，所以不必有那麼高的形式化或和諧化程度──這一說法的「前提」就存在問題了！從最基本的學理來說，適宜「吟詠」或「朗誦」只是伴生性的，而非詩歌創造和諧語音結構的根本性的直接目的所在──至此，就要追問這種根本性的直接目的究竟是什麼？就是充分開掘漢語語音的「形式創造力」。完全趨附於口語的最大問題就在於：會影響漢語語音形式創造力在詩歌中的充分發揮。

再看「節奏律」與「聲調律」之爭。以上討論的是格律的「節奏」問題，緊接著的問題是：節奏問題是否就是格律問題的全部？

平仄問題的討論到此就基本清楚了：有的認為應該給平仄在節奏問題上的作用予以考慮；有的認為平仄不可能形成節奏，或者說在今天的

語言中，平仄作用不明顯；有的認為也不必完全反對，可由人們去進行嘗試，或者說在五七言一路的調子中總還可以有些作用。[37]

我們上面已經分析指出「節奏」是一種「時值性」要素，那麼，「平仄」是否也是「時值性」要素？再具體地問：平聲與仄聲之間是否存在時值性差異？從舊四聲來看，恰恰不是平聲與三種仄聲（上聲、去聲、入聲）之間存在長短時差，而是平、上、去三種聲調與入聲之間存在一定時差，即相對來說入聲要短而促——但是：（1）入聲雖短，但大致說來兩個入聲字的時值，顯然要大於一個即使是平聲字的時值（古人也說平聲「平而長」，但一個平聲字也絕對不會長過兩個仄聲字），由此來看，漢語語音之長短，主要是根據「字數」的多少來安排的（而在英語等西語中比如長母音與短母音之間的時值性差異是明顯的，其音節本身長短之分非常明顯）；「入派三聲」後入聲字的消失，以沒有入聲的新四聲為基礎的「曲」還講平仄律，在現代漢語普通話中也無入聲，也可見講平仄確與時值性的節奏無關。羅念生就非常直接地指出：「平仄和節奏的關係不是『不一定有』，而是沒有。平仄只是對音調有影響而已」；王力提出四聲互相配合問題「實際上是一個旋律問題，已經超出了節奏問題之外」[38]。王力所謂的「聲調是高低關係」而非長短關係，已基本上成為語言學家的共識，可以說在造成節奏鮮明中聲調發揮不了多少作用——這一問題已基本解決，剩下的第二層的問題恰恰是：對節奏影響甚微的平仄是否就必然不是格律的基本構成要素？

正如「雙字尾—三字尾」被看成是格律特性上的「現代—古典」的區分，在宣導格律現代性研究者那裡，「不講平仄—講平仄」某種程度上也被看成現代格律與古代格律的區別性特徵之一。林庚指出：

---

[37]　參見《詩刊》編輯部編《新詩歌的發展問題》（第四集），作家出版社，1961 年，第 186 頁。

[38]　羅念生：《詩的節奏》，王力：《中國格律詩的傳統和現代格律詩的問題》，分別參見《詩刊》編輯部編《新詩歌的發展問題》（第四集），作家出版社，1961 年，第 41 頁，第 23 頁。

　　　　平仄的出現實質上是一種修飾性的講求，對於詩歌形式來說，這
　　種講求是附加的而不是決定性的；對於繁榮詩壇來說，其作用也從來
　　只是從旁的而不是主要的。

　　　　當然，平仄本身並不就等於律詩，平仄的講求如果不流於繁瑣的
　　格律也是有益於詩壇的；然而這只是一種精益求精的加工，而不是詩
　　歌形式的基本規律。

他還強調「平仄在詩歌形式上所起的作用不是建立節奏，而是修飾了這個節
奏」[39]，林先生並不一般性的反對平仄，但強調平仄只起「修飾性」而非「建
立性」或「構成性」的作用，不是「基本規律」。袁水拍指出：

　　　　整齊和變化的規律所指的似乎不僅是節奏上的整齊和變化的規律。節
　　奏，的確是一個重要因素。但就中國傳統詩歌形式的特色而言，除了
　　節奏、韻等等而外，在聲調方面也還有它自己的特色和規律。[40]

聲調平仄確是節奏以外的一種和諧要素，或者說是格律的「非節奏性構成要
素」——於是爭論的焦點就變成：對於詩歌基本格律來說，除了節奏性要素
外是否還需要「非節奏性要素」？我們首先從音樂藝術來看，其形式和諧的
基本構成要素包括哪些？曰「節奏」與「曲調（或旋律）」，如果按是否時值
性要素來分，節奏是時值性的、曲調是非時值性的，為了更清晰地顯示這種
二分法的脈絡，我們不妨把這兩種要素分別稱之為「節奏性（時值性）要素」
與「非節奏性（非時值性）要素」。誠然，從人類音樂的發展史來看，早期
的原始音樂確實主要以節奏為主；再從音樂的不同門類來說，沒有曲調也可
以成為音樂，最典型的如鼓樂等許多敲擊樂，但無節奏顯然就不成音樂，優

---

[39]　林庚：《再談新詩的建行問題》，見《詩刊》編輯部編《新詩歌的發展問題》（第
　　　四集），作家出版社，1961 年，第 158 頁、第 159 頁、第 163 頁。
[40]　袁水拍：《新民歌的一二藝術特點》，見《詩刊》編輯部編《新詩歌的發展問題》
　　　（第四集），作家出版社，1961 年，第 284 頁。

美的旋律曲調也必須以一定的和諧節奏為基礎。然而儘管如此，在現代音樂學的基本原理中，也並沒有把非節奏性的旋律要素排除在音樂的「基本要素」之外。再從其他民族語言詩歌格律來看，應該說把平仄看作是節奏的「修飾性要素」是頗具理論價值的，這一基本認識其實是可以推及對其他民族語種的格律分析的（似乎並無人這樣做），如此我們就會發現，各民族詩歌格律或語音形式的和諧合規律性，在時值性的節奏構型規律上是基本相通的（通過語音時值長短的切分），各民族詩歌不同特性恰恰是在節奏的「修飾性要素」上表現出來的，這種修飾性要素在英語可能是輕重音，在漢語則是平仄聲——那麼英語詩歌的基本格律除了音步的多少、如何安排外，還講輕重音的規律性安排，漢語詩歌的基本格律為什麼除了講音步外就不再講平仄的規律性安排？輕重音與平仄聲的聲音特質不盡相同，但在「非時值性」上、在作為節奏的「修飾性要素」上卻是完全一樣的。節奏性要素與其「修飾性要素」在格律的整體結構中具有著明顯的互補性，兩者有機地結合在一起，才能構成詩歌完整的格律。

那麼，古人把平仄作為格律基本要素的依據究竟什麼？是漢語在語音上一個最大的特點——「聲調」，而許多西方語言在語音上則是「非聲調」語言。直到今天，許多反對「聲調律」論調的根據似乎也不外乎還是兩點：一，漢語聲調的歷時性差異，即現代漢語的聲調已不同於古代漢語了；二，漢語聲調的共時性差異，即不同方言中的聲調不盡相同。但是不知漢語聲調（其實包括一切民族語言的所有形式特性）在「時間」和「空間」上總是始終變化著的，在古代漢語中聲調就在不斷變化，古代不同方言中的聲調也同樣不盡相同——但古人卻一直重視聲調形式的和諧性和表現力。詩歌聲調律存在的基礎，不是聲調之「變」與「沒變」，而是聲調之「有」與「沒有」——只要漢語依然存在聲調、依然通過聲調來區分意義，聲調作為漢語詩歌格律基本構成要素的地位就應是不能動搖的。只有在「節奏律」與「聲調律」的相互補充、相互協調中，漢語詩歌的格律才是完整的，才能完整而充分地體現漢語語音構型的民族特色，才能使漢語語音潛在的巨大形式創造力全面地發揮出來。

## 二

　　從格律研究的角度來說，上面分析的還只是格律的「內部問題」，如何理解格律音節結構的構型特點，還必須從「外部」、在與「非格律詩」的比較中進行分析——這就涉及到「格律化—自由化」這一爭論了。正如在格律構成要素上所產生爭論主要是因為對於「節奏」內涵理解的不同，在此爭論中關於「格律」內涵的理解也是不同的。

> 　　要建立格律詩，要講究節奏，這都是大家一致的意見。但對於格律及節奏等概念的理解就不一致了，而這種不一致，也就影響了具體主張上的一些不同，也就有了對今天詩歌現狀的不同估計。[41]

其實，不僅影響到「對今天詩歌現狀的不同估計」，而且還影響到對我們古典詩歌整體格局的不同理解，影響到漢語詩歌古典傳統與現代傳統之間關係的不同認識，乃至影響到對新詩未來發展道路的不同認識。總體來說，新詩格律的實踐與宣導者對格律內涵的理解往往過於寬泛。比如聞一多就把「格律」與西語「FORM」對等，這樣，只要講形式和諧的就是格律詩，反過來說，「非格律詩」就可以不講形式和諧了？王力指出：

> 　　對於什麼是格律詩，大家的見解可能有分歧。我這裡所談的格律詩是最廣義的；自由詩的反面就是格律詩。只要是依據一定規則寫出來的詩，不管是什麼詩體，都是格律詩。……在西洋，有人以為有韻的詩如果不合音步的規則應該看成是自由詩（例如法國象徵派詩人的詩）；又有人把那些只合音步規則但是沒有韻腳的詩叫素詩（歌劇常有此體）。我覺得在討論中國的格律詩的時候，沒有這樣的詳細區別的必要。

---

[41] 參見《詩刊》編輯部編《新詩歌的發展問題》（第四集），作家出版社，1961 年，第 189 頁。

西洋對詩歌格律的規定還是相當嚴格、詳細的，那麼「在討論中國的格律詩的時候，沒有這樣的詳細區別的必要」這一判斷的基本理據和必要性究竟是什麼——茲姑不論，王先生基於以上判斷所得出的推論是：「戰國時代到『五四』時代又沒有自由詩，可見格律詩是中國詩的傳統。」[42]何其芳有同樣的判斷：「中國古典詩歌的傳統基本上是格律詩的傳統。節奏和押韻都有規律的格律詩在古典詩歌中占絕對優勢。……（不同意茅盾的觀點）我們現在一般所說的『格律詩』卻是指每行的節拍有規律並且押韻也有規律的詩。按照我們現在的這個概念，中國古代的四言詩，五七言詩，都是格律詩。」[43]與王、何二先生認識針鋒相對的有茅盾、谷風等。茅盾認為：

> 依我看來，中國古典詩中除了這些舊稱「近體」的格律詩而外，舊稱「古體」的詩，都可以算作自由體……李白的古體詩可以算是古典詩中自由派詩的代表。
>
> 今天寫自由體的詩人，大可以繼承古典詩這個傳統而發展之，何必一聽到古典詩就想到那些格律森嚴的「近體」，從而遲疑卻步？[44]

漢語古典詩歌的基本格局是「古體」與「近體」並存，許多研究者把古體詩也視作格律詩的一大根據是：古體詩中絕大多數都是齊整的五言或七言句式——問題的關鍵在於：這樣的齊整句式在五、七言律、絕中就是一種「硬性規定」，但在古體詩尤其七言古詩中決不是一種「硬性規定」，比如在流傳甚廣的《唐詩三百首》中，在「七言古詩」的名目下收錄了李白《夢遊天姥吟留別》等不少以七言為主而雜以其他句式的雜言詩——後世高品質的雜言七古不多見、文人在寫七古往往把句式弄得特別齊整只是一種「階段性」歷史

---

[42]　王力：《中國格律詩的傳統和現代格律詩的問題》，見《詩刊》編輯部編《新詩歌的發展問題》（第四集），作家出版社，1961 年，第 4-6 頁。

[43]　何其芳：《再談詩歌形式問題》，見《詩刊》編輯部編《新詩歌的發展問題》（第三集），作家出版社，1959 年，第 253 頁。

[44]　茅盾：《漫談文學的民族形式》，見《詩刊》編輯部編《新詩歌的發展問題》（第二集），作家出版社，1959 年，第 317 頁。

現象，如果把五、七言古詩也一股腦兒劃到格律詩當中去，簡單是簡單了，但就會嚴重掩蔽漢語古典詩歌「古」「近」並存格局深層的重大詩學意義。對格律作過分寬泛的理解的另一結果是：把格律詩與非格律詩視作是「時代性」的差異──如果古典詩歌完全是格律詩，非格律的自由詩在古典詩歌中就沒有既有的傳統，那麼，自由詩就是完全的別開生面，就是在與古典詩歌截然斷裂的基礎上產生的。另一方面，金戈提出「要克服『五四』以來新詩音樂性不強的弱點，當然只有採取格律化的辦法」，「中國詩歌必然走向格律化」[45]──「格律化」，在這些論者看來，乃是解決新詩發展中的形式問題的唯一出路（這種觀點至今依然有人在提倡）。對「格律」過分寬泛的理解，把凡是能造成和諧的形式要素都歸結為格律要素，還可能引出另一判斷：「自由詩」不講形式和諧、不講所謂「音樂性」──這樣的引論何其芳大概是不願意接受的，他認為：「詩歌的音節的和諧也是有兩種的，一種是很有規律的和諧，那就是格律詩的音節。自由詩寫得好，也是可以達到音節和諧的。」[46]對於自由詩的音節和諧不少論者都有所揭示，樓適夷有云：

> 只有混亂是不能成為格律的，混亂也不能構成格律。如果說新詩之病在於自由，不如說新詩之病在於混亂。掌握了規律，才能得到最高的自由，而混亂，則必須予以澄清。

周煦良認為「除掉一些清新的小詩外，那些用自由詩寫的長詩並不能使人感到它的音律具有一種明顯的必然性」[47]──這種「明顯的必然性」其實就是指詩歌語音結構具有某種和諧的合規律性。諸位先生大抵都看到了，在「外在體式」上同為句式參差不齊的自由詩，其音節結構的「內在特性」卻可能

---

45　金戈：《試談現代格律詩的問題》，見《詩刊》編輯部編《新詩歌的發展問題》（第四集），作家出版社，1961 年，第 117 頁。

46　何其芳：《再談詩歌形式問題》，見《詩刊》編輯部編《新詩歌的發展問題》（第三集），作家出版社，1959 年，第 255 頁。

47　樓適夷：《詩雜談》，周煦良：《論民歌、自由詩和格律詩》，分別參見《詩刊》編輯部編《新詩歌的發展問題》（第四集），作家出版社，1961 年，第 204 頁，第 64 頁。

出現兩種完全不同的情況：一是「混亂」而毫無合規律性可言，二是雖然句式不整但卻具有內在的「明顯的必然性」。那麼，自由詩的音節和諧與格律詩的音節和諧，兩者的區別究竟何在？

格律詩音節和諧的「規律」的第一大基本特徵是「定型性」，相應地自由詩的「規律」則是「非定型性」。卞之琳提出不同於「格律」的「技巧」概念，王力也認為很有必要把技巧和格律區別開來，他舉例指出杜甫律詩中有許多詩「單句句腳必上去入俱全」，「但是，這仍舊不算是格律，因為詩人們並沒有普遍地依照這種形式來寫詩」，他還指出：「當然技巧也有可能變為格律。在齊梁時代，平仄的和諧還只是一種技巧，到了盛唐，這種和諧成為固定的格式，也就變了格律。」[48]所謂「普遍地依照這種形式來寫詩」講的就是「定型化原則」，平仄開始只是技巧，後來成為格律，是因為後來的平仄講究已經「定型化」了。這種「定型化」的直接結果是「可複製性」，平仄相間切分也就只有或「平」起或「仄」起的那麼幾種有限的格式，寫格律詩，也就只是對這些格式的複製。以這種定型化、可複製性的原則來規定格律，我們就會發現王力把古典詩歌全劃歸格律詩恰恰有違這一原則——最無法繞開的就是雜言的七言古詩，用王先生自己的話來說，因為雜言七古恰恰沒有詩人可以「普遍地依照」著來寫的固定的「形式」。在外在體貌上，雜言七古與「詞」都是長短句，兩者的區別恰就在於「定型化」：詞的句式儘管長短參差不齊，但是何處長、何處短、有多長、有多短（每句幾個字）、何處換韻等都是有硬性規定的，寫詞的人在語音結構的整體安排上必須按照這些通套的格式去複製；而雜言七古的最大特點恰是「非定型化」，即何處長、何處短事先並不能限定，即使唐人用樂府古題寫詩也往往「不按古人聲詞」，而「若限以句調，便是填詞」（清・喬億《劍溪說詩》）而與詞曲無異矣——古人對同為長短句的外在體貌的雜言七古與詞曲的不同特質是有深刻體察的。作為一種獨特的廣義的「詩體」的古典詞曲是自由詩還是格律詩？這也成為這次爭論中的一個焦點。

---

[48] 王力：《中國格律詩的傳統和現代格律詩的問題》，見《詩刊》編輯部編《新詩歌的發展問題》（第四集），作家出版社，1961年，第12-13頁。

關於詞曲是不是格律詩的問題，何其芳認為詞有的是格律詩，如《浪淘沙》等，但有的就很難說是格律詩，如《摸魚兒》等。[49]

從定型化、可重複性的角度來看，詞牌很多，其中可重複性不盡相同，有些詞牌被使用的頻率極高，比如像「浪淘沙」之類，表明其可重複性強，可以說其格律化程度就相對較高——也正是就可重複性來看，任何一種詞牌、曲牌恐怕都沒有五、七言格律使用頻率高，所以五、七言律詩的格律化程度較高，而七律則是古典詩歌最典型、格律化程度最高的格式。

格律詩「規律」第二大基本特徵是「先在性」，相應地，自由詩的「規律」則是「非先在性」。何其芳指出：「很多的詞，特別是那些比較長的詞，它的節奏簡直就無規律可尋。……這種節奏並無規律的詞，在第一個創作某種詞調的人，它就像押韻的自由詩一樣；但在第二個和以後的填詞的人，它卻不是自由詩。」[50]金克木指出許多自由詩「拋去音樂性，並非『自度曲』，但以意勝，不管音調，形式像說話或戲劇臺詞，雖則分行而不大像詩」[51]，所謂「自度曲」是指事先並無固定的樂調，而是按照語言作品來製作樂譜。從語言藝術創造的角度來看，「自度曲」的審美實質是對語音結構和諧化的高度重視，而「自度曲」與「非自度曲」在詞中的區別是：「自度曲」是對事先並不存在的和諧語音結構的「創造（古人所謂『創調』）」，其「規律」是「非先在性」的；「非自度曲」則是對事先已存在的和諧語音結構的通套格式的「複製」（當然是在相對的意義上來說的，古人所謂『合調』），其「規律」是「先在性」的。詞的「調」也即詞牌很多，這表明漢語語音能造成和諧結構的方式是多種多樣的，而從理論上來講，「自度曲」是可以不斷地製作下去的——這恰表明漢語語音在造成和諧結構上所具有的潛能是無限的。

---

[49] 參見《詩刊》編輯部編《新詩歌的發展問題》（第四集），作家出版社，1961年，第 186 頁。

[50] 何其芳：《再談詩歌形式問題》，見《詩刊》編輯部編《新詩歌的發展問題》（第三集），作家出版社，1959年，第 254 頁。

[51] 金克木：《詩歌瑣談》，見《詩刊》編輯部編《新詩歌的發展問題》（第四集），作家出版社，1961年，第 106 頁。

　　最終，我們可以把格律詩「規律」的「定型性」與「先在性」概括為「『有規律的』合規律性」，相應地，可以把自由詩「規律」的「非定型性」與「非先在性」概括為「『沒有規律的』合規律性」。「格律化」與「自由化」爭論最重要的關節點在於：在「外在體式」上同為句式參差不齊的自由詩，其音節結構的「內在特性」卻可能會出現兩種完全不同的情況：一是毫無合規律性可言，二是雖句式不整但卻具有著內在必然的合規律性。自由詩是完全可以在參差不齊的句式中做到「合乎規律性」的，而眾多「但以意勝，不管音調」的自由詩的最大問題恰恰在根本上就「不合合規律」而不具有「明顯的必然性」。在語音和諧構型上，「格律」是「技巧」的提煉：在提煉過程中，一方面語音形式技巧的豐富性被削弱了，但另一方面技巧的形式創造力和形式表現力卻得到了高度的強化——格律與非格律的並存格局，乃是詩歌語言在「強度」和「廣度」兩方面同時拓展自身形式創造力和形式表現力的必然需要。整體系統地看，只有在「格律化」與合規律性的「自由化」兩者相互補充、協調發展中，漢語語音的形式創造力才可能得到真正充分而全面的發揮。漢語古典詩歌「近體」與「古體」並存格局，其重要的深層意義就在於向我們昭示：詩歌音節結構的「格律化」與合規律性的「自由化」之間存在著極強的互補性。從理論上講，漢語語音在造成和諧形式上具有著無限的潛能——這恰恰是定型化的格律所無法窮盡的，只有在詩人對和諧語音結構的不斷創造中，漢語語音和諧合規律性的無限豐富性才能不斷展現出來——自由詩對於全面而充分地開掘漢語語音的形式創造力量來說是不可或缺的。總之，「格律化」與合規律性的「自由化」之間的關係，不是像眾多論者所認為的那樣是「替代性」的，而是「互補性」的，在克服新詩音樂性不強方面，「格律化」絕非唯一出路，新詩也完全可以在保持「自由化」體式特性的基礎上在內部加強自身的音樂性。當然，「格律化」與「自由化」兩者更深一層的審美價值根基是「功能化」，在「功能化」的層面上，兩者也是詩歌「聲情化」的兩種互補的方式（論見前），兩者可以偏勝，但不能偏廢。

## 第三節 「現代化」、「民族化」與「形式化」
### 關係之爭

　　本節主要討論新時期以來從「朦朧詩」之爭到「新古典主義」之爭等歷次論爭中的理論問題。由於中國社會現代化正常進程的一度被打斷，在這幾次詩學論爭中，「現代性」問題突顯出來。從建設性角度看，這幾次論爭體現了漢語現代詩學的「還原過程」，其中包括「傳統還原」、「精神還原」、「語言形式還原」等三大還原。這幾次論爭另一重要理論意義是，使新詩發展面臨的「三大傳統」、「三大語言形態」所構成的理論格局越來越清晰地展現出來了。新詩發展已有近一個世紀的歷史，這段歷史形成了其「中國現代傳統」，而其進一步發展還將繼續面臨另兩大傳統是「中國古代傳統」與「西方傳統」；新詩的產生與發展面臨著三種語言形態的影響，即「口語」與兩種「書面語」：中國古代書面語（文言文）與西方書面語，而西方書面語主要是通過翻譯也即「譯述語」影響新詩的：

| 傳統 | 中國古代傳統 | 中國現代傳統 | 西方傳統 |
|---|---|---|---|
| 語言 | 中國古代書面語（文言文） | 口語 | 西方書面語（譯述語） |

三大語言形態之間相互連接、作用的機制，可以說正是三大傳統相互作用的具體的語言機制——當然這幾次論爭的主要不足也就在於對這種機制尚缺乏具體深入的分析。

一

　　首先從「傳統還原」、「形式還原」等方面，來看「朦朧詩」論爭的詩學意義。謝冕認為朦朧詩的意義在於：「從對於詩的變異的糾正導致與『五四』傳統斷裂的修復」[52]。這次論爭的代表性文章是所謂「三個崛起」，謝冕認

---

[52] 謝冕：《朦朧詩論爭集序》，見姚家華編《朦朧詩論爭集》，學苑出版社，1989年，第2頁。

為朦朧詩的主要特徵是「大膽吸收西方現代詩歌的某些表現方式，寫出了一些『古怪』的詩篇」，他還把這種特徵置於新詩史中來分析：

> 儘管我們可以從當年的幾個主要詩人（例如郭沫若、冰心、聞一多、徐志摩、戴望舒）的作品中感受到中國古代詩歌傳統的影響，但是，他們主要的、更直接的借鑒是外國詩。……（30、40、50 年代）三次大的討論不約而同地都忽視了新詩學習外國詩的問題。這當然不是偶然的，這是受我們對於新詩發展道路的片面主張支配的。片面強調民族化群眾化的結果，帶來了文化借鑒上的排外傾向。[53]

謝先生提出了新詩所要面對的兩大傳統：中國古代傳統與西方傳統。由於在現代化上的後發性，在相當長的一段歷史時期內，中國現代化是以已經現代化的西方為標準的——這當然具有一定的歷史合理性。這在詩歌中同樣如此，「向西方現代詩歌學習」、主動接受西方傳統的影響，在一段時間內確是漢語新詩現代化的直接的標誌，另一方面「向古典詩歌學習」、主動接受中國古代傳統的影響，則是民族化的標誌。在新詩發展的早期，中國古代詩歌傳統對新詩產生一種「潛影響」，而西方詩歌對新詩的影響則是一種「顯影響」，這種影響格局基本上並沒有影響新詩的健康發展，在聞一多、徐志摩、戴望舒等詩人身上「顯影響」與「潛影響」是結合得比較好的。抗日戰爭以及緊接著的內戰，打斷了中國正常的現代化進程，1949 年後特定的政治情勢也沒有把現代化真正地提上議事日程。在現代化被打斷的這一較長的歷史時期內，「民族化」以片面和極端的方式突顯出來，「民族化」與「現代化」成為一尖銳衝突的問題——這一衝突主要表現為片面的民族化觀念已成為一種封閉性的傳統，排斥著現代化訴求。「傳統」是這次論爭中的一個關鍵字眼，擁護者說朦朧詩是傳統的「修復」、「恢復」，甚至許多朦朧詩人也沒有意識到他們「只不過是在恢復新詩應有的面貌，恢復新詩原來的傳統罷

---

[53]    謝冕：《在新的崛起面前》，見姚家華編《朦朧詩論爭集》，學苑出版社，1989 年，第 10-11 頁。

了」，擁護者以對傳統的恢復來肯定朦朧詩的價值——而反對者則以「反傳統」來批評朦朧詩，可見對「傳統」的理解是不同的——鍾文對此作了考辨：

> 什麼是新詩的傳統？這是個易被人疏忽的問題，但新詩的分歧常從茲開始……分歧的差異是前一種說法，把新詩的傳統基本肯定是三千年一貫制，而後一種說法則把新詩的傳統基本肯定為是六十年一貫制。[54]

其實關鍵還不在是「三千年一貫制」還是「六十年一貫制」，而恰在「六十年」也不是一貫制！謝冕指出：「新詩藝術的模式化宣告了藝術的倒退……宣告了當代詩的發展與五四新詩傳統的斷裂」[55]，50 年代以來新詩的發展乃是對新詩現代化傳統的「深刻的斷裂」，使新詩發展的「六十年」內部也產生了深刻的裂痕，或者說形成了兩大傳統之間的對抗——反對者如丁力指出朦朧詩是「對傳統的『挑戰』和『褻瀆』」，「現在有一種傾向，就是不要傳統，或者說輕視傳統，否定十七年和前三十年，反對向民歌和古典詩歌學習。」[56]所以，一個「傳統」是指「十七年」的傳統，一個是指五四以來形成的而被「十七年」所斷裂的那種傳統——論爭其實正是在這兩種不同傳統之間展開的。發展到一定階段產生民族化訴求，本來是符合新詩發展的內在邏輯的，新詩已有的傳統是在「中國古代傳統」與「西方傳統」這兩大傳統的共同影響下形成的，30 年代以來的民族化潮流的弊端，絕對不是「引入」中國古代傳統的影響，而是在此同時「拒斥」西方傳統的影響。「古詩+民歌」的模式受到了朦朧詩擁護者的猛烈批判，在修復、恢復新詩的現代化傳統之際，對民族化傳統卻作了再斷裂，從一極跳到了另一極。不可忽視的是，十年文革不僅打斷了漢語詩歌的現代化傳統、切斷了與西方傳統的聯繫，同時

---

[54] 鍾文：《三年來新詩論爭的省思》，見姚家華編《朦朧詩論爭集》，學苑出版社，1989 年，第 208-209 頁。

[55] 謝冕：《斷裂與傾斜：蛻變期的投影》，見姚家華編《朦朧詩論爭集》，學苑出版社，1989 年，第 412 頁。

[56] 丁力：《新詩的發展和古怪詩》，見姚家華編《朦朧詩論爭集》，學苑出版社，1989 年，第 99 頁。

也比五四時期更深的切斷了漢語現代詩歌與漢語古典詩歌緊密相連的血脈。新詩未來的進一步發展還將面臨三大傳統，已形成的近一個世紀的自身的「現代傳統」與「中國古代傳統」、「西方傳統」，有人試圖把業已形成的「現代化傳統」也封閉起來（當然其實只是對「中國古代傳統」封閉，對「西方傳統」卻是非常開放的）——這恰是從朦朧詩以後應該引起注意的一種詩學發展動向。

　　朦朧詩乃是新時期思想解放運動中的一股重要潮流，它在思想解放上的價值，表現為從詩歌藝術規律的角度把原來詩歌中的「大我（超我）」還原為「小我（自我）」，這可以說是一種「精神還原」。當然，從詩歌本身的理論建構來說，「朦朧詩」的另一個重要詩學意義表現在「語言形式還原」上，即對詩歌「形式化本質」的還原，使詩回到詩本身。朦朧詩最初的爭論是所謂「懂與不懂」，這顯然與語言形式有關。徐敬亞描述道：「經過七九年猛烈的思想解放運動，詩歌內容的轉移完成了最初的一步，接下去的腳步——就是『藝術』！」「中國的詩人們不僅開始對詩進行政治觀念上的思考，也開始對詩的自身規律進行認真的回想。」[57]謝冕分析道：

> 體現了對於藝術表現模式化的厭倦，新詩潮一般揚棄了傳統式的至多不過是具象化的直述其事，也不再以直抒心靈為藝術追求的唯一目標。詩加速了它的意象化過程……詩之所以變得難懂，不僅在於它的意象化，而是意象的更為自由繁複的應用。[58]

論者都認為「意象化」、「象徵」乃是朦朧詩表現方式的主要特點。對朦朧詩持批評態度的公劉認為：

---

[57]　徐敬亞：《崛起的詩群》，見姚家華編《朦朧詩論爭集》，學苑出版社，1989 年，第 248 頁。

[58]　謝冕：《斷裂與傾斜：蛻變期的投影》，見姚家華編《朦朧詩論爭集》，學苑出版社，1989 年，第 421 頁。

象徵如要成立，首先得有某個對應物的明確存在（那怕是觀念形態的
存在）這也就是說，一定要先有被象徵的事物（或觀念）然後才能有
所謂的象徵。[59]

從創作的角度來說，「先」有某種明確的觀念並使創作完全被這種觀念駕馭，
詩歌語言的形式創造力量往往就不會得到獨立、充分的發揮，如此創作出的
詩，其語言形式往往就缺乏獨立的形式表現力或形式意味，「主題」固然明
確，但其最大問題是這種「主題」也是「封閉」的──這當是 50 年代以來
的傳統詩歌的癥結所在。從欣賞的角度來說，「一件作品只能有一個主題」
固然不錯，但這所謂的「主題」主要是指詩歌可以與其形式剝離而可以用具
體概念概括出的意義──這恰恰只是詩歌整體意義中的一部分，除此而外，
詩歌尚有與形式不可剝離因而也無法用具體概念概括的意義，也即「形式意
味」，並且這種形式意味還使詩歌的整體意義發生某種變化而呈現出開放
性，從而超越詩歌「主題」的單一性、封閉性（當然許多論者所謂的「多義
性」、「隨意性」、「多主題」等種種表述確也存在不夠精當之處）。第一個把「偉
大領袖」比作「紅太陽」的人或許還有幾分藝術創造性──而 50 年代以來的
傳統詩恰恰只是把諸如此類的喻象翻來覆去地用，你甚至不能說它們不重視
比喻、意象形式，但問題在於不重視這些意象的新穎性。而朦朧詩的意象形
式則呈現出「古怪」、「新奇」等特性──這恰可以表明其形式創造性，當然
這種形式創造性只有與形式的情感表現力量充分結合起來才能充分實現其
審美價值──朦朧詩的傑作做到了這一點，但模仿之作的流弊卻也恰恰表現
為只有「古怪」、「新奇」這些形式特點，而形式本身卻缺乏情感表現力量。

　　圍繞朦朧詩實際上有兩次論爭，在第二次論爭中，所謂「第三代詩歌」
從更激進、更先鋒的角度挑戰朦朧詩，對新詩進行了更進一步的還原。徐
敬亞分析道：「它（朦朧詩）以久蓄的人文精神，將新詩推到了國際藝術
的二十世紀上葉」，「在藝術上，現代詩突破了朦朧詩僅達到過的後期象徵

---

[59]　公劉：《詩要讓人讀得懂》，見姚家華編《朦朧詩論爭集》，學苑出版社，1989 年，
　　第 397 頁。

主義疆界，進入了二十世紀中下葉世界藝術的戰後水準」，「85 年始，中國的現代詩分為兩大支：以『整體主義』、『新傳統主義』為代表的『漢詩』傾向和以『非非主義』、『他們』為代表的後現代主義傾向」[60]等等。這種跑步進入「後現代」的現象，也恰恰是我們詩人「現代化焦慮」的曲折表現。這可以說是由「現代化」向「後現代化」推進。徐敬亞在上文中指出「第三代詩歌」「使詩又一次接近了理性稀薄的空間」，在這方面的口號是「反崇高」、「反英雄」，在這些口號中，朦朧詩所高揚的「自我」不斷被向「本我」還原，承接「第三代詩歌」先鋒精神的一些詩人更明確地提出所謂「身體寫作」、「下半身寫作」等。當然，透過表面的喧囂與熱鬧，凡此種種的出現一定程度上也反映了漢語現代詩歌發展的內在邏輯性──這尤其表現在由「意象化」向「語言化」的還原上，而「語言化」又具體表現為「口語化」、「敘事化」、「語感化」：以「口語化」反對朦朧詩的「書面語化」、以「敘事化」反對朦朧詩的「抒情化（其結果是導致所謂『零度寫作』）」和「哲理化」、以「語感化」反對朦朧詩的「觀念化」等等。徐敬亞指出「反英雄」和「反意象」成為後崛起詩群的兩大標誌，「反意象」又衍生出「反技巧」、「反結構」、「反象徵」、「反抒情」──眾「反」還歸結為一「反」，也即所謂的「反文化」的非理性傾向。

二

上世紀末，圍繞所謂「90 年代詩歌」，展開了一場所謂「知識份子寫作立場」與「民間寫作立場」的論爭。首先，有關爭論的焦點與其說是對漢語詩歌「古典傳統」的認識，不如說是對其「現代傳統」的認識。這其中臧棣的一種觀點最為鮮明也最具代表性，他認為「新詩有其自身的傳統，自己相對封閉的審美空間」，是一個「獨立的審美空間」，而這一空間的「封閉性」源自「現代性」的「斷裂性」，「沒有『斷裂』，現代性就失去了維護其自身的新的

---

60　徐敬亞：《歷史將收割一切》，見徐敬亞等編《中國現代主義詩群大觀 1986-1988》，同濟大學出版社，1988 年，第 1-3 頁。

傳統的屏障」[61]。與之相近，王家新提出「共時性空間」說，認為中國現代詩人「除了在中國歷史上尋找自身的依據，中國現代詩人主要是以西方詩人為自我參照的」，在此「共時性空間」中，「中國古典傳統」是一種「缺席的在場」——而另一方面「西方傳統」則似乎一直作為一種「強大的在場」在我們的新詩中運作著！關於「中國古典傳統作為多重參照之一正被重新引入現在」，王家新舉的一個例子是詩人西川《世紀》詩的結尾原是「我是埃斯庫羅斯的歌隊隊長」，後改為「我曾是孔子門下無名的讀書郎」等等[62]——而這大概只能表明一種精神上的姿態。

> 我們應該更加注意到的恰恰不是很多人以為的那種漢語詩歌存在著一種所謂語言學傳統，而是貫穿在漢語詩歌幾千年歷史中的「時間的現實性」這樣一種東西……只是這種（傳統）修復注重精神的銜接，而非語言的外在的接受。[63]

當強調「注重精神的銜接，而非語言的外在的接受」時，顯然是把「精神」看作是與「語言」可以剝離的東西——這可以說是一種片面的「精神化立場」，這種立場似乎並不否認「中國古代傳統」的影響，但認為中國古代傳統所能產生的只是一種與民族語言形式可以剝離的「精神」上的影響。那麼，另一傳統即「西方傳統」是如何影響新詩的呢？

> 在一個多世紀以來一種古老文明的痛苦蛻變中，現代漢語使用著並不同源的幾個方面的經驗或語義資源。母語經驗既來自於古典文學、民

---

[61]　參見臧棣：《現代性與新詩的評價》一文相關論述，現代漢詩百年演變課題組編《現代漢詩：反思與求索》，作家出版社，1998 年，第 86-96 頁。

[62]　參見王家新：《「遲到的孩子」——中國現代詩歌的自我建構》一文相關論述，王家新《沒有英雄的詩：王家新詩學論文隨筆集》，中國社會科學出版社，2002 年，第 80-81 頁。

[63]　孫文波：《我理解的 90 年代：個人寫作、敘事及其他》，見王家新、孫文波主編《中國詩歌九十年代備忘錄》，人民文學出版社，2000 年，第 18-19 頁。

間語文，也來自於文字本身。……作為現代漢語，它的語彙概念與其
原始經驗或母語經驗之間的裂隙仍在擴大……它用中文書寫而其語
義及象徵卻來自於母語經驗不同的另一文化語境。[64]

「語義資源」是個極其重要的概念，以漢語為母語的詩人向西方借貸的「語
言資源」主要的只能是這種與語言形式可以相對剝離的「語義資源」。總之，
沒有認識到存在著一種「與語言形式不可剝離」的獨特文化精神從而不重視
這種形式化（formative）精神，這是持現代性立場的詩人的詩學觀的關節點
所在，這種詩學觀往往不能準確把握「中國古代傳統」、「西方傳統」對新詩
創作具體的作用機制。

　　在民族化訴求上輕語言形式的片面的「精神化立場」，又表現為一種獨
特的「現代漢語觀」，獨立的、封閉的「現代性審美空間」被還原為獨立、
封閉的「現代漢語」──陳東東《回顧現代漢語》一文就表述了這樣一種現
代漢語觀，自覺從語言的角度審視新詩的種種問題是該文的一大理論特色，
其具體的理論貢獻之一是，較為清晰地梳理出了新詩在語言形態上所可能面
對的整體格局：「中國文言文」─「口語」─「西方譯述語」，而其主要不足
也就在未能合理地處置好這三者之間的關係。「以不願意有一個過去的方
式，現代漢語被發明和造就。作為一種詩歌語言，一種書面語，現代漢語也
的確沒有一個傳統……現代漢語跟古漢語的關係特徵不是『延續』，而是『斷
裂』。這種『斷裂』，也最明顯地體現於用這兩種語言寫下的不同的詩。」[65]
本來，所謂「現代漢語」表述了這種語言的「現代性」和「漢語性」，而為
了突出其「現代性」，陳東東對其「漢語性」提出質疑：

---

[64]　耿占春：《沒有終結的現時》，見王家新、孫文波主編《中國詩歌九十年代備忘錄》，
　　　人民文學出版社，2000 年，第 128 頁。
[65]　陳東東：《回顧現代漢語》，見王家新、孫文波主編《中國詩歌九十年代備忘錄》，
　　　人民文學出版社，2000 年，第 112 頁。

把以古漢語為依據的「漢語性」或「中文性」用作標準，去判定現代漢語，尤其是作為詩歌語言的現代漢語的「地道」或「不地道」（「像不像」中國話），是一件似是而非的事情。

在一開始和以後持續抗拒古漢語的同時，現代漢語的胃口，一直都傾向於口語的表達方式和對「西方」的譯述，以至當初（甚至現在）「白話文」的範例，要到「白話」的譯述中去尋找。……現代漢語的傾向於口語和「西方」，正由於現代漢語那語言與話語合一的出生。說出和說對「現代」的最佳（在當初也是唯一的）辦法就是用「白話文」譯述「西方」。[66]

以上強調「口語」與「西方」是現代漢語生成中兩種重要的文化力量或文化資源，在陳先生看來，正是「口語性」與「西方性」合成了現代漢語的「現代性」，這其中揭示了「西方傳統」對新詩影響具體的作用機制：「譯述」。被「持續抗拒」的「古漢語」其實是指古代書面語（文言文）。從發生學的角度來看，現代漢語的生成其實面對著三種文化資源或文化力量：古代書面語、口語（白話，在日常生活中一直延續著）、西方書面語等。在這三種因素中，口語的文化狀態似乎最為富於曖昧性、彈性和可塑性（但恐怕決不能表明它在文化訴求上毫無力量）。本來，古代白話與文言既有差異，同時也有互動和相互依存的一面，新文化運動的語言革命實際上是把口語對古代書面語的依附，轉化成對西方書面語的依附（至少陳東東等大致是這樣看的）。西方譯述語與文言的衝突也即兩種書面語的衝突是「顯」衝突，相對來說，強調口語只是一種策略性的口號——因為新詩總體上其實恰恰是沿著「歐化」的道路發展的，而歐化也越來越書面語化，進而離中國人實際操持的口語恰恰越來越遠——撇開意識形態的偏頗，30、40 年代的民族化討論至於 50、60 年代的新民歌運動，對新詩遠離口語現象的揭示大致是準確的。所以，最終的問題是：文言文對現代漢語的生成究竟有沒有產生影響？從具體

---

66　陳東東：《回顧現代漢語》，見王家新、孫文波主編《中國詩歌九十年代備忘錄》，人民文學出版社，2000 年，第 113 頁。

途徑上來說，文言文有沒有通過「口語」對現代漢語產生影響？陳東東等的回答是否定性的。現代漢語的「口語性」與「西方性」在用口語翻譯西方過程最終又合併成「譯述性」──陳東東對這種「譯述性」褒揚有加：

> 跟抗拒古漢語一樣重要，也許更重要，現代漢語得以迅速確立，是因為它力圖使口語跟「西方」「接軌」，這種「接軌」，正是譯述。正是借用口語的表達方式譯述「西方」，現代漢語才能以挑釁古漢語的口氣開口說話。[67]

有關「現代漢語」的生成，陳先生大致向我們勾勒出了這樣的圖景：

中國古代書面語（文言）—抗拒、斷裂—漢語口語—譯述、接軌—西方詩歌語言

儘管他同時強調：「必須──並且不是作為補充──指出的是：用現代漢語譯述或獲取『西方』這樣一個說法裡，一定含有甄別、篩選和揚棄的意思」，問題在於，當我們要對西方進行「甄別、篩選和揚棄」表明我們有不同於西方的文化立場或文化立足點──這個立足點在哪裡？「口語」嗎？然而口語在譯述中基本是依附於西方的。如果我們對古漢語始終只採取一種「抗拒」的態度，我們從何獲得一種「甄別、篩選和揚棄」西方的尺度？「譯述性」是個極重要的概念，強調對這種「譯述性」的依賴，往往導致重視詩歌中「可翻譯的」東西，同時輕視其中的「不可翻譯的」東西。「譯述性」也正是現代化立場與民族化立場之間爭論的一個焦點。應該說，在某一民族的詩歌中不可能是所有東西都不可翻譯，而且其中可翻譯的東西與不可翻譯的東西之間的界限也非絕對的。但是不管怎麼說，詩歌是否具有不可翻譯的東西，也即是否具有與母語形式不可剝離的精神意味，乃是其是否具有獨特民族性的一個重要底線。

---

[67]　陳東東：《回顧現代漢語》，見王家新、孫文波主編《中國詩歌九十年代備忘錄》，人民文學出版社，2000 年，第 115 頁。

　　與知識份子寫作強調詩歌的「書面語化」相對，所謂民間寫作強調詩歌的「口語化」——于堅強調書面語與口語、普通話與方言之間的二元對立：

> 歐化的、譯文體的影響、向書面語靠攏。在音節上更適於朗誦。早期的作品明顯受到翻譯過來的蘇俄詩歌的影響。尤其是普通話高度發達的首都詩人，寫作在 80 年代並沒有轉向口語，汲取語言活力的方向是由書面語到書面語而轉向翻譯語體。這一點，在 80 年代至 90 年代的現代詩中更明顯。詩人西川這些表白其實代表著現代派詩歌中許多詩人的看法，「時至今日，我一直認為，口語是今天唯一的寫作語言，人們已經不大可能應用傳統的文學語言寫作嶄新的詩歌。不過，這裡有一個對口語進行甄別的問題：一種是市井語言，它接近於方言和幫會語言；一種是書面口語，它與文明和事物的普遍性有關。我當時自發選擇了後者。從 1986 年下半年開始，我對用市井口語描寫平民生活產生了深深的厭倦……」[68]

所引西川的話表明，「口語」恰恰是個充滿歧義的概念，民間寫作與知識份子寫作雙方似乎都強調「口語」，爭論的焦點在於雙方強調的「口語」並不相同：一是「市井口語」，一是「書面口語」實即歐化的譯文體的「口語」——這其中又複雜地交織著兩種分歧：

　　（1）「知識」寫作與「身體」寫作之分。于堅《詩歌之舌的硬與軟》強調「口語寫作」是「對詩的常識性理解」，「具體的，在場的。寫作的自傳化、私人化趨向」，其《詩言體》也有不少類似論述：「現代詩歌則是一種智性的詩歌。它不是肉感的，而是智性的。說什麼比如何說更重要……口語是語言中離身體最近離知識最遠的部分。」[69]強調「離身體最近」的「市井口語」

---

[68]　于堅：《詩歌之舌的硬與軟：關於當代詩歌的兩類語言向度》，見《詩探索》1998年第一輯

[69]　于堅：《詩言體》，見楊克主編《2000 中國新詩年鑑》，廣州出版社，2001 年，第453 頁。

導致民間寫作最終打出「下半身寫作」的旗幟，而強調「與文明和事物的普遍性有關」的「書面口語」導致知識份子寫作成為一種「智性」的「知識寫作」。

（2）詩歌語言的「中國母語性」與「西方譯述性」之分，這潛在地實際上就是漢語詩歌「民族化」與「現代化」之爭。于堅《詩歌之舌的硬與軟》強調「口語寫作」「日常語言、口語、母語的運用，猶如談話的非書面語」，于堅還表白道：「我毫不諱言我是一個民族主義者，一個漢語崇拜狂。這不是意識形態，不是對歷史的誠惶誠恐。而是我的身體和母語決定的，我的『被拋性』」[70]，伊沙更是提出了所謂「母語主義」，謝有順認為這次論爭的焦點之一是「漢語詩歌是為了重獲漢語的尊嚴，還是為了與西方接軌」等等。那麼，由強調日常的市井的口語到強調母語性之間是否有聯繫？前已指出，西方譯述語在書面語的層面上成功地打倒了古代書面語（文言），但對廣大民眾的日常口語的影響和改造並沒有迅速奏效——從現代漢語整體的格局上來看，西方譯述語與文言乃是兩種不同的書面語，日常口語不同程度地受到兩者的影響並同時反作用於兩者，可以說，日常口語成了兩種書面語不斷爭奪的戰場——當譯述性的書面語對市井日常口語影響很小時，就表明日常口語還殘存著古代書面語（文言）的影響。因此，在現代漢語中，可以說，相對「保守」的日常口語，比起在譯述中實現了與文言「斷裂」的知識份子化的書面語來，其「母語性」要相對更強一些，進而，貼近日常口語（還包括于堅等所標榜的「方言」）而疏離西方譯述語，確是強化詩歌語言「母語性」的一種重要策略（在小說語言上，我們可以拿老舍的「京味」小說與許多「歐化」小說來比，等等）。然而，儘管既強調詩歌的日常口語化也強調其母語性，但是持民間寫作立場的詩人似乎並沒有清理出兩者之間具體的聯繫，於是，在分析中就產生不少纏夾之處——比如于堅《穿越漢語的詩歌之光》一文，為了證明其歷史合法性，把第三代詩歌口語化運動與胡適宣導的白話文運動聯繫在了一起，兩者的聯繫是大致都反對書面語——但所反的書面語恰

---

[70]　于堅：《從王維進入詩歌》，見《詩刊》2001 年第 1 期卷首。

恰是不同的，胡適等所反的是古代書面語（「中國文言文」），而于堅等所反的則似乎是西化的書面語（「西方譯述語」）。漢語古典詩歌從總體上來說基本上是書面語化的，胡適等反對之，而于堅至少從理論上卻對古典詩歌推崇有加——這種矛盾在論者本人處並沒有很好地被分析，或者說詩歌的「口語化」與「母語化」之間並沒有被很好地打通。關於新詩語言的生成機制，我們可以大致勾勒出如下圖示：

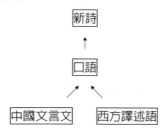

　　新詩直接面對的是「口語」，但潛在地實際上又不斷地受到兩種書面語的影響，這一生成機制中存在一種「拉力」：「中國文言文」通過「口語」可以把新詩拉向「民族化」，「西方譯述語」通過「口語」可以把新詩拉向「西化」。于堅等對「口語」背後的一種潛在的文化力量「中國文言文」尚未有非常自覺的認識，鄭敏則非常直接地揭示出了這種潛在的文化力量（論見後）。

## 三

　　我們再看圍繞所謂「新古典主義」的論爭。從新詩理論發展史的角度來看，在新詩傳統格局中「中國古代傳統」對新詩究竟有沒有影響、在語言格局上「中國文言文」對新詩還有沒有影響，這兩個相關問題被具體地提出和討論，乃是「新古典主義」論爭的理論價值之一。

　　這次論爭的第一個焦點是「語言」。鄭敏《世紀末的回顧：漢語語言變革與中國新詩創作》[71]一文認為「中國新詩成就不夠理想的原因包括社會與語言文學的多種因素」，「世紀初的白話文及後來的新文學運動立意要自絕於

---

[71]　見《文學評論》1993 年第 3 期。

古典文學，從語言到內容都是否定繼承，竭力使創作界遺忘和背離古典詩詞」。在語言觀上，「語言主要是武斷的、繼承的、不容選擇的符號系統，其改革也必須在繼承的基礎上。對此缺乏知識的後果是延遲了白話文從原來只是古代口頭語向全功能的現代語言的成長。只強調口語的易懂，加上對西方語法的偏愛，杜絕白話文對古典文學語言的豐富內涵，其中所沉積的中華幾千年文化精髓的學習和吸收的機會，為此白話文創作遲遲得不到成熟是必然的事」，在思維方式上，「我們一直沿著這樣一個思維方式推動歷史：擁護—打倒的二元對抗邏輯」。范欽林《如何評價「五四」白話文運動——與鄭敏先生商榷》[72]指出鄭文中的一些不足，認為新詩史上早期的文言與白話之爭「說到底是為白話文爭一個官方書面語地位」，這大抵是不錯的。針對鄭先生對文言的強調，范先生認為在中國古代不是「文言」而是「白話」才是真正的「母語」——這顯然失之偏頗。《文學評論》同期還刊登了鄭敏針對範文的《商榷之商榷》[73]，關於文言與白話的關係，鄭先生指出「母語中口語與書面語互補」，強調《回顧》一文的「潛文本」是「對二元對抗思維的批判」。許明《文化激進主義歷史維度——從鄭敏、范欽林的爭論說開去》[74]指出批評尺度缺乏「歷史性」是鄭先生《回顧》一文的重要不足之一，該文還分析指出：「白話文運動中激進的口號和態度是一回事，而語言與新詩（包括其他文學樣式）的發展是另一回事，這兩者是不能混淆的」，「創作實踐與創作理論之間（白話詩與提倡白話文打倒文言文），是既相互聯繫，又相互獨立。這是兩個思維系統的運作。將日後新詩創作的不甚發達歸罪於四年左右的白話文理論階段，顯然是不合理的。」正如我們在前面所分析的，新詩的實際發展史事實上也並未完全按胡、陳毅然決然的偏激言論來展開，20、30 年代新詩取得的成就，表明當時新詩創作中對漢語詩歌現代化與民族化之間關係的處理還是比較妥當的。張頤武《重估「現代性」與漢語書面語論爭——

---

[72]　見《文學評論》1994 年第 2 期。
[73]　見《文學評論》1994 年第 2 期。
[74]　見《文學評論》1994 年第 4 期。

一個九十年代文學的新命題》[75]一文，把鄭敏的基本思路概括為：「五四白話文運動過於強調語言的斷裂性，採用了過於激進的策略對文言傳統進行了偏頗的否定」，「文學書面語的革命直接導致了整個中國書面語的大斷裂」，這就把相關理論思路揭示得更加清楚了。

從「語言批評」來看，鄭敏的「民族化的自覺」表現為一種「形式化立場」，而非單純的「精神化立場」，也即表現為對母語的「形式自覺」，對於 20 世紀西方文化語言哲學的瞭解，使她認識到民族性與語言性的不可分離，她還發表了不少包括聲韻在內的詩歌語言形式方面的文章，茲不多論。張頤武《重估「現代性」與漢語書面語論爭──一個九十年代文學的新命題》[76]還分析道：

> 「五四」文學革命對語言的刷洗不僅僅是一次文學語言的變革，而是整個書面語的變革，這一變革的關鍵是以「白話」為載體追求「現代性」的目標。「白話」的歐化／口語化的二元模式被視為現代的精神解放的表徵，而文學書面語／應用書面語之間則刻意不作區分，以強調「白話」的社會改造的作用。

歷史地看，與西方相比，在現代化進程中的後發性，極容易造成中國人尤其知識份子一種「現代化焦慮」，其實正是這種焦慮造成了思維方式上的二元對立和簡單化，也正是這種焦慮蒙蔽了我們發現對立的二「元」各自內在差異的眼──而揭示二「元」各自內在差異，也許是超越二元對立思維方式的重要途徑之一。「文學書面語／應用書面語之間則刻意不作區分，以強調『白話』的社會改造的作用」，應該說是點到了五四文學語言革命的要害了，在「書面語（文言文）」與「口語（白話）」的二元對立中，書面語內部的這種差異成為盲點。詩歌書面語「有一種比較強烈的對形式的要求」，不妨將其稱作「形式化（formative）」語言，而應用書面語相對是一種「概念化」語

---

[75]　見《文學評論》1994 年第 5 期。
[76]　見《文學評論》1994 年第 5 期。

言——同樣，在口語內部也有「形式化」與「概念化」之分。鄭敏強調「母語中口語與書面語互補」，而書面語與口語可以通過兩種不同方式聯繫起來：

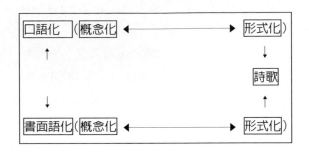

從口語與書面語的關係來說，兩者既可以通過「概念化」連接起來，也可以通過「形式化」連接起來，由此來看，胡適等所強調的「言」「文」合一，恰恰只是在「概念化」這一維度上把口語與書面語統一起來，而對古典詩歌音樂性的不斷攻擊，恰恰表明他們還沒有意識到或故意迴避：在「形式化」這一維度上也是可以把書面語與口語統一起來的。因此，簡單地說胡適的白話理論是在推崇口語，以及將其簡單地視作是一種將口語與書面語統一起來的努力，這些都是經不起深入推敲的。實質是，過分急切的啟蒙、現代化焦慮要求語言概念化、工具化而非口語化——而這正是社會學意義上的現代性對語言的重要要求，在這種壓迫性的焦慮中，詩歌語言審美現代性不同於社會學意義上的現代性的差異被掩蔽了。揭示出口語、書面語各自內部「概念化」與「形式化」的差異，我們就能對「中國文言文」、「西方譯述語」對新詩語言作用的具體機制進行具體的分析和描述了：

中國文言文—　形式化　→新詩語言←　概念化　—西方譯述語

（當然，文言文與新詩語言同時也是可以有「概念化」聯繫的）在新詩語言與西方詩歌語言之間，「概念化」的連接要遠遠易於「形式化」的連接，也就是上面提到的，漢語詩人能向西方詩歌借貸的主要是其「語義資源」（當然形式上也會有所影響，比如漢語十四行詩、新詩對西方詩歌「跨行」形式

技巧的借鑒等等），而詩歌的「形式化」更多地要求我們回到漢語詩歌自身的「語言學傳統」中去——在「90 年代詩歌」論爭中知識份子寫作卻對此大加反對。從其整體發展史來看，被稱作「新詩」的漢語現代詩歌，上世紀初在其誕生之始就以漢語的「口語」也即「白話」為其語言基礎，直至上世紀末圍繞「90 年代詩歌」爭論的雙方儘管分歧很多，但都不否認以「口語」為詩歌創作的基礎，可以說漢語詩歌近一個世紀的「現代傳統」基本上是「口語傳統」——然而問題的複雜性在於，在一種民族語言中，「口語」絕對不是完全孤立於「書面語」的，一個民族語言的這兩種形態其實是相互影響的（鄭敏強調是「互補」的），比如在漢語古典詩歌中作為一種廣義的詩歌形式的「詞」，本源自民間口語，經文人「雅化」後逐漸「書面語化」、「文言化」，但確也汲取、容納了許多口語因素。越是後期，古代漢語確實呈現出了「書面語」與「口語」相分離、相對立的趨向，也即所謂「文」與「言」相分，作為書面語的文言在民族文化創造中處於絕對主導的地位，作為口語的白話的文化創造力量一定程度上受到壓抑——有鑑於此，漢語現代詩歌的宣導者胡適等，提出打倒文言、解放白話，用白話取代文言在漢語詩歌創作中的主導地位，然而胡適等似乎忽視了漢語白話與文言作為同一種民族語言兩種不同形態緊密聯繫的互補的一面，新詩後來的發展歷史事實表明，漢語白話詩不可能在完全抽離於一切書面語的一種絕對封閉的真空中發展，事實上，新詩在試圖擯棄一種書面語（文言）的影響後，又引入了另一種書面語即西方譯述語的影響，在試圖與古代書面語（文言）斷裂後，西方譯述語確實成了白話新詩實現現代化的一個有力的槓杆。白話新詩的產生與發展，始終面臨著口語與兩種書面語即「中國文言文」與「西方譯述語」這三種語言形態的影響，以「口語」為基礎的新詩的現代化進程大致是這樣的：試圖與「中國文言文」斷裂而擯棄其影響，與「西方譯述語」接軌而不斷西化，但是實際上作為同一民族語言的另一種形態，「中國文言文」對以漢語「口語」為基礎的新詩不可能不產生影響——當然由於偏激的斷裂態度，這種影響確實主要表現為是一種「潛影響」，而「西方譯述語」對新詩所產生的則是「顯影響」。

　　論爭的第二個焦點是「傳統」，也即是「保守（復古）」與「激進」之爭。范欽林《世紀之交的文學抉擇與「九十年代新復古主義」》[77]對包括鄭敏在內的思想傾向進行了命名——「九十年代新復古主義」。然後就是趙毅衡《「後學」，新保守主義與文化批判》[78]認為「一個強大的新保守主義思潮正在中國知識界翻捲起來」，而「對五四與 80 年代兩次文化精神高揚的清算，是新保守主義的一個共同傾向，不管討論者是否自覺到這一點」。對於趙毅衡的文章，鄭敏作出了較激烈的回應，《文藝爭鳴》1995 第 5 期發表了她的《何謂「大陸新保守主義」？》一文。鄭先生在文中首先對大陸學術界是否存在一種與所謂「後學」聯繫在一起的「新保守主義」提出質疑。其實，「保守主義」、「激進主義」在西方本來主要是政治學術語，把詩學問題完全拉入到這樣的爭論中，逗露出論者忽視了在「現代化」、「民族化」上「政治性」等與狹義「文化性」等之間的差異。包括詩歌在內的審美現代化與科技、政治、經濟等方面的現代化是存在不小差異的，然而，希望迅速現代化的急切的有時是窘迫的心態，往往使我們按照一種簡單化的單一標準來推進充滿差異的各個領域的現代化，在這種現代化進程中差異性被掩蔽——問題也就由此而產生。

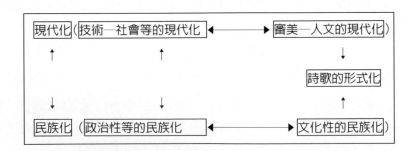

如上圖所示，在詩學等審美問題的討論中，我們不能僅僅只看到縱向上的差異，還要看到橫向上的差異。立足於詩歌獨特的「形式化（formative）」本

[77]　見《南通師專學報（社科版）》1995 第 2 期。
[78]　見《花城》1995 第 5 期。

質，我們就會發現：詩歌的「現代化」乃是一種不同於「技術─社會等的現代化」的「審美─人文的現代化」，詩歌的「民族化」乃是一種不完全等同於「政治性等的民族化」的「文化性的民族化」，通過「形式化」，詩歌的「現代化」與「民族化」可以貫通在一起。詩歌的「現代性」有雙重內涵：一是「歷時性」的涵義，所謂「現代性」與「前現代性」相對；二則還有「共時性」涵義，詩歌現代性是「人文性」的，作為一種審美現代性而與工具理性等的現代性相對──我們所謂的漢語詩歌的現代化的問題，往往只強調詩歌現代性的「歷時性涵義」，進而把詩歌的現代化完全等同於西方化，但卻往往忽視西方詩歌現代形式批判工具理性的人文性的涵義，我們在思考詩歌形式時「文化立場的偏斜」往往又導致「人文立場的缺失」，而這兩方面又互為因果。

　　通過以上對新詩歷次論爭中的理論問題所進行的闡釋和重建，我們會發現「形式」始終是歷次論爭中若隱若現的一個重要問題：新月派前後的兩次論爭、「新民歌運動」中的論爭都和格律形式有關，新時期論爭中的「現代化」與「民族化」的關係問題，推及深層也與「形式」密不可分。五四先賢們出於啟蒙的功利目的，標榜一種語言工具論的詩學觀，後來的詩歌發展一定程度上開始重視形式的創造──但這種正常發展很快被險惡的歷史情境打斷，在救亡壓倒啟蒙之時，漢語詩歌審美現代性的發展也被外在強力扭轉了方向。20 世紀 50 年代以來越來越嚴峻的意識形態情勢，壓制著詩歌審美現代化的發展，從詩歌語言觀上來說，可以說是一種左傾工具論代替了早期的啟蒙工具論。20 世紀後期直至於今天，中國社會重新走上了現代化之路，意識形態的壓制力量開始逐漸減輕，但詩歌的形式理性精神卻又開始受到市場經濟負面力量的侵蝕。語言工具論乃是語言形式上的「工具理性」的表現，而 20 世紀 80 年代後半期以來，種種「反形式」的詩學觀可以說又體現出了一種語言形式上的「非理性主義」傾向。簡單地回顧一下歷史，我們就能發現漢語現代詩歌在「形式」上的審美精神建構是何等的舉步維艱！綜觀新詩及其理論的發展史，對於漢語現代詩學來說，一種重視漢語感性形式創造的新理性精神的現代建構就顯得非常必要和迫切了。

# 第三章　分流與融合
## ——雅俗文學的流變

　　本章將從（1）中國文學現代化的三個向度（意識形態化、消費化、生產化）及四次重組、（2）在「啟蒙」與「資本」的錯動中現代人精神生活的民主化、大眾化等兩方面，來分析中國現代文學史上圍繞文藝大眾化、雅俗等所產生的論爭。在中國文學觀念現代化的首演中，其實就已形成「審美化（審美型，代表人物是王國維、早期魯迅、周作人等）」、「意識形態化（政教型，代表人物是梁啟超等）」、「消費化（消費型，以鴛鴦蝴蝶派為代表）」三元並存的理論格局，這一整體格局的變動、重組，構成了中國現代文學理論發展史中一條極其重要的思想脈絡，而在有關文藝大眾化的討論及消費型文學的沉浮中，同樣清晰地存在著這樣的思想脈絡——大致說來這三向度出現了四次重組：（1）第一次重組，經五四新文學家的激烈批判，鴛鴦蝴蝶派消費化文學退出中國社會主導的文學價值體制，但在資本、商業化的支撐、推動下繼續發展；（2）第二次重組，經文藝大眾化運動的不斷批判，作為五四新文學觀重要一翼的審美化文學觀開始逐漸消退；（3）第三次重組，由於高度單一化的計劃經濟體制的建立，資本退出中國社會（大陸）的運作機制，失去現實支撐的消費化文學觀隨之自動退出歷史舞臺，審美化文學觀也基本被清除，中國文學現代化的三向度，被一體化於意識形態的單向度；（4）第四次重組，新時期以來直至當下，僵化的單向度的文學觀逐漸被打破，被一度壓制很長時間的另外兩個向度開始逐漸恢復，而隨著市場化的逐漸深入，消費化文學觀已呈現出走向主流之勢。因此，如何在文藝大眾化討論及消費型文學發展中，準確地清理出這三種文學觀念的價值立足點，就成為準確認識和把握中國文學現代化進程乃至未來走向的一個重要研究課題。

　　「大眾化」可以說是中國文學現代化進程中所出現的一個重要的關鍵字，這一概念首先是直接針對五四新文學的「不大眾化」而提出的，但說提

倡「德先生」、「平民文學」的五四新文學也有一種「大眾化」傾向，似乎也並無不對；更為關鍵的是，曾受到五四新文學、也受到文藝大眾化運動批判的鴛鴦蝴蝶派文學，顯然更可以稱為「大眾化」文學——種種不同觀念的文學，又似乎都可以裝進「大眾化」這個大筐裡。大眾化與雅俗有關聯，但用雅俗這對範疇來分析大眾化又是存在問題的：在文藝大眾化討論中，「雅」的五四新文學受到批判，但同時「俗」的鴛蝴派文學也受到了批判，因此很難說這是一場「俗」文學運動。首先要區分開的是上世紀 30 年代所謂的「大眾化」與鴛蝴派的「大眾化」，曾有的區分是：鴛蝴派是「反動的」大眾化，不同於「革命的」大眾化，但歷史地看，一些鴛蝴派作家作品在抗日戰爭期間表現出了強烈的愛國意識，全部戴上「反動的」帽子似並不盡當，今天大部分相關研究主要是從商品、市場經濟發展中消費型文化興起的角度來立論，無疑更為客觀公允——在「大眾化」外，加入「消費化」這一重要參數，「大眾化」本身的內涵就得到了初步的梳理：30 年代以來所宣導的是「非消費性的」大眾化，而鴛蝴派文學則是一種「消費性的」大眾化。再深入追究，文藝大眾化運動的主要目的其實是大眾觀念改造，是「意識形態化」意義上的大眾化；而鴛蝴派文學相對而言則是一種「非意識形態化」意義上的大眾化，當下盛行的「大眾文化」更是直接訴諸大眾的精神生活享受。從基本的文學觀來看，五四新文學思想中有「為人生的藝術」與「為藝術的藝術」之分，其中在非意識形態化上，「為藝術的藝術」的唯美主義思想又與消費化文學觀存在相通之處：都把文學藝術當作精神享受——區別在於：後者推崇的是「消費化」，而前者推崇的則是「非消費化」的精神享受，關於大眾化就可作如下解析：

| （1）意識形態化：大眾觀念改造的普及化（「意識形態化」文學觀） | | |
|---|---|---|
| （2）非意識形態化：大眾精神享受的普及化 | （1）精神享受的非消費化（「生產化」文學觀） | 非消費化 |
| | （2）精神享受的消費化（「消費化」文學觀） | 消費化 |

如上圖示，在第一層面上，文學既是「意識形態」，同時也是「精神生活享受」；在第二層面上，文學作為一種「精神生活享受」，既可以是「消費性的精神享受」，同時也可以是「生產性的精神享受」——我們在對「意識形態化」、「消費化」這兩種文學觀的辨析中，清理出中國文學現代化的第三向度——「生產化」，它構成了傳統審美化文學觀的價值立足點。下面就圍繞這三個向度的四次重組，來分析圍繞文藝大眾化運動及鴛鴦蝴蝶派文學、大眾文化現象等論爭中的基本理論問題。

## 第一節　「意識形態化」文學觀的建構

本節主要討論 20 世紀 30 年代文藝大眾化論爭中的理論問題。五四新文學家對鴛鴦蝴蝶派的批判，是中國文學現代化三向度的第一次重組，這次重組構建起了三種文學觀並存的理論格局；而文藝大眾化運動對五四文學觀的批判，則標誌著第二次重組的開始，三元並存的格局開始被動搖。

鄭振鐸描述道：五四「偉大的十年間」的「第二個時期是新文學的建設時代，也便是『文學研究會』和『創造社』的時代。不完全是攻擊舊的，而且也在建設新的」，「『創造社』所樹立的是浪漫主義；而其批評主張是持著唯美派的一種見解」[1]。周作人認為：「從來對於藝術的主張，大概可以分作兩派：一是藝術派，一是人生派」，周本人標榜的是「人的藝術派」，對所謂「藝術派」是充分肯定的，但他同時也指出：「生在現今的境地，自然與唯美及快樂主義不能多有同情」；創造社成仿吾強調：

> 至少我覺得除去一切功利的打算，專求文學的全與美有值得我們終身從事的價值之可能性。而且一種美的文學，縱或它沒有什麼可以教我

---

[1] 鄭振鐸：《中國新文學大系‧文學論爭》導言，見鄭振鐸選編《中國新文學大系‧文學論爭》，上海文藝出版社，1981 年影印本，第 19 頁。

們，而它所給我們的美的快感與慰安，這些美的快感與安慰對於我們日常生活的更新的效果，我們是不能不承認的。

另一方面，標榜「為人生的藝術」的文學研究會的沈雁冰也反對「文以載道」：「道義的文學的界限，說得太狹隘了。他的弊病尤在把真實的文學棄去，而把含有重義的非純文學當作文學作品」[2]——可見也是有著較強的「純文學」觀念的。總之，在那個「建設時代」，中國文學現代化三向度都已清晰地顯現出來了，沒有極端的唯美派，也沒有極端的唯功利、工具論派，昭示著中國文學現代化比較合理的發展格局——然而這一較好的建設時期又是如此地短暫，五四「文學革命」的「偉大十年」，很快就終止於「革命文學」的到來，有意思的是，恰恰是推崇「唯美的文學」的創造社，大張旗鼓地轉向「革命文學」，而當創造社轉向「革命文學」時，誠如鄭振鐸指出，他們的主張和文學研究會已是沒有什麼實質上的不同了——兩種本來不同的文藝觀的合流，表明「為藝術的藝術」的文學觀已開始消退，這標誌著中國文學現代化三向度已開始第二次重組，而 30 年代開始的文藝大眾化運動，則是這第二次重組的具體展開。

一

首先看抗戰前圍繞「大眾文藝」、「大眾語」的論爭。瞿秋白與沈雁冰兩人圍繞「大眾文藝」有過直接的爭論，爭論的第一個焦點是如何看待五四文學觀念和傳統，並且首先又主要是圍繞「語言」展開的。宋陽（瞿秋白）指出：「革命的大眾文藝發展的前途，應當成為惡劣的大眾文藝的巨大的強有力的敵人，應當成為『非大眾的革命文藝』的真正承繼者」，由此可見，「革命的大眾文藝」面對著三種不同的因而要採取三種不同態度分別對待的文學

---

2    周作人：《新文學的要求》，成仿吾：《新文學之使命》，沈雁冰：《什麼是文學》，
     分別參見鄭振鐸選編《中國新文學大系‧文學論爭》，上海文藝出版社，1981 年
     影印本，第 142-143 頁，第 180 頁，第 153-154 頁。

觀念和傳統：（1）直接繼承革命化文學觀；（2）猛烈批判「惡劣」、「反動」的消費化文學觀；（3）對於五四文學觀念和傳統也要進行批判：

> 「五四」的新文化運動，對於民眾彷彿是白費了似的！「五四」式的新文言（所謂白話）的文學，只是替歐化的紳商換換胃口的魚翅酒席，勞動人民是沒有福氣吃的；
>
> 「五四」式的所謂白話和文言一樣，根本就沒有活過，所以連『死的言語』的資格也沒有。[3]

止敬（沈雁冰）對此作了針對性的回應，從對三種文學觀的態度來看，對於惡劣的消費化文學觀，沈早就作過激烈的討伐，對革命化文學觀，沈大概也不會反對，所以爭論的焦點之一恰在如何對待五四文學，沈是堅決不同意把五四文學語言稱為「新文言」的，並對取代這種「新文言」的所謂「真正的現代中國話」提出質疑：「我以為土話的大眾文藝比之宋陽先生所謂『真正現代中國話』的大眾文藝，可能性更大」[4]。從「語言」上否定五四文學，在當時的討論中極具普遍性，如寒生就認為：

> 「過去，我們對於資產階級在文化革命上的背叛，只看見它反映在思想上，情緒上，意識形態上，卻沒有看見它也一樣的表現在文學革命上——白話運動上」，「現在的白話文，已經歐化，日化，文言化，以至形成一種四不像的新式文言『中國洋話』去了」，「除去少數新式的紳商買辦和歐化青年而外，一般的工農大眾」，「不僅念不出看不懂就

---

[3]　宋陽（瞿秋白）：《大眾文藝的問題》，見上海文藝出版社編《中國新文學大系（1927-1937）》第二集《文學理論集二》，上海文藝出版社，1987 年，第 348-355 頁。

[4]　止敬（沈雁冰）：《問題中的大眾文藝》，見上海文藝出版社編《中國新文學大系（1927-1937）》第二集《文學理論集二》，上海文藝出版社，1987 年，第 364 頁。

是聽起來也就像外國人在說洋話」，因此，「五四以來的白話文學革命
運動也是失敗了的」[5]。

再如：「『之乎也者』的文言，『五四式』的白話，都不是勞苦大眾所看得懂
的，因為前者是封建的殘骸，後者是民族資產階級的專利」[6]等等。

　　與第一個焦點相關，瞿、沈論爭的第二個焦點是文學的藝術性問題。後
來沈回憶道：「關於原則分歧，（瞿）主要是不同意我的『技術是主，文字本
身是末』的觀點，認為強調文字的技術（藝術）性，將導致『根本沒有大眾
文藝的廣大運動』」[7]，他還分析道：

> 大眾文藝既是文藝，所以在讀得出聽得懂的起碼條件而外，還有一個
> 主要條件，就是必須能夠使聽者感動。這感動的力量卻不在一篇作品
> 所用的「文字的素質」，而在借文字作媒介所表現出來的動作，就是
> 描寫的手法。不從動作上表現，而只用抽象的說述，那結果只有少數
> 人理智地去讀，那即使讀得出來，聽得懂，然而缺乏了文藝作品必不
> 缺的力量。這樣的作品，即使大眾「聽得懂」，然而大眾不喜歡，大
> 眾不感動。我們要知道文化水準較低的大眾特別「不懂」那些僅有思
> 想的骨子而沒有藝術的衣服的作品[8]。

抗戰時期《民族形式座談筆記》中沙汀也指出：「語言重要，但最主要是創
作方法，創作方法對於一個作者是非常重要的，譬如：魯迅先生用文言文寫

---

[5]　寒生：《文藝大眾化與大眾文藝》，見上海文藝出版社編《中國新文學大系（1927-1937）》
　　　第二集《文學理論集二》，上海文藝出版社，1987年，第382-383頁。

[6]　起應：《關於文學大眾化》，見上海文藝出版社編《中國新文學大系（1927-1937）》
　　　第二集《文學理論集二》，上海文藝出版社，1987年，第374頁。

[7]　沈雁冰：《文藝大眾化的討論及其他》，見文振庭編《文藝大眾化問題討論資料》，
　　　上海文藝出版社，1987年，第420頁。

[8]　沈雁冰：《問題中的大眾文藝》，見上海文藝出版社編《中國新文學大系
　　　（1927-1937）》第二集《文學理論集二》，上海文藝出版社，1987年，第358頁。

的《懷舊》，所以那麼深刻，就是因為他還是利用了歐洲文藝的創作方法」[9]
——這裡涉及的一個重要理論問題是：文藝的「藝術性」與讀者的理解程度
之間究竟是一種什麼關係？確實存在不少「藝術性」高而理解的讀者人數少
的現象，但據此決不能得出這樣一個一般性的結論：「藝術性」高低與理解
的讀者人數多少「成反比」（所謂「曲高和寡」的絕對化）——但在大眾化
討論中這卻成了許多人的基本邏輯，進一步的引論就是：「藝術性」越高就
越反大眾化。宋揚指出論爭中雙方的區別在於：

> 「止敬先生的意見表明了他所說的『大眾文藝』只是『傑出的大眾文
> 藝』」，「藝術理論所研究的廣義的藝術對象，卻可以把『凡是用形象
> 去表現思想和情感』的作品，都當做藝術看待，然後再去研究它的價
> 值。就是一般社會上通俗的名稱——在歐美也就說慣了——所謂『文
> 藝』，就是詩歌，小說，劇本等類的東西。這些東西寫得好不好，感
> 動力量大不大，『傑出不傑出』，那是第二步的問題」[10]。

這確具有較強的理論意義，西方 20 世紀文藝理論還在討論著什麼「是」藝
術這樣的問題，其實，「是」與「不是」是認識論的問題，「傑出」與「不傑
出」、「感動」與「不感動」則是價值論問題——作為一種獨特的社會文化現
象，藝術理論的基礎，究竟是認識論還是價值論？不管怎麼說，從中國現代
文學觀念發展史來看，逐步形成的意識形態化文學觀的理論基礎確實是認識
論（反映論）的。「強調文字的技術（藝術）性」又與所謂「藝術至上主義」
有關，寒生認為有兩種觀念阻止大眾化，「第一是隱藏在革命文藝旗幟下的
藝術至上主義者的觀念」，「第二是公開在革命文藝旗幟下的半藝術至上主義
者的觀念（二元論）」；洛揚也指出：

---

[9] 參見林默涵總主編《中國抗日戰爭時期大後方文學書系》之蔡儀主編第二編《理
論‧論爭》第一集，重慶出版社，1989 年，第 295 頁。

[10] 宋揚：《再論大眾文藝答止敬》，見上海文藝出版社編《中國新文學大系（1927-1937）》
第二集《文學理論集二》，上海文藝出版社，1987 年，第 412-413 頁。

在一切問題上，過去的我們都常常多少的殘留著資產階級的藝術
見解的影響——在這問題上，更加無意之中保留著「為藝術的藝術」
派的一些殘餘的影響；

在現在，中國的地主資產階級是雙管齊下：一面主張藝術至上主
義，這是反對我們以文藝為鬥爭武器；一面卻老老實實地在利用反動
大眾文藝來麻痺群眾[11]。

藝術至上會產生所謂「高級」藝術，方光燾對這種「高級」藝術的階級屬性
作了分析：

大眾之不能理解高級的藝術，實不外是大眾的生活感覺，不能理解那
少數人的生活感覺所產生的藝術價值罷了。所謂與大眾無緣的藝術高
級性，也不外是少數人的生活感覺的特殊性罷了。原來藝術家自命的
「高級」性，不過是特殊性的化名；實際上本沒有衡量高低的絕對的
尺度……[12]

這可以說是一種典型的審美價值標準取消論，它構成了片面的意識形態化文
學觀另一基本點。在階級社會，「高級」藝術確實具有「階級性」——生存
問題得不到解決的勞動階級是無暇創造、欣賞這種高級藝術的，但誠如馬克
思指出：

（剩餘勞動創造出剩餘產品），剩餘產品把時間游離出來，給不勞動
階級提供了發展其他能力的自由支配的時間。因此，在一方產生剩餘

---

[11]　寒生：《文藝大眾化與大眾文藝》，洛揚：《論文學的大眾化》，分別參見上海文藝
　　　出版社編《中國新文學大系（1927-1937）》第二集《文學理論集二》，上海文藝
　　　出版社，1987年，第395-396頁，第337-340頁。

[12]　方光燾：《藝術與大眾》，見上海文藝出版社編《中國新文學大系（1927-1937）》
　　　第二集《文學理論集二》，上海文藝出版社，1987年，第370頁。

勞動時間，同時在另一方產生自由時間，整個人類的發展，就其超出對人的自然存在直接需要的發展來說，無非是對這種自由時間的運用，並且整個人類發展的前提就是把這種自由時間的運用作為必要的基礎。[13]

馬克思還指出：「既然所有自由時間都是提供自由發展的時間，所以資本家是竊取了工人為社會創造的自由時間，即竊取了文明」[14]，藝術、科學發展的現實社會條件是「自由時間」，這種「自由時間」是由勞動階級創造的而被剝削階級佔有的，你可以說剝削階級中的藝術家「竊取」了勞動者創造出的「自由時間」去創造所謂高級藝術，但如果你說這些高級藝術僅僅只屬於剝削階級，而與勞動階級根本無緣，那麼，你是不是在否定勞動階級為人類包括藝術在內的文明發展所作的貢獻呢？以藝術的階級性否定藝術的人類共性，乃是片面意識形態化文學觀另一基本點，而這很難說是符合馬克思主義的。

　　與批判藝術至上主義有關，還有所謂大眾化的「一元論」與「二元論」之爭，這可以看作此次論爭中的第三個焦點。所謂「二元論」認為用於大眾宣傳的作品的藝術性要相對低一些，華漢對這種「二元論」作了批判：

　　　　只要對於千百萬工農大眾的教化和宣傳上有很大作用和無比的效力的作品，這就是很有藝術性和藝術價值（即社會價值）的東西，我們千萬不要看輕了這種東西的藝術性；

　　　　這是我們對於無產階級文藝大眾化問題的一元論；

　　　　那種大眾化問題的二元論的觀念，那種卑視大眾化了的各種文藝形式之藝術性的說法，我們是應該克服的[15]。

---

[13] 見《馬克思恩格斯全集》第 47 卷，人民出版社，1979 年，第 216 頁。
[14] 見《馬克思恩格斯全集》第 46 卷下冊，人民出版社，1980 年，第 139 頁。
[15] 華漢：《普羅文藝大眾化的問題》，見上海文藝出版社編《中國新文學大系（1927-1937）》第二集《文學理論集二》，上海文藝出版社，1987 年，第 310-324 頁。

起應有相近的說法：「文學大眾化不僅不是降低文學，而且是提高文學，即提高文學的鬥爭性，階級性的」[16]等等──這種「一元化」實際上是把文藝的全部價值一體化於「意識形態」，沈端先就明確指出：

> 　　所謂大眾化問題，從來已經論了許多，要點，就是要將從來的所謂「藝術的水準」放低，保持著我們一定的意特渥洛奇（觀念形態），為著要使藝術對於大眾發生影響；
>
> 　　這種意特渥洛奇的被攝取百分比，也就是這種大眾文學的價值的SCALE；
>
> 　　無產階級文學沒有象牙之塔，所以它的目的不在文學的本身；
>
> 　　普洛文學是意特渥洛奇的藝術，現在，我們要附加一句：就是，這裡所說的意特渥洛奇，是應該配合著目前的政治的任務[17]。

「一元論」與「二元論」之爭在後面的大眾化論爭中一直延續著，直到毛澤東延安文藝座談會上的講話都還對「二元論」作了批判。

　　大眾文藝論爭的一個重要焦點是「語言」問題，而「大眾語」論爭則進一步突出了這一問題，「中國的文學革命沒有完成，而需要第二次的文學革命」，「活人說得出的話，很容易用羅馬字母拼音而廢除漢字」，這「比依賴漢字制度的新式文言輕鬆得多」，「並沒有人對群眾去揭穿這種中國現在的『文字狀態』，是統治階級的愚民政策的一種」[18]──凡此種種也是「大眾語」論爭中一些人的主要觀點。

　　圍繞「大眾語」論爭的緣起是反對文言復興，但後來批判的矛頭似乎發生了轉向，以至於如仲元所謂：「自然大多數是真心為了大眾語作先鋒，但

---

[16]　起應：《關於文學大眾化》，見上海文藝出版社編《中國新文學大系（1927-1937）》第二集《文學理論集二》，上海文藝出版社，1987年，第375頁。

[17]　沈端先：《文學運動的幾個重要問題》，見上海文藝出版社編《中國新文學大系（1927-1937）》第二集《文學理論集二》，上海文藝出版社，1987年，第291-299頁。

[18]　宋揚：《再論大眾文藝答止敬》，見上海文藝出版社編《中國新文學大系（1927-1937）》第二集《文學理論集二》，上海文藝出版社，1987年，第419-426頁。

也有不少是在那裡替文言幹借刀殺人的勾當」[19]，五四白話文學以其創作實績昭示著對文言的勝利，現在「白話」卻又開始受到攻擊。

> 這不僅不是重複「五四」的舊帳，而是把語言運動推進到一個新的階段，加強了自身的任務。「白話」，誠如陳子展先生所說：只是知識份子一個階層的東西，它一方面是把官僚士大夫的教士語做範本（借望道先生語）。另一方面卻無條件的引用外來的買辦語，（我們以為「五四」時代所成就的白話，是官僚買辦語，是非常恰當的），而完全與大眾的生活，語言相隔離，我們要反對古文，我們更要反對似是而非的洋八股[20]。

《申報》之《再談建設大眾語文學》還指出：「大眾語是反白話的，這是因為白話運動並沒有完成它自身的任務，達到『言文』一致的成功」；白兮認為在提倡建設大眾語中，文言跟白話「一概在拋棄之列」[21]──這就又涉及到白話與文言的關係，有人認為五四文學語言乃是「從『文言文』翻譯出來的『白話文』」；「白話文運動在把『之乎者也』改變成『的那嗎呢』之後，也從此終止了」[22]──這也就是瞿秋白所謂的「新文言」，而這與所謂「官僚買辦語」、「洋八股」等一起，成為這次論爭中許多人對五四白話所作的階級、文化定性。論爭涉及到「語」與「文」分家，「文章的傳播，當憑藉著『字』做它的工具。如果表現工具的『字』是一種僅有少數人才會領悟的時候，那麼這憑藉著『字』為傳播的工具的文章，其傳達的領域將被限制成為

---

19　仲元：《不要閹割的大眾語》，見宣浩平編《大眾語文論戰》，上海書店，1987 年，《續二》，第 125 頁。

20　《申報》讀者問答《怎樣建設大眾文學》，見宣浩平編《大眾語文論戰》，上海書店 1987 年，第 64-65 頁。

21　《申報》之《再談建設大眾語文學》，白兮：《文言，白話，大眾語》，分別參見宣浩平編《大眾語文論戰》，上海書店，1987 年，第 69 頁，第 53 頁。

22　陳頎：《對於「文言」「白話」「大眾語」應有的認識》，樊仲雲：《關於大眾語的建設》，分別參見宣浩平編《大眾語文論戰》，上海書店，1987 年，第 144 頁，第 95 頁。

狹小的」，作者就此認為，同以「字」為傳播工具，「大眾語」與白話文沒什
麼不同[23]——再接近口語的「大眾語」依然是一種以「字」存在的書面語。
陶行知指出：「大眾是過著符號貧乏的生活。但是他們需要符號是鐵打的事
實」[24]，問題在於：造成大眾「符號貧乏」的根本原因是什麼？「語和文的
所以要分家，最惡意的就是在於一般保守的特殊者層，為了要表示他的身
份，在社會生活進化過程上已成了固凝與僵化的言語中去兜著圈子」[25]，這
也就是宋揚所謂的「統治階級的愚民政策」，這誠然是造成大眾符號貧乏
生活的一個原因，但卻非根本原因，根本原因恰在生產力總體水準的低
下，使大部分人不得不為首先解決「物質貧乏」，「符號貧乏」根本還無暇顧
及，知識份子僅僅有改變他們「符號貧乏」生活的良好的主觀願望是遠遠不
能解決問題。

　　再具體分析，語言與文學的關係，也是「大眾語」論爭中的一個焦點。
早在五四時期，成仿吾就指出「對於國語的使命」乃是新文學的三大使命之
一，沈雁冰有更具體的分析：

> 我們現在的新文學運動也帶著一個國語文學運動的性質；西洋各國國
> 語成立的歷史，都是靠著一二位文學家的著作作了根基，然後慢慢地
> 修補寫正，成了一國的國語文字。中國的國語運動此時為發始試驗的
> 時候，實在極需要文學來幫忙，我相信新文學運動的目的雖不在此，
> 卻是最初的成功一定是文學的國語……[26]

---

[23]　若木：《「大眾語」文學建設的一條先決條件》，見宣浩平編《大眾語文論戰》，上
　　海書店，1987 年，第 182 頁。
[24]　陶行知：《大眾語文運動之路》，見宣浩平編《大眾語文論戰》，上海書店，1987
　　年，第 192 頁。
[25]　家為：《關於大眾語討論中「一個更小的問題」的檢討》，見宣浩平編《大眾語文
　　論戰》，上海書店，1987 年，第 37 頁。
[26]　沈雁冰：《新文學研究者的責任與努力》，見鄭振鐸選編《中國新文學大系・文學
　　論爭》，上海文藝出版社，1981 年影印本，第 146 頁。

而「國語文學運動」正是出於建構現代民族國家的需要——在大眾語論爭中
這一點也不斷得到強調：「從國際方面說來，那一個國家沒有一種代表語呢？
而真正國家基礎的鞏固和生存，又必賴語文統一性的擴大」；「白話文運動是
戰後受民族自決主義的影響，中國民族資產階級要求革新並建立現代中國的
表現」[27]。後來郭沫若也指出：「文藝家不僅要活用國語，而且要創造國語。
意國的但丁，英國的莎士比亞，德國的歌德，對於他們的國語的創造上都是
有著顯著業績的」[28]，西方現代文化史已經證明，文學家的創造在現代民族
國家統一語言的形成過程中發揮著非常重要的作用。「大眾語是毛坯，加了
工的是文學」；而寒白則認為：「在過去的一般作家，拼命地在文字上用功夫，
把文字語句修飾得非常美麗，深奧……要知道那種作品，完全是有閒階級的
消遣品，象牙塔裡的藝術」[29]，這在深層體現的是以語言的「工具性」否定
文學語言「創造性」的文化價值的觀念。現代民族國家語言的形成，有語言
以外許多複雜的社會文化動因，在語言活動內部也不僅僅只是個語言工具的
工藝設計的簡單問題，同時也是個創造語言的問題——以創造語言為基點，
古漢語、各種外來語言等都可以成為現代漢語不斷生成的重要的文化資源，
而文學創作也可以發揮較大的作用，「有閒階級」創造出的雅文學對現代民
族語言生成的作用也就不應完全忽視。

## 二

　　再看抗戰時期圍繞「大眾化」、「民族形式」的論爭。南桌認為文藝大眾
化宣導於「五四」而完成於抗戰，抗戰前洛揚認為大眾化的幾種方式是「歐
化文藝的大眾化」、「從舊的大眾文藝形式中創造出新的大眾文藝形式」、「國
際普洛革命文學的新的大眾形式的採用」，在這三種方式中，抗戰前第三種

---

27　宣浩平：《大眾語文運動與現代中國》，樊仲雲：《關於大眾語的建設》，分別參見
　　宣浩平編《大眾語文論戰》，上海書店 1987 年，第 93 頁，第 94 頁。
28　郭沫若：《「民族形式」商兌》，見蔡儀主編《中國抗日戰爭時期大後方文學書系》
　　《理論‧論爭》第二編，第一集，重慶出版社，1989 年，第 291 頁。
29　朔爾：《做文章》，寒白：《大眾語的產生與建設》，分別參見宣浩平編《大眾語文
　　論戰》，上海書店，1987 年，第 108 頁，第 117 頁。

方式被特別強調（瞿秋白等），而抗戰以來第二種方式越來越成為討論的焦點，表明論爭由大眾化的階級性開始轉向關注其民族性、文化性，當然最終民族性又統攝於階級性，形成所謂「民間性」，到 50 年代的「新民歌運動」中又具體演化為「古詩+民歌」的文學生產模式。

　　具體而言，文藝形式新與舊的關係是論爭的一個焦點，這又具體表現為「二元論」與「一元論」之爭等。首先看《宣傳·文學·舊形式的利用——座談會記錄》，由議題可見是把「宣傳」與「文學」分開來談的「二元論」，這種二元論又有多方面的表現。（1）是功能二元論，在座談中，艾青直接表明態度：「首先我要說我自己對於利用舊形式這一口號是取懷疑的態度的。如其為了宣傳不得不利用舊形式，我們也應該有利用的界限，宣傳與文學是不能混在一起說的」，吳組緗不同意這種二元論：「文學本身就是宣傳的，文學和宣傳不必分開來說」，鹿地反駁道：「藝術文化，在廣義上是宣傳……但是，和有直接目的的宣傳應該區別的。例如說『打倒漢奸』的時候，藝術創造不成問題，只要直接地達到這個目的的效果就好。這是狹義的宣傳」，「把高的藝術的努力降低為直接的宣傳事業，我以為只有把視野弄小的」[30]——對廣義的非直接的宣傳與狹義的直接的宣傳不作區分，往往是意識形態化文學觀的一種重要策略。（2）是品位二元論，紺弩認為「用舊形式寫出的東西的內容，比之新形式的作品，總要粗淺或低級一點」，組緗也指出：「一方面是繼續新文學所走的路，發展邁進，這方面的口號應該是提高水準」，「寫通俗化的作品，在思想意識方面，都要相當的遷就讀者」，「技巧上也要降低。新文學作品的表現方法，在這種作品中往往不能適用」[31]，可見，吳在功能上是一元論者，在品位高低上卻是二元論者。後來毛澤東所謂的「普及」與「提高」論，實際上也承認藝術品位上的差異。（3）是「手段（利用）—創

---

[30]　《宣傳·文學·舊形式的利用——座談會記錄》，見蔡儀主編《中國抗日戰爭時期大後方文學書系》《理論·論爭》第二編第一集，重慶出版社，1989 年，第 11 頁，第 19-20 頁。

[31]　《宣傳·文學·舊形式的利用——座談會記錄》，見蔡儀主編《中國抗日戰爭時期大後方文學書系》《理論·論爭》第二編第一集，重慶出版社，1989 年，第 11-12 頁。

造」二元論，艾青指出：「對於利用舊形式問題，我的理解是依然把它看做為了宣傳作用……甚至於有人想利用這種現象來威脅新形式，幾乎要把新文學運動一筆勾銷」，「如果把利用舊形式的努力，用到創造新形式上去，把新形式大眾化，或大眾化了的新形式用到宣傳上去，大眾也不見得一定會拒絕」，這種二元論維護著五四新文學傳統，而組緗不同意艾青的說法，指出「文學和抗戰，假若萬一有相仿相礙的地方的話，我們寧願叫文學受點委屈，去服從抗戰」；奚如也持二元論：

> 從文學的觀點看，我們還是應該堅持新文學運動的主潮；
> 　至於利用舊形式所寫的東西，我認為看法不是從文學的見地出發，而是從一定的政治宣傳的效果上出發，因為一千個填入新詞的小調或大鼓，可以說能夠達到政治宣傳上某種一定的任務，但不能就說是達到了文學上的進步。

二元論將利用舊形式的作用限定在手段性範圍內，鹿地指出：

> 通俗化裡也有兩個問題。一個是作為教育，啟蒙底手段而使用藝術形式，提高文化水準。在這方面，「舊形式」和「地方的形式」底利用也是必要的罷。但是，另一方面是，創造最優秀的藝術文化提高到那個水準，在這個場合，是不應該去卑俗的「利用」舊的方法的[32]。

強調形式之「創造」不同於形式之「利用」，新形式的創造與舊形式無關。（4）是「藝術力高」與「宣傳力廣」的二元論，「目前的人民大眾底文化生活底差異使藝術力高的文藝和宣傳力廣的文藝還只是一個統一的對立」；「至於文藝的深與廣的問題，我覺得不能統一於一篇作品裡，一篇作品是不能有高度

---

[32] 《宣傳・文學・舊形式的利用──座談會記錄》，分別參見蔡儀主編《中國抗日戰爭時期大後方文學書系》《理論・論爭》第二編第一集，重慶出版社，1989年，第21頁，第17頁，第15頁。

的藝術，同時又普及（至少在現在是這樣）的，但是可以統一於一個文化運
動當中，就是有的人努力於藝術水準的提高，又有一部分人做通俗化大眾化
的啟蒙運動，這是一個問題兩方面的努力」[33]。最終，以上諸種二元論又一
元化於宣傳、工具，在討論「舊形式與卑俗化」中，王受真認為「胡風先生
認舊瓶裝新酒為宣傳教育工作上的狹義的功利主義，似乎無理論的根據；因
為宣傳教育工作，就是所謂實踐，在實踐上證明了它的功利性，便是證明了
它的真理性，所以我認為在這裡功利與真理是一致的」；馮雪峰《關於「藝
術大眾化」》也指出「有一件常使純藝術主義者不信的事——大概宣傳力愈
大，則藝術要素愈豐富」[34]等等。

　　與新舊關係相關，民族化與現代化的關係，也是論爭的焦點之一。胡風
強調文藝要能使民眾「『從亞細亞的落後』（今天的狀態）脫出，接近而且獲
得現代的思維生活」，也就是「迎頭趕上」現代文化，作者充分肯定新文化
運動的現代啟蒙意義，強調「今天的文化活動」「是以現代的思維方法做基
礎，而且是要把對象向現代的思維方法推進的」；孟辛強調「形式的完成，
在生活和文化上就有相對獨立的價值」，而「我們的藝術能力，概括的說，
還在世界的水準之下」[35]——文藝的形式特性，體現的乃是文藝的審美思維
特性，因此，藝術形式的現代化，乃是審美思維現代化的一種重要表現——
抗戰前洛揚則指出：

　　　　在大眾藝術的修養還只是現在似的程度的時候，我們的新的大眾化的
　　　　小說應該排除近代心理小說派的死靜沉悶的描寫，排除知識份子作品

---

[33]　胡風：《論民族形式問題的實際意義》，《民族形式座談筆記》錄以群語，分別參
　　　見蔡儀主編《中國抗日戰爭時期大後方文學書系》《理論・論爭》第二編第一集，
　　　重慶出版社 1989 年，第 438 頁，第 299 頁。

[34]　分別參見蔡儀主編《中國抗日戰爭時期大後方文學書系》《理論・論爭》第二編
　　　第一集，重慶出版社，1989 年，第 49-50 頁，第 82 頁。

[35]　胡風：《要普及也要提高》，孟辛：《形式問題雜記》，分別參見蔡儀主編《中國抗
　　　日戰爭時期大後方文學書系》《理論・論爭》第二編第一集，重慶出版社，1989
　　　年，第 43-45 頁，第 303-205 頁。

的倒敘以及其他種種神沒鬼出的賣弄文筆，而應以敘述分明，線索明瞭的中國舊小說和說書等為師……[36]

把藝術形式的現代化，僅僅視作一個民族中某個特定階層的知識份子的「賣弄文筆」，而不是視作整個民族審美思維現代化的重要體現，乃是反對文藝現代化、反對五四新文學的一個重要理論策略。

最後，論爭的焦點彙聚到民族化與「民間化」關係上，向林冰《論「民族形式」的中心源泉》一文鮮明地提出民族形式的中心源泉就是「民間形式」，而五四新文學在民族形式發展中只處於「副次的地位」。反對中心源泉論者主要是從社會歷史角度來立論的，「新興文藝要離開民間形式，而接近最新階段的西式，同一是由於歷史的必然性」，「封建的社會經濟產生出了各種的民間形式，同時也就註定了各種的民間形式必隨封建制度之消逝而消逝」；「除非我們不要中國進步而自願永保其封建性，否則，中國文藝形式一定也得循著世界文藝形式發展的道路而向前發展，我們固有的『民間形式』一定要隨社會之進步而歸淘汰」，「向先生的『中心源泉』論，表面上雖似欲建立民族形式，實際上卻是延長了應該被淘汰的封建社會文藝形式的壽命」[37]。胡風認為「以市民為盟主的中國人民大眾底五·四文學革命運動，正是市民社會突起了以後的，累積了幾百年的，世界進步文藝傳統底一個新拓的支流」，強調對於文學的發展，「作為基礎或『內在根據』的，是活的社會諸關係，而不是『當作內在根據的中華民族原有文藝形式』」——這可以說正是雙方立足點不同之所在，「五·四新文藝由這獲得了和封建文藝截然異質的」，所以，「說它不『是從火星上跳下的形式』（方白），說它『和中國固有的文學傳統劃著一道巨大的鴻溝』（夏照濱），都是對的」，這實際上是對

---

[36] 洛揚：《關於革命的反帝大眾文藝的工作》，見上海文藝出版社編《中國新文學大系（1927-1937）》第二集《文學理論集二》，上海文藝出版社，1987年，第334頁。

[37] 郭沫若：《「民族形式」商兌》，茅盾：《舊形式·民間形式·與民族形式》，分別參見蔡儀主編《中國抗日戰爭時期大後方文學書系》《理論·論爭》第二編第一集，重慶出版社，1989年，第284頁，第343頁。

新文學與民族文學傳統徹底斷裂的肯定，該文認為「只看見『農民占絕對多
數』，就以為它會在文藝創造上『起著起著絕對的作用』，因而向自然生長的
民間形式或農民底欣賞力納表投降」，「是農民主義」、「民粹主義」[38]，葛一
虹則稱之為「新的國粹主義」。胡風還指出：「以為既然要的是活的口頭語言，
那就完全模仿假冒大眾底口頭語言好了，這樣一來，就自然地民族化也大眾
化了。這是對於語言底落後性──自然生長性的投降理論」[39]──民族語
言的「落後性──自然生長性」、規範性、保守性等與其變化性、創造性等
是高度統一的，而總的來說胡風等看到了民族語言「自然生長性」的消極的
一面，相對而言忽視了其積極的一面，這或多或少暴露出現代啟蒙「先驗性」
過強而不顧「自發性」之不足。

　　「民間形式」論爭還涉及文藝活動中「知識份子」與「大眾」的關係，
胡風強調：「在被選煉和被提高的要求之下，國民（大眾）底口頭的活的語
言才是我們底文藝語言底基本的來源」，「藝術力高的新文藝」對於大眾化起
領導作用，這種領導作用「表現在大眾化的新形式底創造上面」[40]。「中心
源泉」論反對者另一相通之處是都持「二元論」，如郭沫若指出：「民間形式
的利用，始終是教育問題，宣傳問題，那和文藝創造的本身是另外一回事」，
「有些人嫌這樣的看法是二元論，但它們本來是二元，何勞你定要去把它們
搓成一個！不過一切的矛盾都可統一於國利民福或人文進化這些廣大的範
疇裡面；如你一定要一元，盡有的是大一元」[41]。只是這種二元論後來越來
越一體化於「宣傳」了。馬克思「（勞動階級創造出的）剩餘產品把時間遊
離出來，給不勞動階級提供了發展其他能力的自由支配的時間」之語，是我

---

[38]　胡風：《論民族形式問題的提出和爭點》，見蔡儀主編《中國抗日戰爭時期大後方
　　　文學書系》《理論‧論爭》第二編第一集，重慶出版社，1989 年，第 376-396 頁。

[39]　胡風：《論民族形式問題的實際意義》，見蔡儀主編《中國抗日戰爭時期大後方文
　　　學書系》《理論‧論爭》第二編第一集，重慶出版社，1989 年，第 440 頁。

[40]　胡風：《論民族形式問題的實際意義》，見蔡儀主編《中國抗日戰爭時期大後方文
　　　學書系》《理論‧論爭》第二編第一集，重慶出版社，1989 年，第 443-447 頁。

[41]　郭沫若：《「民族形式」商兌》，見蔡儀主編《中國抗日戰爭時期大後方文學書系》
　　　《理論‧論爭》第二編第一集，重慶出版社，1989 年，第 285-286 頁。

們準確把握知識份子與大眾在文藝活動中的關係的關鍵：文人作品藝術性高是因為文人相對擁有「自由時間」，而勞動大眾則不擁有──把文人作品貶得一錢不值而無限抬高民間創作的「民粹主義」，其實恰恰掩蔽了勞動大眾對人類文藝的真正貢獻：勞動創造出的「自由時間」乃是包括文藝在內的人類文明發展的必要條件。大眾文藝藝術性真正全面提高的前提條件，是大眾也能擁有大量「自由時間」──而這最終仰賴生產力的高度發展，而非人的主觀良好願望。

## 三

應該說文藝大眾化運動還是取得不少理論成果的，「化大眾」可以說就是其中創造出來的一個極具中國特色而又極具現代性的文藝學範疇，而「化大眾」與「大眾化」的關係成為論爭重要的焦點。沈端先《文學運動的幾個重要問題》大概是較早提出「化大眾」概念的一篇文章：

> 第一藝術應該最大限度地和大眾親近，使他們瞭解，使他們歡喜，然後，方才能夠結合他們的感情思想意志，而使他們振作起來。第二，為著要使大眾能夠接近藝術，所以應該努力於一般教育文化水準的提高。這兩點，簡括起來，可以說，前者，是目下當前面著的所謂無產階級文學乃至藝術──的「大眾化」，後者，就是，無產階級教化的所謂「化大眾」……[42]

在這裡「化大眾」還不是作為一個與「大眾化」截然對立的貶義詞來使用的。較早對「化大眾」作階級定性的，有默涵《略論文藝大眾化》一文：

---

[42] 見上海文藝出版社編《中國新文學大系（1927-1937）》第二集《文學理論集二》，上海文藝出版社，1987年，第290頁。

在這裡我們應該區別出，今天中國所要求的文藝大眾化運動，和資產階級的所謂啟蒙運動，意義上是不同的。後者是出發於資產階級對於其國家文化普遍提高的要求（這是資本主義生產所要求的），今天我們所說的文藝大眾化，則是人民群眾自己在革命實踐過程中的一種迫切要求；

過去對於大眾化還有一種錯誤的瞭解，以為它只是一個形式的問題，以為只要多多採用大眾的口語，把文字形式寫得通俗就算大眾化了；

這種認識的來源，是因為我們自以為在思想上已經沒有問題了，我們已經獲得最進步的意識，而大眾卻是落後的，這就得靠我們用通俗的形式把進步的意識灌輸給他們，好來改造他們。因此，這樣理解的「大眾化」，實際上是「化大眾」。

該文還指出實踐中存在兩種錯誤傾向「或者『清高地』堅持自己的所謂『藝術性』，讓自己陶醉在自己的小天地，或則墮落地搞些黃色作品媚合小市民，便自命為『大眾化』」[43]。「化大眾」實際上成為現代啟蒙的代稱，是「出發於資產階級對於其國家文化普遍提高的要求」，也即是出於現代民族國家建構的需要——而這是包括新文學在內的五四新文化運動的精神實質之一。「大眾化」與「化大眾」，可以說又是對「俗」與「雅」關係的一種表述，南桌《關於「文藝大眾化」》分析道：

> 「俗」本是同「雅」對著說的。「通俗」的意思彷彿就是說自己本是站在高處的一個「雅」的所在（或即象牙之塔），卻偶爾向下一望，覺得芸芸眾生，實在「俗」得可憐，於是毅然下來，拉大家一把，——然而這是屈就，不久還要上去的。這種骨子裡存著輕視的「大眾」化，結果一定為「大眾」所輕視，所唾棄……

但是該文另一方面又指出：

---

43    見文振庭編《文藝大眾化問題討論資料》，上海文藝出版社，1987 年，第 389-395 頁。

> 通俗作品總是占著絕對的優勢,「黑幕」,「偵探」一類的東西永遠是
> 最賺錢的商品。這都是多數人被關在文化門外時必然的現象。高級的
> 東西同他們隔絕了,他們的高級需求被掩蔽著,所餘的低級趣味及一
> 些疲倦後的幻想就正好被「通俗作品」迎合著……[44]

於是,在文藝大眾化運動中,小資產階級之「雅」成為批判的對象,但「俗」中本能性、落後性的東西也依然被批判。代表人民大眾利益的階級意識和思想,卻並不是一下子就被人民中的多數所自覺意識到的,也是首先在少數人——這些人或是從剝削階級中反叛出來的,或是人民大眾中少數的先行覺悟者——產生的,不是從大多數人民中「自發性」產生的,因而讓人民獲得代表自身利益的革命思想,其實也是一個由少而多的過程,等到代表人民利益的國家建成則更表現為是由上(國家)而下(群眾)的過程,這一過程同樣體現出極強的「先驗性」——在這個意義上這依然是一種「化大眾」,與之相對,鴛鴦蝴蝶派文學在順應、迎合大眾意識而非由少而多、由上而下地改造大眾意識上,則體現出了較強的「自發性」,倒是更像「大眾化」。

是立足於「意識形態」,還是立足於「精神享受」,是文藝大眾化論爭另一深層焦點。

> 文學從來只是供資產階級的享樂,不然便是消費的小資產階級的
> 排遣自慰的工具。大多數的民眾所享受的是些文藝圈所遺棄的殘渣,
> 而且這些殘渣又都滿藏著支配階級所偷放安排的毒劑。譬如《施公
> 案》、《彭公案》、《杏花天》、《再生緣》以至新式的三角四角老七老八
> 鴛鴦蝴蝶才子佳人等等等;
> 大眾文學應該是大眾能享受的文學,同時也應該是大眾能創造的
> 文學。所以大眾化的問題的核心是怎樣使大眾能整個地獲得他們自己

---

[44] 參見蔡儀主編《中國抗日戰爭時期大後方文學書系》《理論·論爭》第二編第一集,重慶出版社,1989 年,第 31-32 頁。

的文學……[45]

胡風指出：「『大眾化』的內容是，一方面是為勞動人民的；另一面是能被勞動人民享有的，在現實情形下很難統一，然而非在某一方式上某一程度上開始爭取不可的東西」[46]，難統一表現為：只能是在「意識形態」上「為」人民，卻不能一下子在「精神享受」上被大多數人民所「享有」。在《民族形式座談筆記》中，沙汀指出：「我們理想的民族形式的目標，總要作到為一般大眾所接受所享受，這理想是與民主政治有整個關係，要使一般大眾能有機會受教育，才能理解文藝作品」[47]——根據現代「民主」理念，文藝應該盡力為大眾「所接受所享受」——鴛鴦蝴蝶派文學可以說恰恰做到了這一點，但卻受到了批判。從中國文學現代化三向度來看，文藝大眾化運動既批判了「為藝術而藝術」的文學觀，同時也批判了鴛鴦蝴蝶派——那麼，同時作為其批判對象的兩種文學觀之間有沒有相通之處？鴛蝴派文學觀的價值立足點是精神享受（享樂），周作人曾說「生在現今的境地，自然與唯美及快樂主義不能多有同情」，西方為藝術而藝術的唯美主義也被稱作藝術上的享樂主義；成仿吾也曾說「一種美的文學，縱或它沒有什麼可以教我們，而它所給我們的美的快感與慰安」是不能不承認的，「美的快感」可以視作是「為藝術而藝術」文學藝術觀的價值立足點——在這一點上正與鴛蝴派文學觀存在某種相通之處。同以「精神享受（儘管有很大不同）」為價值立足點的兩種文學觀同時受到批判，在深層恰表明文藝大眾化運動的主導趨向，是越來越把文藝的價值立足點一體化於「意識形態」，而作為文藝另一基本的價值立足點的「精神享受」則相應受到越來越嚴重的掩蔽。

---

[45]　鄭伯奇：《關於文學大眾化的問題》，見蔡儀主編《中國抗日戰爭時期大後方文學書系》《理論‧論爭》第二編第一集，重慶出版社，1989 年，第 286-287 頁。

[46]　胡風：《論民族形式問題的提出和爭點》，見蔡儀主編《中國抗日戰爭時期大後方文學書系》《理論‧論爭》第二編第一集，重慶出版社，1989 年，第 350 頁。

[47]　見蔡儀主編《中國抗日戰爭時期大後方文學書系》《理論‧論爭》第二編第一集，重慶出版社，1989 年，第 295 頁。

## 第二節　「消費化」文學觀的生成

　　本節主要討論20世紀初圍繞鴛鴦蝴蝶派的論爭及20世紀末開始圍繞大眾文化論爭中的理論問題。我們前面討論的是中國文學現代化三向度的第二次重組，第一次重組則是五四新文學對鴛鴦蝴蝶派的批判，而與以鴛蝴派文學為代表的消費型文學沉浮相關的，還有第三、第四次重組：在第三次重組中（20世紀50年代以來至於文革十年），消費型文學退出歷史舞臺；在第四次重組中（大致從20世紀90年代開始），消費型文學開始日漸走向主流。

一

　　首先看圍繞鴛鴦蝴蝶派文學的論爭。鴛鴦蝴蝶派最能體現中國文學現代化之「消費化」向度。其一，鴛蝴派文學在創作態度上標榜「遊戲」、「消遣」。《星期》「小說雜談」指出：「現在普通一般人的眼光，都把小說作為一種『消遣品』和『遊戲物』，專注重在『好白相』、『引人笑』一方面，和以前所謂『閒書』一般」；一些刊物就直接以「遊戲」、「消閒」為名，如《遊戲新報》發刊詞云：「堂皇厥旨，是為遊戲，誠亦雅言，不與政事」，「人手一編，舟車所至，遊戲云何，要得三昧」；再如《消閒鐘》發刊詞云：「花國徵歌，何如文酒行樂；梨園顧曲，不若琴書養和。仗我片言，集來尺幅，博人一噱，化去千愁，此消閒鐘之所由刊也」；《禮拜六》打出了「寧可不討小老孃，不可不看禮拜六」廣告，鈍根《社會之花》發刊詞解釋說刊名乃是把文學比作交際花[48]等等。其二，這種消遣的創作態度，同時包含著對文藝作品基本功能的價值定位，《禮拜六》出版贅言：「買笑耗金錢，覓醉礙衛生，顧曲苦喧囂，不若小說之省儉而安樂也」；《群書流覽社廣告》引「書中自有顏如玉」、「書中自有黃金屋」分析云：「這兩句詩句讚美『書』的妙出，可算得至矣

---

[48]　分別參見芮和師、范伯群等編《鴛鴦蝴蝶派文學資料》，福建人民出版社，1984年，第38頁，第14-15頁，第6頁，第17頁。

盡矣。美人與華屋，那一個不想兼而有之，然而力有所不及，也是無可奈何，唯一的慰情之法，就可向『書』中求去。因為『書』中自有顏如玉和黃金屋在著，使你精神上得到安慰，比了物質上的安慰勝似萬倍咧」[49]等等，把文學作品的基本功能，定位為物質慾望在精神上的替代性滿足，而非提升或昇華。其三，在創作風格上標榜「有趣」，這與「消遣」的創作態度也是相關的，胡寄塵《消遣？》：「倘然完全不要消遣，那末，只做很呆板的文學便是了，何必做含有興趣的小說？」；菩狂《編餘瑣話》講到雜誌選稿標準時強調：「至於陳義過高，及稍涉沉悶的，概在摒棄之列」，又其《花前小語（〈紅玫瑰〉編者的話）》同樣強調創作主旨「常注意在『趣味』二字上，以能使讀者感得到興趣為標準」[50]。「遊戲」、「消遣」、「有趣」三點合在一起，表明鴛蝴派把文學本質定位在了「精神享受（享樂）」上——這是理解其文學觀念的一個基本點。

　　趙菩狂強調「並不以研求高深的文藝相標榜」，這顯然是自覺地把自身與五四啟蒙文學區分開來。文藝大眾化討論中常把鴛蝴派文學定性為「反動的」大眾化，但范煙橋《珊瑚》發刊詞強調：「以美的文藝，發揮奮鬥精神，激勵愛國的情緒，以期達到文化救國的目的」，實際情況是，在抗戰中鴛蝴派中許多作家確實加入了「文化救國」的行列，「既然把文化救國做幌子，應當都用硬性文藝了，為什麼又是小說等等軟性文藝，占了大部分？這一點，我們也要附帶聲明，我們相信『卑言易入』的老話，是有價值的；並且常受著刺激，未免要趨於憤懣而狂易，所以我們要把軟硬兩性的文藝，調節一下」[51]，強調救國同時以自身為「軟性文藝」而區別於五四啟蒙的「硬性文藝」。鴛蝴派文學觀的關鍵正在於「創作目的」，說話人《說話》引林庚白語：「重以鬻書報為業者，不願效忠於革新，惟求其營業之有利，章回體小

---

[49]　分別參見芮和師、范伯群等編《鴛鴦蝴蝶派文學資料》，福建人民出版社，1984年，第 7 頁，第 29-30 頁。

[50]　分別參見芮和師、范伯群等編《鴛鴦蝴蝶派文學資料》，福建人民出版社，1984年，第 178 頁，第 27-28 頁。

[51]　見芮和師、范伯群等編《鴛鴦蝴蝶派文學資料》，福建人民出版社，1984 年，第 18 頁。

說，至今風靡，有自來矣」；胡寄塵《一封曾被拒絕發表的信》：「我做了小說固然賣錢，然決不只為著錢而不顧小說的品格」；《求幸福齋主人賣小說的話》：「現代賣文的生活甚是清苦，小說更不值錢，但是我們小說出賣的人，倘若肯大大的努力，將小說的價值抬高，教國人知道這是一種重要的文學，人生都應該有這種東西來安慰，到那時發生重大的需要，小說的賣價，自然也會高起來」[52]。其實，在古代文人雅文學中不乏標榜「遊戲筆墨」、「消遣為文」者，如明清小品文就存在這種傾向，但古代的文人雅士持「遊戲」、「消遣」創作態度卻並不盡是為了錢。天笑生《小說大觀》宣言短引提出「供求有相需之道」，這正是商品、市場經濟的基本運作規律；說話人《說話》分析道：「作者，讀者，出版者，是成三角式『循環律』的。在文藝以金錢為代價的現代，不能完全責備於作者不長進，因為出版者總是默察讀者的心理，為了適宜讀者的需求，便向作者徵求某種性質的作品。作者為了『生意經』，不能不遷就」[53]——鴛蝴派文學的要害就在於：以金錢（利潤）為目的、按市場的「供求」來生產，最終體現的是「消費」決定「生產」的「消費化」的文學生產機制。馬克思指出：「資本和勞動的關係，在這裡就像貨幣和商品的關係一樣；如果說資本是財富的一般形式，那麼勞動就只是以直接消費為目的的實體」[54]，以直接消費為目的的文學藝術生產也就正是這樣一種「勞動」，它所體現的是對資本的依附關係。以資本增殖為主導目的的「消費化」運作，只是文學藝術諸多傳播方式中的一種特定的歷史形式，比如民間文藝許多就不借助貨幣交換來傳播，前資本主義社會中許多文藝作品在文人圈子裡的傳播也多不借助貨幣，只是到了市民階層興起時，文藝傳播才開始借助貨幣，但在資本主義生產關係未成為主流以前，文藝的生產傳播機制還不是真正意義上的「消費化」。文藝「消費化」的實質是：作為資本

---

[52]　分別參見芮和師、范伯群等編《鴛鴦蝴蝶派文學資料》，福建人民出版社，1984年，第113頁，第182頁，第19頁。

[53]　分別參見芮和師、范伯群等編《鴛鴦蝴蝶派文學資料》，福建人民出版社，1984年，第11頁，第119頁。

[54]　見《馬克思恩格斯全集》第46卷上冊，人民出版社，1979年，第287頁。

增殖的一個重要環節的「消費」，主宰著文藝生產傳播全過程，「消費性」可以說乃是鴛蝴派文學最基本的社會歷史屬性，「消遣性」、「消閒性」、「娛樂性」、「遊戲性」乃至「通俗性」、「大眾性」等等，在前現代的文學中就都已具備了，都不足以對鴛蝴派文學作準確的社會歷史定位。從社會運作力量來說，消費化的文藝生產機制，表徵著「資本」這一現代社會的發動機，已開始逐漸在中國社會中發揮作用，正是在這個意義上，無可否認的是，鴛蝴派「消費化」的文學生產機制，確是中國文學現代化的重要向度之一，知識份子由依附封建朝廷而依附資本也確是一種歷史進步。總之，鴛蝴派代表的是一種「消費化」的文學觀，這種「消費化」的文學觀大致有三個基本點：（1）對意識形態的疏離性，因為以「消費」為導向表明其把文學的本質定位在「精神享受」上而非「意識形態」上，這一點可以看出它與意識形態化文學觀存在衝突；（2）對資本增殖的依附性，因為所謂「消費」是指資本增殖的一個不可或缺的重要環節；（3）同為中國文學現代化的向度，如果說五四啟蒙文學觀是通過知識份子的精神追求「自覺」地形成的話，那麼，這種消費化文學觀則是「自發」生成的──而這恰是中國文學乃至整個文化現代化的兩種基本向度。

　　「五四」新文學與鴛鴦蝴蝶派的衝突，是中國文學現代化進程中的一次重要的標誌性事件。衝突的直接原因似乎首先是「爭奪讀者」，具體地表現為《小說月報》的改版等，但其意義卻決不僅僅侷限於此。「五四」新文學對鴛蝴派的批判又不同於對「桐城謬種」、「文選妖孽」的批判（儘管也有部分重疊之處），總的來說，雙方圍繞小說所形成的衝突，基本是中國文學現代化的「內在衝突」，或者說是文學現代性的內在衝突。「由來新文明之誕生，必有新文藝為之先聲」，「以視吾之文壇，墮落於男女獸慾之鬼窟，而罔克自拔」，「竊慕青年德意志之運動，海內青年，其有聞風興起者乎？甚願執鞭以從之矣」，對鴛蝴派批判最基本的立場正是現代啟蒙思想；佩韋也指出：

　　　　「自來一種新思想發生，一定靠文學家做先鋒隊，借文學的描寫手段
　　　　和批評手段去『發聲振聵』」，「中國現在正是新思潮勃發的時候，中

國文學家應當有傳佈新思潮的志願，有表現正確的人生觀在著作中的
手段」，「積極的責任是欲把德謨克拉西充滿在文學界」，「是『血』和
『淚』寫成的，不是『濃情』和『豔意』做成的，是人類中少不得的
文章，不是茶餘酒後消遣的東西」[55]。

在對「武俠小說」的批判中也同樣貫徹著思想批判，鄭振鐸指出：「因為這
兩種東西（黑幕派、武俠小說）流行，乃充分的表現出我們民族的劣根性；
更充分的足以麻醉了無數的最可愛的青年們的頭腦。為了挽救在墮落中的民
族性計，為了『救救我們的孩子』計，都有大聲疾呼的喚起大眾注意的必要」；
沈雁冰也指出：「這種『武俠狂』的現象不是偶然的。一方面，這是封建的
小市民要求『出路』的反映，而另一方面，這又是封建勢力對於動搖中的小
市民給的一碗迷魂湯」，「所以各方面看，武俠小說和影片是純粹的封建思想
的文藝」[56]。鴛蝴派遵循的是「供求相需之道」，在這一點上不同於官方強
制性的意識形態灌輸，沒有人買了去讀，他們也就沒有市場──因此，「五
四」新文學家又轉向對所謂「讀者社會」的批判：

> 「陡然消極的攻擊他們這班『賣文為活』的人是無益的」，「他們自寄
> 生在以文藝為閒時的消遣品的社會裡的。他們不過應了這個社會的要
> 求，把『道聽途聞』的閒話，『向空虛構』的敘事，勉勉強強的用單
> 調乾枯的筆，寫了出來，換來幾片麵包，以養活他自己以至他的家人
> 而已」[57]。

---

[55] 守常：《〈晨鐘〉之使命》，佩韋：《現在文學家的責任是什麼？》，分別參見芮和
師、范伯群等編《鴛鴦蝴蝶派文學資料》，福建人民出版社，1984 年，第 711 頁，
第 720-722 頁。

[56] 鄭振鐸：《論武俠小說》，沈雁冰：《封建的小市民文藝》，分別參見芮和師、范伯群
等編《鴛鴦蝴蝶派文學資料》，福建人民出版社，1984 年，第 837 頁，第 841-843 頁。

[57] 西諦：《悲觀》，見芮和師、范伯群等編《鴛鴦蝴蝶派文學資料》，福建人民出版
社，1984 年，第 736 頁。

「五四」新文學家對鴛蝴派以營利為主導目的之把握也是非常準確的，瞿秋白這方面的分析更深刻一些：

> 從古代文言的小說，變到現代文言的小說——這種變更是禮拜六派內部的變更，這種變更沒有經過什麼鬥爭，什麼爭辯，什麼反對或提倡，這是自然而然的變更。到現在，市場上已經看不見一部新出的古文小說，而現代文言的筆記、小說，黑幕彙編等等，卻還可以看見一些。為什麼這個變更這樣和平呢？很簡單的：這是市場上商品流通的公律，沒有人要的貨色，『自然而然』的消滅，不見，退出市場；
>
> 禮拜六派在「五四」之後，雖然在思想上沒有投降新青年派，他們也決不會投降，可是在文腔上卻投降了。禮拜六派的小說，從那個時候起，就一天天的文言的少，白話的多了。可是，這亦只是市場的公律罷了。並不是他們贊成廢除文言的原則上的主張，而是他們受著市場的支配：白話小說的銷路一天天的好起來，文言的一天天的壞下去[58]。

關鍵是「市場上商品流通的公律」，以上描述表明鴛蝴派文學「現代化」之「自發性」極強，而這種自發性也是因為跟著市場轉而形成的。

那麼，「五四」新文學對鴛蝴派批判的價值立足是什麼？

> 「為人生的藝術」與「為藝術的藝術」主張雖有不同，但無論如何，文學總是人類最高的精神產物，文學的地位，總是超於物質之上，文學總不是滿足人類的肉慾的要求的；
>
> 但是世間竟有無恥的文學者，情願賣去了自己的人格，拿高貴的文學，當做消閒娛樂滿足肉慾的東西[59]。

---

[58]　瞿秋白：《鬼門關以外的戰爭》，見芮和師、范伯群等編《鴛鴦蝴蝶派文學資料》，福建人民出版社，1984 年，第 785-786 頁。

[59]　蠢才：《文學事業的墮落》，見芮和師、范伯群等編《鴛鴦蝴蝶派文學資料》，福建人民出版社，1984 年，第 727 頁。

批判者還從中國傳統文藝觀進行了清理，指出中國人的傳統的文學觀「是極為矛盾的」，「約言之，可分為二大派，一派是主張『文以載道』的」，「一派則與之極端相反。他們以為文學只是供人娛樂的」，「現在《禮拜六》派與黑幕派的小說所以盛行之故，就是因為這個文學觀深中於人人心中之故」[60]。沈雁冰指出兩種同樣有毒的文學觀念是「文以載道」與「遊戲」，「遊戲」文學觀似乎受了傳統文學觀的影響，但他接著又深刻地分析道：

> 這種的「藝術觀」，替他說得好些，是中了中國成語所謂「書中自有黃金屋，書中自有顏如玉」的毒，若要老實不客氣說，簡直是中了「拜金主義」的毒；
>
> 在他們看來，小說是一件商品，只要有地方銷，是可以趕製出來的：只要能迎合社會心理，無論怎樣遷就都可以的；
>
> 有了這一層，就連迂腐的「文以載道」觀念和名士派的「遊戲」觀念也都不要了[61]。

載道主義、遊戲消遣主義最後全消解於「拜金主義」，所以也就不能說他們完全是受傳統舊文學觀念影響。西諦在指出傳統文學有「載道」與「娛樂」觀念後，繼續分析道：

> 我們要曉得文學雖是藝術雖也能以其文字之美與想像之美來感動人，但卻決不是以娛樂為目的的。反而言之，卻也不是以教訓，以傳道為目的的；
>
> 自然，愉快的文學，描寫自然的文學，與一切文學的美，都足以使讀者生愉快之感。但在作者的最初目的，卻決不是如此；

---

[60] 西諦：《新文學觀的建設》，見芮和師、范伯群等編《鴛鴦蝴蝶派文學資料》，福建人民出版社，1984 年，第 750-751 頁。

[61] 沈雁冰：《自然主義與中國現代小說》，見鄭振鐸選編《中國新文學大系·文學論爭》，上海文藝出版社，1981 年影印本，第 383 頁。

不先把中國賴疲的「讀者社會」的娛樂主義與莊嚴學者的傳道主義除去，新文學的運動，雖不至絕對無望，至少也是要受十分的影響的[62]。

既不同於「娛樂主義」又不同於「傳道主義」的「新文學觀」究竟是什麼？「文學的美」「使讀者生愉快之感」是不是就等於娛樂性、消遣性的「愉快之感」？西諦顯然並未將二者作區分，未能區分審美性的快感與娛樂性的快感這兩種不同的快感。在文藝活動中其實存在兩種不同的快感，相應地存在兩種不同含義的「遊戲」觀：王國維也標榜「遊戲」，而其含義顯然不同於鴛蝴派所標榜的「遊戲」。王國維「遊戲」觀受德國古典美學影響，康德反覆強調審美快感不同於一般快感，席勒更清晰地區分了人的三種基本衝動：「感性衝動」、「理性（形式）衝動」與「遊戲衝動」，而審美快感源自「遊戲衝動」──以此來看，所謂「傳道主義」的基礎是「理性衝動」，「娛樂消遣主義」的基礎是「感性衝動」，而與這兩者皆不同的「審美主義」的哲學心理學基礎則是「遊戲衝動」。在「傳道主義」與「娛樂主義」的二元對立中，現代文藝觀可能的第三向度「審美主義」及其哲學心理學基礎就蔽而不彰了，而揭示並標榜既非「無快感（嚴肅、傳道主義）」又非「純感性快感（消遣、娛樂主義）」的審美之維，恰是西方文藝觀現代化的重要標誌之一。總之，由於種種社會歷史原因，五四啟蒙文藝在審美現代性上的精神建構遠不夠充分和深厚，對鴛蝴派的批判，思想意義遠遠大於審美意義。與之相關，對鴛蝴派的歷史和文化定位也存在問題，茅盾所謂的「封建的小市民文藝」最具代表性，這一定性產生兩個連帶的問題：（1）不夠重視文藝商品化、消費化生產機制的「現代性」，（2）完全忽視其在推動文化精神享受普及化上的「民主性」──從中國文學現代觀念的整體格局及其歷史變動來看，對鴛蝴派的批判使文藝作為一種「精神享受」這一價值立足點也一併被清理掉了，於是，文藝就只剩下一個價值立足點即「意識形態」，這就使後來文藝的意識形態一體化失去了一種必要的平衡力量。

---

[62]    西諦：《新文學觀的建設》，見芮和師、范伯群等編《鴛鴦蝴蝶派文學資料》，福建人民出版社，1984年，第751-752頁。

## 二

　　新時期以來圍繞文藝「商品化」、「人文精神」、「大眾文化」等形成的相關論爭，也昭示著消費化文藝觀的建構進程。高度單一化的計劃經濟體制的建立，使中國文學現代化三向度出現了第三次重組，消費化文學由於失去現實的支撐（資本、市場）而自動退出歷史舞臺，審美化文學觀也基本被清除，文學觀念被高度一體化於意識形態的單向度——文革十年體現了這種單向度文學觀念最極端的發展。從文藝大眾化討論開始至於文革十年，可以視作是中國（主要指大陸）現代文學「後五四」的發展時期：如果說文藝大眾化運動，標誌著對五四文學傳統的清理的話，那麼，文革結束後對「後五四文學」的再清理，則首先表現為對五四文學傳統的恢復——與所謂思想解放同步乃至超前的「傷痕」、「反思」小說、戲劇等，具有著現代性的思想批判精神，「朦朧詩」更表現為對五四新詩現代性傳統自覺或不自覺的恢復——文藝的「撥亂反正」首先表現為返回五四傳統——但這只是問題的一個方面，全面地看，其實是表現為對五四時期中國文學現代化整體格局的恢復——在「雅」文學恢復五四傳統的同時，20 世紀 50 年代以來基本退場的「俗」文學再次登場，《80 年代中國通俗文學》一書指出：「通俗文學的勃然興起和持續興盛，在 80 年代中國的文學領域，或者擴大一些，在這一時期全社會文化生活之中，都是十分突出的現象」，該書還收錄了文學界對此的分析，「從社會物質生產的角度，把通俗文學的興起歸結為伴隨著商品經濟的發展而出現的文化現象，陳山把這種現象稱為『城市文化現象』，他認為通俗文學是城市化過程的產物，而城市化亦即社會生活市場化，商品經濟的充分發展。因此，城市化歸根結底是眾多論者所說的商品化」[63]，說得再具體一些，中國「通俗文學的勃然興起和持續興盛」最重要的原因，乃是已停頓很久的「資本」這一現代社會的發動機，在中國社會中再次慢慢啟動起來了。隨著經濟

---

[63]　參見王先霈、於可訓主編：《80 年代中國通俗文學》，湖北教育出版社，1995 年，前言第 2 頁，正文第 72-73 頁。

商品化、市場化的不斷發展，理論界出現了一次文藝要不要也隨之商品化、市場化的論爭。「一部作品無論具有何等崇高的精神目的，如果沒有票房價值，沒有市場，那就算吃了敗仗，失去了藝術的一切功能」；「我們所說的精神產品商品化，不光是說，精神產品採取商品形式，而是指精神生產完全受價值規律的支配，以利潤為其生產的主要目的」；「文學商品化就決定了衡量文學作品價值的尺度不是美學標準，而是利潤標準」[64]——以上對文藝消費化運作機制基本特性的把握還是比較準確的。還有論者指出：「過去我們對藝術的範圍和性質有一種褊狹的理解。把藝術理解為就是階級鬥爭的工具，否定了藝術的審美和娛樂的性質。對藝術性質的褊狹理解，導致了對藝術產品實行無價值主義，從而又否定了藝術成為商品的可能性」[65]，商品化的文藝觀對傳統單一的意識形態化的文藝觀確實有一定衝擊——從理論發展的內在邏輯來說，商品化論爭的理論意義在於初步揭示出了意識形態一體化文學觀念的片面性；從中國文學現代化三向度來看，商品化（消費化）、意識形態化、審美化（生產化）三者是相互聯繫、相互作用的，許多人看到了商品化對意識形態一體化的衝擊，卻沒有意識到商品化同時對審美化文藝觀也形成衝擊（娛樂功能對審美功能的排斥），而這種審美化文藝觀在意識形態一體化中也是受到壓制的。

　　儘管 20 世紀 80 年代已開始有文藝商品化的討論，但總的來說，那時商品化似乎還沒有對所謂嚴肅文藝創作形成多大衝擊，嚴肅文藝的創作者們還在忙於思想解放和現代形式技巧的探索呢。但是，90 年代以來，隨著中國社會堅定不移地走向市場經濟，資本在社會生活中的作用越來越加強，商品化、消費化的文學觀對純文學的衝擊可以說已經迫在眉睫了——這時候出現的關於「人文精神」的討論，首先正是對這種衝擊的一種應對。論爭起始於

---

[64]　陳文曉：《社會主義商品化——文藝繁榮的歷史趨勢》，王銳生：《社會主義條件下的精神生產與商品生產》，蔣茂禮：《商品化中文學獨立品格的淪喪》，分別參見陸梅林、盛同主編《新時期文藝論爭輯要》，重慶出版社，1991 年，第 1891 頁，第 1937 頁，第 1974 頁。

[65]　邊平恕：《藝術生產和商品生產》，見陸梅林、盛同主編《新時期文藝論爭輯要》，重慶出版社，1991 年，第 1949 頁。

王曉明等《曠野上的廢墟——文學和人文精神的危機》一文，文中指出：

> 一股極富中國特色的「商品化」潮水幾乎要將文學界連根拔起；
> 一個走在商品經濟道路上的社會渴求著消費，它需要、也必然會
> 產生消費性的商品文學。

文學的意識形態功能「逐漸被其他傳播媒介所取代，人民自己獨立發言的能
力也逐漸發達，文學『載道』的事務就又瀕於歇業了」[66]。一方面受到市場
化衝擊，另一方面國家意識形態宣傳獲得了比文學語言更有效的媒介，文學
確實遭遇到了前所未有的尷尬。人文精神宣導者的理論貢獻之一，首先在於
揭示「金錢」其實與「政治」一樣具有著強大的排他性力量，《道統、學統
與政統》一文有云：

> 市場經濟和科層制度分別是以金錢和權力作為溝通媒介的，除了
> 金錢和權力這兩種價值之外，按照其本性是拒絕其他價值的；
> 「商業激情」事實上也侵入到文學之中。文學與商業化的結合，
> 便是它的媚俗傾向。藝術不再是一種個人的獨創性，純粹精神性的協
> 作已經很少。寫作者企圖通過藝術來過一種體面的中產階級的生活[67]。

《人文精神：是否可能與如何可能》指出人文精神的危機「也不光是中國問
題」，「進入本世紀後，工具理性氾濫無歸，消費主義甚囂塵上，人文學術也
漸漸失去了給人提供安身立命的終極價值的作用，而不得不窮於應付要它
自身實用化的壓力」[68]，確實，隨著資本力量的不斷擴張，能直接產生利潤
的大眾文學已根本不要再從理論上證明其存在和發展的合法性了，反之，
恰恰是不能立刻實用化的人文活動的合法性開始不斷受到質疑。人文精神宣

---

[66] 見王曉明編《人文精神尋思錄》，文匯出版社，1996 年，第 2-15 頁。
[67] 見王曉明編《人文精神尋思錄》，文匯出版社，1996 年，第 55 頁。
[68] 見王曉明編《人文精神尋思錄》，文匯出版社，1996 年，第 22 頁。

導者的理論不足之一，表現為有過分強調現代啟蒙「先驗性」之嫌，在《人
文精神：是否可能與如何可能》對話中提出了一個重要概念「終極價值」，
在《人文精神尋蹤》對話中有學者強調「只有人才會自願捨棄物質生命去
成就無形的精神理想」，「它不僅要有高度的道德操守，也要有一種殉道精
神」[69]。《我們需要怎樣的人文精神》有云：

> 　　知識份子作為一種敘事人預設人文價值有一個重要特點：即它是
> 否定性的、批判性的；
> 　　這立腳點不能是世俗的、經驗的，它必須具有神聖和超驗的性
> 質，而這只能是一種具有宗教性的東西。所以，人文精神要重建，要
> 昂揚，與其說回到「崗位」，不如說回到「天國」。你要否定和批判塵
> 世的東西，就必須有一種源自天國的尺度[70]。

「天國」大概應是「終極性」、「先驗性」最強的一個批判立場了，問題在於，
是不是「終極性」最強，批判性或針對性就越強？更為關鍵的是：從大眾「世
俗的、經驗的」生活中能不能找到批判消費主義的價值立足點？
　　人文精神宣導者對啟蒙「先驗性」的過分強調，確實給批評者留下口實，
王蒙就首先是以這種「先驗性」為批評的切入口的，認為人文精神的宣導者
有將「精神」「與物質直至與肉體的生命對立起來」的傾向，「意味深長的是，
從脫離物質基礎的純精神的觀點來看，計劃經濟似乎遠遠比市場經濟更『人
文』」，「而計劃經濟的悲劇恰恰在於它的偽人文精神，它的實質是唯意志論
唯精神論的無效性。它實質上是用假想的『大寫的人』的烏托邦來無視、抹
殺人的慾望與要求」[71]——所謂大眾的「慾望」成了人文精神批評者的重要
訴求點：

---

69　見王曉明編《人文精神尋思錄》，文匯出版社，1996 年，第 43 頁。
70　見王曉明編《人文精神尋思錄》，文匯出版社，1996 年，第 67-70 頁。
71　王蒙：《人文精神問題偶感》，見王曉明編《人文精神尋思錄》，文匯出版社，1996
　　年，第 107-109 頁。

　　無形的政治巨臂被有形的經濟之手替代，狂放混亂的商業主義操
作，再次以浪漫主義的誇張手法到處傳頌；

　　對感官快樂的尋求，對一種輕鬆的、沒有多少厚重思想的消費文
化的享用，壓抑太久的中國民眾，即使有些矯枉過正也沒有什麼值得
大驚小怪；

　　人民獲得了某種程度的感性解放，而文化菁英卻立即焦慮不安[72]。

「有形的經濟之手」與「無形的政治巨臂」比較起來，在其威權作用下大眾
似乎在享受著「感性解放」──但這只是問題的一面。張頤武指出了人文精
神的對立面：「它（人文精神）被視為與當下所出現的大眾文化相對抗的最
後的陣地」，「『人文精神』對當下中國文化狀況的描述是異常陰鬱的。它設
計了一個人文精神／世俗文化的二元對立，在這種二元對立中把自身變成了
一個超驗的神話」[73]──人文精神宣導者確有此傾向，強調啟蒙的「先驗性」
並無問題，問題在於把精神等歸結為知識份子的事，把感性慾望、物慾等歸
結為大眾的事──在此二元對立中，啟蒙精神的生長點就確實脫離了大眾。
而另一方面，人文精神批評者似乎在以大眾感性慾望為立足點，而強調精神
生活的「自發性」，其實卻忽視乃至掩蔽了在資本擴張中大眾感性慾望在被
單純消費化、片面化，大眾一種感性慾望在被「解放」、滿足的同時，另一
種感性慾望卻在受到越來越大的壓抑：從文學藝術活動來看，誠如馬克思所
論，人「一方面具有自然力、生命力，是能動的自然存在物；這些力量作為
天賦和才能、作為慾望存在於人身上」──藝術純形式創造性衝動體現的就
是這種「慾望」，而這絕對不是知識菁英所獨有的，它恰恰深植於大眾的感
性慾望之中──消費主義的最大問題正在於壓抑這種生產性衝動，具體來
說，「我的勞動是自由的生命表現，因此是生活的樂趣」──真正藝術家在

---

[72] 陳曉明：《人文關懷：一種知識與敘事》，見王曉明編《人文精神尋思錄》，文匯
出版社，1996 年，第 122-128 頁。

[73] 張頤武：《人文精神：最後的神話》，見王曉明編《人文精神尋思錄》，文匯出版
社，1996 年，第 137-141 頁。

純形式創造中獲得的就是這種「生活的樂趣」，而消費大眾在獲得消費性、消閒性樂趣時，卻越來越失去在能動性更強的自由創造中的「生活的樂趣」——人文精神的批評者沒有看到或者故意掩蔽了這一面，如果說人文精神宣導者對大眾消費社會的描寫有些過分「陰鬱」的話，那麼，批評者的描寫則似乎有虛假樂觀之嫌。總的來說，在這次論爭中，人文精神宣導者在「終極關懷」的旗幟下，對消費主義由道德批判而超升到宗教批判，這些批判固然都是必要的，而有意思的是，首先由文學界策動起的這場論爭，所缺的恰恰是深刻的審美批判。審美批判或許沒有宗教批判的「終極性」強，但它訴諸大眾被資本壓抑的另一種感性慾望，似更能統一啟蒙精神的「先驗性」與「自發性」，而符合現代民主理念的人文精神，其現實生長點應是大眾的感性生活。

　　進入新的世紀，「大眾文化」越來越成為知識份子關注的焦點——這與不斷引進西方後現代主義等理論是有聯繫的，但資本在中國本土社會生活中以更強勁的勢頭不斷地擴張，恐怕才是產生「大眾文化」熱更為內在的也是更為本土化的深層原因。《文藝報》2003 年 1 月 23 日刊登王先霈、徐敏《為大眾文藝減負》一文，從多方面分析了大眾文化現象。（一）該文首先揭示大眾文化的興起和發展是一個雙向的過程，後工業社會以來的經濟，已由「物質—技術型」轉向「象徵—文化型」，成為一種「文化經濟體制」，經濟中非物質活動的增長快於物質活動的增長，商品中的象徵及心理因素的價值成分隨經濟的物質需要滿足而相對增長，產品的威信不再主要由物質的品質（如汽車發動機的功率）而更多由象徵—文化品質（如汽車的外形設計）所決定，這樣就同時出現兩種趨向即「文化經濟化」與「經濟文化化」——這當是理解「大眾文化」性質的基本點，正是在此情況下，文化的「商品性」才突顯出來的，極一般地說任何事物都可以商品化，但一種具體事物的實際的商品化，卻又必然需要一定的社會歷史條件，比如在西方工業化初期，當大量產業工人在溫飽線上掙扎時，精神文化產品大規模的商品化就幾乎不可能。「文化和經濟的交融，是經濟相對富足後，人們較低層次的物質消費需要得到滿足，逐漸上升為帶有審美色彩的消費需要的必然結果」，「經濟的文化化」使

本來屬於所謂「物質生活」的領域開始被精神化，這就使大眾不僅在消費物質產品，也開始消費精神產品，這無疑正是隨著生產力的發展，精神享受越來越民主化的一種表現；而「文化經濟化」則是資本增殖擴張到「文化」也即精神生產領域的一種重要表現——大眾文化的興起和發展，乃是大眾精神享受「民主化」與「消費化（資本化）」的雙向運作。（二）該文描述了新時期以來文學觀的重組，首先「相對獨立和自律的高雅文藝從中脫離出來，與主旋律文藝一起雙峰並峙構成文學的兩大板塊」，然後是第二次分化，「社會主義市場經濟條件下的大眾文藝在 80 年代以後萌生並迅猛發展，它與主旋律文藝、高雅文藝一起，形成了現時期文藝領域內鼎立的三足」，而「從性質和功能來看，經濟、文化的融合使商品性繼審美性、思想性之後，成為文學藝術的必然屬性」，這三種屬性乃是三種文學觀不同的三個立足點，而凡此種種恰是對五四時期三種文學觀並存的現代化格局的恢復。

　　王、徐一文引起了爭論，在論爭中大眾文化的多面性得到揭示。（一）首先，陳燕如《豐盛的匱乏——大眾文化的負面影響》[74]一文，強調大眾文化的「兩面特性」，一方面「就目前方興未艾的中國文化產業來說，大眾文化產品如廣告、影視劇、暢銷書和流行歌曲等等，都對中國人民生活的民主化起著正面的推動作用」，另一方面，「大眾文化所固有的消費主義屬性使其不能免俗地創造世俗神話，告訴人們什麼是幸福，什麼是快樂，但其結果卻不是使人幸福快樂，而是使人在短暫的虛幻的滿足之後，面對空空如也的心靈，產生一種深層的精神匱乏感」，該文還指出「消費主義意識形態的擴散，是大眾經濟和大眾文化協同發展的產物之一」。（二）蓋生《大眾文化：帶菌的小眾文化》[75]一文，揭示了中國當下所謂大眾文化的「小眾性」，「在當下中國所謂的大眾文化，實際上只是小眾文化」，因為它的消費對象，並不覆蓋占人口大多數的「農民」、「城鎮下崗職工」等，「這些溫飽甚至生存本身都成問題的廣大群體」，不會對那些以「酒吧、星級賓館、高爾夫球場、雙流向浴缸等為意象」等電影、電視劇、小說等感興趣——問題在於廣大民眾

----

[74]　見《文藝報》2003 年 2 月 22 日。
[75]　見《文藝報》2003 年 3 月 27 日。

真的就沒有這些消費夢想？逐利衝動恰恰使大眾文化產品盡可能去接近「廣大民眾的消費情趣」——該文後面也指出「大眾文化往往給人以商品主義烏托邦的虛指，按照西方的馬克思主義的觀點，大眾文化是一種資產階級的意識形態，它以虛假的消費至上的享樂主義許諾，使普通民眾陷入一種對自身境遇順同的自我欺騙之中」，大眾文化產品的「大眾性」，不在於某一時間段上這些產品一下子就能為大眾所消費，實際情況往往正如物質產品一樣，首先為「小眾」所消費，而為了從更多人的腰包中掏出更多的錢這一逐利衝動，必然使這些文化消費品由「小眾」擴散向「大眾」——從資本增殖處獲得的極強的擴張性，才是大眾文化更重要的特性。（三）該文還揭示了大眾文化的「強制性」：「大眾文化說到底是一種感官享樂性消費文化，也是一種鼓勵物慾的商業促銷手段，其時尚性具有裹挾壓迫的塑造力，使人在心甘情願的從眾中，按照它的模式生存、感覺、消費」——劉國彬《大眾文化和商業化》[76]一文則認為，「大眾文化接受狀態下，受眾得到自由選擇權，個人意志得以自治，商業機制運行的場合，文化接受者當然地享有拒絕的權利，相應地，他們有著出牌機會，以自己的挑選促使文化產品製作人決定其生產策略」——平等、自由等是大眾文化標榜者常見的立足點。張永清《消費社會的文學現象》[77]一文指出：

> 在生產性社會中，人們的文學消費還基本處於一種選擇的自主性、審美的自由性，這種狀態中到了消費性社會，個人的這種選擇權和自由度越來越小，越來越受制於瀰漫在社會中的各種消費資訊、宣傳廣告，對文學的選擇不再來自內心的渴望，而成為個人在社會中存在的一種意義符號和身份標誌，因此這種消費其實是一種強制性、壓迫性的……

「自由性」與「強制性」乃是大眾文化的一體之兩面。（四）大眾文化的發展乃是大眾精神享受「民主化」與「資本化（消費化）」的雙向運作，大眾

---

[76] 見《文藝報》2003 年 3 月 6 日。
[77] 見《文藝報》2003 年 8 月 26 日。

文化的頌揚者卻往往只強調一面，這又集中表現為對文學性泛化、審美泛化的強調。張永清《消費社會的文學現象》認為「文學化、藝術化成為消費時代衡量生活品質的尺度與槓杆」，「如果說在生產性社會中，我們往往強調的是文學的生活化」，在消費社會則表現為「生活的文學化」，於是「詩性的、溫馨的生活就蘊涵在日常起居中」，於是「文學突破了原來的疆域，拓展了自己的領地，擴大了自己的影響力，文學非但沒有邊緣化與碎片化，反而提升了自身的功能與地位」。寧逸《消費社會的文學走向》[78]一文有相近的分析：

> 「一個後現代的消費社會正在形成」，「為適應消費社會的要求，文學正走出傳統的角色，形成新的特質」，「先前的社會政治漩渦中的弄潮兒變成了消費社會的娛樂小品」，「文學將從高居於社會頂端的象牙塔中走出，成為大眾的日常消費品，購買文學作品與購買時裝、汽車一樣，沒有什麼特別之處，文學作為精神產品的特殊性已在消費者的購買過程中消失」。

弭平物質產品與精神產品之間的縫隙可以說確是大眾文化的重要特徵之一，而其實質卻是：精神產品的生產也被納入到資本增殖的擴張衝動中了。（五）大眾文化生產直接的目的是為了金錢這一目的論上的特性也被揭示出來了，宋立民《邊緣化以後的雙向度選擇》[79]指出「文學之所以如此迅速地融入或曰迎合了消費社會，一大原因就是作家要掙錢營造自己的小康社會」——這倒是揭示了大眾文化生產的實質：不是為「大眾」而是為「錢」，其實，大眾文化的鼓噪者少有站在「大眾」立場的，只不過是以「大眾」為話頭而已，從基本立場上來說大多站在「資本」一邊。

---

[78] 見《文藝報》2003 年 10 月 14 日。
[79] 見《文藝報》2003 年 11 月 25 日。

# 三

　　新時期以來圍繞所謂「兩個翅膀論」、「金庸經典化」等問題的論爭，同樣昭示著消費化文藝觀的建構進程。消費化文藝觀的建構是雙向的：如果說先鋒作家的通俗化是由雅向俗的話，那麼，由俗向雅就更能體現消費主義的觀念建構──這具體表現為雅俗並存文學史的重寫（所謂「兩個翅膀論」）及金庸經典化等理論訴求。王先霈等主編的《80 年代中國通俗文學》可以說是新時期以來理論界對通俗文學現象所作的較早而較系統的理論關注，該書基本上是一種「類型學的研究」，對研究對象作了較為客觀的清理，在基本的價值觀上，該書強調「通俗」而「非文學」的不在研究之列，表現出對傳統文學基本價值觀和審美底線的持守。錢理群《現代文學三十年》把通俗文學的發展作為一種連續性的線索作了描述和分析，陳平原《二十世紀中國小說史》第一卷對中國現代通俗文學的早期發展更是作了大篇幅的論述──總體來說以上二書尚無竭力提升通俗文學地位的強烈訴求──而范伯群主編的《中國近現代通俗文學史》則顯示出了這方面的強烈訴求，范伯群在該書《緒論》中指出，以往中國現代文學史研究只涉及到了「半部中國現代文學史」，而「文學的母體應分為『純』『俗』兩大子系」，在此基礎上，他對五四新文學以來戴在鴛鴦蝴蝶派文學頭上的三頂帽子「地主思想與買辦意識的混血種」、「半封建半殖民地十里洋場的畸形胎兒」、「遊戲的消遣的金錢主義」作了辯駁，指出：

> 　　文學的功能是非常寬泛的，例如有戰鬥功能、教育功能、認識功能、審美功能和娛樂功能等等。我們不能一般地反對文學的娛樂功能或蔑視文學的趣味性；
>
> 　　通俗文學除了娛樂消遣的本色之外，「金錢主義」恐怕也應是它的一種本色。我們對「金錢主義」的理解是侷限於通俗文學的商品性⋯⋯今天，對許多「純」文學作家說來，文學作品的商品性的觀點，也已經為他們所接受，更不可能作為一種「罪狀」來加以羅織。

承認文學作品的「商品性」恐怕不能等於「金錢主義」，對於「五四」新文學作者中的許多人包括魯迅等來說，稿費都是他們一種重要經濟來源，因此，雅文學的作品當然也具有商品性，而「五四」新文學家對鴛蝴派的批判總不能說是言行不一吧？范先生也在中國文學現代化三向度上展開分析：

> 對純文學的不少作家來說，「遵命文學」的寫作目的往往側重於強調了政治性與功利型；而以「傳奇」為目的，在消遣前提下生發教誨作用的通俗文學來說，它們在客觀上是強調了文化性和娛樂性。兩者都在側重發揮文學的「之一」功能……就純文學中持革命態度的作家而言，他們崇尚「前瞻」，以改造世界為己任；在純文學中還有一批膜拜藝術為己任的「為藝術而藝術」者，他們傾向「唯美」而以「美的使者」自居；而通俗文學作家，在政治黨派性上大多是「超脫」的，他們所考慮的是要使他們的「看官們」讀小說時感到非常有興趣，達到消遣的目的。

他對通俗文學概念的界定是：「基於符合民族欣賞習慣的優勢，形成了以廣大市民層為主的讀者群，是一種被他們視為精神消費品的，也必然會反映他們的社會價值觀的商品性文學」，「近現代通俗文學具有它自己的特色，在發揮文藝功能上它完全可以與純文學相互補。純文學與通俗文學是各有其各自的審美規律的」[80]，於是就形成了關於中國現代文學史的「兩個翅膀論」，袁良駿不同意這一觀點，在中國現代文學館與範進行過面對面的論爭。

更具典型意義的當是對金庸的經典化，典型個案是中國現代文學研究資深專家嚴家炎對金庸武俠小說作了極高的定位：

> 文學歷來是在高雅和通俗兩部分相互對峙、相互衝擊又相互推動的機制中向前發展的；

---

[80]　以上引述參見范伯群主編《中國近現代通俗文學史》，江蘇教育出版社，2000 年，《緒論》，第 1-26 頁。

　　如果說「五四」文學革命使小說由受人輕視的「閒書」而登上文學的神聖殿堂，那麼，金庸的藝術實踐又使近代武俠小說第一次進入文學的宮殿。這是另一場文學革命，是一場靜悄悄地進行著的革命，金庸小說作為 20 世紀中華文化的一個奇蹟，自當成為文學史上光輝的篇章[81]。

易中天《請嚴家炎先生示教》[82]一文有針對性地分析道：「最離譜的是這樣一段：『魯迅先生對俠文化不否定，很客氣。魯迅的《鑄劍》是現代武俠小說。如果魯迅活到現在，看到金庸的小說，不至於罵精神鴉片』」，「它（《鑄劍》）不是什麼『現代武俠小說』，則是肯定的，和金庸小說也風馬牛不相及，根本不能類比」——這裡就涉及這樣一個基本問題：一般所謂「武俠小說」絕對不僅僅是根據「題材」而定的，正如涉及情慾題材的郁達夫小說不能歸類為「黑幕小說」；在作品功能上，該文分析道：

　　　　嚴先生認為，武俠小說（包括舊武俠）不僅可以培養人們的俠義精神，還能引導人們走向革命；

　　　　他為了說明或證明新武俠小說是有意義、有價值、有社會需要的，竟然說「社會呼喚新武俠」；

　　　　如果說武俠小說有什麼意義、價值、功能的話，那就是休閒，就是消遣，就是放鬆，就是給大家看著玩兒；硬要去尋找武俠小說的社會意義或文學價值，這本身就是無意義和無價值的。哪怕那武俠小說是金庸寫的，也如此。

從「學理」層面上無限提升武俠小說的價值，難免要遭遇此尷尬。該文還分析道：「錯誤就在於嚴先生是在用非武俠小說和非通俗文學的標準在評價金庸。所以雖然話說得很大，綱上得很高，卻文不對題，不得要領」，「用評價

<hr>

81　嚴家炎：《金庸小說論稿》，北京大學出版社，1999 年，第 212-213 頁。
82　見《中華讀書報》2000 年 9 月 27 日。

非通俗文學（即通常所謂『純文學』）的方法和標準去討論武俠小說，其結果只能是捉襟見肘，邏輯混亂，無法自圓其說」，以「雅」的標準來提升作為「俗」文學的金庸小說的價值地位，這種貌似超越雅俗的思路看來確實存在問題。較激烈批判金庸現象的有何滿子，其《就言情、武俠小說再向社會進言》[83]一文描述道：

> 近年來，一個臺灣言情小說寫手和一個香港武俠小說寫手「征服」了中國──本來，比此類小說檔次更低，更無聊的東西也在市場上隨處可見，未足驚怪──但這兩種顯然是還魂舊文化的小說不僅吸引庸俗耳目，連一些暢銷書拜物教教徒的學者也靡然景從，甚至將它們排入經典作品排行榜中，正如美籍華裔學者夏志清將魯迅和鴛鴦蝴蝶派與西風派的混合作品──張愛玲的小說相提並論，定為伯仲之間一樣令人噁心（張愛玲的小說還不乏生活，多少表現了哀歌式的末世男女的真情，瓊瑤只是張愛玲的劣化）。

就「魯迅《小說史略》就俠義、人情（才子佳人小說包括在內）等諸體小說，分類論述，但魯迅並未從門類著眼加以抹煞」一說，該文進行了辯駁，「《中國小說史略》中肯定了《三國演義》、《水滸傳》等小說的成就，毫無貶抑之意；但在〈葉紫作《豐收》序〉中，卻對『中國社會還有三國氣和水滸氣』，即早該過時了的意識還在困擾現代中國深表悵憾」，強調整理國故的胡適、對古代俗文學有極系統研究的鄭振鐸等都與魯迅存在相通之處：一方面強調要重視研究古代文學傳統，另一方面強調新文學的發展卻必須反傳統──這其中存在問題，但以五四學人重視對俗文學、古代文學的研究，來佐證現代通俗文學發展的合法性，在學理上很難站住腳，周、胡、鄭三先生對鴛蝴派文學、武俠小說等皆有過激烈的批判。何滿子《破「新武俠小說」之新》[84]還指出：「武俠小說這一文體，它的敘述範圍和路數，它所傳承的藝術經驗，

---

[83] 見《光明日報》1999 年 10 月 28 日。
[84] 見《中華讀書報》1999 年 12 月 1 日。

規定了這種小說的性能和騰挪天地」、「武俠小說的文體及其創作機制決定了它變不出新質」。袁良駿《再說雅俗──以金庸為例》[85]一文同樣指出：

> 　　武俠小說這種陳舊、落後的小說模式本身，極大程度地限制了金庸文學才能的發揮，使他的小說仍然無法全部擺脫舊武俠小說的痼疾，仍然無法不留下許多粗俗、低劣的敗筆；
> 　　金庸是靠武俠小說發家致富的；他怎麼可能注意精鍊？注意刪節？避免重複？不客氣地說，有些作品簡直是有意重複，有意拖長。

有趣的是，嚴家炎似乎也認識到了這一點，在《答大學生問》[86]中，他也指出：「（金庸小說）留下了在報紙上連載的痕跡或印記。作者當時寫一段，發表一段。這種方式的寫作即使事先籌畫再嚴密，仍可能出現不周全、鬆散拖遝的毛病。金庸花十四五年寫，後來修改又花了七八年，力圖精益求精，但某些烙印依然還留下來」──這是商業化、消費化文藝創作機制的癥結所在，文學才華再高如金庸也不能免此。陳平原《超越「雅俗」──金庸的成功及武俠小說的出路》[87]一文，對金庸武俠小說成功的原因作了較具理論性的分析：「在許多公開場合，金庸甚至『自貶身價』，稱『武俠小說雖然也有一點點文學的意味，基本上還是娛樂性的讀物，最好不要跟正式的文學作品相提並論』」、「金庸曾表示，當初撰寫武俠小說，固然有自娛的成分，主要還是為了報紙的生存」，陳文的一個結論是「正是政論家的見識、史學家的學養，以及小說家的想像力，三者合一，方才造就了金庸的輝煌」──問題恰恰在於「政論家的見識、史學家的學養」某種程度上可以提高其武俠小說的思想格調，據此是否就足以使其超越「俗」文學的範疇了？陳文還分析了金庸在文學觀上與「五四」新文學的不同：「至於新文學家寫作的『文藝小說』，在金庸看來，『雖然用的是中文，寫的是中國社會，但是他的技巧、思

---

[85]　見《中華讀書報》1999 年 11 月 10 日。
[86]　見《中華讀書報》1999 年 12 月 1 日。
[87]　見《當代作家評論》1998 年第 5 期。

想、用語、習慣，倒是相當西化』。稱魯迅、巴金、茅盾等人是在『用中文』寫『外國小說』，未免過於刻薄；但新文學家基於思想啟蒙及文化革新的整體思路，確實不太考慮一般民眾的閱讀口味」，「具體到武俠小說的評價，新舊文學家更是如同水火」——這些衝突也許只能表明金庸本人將其小說自我定位在「雅」文學傳統之外，但我們的學者卻偏要說他超越了雅俗。

　　大致來看，如果說金庸及其褒揚者只是在重複鴛蝴派曾說過的老話的話，那麼，批評者也一樣還是僅僅侷限於「五四」學人的思想性批判。恐怕不能說金庸「超越了雅俗」，而只能說再用雅俗概念分析其作品，針對性確實不太強，因此需要對雅俗這對範疇作新的清理。問題的關鍵在於最基本的「生產目的」決定下的文學生產機制：現代「俗」文學最基本的「生產目的」是贏利，正是在這一點上金庸武俠小說並沒有超越現代「俗」文學最基本的目的論的生產機制，而依然是「消費化」的文學。其實，對大陸文學、文化界來說，關鍵還不在金庸小說的好壞，而在接受、抬高金庸小說時大陸獨特的社會歷史背景：資本開始往文學、文化生產領域擴張。產生於較早步入富裕消費社會的香港的金庸小說在大陸的經典化，承認也好不承認也好，這恰表明大陸知識份子對消費意識形態建構的自覺或不自覺的介入。喜歡閱讀金庸是一回事，試圖在價值判斷的層面上把金庸無限拔高而試圖使其經典化則是另一回事——這實際上已是在建構或順應消費主義意識形態了。時勢造英雄，金庸成為消費社會的文化英雄。不管怎麼說，凡此種種表明，中國文學現代化確實正在經歷著第四次重組，消費化文藝觀正在開始逐漸走向主流，並在開始消解、排斥其他兩種文藝觀。

## 第三節　中國文學現代化「生產化」向度的重構

　　「審美化」、「生產化」乃是中國文學現代化的第三向度，馬克思指出：

　　　　自由時間，可以支配的時間，就是財富本身：一部分用於消費品，一部分用於從事自由活動，這種自由活動不像勞動那樣是在必然實現

的外在目的的壓力下決定的，而這種外在目的的實現是自然的必然性，或者說社會義務——怎麼說都行[88]。

　　「自由時間」可以「用於閒暇」,「用於從事非直接的生產活動（如戰爭、國家的管理）」,「用於發展不追求任何實踐目的的人的能力和社會的潛力（藝術等等，科學）」[89]。

以上引文表明，馬克思把藝術看作是存在於「自由時間」中的「自由活動」的一種重要形式——這恰與把藝術作為「意識形態」的一種形式相對，對此，馬克思還有更直接的論述：

> 只有在這種基礎（「具有一定的、歷史地發展的和特殊的形式」的物質生產）上，才能夠既理解統治階級的「意識形態」組成部分，也理解一定社會形態下「自由的精神生產」。……資本主義生產就同某些精神生產部門如藝術和詩歌相敵對。（引號為引者所加）[90]

柏拉威爾《馬克思與世界文學》在「意識形態與精神生產」這一論題下，先引用馬克思上述相關分析，然後評述道：「有人說，馬克思這樣區分階級的『意識形態』和『自由的精神生產』，似乎是再一次表示，即使受到一種意氣不合的社會秩序的限制，藝術可能仍是一個比較自由的領域」[91]。文學藝術的生產過程，乃是「觀念傳達」與「形式創造」這雙重過程的統一，馬克思主義經典作家其實恰恰是從兩種不同角度（「意識形態」與「自由的精神生產」）來把握藝術本質的，但很長一段歷史時期以來，一些文藝理論卻只知從意識形態這單一的角度來把握藝術活動，並把藝術豐富多樣的文化精神

---

[88]　見《馬克思恩格斯全集》第 26 卷第 3 分冊，人民出版社，1975 年，第 282 頁。
[89]　見《馬克思恩格斯全集》第 47 卷，人民出版社，1979 年，第 215 頁。
[90]　見《馬克思恩格斯全集》第 26 卷第 1 分冊，人民出版社，1972 年，第 296 頁。
[91]　〔英〕柏拉威爾：《馬克思與世界文學》，梅紹武等譯，三聯書店，1980 年，第 423-424 頁。

特性一體化為單一的政治意識形態特性。作為「生產」的藝術的不同存在方式，也可以從多重角度加以分析，上引馬克思語主要是從「目的」的角度來分析的。物質生產勞動往往是「在必然實現的外在目的的壓力下決定的」，而作為精神生產的藝術活動同樣也可以如此——這種「外在目的」可以表現為「自然的必然性」，比如為了生存、金錢的「消費化」文學創作就是如此；「外在目的」也可以表現為「社會義務」，比如為了喚醒勞動階級的革命意識的意識形態化的文學創作就是如此——這兩種藝術創作活動相對而言都不是「自由的精神生產」，因為於其中，作家的形式創造力量只是實現「外在目的」的手段。人的能動性的生命創造活動，既有在「力量屬性」上的「物質性（偏於體力）」與「精神性（偏於腦力）」的不同（在這個意義上藝術作為精神活動不同於物質生產活動），同時在「目的論」上又有為「外在目的」還是為「內在目的」之不同（一般來說所謂物質生產總是為「外在目的」，而為「外在目的」的精神生產，在目的論的意義上，就與物質生產是相通的）——我們就著眼於從這個「目的論的生產機制」上，來分析以上所提到的三種文學觀的不同。馬克思在《1844 年經濟學哲學手稿》中指出：工人勞動「不是自由地發揮自己的體力和智力」，「不是滿足勞動需要，而只是滿足勞動需要以外的需要的一種手段」，「我的勞動是自由的生命表現，因此是生活的樂趣」，而異化勞動「加在我身上僅僅是由於外在的、偶然的需要，而不是由於內在的必然需要」，人「一方面具有自然力、生命力，是能動的自然存在物；這些力量作為天賦和才能、作為慾望存在於人身上」，另一方面「人只有憑藉現實的、感性的對象才能表現自己的生命」，而這些對象「是表現和確證他的本質力量所不可缺少的、重要的對象」，異化勞動使人不得不「放棄生產的歡樂」[92]——把文學藝術置於「動態的形式創造」而從其目的論的生產機制來看，所謂「為藝術而藝術」、「為美而美」、「為形式而形式」的藝術觀，可以理解為是把人的藝術形式創造活動當作「自由的生命表現」、「表現和確證他的本質力量」的方式，它不以藝術形式美創造以外的其他外在功

---

[92]　參見中文單行本馬克思：《1844 年經濟學哲學手稿》相關論述，人民出版社，1985 年。

利為目的，無非是強調藝術形式創造活動：不是「滿足勞動需要以外的需要的一種手段」而是「滿足勞動需要」本身、不是出於「外在的、偶然的需要」而是出於「內在的必然需要」——也就是人的體力和智力的充分而自由的發揮——滿足了這種內在必然需要或「慾望」，人就能「把勞動當作他自己體力和智力的活動來享受」而獲得「生產的歡樂」——而這構成了「生產化」文學藝術觀的哲學人類學的價值立足點。「生產」化的文學觀，一方面既與「意識形態」化文學觀相對，另一方面也與「消費」化的文學觀相對：意識形態化文學觀以觀念傳達為直接的主導目的，能最有效地傳達最正確的觀念意識的文學最有價值（這就是毛澤東所指出的「政治標準第一」）；消費化文學觀以暢銷而使利潤增殖為直接的主導目的，能在最短時間實現最大限度的暢銷從而使利潤最大限度地增殖（也即利潤最大化）的文學最有價值——在這兩種目的論生產機制中，「人的創造天賦」不是絕對地「不發揮」或「少發揮」——正如在「為了某種純粹外在的目的而犧牲自己的目的本身」的資產階級形式的財富生產中，人不得不發揮自身的力量和創造天賦——為了實現「能最有效地傳達最正確的觀念意識」或「實現最大限度的暢銷以使利潤最大化」等「外在目的」，同樣需要作家發揮自身創作天賦——問題在於，這種目的的「外在性」，決定了這兩種文學生產機制的「非自由性」，其癥結在於：對「人的創造天賦」發揮、發展空間的限制。與意識形態化、消費化兩種文學觀對應的，是「外在性」的目的論生產機制，而與生產化文學觀對應的則是「內在性」的目的論生產機制，於其中「人類力量的全面發展成為目的本身」，其非功利的「目的」就是「人的創造天賦的絕對發揮」、「人的內在本質的充分發揮」，其最終的價值根基在於：對「人的創造天賦」發揮、發展空間的不斷拓展和人的創造慾望的不斷解放。對文學三種不同的目的論生產機制大致可作如下勾勒：

| 生產目的 | 生產機制 | 文學觀 |
|---|---|---|
| 內在目的 | 人的創造天賦最大限度的絕對發揮 | 生產化 |
| 外在目的 | 最正確的觀念意識最大限度地傳達 | 意識形態化 |
| | 最大限度地暢銷以使利潤最大限度增殖 | 消費化 |

我們甚至不能一般地說，或為意識形態或為消費的作家作品的藝術性，就一定低於唯美的作家作品，天賦較高的熱衷於政治宣傳或暢銷的作家作品之藝術價值，有時是可能超過唯美的作家作品的——但我們不能據此反過來說：「生產目的」的外在性與內在性，於藝術價值無關緊要。馬克思深刻地指出：

> 同一種勞動可以是生產勞動，也可以在是非生產勞動。
>
> 例如，密爾頓創作《失樂園》得到 5 鎊，他是非生產勞動者；相反，為書商提供工廠式勞動的作家，則是生產勞動者。密爾頓出於同春蠶吐絲一樣的必要創作《失樂園》，那是他的天性的能動表現。後來，他把作品賣了 5 鎊。但是，在書商指示下編寫書籍（例如政治經濟學大綱）的萊比錫的一位無產者作家卻是生產勞動者，因為他的產品從一開始就從屬於資本，只是為了增加資本的價值才完成的[93]。

「密爾頓出於同春蠶吐絲一樣的必要」也就是出於勞動「內在的必然需要」——也就是人的體力和智力的充分而自由的發揮——而創作的，這是「生產化」的創作機制，其最大特點是作品是作家「天性的能動表現」；而「為書商提供工廠式勞動的作家」的創作機制則是「消費化」的，其最大特點是作品「從一開始就從屬於資本，只是為了增加資本的價值才完成的」。「密爾頓創作《失樂園》得到 5 鎊」表明《失樂園》也具有「商品性」，在以上關於文藝商品化、大眾文化的討論中，有論者就據此認為這與「為書商提供工廠式勞動的作家」作品沒什麼差別——關鍵就在於忽視了「生產目的」對作品生產機制從而作品特性的重要的制約作用。宣導「審美化」、「生產化」決不意味著要求退出市場社會把文藝作品當作商品來交換的傳播機制，而是堅守密爾頓式的「出於同春蠶吐絲一樣的必要」所體現出的文藝生產目的的「內在性」。

文藝「大眾化」這一概念所可能有的一個重要涵義，是人的精神生活享受的民主化、普及化，從人的精神生活享受的現代發展史來看，「啟蒙」與

---

[93]　見《馬克思恩格斯全集》第 26 卷第 1 分冊，人民出版社，1972 年，第 432 頁。

「資本」可以說是促成人類文明現代化和人的精神生活享受普及化的兩種重要的基本力量。只有生產力高度發達，才會創造出大量的「自由時間」，這種自由時間的大量產生，乃是人的精神生活民主化的必要前提和物質基礎；反之，當生產力不足夠發達從而自由時間不足夠多時，精神生活享受任何意義上的民主化、大眾化，就不具備物質基礎，大力提倡就或多或少地會暴露出空想性、主觀性——這當是上世紀 30 年代以來文藝大眾化只能在工具論的「意識形態化」而非「精神生活享受」意義上提倡的癥結所在。「資本」可以說乃是人類既有歷史上能夠促進生產力發展最強有力的助推器，它創造「多餘勞動」、「自由時間」的數量和速度，在人類文明史上是空前的，正因為如此，資本客觀上成為促進人的精神生活享受民主化的現實的物質力量——上世紀 30 年代直至十年文革，文藝大眾化的調門愈喊愈高，但今天檢審起來，所取得的成效至少肯定沒有其宣導者所預想的那麼高；而在中國市場經濟逐漸走向成熟的今天，文藝等精神生活享受的大眾化則似乎呈現出了越來越強勁的勢頭——一部分知識菁英、政治家在主觀上所曾想達到而實際未實現的構想，「資本」、「市場」則在將這種主觀構想越來越快地兌現為現實——至少在「把越來越多的文藝產品越來越快地送達越來越多的大眾」這個意義上是如此。然而，誠如馬克思所反覆強調的，資本恰恰具有兩面性：一方面創造越來越多的自由時間，另一方面卻把這越來越多的自由時間重又「納入」自身無限增殖的高速運轉中——資本本身的這種兩面性也使其與啟蒙的關係存在兩面性：一方面相通，另一方面對立，正是這種兩面性造成了文明現代性的內在差異。比起歷史上其他類型的社會運作力量，資本可以說是最重實利或最功利的，然而伴隨著資本成長起來的西方現代藝術美學，其主導觀念卻恰恰表現為對「非功利」的極度推崇；資本在本能上試圖把一切納入商品化、世俗化、功利化軌道，然而，在資本主義以前的歷史中並未得到特別強調的所謂「純藝術」、「純文學」、「純審美」等觀念，恰恰是到了資本主義社會才被特別強調的——西方文化這種突出的現代現象，可以說恰恰最清晰地昭示了「啟蒙」與「資本」之間的複雜錯動關係。在此意義上可以說，啟蒙與資本在「自由時間」上的爭奪，恰恰構成了文明現代性的重要景

觀：資本總試圖把發達的現代社會生產力所創造出的「自由時間」重新「納入」其無限膨脹、永無饜足的自我增殖衝動中，而現代「啟蒙」則竭力使這種「自由時間」從資本增殖中「游離」出來，以在此基礎上構築人類超越性的精神世界。於是，作為精神生活享受民主化、大眾化的兩種推動力，資本與啟蒙在推動精神生活大眾化方面就存在錯位。

　　歷史地看，作為一種吸附人的生命創造力的強大力量，資本首先吸附的是人的物質性的創造力（體力），在這一階段，知識菁英與大眾之對，主要表現為「精神生產者」與「物質生產者」之對：一方面，作為物質生產者的大眾所消費的主要是物質產品，另一方面，知識菁英所從事的精神生產，儘管有為資本服務的一面，但總的來說尚未成為資本增殖的直接力量——用今天的話來說即精神文化產業化程度尚不夠高。在這一階段，「精神性」與「物質性」是文化的主要矛盾，在雅俗分流中，啟蒙藝術家們試圖建立超越物質世界的自由的精神世界，並以這種精神理想去改造大眾，此即「化大眾」——「五四」新文學對鴛蝴派的批判就體現了這種精神追求。「五四」以來中國文學觀念的整體格局大致說來是三元並存的，1949 年以後，消費化文藝被徹底地從歷史舞臺上清除出去——從社會運作機制來說，這恰是因為「資本」這一現代社會的發動機，在物質與精神生活領域都失去了效力。改革開放政策最終把中國社會重又拉回到了以「資本」為源動力的市場經濟的發展軌道上來，「資本」開始只是小心翼翼地在物質領域運作，但「資本」決不會滿足於此——中國市場經濟的走向成熟，同樣昭示著資本擴張的歷程。以無限擴張為本能的資本決不會滿足於僅僅吸附物質性的生產力，它必然要把掠奪的對象轉向人的精神性的生產力——當它開始這麼做時，「大眾消費社會」就逐步到來了，到了這一階段：一方面精神產品在大眾消費中的比例不斷增高，另一方面精神生產被迫成為資本增殖的直接力量。在資本的策動下，所謂的通俗文藝的「消費性」開始無限膨脹，開始成為精神生產壓迫性的挑戰力量，從而越來越成為現代文化主要矛盾的主要方面，在俗與雅、大眾化與非大眾化邊界的消融中，「消費化」與「非消費化」將不斷成為當下文化越來越突出的主要矛盾。在精神生活越來越消費化的同時，傳統意義上的「物

質生活」似乎越來越「精神化（觀念化）」──比如在服裝的價值構成中，所謂品牌價值相對來說越來越大於其在實用（適用）、品質等上所體現出的價值，大眾傳播製造出的明星們的「性感」，來自文化包裝方面的作用要比其身體本身的自然條件要越來越重要──凡此種種被一些研究者稱之為審美泛化，他們往往忽視或故意迴避了在此審美泛化、精神化的背後運作著的是強大的資本，這些現象符合的實際上主要是資本增殖的邏輯（使附加值越來越大），而非審美的邏輯，而且根本上體現的乃是反審美的邏輯。消費文化的興起，似乎在給人們帶來越來越多的自由與快樂──但這些僅僅只是消費性的自由與快樂，其代價是工作中喪失生產性的自由和快樂。消費性快樂本身並無問題，但在與生產性快樂決然割裂、互為代價基礎上所建構起來的自由快樂世界，其實不過恰恰是人性另一種撕裂的對應物而已。作為一種社會文化批判力量，啟蒙精神開始作為一種批判、平衡資本「物質性」力量的「精神性」力量而存在、發展，隨著資本大規模地擴張到精神生產領域，並有併吞人的整個精神生產領域之勢，啟蒙精神或許該成為一種針對資本無限擴張的「消費性」的而宣導「生產性」的批判力量，這種批判絕非指向所謂大眾世俗化、消閒化的享樂，而是指向資本在給予人以孤立的消費性享受的同時，對人的生產性享受的壓抑、對人性化精神享受的分割與斷裂──這或許可以稱作啟蒙精神的某種轉化，在此轉化中，可以重建起一種既針對「意識形態化」又針對「消費化」的「生產化」的強大的文學精神傳統。

從價值立足點來看，意識形態化文藝觀相對不重視文藝的精神享受性，消費化文藝觀則竭力鼓吹之，並把文藝的精神享受訴諸「感性慾望」的滿足，認為傳統高雅、純文藝的最大問題在於以「理性（精神）」壓抑「感性（肉體）」──傳統人文精神捍衛者會批評其放縱感性慾望，而這種批評也許並未擊中要害。生產化文藝觀也是以人的「感性慾望」為訴求點，「一方面具有自然力、生命力，是能動的自然存在物；這些力量作為天賦和才能、作為慾望存在於人身上」，藝術形式的審美創造衝動所體現的恰恰也是人身上的一種「慾望」，「消費化」文藝的問題就在於，它提供給人的是「消費的歡樂」，與此同時，在資本的策動下，越來越嚴重地壓抑更能體現人性本質的「生產

的歡樂」。消費化對精神生產領域的侵吞，意味著資本開始走向全面勝利。從藝術活動來看，在消費化的藝術生產機制中，藝術家創作中那種神靈附體般的高峰體驗──這也就是最高程度的生產性快樂──會越來越成為稀有之物，而作為受眾的大眾自然也就很難再體驗到這種生產性快樂，在文藝雅俗邊界消融之中，你可以說是資本帶著大眾打倒了傳統菁英文藝，但這場勝利似乎並不屬於「大眾」，而屬於「資本」。文藝消費化所排斥的不再是人的生命活動的「精神性」而是其「生產性」，大眾消費社會在消解「精神（理性）」對「物質（感性、肉體）」的壓抑的同時，又建構起了一種新的壓抑：以消費性的自由快樂壓抑生產性的自由快樂。從運作機制來看，傳統雅俗對峙格局確有仰仗體制化的一面：某一圈子裡的人的寫作才能稱之為文學或「純文學」。生產化文學觀則不再訴諸文化等級體制，而訴諸人潛在的創造慾望，訴諸個體在語言上的形式創造衝動，這種感性衝動不斷受到政治與資本等強大的現實力量的壓制，生產化的文學觀在對這些壓制的反思性批判中建構一種精神傳統，以平衡人類文明的整體發展。在這個意義上，生產化文學觀也是反體制化的。在生產化文學觀的視野中，雅俗關係得以重構：一般來說，傳統「雅」文學中的語言形式創造力量發揮得比「俗」文學更充分。生產化的文學藝術既然以解放被資本壓抑的大眾生產性創造衝動為自己的精神訴求，它就並不與現代社會人的精神生活大眾化或民主化的發展趨勢相對立，它恰恰是在對資本無限擴張本能的批判和平衡中，使人的精神生活的民主化朝著更合乎人性的方向發展。在上世紀持續時間較長的片面的意識形態化的文學傳統中，中國現代文學「生產化」的精神傳統沒有得到很好的建構，當下越來越膨脹的消費化文學則以更強大的文化力量在消蝕著我們並不深厚的「生產化」文學精神；再從支撐力量來看，「意識形態化」傳統可以得到政治力量的支援，「消費化」則直接受到越來越強大的資本力量的推動，唯「生產化」似乎只能依仗某種薪火相傳的精神傳統──揭示和重建這種「生產化」的文學精神傳統，就具有深遠的歷史意義和迫切的現實意義。

# 第四章　先鋒與回歸
## ——現代派之爭及其發展

　　在新舊世紀之交，我們所要考察、分析和評判的，是 20 世紀中國的現代主義文學思潮。現代主義文學思潮在 20 世紀中國的確立，實歸功於一批具有「先鋒」傾向的作家的湧現。「先鋒」一詞源自西方，在法語中作「Avant-garde」，原指「作戰或行軍時的先頭部隊」。作為一個文學術語，「先鋒」則初始於 19 世紀象徵主義與其後諸現代派運動崛起之時，意指與當時的流行時尚不相協調、更加激進之意，因此，在歐美文學中，「先鋒」幾乎是現代派的同義語。

　　一般說來，「先鋒」的內涵，不外乎有兩個層面：一是指思想上的異質性，即對已有權力敘事和主題話語的某種叛逆性；一是指藝術上的前衛性，表現在對既成文體規範和表達模式的「破壞」和「變異」。無論是思想上的叛逆性，還是藝術上的前衛性，它們都是以「激變」的方式進行，而且構成了「先鋒」式的文學運動。在以「現實主義」和「浪漫主義」為主流構成的 20 世紀中國文學傳統面前，「先鋒」的漢語語義是「前驅」、「探索」、「實驗」等等。所謂「先鋒」，即指在 30 年代、80 年代中後期出現的，在創作思想和創作技巧上都呈現出強烈西方現代主義文學氣息的創作思潮。無論是題材範圍、思想主題，還是形式技巧、創作理念，這些先鋒作家都集中地借鑒、模仿了西方現代主義文學，而表現出了與中國傳統文學不同的藝術特徵，對於中國 20 世紀文學史而言，這種創作具有較大的創新和挑戰意味。總的說來，20 世紀中國現代主義創作思潮的興起，經歷了一個起伏跌宕的歷程。

## 第一節　現代化、現代派與偽現代

　　現代派問題的辨析與論爭，作為新時期的一個「熱點」話題，主要在 1980-1984 年間。其間，1980-1982 年，探討比較激烈；1983-1984 年，批判性意見佔據了主導地位，在「清除精神污染」的批判中，現代派問題的討論暫告一段落。

　　其實，中國的現代派問題早在 20 世紀二、三十年代便已存在。在「創造社」前期的小說裡，便已有相當的現代主義成分，它們比較看重表現潛意識、夢幻、變態心理和性心理，並已開始運用現代派的某些技巧，如意識流、通感等等。「創造社」作家到了辦《洪水》半月刊和《創造月刊》的時期，思想發生了很大的變化。1926 年，郭沫若、成仿吾等參加實際革命工作，受到國際上左傾文藝思潮的影響，郭沫若等人從此告別了現代主義，走上了後期「創造社」寫「革命小說」的道路[1]。雖然「創造社」前期小說具有不少現代主義成分，但作為一個小說流派，它的主要特徵還是浪漫主義。真正把現代主義方法加以推近並構成了獨立流派的，是二十年代末和三十年代初在上海文壇興起的「新感覺派」小說。這是中國最為完整的一支現代派小說，它的出現，表明現代主義文學在中國的引入已經越過初期，並且取得了獨立的地位。

　　「新感覺派」是源自日本文壇的一個名詞，這頂「帽子」是當時的左翼批評家們給戴上的。1931 年，施蟄存發表了類似意識流和魔幻小說的《在巴黎大戲院》和《魔道》不久，樓適夷便著文批評，說自己彷彿從中「窺見了」日本「新感覺主義文學的面影」[2]。樓適夷還批評施蟄存誤入了歧途，走入了魔道，逼得施蟄存在《魔道》的後記中承認錯誤。事實上，施蟄存本人對於「新感覺派」這頂「帽子」從來不予承認，他總是說劉吶鷗、穆時英

---

[1]　參閱嚴家炎：《創造社前期小說與現代主義思潮》，見《論現代小說與文藝思潮》，湖南人民出版社，1987 年，第 68-81 頁。

[2]　樓適夷：《施蟄存的新感覺主義》，載《文藝新聞》第 33 期，1931 年 10 月 26 日。

確乎是攝取了日本橫光利一、片岡鐵兵等人「新感覺派」的東西，自己的作品不過是應用了一些佛洛伊德主義的心理小說而已。事實也是如此，施蟄存成功的領域大得多，僅僅用「新感覺」是不足以概括他的創作。施蟄存的早期作品大部分收在《娟子姑娘》和《上元燈》兩個集子中，它們的基調是寫實的。但是，從第二、三部小說集《將軍底頭》和《梅雨之夕》開始，施蟄存的創作有了明顯的現代派傾向，這體現在《魔道》、《夜叉》、《在巴黎大戲院》、《四喜子的生意》、《旅舍》、《宵行》和《凶宅》等作品中，它們以表面上的都市生活為基礎，專門探討變態的、怪異的心理。「在這類作品中，透過表面生活在上海的中產階級心理，他時而製造出一種歌德式（Gothic）的魔幻意境，時而用一種極主觀的敘事方法描寫潛意識中的色慾（eros）、外界的感官刺激，以及內心壓抑問題」[3]。到了 30 年代中期，施蟄存發表《善女人行品》這個集子，似乎又回到了寫實的風格，然而這些刻劃女性心理的作品，在婉約的語言背後仍然隱現著一股壓抑的性慾，如《獅子座流星》寫一個極欲懷孕的少婦，《霧》和《春陽》則描繪女性的春情。施蟄存受了佛洛伊德、靄理斯、施尼茨勒（舊譯顯尼志勒）等人的影響，是不爭的事實。

實際上，寫作現代派小說最早，引進日本「新感覺主義」的第一人是劉吶鷗，而「新感覺派」小說的真正代表作家則是後起的穆時英。1928 年，劉吶鷗出版自己編譯的日本新感覺派小說集《色情文化》，向中國讀者介紹了片岡鐵兵等的作品。與此同時，他陸續寫了一批短篇小說，把上海剛剛形成的現代化場景攝入其中，在作品中明顯流露出對於都市生活的迷戀和憧憬。他唯一的短篇小說集就題名為《都市風景線》，有人給這集子作廣告，說他：

> 是一位敏感的都市人，操著他的特殊的手腕，他把這飛機、電影、JAZZ、摩天樓、色情（狂）、長型汽車的高速度大量生產的現代生活，下著銳利的解剖刀[4]。

---

[3]　李歐梵：《現代性的追求》，三聯書店，2000 年，第 113 頁。
[4]　見 1930 年 3 月 15 日《新文藝》月刊 2 卷 1 號上的「文壇消息」。

這大體上反映了劉吶鷗的創作面貌。劉吶鷗集外的小說不多，有《赤道下》、《殺人未遂》等。他的不成熟之處還是比較明顯的，即

> 作品還有著「非中國」即「非現實」的缺點。能夠避免這缺點而繼續努力的，是時英[5]。

穆時英是風靡一時的海派作家，人稱「新感覺派的聖手」、「鬼才」。他的第一個集子《南北極》寫都市下層的流浪漢，筆調短促別緻，都基本屬於寫實。到了《公墓》、《上海的狐步舞》、《黑牡丹》、《白金的女體塑像》等問世，才完全顯示出了他的現代派品格。穆時英把「新感覺」文體，發揮得最為淋漓盡致。「他創造了心理的文學流行用語，用有色彩的象徵、躍動的結構、充滿速率和屈折度的表達方式、時空的疊合交錯，來表現城市的繁華、金錢、性、罪惡」[6]。

　　我們知道，自「五四」新文學運動以來，寫實主義（後稱「現實主義」）就被視作正統主流，30 年代初左翼思潮洶湧，又把寫實主義和批判社會連在一起，用蘇聯傳來的術語稱作「批判的現實主義」，至此，寫實主義不僅是一種文學技巧或潮流，而且已經變成作家社會良心、政治意識和民族承擔精神的表現。儘管，「五四」以後不少作家知道西方寫實主義已不復是 20 世紀文學的主潮，代之而起的是各種新潮流。但是，在 30 年代時局動盪之下，大部分作家感時憂國而堅持寫實主義創作；自願躲在城市的「象牙塔」裡進行藝術創新嘗試的人，則絕無僅有。在這個意義上，「新感覺派」可謂是反其道而行的少數作家。因此，它在當時便不見容於左翼文壇，受到了左翼作家的猛烈抨擊。隨著 1937 年抗日戰爭的爆發，東部城市被日本人佔領，絕大多數中國作家被迫遷徙到內地去。面對農村的凋敝和國土的淪喪，大部分作家自覺地放棄了他們的現代主義實驗，詩歌和小說都聚焦於現實生活的題材，主要描寫「有血有肉」的中國農村人物，現代主義文藝思潮便隨之煙

---

[5]　杜衡：《關於穆時英的創作》，載《現代出版界》第 9 期。

[6]　孔範今主編：《二十世紀中國文學史》，山東文藝出版社，1997 年，第 751 頁。

消雲散。這樣，雖然現代派問題早在 20 世紀二、三十年代便已存在，但在當時並沒能得到充分的展開。

　　1949 年以後，「社會主義現實主義」逐步被奉為文學創作的圭臬，現代主義文學在中國大陸的發展更是嚴重受阻。在 50 年代—70 年代，「現代派文學」從來就不是一個可以討論的問題。它被確定無疑地「判決」為資本主義制度下沒落腐朽的頹廢的文學。茅盾在《夜讀偶記》中的論述是當時對「現代派」的一個權威性表述：

> 　　「現代派」諸家的思想根源是主觀唯心主義，它們的創作方法是反現實主義的（而且和浪漫主義也沒有共通之處），它們發端於第一次世界大戰前夕而蓬勃滋生於第一次世界大戰到第二次世界大戰之間乃至二次大戰後歐洲大陸的資本主義國家，正反映了沒落中的資產階級的狂亂精神狀態和不敢面對現實的主觀心理[7]，
>
> 　　屬於「現代派」的作家和藝術家都是小資產階級知識份子，他們一方面憎恨資產階級，一方面卻又看不起人民大眾；他們主觀上以為他們的作品起了破壞資產階級的庸俗而腐朽的生活方式的作用，可是實際上，卻起了消解人民的革命意志的作用。

就「思想基礎」而言，「現代派」是「非理性的」；就「對現實的看法和對生活的態度」而言，「現代派」是「頹廢文藝」；就「創作方法」而言，它是「抽象的形式主義的文藝」。[8]在這種判斷之下，在中國「現代文學史」的寫作中，一些具有「現代派」傾向的作家作品，或者是乾脆被排除在文學史的內容之外，或者是以革命文學的「逆流」的面貌出現成為被「批判」和「圍剿」的對象。這種狀況一直到 1978 年以後中國作家「重新發現」現代派文學才得以扭轉。

---

[7]　茅盾：《夜讀偶記》，百花文藝出版社，1979 年，第 4 頁。

[8]　茅盾：《夜讀偶記》，百花文藝出版社，1979 年，第 50-52 頁。

　　較早提出如何正確認識和對待西方現代派問題的，是中國社會科學院外國文學研究所的學者們。他們首先開始小心翼翼地發表文章，翻譯、介紹「久違」了的西方「現代派文學」。較早的文章有朱虹的《荒誕派戲劇述評》[9]、湯永寬翻譯的《略論當代美國小說》[10]、施咸榮翻譯的《薩羅特談「新小說派」》[11]等等；此後，陳焜、馮漢津、柳鳴九、馮亦代、趙毅衡、劉象愚等人也都撰文譯介。《世界文學》、《外國文藝》等雜誌也多有翻譯西方「現代派文學」的創作。1978 年夏秋之間，這些學者以「外國現當代資產階級文學評價問題」為題，舉行筆談。卞之琳、李文俊、袁可嘉、董衡巽等人希望改變以往過於意識形態化的外國文學研究狀況，提出對西方現代派要採取「一分為二、實事求是」的「科學態度」。同年 11 月，柳鳴九在「全國外國文學研究工作規劃會議」上作《現當代資產階級文學評價的幾個問題》的長篇發言，對西方現代派的思想基礎、藝術特徵以及批評標準等問題作了實事求是的分析論述，呼籲給以「公正的評價」。[12]1979 年，袁可嘉等人在《世界文學》、《文藝研究》、《華中師院學報》等刊物連續發表有關文章。1980 年 10 月，由袁可嘉、董衡巽、鄭先魯編選的《外國現代派作品選》第一冊（上、下）問世，袁可嘉在《前言》中對現代派的總貌作了比較全面的勾畫和深入的分析。他們這些「科學客觀」的知識介紹，對於當時中國的公眾思想和文學界產生了巨大的影響力。就文學而言，人們開始醞釀對於 50-70 年代創作模式的不滿，一種「新的美學原則」正在「崛起」。稍後的研究者經常將「朦朧詩」以及王蒙的「意識流」小說、宗璞和茹志鵑的一些小說看成是「現代主義」在中國的又一次「登陸」[13]。隨著 1980 年年底《外國文學研究》的季刊發起「西方現代派文學專題討論」，關於現代派問題的論爭便

---

9　　朱虹：《荒誕派戲劇述評》，《世界文學》1978 年第 2 期。

10　索爾‧貝婁著，湯永寬譯《略論當代美國小說》，《外國文藝》1978 年第 3 期。

11　施咸榮譯《薩羅特談「新小說派」》，《外國文藝》1978 年第 3 期。

12　柳鳴九：《現當代資產階級文學評價的幾個問題》載《外國文學研究》，1979（1～2）。

13　參見袁可嘉：《歐美現代派文學概論》，上海文藝出版社，1993 年；陳晉：《當代中國的現代主義》，中國文聯出版公司，1988 年。

正式展開了。這些論爭更多地涉及當前的文學創作，如何看待「現實主義」和「現代派」的關係，如何評價文學創作中的「現代派」傾向，「現代派文學」和當前文學創作走向等等。

現在看來，當時討論者關注的重點不在於「現代派」是什麼，他們的動機似乎是借此表明自己對於當前文學的態度，即中國要不要「現代派文學」的問題。而對於這一問題的不同回答，則顯示了「新時期文學」對 50-70 年代「文學規範」的抵制與堅持的嚴重衝突。換言之，「現代派文學」成了觸發不同文學理想、文學觀念之間激烈爭論的一個話題，因此，在現代派問題的論爭過程中，人們往往不及深入研究「現代派文學」的概念、內涵及其緣起、發展，便匆忙撰文參與討論，迫切地表達自己的立場。在前三年的討論中，大致形成了三種意見：

其一，一些論者從政治標準出發，視現代派為完全的異端而持否定、拒斥的態度。這以陳燊《也談現代派文學》一文為代表。文章首先強調，「要認真分析現代派文學的階級實質」，指出：

> 如果不是從個別，而是從其一般（一般當然並不排斥個別）現象來看，現代派文學的思想大致可以概括成幾句話：世界是荒誕的，世界或者社會是和人（個體）相敵對的，人是孤立無援的，死亡是人的解脫。因此，無窮的苦悶焦慮，極度的悲觀絕望——成了現代派文學的基調……都會模糊人們的認識，瓦解人們的鬥志，使人們陷於萎靡不振，阻礙他們為改造世界而鬥爭，從而延緩了資本主義社會制度的命運，這不是有利於壟斷資產階級，至少是間接地為之服務嗎？即使現代派作家主觀上不一定如此，客觀上不是起了這樣的「階級的作用」嗎？

基於此種認識，作者主張對現代派文學「要持批判態度」，要通過分析：

> **具體地、明確地**而不是籠統地、不著邊際地指出其中的糟粕，使我們的讀者**不受其消極影響**。這是我們批評工作者的**神聖義務**，否則我們

就是*尸位素餐*！（著重號原有）文章甚至斷言：現代派文學在認識和
藝術借鑒上的作用，「*很有限度*」，如果深中其流毒，無論在創作實踐
或理論探索上，「*都將走入一條死胡同*」。[14]

顯然，在論者看來，作為西方各種形式主義的「頹廢」的文學流派的總稱，
現代派是資本主義進入壟斷階段的時代的產物，也是各種現代非理性主義哲
學思潮和社會思潮影響下的產物；它以形形色色的資產階級哲學思潮為理論
基礎；以形式主義的標新立異為創作特點，其思想內容絕大多數是色情、苦
悶、彷徨、頹廢的。此外，馬克思主義和西方現代主義是兩種不同的思想體
系，它們在世界觀、包括藝術觀上都有著本質的區別，西方現代主義文藝的
產生、形成和發展，有其特定的深刻的社會根源和思想根源。其中心內容是
表現在資本主義社會的危機感和人的異化。在現代主義的許多作品中，個人
與社會對立，人與人之間不能溝通，人與自然的關係是「反自然」，人與自
己的關係是自我的喪失。這樣的文藝，同我們的社會主義文藝，在性質、任
務上，有著根本的區別。因此，西方現代主義文學思潮不可能是整個世界文
學的發展前途。

　　其二，多數論者主張，對西方現代主義應取一分為二的分析態度。首先，
他們對於上述政治意識形態化的評價標準問題提出了質疑。陳焜在《漫評西
方現代派文學》[15]中，質疑了兩個評價前提：第一是將社會制度的判斷與文
學的評價等同起來，認為資本主義制度是沒落的、垂死的，因而其文學也是
垂死的、滅亡的。陳焜指出，「把一個時代的文學與那個時代或那個時代的
一個階級的歷史地位完全等同起來，是完全站不住腳的」；「無論從哪個角度
看，用『腐朽』和『死亡』的觀點來確定現代派文學的性質，看起來都是不
科學的」。第二是以階級地位來劃分作家，把所有的資產階級作家都劃到統
治階級範圍內，把他們都說成是大壟斷資產階級的走狗和工具；「這樣的看
法不但與事實不符，理論上也不大恰當」，一個作家和他所屬的那個階級的

---

[14]　陳燊《也談現代派文學》，載《文藝報》，1983 第 9 期。
[15]　陳焜：《漫評西方現代派文學》，《春風譯叢》1981 年第 4 期。

關係是很複雜的，不能用籠統的辦法把現代派作家看成是大壟斷資產階級的
走狗。他認為只有反省這兩個前提，「西方現代派文學的問題才能談得清
楚」。同樣對「現代派文學」評價標準提出質疑的還有柳鳴九。他借用列寧
對托爾斯泰的評論來確立評價標準，即「評論一個作家是否有價值，是否值
得肯定，應該看他能不能提出現實生活中的重大問題、能不能具有藝術的感
染力」，因此，對於「現代派」作家，一方面「只能根據這些作家所處的社
會歷史條件去判斷，而不應該根據我們自己的主觀願望」，根據「社會主義
的標準」「加以檢驗」；另一方面是「應該把作家當作作家」，而不是以「一
貫正確的政治家、革命家或者一塵不染的道德家、聖人」為標準來要求作家。
柳鳴九還質疑了將「現實主義」創作方法作為評價文學的標準。他認為長期
以來「形成了一種現實主義至上論，只要是反現實主義的、非現實主義的，
似乎就低人一等」，但實際上現實主義既然是「歷史發展的產物」，在它之後
就還會有新的創作方法和創作流派。因而我們不能把現實主義看成是「永恆
的創作方法」，更不能將其「當作絕對的唯一的、永恆的尺度」[16]。顯然，
陳焜、柳鳴九質疑的角度有所不同，但矛頭都指向了過於政治意識形態化的
評價標準。

　　與陳焜、柳鳴九質疑以往的評價標準不同，袁可嘉更多地是從源流發展
和內容特徵方面來為現代派文學「正名」。袁可嘉是為數不多的對「現代派
文學」做整體研究的學者之一。他從 40 年代即開始「現代主義」詩歌寫作
並從事理論研究，對「現代派文學」有著更多的體驗。從 70 年代末起，他
一直從事歐美「現代派文學」的評論譯介工作，他對「現代派文學」的總體
認識代表了 80 年代的研究水準。在《我所認識的西方現代派文學》一文中，
袁可嘉指出，經過百年的發展，現代主義文學「情況極其錯綜複雜」，因此
需要具體細密的分析，不能主觀武斷。首先，他從作家的政治傾向上分出左
中右，指出既不能把其中少數右派當作整體，將現代主義看作為壟斷資本效
勞的工具，也不可將少數左派看作主流，把現代主義判為資產階級革命的先

---

[16]　柳鳴九：《西方現當代資產階級文學評價的幾個問題》，《外國文學研究》1979 年
　　　第 1 期、第 2 期。

鋒，而應當明白，大多數作家是中小資產階級知識份子。總的來說，他們的
作品反映了現代西方社會動盪變化中的危機和矛盾，特別深刻地揭示了人類
賴以生存的四種基本關係——人與社會、人與人、人與自然（包括大自然、
人性和物質世界）、人與自我——方面的畸形脫節，以及由之產生的精神創
傷和變態心理，虛無主義的思想和悲觀絕望的情緒，既具有「不可低估的社
會意義和認識價值」，同時又散佈了「大量有腐蝕性的錯誤思想」。其次，在
藝術上，他認為現代主義強調表現內心生活、心理的真實；強調藝術不是再
現、模仿，而是表現，是創造；強調形式即內容，內容即形式。這些，一方
面在推動文學向人類心理活動的深度開掘和題材的擴展上，在幫助人們的思
想從機械的模仿說解放出來，並充分發揮形象思維上，在強化作品內容與形
式的統一上，都有著積極的促進作用，同時也都存在著各自的侷限，這種侷
限又往往被強調到極端，造成唯心主義、形式主義等弊端[17]。關於現代主義
的歷史地位和影響，他認為，從文學史的縱向系統來說，在歐美資產階級文
學範圍內，它是繼古典主義、浪漫主義、現實主義而起的第四個大的流派。
其優秀作品在思想內容上，雖有許多侷限，但還是現代生活一個重要側面的
忠實記錄，「具有相當大的認識意義」；在題材和藝術技巧上，有所開拓，有
所創造，擴大了表現領域，豐富了表現能力，雖有不少流弊，但還是「功不
可滅」。從影響範圍來看，它具有國際性，在本世紀前三十年，在西方資本
主義世界，曾形成一個運動，以後在東方也有所擴散；它的藝術技巧，也為
許多其他流派所消化和運用。他還提出了一個重要觀點：「評價文學流派，
應以其優秀部分為主而不能以其中的糟粕為重點。」可以說，在同類意見中，
袁可嘉是屬於非激進的「穩妥」而更趨積極開放的一位代表。

　　總的說來，多數論者認為，現代主義文學是 19 世紀末 20 世紀初世界上
許多國家文學藝術發展中出現的一批不同於傳統特點的流派的總稱。其理論
基礎十分複雜，許多作品的思想和藝術價值也大不相同。從總體來說，它不
是帝國主義與資本主義窮途末路和垂死掙扎的表現，也不是帝國主義政策在

---

[17]　袁可嘉：《我所認識的西方現代派文學》，載《光明日報》1982 年 12 月 30 日。

文學上的工具，而是資本主義文明的危機的反映，是對帝國主義政策發出的反響；同時它還是西方文學傳統的一個不可分割的組成部分，是傳統在新條件下的繼續和發展。我們對西方現代派文藝不能簡單化處理，需要慎重對待、具體分析，不能籠統地把現代主義的重視想像說成是唯心主義，重視內心說成是脫離現實，重視藝術形式說成是形式主義，強調藝術表現的獨特個性說成是表現自我。對那些於社會主義文學創作有益的表現手法和技巧，則應允許學習借鑒。

其三，還有一些論者，主張對現代主義採取完全肯定的態度。他們認為，現代主義是一種歷史的必然，它代表著文學的未來。因此不僅可以吸取其創作方法中一些具體的表現手法和技巧，也能夠完整地借鑒、運用一些現代主義創作方法，反映和表現我們的時代生活。

較早出現且引起爭議的是戴厚英的小說《人啊，人！》的「後記」[18]。戴厚英認為，現實主義的方法——「按生活原來的樣子去描寫生活」，當然是表現作家對生活的認識和態度的一種方法，但它絕對不是唯一的、最好的方法，因為它並不能完全表現作家的「主觀世界」；而「現代派」作家採用「較為抽象的、荒誕的方法」正是因為他們「感到現實主義方法束縛了他們對真實的追求，才在藝術上進行革新的」；「所以，單從藝術上說，現代派藝術的興起，也有它的必然性，它既是現代派作家對現實主義的否定，也是現實主義藝術自己對自己的否定」。「新時期」出現的「藝術上的探索與革新」，同樣也是「傳統方法不足以表現自己的思想感情，因而也不足以表現我們的時代」。這是作家從自己創作體驗的角度來談的。

1981 年，毛時安在《華東師大學報》第 1 期發表《現實主義的侷限和現代主義的崛起》一文，認為西方現代主義的崛起具有廣闊的背景，是一種歷史的必然。一方面，如果從藝術同生產力、社會生活的外部聯繫中考察，似乎可以說它主要是西方現代生活、生產力和藝術相滲透、相結合的產物。另一方面，從藝術內部規律來看，現實主義在 19 世紀形成了幾乎無法逾越

---

[18]　戴厚英：《人啊，人！‧後記》，廣東人民出版社，1980 年。

的藝術高峰，同時也日益顯出它的侷限性，這就迫使藝術尋找新的出路。他認為，現實主義的侷限主要表現在兩個方面。第一，在深刻表現人們心理活動方面，現實主義的孤立、靜態的描寫，難以表現現代人層次複雜、豐富多姿的內心世界；第二，在滿足人們的審美慾望和激發想像方面，現實主義已不適應人們對藝術要求緊迫的節奏感、加強時空的跳躍和畫面變換的需要。面對這種侷限，形形色色的現代主義便在西方崛起，逐漸取代了現實主義，可以說是代表人類的現在和未來文藝創作的主要潮流。

張柔桑在《外國文學研究》第 1 期發表《它們代表了文學的未來》一文，指出現代主義作為一種新的創作方法，它不光是在對現實世界的認識上，在文藝與生活的關係上，在表現手法與技巧上，都有自己一套較為系統的觀點和原則，它迥異於現實主義、浪漫主義，我們對代表這種創作方法的現代派本身，應給予應有的重視和肯定。他詰問道：卡夫卡的作品難道不比我們某些掛著「兩結合」招牌的作品有價值嗎？另外，現代主義也符合藝術的規律。現代派儘管自命反傳統、反現實主義，不注重人物的外部描寫，不主張塑造人物的性格，但它從人物外部轉入了人物內心，從人物性格轉入了人物意識，一個立足點沒有變，這就是仍然忠於描寫人、表現人。現代派的作家們主要是面向自我，他們通過自我的剖析，通過對自我意識的展示和自我感受到的生活面目來傳達對現實世界的認識。正因為如此，現代主義具有和現實主義同等的，甚至某些是現實主義無法企及的。

1982 年春，徐遲發表了《現代化與現代派》[19]一文，這是宣導中國現代派文學的一篇代表作。在這篇文章裡，徐遲強調西方資產階級現代派文藝，還是來源於社會的物質生活，而且是反映了這種物質生活關係的總和的內在精神的；他提出，我們應當有馬克思主義的現代主義。並依據「物質文明將推動精神文明」的理論指出：在中國，現代派的文學藝術，將有賴於社會主義現代化的實現。前兩年裡，現代化的呼聲較高，我們的現代派也露出了一點兒抽象畫、朦朧詩與意識流小說的鋒芒。但是隨著責難聲和經濟調整的八

---

[19]　徐遲：《現代化與現代派》，載《外國文學研究》，1982 年第 1 期；《文藝報》，1982年第 11 期轉載。

字方針提出來，眼看它已到了尾聲了。革命的現實主義的文藝又將是我們文藝的主要方法。在現在的條件下，現代主義只能有少數先驅者進行試探了。然而不久的將來，「社會主義的現代化建設，最終仍將給我們帶來建立在革命的現實主義和革命的浪漫主義兩結合基礎上的現代派文藝」。顯然，徐遲為「現代派」張目的理由是現代化與現代派之間的必然邏輯關係，將「現代派」看作是「現代化」的直接後果。現在看來，這種過於偏激的論述，不過是徐遲的一種策略。他從影響「現代派」生成的眾多複雜的因素中抽取不帶意識形態色彩的物質經濟來論述，目的在於淡化「現代派」的「資產階級」的意識形態性質，為中國的「現代派」存在提供合法性。李準撰文《現代化與現代派有著必然聯繫嗎？》對徐遲的觀點提出質疑。李準從馬克思主義歷史唯物論的角度出發，對把生產力的發展水準與文學藝術精神生產等同起來的說法表示質疑，同時指出，西方現代派與社會主義文藝有著原則的差別，它屬於資產階級文藝範疇，「它所缺乏正確的思想指導，不能給人指出正確的道路，鼓舞人去鬥爭，而是追求畸形、病態的美（有些甚至以醜為美），並且是以少數資產階級和小資產階級知識份子為主要讀者對象」。李准質疑道：「在革命現實主義的基礎上，在『兩結合』的基礎上，怎麼會長出現代派文藝？」[20]顯然，他未能理解徐遲當時的策略與意圖。

　　1981 年花城出版社出版了高行健的《現代小說技巧初探》一書。作家葉君健、馮驥才、李陀和劉心武為此發表了幾封後來被稱為「四個小風箏」並引發了一場「空戰」的書信，它們使現代派文學討論達到了高潮。主要的文章有：葉君健的「序言」，馮驥才的《中國文學需要「現代派」》、李陀的《「現代小說」不等於「現代派」》、劉心武的《需要冷靜地思考》、《在「新」、「奇」、「怪」面前》、王蒙的《致高行建》和陳丹晨的《也談現代派與中國文學》。馮驥才呼喚「現代派」的理由與徐遲並沒有什麼太大的不同，也將其看成是「時代的產物」，「社會要現代化，文學何妨出現『現代派』」，但同時也認為「所謂『現代派』，是指地道的中國的現代派，而不是全盤西

---

[20]　李準：《現代化與現代派有著必然聯繫嗎？》，《外國文學評論》1982 年第 1 期。

化、毫無自己創見的現代派」，在此他更多地將「現代派」理解為不同於西
方的「具有革新精神的中國現代文學」。[21]這樣既指出「現代派」存在的理
由，又表明中國「現代派」的特殊性而避免意識形態的指責。在《「現代小
說」不等於「現代派」》中，李陀用「現代小說」這個概念來區別「現代派」，
認為「現代小說」是對「現代派」小說中「有益的技巧因素或美學因素」的
「吸收、借鑒」，而這些技巧因素又是「剝離」了「現代派」小說的「特定
表現內容」，這樣就「創造出一種和西方現代派完全不同的現代小說」[22]。
顯然，李陀是採用內容形式的兩分法來為「現代小說」辯護。李陀的方法是
劉心武所採取的也是同樣的思路，不過似乎更謹慎一些。他不說「現代派」
是「一個時代的社會生產方式」的產物，而只說生產方式和生活方式會「影
響、改變、推進小說技巧的發展」。在他看來，小說技巧是「超階級、超民
族」的，同一種技巧可以為不同的內容服務[23]。

　　關於現代主義的論爭，作為新時期文學進程中的一個熱門話題，幾乎是
在對於肯定性意見的批判聲中結束的；但是，在具體的文學創作中，面對日
益變化日益複雜的現實，富有卓識的作家們對於現代主義的借鑒和實驗，不
僅沒有停息，反而呈現出暗中發展的趨勢。一批新上陣的青年人，如舒婷、
江河、楊煉、顧城等，超越傳統，創作出一些「古怪」的「朦朧詩」；一批
在現實主義創作上卓有成就的中年作家則寫出了一系列在藝術上令人耳目
一新的「怪味」小說，如王蒙的《夜的眼》、《春之聲》、《風箏飄帶》、《蝴
蝶》、《布禮》、《雜色》等，以及茹志鵑、韓少功、宗璞等人的一些作品。特
別是到了 1985 年——一個具有分水嶺意義的年份——莫言的《透明的紅蘿
蔔》，殘雪的《山上的小屋》，馬原的《岡底斯的誘惑》、《喜馬拉雅古歌》、《疊
紙鷂的三種方法》，札西達娃的《西藏：繫在皮繩扣上的魂》，劉索拉的《你
別無選擇》，徐星的《無主題變奏》等現代主義意味很足的作品相繼發表，

---

21　馮驥才：《中國文學需要「現代派」》，《上海文學》1982 年第 6 期。
22　李陀：《現代小說」不等於「現代派」》，《上海文學》1982 年第 6 期。
23　劉心武：《需要冷靜地思考》，《上海文學》1982 年第 6 期；《在「新」、「奇」、「怪」
　　面前》，《讀書》1982 年第 7 期。

幾乎都起到了某種爆炸性的轟動效應。它們受到批評界的廣泛肯定，其中一些作品還獲得全國最佳小說獎，一時間追新逐異成為文壇的時尚。可以說，「現代派文學」至少在表面上獲得了巨大的成功。但不久批評的聲音重又響起，其中最為嘹亮的就是發自一些更為激進評論者的「偽現代派」的質疑。

　　1986 年，李潔非、張陵在《被光芒掩蓋的困難——新時期文學十年之際的一點懷疑》[24]一文中稱「越來越多的『偽現代派』作品充斥著文藝界」。同年年底在一次小型座談會上，李潔非又稱：「我們文學中的『現代派』可以稱其為『偽現代派』。」「『偽現代派』的含義就是我們並沒有真正具有現代素質的現代派作品。」[25]1987 年在又一次座談會上，黃子平、李潔非等人就「偽現代派」問題展開討論。1988 年《北京文學》開闢專欄討論，黃子平發表《關於「偽現代派」及其批評》，隨後，李潔非發表《「偽」的含義與現實》，這樣，「偽現代派」就作為一個討論話題被廣泛引用。在李潔非那裡，「偽現代派」主要指中國作家對西方「現代派文學」的效仿：

　　　　1、新時期文學發展過程當中確確實實惹人注目地具有效仿「現代派」
　　　　的慾望與言論；2、已經問世的一大批所謂「新潮作品」中不僅很多
　　　　是與「現代派」觀念、技巧具有間接的借鑒關係，甚至不乏直接摹仿
　　　　某部「現代派」作品的情況。

這裡，李潔非質疑的不是中國作家對「現代派」的學習，而是中國作家學習得「不尷不尬、不倫不類」，這種借鑒實際上變為一項純技術的活動，不含有任何生命的意味。在李潔非看來，「現代派」不僅是「具體作品、藝術原則和經驗，而且是一種精神——銳意革新、突破傳統的藝術進取心；『偽現

---

[24]　李潔非、張陵：《被光芒掩蓋的困難——新時期文學十年之際的一點懷疑》，載《中國青年報》1986 年 9 月 21 日。

[25]　參見譚湘整理：《面向新時期文學第二個十年的思考》，《文學評論》1987 年第 1期；並見李潔非：《實驗和先鋒小說（1985-1988）》，《當代作家評論》1996 年第 5 期。

代派』恰好違背這種精神」。這樣，「偽現代派」作品中就出現了大量的「矯情」和「玩文學」傾向，「它正逐漸使中國文學走向虛偽造作、扭捏作態，使陽剛之氣盡除」[26]。對此，黃子平有自己的看法，他從邏輯上試圖消解「偽現代派」這一概念，而為當時的實驗和先鋒小說辯護。他認為「偽現代派」並不是一個經過「深思熟慮」的概念，「其含混之處幾乎與它的豐富成正比」；

> 「偽現代派」這一術語背後蘊含了一個根深蒂固的觀念，即存在一種「正宗」或「正統」的現代派文學或別的什麼派，即便不能原封不動地引進，也可以成為引進是否成功的明確的參照。如果意識到現代派文學產生於東、西方文化的價值標準都發生移易的時代，意識到現代派文學的「反規範」傾向，那麼，就會感覺到設立一個「真現代派」，的先驗規範可能是徒勞的[27]。

這種反駁是有力的。不過，黃子平消解了西方「真現代派」的標準的同時，又為「現代派」確立了另一個更為廣泛的標準，這就是「『反規範』傾向」。而李潔非將「現代派」看做是一種「精神，是銳意革新、突破傳統的藝術進取心」，因此，黃子平和李潔非之間其實並沒有立場的絕對衝突。若干年後，李潔非重新思考「偽現代派」問題，他將這個問題置入整個 80 年代中國文化的突出的西方化傾向進行思考。因此，亦可將此看成是對 80 年代的反思。他認為對大多數「偽現代派」的批評者來說，中國小說可否搞「現代派」這一點不是疑問。當然也不是沒有「習慣性地堅持『現實主義道路』的老派人士」，不過他們已引不起多少共鳴。

> 在 80 年代價值觀念所奉行的「西方標準」之下，人們認為「現代派」文學表達的生命痛苦是本體性的，它不因時間地點的不同而受到限制；或者說，人們認為拿不出足夠的理由證明「現代派」文學對

---

[26]　李潔非：《「偽」的含義與現實》，《百家》1988 年第 5 期。
[27]　黃子平：《關於「偽現代派」及其批評》，《北京文學》1988 年第 2 期。

生命的感受、認識以及由此表達的心態，只屬於西方發達國家。確實，
「偽現代派」這個論題當時很大程度上被當作正題，而非反題⋯⋯批
評者的動機是借對「偽現代派」的挑剔來肯定和呼喚「真現代派」。

　　必須看到「西方化」的思潮在 80 年代背景下的客觀必然性，它
的確具有一種魅力，對於掙脫（儘快地掙脫）許多舊的桎梏發揮了強
大的作用。

然而，它也在「損害我們的文學」，在號稱「懷疑的時代」的 80 年代，我們
懷疑一切，卻從未懷疑過「西方」的概念。我們將它當成超越判斷的權威，
「甚至在『偽現代派』的質疑中，我們也是在就哪些地方比西方『現代派』
稍遜一籌而自責。」

　　不過，李潔非仍認為「偽現代派」這一話題本身具有重要價值，「不管
怎麼說，80 年代人們那樣做，自有他們的道理——也許，事情恰恰是這樣
的：人們如果不在 80 年代熱切地希望『走入西方』，也就不會在 90 年代清
醒而充滿自信地認識到『走出西方』的必要性」[28]。

　　孟繁華指出：

　　　　現代主義在中國的二次崛起，畢竟是一件極富悲壯意味的文學運動，
　　　　它冒著主流話語「叛逆」的指斥和讀者一時不能接受的雙重危險，毅
　　　　然擔負了社會批判和重建關懷的使命，並與人道主義一起構建了「人」
　　　　的偉大神話，逐漸從邊緣走向中心。⋯⋯現代主義的二次崛起，是百
　　　　年夢幻的延續，是近代以降「現代性」追求在 20 世紀 80 年代的遺響
　　　　或變奏，是變西方壓力為認同的又一次話語實踐。⋯⋯作為歷史過程，
　　　　它以自己的衰落換取了文學新的自由。⋯⋯可以說，沒有現代主義悲
　　　　壯的努力，多元並存、眾聲喧嘩的文學環境大概會延遲許多年[29]。

---

[28]　李潔非：《實驗和先鋒小說（1985-1988）》，《當代作家評論》1996 年第 5 期。
[29]　孟繁華：《夢幻與宿命》，廣東人民教育出版社，1999 年，第 193 頁。

但是，如前所述，「現代派文學」成了觸發不同文學理想、文學觀念之間激烈爭論的一個重要話題，而自身的問題及其所涉及的關鍵性的理論問題，並沒有得到有效的解決，而這些問題一直延伸到了 80 年代後期乃至 90 年代的「後現代主義」爭論之中。

## 第二節　先鋒小說、後現代主義與新歷史小說

大約在 1987 年前後，湧現了「先鋒小說」（當時更普遍的稱呼是「新潮小說」）的創作高潮。崛起的先鋒小說家（或新潮小說家）包括蘇童、余華、格非、葉兆言、孫甘露、北村、呂新、潘軍、葉曙明等人。與 80 年代前半期的「現代派」相比較，他們的創作具有更大的創新和挑戰意味。

1988 年，批評家李陀和王幹撰文呼籲關注先鋒小說批評。此前，只有吳亮和李劼正式發表過較有說服力的先鋒小說批評文章（如吳亮的《馬原的敘事圈套》）。李陀批評人們對於新潮小說作家的漠視，王幹在《批評的沈默和先鋒的孤獨》中，則認為真正的先鋒根本不用依賴別人給他什麼，先鋒就是孤獨的，如果被更多的人所接受所喜歡，那肯定不是先鋒[30]。王幹的實際用意是希望有更多研究者參與到對實驗性的先鋒小說作家的批評中來。在批評家的呼籲下，對先鋒小說的批評研究在相當廣泛的範圍內展開了，尤其是對作家個體的研究，像馬原、殘雪、余華、孫甘露、蘇童、格非等人，都是受到關注的作家。比較全面的研究專著有張玞的《作家的白日夢》（花城出版社 1992 年版）、陳曉明的《無邊的挑戰》（時代文藝出版社 1993 年版），吳義勤的《中國當代新潮小說論》（江蘇文藝出版社 1997 年版）等。參與到先鋒小說批評中來的批評家除了上面提及的外，還有蔡翔、胡河清、程德培、戴錦華、張頤武等人。在這些批評家的批評實踐中，最引人注目的，是運用後現代主義文化理論對先鋒小說的解讀，以及它所引發的劇烈論爭。

---

[30]　王幹：《批評的沉默和先鋒的孤獨》，《文藝報》1988 年 12 月 17 日。

　　我們知道，後現代主義文化理論介紹到中國來，是 80 年代中期以後的事。此前，譯介者雖然翻譯了「後現代主義」（postmodernism）這個詞，但關於它的含義到底是「現代主義之後」還是「後期現代主義」頗多爭議。出於當時的語境，學術界和創作界所關注的「熱點」還是現代主義，至於後現代主義為何物，人們未能深入認真地考究。1985 年 9 月至 12 月，美國當代著名的馬克思主義批評家弗裡德里克·傑姆遜到北京大學開講當代西方文化理論專題課，他演講的一個很重要的內容即為「晚期資本主義的文化」，其「商品化了的廣告、電視、錄相、電影所構成的汪洋大海」、「模仿與複製」的「多民族、無中心、反權威、敘述化、零散化、無深度概念等」特徵構成了他所描述的「後現代主義」文化景觀。第二年，傑姆遜的講稿由唐小兵翻譯，於 1987 年由陝西師範大學出版社出版，書題為《後現代主義與文化理論》。從此，「後現代主義」被當成一種用以參照和比較研究的理論，運用於文學和藝術的闡釋領域裡。在文藝理論領域對後現代主義進行過介紹和闡發的批評者有袁可嘉、王逢振、趙一凡、盛寧、陳曉明、王寧、王嶽川等，而將其運用於對當代文學研究和文化批評的則主要有王寧、張頤武和陳曉明等。

　　較早用「後現代主義」一詞指涉當代中國文化現象的，不是始於小說領域，而是詩歌領域，因為以「後現代主義」理論比附 1986 年前後崛起的「第三代詩」的「反文化」、「平民性」、「反崇高」等特徵似很有道理，但馬上就有人對此表示了否定，宋琳說，「什麼後現代主義？中國現代主義的詩歌也還沒有真正出現」。朱大可則認為，「是有後現代主義詩，但它是偽後現代主義詩」[31]。到八十年代末，開始有人用「後現代主義」一詞來涵蓋和描述新崛起的先鋒小說，但言之閃爍，亦未引起廣泛注意。直到 1990 年，才有王寧等人重提這一命題。在《接受與變形：中國當代先鋒小說中的後現代》一文中，王寧梳理了「後現代主義」理論和文學作品在中國的接受狀況。那麼，「後現代主義」是何時進入中國的？它何以與現代主義一道影響中國文學的？王寧指出：

---

[31] 朱大可、宋琳、何樂群：《三個說話者和一個聽眾──關於詩壇現狀的對話》，《當代作家評論》1988 年第 5 期。

首先中國今天仍處於社會主義初級階段，實現「四化」還是個有待努力的目標。然而，後工業資訊社會的天體力學、量子物學、電子技術、電腦工藝、外太空的開發等各種高科技的迅速發展，加之新聞傳播媒介的不斷更新，大大縮小了人為的時空侷限，使長期處於封閉狀態的中國社會也不免帶上了一些「後現代」色彩，或曰「準後現代」。這無疑為後現代主義在中國社會，特別文化藝術領域裡的滲透和傳播，造成了某種適度的氛圍；

1978-1979 年，曾經流行的現代主義在中國文學中「復甦」，緊接著，後現代主義也悄悄地尾隨而來。開始它被一些外國文學研究者當作現代主義「在第二次世界大戰之後的繼續」或「重新抬頭」來理解，人們並且以此為依據進行「關於現代派文學的討論」。其實，從實質內容上看，後現代主義這時已開始進入中國文壇。此後，通過翻譯著述，後現代主義文學更進一步被介紹給中國作家和廣大讀者。同時，西方後現代主義批評家或研究者來華講學，也起到不小的作用。

這些對有著強烈求知慾和創新精神的青年作家產生了深刻影響。王寧根據自己對當代文學的閱讀，將劉索拉、徐星、莫言、孫甘露、余華、格非、蘇童、劉恆、王朔、葉兆言、殘雪、洪峰等歸入具有「後現代性」的先鋒小說家的行列；王寧指出：「外來影響強有力地激發著他們的靈感，與他們的本土意識（和無意識）交互作用，融發了他們的創造力。但是，這批年輕作家畢竟缺乏豐富的閱歷，他們無法全憑自己的直接經驗來寫作，而是或把目光朝向自身的本土文化傳統，或移向西域，從巴塞爾姆、巴思、納博科夫、品欽、瑪律克斯、博爾赫斯、海勒、梅勒、塞林格等後現代主義大師那裡獲得某種啟示，從缺乏深度或有意拒斥『深度模式』的當代生活瑣事中攫取素材，或把過去的傳統史志中的記載改編成新的形式，或用高雅與粗俗相間的語言遊戲編造一些似是而非的『小說』或『元小說』，如此等等。這樣，他們的作品就成為一種既像西方的後現代主義、又與之不盡相同的東西，有人稱其為『新寫實主義』或『後現實主義』，而我則將其視為中國文學中的後現代傾

向或『後現代性』（Post-modernity），以使其與西方的後現代主義文學，以及崛起於這批先鋒小說家之前的另一批具有『現代性』特徵的作家相區別。」王寧歸納了當代中國先鋒小說的六大「後現代主義」特徵，包括自我的失落和反主流文化；反對現存的語言習俗；二元對立及其意義的分解；返回原始和懷舊取向；菁英文學與通俗文學界限的模糊；嘲弄模仿和對暴力的反諷式描寫[32]。顯然，王寧的以上評述還停留於一種粗疏的文化現象歸納上，對先鋒小說文本的解讀也比較簡略，沒有注意到中國的具體而複雜的歷史語境的特殊性。

繼王寧之後，又有王一川、王嶽川、張頤武、陳曉明等人，在介紹西方後現代主義理論與批評的同時，對「先鋒小說」、「新寫實」乃至「王朔現象」等近年的當代文學實際進行了更為廣泛和細微的探討，並多方面以此論述了當代中國先鋒文學的「後現代性」。在他們看來，當代中國已出現了「後現代主義」的流向，或者甚至乾脆就如同世界其他國家一樣，進入了一種「後現代語境」。

90 年代以來，張頤武提出從「現代性」這一文化思潮特徵的角度來研究 80 年代小說。基於 90 年代文化轉型的角度，他將「新時期」作為一個特定的話語模式的代碼加以考察。在他看來，「新時期」自出現之日起，與一種強烈的「現代性」的焦慮有緊密聯繫，這種「現代性」的展開基於兩個前提：「一是中國所面臨的異常嚴峻的發展問題，這種發展問題乃是中國作為第三世界民族的最為巨大的焦慮。中國的『現代化』的強烈訴求在經歷了『文革』的忽略物質生產的極左選擇之後，再次變為一個民族的整體性目標。二是在『文革』時代的極端的社會控制之後，將一種『人』的話語再度置於文化的中心。而正是在這兩個前提之下的小說寫作的發展呈現出一種試圖整合這兩個前提的『整體化』的趨向，這種『整體化』的訴求既顯示了『現代性』

---

[32]　王寧：《接受與變形：中國當代先鋒小說中的後現代性》，收入趙祖謨主編「中國後現代文學叢書」理論批評卷《生存遊戲的水圈》，張國義編，北京大學出版社，1994 年。

在中國語境中的展開的豐富性，也透露了它本身的內在的矛盾性。」[33]依據
這一闡釋框架，張頤武認為新時期小說（包括傷痕小說、反思小說、尋根小
說、新潮小說，乃至新寫實小說等）有著兩方面的價值訴求：一是對物質生
產及日常生活「現代化」的訴求；一是以「個人主體」的神話建構一套有關
「人」的偉大敘事，這兩者互相參照、對應又矛盾。從這一研究思路出發，
張頤武敏銳地捕捉到了中國在進入商品化的社會格局中，人們對物質和慾望
的追求成了彌散性的社會普遍精神。在他看來，80 年代後期的文學告別了
新時期，也告別了自身對「現代性」的狂熱追逐，他將這種文學話語命名為
「後新時期」文學。張頤武從先鋒（實驗）小說的具體分析出發，闡述了發
生在 80 年代以來中國文化中的理想主義危機──此種危機表現在歷史受到
質疑和倫理陷入困境兩個大的方面。在他看來，這些從先鋒小說中透露的資
訊──歷史和倫理這兩個中心的人文信念的被消解和質疑，說明著貫穿於五
四以來的中國理想主義面臨著前所未有的威脅。這種威脅的一個明確、有力
的徵兆就是實驗小說的崛起，以及如「非非主義」等激進詩歌運動的興起。
這種理想主義的基本認識論和價值論的困境也顯示了當代知識份子的角色
和思維模式的傳統基礎的崩潰[34]。在張頤武看來，以余華、格非、孫甘露、
馬原、洪峰和蘇童等人為代表的「實驗小說」，是純文學和高級文化發展的
主要表徵，它從兩個方面對小說本身進行了根本性變革：首先，它「質疑了
能指／所指、語言／實在間的同一性，它強調小說的虛構性，運用『元小說』
的表意策略質疑了那種認為小說透明的、無遮蔽地『反映』和『再現』現實
世界的單純信仰，也就動搖了我們一直持有的對語言和本文的『似真性』的
幻想」；「這種形式領域的革命為我們打破封閉的意識形態和話語系統，打破
第一世界對第三世界的宰製與壓抑提供了前提和條件。……小說實驗也是對
漢語獨特性的重新發現的工作，它在打破敘事神話的同時也極大地解放了漢
字和漢語句法的巨大潛力，提供了新的語言選擇的可能性」。其次，「實驗小

---

[33]　張頤武：《新時期小說與「現代性」》，《文學評論》1995 年第 5 期。
[34]　張頤武：《理想主義的終結──實驗小說的文化挑戰》，《生存遊戲的水圈》，張國
　　　義編，北京大學出版社，1994 年，第 107-118 頁。

說」還「質疑了歷史話語的神聖性，質疑了歷史與哲學的話語中心的位置，它消解了小說／歷史／哲學間的界限，也就消解了虛構／真實間的界限。這就動搖了對價值絕對性真理與真實的絕對性的神話。他們打破了我們原有的禁忌的規則，激發了新的創造力和想像力」[35]。這兩個方面的變革，使「五四」以來中國文學中存在的現實性和現代性話語在「實驗小說」的挑戰中面臨著自己的終結。「實驗小說」的崛起和在純文學中呈示出越來越重要的位置，「標誌著一種『後現代性』在中國的興起」[36]。

　　更為系統地討論「後現代主義」與中國先鋒小說的關係的是陳曉明。與王寧、張頤武有所不同的是，在陳曉明的論述中，比較注意先鋒小說的形式研究或藝術研究。他指出，「某種程度上，年輕一代作家改寫了小說的定義，並且改變了人們的感覺方式和閱讀方式」[37]。同時，陳曉明還注意到中國當代文學發展的具體語境和文化命題的變動性。他在《無邊的挑戰——中國先鋒小說的後現代性》中，指出 80 年代後期「從整體上說是一個文化的潰敗或文化逃亡的時代，然而它也同時躍進到一個奇怪的『高度』——而『先鋒派』文學乃是這一高度的顯著標誌——不管是用啟蒙時代的思想水準，還是用現實主義或現代主義的觀念方法去理解這一『高度』都顯得力不從心」。在他看來，只有用「後現代主義」這個術語，才能給它作出恰當的歷史定位。具言之，在 80 年代前期，「關於人、主體的話語可以被看成是知識份子集體幻想同存在的實在條件之間的關係，文學共同體把自我設想成政治批判的和現實的主體」；「80 年代後期，中國當代文學的意識形態發生多元分化」，出現官方意識形態、知識份子菁英意識形態、民間意識形態三足鼎立格局；「知識份子階層迅速破落，知識份子奉行和鼓吹的價值立場為商品拜物教所衝垮，而政治權威對民間意識形態採取不嚴加干涉的政策，無形中知識份子所

---

[35] 張頤武：《後新時期小說：轉型時刻的表徵》，《生存遊戲的水圈》，張國義編，北京大學出版社，1994 年，第 204-205 頁。

[36] 張頤武：《理想主義的終結——實驗小說的文化挑戰》，《生存遊戲的水圈》，張國義編，北京大學出版社，1994 年，第 119 頁。

[37] 陳曉明：《無邊的挑戰——中國先鋒小說的後現代性》，時代文藝出版社，1993 年，第 1 頁。

扮演的創造社會中心化價值體系的角色無足輕重，也無人問津，知識份子推行的『菁英文化』一度充當思想解放的先鋒，構造社會共同的想像關係，而現在卻被整個社會棄置於一邊。整個社會的『卡理斯瑪』（charisma）（中心化價值體系）趨於解體。文學共同體講述的『大寫的人』的神話也宣告破產。這個時代面臨深刻的文化危機」。在這種文化背景下，陳曉明考察了先鋒小說的「後現代」寫作與八九十年代文化轉折的關係，認為「可以在 1987 年劃下一條界線『新時期』所確認的共同的想像關係，共同的文學規範和準則，都瀕臨破產，某種意義上，馬原的出現標誌著『新時期』的終結，或者說進入『後新時期』，它在構造中心化的價值觀、文學規範和準則以及語言風格等方面都表示了對前期『新時期』的反動。馬原同時和稍後的一批先鋒派的出現，則使這一轉折後的歷史成為中國當代文學不得不走下去的窮途末路」。在陳曉明看來，馬原、洪峰、殘雪各自以不同的方式提示了過渡時期的經驗。他們講述的故事不再具有意識形態的實踐意義，然而卻預示了現實性的轉折。文學創作變成個人化的寫作經驗，變成方法論的遊戲和純粹的幻想經歷。因此，在「後現代」的文化語境中，先鋒派的藝術實驗被陳曉明稱為是「納克索斯式的文化自戀」，非但它們沒能「開創文學的歷史新紀元」，反而意味著「一次迫不得已、無可奈何的負隅頑抗」，意味著「文學的最後一次迴光返照」。簡言之，「先鋒小說」不過是 80 年代的最後的無望的救贖，不過是「文化潰敗時代的最後的饋贈」[38]。

其實，中國的「後現代主義」並不產生於文學的溫床，「它主要表現在用後現代主義方法解讀一些當代的文學作品（更準確地說，是把一些當代文學作品解讀成後現代作品），以及用與後現代性相關的理念和價值進行批判和消解」。[39]基於「後現代主義」這一「舶來品」自身的多元屬性和中國的「前現代」或走向「現代」的語境的錯位，人們對於上述以「後現代主義者」

---

[38]　參閱陳曉明：《無邊的挑戰——中國先鋒小說的後現代性》的「導言」與「結語」，時代文藝出版社，1993 年。

[39]　徐友漁：《90 年代的社會思潮》，見《自由的言說》，長春出版社，1999 年，第248 頁。

自居的批評家的許多觀點不盡贊同，甚至發生尖銳的論爭[40]。這類批評者「大多為 40 年代出生的中年學者」，它們又可分為兩種：「一種是站在傳統理想主義和歷史人文主義烏托邦角度反對後現代主義顛覆策略和『怎樣都行』的遊戲人生觀，堅持以傳統道德和精神信仰反擊後現代主義；另一種是站在中心意識話語立場，以過時的政治性語言和僵化的思維方式去反對後現代主義，而保持自己的中心主義立場。」[41]儘管這種歸納並不十分準確，但它至少說明了批評主體構成的複雜性，說明了「後現代主義者」的主張在中國知識界遭到了抵制。雙方交鋒的一個核心問題是：在中國大談、大用後現代主義是否符合國情？是有利還是有弊？

《走向後現代主義》一書的編者杜威・佛克馬從未承認在歐洲以外的其他地方已擁有後現代主義，包括亞洲在內。他說：「迄今為止，這一概念仍然毫無例外地幾乎僅限於歐美文學界。」他甚至明確地說，「……西方文化名流的奢侈生活條件似乎為自由實驗提供了基礎，但是後現代對想像的要求在饑餓貧困的非洲地區簡直是風馬牛不相及的，在那些仍全力為獲得生活必需品鬥爭的地方，這也是不得其所的」；「也許從一個寬泛的意義上說來，『後現代』這一術語現在也用在一些生活水準較高的地區，例如日本或香港，但是後現代主義文學現象仍侷限於某個特殊的文學傳統。……我現在盡可能說得清楚些，後現代主義文學是不能摹仿的」[42]。顯然，在佛克馬看來，後現代主義文學是對應於西方後工業社會的特定的文化（包括文學）景觀，它針對一個固有的現代主義文化傳統，是一種歷史的否定邏輯；它接著現代主義文學而來的，並與之逆向相對、背道而馳。而這些條件，無論是共時的，還是歷時的，其他地方都未真正具備。杜威・佛克馬在另一篇文章中更明確地說：「在中國出現對後現代主義的贊同性接受是不可想像的。」他把脫離生

---

[40]　參閱孫津：《後什麼現代，而且主義》，《讀書》1992 年第 5 期；張法：《從什麼意義上可以談中國後現代主義的有無？》，《文藝爭鳴》1992 年第 5 期。

[41]　王嶽川：《90 年代中國的「後現代主義」批評》，《作家》1995 年第 8 期。

[42]　杜威・佛克馬：《走向後現代主義・中譯本序》，王寧譯，北京大學出版社，1991 年，第 2 頁。

活條件的超前引入稱為「畫餅充饑」[43]。

　　對於上述告誡，只有少數「後現代主義者」作出了回應。他們認為，在世界一體化的過程中，中國、印度等等第三世界國家中少數追求時尚的新一代知識份子也會產生某種超前意識，比如在當代中國先鋒派文藝中就出現了一些後現代主義的變種。還有人說，雖然中國經濟處在欠發達的前現代水準，但在電子傳媒和廣告大行其道的大都市中，或多或少也可以發現某些培植後現代主義的土壤[44]。徐友漁指出：

> 儘管這些論證勉為其難、強詞奪理，但從中也可以發現後學家所不願明確承認的結論：第一，中國目前還處於前現代化、前工業化階段；第二，因此，現代化還是中國追求的目標，這個價值取向應當肯定而不是否定；第三，如果少數人願意在小範圍內作一點超前性實驗是無害的話，那麼它也不應當大力提倡，更不能作為當前文化和社會批評的標準[45]。

對於「後現代主義者」即所謂的「後學家」對啟蒙持輕蔑和否定態度，把「五四」以來的啟蒙傳統視為殖民地化，甚至貶低 80 年代「文化熱」中的新啟蒙運動，在徐友漁看來，「既沒有學理根據，又沒有事實根據」。因為「五四」新文化運動雖然借用了不少西方啟蒙話語，但中國的啟蒙絕非歐洲啟蒙的橫向移植；80 年代的新啟蒙運動，也不是簡單地追隨西方話語，而是植根於當時的歷史境況，為解決中國實際問題而發生的思想解放運動。

[43]　杜威‧佛克馬：《後現代主義的諸種不可能性》，見柳鳴九編：《從現代主義到後現代主義》，中國社會科學出版社，1994 年，第 406 頁。

[44]　參閱陳曉明：《無邊的挑戰——中國先鋒小說的後現代性》的「導言」第二部分「趨同與變異：中國產生後現代主義的前提條件」，時代文藝出版社，1993 年，第 12-24 頁。

[45]　徐友漁：《90 年代的社會思潮》，《自由的言說》，長春出版社，1999 年，第 250-251 頁。

實際上，中國的後現代主義者是從「五四」以來至今最照搬西方話語，對中國文化傳統最少瞭解的人，它們對上述情況當然是不知道的[46]。

與徐友漁相比較，張清華對於「後現代主義者」的批判更為尖銳。在他看來，「後現代主義」在當代中國的出現，不是基於真正的「後工業社會的文明情境」，而是基於 80 年代啟蒙文化的潰退；因此：

說到底，後現代主義在中國的存在事實……是一種「話語的摹擬」。而且這種選擇除了中國當代作家和理論家的某些主動性的努力，更重要的是取決於一種歷史性的巧合，即中國當代權力文化的解構運動與西方後現代文化氛圍在表徵上的某種重合狀態。換言之，他們在很大程度上把權力文化解構過程中的話語解放、轉型、逃逸、失範、無確定性、接受的消解、個性的擴張、破壞的意向等等現象，把價值中心、意義中心的解體所帶來的文化的「無主題」流向、變異、輕飄、流失、邊緣滲透、反中心主義邏輯、反諷語境、痞子文化的放大等等效應當成了後現代主義帶來的文化後果，這不能不是一次歷史性的巧合和誤讀。

張清華對作為一場解構主義運動的中、西方後現代文化現象作了深入的比較：

西方的後現代主義又不容置疑地與中國當代的文化解構有著驚人的相似性，儘管對於兩者來說，解構的對象，其文化屬性幾乎是完全不同的，西方後現代主義是針對現代主義文化無限的個性、意義、深度、精神神話和語言的烏托邦等終極追求的反撥，這種現象是現代主義自身擴張至困境而自我崩潰的後果；中國的文化解構是語言的極端政治中心化、價值形態脫離客觀物質基礎與參照所導致的自我瓦解。它的本體與西方現代主義除了價值取向與話語風格的烏托邦追求（又是何

---

[46]　徐友漁：《90 年代的社會思潮》，《自由的言說》，長春出版社，1999 年，第 251-252 頁。

等不同、相去萬裡的烏托邦啊）這一點上的相同之外，幾乎風馬牛不相及，西方的現代主義是對個性主題和寓意深度的極端張揚，而中國當代政治中心主義文化恰恰是以對個性的否定，主題深度的定向規範為特徵的，因此，否定的結果是不一樣的，在西方後現代主義那裡，對現代主義的否定導致了一場平民主義文化運動，而在我們這裡，否定的結果首先是一場以先鋒作家與理論家為標誌的現代主義運動，在先鋒意識與大眾文化之間仍然存在著一條真正的鴻溝，因此，任何將中國當代文化的解構現象與西方後現代主義運動的等同判斷都是虛妄的，沒有根據的。但是，在話語的解構與運作過程中，就其失重、逃逸和邊緣化特徵而言，它們卻又是重合的。

中、西方後現代文化現象另一個表層相似又有內在不同的基礎是，人的理想的崩潰。杜威·佛克馬曾描述西方後現代主義的人文觀，「後現代主義世界是長期的世俗化和非人化過程的產物，文藝復興時期確立了以人為宇宙中心的條件，而到了十九世紀和二十世紀，在科學的影響下，從生物學到宇宙論，人是宇宙的中心這一觀念愈來愈難以自圓其說，以致終於站不住腳，甚至變得荒唐可笑了」；「人們勢必得出這樣的結論，人類充其量只是自然一時衝動的結果，而決不是宇宙的中心」[47]。現代主義者的哲學先驅尼采雖然曾發出「上帝死了」的宣言，但人本主義仍然作為某種神話為他們所堅守，而一百年以後，以蜜雪兒·福科為代表的當代理論家們則毫無避諱地宣佈：「人死了」。這意味著當代西方人的存在哲學抵達了人類精神探索的最後地帶。這一結論意味著人們對任何人為的神話的拆除，對任何終極意義的徹底懷疑。

與之相似的是，「文化大革命」後的中國，也感驗到了一次人的終極理想的崩潰。

---

[47] 杜威·佛克馬：《後現代主義文本的語義結構和句法結構》，《走向後現代主義》，王寧譯，北京大學出版社，1991年，第96頁。

在隨之而來的愈捲愈大的經濟、物質與商業的狂潮中，這個政治的神話以其徒具外在空殼的特徵構成了當代中國人文價值與話語方式的奇妙而強烈的反諷狀態。在透示著強勁異己力量與物化色彩的商業氛圍中，以個人為核心的人本精神與價值也已成為洪水中飄搖不定的浮物與覆舟。儘管所支解的母本和原物是不同的，但支解的方式以及所造成的效應卻是十分相近的。

張清華指出：「後現代主義在中國」這個命題，「歸根到底是一個理論的幻象，一種誤讀」；它昭示了當代中國文化和先鋒文學思潮內部的一種分裂和蛻變，這種分裂與蛻變主要表現在「走出啟蒙中心，走向消費民間」這一重大轉折上[48]。而批評界所製造的關於後現代主義的理論幻象：

> 在實質上不過是為當代文學思潮的發展所苦心尋求的一個「合法性」稱號罷了。因為在當代文化與文學思潮變遷的「唯新論」邏輯的支配下，人們總以為「新」就是先鋒，就是優越權，「後現代主義」在當代世界文化與藝術思潮中當然是最新，因此用它命名便意味著賦予當代中國最新的文學現象以合法性和權力，並且在這一名稱下，降低寫作的精神高度以投合市場法則所操縱下的大眾趣味也被描述為「與菁英文化界限的消失」，「遊戲」、「疲性」和輕薄為文也被界定為「反諷」和解構主義立場，何樂而不為呢？事實上，在這些現象表面的激進態度與策略下，掩蓋不住它們平庸和保守的實質[49]。

這正如有的論者所抨擊的，：

> 中國的後現代論者鼓吹的某些觀念，諸如拆除深度，追求瞬間快感，往往包藏著希求與現實中的惡勢力達成妥協的潛臺詞，主張放棄精神

---

[48]　參閱張清華：《中國當代先鋒文學思潮論》，江蘇文藝出版社，1997 年，第 351-352 頁。
[49]　張清華：《中國當代先鋒文學思潮論》，江蘇文藝出版社，1997 年，第 353 頁。

維度和歷史意識，暗合著他們推諉責任和自我寬恕的需要，標榜多元
化，也背離了強調反叛和創新的初衷，完全淪為對虛偽和醜惡的認同，
對平庸和墮落的放縱。令人可悲的是，這些觀念不僅是他們文化闡釋
估評的尺碼，更上升為一種與全民的刁滑習氣相濡染的人生態度[50]。

顯然，人們對於「後現代主義者」理論闡釋的質疑，主要在於這種理論的旅
行在多大程度上源於中國自身的問題？將中國問題納入來自西方的理論框
架，這種研究方式的動機和弊端是頗值得探究的。

關於「新歷史主義小說」的評價，是另一個引發人們論爭的重要問題。
1987 年前後湧現的「先鋒小說」帶有相當強烈的「運動」性質；從崛起的
背景與內容實質看，它近似於一場新歷史主義小說運動。「新歷史小說」的
全盛期是從 1987 年到 1991 年前後的幾年，主要代表作品有：蘇童的《1934
年的逃亡》、《罌粟之家》、《妻妾成群》、《紅粉》、《我的帝王生涯》和《武則
天》等；余華的《古典愛情》、《鮮血梅花》、《在細雨中呼喊》、《活著》和《許
三觀賣血記》等；葉兆言的「夜泊秦淮」系列等等。它們的共同特徵是：打
碎了歷史的具體歷時形態與外觀，找出其中那些基本原素，予以重新組構，
側重表現文化、人性與生存範疇中的歷史。它們既具有歷史的客在真實性，
又有當代的體驗性，是「現在與過去的對話」（王彪：《新歷史小說選·導
論》）。蘇童在《後宮·自序》中就坦言：「……我隨意搭建的宮廷，是我按
自己的方式勾兌的歷史故事，年代總是處於不詳狀態，人物似真似幻，……
我常常為人生無常歷史無情所驚懼。……人與歷史的距離亦近亦遠，我看歷
史是牆外笙歌雨夜驚夢，歷史看我或許就是井底之蛙了。什麼是真的？什麼
是假的呢？」余華則選擇了一種「虛偽的形式」，它雖然「背離了現狀世界
提供給我的秩序和邏輯」，「卻使我自由地接近了真實」[51]。我們知道，「歷
史」是中國傳統文化體系中顯赫的中心詞，先鋒小說家們垂青於「歷史」，
原因在於他們意識到「歷史」同樣是敘事的產物，所謂的歷史事實，不過是

---

[50]　賀弈：《群體性精神逃亡：中國知識份子的世紀病》，《文藝爭鳴》1995 年第 3 期。
[51]　余華：《虛偽的作品》，《上海文論》1989 年第 5 期。

某種敘事策略的安排；而他們「再敘事」的目的是「通過一套迥異的敘事話語戲弄歷史，或者說，戲弄往昔的歷史權威話語」；因此，「他們並沒有激進地提出改寫歷史，或者披露某些隱於幕後的史料；他們更多地站在敘事的立場上，指出往昔貌似嚴正的歷史敘事之中所存在的裂縫、漏洞、矛盾，或者另一種可能」；他們的行為比任何改寫歷史的企圖走得更遠[52]。

　　以余華的小說為例。戴錦華從中讀解到了「死亡環舞」與「歷史寓言」兩個主題，並把她所發現的「歷史寓言」，描述為「是關於中國歷史的文本，也是關於歷史死亡的文本。歷史真實——或曰被權力結構所壓抑的歷史無意識，在余華的敘事話語中並不是一組組清晰可辨的文化內涵或象徵符碼。歷史，與其說是作為一個完整的、可確認的、時空連續體的呈現，不如說是在能指的彌散、缺失中完成的對經典歷史文本——『勝利者的清單』的消解」[53]。趙毅衡則指出：「在中國今日的先鋒作家中，余華是對中國文化的意義構築最敏感的作家，也是對它表現出最強的顛覆意圖的作家。……在這之前，中國當代文學基本上一直在題意平面上展開，以情節針砭這個或那個社會現象，余華的小說指向了控制文化中一切的意義活動的元語言，指向了文化的意義構築方式。在這裡批判不再顧及枝葉而顛覆是根本性的。」[54]余華的寫作，使先鋒小說的集體反叛達到了一個新的高度。為此，張頤武把「歷史」看做整個先鋒小說（他的論文中稱為「實驗小說」）思潮的主題之一。他說：「『歷史』的概念受到了從未經歷過的嚴厲的攻擊。他們不是反思或質疑某個歷史事件的真實性，而是乾脆把歷史本身當成質疑的對象。歷史真實被視為是根本不可能存在的。而決定論的荒謬性則更為明顯。他們首先強調的是恢復文學的虛構性質。將它從歷史的壓抑和禁閉中解放出來，或者乾脆以文學的名義去反抗或質疑歷史的合理性。」[55]張玞對先鋒小說的「個性特

---

[52]　南帆：《文學的維度》，上海三聯書店，1998 年，第 218-219 頁。

[53]　戴錦華：《裂谷的另一側畔——初讀余華》，原載《北京文學》1989 年第 7 期。

[54]　趙毅衡：《非語義的凱旋——細讀余華》，《當代作家評論》1991 年第 2 期。

[55]　張頤武：《理想主義的終結——實驗小說的挑戰》，《生存遊戲的水圈》，張國義編，北京大學出版社，1994 年版。

質」即類似小說主題的那種因素，也作了自己的歸納。她認為，「夢的特質」
是先鋒小說的個性特質之一。她分析了孫甘露的《訪問夢境》等文本，認為
在這些小說中，往往有許多定局：就如同一個封閉的記憶，不容他人進入或
不容回憶改變。張玞意識到這也許就是敘述造成的，它表現了語言的控制和
作者的主觀性；或者也許是夢本身的特徵，表現了難以自拔也難以辨認的現
實處境。張玞把這一夢的特質與「歷史」聯繫起來，她說：「我感到這種封
閉的記憶正是歷史的陰影所在，至少，這是歷史性的一個徵兆。」「小說為
歷史尋找寓言，為它尋求一個夢，都是在歷史與現實的雙重壓力之下的，也
可以說就是現實的同喻體，（這意味著沒有『現在』，歷史就不會發生在我們
身上）歷史與現實的本我對自我的滿足。」[56]

　　對於「歷史」在先鋒小說文本中的呈現，與「後現代主義者」的正面闡
釋和肯定性研究不同，張清華有自己的看法：

> 新歷史主義小說後期的遊戲敘事，表面上是最大限度地體現了新歷史
> 主義觀念，而實際上則與歷史上無數商品化通俗化了的「大眾歷史消
> 費」文本更為接近，「個人化寫作」在最為敏銳地觸及私人生活場景
> 與經驗的同時，也遠離了富有社會責任與理想精神的「宏偉敘事」，
> 這是前趨呢還是倒退，上升呢還是下降？[57]

南帆也剖析了先鋒小說「再敘事行動」中的「歷史」範疇，指出：

> 傳統歷史小說的程式打散了，作家的敘事話語明顯帶著衝出藩籬的快
> 意。這種文本的歡悅拒絕了歷史小說的「既定語義」和「語法」，但
> 它們不願寫出自己的肯定句式，提出歷史的正面意義。所以，這些歷
> 史小說更多地撲朔迷離，沒有一個確鑿無疑的正解。作家不想繼續負
> 擔沉重的歷史了。這是一種機智。但是在另一方面，人們並沒有減少

---

56　張玞：《作家的白日夢》，花城出版社，1992 年，第 51-52 頁。
57　張清華：《中國當代先鋒文學思潮論》，江蘇文藝出版社，1997 年，第 353-354 頁。

對於歷史的期待。人們仍然將歷史的敘事話語當成歷史本身。有人說過，解構主義同樣可以解構《聖經》，只是這種解構對於聖徒毫無意義。這是解構主義的失敗還是聖徒的愚鈍？對於歷史而言，類似的問題同樣存在。在這個意義上，人們不僅面對著「何謂歷史」，同時還將面對這個答案所遭遇的巨大傳統阻力。這種阻力是文學顛覆歷史的最後一道防線[58]。

## 第三節　現代派之爭的理論思考

在「現代主義」和「後現代主義」的論爭中，首先涉及到的理論問題是內容／形式、真／偽問題。

關於「現代派」，夏仲翼不同意「單純用形式和技巧上的特點來確定是否現代派」。他認為：「現代派的根本問題是在它對世界、對人生、對文學的基本觀念」；「現代派作為一種文學現象是和歷史上一切側重表現主觀的文學潮流和傾向有著密切的關聯」，然而，在思想意識上，由於受到當代種種哲學思潮的影響，表現出不同於以往的「新」的內容；從藝術形式角度說，不論是象徵主義的「對應論」，表現主義的「高度抽象或思想的外化」，意識流的「潛在意識描繪、時空交錯、夢幻寓意、主觀視角」，乃至新小說派的「對象主義」、荒誕戲的「破碎舞臺形象」，「都首先是為它們要體現的觀念服務的」[59]。顯然，這裡強調的是現代派的「表現技巧」同它們特定的「表現內容」是難以「剝離」開來的，僅僅根據形式和技巧上的特點來確定是否現代派，在理論和實踐上都是不可行的。按照美國人 M・肖勒的說法：「談論技巧時，實際上涉及到幾乎所有的問題。因為技巧是一種手段，作家的經驗，即他的題材迫使他非重視不可，技巧是作家用以發現，探索和發展題材的唯一手段，也是作家用以揭示題材的意義，並最終對它作出評價的唯一手段。」[60]也

---

[58]　南帆：《文學的維度》，上海三聯書店 1998 年版，第 248 頁。

[59]　夏仲翼：《談現代派藝術形式和技巧的借鑒》，《文藝報》1984 第 6 期。

[60]　M・肖勒：《技巧的探討》，盛寧譯，《世界文學》1982 年第 1 期。

就是說，技巧是完成了的內容（作品）的一個有機組成部分，它本身就具有內容性。黃子平指出：「只需回想一下在內容上堅持了『少年布爾什維克』的思想的王蒙的『準意識流小說』，怎樣實質性地打破了『典型環境中的典型人物』等文學戒條，以及批評家怎樣透過他的『脫離群眾』的技巧讀出了『幻滅者的微末的悲涼』，我們就會意識到上述『剝離』工作的極端困難。」他發現：「一方面，對現代人道主義的理論探討未能深入下去，當代這個文學對現代世界、人、糧食的『形而上』層次的思考（至少從表面看來）讓位於『技術』層次的探索；另一方面，伴隨著技巧而無法『剝離』的那些實質性的東西（即發現，認識和評價世界的新方式），卻自覺不自覺地、程度不一地跟某些作家真誠的人生體驗相融合，產生了不少成功的作品。然而，『內容／形式』兩分的理論陷阱畢竟帶來了這樣的兩難窘境：對現代派文學的『表現內容』和哲學背景保持高度警戒心的批評家發現人們並未恪守只借鑒技巧的保證；而急切地希望當代中國文學能夠與『世界文學』對話的批評家則不滿於這些作品的『猶抱琵琶半遮面』。」[61]正是在這種情形下，產生了「偽現代派」的概念。

　　中國「後現代主義」問題的論爭與此十分相似。那些極力否定「後現代主義者」的批評家，不滿於王寧等人對於中國當代先鋒小說「後現代主義」特徵的歸納。在他們看來，「後現代主義」主要是西方後工業文明社會的產物，這些概括固然可以與西方後現代理論家對西方文化現象與特徵的論述進行對證，但仔細看來，其中的每一個特徵又都不具有當代特指性，即它們在任何時代的文學作品中都可能找到對證；而且，從中也無法看出當代中國先鋒小說「與西方的後現代主義文學」的差異之處。朱大可說：「是有後現代主義詩，但它是偽後現代主義詩。」張清華則認為，「後現代主義」在當代中國的出現，不過是一種「話語的摹擬」等。簡言之，所謂當代中國先鋒文學的「後現代性」，不過是「偽後現代性」。

---

[61]　黃子平：《關於『偽現代派』及其批評》，《北京文學》1988 年第 2 期。

　　「偽現代派」論者與「後現代主義」的批判者理路上幾乎同出一轍。他
們強調的都是中西方經濟條件的差異：「西方的一些現代意識，是在高度工
業化以後或後工業化社會中生產的，而中國還沒有實現完全的工業化，更不
要說工業的現代化，工業文明則遠沒有取得對農業文明的優勢。」因此，「這
類冒牌的『現代意識』不是從中國現實生活中產生的，而是從國外（主要是
發達國家）的書本上橫移過來的。這是一種理念的甚至概念的橫移，把一些
外國才會有的意識，硬套在中國現實頭上。」[62]因此，無視「現代化」還是
中國追求的目標，無視中國目前尚處於「前現代化」、「前工業化」階段，脫
離生活條件的「超前」引入西方時尚性話語，不過是「畫餅充饑」。有趣的
是，一位「後現代主義者」則認為：「後現代作為一種理論話語，當然是對
後工業化社會存在的現實特徵和文化現象進行研究的結果，它是晚期資本主
義的文化產物，這是毫無疑問的。它對『現代主義』的反叛和修正，這使它
在時空上具有雙重的可能性，它既有可能是在『現代』之後，也有可能是在
『現代』之前──它在時空上試圖最大可能地概括人類生活和文化存在的多
元交錯樣態。因而，當它用於抵抗人類業已經形成的時空觀時，『後』更重
要的意思在於描述一種空間性的多元交錯狀況，不同時間的東西被堆放在同
一個空間或平面中：它揭示了與先前經驗存在某些細微的差別；或是某種混
合的、拼貼的、變形的、過分的以及失真的狀態。它表明人們已經無法在習
慣的和常規的意義上去描述或理解某些事物，無法給予明確的界定而又不得
不做出區別。它通常是中性的，但它時常也有戲謔的意味。以這樣一種眼光
來看『後』，則沒有必要把『後』與經濟發展水準簡單混為一談。即使就經
濟文化前提而言，中國八十年代也有相當條件可以產生後現代主義。八十年
代後期，特別是九十年代以來，隨著改革開放向縱深領域推進，跨國資本與
跨國公司的大量進入中國，高科技產業，傳媒與資訊產業高速發展，消費社
會及城市化迅猛發展，所有這些，都給後現代的產生提供了必要的物質條件

---

[62]　陳沖：《現代意識和文學的摩登化》，《文論報》1987 年 1 月 21 日。

和社會環境。」[63]在我看來，這種對「後現代主義」的泛化闡釋，消解了西方「後現代主義」的本義，使「後現代主義」成為可以隨處黏貼的標籤；顯然，其目的在於解除中國「後現代主義」文學在「時間」維度上「超前」所導致的「尷尬」。

不難發現，「現代主義」與「後現代主義」的支持者與批評者，大都主要從中國社會的「經濟」角度來判斷「現代派」或「後現代主義」存在的可能性。對此，我們如果簡單地套用馬克思關於「物質生產的發展對於例如藝術發展之不平衡關係」的著名論斷，來證明發展中國家是否可能產生「現代派」或「後現代主義」文學，其有效性是值得懷疑的。因為，這種論斷是未經論證的「直觀把握」。事實上，「除了極少數的例外，現代主義文學運動並不發生在社會上層。」[64]至於「後現代主義」在當代中國的存在，一位「後現代主義」的極力鼓吹者反詰道：「就其經濟發展水準而言，三四十年代的乃至五六十年代的拉丁美洲顯然要低於八十年代的中國，拉美有可能產生『後現代主義』何以中國不行呢？」[65]撇開您有我也要有的「攀比」心態不論，這位論者一方面大談特談「當今中國走向『現代化』引發的經濟文化的變動則是中國式的『後現代主義』生存的直接土壤」；另一方面又說：「當代中國的經濟發展狀況和文化氛圍，給予『後現代主義』的產生提示了最低限度的歷史條件。……當今中國的『後現代主義』說到底還是政治／經濟／文化多元作用的結果」[66]。這種立論上的搖擺不定，從另一個角度上看，倒也說明了以經濟條件直接說明文學思潮的傳播、接受、發生、發展，在理論上存在著諸多的困難。

---

[63]  見楊匡漢、孟繁華主編：《共和國文學 50 年》，中國社會科學出版社，1999 年，第 389-390 頁。

[64]  德·札東斯基：《生命是現代主義？》，夏仲翼譯，《世界文學》1983 年第 1 期。

[65]  陳曉明：《無邊的挑戰——中國先鋒文學的後現代性》，時代文藝出版社，1993 年，第 21 頁。

[66]  參閱陳曉明：《無邊的挑戰——中國先鋒文學的後現代性》，時代文藝出版社，1993 年，第 17-20 頁。

　　我們認為，要從理論上證明「現代派」或「後現代主義」在當代中國文學中存在與否，實在是一件吃力不討好的事。在「偽現代派」和「偽後現代主義」術語的背後，實際蘊含了一個根深蒂固的觀念：存在「正宗」或「正統」的「現代派」或「後現代主義」；它們即便不能原封不動地引進，也能夠成為引進成敗的明確參照。而在我看來，所謂「現代派」與「後現代主義」的「引進」，其本質不過是批判家們面對歷史的巨變，出於闡釋的「焦慮」的一種「命名」。

　　「現代主義」在西方是一項聲勢浩大的藝術運動，是一次劇烈的藝術史革命。法國批評家羅蘭・巴特在《寫作的零度》裡寫道：「1850 年左右……傳統的寫作崩潰了，從福樓拜到今天的整個文學都成了語言的難題。」他把 1850 年作為現代主義的起點。而美國批評家艾德蒙・威爾遜在《阿克瑟的城堡》中把 1870 年作為象徵派文學的起點，西利爾・康諾利則在《現代主義運動──1880 至 1950 年英美法現代主義代表作 100 種》中認為，1880 年是一個轉捩點。儘管現代主義運動的時限問題一直沒有定論，但是，多數藝術史家傾向於認為，作為一個包括象徵主義、未來主義、意象主義、表現主義、意識流和超現實主義文學六個流派的總稱，現代主義開啟了一個新的時代；它產生於經濟高度發展，傳統社會解體後西方社會重估一切價值體系而面對的精神危機。崇尚個人表現，追求神秘主義和不可知論，強調藝術的形式技巧等等，這些特徵使得現代主義具有先鋒派的性質。現代主義的動力來自對未來的人類意識進行不懈的革命性探索，「它日益支配著我們偉大作家的情感、美學和思想，而且成為我們最敏感讀者的幻想中適當的、必不可少的東西。……它也是一場革命運動，利用了思想上廣泛的再調整，已有人們對過去藝術極端不滿的情緒──這場運動在本質上是國際性，其特點是擁有豐富的思想、形式和價值，它們從一個國家流傳到另一個國家，從而發展成西方傳統的主線」[67]。現代主義在 20 世紀二三十年代就傳入中國，並風行一時。它在 80 年代的復歸，既沒有明確的時間標記，也沒有所謂的宣言

---

[67]　瑪律科姆・佈雷德伯里和詹姆斯・麥克法蘭：《現代主義的名稱和性質》，參見《現代主義》胡家巒等譯，上海外語教育出版社，第 13 頁。

和團體組織，更沒有形成有規模的持續運動。準確地說，現代主義是在現實主義的總體性框架內進行的，似乎是現實主義文學自身作出的一種創新努力，它並不像西方現代主義那樣具有強烈的叛逆性和破壞性。顯然，這是「文革」後的中國文學尋求思想突破的必然產物。因此，如果用西方的現代主義為標準來衡量中國的「現代派」，的確很難找到幾個符合理想的樣本。因此，當代中國的現代主義實際指那些吸取西方現代派作品的藝術特徵和表現手法，在藝術形式和思想意識方面與傳統現實主義構成較大差異，在依然嚴整的思想氛圍中，產生美學上的震驚效果的作品。將它們「命名」為「現代主義」或「現代派」，在當代中國文學的語境中，具有比喻性的意義。法國思想家布林迪厄指出：「命名一個事物，也就意味著賦予了這事物存在的權力」；「命名，尤其是命名那些無法命名之物的權力（這一點依然未被注意或仍然受到壓制），是一種不可小看的權力。薩特說過，言詞能引起很大的破壞。情況的確如此，例如，當『命名』行為被用在公眾場合時，它們就因而具有了官方性質，並且得以公開存在。當『命名』行為顯示或隱晦地顯示了那些只存在於不清晰的、混亂的、甚至是壓制的狀態的事物時，情況亦是如此。表現或顯現，並不是一件小事，正是在這個意義上，人們才談論創造」[68]。可以說，「現代主義」的「命名」，在 20 世紀 80 年代上半期，正是思想解放運動的產物，它及時投合了主流意識形態關於「實現現代化」的政治訴求。在這裡，「實現現代化」意味著中國社會即將發生深刻的變革，對於具有歷史敏感性的作家來說，求變的思想則顯得更加迫切。這樣，我們就不難理解這一命題的提出：實現現代化不能忽略文學的現代化，而文學的現代化不借鑒西方「現代派」則無從談起——現代主義為尋求藝術創新的中國作家，特別是年輕一代的中國作家提供了有益的經驗；它對於人的價值、人的本質的相關思考，則為思想解放運動的推進提供了參考系，深化了人們對於文學與政治、人道主義、人性論等問題的討論。可見，文學上的現代主義，作為現代化的文化象徵，反映了歷史的主導精神，它實際上是思想解放的延伸形式。

---

[68]　布林迪厄：《文化資本與社會煉金術》，上海人民出版社，1997 年，第 138 頁，第 91 頁。

　　由於文學的現代主義首先源於時代的意識形態訴求，而 80 年代初中國社會主流意識形態領域內部存在著兩種相互衝突的力量，因此，在多次翻雲覆雨的政治運動中，現代主義都被當作主導文化的危險的對立面加以批判。不管是清除精神污染，還是反對派資產階級自由化，都把文學上的現代主義看成重點批判對象。在當時還相當有勢力的正統派理論家看來，現代主義冒犯了現實主義的權威性。對於他們而言，現實主義的審美規範，構成社會主義文化領導權的核心部分，企圖用西方現代主義來衝擊現實主義，並非什麼藝術創新，而是把當代中國文學引入西方沒落的資產階級思想歧途。如，鄭伯農對強調心理描寫的現代主義方法表示懷疑，指出：「不要主題，不要情節，把心理描寫和主題、事件完全割裂開來，和人物的行為完全割裂開來，這會形成什麼樣的後果呢？只能使創作鬆散，不著邊際，成為一系列『自由聯想』的閃跳，一連串心理鏡頭的拉洋片」。在他看來，意識流的本質就是非理性主義（或反理性主義），「作為一種藝術方法和藝術主張，它的藝術觀的思想基礎是唯心主義、直覺主義」；「我們是唯物主義者，應當和唯心主義藝術觀劃清界限。社會主義文藝要堅持馬克思主義世界觀的指導，堅持辯證唯物主義的反映論。直覺主義、反理性主義，這是我們所反對的。我們的文藝家不能只是靠直覺去創作，不能把生活寫得一片恍惚。如果那樣的話，文藝還怎麼能說明群眾正確地認識生活、認識時代呢？」[69]許多論者更是不同意徐敬亞「關於現代主義將在一定程度上排斥」現實主義的觀點，認為在今天仍然必須堅持和發展現實主義的優秀傳統。這主要因為：這是「藝術發展本身的規律和社會主義文藝為人民服務，為社會主義服務這個根本點」的需要[70]；「只有以革命現實主義為基礎，才能夠廣泛地、正確地、深刻地反映我們今天無限豐富的社會生活」[71]；「現實主義是一個不斷發展的歷史範疇」，「是文學發展史上生命力最強盛的一個流派」，「革命現實主義是最好的

---

[69]　鄭伯農：《心理描寫和意識流的引進》，見《西方現代派文學回顧論爭集》，人民文學出版社，第 314 頁、第 319-320 頁。

[70]　徐俊傑：《發展還是排斥》，《當代文藝思潮》1983 年第 4 期。

[71]　馮牧：《對於社會主義文藝旗幟問題的一個理解》，《文藝報》1983 年第 10 期。

一種藝術方法，儘管不是唯一的方法」[72]；「關鍵」是「文學藝術（包括新詩）必須面向此時此地的人生，因而就註定了必須面向此時此地的現實」[73]。其實，現代主義與現實主義所構成的矛盾，並不是單純的文學問題，它實際上是文學界的左／右思想鬥爭，是當時政治領域鬥爭的一種反映。儘管如此，因為主導文化內部有一股力量需要借助新興的文化衝擊原有的保守文化體系，在實現現代化的綱領之下，現代主義獲得了合法性而被廣為引介，並作為最有活力的思想資源加以運用，成為八十年代最有爭議，又最有影響的文化潮流，創造出了一種有活力的文化情勢。

　　「後現代主義」在中國也是一種「命名」。中國的「後現代主義」理論研究和文學批評是在 80 年代後期開始的。根據王嶽川的說法，受西方後現代影響，80 年代後期中國文學出現了一些具有後現代因素的文學文本；「在語言上、敘事結構上、價值取向上出現了語言錯位、敘事零散、能指滑動、零度寫作的傾向，頗類西方後現代文本」，儘管其中有「模仿和拼接的縫隙」，還雜有某些非後現代因素。面對小說家的先鋒性和複雜性，理論界和批評界缺乏相應的理論敏感性，而出現批評錯位和觀念陳舊的尷尬；而一旦獲得後現代的批評方略，一批真誠的文化思想家和批評家，便「開出一片思想的自由境界，從而促進並完成了文化批評的轉型」[74]。另一位「後現代主義者」張頤武則認為，中國知識份子在 80 年代沉溺於啟蒙話語之中，即處於對西方話語無條件的臣屬位置和對於現代性的狂熱迷戀之中；他斷言，到了 90 年代，「話語的轉換已不可避免」，「80 年代『啟蒙』『代言』的偉大敘事的闡釋能力喪失崩解」，「80 年代的激進話語變成可追懷的舊夢，消逝在歷史的裂谷的另一側」[75]。在陳曉明看來，「『後現代主義』表達了中國的現代性所處的多元混雜的『歷史誤置』狀況，當代中國同樣置身於一個巨大的『文化落差』之中，不同的時代，不同的信仰，不同的觀念和行為方式在這個特

---

[72]　劉錫誠：《關於我國文學發展方向問題的辯難》，《當代文藝思潮》1983 年第 1 期。
[73]　公劉：《關於新詩的一些基本觀點》，《文學評論》1983 年第 4 期。
[74]　王嶽川：《90 年代中國的「後現代主義」批評》，《作家》1995 年第 8 期。
[75]　張頤武：《闡釋「中國」的焦慮》，《二十一世紀》1995 年 4 月號。

定的歷史場景匯集，它使當代中國文化變得混雜豐富卻又奇妙無比」[76]。總之，在這些「後現代主義者」看來，80 年代末社會文化的轉型，使啟蒙話語的闡釋力逐漸喪失，這意味著用「後現代主義」話語取代啟蒙話語的時代到來了；其原因就國際而言是「全球化」，就國內而言是「市場化」[77]。這種立場和分析，正如徐友漁所言，是「短視和膚淺的」，「它出於對事實的迴避和曲解」。因為「啟蒙話語的受挫並不源於其闡釋力逐漸喪失的自然過程，而是肇因於一場重大政治風波後話語環境和格局的巨變。另一個明顯的事實是，90 年代初啟蒙話語空間急劇狹窄與中國改革開放事業處於徘徊狀態，甚至有倒退復舊的趨勢同步進行。舊的極左話語一度膨脹，啟蒙話語被粗暴地定性為『全盤西化』。90 年代初某些方面、某種程度的停滯與蕭條證明，80 年代的啟蒙不是過頭了，而是遠遠不夠。不然，人們不會不顧中國近半個世紀的經驗教訓，在以下問題上爭論不休：中國主要的問題是左還是右？市場經濟姓『社』還是姓『資』？在 90 年代的國際形勢下，應堅持『發展』這個硬道理，還是應大反特反『和平演變』？……當中國認清了全球化的大趨勢和堅定了市場化的選擇之後，啟蒙話語又開始復甦。任何一個在理論上清醒和徹底的人都可以看出，啟蒙話語與全球化、市場化是一致的，而諸種『後主義』話語是與之相拮抗的」[78]。因此，「後現代主義」的「命名」及其理論的引用，其合法性是頗值懷疑的。

我們知道，「先鋒」在文學藝術方面的內涵，不外乎有兩個層面：一個是指思想上的異質性，即對已有權力敘事和主題話語的某種叛逆性；一個是指藝術上的前衛性，表現在對既成文體規範和表達模式的「破壞」和「變異」。因此，「先鋒派」藝術往往被看作是「現代主義」藝術運動的另一種表述。不過，為了與 80 年代上半期出現的現代派區別，這裡的先鋒派特指 80 年代後半期出現的一個在文學形式上大膽創新的群體。80 年代後半期至 90 年

---

[76] 見楊匡漢、孟繁華主編：《共和國文學 50 年》，中國社會科學出版社，1999 年，第 391 頁
[77] 張頤武：《闡釋「中國」的焦慮》，《二十一世紀》1995 年 4 月號。
[78] 徐友漁：《「後主義」與啟蒙》，《自由的言說》，長春出版社，1999 年，第 364-365 頁。

代，中國社會發生了深刻的歷史轉型，即由一個政治核心的價值劃一的社會轉向一個商業核心同時又具多元特徵的社會過程。這是一個文化無序的階段，人文價值呈現出混亂和迷失的狀態。此時，對於中國當代「先鋒」文學而言，按理它應該重新定位，在反叛和解構政治意識中心所輻射出來的主題與敘述中心及其話語權力之後，繼續致力於現代形態人文精神價值的建立。然而，在 20 世紀這個話語「瘋長」與「狂歡」的時代，受一維進化論和激進主義邏輯的驅使，未及認真考慮舊式權力文化瓦解以後應建設什麼，人們便「追新逐後」，迫不及待地把中國當代文化進程推入「後現代」的門檻，以橫掃一切、解構所有的姿態拆除 80 年代人們的理想。一位「後現代主義」者指出：「在消費社會興起的時代，後現代主義不是什麼神話，也不是什麼神秘莫測的偉大事業，它就是消費社會的日常事實。那些尖銳的挑戰和危險的遊戲，現在都變成我們日常經驗的一部分，而且是人們隨時都可以參與的遊戲。」[79]於是，借著以「新」與「後」為標籤的「先鋒」外衣，後現代主義「將當代菁英文化受挫後一度表現出的遊戲傾向，連同大眾文化的平庸趣味，甚至沉渣泛起的市井痞性等燴於一爐，統統將它們包裝成一個『先鋒性』的文化思潮」；誠如論者所言，「這是一次非常不幸的文化和精神的頹敗的悲劇」。[80]「後現代主義者」們精心描繪著一幅消解傳統、拆除深度、摒棄情感、放逐理想的文化解構的圖景，實際上，它們根本就不具任何意義上的「先鋒性」，反而更接近一種腐朽和沒落的保守主義。但是，「經過包裝，你非但不再有後退的羞恥感，反倒有一種『前衛』的自豪感了。」[81]可見，同樣是作為一種理論策略，與「現代主義」思潮相比較，「後現代主義」的「命名」與闡釋，不僅不合乎歷史進步的方向，而且還是一種歷史的倒退：它不但沒有引領時代的風騷，反而深刻誤導了當代文化的走向。

---

[79]    陳曉明：《表意的焦慮——歷史祛魅與當代文學變革》，中央編譯出版社，2002年，第 470 頁。

[80]    參閱張清華：《中國當代先鋒文學思潮論》，江蘇文藝出版社，1997 年，第 347 頁。

[81]    王曉明：《曠野上的廢墟——文學和人文精神的危機》，《上海文學》1993 年第 6 期。

　　80 年代後期的「先鋒小說」，從它的核心和總體上看，是一場「新歷史主義」運動。「新歷史小說」的全盛期是從 1987 年到 1991 年前後的幾年，代表作品有蘇童的《一九三四年的逃亡》、《罌粟之家》、《妻妾成群》、《米》、《我的帝王生涯》、《武則天》，葉兆言的「夜泊秦淮系列」，劉震雲的《故鄉相處流傳》、《溫故一九四二》，余華的《現實一種》、《鮮血梅花》、《古典愛情》、《在細雨中呼喊》、《活著》、《許三觀賣血記》等等；它們不是史學意義上的信史，而是講述歷史的文學。這些「新歷史小說」帶有明顯的重構歷史的痕跡，具有強烈的當代性和諷喻性；它們往往打碎歷史的具體歷時形態與外觀，找出其中那些基本原素，對它們予以重新組構；這種歷史敘事的視角開闊，既具有歷史的客在真實性，又有當代的體驗性，是「現在與過去的對話」[82]。用格非的話來說，「從某種意義上來說，它既是歷史，又是現實」[83]。顯然，與傳統的歷史小說相比，「新歷史小說」有意反叛了所謂「官史本文」的歷史觀與文化立場，而代之以「野史」、「稗史」與「民間史」的視角；因此，它轉向對世俗以及卑瑣的人生及其人性的發掘，主要著眼於個人家族、尋常百姓、軼聞傳奇，通過一角一隅、半鱗半爪的摹寫，讓人感知其滄桑變遷與世事輪迴，而觸摸到歷史無處不在的宿命力量。「新歷史小說」的這種「民間化」敘事原則，在歷史敘事特別發達的古代中國並不罕見。從文學性的史書典籍《史記》到《三國演義》、《水滸傳》，到《東周列國志》，包括大量的野史、外史著作，都顯示出對歷史程度不等的「虛構」和「遊戲」傾向，其民間的歷史觀念對於文學敘事一直起到決定性的影響。因此，陳曉明指出，當代中國的新歷史主義小說是對「中國民間社會原初記憶的修復。……意在改變對封建傳統簡單化的價值判斷。對中國文化的內在性需要進行認真清理，而且這實際上是在傳統經典和意識形態的邊緣對歷史的重寫」[84]。

---

[82]　參閱王彪：《新歷史小說選·導論》，浙江文藝出版社，1993 年。
[83]　格非：《格非文集·寂靜的聲音·自序》，江蘇文藝出版社，1996 年。
[84]　陳曉明語，見董之林整理：《叩問歷史，面向未來——當代歷史小說創作研討會述要》，《文學評論》1995 年第 5 期。

　　「新歷史小說」將故事與歷史置於相近的水準上面，將歷史夷為平地，
而瓦解了歷史的神聖與莊嚴，為人們提供與以往不同的關注歷史的嶄新視
角。但是，與此同時，也帶來了不少問題。由於作家主要通過描寫那個時代
的一些生活場面來表現主觀的現代感受，其中想像的成分遠遠超出了史料；
換言之，史料的匱乏慫恿了想像的放縱，一切歷史僅僅來自個人的敘事，其
中的歷史和歷史人物便呈現出了極大的隨意性，並在歷史觀上有濃厚的不可
知論的陰影。於是，我們看到，不少「新歷史小說」完全沒有不顧及歷史的
規律性存在，也脫離了生活發展的邏輯。這正如批評家南帆所指出的，「『新
歷史小說』所製造的仿歷史話語讓人疑惑不已：這究竟是故事，還是歷史？
這是傳統歷史小說的解放，還是歷史下降為故事的道具？」[85]此外，別林斯
基指出：「每一個民族都是某種完整的、獨特的、局部的和個別的東西；每
一個民族都有自己的生活，自己的精神，自己的性格，自己的對事物的看法，
自己的理解方法和行為方法。」[86]由於新歷史小說家們遁入歷史，他們的目
光主要集中在近、現代史上面，於是，我們看到了現實性的匱乏：「新歷史
小說」普遍對於當代中國變動的現實，對於當代全球化的資本主義世界體系
都缺乏必要的認識和應有的表現；也就是說，它們沒能表現出中國社會的「現
代性」問題，沒能表現出當代中國人的「現代性體驗」。像蘇童的《我的
帝王生涯》，只能算作是西方文化理念的演繹，不存在現實性。又如，殘
雪作品所表現的暴力和死亡、恐怖和虛無，與其說是中國現實生活和文化
的產物，毋寧說是西方文化的寄生品[87]。這些思想觀念可能有助於我們進一
步思考中國社會和歷史，但是，這不過是一種文化虛構，一種文化幻想而已。
這種客觀生活基礎的缺失，使這些作為「先鋒」的「新歷史小說」並不具有
中國作風與中國氣派，它們迎來了批評的熱鬧卻遭致閱讀的冷寂，這不能不
是一個重要的原因。最後，「新歷史小說」還標明了「走出啟蒙中心，走向

---

[85]　南帆：《故事與歷史》，《文學評論》1995 年第 6 期。
[86]　別林斯基：《別林斯基選集》第 2 卷，上海譯文出版社，1979 年，第 5 頁。
[87]　參見許志英、丁帆主編：《中國新時期小說主潮》下冊，人民文學出版社，2002
　　年，第 1287 頁。

消費民間」的文化走向。在「新歷史主義小說」運動的後期（1989 年以後），由於種種社會的和藝術的原因，歷史小說的文化意蘊愈趨減少，離歷史客體的依據也越來越遠，而「消費歷史」即娛樂與遊戲的傾向則越來越重，超驗虛構的意味也越來越濃。以蘇童的《我的帝王生涯》和《武則天》為例，它們與其說是展示「歷史」，毋寧說是「超驗虛構」歷史。作家以體驗的視角描寫歷史上的宮廷生活，完整生動地展現了傾軋謀奪、血影刀光、驕奢淫逸、變幻無定的種種景象。小說取消了歷史的客觀真實性，這種無限制的虛構，把「新歷史小說」引向疲憊、困境並成了話語的遊戲，而使「新歷史小說」的「新」似乎正越來越與無數迎合於大眾口味與商務邏輯的「舊」小說重合。可以說，這標誌著這場帶有歷史與文化烏托邦性質的藝術運動的衰變與終結。

　　作為一個擁有源遠流長的歷史，同時又是一個「好史」的國度，中國文學與歷史長期以來存在著千絲萬縷的關係。人們普遍認為，歷史作為一種鏡像，總是能夠給現實乃至未來以規約、借鑒和暗喻，是當下現實的價值源頭。這樣，作為一個實體概念，「歷史」便成了文化符號中的一個超級能指。以是之故，作為歷史的崇拜者，文學家自然分享著歷史學家所有的榮譽。

　　何謂「歷史」？「從廣義來說，一切關於人類在世界上出現以來所做的、或所想的事業與痕跡，都包括在歷史範圍之內。大到可以描述各民族的興亡，小到描寫一個最平凡的人物的習慣和感情。……歷史是研究人類過去事業的一門極其廣泛的學問。」[88]我們知道，最初出現的歷史學家都是講故事的人，而講故事又是一種藝術，歷史學家「不但把歷史世俗化，而且竭力採用古代優美的文體來敘述政治事件」[89]，儘管歷史所講述的是「真實」的「故事」。可見，「一切歷史都是藝術」[90]，文學與歷史一開始基本上是同體的，

---

[88]　〔美〕詹姆斯・哈威・魯濱孫：《新史學》，齊思和等譯，商務印書館，1989 年，第 3 頁。

[89]　〔美〕詹姆斯・哈威・魯濱孫：《新史學》，齊思和等譯，商務印書館，1989 年，第 27 頁。

[90]　〔美〕科林伍德：《歷史哲學的性質與目的》，見《西方思想寶庫》，吉林人民出版社，1988 年，第 1127 頁。

這在東西方皆然。這可分別以《史記》與《荷馬史詩》為證。

　　不過，西方學者分離歷史與文學的努力，明顯地要早於、強於中國。早在古希臘，亞理斯多德就對於「歷史」與「詩」的區分，作出了經典性論述：「歷史家與詩人的差別，……在於一敘述已發生的事，一描述可能發生的事。因此，寫詩這種活動比寫歷史更富於哲學意味，更被嚴肅的對待；因為詩所描述的事帶有普遍性，歷史則敘述個別的事。」[91]換言之，歷史是忠實地記載古人確實做過的事情和確實說過的話，而「詩」則可依據「可然律」縱情想像、添枝加葉。在古代中國，「歷史」是傳統文化體系中顯赫的中心詞，以至「六經皆史」，長期以來文、史不分。以是之故，為了提升小說的地位，中國古代的小說家們往往從「史」中尋求庇護。如，明代的瞿佑在《剪燈新話自序》云：「既成，又自以為涉於語怪，近於誨淫，藏之書笥，不欲傳出。客聞而求觀者眾，不能盡卻之，則又自解曰：《詩》、《書》、《易》、《春秋》，皆聖筆之所述作，以為萬世大經大法者也，然而《易》言『龍戰於野』，《書》載『雉雊於鼎』，《國風》取淫奔之詩，《春秋》紀亂賊之事，是又不可執一論也。」[92]瞿佑竭力從聖人那裡尋求支持，為己開脫，才心安理得。直至明末清初，金聖歎才提出「以文運事」和「因文生事」，以區分歷史敘述和小說敘述，試圖從中分割出一個獨立的「另類」文化空間。總的看來，中國歷史意識之強烈在世界上的確是罕有其匹的。時至今日，文學與歷史之間似乎仍然難分彼此。一個顯而易見的事實是，「歷史題材」在中國當代文學中佔據了相當大的空間。在「十七年文學」中，那些紅極一時的小說基本上屬於歷史題材；自新時期以降，歷史題材的小說創作更是給人以「鼎盛」之感，湧現了許多「歷史小說」，並引發了諸多的爭論，以至在「歷史小說」的評價維度上莫衷一是。

---

[91]　〔古希臘〕亞理斯多德：《詩學》，羅念生譯，人民文學出版社，1962 年，第 28-29 頁。

[92]　瞿佑：《剪燈新話自序》，引自《中國文言小說參考資料》，北京大學出版社，1985 年，第 489 頁。

何謂「歷史小說」？從文類學的視角看，「歷史小說」並不是中國的傳統文類，而是近代受到西方文學影響下才產生的文學概念。《大英百科全書》是這樣解釋「歷史小說」（historical novel）的：「試圖以忠於歷史事實和逼真的細節等手段來傳述舊時的風氣、習俗以及社會概況的小說。作品可以涉及真實的歷史人物，也允許以虛構人物和歷史人物相混合，它還可以集中描繪一椿歷史事件。」[93]「歷史小說」的真正誕生，始自 18 世紀末英國小說家司各特（1771-1832）的長篇歷史小說。這些「歷史小說」旨在「把歷史終結，把過去賦予現在」，作者訓練讀者「迷失於自己想像中的過去中」[94]。20 世紀初，受到西方文學的影響，中國才有了「歷史小說」一詞。1902 年的《新小說》廣徵小說稿，小說被分為 12 類，其中便有「歷史小說」；「歷史小說者，專以歷史上的事實為材料，而用演義體敘述之，蓋讀正史則易生厭，讀演義則易生感」[95]。不過，當時「歷史小說」的稱謂尚不流行。魯迅1930 年著《中國小說史略》時只提「講史小說」，將《三國演義》、《水滸傳》都納入其中，並沒有「歷史小說」一詞。時至今日，人們對於「歷史小說」的界定仍然眾說紛紜。在我看來，「歷史小說」是史性與詩性的融合，是小說家在歷史與現實之間穿梭織就的絢爛雲錦。那麼，「歷史」是怎樣進入「小說」的呢？這是我們理解、評價「歷史小說」時無法迴避的重要問題之一。不難發現，不同的歷史觀對於小說家的創作發揮了巨大的作用。

首先是「整體主義」的歷史觀。現實主義的忠實捍衛者盧卡契指出：「假若他確實是一個現實主義作家，那麼現實的客觀整體性問題就起決定性的作用。」[96]在他看來，任何事物的發展皆有其客觀的必然性，這種必然性寓於偶然性之中，如果有偶然性的話。基於現實的「客觀整體性」，「當代的歷史學家和許多不以哲學為業的通情達理的人一再說，世界的歷史不以個人的意

[93] 轉引自徐濤：《半領文學風騷：歷史文學創作論》，武漢出版社，1992 年，第 3 頁。

[94] Lindenberger, Herbert, *The History in Literature: on Value, Genre, Institutions*, New York: Columbia University Press, c1990, p.4.

[95] 齊裕焜：《中國歷史小說演義》，江蘇教育出版社，2000 年，第 219 頁。

[96] 〔匈〕盧卡契：《現實主義辯》，見《盧卡契文學論文集》（二），中國社會科學出版社 1981 年版，第 6 頁。

志為轉移，不以克婁巴特拉的鼻子有多長等等偶然事件為轉移，也不依賴奇聞軼事；認為沒有一宗歷史事件是誤解或誤會所造成的，一切歷史事件都是由於信仰或必要之故；認為有些人比任何人、比全世界更有智慧；認為對一件事實的說明永遠應當從整個機體中去尋找而不應當從脫離其他部分的某一部分去尋找；認為歷史不可能得到不同於它已發展的發展，它是服從它自己的鐵的邏輯的；……」[97]在這種「整體主義」歷史觀的「指導」下，小說家對於歷史的把握都是胸有成竹的，因為他們持守「歷史進步論」，堅信今必勝於古，未來必然優於現在；在他們看來，歷史小說有責任尊重與維護歷史的真實性和嚴肅性，必須在主要人物和事件不違背歷史事實的前提下，對歷史進行總體性的審美把握，對歷史生活作出更深刻、更真實的反映。此外，出於「有些人比任何人、比全世界更有智慧」的「洞見」，這些小說家又信仰「英雄主義」，即所謂的「大海航行靠舵手」。一位學者說得好，當西方人「從神龕裡挪去國王、政治家和將軍，又在原位上放上了工業和金融界的巨頭、哲學家和科學界的大思想家」時，中國的歷史小說則在原位上放上了無產階級、農民等具有「英雄主義」氣質的人物[98]。對於「客觀性」、「必然性」的強調，對於「英雄」的尊崇，形成了一個宏大的歷史敘事：「每一個國家的歷史，都是用偉大人物——神話上的人物或現實生活裡的人物——的勳績，向青年表現出來的」；「他們千方百計地向兒童、學生和成年人宣揚英雄崇拜和領袖崇拜」[99]。

　　「十七年文學」中的「革命歷史小說」，基本上都是「整體主義」歷史觀的產物。如，《保衛延安》、《紅岩》、《紅日》、《紅旗譜》、《青春之歌》、《三家巷》、《李自成》、《創業史》……等等，它們以再現真實的歷史事件和歷史人物為己任，處處充斥著諸如「歷史的長河奔流不息」、「歷史的車輪是擋不

---

[97]　〔意〕貝奈戴托·克羅齊：《歷史學的理論和實際》，傅任敢譯，商務印書館，1986年，第76-77頁。

[98]　參閱曹文軒：《二十世紀末中國文學現象研究》，作家出版社，2003年，第293頁。

[99]　〔美〕悉尼·胡克：《歷史中的英雄》，王清彬等譯，上海人民出版社，1987年，第7頁。

住的」慷慨修辭，處處屹立著莊嚴、肅穆、氣宇軒昂的英雄造型。這些小說的作者自信把握到了歷史發展的「客觀整體性」，在他們的筆下，歷史發展的脈絡是簡單明瞭的、不容置疑的，客觀性、進步性、必然性成了歷史和「革命」的內在規律。如，楊沫的《青春之歌》表現的是一個「個人主義者的知識份子」如何變成「無產階級革命戰士」[100]，柳青的《創業史》則「要向讀者回答的是：中國農村為什麼會發生社會主義革命和這次革命是怎樣進行的。」[101]而《保衛延安》、《紅岩》、《紅日》等則儼然成了中國革命史的生動展現，人們在分析《保衛延安》一類作品的「深刻」思想時，總是有意或無意地在分析革命領袖「偉大的軍事思想」，將它等同於作家的思想。事實上，許多小說家就是以革命領袖「偉大的軍事思想」為指導，來穿針引線「編織」小說，讓我們看到了由一整套「階級鬥爭、人民解放、偉大勝利、歷史必然、壯麗遠景」的歷史邏輯所支撐著的歷史狀貌。沒有了「整體主義」的歷史觀，這些「歷史小說」的創作是令人難以想像的。

　　其次是「新歷史主義」的歷史觀。新歷史主義者認為，歷史具有「文本性」，「歷史」不過是「被敘述的」關於過去的事件的故事，而不是簡單的「過去的事件」；換言之，這種「文本的歷史」實際上是一種「修辭想像」，其中必然滲透著歷史編寫者的意志、態度和敘事方式。用海頓‧懷特的話說，「歷史從不只是為自身的，歷史總是有目的的。說它有目的是由於歷史是以某個意識形態目標為參照係數而寫成的，也是由於歷史是為某個特定社會集團或社會公眾所寫的。不僅如此，歷史表述的這一目的和傾向體現在歷史學家為了整理手中材料而使用的語言中。」[102]因此，「歷史可說是一種語言的虛構物，一種敘事散文體的論述……內容為杜撰的與發現的參半，並由具有當下觀念和意識形態立場之工作者（亦即歷史學家和行止宛如歷史學家的那些人）在各種主觀性的層次上操作所建構出來的……歷史學家所挪用的那種過

---

[100]　楊沫：《談談林道靜的形象》，《文藝論壇》1978 年第 2 期。

[101]　柳青：《提出幾個問題來討論》，《延河》1963 年第 8 期。

[102]　〔美〕海頓‧懷特：《歷史主義、歷史與修辭想像》，見張京媛主編《新歷史主義與文學批評》，北京大學出版社，1993 年，第 183 頁。

去，絕非過去本身，而是存留下來、易取得的蹤跡所表明的一種過去，並通過一系列理論和方法上的不同步驟（亦即意識形態的立場、轉義、編織情節以及論證性的模式）而轉化為歷史書寫學」[103]。簡言之，歷史原來不過是一種先於認識先於文本的實在，人們所感知到的歷史，並不是實際上發生的事件的本來面目，而是「文本」所敘述的「歷史」。因此，正如卡爾・貝克爾所言：「任何一個事件的歷史，對兩個不同的人來說絕不會是完全一樣的；而且人所共知，每一代人都用一種新的方法來寫同一個歷史事件，並給它一種新的解釋。」[104]這樣，「歷史」曾擁有的真實性和嚴肅性便遭到了質疑和解構。在西方後現代文化語境中，「歷史」被稱之為寫在羊皮紙上的文字，如此而已。「新歷史主義」一反「整體主義」的歷史觀，它極力強調歷史的主觀性、循環性和偶然性，而體現出一種「反歷史主義」的傾向。「新歷史主義」挖掘出了曾被遺忘或壓抑的「另類」歷史景觀，甚至提供了想像中的歷史；其歷史敘述由正統化走向了世俗化，由公眾的記憶轉向了個人的記憶。

　　在「新歷史主義」的旗幟下，集結了當代中國最具創作實力和影響力的一大批作家，如莫言、張煒、王小波、劉震雲、蘇童、余華、葉兆言、劉恆、唐浩明、凌力、二月河、劉斯奮、熊召政、陳忠實、王安憶、阿來、尤鳳偉等等。新歷史小說的全盛期是從 1987 年到 1991 年前後的幾年，主要代表作品有：蘇童的《1934 年的逃亡》、《罌粟之家》、《妻妾成群》、《紅粉》、《我的帝王生涯》和《武則天》等；余華的《古典愛情》、《鮮血梅花》、《在細雨中呼喊》、《活著》和《許三觀賣血記》等；葉兆言的「夜泊秦淮」系列……等等。它們的共同特徵是：打碎了歷史的具體歷時形態與外觀，找出其中那些最為基本的原素，然後予以重新組構，側重表現的是文化、人性與生存範疇中的歷史。它們既具有歷史的客在真實性，又有當代的體驗性，是現在與過去的一種對話。總的說來，新歷史小說消解了以政治目的為本位的歷史闡

---

[103]　〔英〕凱斯・詹京斯：《後現代歷史學》，汪政寬譯，臺北：麥田出版社，2000年，第 293 頁。

[104]　〔美〕卡爾・貝克爾：《什麼的歷史事實》，張文傑等編譯《現代西方歷史哲學譯文集》，上海譯文出版社，1984 年，第 237 頁。

釋方式，由集體講述的宏大歷史敘事，轉而為個人化、民間化的歷史敘述。可見，對於新歷史小說作家而言，歷史不過是掛小說的「釘子」而已；他們往往從歷史中「只取一點因由，隨意點染，鋪成一篇」（魯迅語）。表面上，「他們並沒有激進地提出改寫歷史，或者披露某些隱於幕後的史料；他們更多地站在敘事的立場上，指出往昔貌似嚴正的歷史敘事之中所存在的裂縫、漏洞、矛盾，或者另一種可能」[105]；然而，他們正是以文學的名義去反抗或質疑歷史的合理性，其行為及其效果比任何改寫歷史的企圖走得更遠。

在這些新歷史小說裡，歷史與英雄無關，只與細民有關，人物被放置到了「吃喝拉撒睡」的瑣碎的平常狀態；歷史被處理成了世俗化的歷史，「絕對外來的東西、任意的東西、偶然的東西、干預者和筵席上的鬼魂」[106]，成了新歷史小說情節推移的動力。如，《白鹿原》的一對戀人白靈與鹿兆海在國共合作時期竟以拋一枚銅錢來決定誰姓「共」誰姓「國」，而後來他們果然戲劇性地更換了各自的黨派屬性；再後來，出生入死的白靈被革命同志當作特務處以「活埋」，鹿兆海率兵進犯邊區身亡，竟被當成了抗日「烈士」。正是這種充斥著主觀性、循環性和偶然性的歷史敘事，構成了作家所謂的「一個民族的秘史」，以「補正史之闕」。新歷史小說顛覆了傳統的意識形態化的歷史，的確大大豐富了歷史敘述的藝術空間。但是，這些「逆反的史詩」，仍然未能超越二元對立的思維模式，在人物塑造上沒有根本性突破，存在著虛無主義和工具化的傾向等等[107]；特別是那些聲稱要「氣死歷史學家」的「戲說」作品，存在的問題更多。一旦這些新歷史小說作品在價值取向和思想性上出了問題，而又標榜以「歷史事實」為依據時，許多史學家便紛紛站出來嚴加駁斥，指責這些「歷史小說」作品「粉飾」、「厚誣」古人，努力捍衛著歷史的真實性和嚴肅性。

---

[105] 南帆：《文學的維度》，上海三聯書店，1998 年，第 218-219 頁。
[106] 〔意〕貝奈戴托・克羅齊：《歷史學的理論和實際》，傅任敢譯，商務印書館，1986 年，第 71 頁。
[107] 參閱黃發有：《準個體時代的寫作——20 世紀 90 年代中國小說研究》，上海三聯書店，2002 年，第 127-147 頁。

　　無論如何，「整體主義」與「新歷史主義」兩種重要的歷史觀，構成了中國當代「歷史小說」的底色，我們很難簡單地從中裁決出孰優孰劣。值得我們注意的是，在不少新歷史小說家的創作理念裡，有著與革命歷史小說作家一脈相傳的「史詩情結」，他們總是試圖以小說化的歷史來還原歷史的本來面目。如劉斯奮《白門柳》的立意是「揭示中國 17 世紀早期民主思想產生的社會歷史根源」[108]；陳忠實則希望《白鹿原》能夠闡釋「從清末一直到 1949 年中華人民共和國建立，所有發生過的重大事件都是這個民族不可逃避的必須要經歷的一個歷史過程」[109]。唐浩明也有著同樣的書寫歷史的衝動，他說：「衡情推理，彌補史料之不足，可使藝術真實超越信史」[110]。在我看來，無論是哪種「歷史小說」的創作方式，小說家這種過於濃郁的「史詩情結」並不可取：它幾乎使人們忘記了「歷史小說」畢竟是「小說」，忘記了「小說」是最具個人化的探索存在的領域；其直接的後果，則是人們把歷史的「真」當作「歷史小說」的至高境界，或以歷史觀的進步與否來裁決歷史小說美學品格的高低——這忽略了小說家對於歷史題材的「深度藝術加工」，重新置小說家於公共敘事者的角色之中，而嚴重抹煞了「歷史小說」獨具的美學魅力。

　　著名文藝理論家童慶炳指出：「作品的內容是經過深度藝術加工的題材，以語言體式為中心的形式則是對題材進行深度藝術加工的獨特方式。一定的題材經過某種獨特方式（形式）的深度藝術加工就轉化為藝術作品的內容」[111]。在我看來，目前許多「歷史小說」的創作之所以讓人詬病，主要問題並不在於這些小說家歷史觀的優劣與否，而在於其中「深度藝術加工」環節的諸多缺失。我們知道，「歷史小說」是以感性形式表現最崇高的東西，小說家之所以選擇歷史題材，因為「歷史題材具有很大的便利，能把主體和

---

[108]　劉斯奮：《〈白門柳〉的追述及其他》，《文學評論》1994 年第 6 期。
[109]　陳忠實、李星：《關於〈白鹿原〉的答問》，《小說評論》1993 年第 3 期。
[110]　唐浩明：《歷史人物的文學形象塑造》，《文學評論》1995 年第 6 期。
[111]　童慶炳：《文體與文體的創造》，雲南人民出版社，1994 年，第 289 頁。

客體兩方面的協調一致，很直接地而且詳盡地表達出來」[112]。在我看來，所謂的「深度藝術加工」，主要就體現在「主體和客體兩方面的協調一致」；具言之，則包括「怎樣現代」（當下性）與「如何文學」（文學性）兩個方面。

首先，作家選擇什麼歷史題材不是隨心所欲的，而是經過深思熟慮後的藝術抉擇。英國一代文豪莎士比亞的歷史劇「寫的是英國歷史裡面種種暴烈的抗爭，講的是英武、榮譽，尤其是講理性的君主。……他筆下的一系列的君主是用來展示一個民族向它的使命前進的歷史。」[113]身處「文藝復興」之際，莎士比亞寫的是歷史，針對的是現實，呼喚的則是未來；以是之故，他成了「時代的靈魂」（本・鍾斯語）。可見，對於歷史題材的選擇，往往凝聚著時代的矛盾與問題，充分體現了現實與歷史的雙向互動關係，而呈現為現代性與歷史性的統一。因此，黑格爾指出，「盡可能地把過去時代的人物和事蹟按照他們實在的地方色彩以及當時道德習俗等外在情況的個別特徵去複現出來」，這似乎是理所當然的；但是，「如果片面地堅持這種看法，它就不免止於純然形式的歷史的精確和忠實，因為它既不管內容及其實體性的意義，又不管現代文化和思想情感的意蘊」[114]；事實上，「外在事物的純然歷史性的精神，在藝術作品中只能算是次要的部分，它應該服從一種既真實而對現代文化來說又是意義還未過去的內容（意蘊）」[115]。黑格爾的提醒值得我們重視。二月河的《雍正王朝》等歷史小說之所以引起很大的爭議，其中重要原因之一就在於，作者將帝王題材徹底地權謀化，竭力張揚鐵碗人物和集權模式，公然張揚依靠家奴、酷吏消滅清流、清議的奴化哲學。這在崇尚自由與民主精神的今天，已然喪失了現代性的審美意蘊。

黑格爾說得好：「這些歷史的東西雖然存在，卻是在過去存在，如果它們和現代生活已經沒有什麼關聯，它們就不是屬於我們的……歷史的事物只

---

[112] 〔德〕黑格爾：《美學》第一卷，朱光潛譯，商務印書館，1979 年，第 325 頁。
[113] 〔英〕威爾遜：《莎士比亞與宗教儀式》，見《莎士比亞評論彙編》（下），中國社會科學出版社，1981 年，第 414 頁。
[114] 〔德〕黑格爾：《美學》第一卷，朱光潛譯，商務印書館，1979 年，第 341-342 頁。
[115] 〔德〕黑格爾：《美學》第一卷，朱光潛譯，商務印書館，1979 年，第 343 頁。

有屬於我們自己的民族時，或是只有在我們可以把現在看作過去事件的結果，而所表現的人物或事蹟在這些過去事件的連鎖中形成主要的一環時」，「我們自己的民族的過去事物必須和我們現代的情況、生活和存在密切相關，它們才算是屬於我們的」[116]。換言之，只有歷史發生現實指涉，並具有現代性內涵時，才可能真正地將主體和客體協調一致起來，才可能將史性的「歷史」轉化為詩性的「小說」。簡單地盜用「歷史」的名義，膚淺地對應現實的政治生活問題，把歷史當成了一團可以隨意捏拿的橡皮泥，是根本不可能完成「深度藝術加工」的。當前，人們正處於前現代、現代、後現代的尖銳衝突之中，有關人性、心靈、人道主義、人類前途命運等嚴峻的問題，引發了當代人頻頻回首，去審視歷史經驗能否給處在歷史豁口的人類以啟迪。因此，如何在現代文化的意義上尊重歷史，在時代精神的主流上返觀歷史，是「歷史小說」創作過程中「怎樣現代」的關鍵。

其次，「如何文學」也是一個重要的問題。絕大多數「新歷史小說」都有著明顯的觀念性寫作的特點，它們往往圍繞某一理念進行純然虛構——這種凌空蹈虛式的寫作方式讓人詬病不已。張清華指出：「新歷史主義小說後期的遊戲敘事，表面上是最大限度地體現了新歷史主義觀念，而實際上則與歷史上無數商品化通俗化了的『大眾歷史消費』文本更為接近，『個人化寫作』在最為敏銳地觸及私人生活場景與經驗的同時，也遠離了富有社會責任與理想精神的『宏偉敘事』，這是前趨呢還是倒退，上升呢還是下降？」[117]而且，我們知道，「如果一個作家選擇了一個題材，那麼他和它就會急切地籲求形式，籲求某種理想的形式，以促使題材向真正的內容轉化，並最終形成文體」[118]。「歷史小說」終究是「小說」，而不是「歷史讀本」。小說家一方面不必有複述、重構歷史的癡心或野心，另一方面則必須遵循小說的美學原則「因文生事」。所謂「因文生事」，並非指小說家可以不受任何約束而任意虛構，而是指小說家順著「筆性」——敘事的內驅力，即文中驅動著

---

[116]　〔德〕黑格爾：《美學》第一卷，朱光潛譯，商務印書館，1979 年，第 346 頁。
[117]　張清華：《中國當代先鋒文學思潮論》，江蘇文藝出版社，1997 年，第 353-354 頁。
[118]　童慶炳：《文體與文體的創造》，雲南人民出版社，1994 年，第 295 頁。

材料安排組織、支配和制約著事件發展的一種神秘的張力或慣性——虛構或創造一個故事，在人物、情節和環境等方面故事本身具有自我生長與膨脹能力。正是出於這種自我衍生的能力，小說家對歷史題材「削高補低」，小說的創作不再僅是為了敘述生活事實，而是為了創造審美的形式，將歷史題材轉化為符合藝術內部規律和審美理想的「內容」，使讀者從中獲得豐富的審美愉悅。[119]

那麼，「歷史小說」應「如何文學」呢？

印度文學家泰戈爾在這方面提出了值得珍視的真知灼見。在泰戈爾看來，「歷史小說」不是向人們提供歷史事實，而是給予人們一種情味——「歷史情味」。他說：「如果歷史學家曼森對莎士比亞這個劇進行歷史考證，那他可能會找出許多違反時代的錯誤和歷史錯誤，但是莎士比亞在讀者心靈上所施加的魔力和通過虛構的歷史所複製的歷史情味，不會因為歷史的新證據的發現而泯滅」；「小說創作得到了一個與歷史結合的特殊情味，小說家已成為歷史情味的貪婪者，他們不特別注意某些歷史事實，如果有人不滿意小說中的歷史的特殊意味，想從中揀出與小說已不可分割的歷史，那等於要從已煮熟的菜肴裡找出香料、調料、薑黃和芥子。我們同那些只有證實了調料之後，才做可口的菜肴和把調料壓成一個模式做菜肴的人，沒有任何可爭執的，因為這裡味道畢竟是主要的，調料是次要的。」[120]這裡，「歷史情味」是歷史對現實指涉的理念表達，即古、今文化場域的互動；同時，它又是一個純粹的文學範疇，是一種美學氛圍，是「歷史小說」所獨具的詩意品格，是「歷史小說」區別於普通小說的魅力所在。如，宗璞的《東藏記》以西南聯大的生活為原型，講述了抗戰時期以孟弗之一家為中心、流寓大西南的知識份子群體的動盪生活，給我們描繪出了國難當頭時中國知識份子多色調的人格景觀，在從容委婉、典雅蘊籍的敘述中，完成了對現代中國知識份子的人

---

[119]　參閱吳子林：《經典再生產——金聖歎小說評點的文化透視》，北京大學出版社，2009 年，第 101-104 頁。

[120]　〔印〕泰戈爾：《歷史小說》，見《20 世紀世界小說理論經典》（上），華夏出版社，1995 年，第 12-13 頁。

格操守、精神世界的刻畫和探索，整部小說寫得詩意盎然，有著濃鬱的「歷史情味」。

由此可見，「歷史小說」之所以攝入「歷史」，主要是一種源於美學方面的修辭手段，是作家以自己全部的情感、心理和審美籲求擁抱歷史這一客體的結果。因此，「歷史情味」深入接觸到了文學的真相，真正釐清了小說與歷史之間的界線；比起以歷史之真或歷史觀的進步與否來裁決歷史小說，「歷史情味」顯得更為浸潤靈動，更能區分出歷史小說審美品格的高低。在這個意義上，我認為，那些歷史學家的紛紛「出場」，有時便顯得沒有多少必要：他們忘記了「歷史小說」畢竟是「小說」，他們除了製造更多的「混亂」外，實在是沒有太多的作為。

米蘭・昆德拉曾經指出，真正意義上的小說，是對可能性存在的勘探，是在不滅的光照下守護著日常的生活世界。索爾・貝婁說得好：「小說，要想復興並繁榮，需要有關於人類的新思想。這些思想又不能獨立存在。……因此必須去發現這些思想而絕不能臆造它們。我們見到的必須是有血有肉的思想」[121]。正如米蘭・昆德拉所言，小說存在的理由是把「生活的世界」置於一個永久的光芒下，保護我們以對抗「存在的被遺忘」；他說：「我不想預言小說未來的道路，對此我一無所知。我只想說：如果小說真的要消失，那不是因為它已用盡自己的力量，而是因為它處在一個不再是它自己世界之中。」[122]對於中國當代「先鋒小說」的發展而言，它的確是任重而道遠的，它的成就和缺失應該成為今後文學創作的寶貴借鑒。在我看來，中國當代的「歷史小說」作家在孜孜追求「現代性」精神的同時，應該更加大膽地發揮藝術想像力和創造力，充分運用各種藝術表現的嶄新方式，在小說情節的歷史化以及歷史事件的情節化過程中，以「歷史情味」的釀造為目標，定能發現並藝術地啟動那些長期被忽略、被遮蔽的精神品性，而創作出思想豐饒、藝術獨到的「歷史小說」佳作來。90 年代以降，余華（還有格非）等先鋒

---

[121]  見王寧主編《諾貝爾文學獎獲獎作家談創作》，北京大學出版社，1987 年，第 437 頁。

[122]  米蘭・昆德拉：《小說的藝術》，孟湄譯，生活・讀書・新知三聯書店，1992 年，第 16 頁。

作家放棄了在形式上的先鋒姿態，開始「回歸」到中國的現實生活描述和傳統的「故事型」創作中，表現了強烈的現實親和的態勢。這種「本土化」的努力是可喜的，它表明先鋒作家正在走出昔日的文化困擾，開始回到生存的維度，關注現實土地上的人和事，注意將中國民族傳統的審美特點與藝術創新相結合。對於「先鋒小說」在中國當代文學中能否走向成熟，讓我們拭目以待。

# 第五章　語言與圖像
## ——圖像藝術與語言藝術的前景

## 第一節　文學會「終結」嗎？

隨著現代科學技術，如數位技術、多媒體技術和網路技術的迅猛發展，在現代社會中，科學技術與文化的交融、滲透日益廣泛和趨於深入。一方面，日新月異的科技介入使文化創造和文化產品的科技含量空前加大；另一方面，技術理性在現代社會統治地位的確立，則使曾高居「象牙塔」中的文學藝術面臨著日益嚴峻的挑戰。「視覺文化」的興起，成了當今文化生活中一個極其重要的事件。這是一種在電子傳媒推動下立足於視覺因素，以「形象」或是「影像」主導人們審美心理結構的嶄新文化形態，它似乎將已有的文字的傳統闡釋功能和表現功能排斥殆盡，使文學淪陷到了「邊緣化」的位置。與以高貴、優雅、嚴肅、莊重為內核的純文學的淪落同步的，是以狂歡、平面、虛浮、感性至上為特徵的大眾審美趣味的高揚——圖像、影像、視覺文化已然成為當今文化生活中的「關鍵字」。

為此，不少理論家們驚呼「圖像」已然戰勝了「文字」，認為「文字」屈從於「圖像」已是不爭的事實；他們形象地稱我們所處的為「讀圖時代」，以區別於統治人類文化長達千年的「文字時代」。如，海德格爾認為，近現代社會是一個「技術時代」、「世界圖像的時代」[1]。丹尼爾・貝爾更是明確指出，「目前居『統治』地位的是視覺觀念。聲音和景象，尤其是後者，組織了美學，統率了觀眾」；他深刻地分析了視覺文化消費的深層原因：

---

[1]　〔德〕海德格爾：《世界圖像的時代》，《林中路》，孫周興譯，上海譯文出版社，1997年，第72、73頁。

其一，現代世界是一個城市世界。大城市生活和限定刺激與社交能力的方式，為人們看見和想看見（不是讀到和聽見）事物提供了大量優越的機會。其二，就是當代傾向的性質，它包括渴望行動（與觀照相反）、追求新奇、貪圖轟動。而最能滿足這些迫切慾望的莫過於藝術中的視覺成分的了[2]。

丹尼爾・貝爾又說：

我相信，當代文化正在變成一種視覺文化，而不是一種印刷文化，這是千真萬確的事實[3]。

在《圖像的威力》一書中，法國思想家勒內・於格對這一文化景觀有一個生動的描述：

儘管當代舞臺上占首要地位的是腦力勞動，但我們已不是思維健全的人，內心生活不再從文學作品中吸取源泉。感官的衝擊帶著我們的鼻子，支配著我們的行動。現代生活通過感覺、視覺和聽覺向我們湧來。汽車司機高速行駛，路牌一閃而過無法辨認，他服從的是紅燈、綠燈；空閒者坐在椅子裡，想放鬆一下，於是扭動開關，然而無線電激烈的音響衝進沉靜的內心，搖晃的電視圖像在微暗中閃現……令人癢癢的聽覺音響和視覺形象包圍和淹沒了我們這一代人。圖像取代讀書的角色，成為精神生活的食糧。它們非但沒有為思維提供某種有益的思

---

2　〔美〕丹尼爾・貝爾：《資本主義文化矛盾》，趙一凡、蒲隆、任曉晉譯，上海三聯書店，1989 年，第 154 頁。

3　〔美〕丹尼爾・貝爾：《資本主義文化矛盾》，趙一凡、蒲隆、任曉晉譯，上海三聯書店，1989 年，第 156 頁。

考，反而破壞了思維，不可抵擋地向思維衝擊，湧入觀眾的腦海，如此兇猛，理性來不及築成一道防線或僅僅製作一張過濾網[4]。

這道出了「讀圖時代」人們對於圖像主動或被動的膜拜與迷戀。丹尼爾‧貝爾對此有精到的分析：

> 印刷媒介在理解一場辯論或思考一個形象時允許自己調整速度，允許對話。印刷不僅強調認識性和象徵性的東西，而且更重要的是強調了概念思維的必要方式。視覺媒介——我這裡指的是電影和電視——則把它們的速度強加給觀眾。由於強調形象，而不是強調詞語，引起的不是概念化，而是戲劇化[5]。

與晦澀、深刻的「文字」相比較，「圖像」具有直觀、淺白、快捷、刺激等許多特點，其平面化、單向度的審美模式最能迎合現代文化大眾的消費心理，在一定程度上充分滿足了現代人快捷、直觀的審美需求，而俘獲了文化大眾的眼球，而上升為當今社會最受歡迎、最具普適性的審美方式。觀看而非閱讀，獵奇而非體驗，快感而非美感，行色匆匆的現代人似乎告別了往日品茗讀書的閒適與愜意，而在紛至遝來的圖像的觀看中，輕易便獲得了無需經由大腦思索、反應的快感與刺激。比較而言，整個視覺文化似乎比印刷文化更能迎合現代文化大眾。

面對資訊技術的幽靈，文學似乎正經歷著一場前所未有的「割禮術」。與圖像巨無霸式擴張態勢形成鮮明對比的，是文學這一傳統紙媒藝術形式的衰落。於是，我們看到，中國四大文學名著相繼被搬上銀幕，先秦時期的經典著作被改編成漫畫在中學生中爭先傳閱，名家散文則借助電視手段製作成

---

[4] 〔法〕勒內‧於格：《圖像的威力》，錢鳳根譯，四川美術出版社，1988 年，第 21 頁。

[5] 〔美〕丹尼爾‧貝爾：《資本主義文化矛盾》，趙一凡、蒲隆、任曉晉譯，上海三聯書店，1989 年，第 156-157 頁。

音像產品打包出售……圖像逐漸攫取了文字在人們精神消費中的壟斷地位，向來以超拔姿態獨立於世的文學不得不面臨文字被圖像肢解、改造和稀釋，文字語言文化漸漸向視聽語言文化轉變。作家在商海沉浮，純文學期刊相繼停辦，高雅市場萎縮，純文學讀者群相對狹窄化、單一化。在電視、電影、網路等電子媒體的強大攻勢下，曾被視為人類精神家園的文學已節節敗退，失去社會生活和公眾意識的支持，遁入日漸逼仄的「邊緣化」境地。

　　科學技術之於文學命運的影響，引發了人們的高度重視，「文學終結」論隨之而起。法國後結構主義者雅克・德里達借《明信片》中主人公的驚人之口說出了下面這段話：「……所謂的文學的整整一個時代，即便不是全部的話，都不能活過電傳的特定技術制度（在這方面政治制度是次要的）。哲學或精神分析學也不能。愛情信件也不能。……在這裡重又看到了上星期六與我們一起喝咖啡的那個美國學生，那個尋找（比較文學）論文主題的學生。我建議她寫 20 世紀（及其後）文學中的電話，如從普魯斯特作品中的電話女士或美國的電話接線員這個人物開始，然後就最先進的電傳對仍然殘存的文學所發生的影響提出問題。我對她談到微型處理器和電腦終端機，她似乎有點厭煩。她告訴我她仍然熱愛文學（我回答說，我也是，mais si，mais si）。真想知道她對此作何理解。」雅克・德里達預言：

　　　　在特定的電信王國中，整個的所謂文學的時代將不復存在。哲學、精
　　　　神分析學都在劫難逃，甚至情書也不能倖免……。

美國加州大學學者 J・希利斯・米勒則回顧了印刷術出現以來各種發明對藝術的影響，指出了現代電信、電影、電視特別是互聯網給人的生存帶來的巨大變化。他說：

　　　　這些變化包括政治、國籍或者公民身份、文化、個人、身份認同和財
　　　　產等各方面的轉變……新的電子社會或者說網上社區的出現和發
　　　　展，可能出現的將會是導致感知經驗變異的全新的人類感受。

J・希利斯・米勒舉電訊媒介、網際網路對文學、對全球化、對民族國家權力、政治施為行為的影響與滲透為例，得出了一個令人憂慮的結論：

> 文學研究的時代已經過去了，再也不會出現這樣一個時代——為了文學自身的目的。撇開理論或政治方面的考慮而去單純研究文學……文學研究從來就沒有正當時的時候，不論過去現在還是將來[6]。

其實，類似的「文學終結論」最早可追溯到黑格爾的藝術「終結論」。黑格爾 1828 年在柏林的美學講演中有兩段引人注目的話：

> 就它的最高的職能來說，藝術對於我們現代人已是過去的事了。因此，它也已喪失了真正的真實和生命，已不復能維持它從前的在現實中的必需和崇高地位，毋寧說，它已轉移到我們的**觀念**世界裡去了[7]。
>
> 我們儘管可以希望藝術還會蒸蒸日上，日趨於完善，但是藝術的形式已不復是心靈的最高需要了。我們儘管覺得希臘神像還很優美，天父、基督和瑪利亞在藝術裡也表現得很莊嚴完善，但是這都是徒然的，我們不再屈膝膜拜了[8]。

我們知道，在黑格爾的美學思想體系中，他精心編織了一個理念自我運動、轉化而又回復自身的花環；他把世界藝術史看成是一部理念自我循環的歷史，它沿著象徵主義—古典主義—浪漫主義的軌跡運行。

---

6　以上見〔美〕J・希利斯・米勒：《全球化時代文學研究還會繼續存在嗎？》，《文學評論》2001 年第 1 期。

7　〔德〕黑格爾：《美學》第 1 卷，朱光潛譯，商務印書館，1979 年，第 15 頁。

8　〔德〕黑格爾：《美學》第 1 卷，朱光潛譯，商務印書館，1979 年，第 132 頁。

到了喜劇的發展成熟階段，我們現在也就達到了美學這門科學研究的
終結。……到了這個頂峰，喜劇馬上導致一般藝術的解體[9]。

藝術被哲學和宗教所取代了。這裡，所謂藝術的「終結」意指本質可能性的
耗盡，即藝術使命的完成，而無法再滿足心靈的精神需要。用美國哲學家丹
托的話說，「並不是說藝術已停止或死亡，而是說藝術通過轉向它物──即
哲學，而已經趨向終結」[10]。黑格爾還從文化社會的層面指出，「我們現時
代的一般情況是不利於藝術的」[11]，因為主體在「偏重理智的世界和生活情
境裡」，無法「把自己解脫出來」，「去獲得另一種生活情境，一種可以彌補
損失的孤獨」[12]。這種「偏重理智的世界和生活情境」，在馬克思・韋伯那
裡被稱為「工具理性」，海德格爾則稱之為「計算──表象思維」。在海德格
爾看來，這種技術理性嚴重損害了藝術的形象與意義、感性與理性的統一，
使藝術失去了生命。他說：「對於現代之本質具有決定性意義的兩大進程──
──亦即世界成為圖像和人成為主體──的相互交叉，同時也照亮了初看起來
近乎荒謬的現代歷史的基本進程」[13]。在《詩人何為》一文裡，海德格爾又
把這個普遍技術化的「世界圖像的時代」稱為「世界黑暗的貧困時代」，因
為在這樣的時代裡，

技術統治不僅把一切存在者設立為生產過程中可製造的東西，而且通
過市場把生產的產品提供出來。人之人性和物之物性都有在貫徹意圖
的製造範圍內分化為一個在市場上可計算出來的市場價值[14]。

---

9　〔德〕黑格爾：《美學》第 3 卷，朱光潛譯，商務印書館，1981 年，第 334 頁。
10　Danto, A.C., *Encounters&Reflections Art in the Historical Presen, t*New York:Farrar
　　Straus Girous, 1990, P.342.
11　〔德〕黑格爾：《美學》第 1 卷，朱光潛譯，商務印書館，1979 年，第 14 頁。
12　〔德〕黑格爾：《美學》第 1 卷，朱光潛譯，商務印書館，1979 年，第 14-15 頁。
13　〔德〕海德格爾：《世界圖像的時代》，《林中路》，孫周興譯，上海譯文出版社，
　　1997 年，第 89 頁。
14　〔德〕海德格爾：《詩人何為》，《林中路》，孫周興譯，上海譯文出版社，1997
　　年，第 298 頁。

「世界成為圖像」的意思是人的表象活動把世界把握為圖像，把存在者整體作為對象置於人的決定和支配領域之中。這種技術邏輯導致了人性的異化、物性的喪失、神性的隱匿和大地的遮蔽，以是之故，「作品不再是原先曾是的作品。……它們本身乃是曾在之物。作為曾在之物，作品在傳承和保存的範圍內面對我們。從此以後，作品就一味地只是對象」[15]。換言之，藝術作品在現代「文化工業」中已然喪失了它應有的價值。

　　作為黑格爾藝術「終結」論的「現代版」，雅克・德里達、J・希利斯・米勒的「文學終結論」，遭到了中國學者的強烈質疑。李衍柱先生指出：「資訊時代的到來，世界圖像的出現，這是人類藝術地掌握世界，自覺按照美的規律進行建構的偉大創造……進入圖像世界的文學依然是人的文學，文學仍然是語言的藝術，這既是寫人的，又是為了人、寫給人看的」。他認為，科技的騰飛並不會導致文學的終結，只要語言存在，文學永遠不會終結；科技騰飛「將使文學的女神插上高科技的翅膀更自由地飛翔在藝術的天空，呼喚一代又一代文學新人為之創造，再創造」[16]。童慶炳先生則從人類的心理、情感等方面對「文學終結論」予以反駁：「文學變化的根據主要在於──人類的情感生活是隨時代變化而變化的，而主要不決定於媒體的改變」，隨著電信媒體的發展，「文學不得不變盡方法來跟新媒體進行競爭，文學雖然有這樣或那樣的改變，但文學不會消失，因為文學的存在不取決於媒體的改變，而決定於人類的情感生活是否消失。」[17]對於這場論爭，有人認為這「與其說是『爭鳴』，倒毋寧說是在兩條平行線上互不交鋒的『共鳴』」[18]。在我看來，這種評說是十分不公正的。事實上，在《全球化時代的文學和文學批評會消失嗎？》一文裡，童慶炳先生就新的媒體（如電影、電視、網際網路等）在何種程度上影響和改變人類的生活面貌，新的媒體與文學的發展之間

15　〔德〕海德格爾：《藝術作品的本原》，《林中路》，孫周興譯，上海譯文出版社，1997 年，第 24 頁。

16　李衍柱：《文學理論：面對資訊時代的幽靈》，《文學評論》2002 年第 1 期。

17　童慶炳：《全球化時代的文學和文學批評會消失嗎？》，《社會科學輯刊》2002 年第 1 期。

18　金惠敏：《趨零距離與文學的當前危機》，《文學評論》2004 年第 2 期。

的關係，以及 J・希利斯・米勒提出的「媒介就是意識形態」和「新的電信統治的力量是無限的、是無法控制的」等一系列問題，面對面地展開了坦誠的對話，這怎麼能說不是一個層次上的問題呢？難道只有一味地苟同西方學者的學術觀點，才不在「兩條平行線」上，而在同一個層次上嗎？

在我看來，這場論爭的聚焦點是如何看待科學技術的進步與文學發展之間的關係。德里達、J・希利斯・米勒由技術與文學的敵對關係得出「文學終結」的結論，沒有看到二者之間更為內在的關係。早在他們之前，關於技術與文學之間的關係，馬克思曾在藝術生產理論中作過精闢的論述：「藝術的繁盛時期決不是同社會的一般發展成比例的，因而也決不是同彷彿是社會骨骼的物質一般發展成比例的。」[19]物質生產作為藝術生產發展的終極原因，必然給藝術發展帶來全面而深刻的影響，但絕不會是簡單的「終結」或「進步」。J・希利斯・米勒注意到了技術手段之於藝術發展的關係，他說：「印刷技術使文學、情書、哲學、精神分析，以及民族國家的概念成為可能。新的電信時代正在產生新的形式來取代這一切。這些新的媒體——電影、電視、網際網路不只是原封不動地傳播意識形態或者真實內容的被動的母體，它們都會以自己的方式打造被『發送』的對象，把其內容改造成該媒體特有的表達方式。」[20]但是，問題在於：事實上，印刷技術與電影、電視、網際網路一樣，都不只是原封不動地傳播意識形態或者真實內容的被動的母體，它們都會以自己的方式打造被「發送」的對象，把其內容改造成該媒體特有的表達方式。那麼，二者之間存在著哪些差異呢？金惠敏在《趨零距離與文學的當前危機》一文中解釋說，電信技術摧毀了時空間距，摧毀了文學所賴以生存的物理前提；而對於文學這一傳統紙媒藝術形式，距離的消逝是一種毀滅性的打擊。當然，這裡有一個理論的預設——「文學即距離」。在金惠敏看來，「顯然德里達並非要宣佈電信時代一切文學的死亡，他所意指的確

---

[19]　〔德〕馬克思：《〈政治經濟學批判〉導言》，《馬克思恩格斯選集》第 1 卷，人民文學出版社，1972 年，第 112 頁。

[20]　〔美〕J・希利斯・米勒：《全球化時代文學研究還會繼續存在嗎？》，《文學評論》2001 年第 1 期。

實只是某一種文學：這種文學以『距離』為其存在前提，因而他的文學終結論技術以『距離』為生存條件，進而以『距離』為其本質特徵的那一文學」；因此，J・希利斯・米勒「對於文學和文學研究在電子媒介時代之命運的憂慮，不是毫無來由的杞人憂天」[21]。這裡，所謂「死亡」的「某一種文學」是含糊其詞的：論者一方面說「文學即距離」，另一方面又說文學之中有一種是「以『距離』為其存在前提」的，難道有「不以『距離』為其存在前提」的文學嗎？而且，人們不禁會問：文學僅僅是一種距離嗎？文學的命運是由技術決定的嗎？技術真的能夠終結文學嗎？在「圖像」面前，「語言」真的就那麼不堪一擊嗎？……在我看來，更為重要的是，金惠敏《趨零距離與文學的當前危機》一文，把西方的藝術「終結」論作了簡單化的理解。實際上，隱藏在「藝術終結論」背後的，是西方現代人對於自己的處境與遭遇的生命追問。丹尼爾・貝爾就指出，對於從印刷文化到視覺文化的變革的根源，「與其說是作為大眾傳播媒介的電影和電視，不如說是人們在十九世紀中葉開始經歷的那種地理和社會的流動以及應運而生的一種新美學。鄉村和住宅的封閉空間開始讓位於旅遊，讓位於速度的刺激，讓位於散步場所、海濱與廣場的快樂，以及在雷諾瓦、馬奈、修拉和其他印象主義和後印象主義畫家作品中出色地描繪過的日常生活類似經驗」[22]。

　　我們知道，19 世紀中葉，西方的經濟模式開始由商品的生產和銷售為中心，漸漸轉向了以資訊的開發、儲存、檢索和發送為主導的知識經濟。媒介是這場資訊革命的主導力量。馬歇爾・麥克盧漢指出，一切媒介都是人的感覺器官的延伸，它不僅是傳統意義上的載體，更是符號、意義的生產者，它通過改變人的感知模式而改變世界：「在機械時代，我們完成了身體在空間範圍內的延伸。今天，經過了一個世紀的電力技術（electric technology）

---

[21]　金惠敏：《趨零距離與文學的當前危機》，《文學評論》2004 年第 2 期。
[22]　〔美〕丹尼爾・貝爾：《資本主義文化矛盾》，趙一凡、蒲隆、任曉晉譯，上海三聯書店，1989 年，第 156 頁。

發展之後，我們的中樞神經系統又得到了延伸，以至於能擁抱全球」[23]。顯然，媒介文化可以分為兩個時期：以攝影術和電影為代表的「機械複製」時代和電子媒介時代。本雅明是「機械複製」時代媒介文化研究的主要代表。他就沒有把生產力的發展簡單看作是對藝術的異化，是藝術走到了絕境，而是認真研究了技術手段之於藝術發展的關係。

　　本雅明提出，科學技術的發展將人們引入了「機械複製」的時代，「在機械複製的時代，衰落的是貴族化的審美觀念韻味，而不是藝術本身」[24]。當口頭文化、書寫文化向電子文化轉變時，藝術作品的「韻味」消失了，傳統的講故事的藝術終結了；藝術由「膜拜價值」轉向了「展示價值」，由獨一無二的本真性轉向了沒有原本的現代複製，由審美體驗轉向了震驚效應。那麼，什麼是「韻味」呢？本雅明在 1931 年出版的《攝影簡史》中，把「韻味」界定為「一種特殊的時空交織物，無論多麼接近都會有的距離外觀」，毛姆・布羅德森在《本雅明傳》中把它翻譯成：「一種奇怪的時空波：時空距離的獨特表象。不管人與對象的距離有多遠都存在著。」[25]其後幾年，本雅明不斷對「韻味」這一概念進行修正，從不同的角度展開他對藝術發展問題的思考。在《機械複製時代的藝術作品》中，本雅明把「韻味」界定為「在一定距離之外但感覺上如此之貼近之物的獨一無二的顯現」[26]，它具有神秘性、模糊性、獨特性和不可接近性。其中它的不可接近性，使藝術作品與欣賞者保持一定的距離，從而產生一種「膜拜價值」，即作品由於距離而對接受者保有一種神秘性，從而使接受者產生一種崇奉和敬仰的感情。接受者要理解它就要充分調動積極的無意識聯想，這樣就在不同時空的人們之間建立起了一種特殊的感情聯繫。沃爾夫・斯凱爾對於「韻味」的解釋特別讓人感興趣，他把「韻味」稱作「生命的呼吸」，並補充說「它是每一種物質形態

---

[23] 〔加〕馬歇爾・麥克盧漢：《理解媒介：論人的延伸》，周憲、許鈞編，商務印書館，2000 年，第 20 頁。

[24] 轉引自馬馳：《「新馬克思主義」文論》，山東教育出版社，1989 年，第 167 頁。

[25] 〔德〕毛姆・布羅德森：《本雅明傳》，敦煌文藝出版社，2000 年，第 267 頁。

[26] 〔德〕本雅明：《機械複製時代的藝術作品》，王才勇譯，浙江攝影出版社，1993 年，第 10 頁。

都發散出來的，它衝破自身而出，又將自身包圍」[27]。作為作家獨特生命經驗有機體現，這種「韻味」自然與機械製作的產品無緣了。在《仿像和模擬》一書裡，波德里亞也指出，進入現代之後將是一個依靠影像邏輯編織的冷酷的數碼世界，將是一個夷平現實與虛構的超現實世界。那麼，為什麼「機械複製」時代的藝術會失去「韻味」呢？本雅明認為：「……韻味的衰竭來自於兩種情形，它們都與大眾日益增長的展開和緊張的強度有最密切的關聯，即現代大眾具有著要使物更易『接近』的強烈願望，就像他們具有著通過對每件實物的複製品以克服其獨一無二性的強烈傾向一樣。這種通過佔有一個對象的酷似物、摹本和佔有它的複製品來佔有這個對象的願望與日俱增」[28]。不過，我們也注意到，對於現代藝術的大規模複製，本雅明也持有接受欣賞的態度：「複製技術把被複製的對象從傳統的統治下解放出來……它使複製品得以在觀眾或聽眾自己的特殊的環境裡被欣賞，使被複製的對象恢復了活力。」[29]他說，「傳統的不能複製的藝術是遠離人民大眾的，這必然產生『儀式依賴』，即拜物教的意識。機械複製時代的藝術品，從根本上改變了藝術同人民群眾的關係」[30]；此外，技術時代藝術接受由視覺轉向觸覺，讓我們從自己綿延的經驗流中「甦醒」，通過攝影機將我們視覺無意識編織的世界呈現在我們眼前等等。換言之，「機械複製」使文學走上了一條不同於傳統意義上的文學之路——大眾的、消費的文學之路。正是在這意義上，本雅明認為，傳統藝術應該消亡，被一種適應進步目的的技術藝術所取代，儘管社會並沒有充分地成熟到使技術僅成為它的手段，而技術也沒有充分地把握社會方面的自然力。顯然，這種技術藝術必然是一種大眾化、消費化的藝術。

---

[27]　轉引自〔德〕毛姆·布羅德森：《本雅明傳》，敦煌文藝出版社，2000 年，第 213 頁。

[28]　本雅明：《機械複製時代的藝術作品》，王才勇譯，浙江攝影出版社，1993 年，第 8 頁。

[29]　參見《文學理論譯叢》第三輯，中國文聯出版公司，1985 年，第 118 頁。

[30]　轉引自馬馳：《「新馬克思主義」文論》，山東教育出版社，1989 年，第 174 頁。

　　波德里亞、德里達是電子媒介時代的闡釋者。波德里亞在超文字的虛擬文化中分析了「藝術消亡的邏輯」。他認為，現代藝術進入了一個黑洞。

　　　　一方面是藝術花樣翻新走到了盡頭，另一方面又是藝術的各種花樣被
　　　　移植嫁接到其他非藝術領域，審美的東西向非審美轉化，這導致了藝
　　　　術不可避免的衰落和消亡。再次，烏托邦已無法實現，藝術的使命也
　　　　就完結了[31]。

在依靠「影像邏輯」的類比與仿像中，波德里亞發現虛構與現實、藝術與非藝術、潛意識與意識之間的界限被夷平了，藝術在日常生活中喪失了存在的根基。為此，他表現出了無限的惆悵：

　　　　在當代秩序中不再存在使人可以遭遇自己或好或壞影像的鏡子或鏡
　　　　面，存在的只是玻璃櫥窗——消費的幾何場所，在那裡個體不再反思
　　　　自己，而是沉浸到對不斷增多的物品／符號的凝視中去，沉浸到社會
　　　　地位能指秩序中去等等。在那裡他不再反思自己，他沉浸其中並在其
　　　　中被取消[32]。

現代藝術蛻變成了一種物品／符號，在這種物品／符號的「凝視」之下，人們不再需要靈魂的「震顫」，只須自足於美的消費和放縱。德里達則在電子媒介的超現實文本中，發現了意義的「播散」、「延異」——電子媒介的運動使藝術成了無意義的能指符號，這才有了上述《明信片》中對於文學消亡的預言。

　　無論是「機械複製」時代，還是在「電子媒介」時代，我們都同樣看到，技術邏輯使藝術作品降為文化用品，成為一種消費的符號；藝術的精神消弭

---

31　轉引自周憲：《20 世紀西方美學》，南京大學出版社，2000 年，第 209 頁。
32　〔法〕波德里亞：《消費社會》，劉成富、全志鋼譯，南京大學出版社，2001 年，
　　第 226 頁。

於冷酷的消費邏輯中，「而從屬於代替作品的格式」，即文化工業提供的同質化模式。在同一化模式下，不再有差異和衝突，不再有本真的存在體驗。「人們內心深處的反應，對他們自己來說都感到已經完全物化了，他們感到自己特有的觀念是極為抽象的，他們感到個人特有的，只不過是潔白發光的牙齒以及汗流浹背賣命勞動和嘔心瀝血強振精神的自由」[33]。現代人成了「那些能看見卻聽不見的人」（齊美爾語），他們相互盯視，卻一言不發。由於經驗的貧乏與貶值、人群的冷漠與麻木，我們變得貧乏了。當「電視新聞強調災難和人類悲劇時，引起的不是淨化和理解，而是濫情和憐憫，即很快就被耗盡的感情和一種假冒身臨其境的虛假儀式。由於這種方式不可避免的是一種過頭的戲劇化方式，觀眾反應很快不是變得矯揉造作，就是厭倦透頂」[34]。

顯然，「文學終結論」的提出並非空穴來風。西方當代文化在大眾媒介的擠壓下轉向了邊緣，加上受到基督教神學「末世論」的影響，上述許多的西方理論家從自己的情境出發，提出了「歷史的終結」、「意識形態的終結」、「藝術的終結」、「文學的終結」、「文學理論死了」等諸多命題。在西方情境中，這或有其「片面的深刻」。但是，西方的文化或文學現實並不能概括全球，西方的「今天」不一定就是其他地區的「未來」。對於西方思維的「死結」，我們不能不假思索地照搬照抄。更何況，正如海德格爾所指出的：「我們太容易在消極意義上把某物的終結瞭解為單純的中止，理解為沒有繼續發展，甚或理解為頹敗和無能」[35]。事實上，危機往往還意味著一個發展的契機。在這樣一個「糟糕的審美時代」（丹托語），在陷入黑夜的貧乏時代，作為生命意緒的傳達和呈現，藝術何為？詩人何為？……根據藝術自律和他律的二重性，西方學者有兩種不同的觀點。第一種，以尼采、齊美爾、阿多諾、海德格爾等人為代表，他們強調藝術的獨立自主性和本體性功能；第二種以

---

[33] 〔德〕霍克海默、阿多諾：《啟蒙辯證法》，重慶出版社，1990 年，第 117、157 頁。

[34] 〔美〕丹尼爾‧貝爾：《資本主義文化矛盾》，趙一凡、蒲隆、任曉晉譯，上海三聯書店，1989 年，第 157 頁。

[35] 〔德〕海德格爾：《哲學的終結和思的任務》，《海德格爾選集》，孫周興編，上海三聯書店，1996 年，第 1243 頁。

瑪律庫塞、本雅明等人為代表，他們主要受馬克思的「異化」理論、盧卡奇的「物化」思想和葛蘭西的「文化霸權」觀影響，強調藝術的政治化功能。無論是烏托邦式的贖救，還是文化上的感性革命，在對於現代文明和技術理性的批判上，批判精神是他們共同的傾向——這才是現代知識份子最為寶貴的品格，也是我們在面對「文學終結」論時所要汲取之物。

事實上，「文學終結論」所凸顯的是文學在當今時代所遭受的冷遇，即從中心走向邊緣，其生存空間日趨縮減。學者余虹從後現代總體文學狀況的角度切入「文學終結論」，指出後現代條件下的文學邊緣化有兩大內涵：1、在藝術分類學眼界中的文學終結指的是文學失去了它在藝術大家族中的霸主地位，它已由藝術的中心淪落到邊緣，其霸主地位由影視藝術所取代。2、在文化分類學眼界中的文學終結指的是文學不再處於文化的中心，科學上升為後現代的文化霸主後文學已無足輕重。在此意義上，「文學的終結」是某種現實的真實寫照。不過，余虹同時指出，作為分類學意義上的藝術文化門類，「文學」的終結（邊緣化）是否掩蓋著無處不在的「文學性」統治？他著重描述了後現代條件下「文學性」在思想學術、消費社會、媒體資訊、公共表演等領域中確立的統治及其表現，提出重建文學研究的對象是克服社會轉型期文學研究危機的關鍵。他認為，「文學性」不能作一種本質主義的理解，而應置於消費社會的語境下作出審時度勢的全新判斷；由於文學性在後現代的公然招搖和對社會生活各個層面的滲透與支配，又由於作為門類藝術的文學的邊緣化，後現代文學研究的重點當然應該轉向跨學科門類的文學性研究。後現代轉折從根本上改變了總體文學的狀況，它將「文學」置於邊緣又將「文學性」置於中心，面對這一巨變，文學研究的對象要完成兩個重心的轉向：1、從「文學」研究轉向「文學性」研究，在此要注意區分作為形式主義研究對象的文學性和撒播並滲透在後現代生存之方方面面的文學性，後者才是後現代文學研究的重心；2、從脫離後現代處境的文學研究轉向後現代處境中的文學研究，尤其是對邊緣化的文學之不可替代性的研究。[36]由「文學

---

[36]　余虹：《文學的終結與文學性蔓延——兼談後現代文學研究的任務》，《文藝研究》2002 年第 6 期。

性」的蔓延問題，引發出了「日常生活審美化」、「文藝學邊界」問題的一系列論爭。在筆者看來，無論是從「審美」的維度，還是從「語言」的維度來看，「文學性擴張」的言論其實漏洞百出，它並非文藝學擴界的有力論證；在學術凸顯、思想淡出的時代，文藝學擴界與否實在是細枝末節的事，文藝學所謂的「自我救贖」並不能從根本上解決文藝學的發展問題；隨波逐流，成了西方文化話語的附庸，或是當下消費文化的生產者、促銷者，或是將自己的創造活動淪落成為20世紀初魯迅先生曾經嚴加譏諷的「噉飯之道」，這樣的文學和文藝學研究才真正是滅亡無疑、萬劫不復的[37]。

　　英國社會學家、傳媒研究專家約翰‧湯普森指出：「今天，我們生活在一個象徵形式的廣泛流通起著根本的、越來越大的作用的世界中。在所有社會中，象徵形式——語言陳述、姿勢、行動、藝術作品，等等——的產生與交流是且始終是社會生活的普遍的特點。」[38]對於湯普森所謂的「現代文化的傳媒化」，羅蘭‧巴特有一段精彩的論述：「這是一個歷史性的轉變，形象不再用來闡述詞語，如今是詞語成為結構上依附於圖像的資訊。這一轉變是有代價的，在傳統的闡述模式中，其圖像的作用只是附屬性的，所以它回到了依據基本資訊（文本）來表意，文本的基本資訊是作為文本暗示的東西加以理解的，因為確切地說，它需要一種闡釋。……過去，圖像闡釋文本（使其變得更明晰）。今天，文本則充實著圖像，因而承載著一種文化、道德和想像的重負。過去是從文本到圖像的涵義遞減，今天存在的卻是從文本到圖像的涵義遞增。」[39]為此，將現代傳媒引入文學研究，考察傳媒與文學之間的內在關係，尋求其中最具學術潛質和有可能接近文學本性的研究領域，成了近年來文學研究新的增長點之一。但是，這種研究在取得一些成績的同時，也產生了「過度闡釋」的誤區。如，過度強調傳媒對文學影響，過分突

---

[37]　吳子林：《對於「文學性擴張」的質疑》，《文藝爭鳴》2005年第3期。
[38]　〔英〕約翰‧湯普森：《意識形態與現代文化‧導論》，高銛譯，譯林出版社，2005年，第1頁。
[39]　Roland Barthes, *The Photographic Message,* in Susan Sontag, ed., *A Barthes Reader*, New York:Hill and Wang, 1982, p204-205.

出傳媒在文學研究中的意義，而忽視了現代社會變遷對文學的制約作用，忽視了文學自身特徵和發展的規律；「現代傳媒帶來了現代文學，但也消解著文學，現代傳媒比較注重對民眾的思想啟蒙，但卻忽視審美的啟蒙，甚至在某種程度上文學已經失去了審美的功能，而讓位於社會文化和宣傳功能。」[40]事實上，無論是「機械複製」時代，還是在「電子媒介」時代，我們都同樣看到，技術邏輯使藝術作品降為文化用品，成為一種消費的符號；藝術的精神消弭於冷酷的消費邏輯中，「而從屬於代替作品的格式」，即文化工業提供的同質化模式。在同一化模式下，不再有差異和衝突，不再有本真的存在體驗。「人們內心深處的反應，對他們自己來說都感到已經完全物化了，他們感到自己特有的觀念是極為抽象的，他們感到個人特有的，只不過是潔白發光的牙齒以及汗流浹背賣命勞動和嘔心瀝血強振精神的自由」[41]。因此，麥克盧漢提醒說：「只有……站在與任何結構或媒介保持一定距離的地方，才可以看清其原理和力的輪廓。因為任何媒介都有力量將其假設強加在沒有警覺的人的身上。預見和控制媒介的能力主要在於避免潛在的自戀昏迷狀態。為此，唯一最有效的辦法是懂得以下事實：媒介的魔力在人們接觸媒介的時候就會產生，正如旋律的魔力在旋律的頭幾節就會施放出來一樣。」[42]對於文學終結論者來說，「媒介決定論」或「技術決定論」是值得警惕的。

　　法國當代哲學家德勒茲認為：「哲學與時代有一種本質的關係：他總是反對他的時代，總是對當前世界的批判。」[43]正如許多論者所指出的，西方「藝術終結論」中的「終結」一詞不單意味著「死亡」，它具有複義性：既有「取消」、「結束」之義，又與「開始」、「再生」相互聯繫在一起；「藝術終結論」不僅僅是現代藝術的危機，更是現代性的危機，彰顯了西方現代人對於自己的處境與遭遇的生命追問，以及深刻的批判精神[44]。進而言之，「文

---

40　參閱周海波：《傳媒時代的文學》，人民文學出版社，2007 年，第 21 頁。

41　〔德〕霍克海默、阿多諾：《啟蒙辯證法》，洪佩鬱、藺月峰譯，重慶出版社，1990 年，第 117、157 頁。

42　〔美〕麥克盧漢：《理解媒介》，何道寬譯，商務印書館，2000 年，第 42 頁。

43　轉引自張汝倫：《思考與批判》，上海三聯書店，1999 年，第 497 頁。

44　參閱吳子林：《「藝術終結論」：問題與方法》，《北方論叢》2009 年第 1 期。

學終結論」的論爭實際涉及了文學作為一門學科的「元問題」，即該學科中首要的、第一位的問題，也是整個理論體系中最根本的、貫徹始終的核心問題，它是解決本學科其他一系列理論問題的邏輯起點。文學這門學科理論體系中最先提出、最先論述的首要問題，便是文學的本質問題。美國文學批評家、理論家韋勒克說得好：「文學的本質與文學的作用在任何順理成章的論述中，都必定是相互關連的」；「物質的本質是由它的功用而定的：它作什麼用，它就是什麼。」[45]這樣，文學藝術的「終結」問題實際上便聚焦於一點：在當今的電子傳媒時代，文學藝術具有怎樣的存在理由？

　　文學藝術到底能為人們提供些什麼意義呢？在後期的接受美學家沃爾夫岡・伊瑟爾看來，文學藝術是人的自由天性的一種獨特實現方式，文學藝術的根本意義在於使人多樣化的、可能性生活得以呈現；文學藝術是否帶來了「真正的發現」──這是文學藝術之所以贏得虛構特權的資格。伊瑟爾指出，文學藝術文本的核心特徵是虛構性，文本生產在本質上是一種作為跨界行動的虛構；人類之所以需要文學，是因為文學藝術作為虛構、一種跨界行為，使人的無窮生命潛力得以呈現。他說：「如果人類本質的可塑性，包含著人類自我本質的無限提升，文學就變成了一種呈現『可能存在』或者『可能發生』的紛繁複雜的多種事物的百花園」；「文本遊戲使自我呈現之不可能性，變成了一種超越無限的可能性，而這種可能性幾乎是沒有限制的」[46]；文學藝術「讓我們走出藩籬」，讓我們「通過另一種自我的可能與自我對話」，使自由人性、人的可能性無限擴張，所以我們需要文學藝術。英國小說家毛姆曾經做過這樣的自我分析：「對一件藝術傑作，人的反應究竟如何？比如，某人在盧浮宮裡觀看提香的《埋葬》或者在聽（瓦格納的）《歌唱大師》裡的五重唱時，他的感覺如何？我知道我自己的感覺。那是一種激越之情，它使我產生一種智性的、但又充滿感性的興奮感，一種似乎覺得自己有了力量、似乎

---

[45]　〔美〕韋勒克、沃倫：《文學理論》，劉象愚等譯，生活・讀書・新知三聯書店，1984 年，第 18 頁。

[46]　〔德〕沃爾夫岡・伊瑟爾：《虛構與想像──文學人類學疆界》，陳定家、汪正龍譯，吉林人民出版社，2003 年，第 12 頁。

已從人生的種種羈絆解脫出來的幸福感；與此同時，我又從內心感受到一種
富有同情心的溫柔之情；我感到安定、寧靜、甚至精神上的超脫。」[47]情感本
身便是一種思想運動。20 世紀的小提琴大師梅紐因說：「音樂之所以生存並
呼吸，就是為了昭示我們：我們是誰？我們面對什麼？在巴赫、莫札特、舒
伯特等人的音樂中，存在著一條我們自己與無限之間的通途。」[48]義大利符
號學家、哲學家安貝托‧艾柯也指出：「正是從小說中，我們才能找到賦予
自己存在的意義的普遍公式。在我們的生命裡，我們總在找一個與我們的來
源有關的故事，讓我們知道自己如何出生，又為何活著。」[49]這些樸實無華的
見解道出了事情的本質。據說畢卡索曾經給某某人畫像，在擺了第一次姿勢
之後，某人即表滿意。但畢卡索卻反覆畫了九十次，然後統統擦光。停了數
月，他不用模特兒就畫完了這幅肖像。當某人困惑地問畫家這像不像自己時，
畢卡索平靜地答道：「你有一天會像它的。」的確，作為人類自由天性的一種
實現方式，文學藝術是人們實現精神自由的獨特方式；文學藝術的本質也就
是一種可能性生活，是對可能生活的觀念性實現、過程性開啟，它超越了世
間悠悠萬事的困擾，擺脫了束縛人類天性的種種機構的框架，而使人類成為
自身，使我們「過上另一種生活」。「真正的藝術必定會捲入生命和人類存在
的意義之類的問題的探討，這些藝術使我們面對著『改變我們的生活方式』
的要求」[50]。真正的文學藝術應融入到我們的實際生活之中，使我們的存在變
成一種「方式」、一種「藝術」。因此，匈牙利藝術史家阿諾德‧豪澤爾說：「熱
愛藝術不是一種責任，也不算一種美德，但它是一種力量和成功的考驗」[51]。

---

[47]　〔英〕威廉‧毛姆：《毛姆讀書隨筆》，劉文榮譯，生活‧讀書‧新知三聯書店，
　　　1999 年，第 65 頁。

[48]　〔美〕耶胡迪‧梅紐因：《人類的音樂》，冷杉譯，人民音樂出版社，2003 年，
　　　第 136 頁。

[49]　〔意〕安貝爾‧艾柯：《悠悠小說林》，俞冰夏譯，生活‧讀書‧新知三聯書店，
　　　2005 年，第 149 頁。

[50]　〔美〕阿諾德‧豪塞爾：《藝術史的哲學》，陳超南、劉天華譯，中國社會科學出
　　　版社，1992 年，第 273 頁。

[51]　〔匈〕阿諾德‧豪澤爾：《藝術社會學》，居延安譯編，學林出版社，1987 年，
　　　第 151 頁。

當一個社會一旦不再重視文學藝術，也就等於是致命地自絕於曾經創造並保持了人類文明精華的推動力。

康德曾經指出人與動物不同，就在於他不僅「感覺到自身」，而且還能「思維到自身」；人不像動物那樣只求自己活得好，他還會考慮為什麼活著？怎樣活才有意義？因此，法國大文豪雨果在其名著《悲慘世界》裡寫道：「精神的眼睛，除了在人的心裡，再沒有旁的地方可以見到更多異彩，更多黑暗；再沒有比那更可怕、更複雜、更神秘、更變化無窮的東西。世間有一種比海洋更大的景象，那便是天空；還有比天空更大的景象，那便是內心的活動。」[52]康德說得好，每個人的審美判斷都充滿著他自己所具有的人性。真正的現代藝術是專注於個體的各種可能性的，「（現代）藝術品中所潛藏的意識是從社會分離出來的意識，……這些冷漠的藝術品依舊忠實於反對存在的荒謬的個體，因此保留了先前偉大藝術品的內容」[53]。因此，本雅明從波德賴爾的一段話中對「詩人」進行了定位：大都市裡的「拾垃圾者」。波德賴爾是這樣描述自己的：「此地有這麼個人，他在首都聚斂每日的垃圾，任何被這個大城市扔掉、丟失、被它鄙棄、被它踩在腳下碾碎的東西，他都分門別類地收集起來。他仔細地審查縱慾的編年史，揮霍的日積月累。」[54]新康德主義者齊美爾則指出，隨著文化的現代發展，個體性這一文藝復興的最重要成果正在被經濟、科技和知識成果所壓抑，金錢和效率等非人性的東西成為社會生活的支配性因素：「歷史的發展已經達到真實的創造性文化成就與個體文化發展分道揚鑣的時代。」[55]福柯要人們對「現在」持平和的心態，不要一廂情願地將自己的時代當做「彷彿恰好在歷史中處於斷裂期、或頂峰期、或完成期、或曙光重現的時期」；「我相信，應當謙遜地對自己說：從某個方面講，

[52]　〔法〕雨果：《悲慘世界》（二），李丹譯，人民文學出版社，1959年，第272頁。

[53]　〔德〕霍克海默：《現代藝術和大眾文化》，轉引自朱立元主編：《二十世紀西方文論選》，高等教育出版社，2002年，第601頁。

[54]　〔德〕本雅明：《發達資本主義時代的抒情詩人》，張旭東、魏文生譯，生活・讀書・新知三聯書店，1989年，第99頁。

[55]　〔德〕齊美爾：《橋及閘》，涯鴻、宇聲譯，生活・讀書・新知三聯書店，1991年，第94頁。

我們生活的時代並非在歷史上獨一無二,並不是一個根本性的、新鮮事物層出不窮的時代,好像從這個時代起,一切都會完成並重新開始」[56]。

　　因此,在這樣的時代,並非「一切堅固的東西都煙消雲散了」;在這樣的時代,文學藝術這一滋養「個體的心靈」的自律性領域,與整體性物質文化和日常意識形態構成了互補乃至對立。中國古人追求的便是一種藝術的人生觀,「這就是積極地把我們人生的生活,當作一個高尚優美的藝術品似的創造,使他理想化,美化」[57]。正如新儒家思想的代表徐復觀先生所指出的:「藝術是反映時代、社會的。但藝術的反映,常採取兩種不同的方向。一種是順承的反映,會發生推動、助成的作用,因而它的意義,常決定於被反映的現實的意義。……中國的山水畫,則是在長期專制政治的壓迫,及一般士大夫的利慾薰心的現實之下,想超越向自然中去,以獲得精神的自由,保持精神的純潔,恢復生命的疲困,而成立的;這是反省性的反映。順承性的反映,對現實有如火上加油。反省性的反映,則有如在炎暑中喝下一杯清涼的飲料。專制政治今後可能沒有了;但由機械、社團組織、工業合理化等而來的精神自由的喪失,及生活的枯燥、單調,乃至競爭、變化的劇烈,人類還是需要火上加油性質的藝術呢?還是需要炎暑中的清涼飲料性質的藝術呢?」[58]無疑,反省性反映的文學藝術所表達的個人化的感性經驗有著顛覆整體意識形態體系的價值,它經過個人的心靈和情感的發酵最後通往一個個獨立的讀者,培育出一個個獨立的人格,最終作用於社會和大眾。在審美超越活動中,人所特有的情、智、意志及想像力,渾然一體、交融運作,使作為「生命的唯一主人」的「我們自身」真正具有了無比崇高的尊嚴。我們只要堅持文學藝術的這一古老的美學追求,文學藝術必然會繼續對整個人類的生存發展做出貢獻,一種築基於個人自由之上的新的社會倫理便會降臨。只

---

[56]　〔法〕福柯:《結構主義與後結構主義》,見杜小真編選《福柯集》,上海遠東出版社,1998 年,第 503 頁。

[57]　宗白華:《新人生觀問題的我見》,《宗白華全集》第一卷,安徽教育出版社,1994年,第 204-205 頁。

[58]　徐復觀:《中國藝術精神·自敘》,春風文藝出版社,1987 年,第 7 頁。

要文學藝術的這一美學追求沒有喪失，文學藝術仍然向我們呈現多樣化的、可能性生活，使我們「追求好的生活遠過於生活本身」，那麼，文學藝術將永遠不會「死亡」或「終結」！正如斯洛維尼亞美學家阿列西・艾爾雅維奇所指出的，「藝術從根本上說，不是媒介事件和現象，而是一個同每個個體、我們每個人有關的東西——不管它是不是商品，情形都是如此。」[59]儘管藝術的歷史角色及其獨一無二的重要性——起著社會、國家和宗教意義上的少數人的一種表現手段的作用，或如英伽登所言：藝術提供了我們在日常的工具化和消費導向的社會中所無法獲取的小——似乎都蕩然無存了，但是，藝術並沒有死亡，也沒有終結。作為人類內在精神活動的構成與體現方式，藝術是與人類的誕生及發展不斷演進變化著；它為人類而存在，也必然維護著人類自身的發展。只要人類存在沒有終結，藝術就不會終結。藝術始終是開放的，藝術不能終結就像哲學或者人類歷史不能終結一樣。套用莎士比亞十四行詩第 18 首的兩句詩結束本文：只要一天有人類，或人有眼睛，藝術必將長存，並賜予我們生命。

　　因為，「石在，火種是不會絕的！」

## 第二節　「圖像」替代「文字」？[60]

　　與西方後現代主義學者的觀點同步，國內有學者認為，視覺時代的到來意味著電影的進攻和文學的退縮，「在這場美學革命中，電影以其逼真性對於藝術的規則進行了重新的定義，在資本經濟的協同作用下，作為藝術場域的後來居上者，它迫使文學走向邊緣。在此語境壓力下，文學家能夠選擇的策略是或者俯首稱臣，淪為電影文學腳本的文學師，或者以電影的敘事邏輯為模仿對象，企圖接受電影的招安，或者以種種語言或敘事企圖衝出重圍，

59　〔斯〕阿列西・艾爾雅維奇：《當代生活與藝術之死：第二、第三和第一世界》，《學術月刊》2006 年第 3 期。

60　本節的寫作得到了北京師範大學藝術與傳媒學院李稚田教授的指導與幫助，特此致謝。

卻不幸跌入無人喝彩的寂寞沙場。……文學的黃昏已然來臨。」[61]其言外之意是，「圖像」將替代「文字」；具言之，文學將讓位於電影。

問題在於，作為兩種有不同表現形態和藝術特質的藝術樣式，文學與電影完全有著各自不同的生存方式與發展道路，它們之間並非相互排斥的關係。起初，電影為力圖擺脫「雜耍」與「遊藝場玩藝」而虛心向文學「求教」：「當時的電影缺乏想像力……為了從不景氣的情況中擺脫出來，為了把那些比光顧市集木棚的觀眾更有錢的人吸引到電影院裡來，電影就必須在戲劇和文學方面尋找高尚的題材」[62]。儘管如此，電影還是始終保持著自己的獨立探索與發展道路，畢竟它是與文學不同的藝術樣式。拋棄諸多理論的偏見，客觀地說，文學實際上並沒有被電影所替代，電影也不可能會「毀滅」文學。

首先，作為兩種不同的藝術門類，文學和電影的藝術規律和表達方式是不同的。電影是通過畫面與音響作用於大眾感官的視聽藝術，而文學則是經由文字的傳達作用於讀者頭腦的想像藝術。文學語言可以毫不費力地表述抽象概念與凌亂而不相接的心理流程，而使文學家在深入探索和表現人物細緻入微的思想感情上有著得天獨厚的優勢。在這一點上電影則相形見絀，電影創作運用的是畫面思維，它必須把所要表現的內容一概化為視覺形象與聽覺形象，可視可聽性是電影的生命所在。關於這種差異，茂萊在《電影化的想像——作家和電影》中有十分精闢的表述：「由於小說家掌握的是一種語言的手段，他在開掘思想和感情、區分各種不同的感覺、表現過去和現在的複雜交錯和處理大的抽象物等方面便得天獨厚。儘管晚近以來某些電影導演力圖在表現複雜的主觀關係方面與文學一爭高低，但電影畢竟在這個領域裡比小說略遜一籌，難相比美。把注意力全部放在人的內心世界上的電影導演，或者換句話說，當他們處理一些更適合於文學家的題材時，結果往往拍出靜態的、混亂的和枯燥乏味的非電影。」[63]安德列·勒文孫也說：

---

[61]　朱國華：《電影：文學的終結者？》，《文學評論》2003 年第 2 期。
[62]　〔法〕喬治·薩杜爾《世界電影史》，中國電影出版社，1982 年，第 73 頁，第 77 頁。
[63]　〔美〕愛德華·茂萊：《電影化的想像——作家和電影》，中國電影出版社，1989 年，第 113 頁。

在電影裡，人們從形象中獲得思想，在文學裡，人們從思想中獲得形象[64]。

身跨文學與電影兩界，既是「新小說」派代表，又是「左岸派」電影重要編導的阿蘭·羅伯—格里耶感慨地說：

> 文學——這是詞彙和句子，電影——這是影像和聲音。文字描述和影像是不相同的。文字的描述是逐漸推進的，而畫面是總體性的，它不可能再現文字的運動[65]。

如，沃卓斯基兄弟 1999 年導演的《駭客帝國》，著名的「子彈時間」的畫面在提交給電影公司的文本中是這樣寫的：「尼奧從包圍的眾人中間很酷地飛了起來。」華納公司的老闆們就為這樣的劇本而動心，拿出了六千萬美元讓導演去拍片。這在文學創作是難以想像的。

　　視覺、聽覺藝術直接訴諸人的官能，而作為語言藝術的文學卻不直接訴諸官能；在文學的接受過程中，視覺不過是一個始發點，它所傳導的符號資訊只有通過讀者中樞神經的再造想像，才能在腦海裡破譯出一幅符合文字描繪的藝術圖景，才能讀出凝結在書中的意思或意味——這是心智性的。螢幕則是全息性的，音、像、語俱全，它們在同一瞬間撞擊著人的整體機能，其間無需任何語符的轉譯，人們很容易就被啟動，彷彿尚未動腦，卻似乎一下什麼都懂了——可真正懂了嗎？其實也未必。書卷使人沉靜，螢幕使人浮躁。海德格爾說過，人應為自己創造一個能詩意地棲居的場所這便是心靈的歸宿。心眼與肉眼不一，適合於肉眼縱情聲色的錦繡谷，未必宜於心眼居住。詩意的居所無需豪華，無需珠光寶氣。因為它亟須提供的是安魂，而非肉眼的煩躁。頗有意味的是，肉眼迷離時，心眼沒了位置；相反，掩上眼簾，肉眼模糊了，心眼便格外尖銳。因此，我們看到，彩色螢幕因有全息性直播物

---

[64]　轉引自〔美〕愛德華·茂萊:《電影化的想像——作家和電影》，中國電影出版社，1989 年，第 114 頁。

[65]　轉引自《西方文學與電影》，《廣西藝術學院學報》1996 年增刊。

質現實之特點，而迅猛淪為商業廣告媒體，日夜挑逗著人們的慾念。紅的是唇，綠的是懷春的貓的眼睛。我們生活的世界，充滿了各種官能，很少思想；充滿生物性，很少價值性。一言以蔽之，現代文化工業是用高科技來煽動低品位，用物質文明來包裝原始——以是之故，有的北歐國家已法定孩子每週看電視的時間，以便他們能夠用心讀書。雖然如今電子媒介以極高的科技含量創造出了種種文化奇蹟，但是與電子媒介所製作的音響、圖像、色彩、造型、動感、質感相比，語言仍然是最富於理性內涵的，語言以語詞概念為中介，訴諸人的理解和智力，這是一場理性與理性的對話，這場對話可以採取判斷、推理、演繹等思維形式，如哲理思辨；也可以採取感知、想像、情感等心理活動，如文學活動，但不管是何種情況，都必須首先把握語詞概念，從而一開始就需要理智和思維的介入。簡言之，語言媒介比起其他媒介來理性化程度更高，或者說語言是一種理性化的媒介。因此，當文學憑藉語言媒介來表情或敘事時，才顯示出許多為其他媒介不具備因而也無法替代的獨到之處。

對於畫面思維與想像思維之間難以逾越的鴻溝，論者見仁見智，但意見比較集中在「隱喻」上面。善於改編名著，以對《十日談》、《坎特伯雷故事》、《天方夜談》改編成果蜚聲影壇的義大利導演比埃爾·保羅·帕索里尼，曾明確地指出：「我覺得電影和文學作為表現手段之間區別，主要表現在隱喻上，文學幾乎完全是由隱喻構成的，而電影幾乎完全沒有隱喻。」[66]的確，文學中充滿了文字構成的隱喻，其中的人物形象便是無數隱喻的終極指向，讀者必須在閱讀文學作品的全過程之後，結合自己的日常經驗加以分解、類比、綜合之後才能獲得審美享受，這是一個緩進的、必須通過閱讀不斷積累的過程。而電影則只能通過畫面凸現鮮明視覺形象，銀幕上的「這一個」只能是無數不同國籍、不同信仰的觀眾心裡共同的「這一個」，觀眾得到的只能是導演強加的、先聲奪人的視覺印象。此外，文學家們可以通過自己一支生花妙筆，展現出既豐富又複雜，深度廣度兼具的社會生活內涵，在突破時

---

[66]　轉引自《西方文學與電影》，《廣西藝術學院學報》1996 年增刊。

空限制、刻畫人物細膩心理等方面靈活、自由，是電影難以企及的。從這個意義上來說，電影完全不可能取代文學。事實上，小說的最終產品和電影的最終產品，分別代表著兩種不同的美學種類，就像芭蕾舞不能和建築相同一樣。我們可以設想一下，普魯斯特和喬伊絲的作品如果改編成電影，而卓別林的影片如果改寫成小說，那將會是多麼的荒謬可笑啊。

　　其實，文學與電影是藝術天地中並流的雙河，那種認為文學會成為電影附屬品的論斷是偏頗的。曾有人做過細緻的統計，自有電影以來，大約百分之七十以上的中外故事片都改編自文學名著（主要是小說），而且文學名著一改再改，數次被搬上銀幕的實例似乎更使「終結論」惡行昭彰，像法國文豪雨果的《悲慘世界》，曾被改編高達 17 次，無怪乎前蘇聯電影理論家波高熱娃感慨道：「沒有萊蒙托夫和托爾斯泰、陀思妥耶夫斯基和巴爾扎克的作品的改編，那麼電影的歷史也是不堪設想的。」[67]但儘管如此，即使在觀賞了這些改編的電影之後，還有相當多的觀眾願意甚至更喜歡拿起原著，去領略書中的那份馨香。因此，電視劇《圍城》播出後，錢鍾書先生的原著小說在書攤上成為熱銷；瓊瑤、金庸、老舍、二月河、張平、海岩等人的小說也是如此，它們都伴隨電視劇相繼成為讀者的案頭之物。電影《哈利·波特》、《指環王》以及斯蒂芬·金的電影引入中國，翻譯作品也迅即風靡大江南北。看來電影（電視劇）並不能終結什麼，甚至很多觀眾因為改編影視作品沒能企及原著的藝術高度而責難備至。這其中大部分原因，是因為電影為時長、攝製技術、觀眾觀影的生理要求等諸多方面限制，而對作品複雜人物關係和社會狀況的表現往往力不從心。即使電影中的鴻篇鉅製敢拍到 3 個小時以上，還是不能與文學作品中那種運用文字以持續不斷地鋪陳、描寫、刻畫而帶給讀者感官的強烈渲染和刺激同日而語。《紅樓夢》的眾多擁護者對於原著中的語句都耳熟能詳，在文學閱讀裡積累了大量的感悟，電影《紅樓夢》儘管儘量忠實原著，也會掛一漏萬，使千百萬觀眾不滿足。更何況電影的改編還會有導演相當多的再創作成分，它會使影像文本離開原著更遠，甚至面

---

[67]　李晉生編：《中國電影理論文選》上冊，文化藝術出版社，1992 年，第 503 頁。

目全非。譬如大陸香港合拍電影《大話西遊》之《月光寶盒》、《大聖娶親》，編導不過是借《西遊記》的軀殼編織自己對於愛情與人生的夢想，影像文本裡根本就沒有多少原著的影子。即使是真正忠實於原著的改編，也是一個導演拍出來一個樣，千奇古怪，各有側重。

　　文學形態又是多姿多彩的，雖然敘事文學在文學作品中占相當比重，但是還有很多非敘事的文學類型存在。雖然電影改編首選的常是以敘事見長的小說、戲劇作品，但也並非永能如此。一般說來，大凡故事性較強、人物性格比較鮮明、情節線索不過分繁雜的題材才較適於電影改編；而且，絕大多數優秀影片都是以非常簡單的主體和比較不複雜的劇情為特徵的。如，魯迅的小說作品，除個別篇目外許多都不適合改編電影，雖然《祝福》、《傷逝》已改編成功，但《在酒樓上》、《藥》、《離婚》、《狂人日記》等都不適合，夏衍先生甚至認為《阿Q正傳》也不具有改編成電影的可改性，他坦承：「要在舞臺上或銀幕上表現阿Q的真實性格而不流於庸俗和『滑稽』是十分不容易的。」[68]雖然後來有人把《阿Q正傳》搬上銀幕，許多人看了極不滿意，認為電影削弱了這部偉大作品的思想性。如此看來，並不是任何敘事作品都適於改編成電影。如，歌德的《少年維特的煩惱》屬於書信體小說，作品中充滿了少年人對生活的感受，但關於情節、場景的敘事則顯單薄、次要，以表現視覺形象為重心的電影就很難把它搬上銀幕。

　　此外，影像文本能否改編成功，很大程度上決定於編導對於原著和作者的理解深度，儘管不乏「借他人酒杯以澆心中塊壘」的作品，但更多的還是要和原著有精神的共鳴和溝通，才能改編成令人信服的作品，原著越有名，原著者的文學地位越高，改編難度就越大，這已經是電影界不爭的共識。電影《城南舊事》，抓住了林海音原作中那種淡淡的感傷情緒，改編獲得了成功。而電影《駱駝祥子》，編導因對祥子這個人物的特殊喜愛，草率地變動了祥子的墮落結局，不僅破壞了祥子性格的發展邏輯，而且削弱了影片社會歷史的內涵價值。電影改編的作品永遠無法等同取材的文學作品，讀書仍然

---

[68]　轉引自《論改編的藝術》，《世界電影》1983年第1期。

是相當多的人的精神依託，看著他們津津樂道文學作品中那一個個細節，其中的樂趣是電影永遠無法給予的。文學已有數千年的歷史，即使文學中有菁英文學與大眾文學的分野，它們也是相安共存，各有各的市場，各有各的發展；而電影，一般而言仍然屬於大眾文化，它對菁英文學作品的改編，也不過是把它大眾化，變成大眾的精神食糧而永遠無法取代它的菁英本體。

　　因此，儘管法國電影導演阿培爾・岡斯在 1927 年就熱情滿懷地宣稱：「莎士比亞、倫勃朗、貝多芬將拍成電影……所有的傳說、所有的神話和志怪故事、所有創立宗教的人和各種宗教本身……都期待著在水銀燈下的復活，而主人公們在墓門前你推我搡。」[69]但是，事實上，有些作品是無法改編也拒絕改編的，如一些意識流的作品。

> 把《尤利西斯》拍成電影的嘗試是註定要失敗的。雖然喬伊絲的小說裡充滿了和銀幕上使用的技巧很相類似的技巧，這些技巧在書本裡是用詞句來完成的，或者是在語言的和理性的層次上運用，並非電影攝像機所能攝錄。我們如果想瞭解喬伊絲筆下的人物，就必須進入——深深地進入人物的內心。電影的再現事物表象的能力是無與倫比的；然而，在需要深入人物的複雜心靈時，電影就遠遠不如意識流小說家施展自如了[70]。

同樣，斯皮爾伯格的《辛德勒的名單》是電影中的名作，如果把它改編成文學作品，相信會令人大失所望，因為很多「韻味」只有電影語言才能傳達出。愛德華・茂萊對「電影小說」的藝術特點作出過精彩的概括：「膚淺的性格刻畫，截頭去尾的場面結構，跳切式的場面轉換，旨在補充銀幕畫面的對白，

---

[69]　轉引自本雅明：《機械複製時代的藝術作品》，王才勇譯，浙江攝影出版社，1993年，第 8 頁。

[70]　〔美〕愛德華・茂萊：《電影化的想像——作家和電影》，中國電影出版社，1989年，第 140 頁。

無需花上千百個字便能在一個畫面裡面闡明其主題。」[71]「如果要使電影化的想像在小說裡成為一種正面力量，就必須把它消解在本質上是文學的表現形式之中，消解在文學地『把握』生活的方式之中，換言之，電影對小說的影響只有在這樣的前提下才是有益的：即小說仍是真正的小說，而不是冒稱小說的電影劇本。」[72]

可見，雖然電影很努力，很善於把自己的觸角向各個領域都勇敢地伸一伸，但廣闊的文學天地仍然有很多東西是電影無從插手的。因此，說什麼「文學家能夠選擇的策略是或者俯首稱臣，淪為電影文學腳本的文學師，或者以電影的敘事邏輯為模仿對象，企圖接受電影的招安，或者以種種語言或敘事企圖衝出重圍，卻不幸跌入無人喝彩的寂寞沙場⋯⋯」，這種悲觀的論斷不能讓人信服。它忽視了一個重要的事實：很多電影僅僅是改編自那些已經擁有相當廣泛觀眾群的文學作品，或者是因作品本身就已經有了良好口碑，影像文本的目標也是為鎖定這些讀者受眾，以及對這些文學作品本身感興趣的人。比方前文已說到的《哈利·波特》和《指環王》，電影均改編自已經擁有巨大讀者群的同名原著，是這些熱愛原著的讀者才使電影製作認定值得花費巨大的投資把文字改變成為影像，雖然耗資巨大，而更巨大的觀眾群能夠使拍攝有利可圖，製片商才會得到他所需要的資金。飲水思源，影片日進斗金的高票房不能不說是電影適時搭乘了熱門文學作品的順風車。再如曾在歐洲引起觀影熱潮的《BJ 單身日記》，原來是英國記者海倫·費汀為一份獨立報紙撰寫的專欄，由於作者筆法和內容的幽默風趣而大受讀者歡迎，1996年以小說樣式正式出版，創下了 400 萬本的驚人銷量，小說女主人公佈莉琪·鐘斯也成為了世界追求愛情的婦女讀者的精神代表。正是因為這個形態，製片商對該作品的改編有了巨大的積極性，甚至對影片中個性鮮明的女主角的人選，也讓電影製片者絞盡了腦汁。文學為電影創造的種種條件，被

---

[71]　〔美〕愛德華·茂萊：《電影化的想像──作家和電影》，中國電影出版社，1989年，第 306 頁。

[72]　〔美〕愛德華·茂萊：《電影化的想像──作家和電影》，中國電影出版社，1989年，第 302 頁

電影文本製作者巧妙抓住，應了中國一句老話：他山之石，可以攻錯，終於使這部電影未映先紅，並在搬上大銀幕的 2001 年創造了當年的票房奇蹟。

中國電影史有一段佳話：1947 年 12 月 14 日，張愛玲編劇的電影《太太萬歲》在上海各大影院同時上映，引起了巨大轟動。據記載，在檔期的兩周裡，即使大雪紛飛，仍然場場爆滿。上海各報競相報導《太太萬歲》上映的盛況，「連日客滿，賣座第一」、「精彩絕倫，回味無窮」、「本年度銀壇壓卷之作」[73]，而且關於《太太萬歲》的評論熱潮直到第二年才漸趨平淡。這部影片成功的原因很大部分要歸於張愛玲，她堅持在劇本創作中沿襲自己一貫關注小人物平淡人生的視角，以及淡淡的「含著微笑」的藝術風格。一位評論者談及這部影片時指出，影片的選材和表現方式（如影片中的場景處理、細節安排等）都有典型的「張愛玲風」——「它的風氣是一股潛流，在你的生活中漸漸地說著、流著，經過了手心掌成了一酌溫暖的泉水，而你手掌裡一直感到它的溫暖，也許這緩緩的泉流，有一天把大岩石也磨平了。」[74]而表現那種平凡的日常生活當中蘊含的可怕力量正是張愛玲一生為之尋求的目標。

其實，我們只要把視野略微打開一些，就可以發現，在世界傳播的發展歷史上，任何一種新興傳播手段的出現都是綜合了前媒體的各種優勢，因而會給先出現的媒體以巨大的衝擊力。它會帶來雙刃的效應：奮起就發展，屈從就敗退。正確的發展態度是：正視衝擊，激勵前媒體做出調整改革來適應競爭，在競爭中發展自己成為一種更新的媒體。如果以形而上的眼光對待，反而可能把這種競爭發展孤立地視為舊媒體的淪落和消亡，給自己造成沒來由的恐慌。印刷媒體不斷受到電視、網路等電子媒體的衝擊就是一個典型事例。電子媒體出現，所謂「無紙化」一度引起了「狼來了」般的恐慌，但事實證明，一方面電子媒體造成的紙張消費反而出現正增長，而與電子媒體相比，印刷媒體過去為人類所未見到的優點反而凸顯。至今印刷行業前景仍然

---

[73] 參見 1947 年 12 月 13 日-27 日上海《大公報》、《申報》、《新聞報》等報章報導。
[74] 參見《文華影片公司新片特刊·〈太太萬歲〉中的太太》，《大公報·大公園》1947 年 12 月 13 日。

光明。同樣，電影本身的發展歷史也證明了這一點，上個世紀六、七十年代以後，電視的飛速崛起逐漸趕上並超過了娛樂業霸主電影的地位，引起了電影從業人員的一陣恐慌，甚至一度有人懷疑電影會在電視的擠壓下而銷聲匿跡，但是事實並不是如此，在電視飛速發展的同時電影仍然在繼續發展，兩者不是互相傾軋而是共同把市場的蛋糕越做越大。結果，全球最主要的電影市場美國，現今共有電影銀幕 30000 塊，1999 年的觀影人次達到 14.8 億人次，電影票房的總收入為 74.5 億美元，2000 年又上升為 76.7 億美元，而且已是美國電影票房連續第 9 年的增長，電影工業依舊是美國獲利最多的黃金產業之一。事實讓更多的人清醒地認識到電影的寬大銀幕、環繞聲音、集體性觀看的儀式感都是電視所無法代替的。目前的電影製作也出現了向高科技，大投入，大場面追求視聽感受的方面發展的趨勢。風靡全球的《侏羅紀公園》、《哈利·波特》、《指環王》等影片都是靠著讓人匪夷所思、歎為觀止的聲音和畫面效果讓觀眾如癡如醉。而沃卓斯基兄弟 1999 年的《駭客帝國》與 2003 年的《駭客帝國：重裝上陣》更被評論為開啟了電影敘事語言的新紀元。

我們還特別想指出如下一個事實：文學從來都有相當大的寬容度，個人化寫作在文學史上比比皆是，語言的實驗性和先鋒性都在這裡得到體現的強大空間。但是電影雖然從理論上可以說「只有你想不到的，沒有我做不出來的」的話，但電影的生產卻不得不受到相對來說更加嚴格的意識限制和經濟約束，它並不能真正做到文學那樣的天馬行空。由此可見，文學擁有更廣闊的生存天地，它絕無可能也無必要會「臣服」於其他樣式的藝術形態。

事實上，電影和文學是可以優勢互補的，在藝術殿堂裡，它們是並蒂蓮交相輝映，可以綻放出更燦爛的華彩。就文學而言，它永遠是其他藝術的老師；就電影而言，電影尊重文學，熱愛文學，並不斷借助對優秀文學作品的改編以保護和提升電影的文化品位，促進電影健康發展。前蘇聯著名導演 C·格拉西莫夫在指導自己的學生時就曾說過：

> 一個電影導演是可以從崇高的文學典範中學到很多東西的。這兩種藝術之間存在著聯繫，而且這種聯繫應該得到加強。偉大的文學所積累

的經驗能夠幫助我們電影工作者學會怎樣深刻地去研究複雜多樣的生活[75]。

作家海岩確認作家的創作在技術上會受到影視的影響，他說：「我們現在處於視覺的時代，而不是閱讀的時代，看影視的人遠遠多於閱讀的人，看影視的人再去閱讀，其要求的閱讀方式、閱讀心理會被改造，對結構對人物對畫面感會有要求，在影像時代，從事文本創作時應該考慮到讀者的需求、欣賞、接受的習慣變化，所以作家在描寫方式上很自然會改變，這是由和人物和事件結合在一起的時代生活節奏和心理節奏決定的。」[76]那麼，小說會不會成為影視的附庸呢？回答是否定的。莫言認為：

> 它們畢竟是有獨立品格的兩回事，……改編是一種固定化，每個人在讀小說時都在想像和創造，比如林黛玉是高是矮，長臉圓臉，每個人有每個人的想法，但一旦改成影視作品，就明確了，固定了，也就限定了，林黛玉就是某某演員那樣瘦的長臉。所以影視其實是用對作品的一種解讀代替抹殺千萬種不同的解讀。從這種意義上講，文學是活的，影視卻是死的。

這番話道出了小說與劇本寫作不同的特性和要求，文學具有影視不能替代的獨特之處。蘇童指出：「影視是嚴肅文學的通俗讀本。」小說的改編大戶王朔說：「寫影視劇來錢，但寫多了真把人寫傷了，再要寫小說都回不過神來。」[77]

　　傑姆遜認為，在現代主義階段，文化和藝術的主要模式是時間模式，它體現為歷史的深度闡釋和意識；而在後現代主義階段，文化和藝術的主要模

---

[75] 轉引自《歷史積澱與時代跨越——中國現代文學名著影視改編透視》，北京電影學院學報 2002 年第一期，第 41-49 頁。

[76] 鮑曉倩：《作家紛紛觸電影視　創作心態各不相仿》，《中華讀書報》2003 年 11 月 26 日。

[77] 陳潔：《作家的影視新感覺》，《中華讀書報》1999 年 6 月 1 日。

式則明顯地轉向空間模式。所謂視覺形象，在傑姆遜看來就是以複製與現實的關係為中心，以這種距離感為中心的空間模式。面對機械複製技術對社會生活的全面滲透和形象的壟斷性推進，景象成為當今社會的主要生產。法國哲學家居伊・德波在《景象的社會》一文中，就大膽宣佈了「景象社會」的到來。後來的法蘭克福學派的代表人物本雅明提出了「機械複製時代」文明的闡釋。接著利奧塔在肯定了圖像形式表現出來的生命能量同時，提出了「圖像體制」問題，並對這一體制進行了批判。稍後的博得里亞又提出「類像時代」的概念，並指出這是一個由模型、符碼和控制論所支配的資訊與符號時代。進一步來說，「景象決不能理解為是視覺世界的濫用，抑或是形象的大眾傳播技術的產物，確切地說，它就是世界觀，它已變得真實並在物質上被轉化了。它是對象化了的世界觀」；它的「基本特徵在於這樣一個簡單事實，即它的手段同時就是它的目的，它是永遠照耀現代被動性帝國的不落的太陽，它覆蓋世界的整個表面但永恆沐浴在自身的光輝之中」[78]。視覺文化的圖像超越了膜拜與審美的功能而登場於消費時代的大眾文化領域，以其視覺愉悅性體現出，王一川稱之的鮮明的「視覺凸現性美學」特徵，即「那種視覺畫面及其愉悅效果凸現於事物再現和情感表現意圖之上從而體現獨立審美價值的美學觀念，即是視覺鏡頭的力量和效果遠遠越出事物刻畫和情感表現需要而體現自主性的美學觀。」[79]但是，面對視覺文化或消費文化的衝擊，我們不必哀歎現代以至後現代條件下文學性的消逝。

　　基於以上的論述，我們有理由堅信，儘管會有一些文學樣式一時處於低谷當中，如詩歌、散文等可能今日難以為再；但是，我們堅信，世上只要有讀者，文學家就不會寂寞，文學則永遠不會終結；文學和電影，文字與圖像將會永遠並存，共同豐富著人們日新月異的精神生活。

---

[78]　〔法〕居伊・德波：《景象的社會》，肖偉勝譯，見《文化研究》第三輯，天津社會科學院出版社，2002 年。

[79]　王一川：《全球化時代的中國視覺流》，《電影藝術》2003 年第 2 期。

## 第三節　對於「文學性擴張」的質疑

　　目前，國內學界有一種流行的說法，即所謂的「文學性擴張」，認為「後現代轉折」從根本上改變了「總體文學」的狀況，即將狹義的「文學」置於邊緣，文學的精神追求和藝術追求被文學的商業利潤追求所擠佔，其生存空間被影視、網路、電子遊戲等新興的文化形式所擠佔；而廣義的「文學性」則處於社會生活的中心，即在後現代場景中，今天的政治活動、經濟活動、宗教活動、道德活動、學術活動、文化活動等都「文學化」了：離開了虛構、修辭、抒情、講故事等文學性話語的運作，這些活動都無法進行；於是，「一個成功的企業就是一個文學故事，一個成功的品牌就是一個文學神話，一種成功的行銷就是一種文學活動，而一種後現代的消費就是一種文學接受」——以是之故，「文學性」的成分成了經濟、商業、消費活動的「核心」，不再是狹義文學的專有屬性。因此，我們可以把一篇社論、一條廣告、一個企業的行銷手冊、一條新聞報導、一個理論甚至一個政治家、一個企業家、一個學術明星當作「文學作品」來研究。有的學者由此指出，面對「文學的終結與文學性的統治」這一巨變，傳統的文學研究如果不及時調整和重建自己的研究對象即「擴容」——轉向傳媒、消費行為、娛樂文化、城市景觀、公眾行為等領域的研究，必將茫然失措，坐以待斃[80]。

　　通觀以上論述，人們不難注意到一個事實，即那些提出「文學性擴張」或「日常生活審美化」的學者，從來就不對「文學性」或「審美化」的內涵作出一個最為基本的限定，而在論述過程中含糊其詞。其中的原因，自然是喧囂一時的反本質主義思潮所致。可是，問題在於，從學理上說，任何事物都是有自己相對穩定的特性、內涵和邊界的——因為這是一個事物之所以存在的依據和理由，我們如果無限制地變更其特性、擴大其內涵、抹煞其邊界，那就基本上取消了這一事物本身。的確，在消費主義時代，商業活動、審美

---

[80]　相關論點的文章見《中外文化與文論》第 10 輯，四川教育出版社，2003 年。

體驗、意識形態之間越來越難以分割，面對這一「新世界」，現代性規劃的
學科分類模式日益暴露出侷限和偏執，獨立學科開始失去解釋的有效性，失
去為社會立法的能力和權力，在這種情況下，跨學科研究已然成為不可避免
的趨勢。但是，就文藝學學科而言，如果失去了文學本位，文藝學研究的意
義何在呢？這是一個關鍵的問題。特里・伊格爾頓就尖銳地指出：「如果文
學理論將自己的內涵展得太寬，那無異是證明自己不存在了。」[81]

　　馬泰・卡林斯庫在談到「現代性」的時候說：「如尼采曾經說過的，歷
史性概念沒有定義，只有歷史。我可以補充說，這些歷史往往交織著爭論、
衝突與悖論。」[82]同樣，「文學」或「文學性」作為一個歷史性概念，它同
樣沒有定義，只有歷史───一部交織著爭論、衝突與悖論並向未來敞開的歷
史。然而，作為一種意識，一種知識的建構，在我看來，「文學性」的內涵
不論如何開放，仍然是有它的基本限定的，否則它就與「音樂性」、「藝術性」
等範疇根本沒有什麼差別了。在《文學性》一文中，喬納森・卡勒認為「文
學性」的問題就是「什麼是文學」的問題，它解決的是「文學的一般性質」、
「文學與其他活動的區別」兩方面的問題，其目的在於將文學活動與非文學
活動相區分開來，並確定文學的獨特性質，從而在眾多社會話語光譜中劃出
文學的領地，以安頓作為一門學科的「文學研究」[83]。綜觀文藝學的發展史，
無論人們對於「文學」的理解是如何的千差萬別，人們基本認同「審美意識
形態論」是文藝學的第一原理，基本認同「文學是語言的藝術」。簡言之，「文
學是以審美為最高本質的語言藝術」這一基本的判斷，是人們的基本共識。
如果這一判斷仍然成立的話，「文學性」的基本內涵至少應該包括「審美」
和「語言」兩個維度。由此觀之，「文學性擴張」這種言論是漏洞百出的，
它並非文藝學擴界的有力論證。

---

[81]　〔英〕特里・伊格爾頓：《文學原理引論》，文化藝術出版社，1987 年，第 239-240 頁。
[82]　〔美〕馬泰・卡林斯庫：《現代性的五副面孔》，商務印書館，2002 年，第 2 頁。
[83]　轉引自〔加〕馬克・昂熱諾等主編：《問題與觀點》，百花文藝出版社，2000 年，
　　　第 27 頁。

　　首先，且不論中國是否存在什麼「後現代轉折」，單就「審美」的維度而言，在我看來，上述所謂的「文學性擴張」或「日常生活的審美化」，究其實質，在很大程度上不過是審美的世俗化，是一種「慾望的感性顯現」。其中，「文學性」與其說是經濟、商業、消費活動的「核心」，毋寧說是商業消費的對象和商業生產的動力，是四處飄散的「文明」的「碎片」。在商業活動中，消費並沒有像理論家們所預想的由純粹物質行為向精神行為轉化，其中的「文學性」或「審美」與文藝學中的「文學性」或「審美化」，在各自話語中的位置和功能並不是一回事。就前者而言，「文學性」或「審美化」只是一手段不是目的，是通過象徵、暗示、虛構吸引購買力，是通過趣味的極力渲染，塑造、培養和開發一個市場。試以央視曾經熱播的「杉杉西服」的廣告詞為例，其中有「女人對男人的要求，就是男人對西服的要求」云云。「男人對西服的要求」何以被隱喻為「女人對男人的要求」呢？細思之下，原來聯結二者的是一種性慾的強烈暗示，即西服之「筆挺」與男人之「必挺」的諧音對稱。這種廣告詞配上美女婀娜的舞姿，以及男女相互擁抱轉身的曖昧鏡頭，使得「杉杉西服」成了成功男人的標誌，成了有效征服女人的「物」或「符號」。在這種「慾望化」的「敘事」中，顯然充斥著極其濃郁的物質主義氣息，它除了刺激人們的感官慾望和購買慾望之外，並不能提升人們的審美境界。與這種實用主義的「文學性」不同，在文藝學研究的視野中，「文學性」即作為一種情感評價的「審美」，既是一種手段又是一種目的，它在精神向度上是引人向「上」而非向「下」的。不顧這種區分，提出所謂「日常生活的審美化」，進而以「文學性」或「審美化」的普遍存在質疑現代知識分類、現代學科體系的有效性和合理性，在我看來，只能是浪漫理論家們不切合實際的一廂情願，是西方時髦理論的簡單移植，是一種「可愛而不可信」的理論想像。

　　其次，就「語言」的維度而言，我們說，「文學是語言的藝術」，這意味著文學的「文學性」就存在於「語言」之中。惟其如此，我們才將那些在語言上富於藝術性的歷史著作（如《史記》）、哲學著作（如《莊子》）等也當作文學作品來閱讀。一般說來，語言既有技術性的一面，又有思想性的一面，

還有詩性的一面。而文學是將語言的「詩性」發揮得最為淋漓盡致的一種話語實踐，是語言呈現其自身結構和功能的典範。文學作為一種語言的藝術，以語言作為媒介，這是它與繪畫、雕塑、音樂、舞蹈等藝術的根本區別所在。雖然我們可能進入了「讀圖時代」，但語言媒介仍然是區分文學與廣播、電影、電視、網路文化、商品廣告、電子遊戲等流行文化的分水嶺，有著自己獨特的文化功能。視覺、聽覺或形體藝術是直接訴諸人的官能的。當我們面對圖像時，著名的電影理論家巴拉茲說：「……隨著外在距離的消失，同時也消除了這兩者之間的內在距離。……雖然我們是坐在花了票價的席位上，但我們並不是從那裡去看羅密歐和茱麗葉，而是用羅密歐的眼睛去看茱麗葉的陽臺，並用茱麗葉的眼睛去俯視羅密歐的。我們的眼睛跟劇中人物的眼睛合而為一了。我們完全用他們的眼睛去看世界，我們沒有自己的視角。」[84]在觀賞電影的過程中，想像力和反思的智性根本不需要，我們輕易地就被催眠了。文學語言則不然，它並不直接訴諸人的官能。特里・伊格爾頓說：「文學語言疏離或異化普通言語；然而，它在這樣做的時候，卻使我們能夠更加充分和深入地佔有經驗。平時，我們呼吸於空氣之中，但卻意識不到它的存在：像語言一樣，它就是我們的活動環境。但是，如果空氣突然變濃或受到污染，它就會迫使我們警惕自己的呼吸，結果可能是我們的生命體驗的加強。」[85]以是之故，文學語言的詩性言說喚醒了生命，成了人們生存境況和生命體驗的本真顯現。可見，語言是文學不變的棲居之地，永在的身份標記，它的獨特魅力是其他媒介無法取代、不可置換的。我們怎麼可能會把一篇社論、一條廣告、一個企業的行銷手冊、一條新聞報導、一個理論甚至一個政治家、一個企業家、一個學術明星當作文藝學的研究對象加以研究呢？在我看來，這簡直就是理論家的玄妙囈語！

　　有些學者還指出，進入 90 年代，當經濟、市場、技術、網路、消費、文化產業成為社會話語的關鍵字以後，審美本位、文學本位遭到了質疑。在

---

[84]　〔匈〕巴拉茲：《電影美學》，何力譯，中國電影出版社，1979 年，第 37 頁。
[85]　〔英〕特里・伊格爾頓：《二十世紀西方文學理論》，伍曉明譯，陝西師範大學出版社，1986 年，第 5-6 頁。

他們看來，當前不僅產生了文藝學現有文體秩序難以命名的「文體」，更產生了不以語言文字為中心，甚至根本不出現語言文字的「文體」，圖像、聲音和讀者的現場操作都有可能成為文體因素。在這種情況下，我們可以恢復漢語「文」原有的寬泛意義——聲成文、色成文、天地成文、人亦成文的多媒介之「文」。他們提出，中國古代的小說就有一個從非文學到文學的進程。的確，中國傳統的文學知識體系是不重視小說的，在文化上貶低它，在道德上厭惡它，在藝術上忽視它。可是，近代以降，小說則被確立為文學的中心文類之一，步入了文學的神聖殿堂。可見，「文學性」是歷史的與流動的，我們必須敞開「文學」的邊界。在我看來，這種說法也是值得商榷的。因為「小說」無論如何仍然是以「語言」為媒介，古代的「文」無論意義如何寬泛，也無論它的文體如何繁雜，它們所指的都是語言文字構成的文本，包括文學文本（美文）和非文學文本（經、史、子書等實用性文章）都是如此。因此，我們認為，文藝學的邊界無論怎樣拓展，「語言」的維度不可或缺。

再次，令人費解的是，西方的文化研究者素來是反對學科化的，可是我們國內的許多文化研究者卻有著一股強烈的學科化衝動。如喬納森・卡勒說，隨著原有學科體系的正在崩潰，「文學性」的無處不在，「文學是什麼」，它與「非文學」如何區分，不再是理論應關注的問題。他說：「首先，既然理論本身把哲學、語言學、歷史學、政治理論、心理分析等各方面的思想融合在一起，那理論家們為什麼要勞神看看它們解讀的文本是不是文學呢？……第二點，二者之間的區別並不顯得十分重要的原因是理論著作已經在非文學現象中找到了『文學性』——可以說這個最簡潔的特性其實在非文學的話語和實踐中也是必不可少的了。」[86]可是，中國的文化研究者卻非常在乎自己的研究對象「是不是文學」，而總是試圖把文化研究的對象納入到文藝學的學科領域。這種強烈的學科化衝動，使我們看到，中國的文化研究者即便是簡單地移植西方理論，也未能準確到位。而且，很容易讓人想起特里・伊格爾頓銳利的質問：「一面談論『文學理論』，一面又要逐步消除文學

---

[86]　〔美〕喬納森・卡勒：《文學理論》，李平譯，遼寧教育出版社、牛津大學出版社，1998 年，第 20 頁。

是知識的一個界線分明的對象這個幻覺，這是可能的嗎？」[87]

　　最後，我想指出的是，在這學術凸顯、思想淡出的時代，關於「文學性擴張」的言說實在是細枝末節的事情。因為，當前不是最需要學科視野的挪移或是修修補補，即便是去闡釋、分析、研究影視、流行歌曲、廣告、圖片、環境設計、身體形象、消費行為、網路文本、網路遊戲等等，並不能從根本上解決問題。

　　波普爾在寫於 1952 年的《猜想與反駁——科學知識的增長》中說：「真正的哲學問題總是植根於哲學以外的那些迫切問題，這些根爛了，哲學也隨之死亡了。」[88]文學亦如是。文藝學的研究必須正視文學所面對的「迫切問題」——人的現實生存境況。自 20 世紀 90 年代以降，世界經濟全球化趨勢日益發展，跨國資本勝利凱旋，資訊科技飛速進步，工具理性橫行無阻。隨著中國市場經濟的全面確立，它一方面使人的潛能爆發出來，個性得到發展，慾望獲得解放，一部分人獲得了豐富的物質、精神的享受。但是，另一方面則由於競爭的不公平性，社會資源佔有的不平衡，產生了當今十大階層貧富的懸殊；而物慾、肉慾的無節制追求，則造成了人的異化、物化，導致道德淪喪，生存的道德底線蕩然無存。黑格爾 1816 年在海德堡大學的一段講演在今天仍然具有很強的針對性：「時代的艱苦使人對於日常生活中平凡的瑣屑興趣予以太大的重視，現實上很高的利益和為了這些利益而作的鬥爭，曾經大大佔據了精神上一切的能力和力量以及外在的手段，因而使得人們沒有自由的心情去理會那較高的內心生活和較純潔的精神活動，以致許多較優秀的人才都為這種艱苦環境所束縛，並且部分地被犧牲在裡面。因為世界精神太忙碌於現實，所以它不能轉向內心，回復到自身。」[89]在宗教信仰和哲學信念日益式微，存在墮入遺忘的時代，在話語的終極所指匱乏的當

---

87　〔英〕特里・伊格爾頓：《二十世紀西方文學理論》，伍曉明譯，陝西師範大學出版社，1986 年，第 260 頁。

88　〔美〕波普爾：《猜想與反駁——科學知識的增長》，傅季重等譯，上海譯文出版社，2001 年，第 99 頁。

89　〔德〕黑格爾：《哲學史講演錄》第一卷，賀麟譯，商務印書館，1959 年，第 1 頁。

下，如何從已有的文學經典中汲取思想源泉，呼籲重建適合於人的全面發展的人文價值與精神，比起文藝學的拓界或擴容可能更為重要；唯有「思想」才能使文藝學保持對當下社會文化的發言權，而從根本上維護文藝學的學科活力。

　　事實上，文藝學研究者對於「經典」文本和歷史事實的研究遠遠沒有窮盡。伽達默爾指出，自然科學把研究對象當外在客體看待，是一種客觀主義的模式；但人文學科的自我意識所關注的對象卻不是自然客體，而是與理解者有著密切的歷史的聯繫。在他看來，歷史和文化傳統不是外在於我們的僵死之物，而是與我們的現在緊密相關，對我們現在各種觀念意識的形成起著塑造的作用，而「經典」就最能顯示歷史和文化傳統的這種作用：「經典體現歷史存在的一個普遍特徵，即在時間將一切銷毀的當中得到保存。在過去的事物中，只有並沒有成為過去的那部分才為歷史認識提供可能，而這正是傳統的一般性質。正如黑格爾所說，經典是「自身有意義的，因而可以自我解釋」。但那歸根到底就意味著，經典能夠自我保存正是由於它自身有意義並能自我解釋；也就是說，它所說的話並不是關於已經過去的事物的陳述，即並不是仍需解釋的文獻式證明，相反，它似乎是特別針對著現在來說話。我們所謂『經典』並不需要首先克服歷史的距離，因為在不斷與人們的聯繫之中，它已經自己克服了這種距離。因此經典無疑是「沒有時間性」的，然而這種無時間性正是歷史存在的一種模式。」[90]在伽達默爾看來，「經典」是「沒有時間性」的，因為它們「在不斷與人們的聯繫之中」現身，使過去與現在融合，使人們意識到它們在文化傳統和思想意識上既連續又變化的關係，而體現了一種超越時間限制的規範與基本價值，隨時作為當前有意義的事物而存在。人們在閱讀一部經典著作時，總是處於被詢問並將自己打開和暴露出來的地位。正是在這種與經典的對話中，文化作為傳統對一代代的人發生影響，形成具有強大生命力的文明。因此，「一部經典的確是一個參照系，或者採用阿爾蒂爾比喻性的說法：一種『形式和主題的歷史語法』或『文

---

90　轉引自張隆溪：《經典在闡釋學上的意義》，載《中國文哲研究通訊》第九卷第三期。

化語法』」[91]。難怪，人們會不懈地構成新的「經典」，而某種長期被遺忘、而那些被忽視的話語則總是千方百計地試圖進入到社會話語光譜之中。「經典」之所以是「經典」，成為所謂的「書中之書」、「精中之精」、「重中之重」，關鍵就在這裡。

此外，任何文化建構和知識生產都不可能是對現實的亦步亦趨，它與現實保持一定的距離，往往表達了對現實的超越或是制衡，由此而具有文化立法的意義。真正的文化創造者的活動本質上並不追求實用目標。他們是在藝術、科學或形而上學的思考中，尋找生活的真正意義的人。文學創作尤其如此。1990 年，當墨西哥詩人奧克塔維奧・帕斯（1914-1998）獲悉自己成為該年度諾貝爾文學獎得主這一消息時，他正在紐約訪問。女記者安赫利卡・阿維列拉問他：「幾分鐘前，你曾經建議美國總統喬治・布希多讀點詩。那麼，你建議墨西哥總統做什麼呢？」帕斯毫不猶豫地答道：「也是讀詩。但是，不只是政治家們應該讀詩，社會學家和所謂的政治科學（這裡存在著一個術語上的矛盾，因為我認為政治的藝術性比科學的藝術性更強）專家們也需要瞭解詩歌，因為他們總是談論結構、經濟實力、思想的力量和社會階級的重要性，卻很少談論人的內心。而人是比經濟形式和精神形式更複雜的存在。人是有七情六慾的人；人要戀愛，要死亡，有恐懼，有仇恨，有朋友。這整個有感情的世界都出現在文學中，並以綜合的方式出現在詩歌中。」[92]在一次演講中帕斯則如是說：「作家就是要說那些說不出的話，沒說的話，沒人願意說或者沒人能說的話。因此，所有偉大的文學作品並非電力高壓線而是道德、審美和批評的高壓線。它的作用在於破壞和創造。文學作品與可怖的人類現實和解的強大能力並不低於文學的顛覆力。偉大的文學是仁慈的，使一切傷口癒合，療治所有精神上的苦痛，在情緒最低落的時刻照樣對

---

[91]　〔荷〕D・佛克馬、E・蟻布思：《文學研究與文化參與》，俞國強譯，北京大學出版社，1997 年，第 62 頁。

[92]　〔墨〕奧克塔維奧・帕斯：《諾貝爾獎不是通向不朽的通行證》，見潞潞主編：《面對面──外國著名詩人訪談、演說》，北京出版社，2003 年，第 134-135 頁。

生活說是。」[93]在這裡，詩人帕斯道出了藝術創造的價值真相：文學藝術以其內在的豐富性和複雜性，穿透現實世界浮華的表層，進入了生活的深處，並通過觸及人的情感世界，幫助人們有效地抵禦單調、空虛和狂暴的現實對於靈魂的傷害，而完成了對現實生活世界的「介入」。

陀斯妥耶夫斯基說得好：假如沒有了上帝，一切都是可能的。「科學」是人類智慧的結晶，但是，「科學」不涉及人的終極關懷——用克爾凱戈爾的話說，望遠鏡無助於限定靈魂，即人對生命意義的關懷及履行。正如許多思想家所指出的，圖像崇拜除了單純持續的感官刺激外，並不能從根本上解決精神層面的問題；人們可以在 KTV、電影、網路遊戲中縱情狂歡卻始終無法排遣內心深處的焦慮、孤獨、恐慌、空虛，這種終極關懷的大面積缺失在客觀上要求文學重塑自我，找回曾作為人類精神家園的主體地位。巴赫金說得好：「單一聲音，什麼也結束不了，什麼也解決不了。兩個聲音才是生命的最低條件，生存的最低條件。」[94]在這意義上，無論我們是否進入了「讀圖時代」，文學都是永遠存在的，文學研究也是永遠存在的。我們沒必要因消費主義的時尚而轉向即所謂文藝學的自我救贖。

美國社會學家希爾斯對於「現代知識份子」有一個經典定義：「每個社會中……都有一些人對於神聖的事物具非比尋常的敏感，對於他們宇宙的本質、對於掌理他們社會的規範具有非凡的反省力。在每個社會中都有少數人比周遭的尋常夥伴更企求不限於日常生活當下的具體情境，希望經常接觸到更廣泛、在時空上更具久遠意義的象徵。在這少數人之中，有需要以口述和書寫的論述、詩或立體感的表現、歷史的回憶或書寫、儀式的表演和崇拜的活動，來把這種內在的探求形諸於外。穿越當下具體經驗之螢幕的這種內在需求，標示著每個社會中知識份子的存在。」[95]愛德華・W・薩義德明確指

---

[93]　小荷：《著名詩人、散文家帕斯病故》，見《外國文學動態》1998 年第 3 期。

[94]　〔俄〕巴赫金：《陀思妥耶夫斯基詩學問題》，生活・讀書・新知三聯書店，1992年，第 344 頁。

[95]　〔美〕愛德華・希爾斯：《知識份子與權勢：比較分析的一些角度》，轉引自愛德華・W・薩義德：《知識份子論》，三聯書店，2002 年，第 35 頁。

出：「知道如何善用語言，知道何時以語言介入，是知識份子行動的兩個必要特色。」[96]在我看來，當「一種溫吞水式的、軟弱無力的平庸的文化正在緩慢地產生，這種文化像是一灘正在蔓延的淤泥，吞沒著一切，威脅著所有的東西」時[97]，我們的作家、藝術家，文學研究者，如果要成為真正意義上的現代知識份子，應該充分意識到自己的獨特身份，為了免於淪落到這種文化之中，而堅持向存在發問，說出自己對於物質主義時代的真實感受，並針對現實的根本性匱乏而呼喚，將批判進行到底。只有這樣才有可能超越生活本身，為民族的精神生活提供同陽光和水一樣寶貴的東西。我們如果缺乏被利維斯當作「任何真正才智的首要條件」，即「一顆深沉嚴肅之心」，而隨波逐流，或是成了西方文化話語的附庸，或是成了當下消費文化的生產者、促銷者，或是將自己的創造活動淪落成為 20 世紀初魯迅先生曾經嚴加譏諷的「噉飯之道」，那麼，這樣的文學和文藝學研究才真正是滅亡無疑、萬劫不復的。

---

[96]　〔美〕愛德華・W・薩義德：《知識份子論》，單德興譯，生活・讀書・新知三聯書店，2002 年，第 23 頁。

[97]　〔英〕齊格蒙・鮑曼：《立法者與闡釋者──論現代性、後現代性與知識份子》，洪濤譯，上海人民出版社，2000 年，第 214 頁。

# 第六章　民族與世界

## ——文化「一體化」、民族文學與世界文學問題

　　二十世紀八、九〇年代，當閉塞既久，外來文學與文學理論的介紹如潮水般湧來時，不少學者強調向外國學習，一時成為潮流。當比較文學研究再度興起的時候，一些學者認為，將會出現各族文學融合的「一體化世界文學」[1]。他們紛紛摘引名人的話，興奮地預言，一個統一的、共同的、一體化的「世界文學」的時代即將來臨。於是未來文學是世界的，還是民族的問題，就不斷在一些文章、著作中提及，進行著論辯。

　　但是 80 年代，文學創作中出現的先是描寫改革的文學，接著是所謂反思、「尋根」文學，繼而是只為少數評論家津津樂道的「先鋒文學」，和獲得不少讀者喜愛的中國的「魔幻現實主義」小說，有較大現實容量的現實主義作品，以及大量的屬於大眾文學一類的作品。同時，煽情、濫情的所謂文學作品充斥市場。

　　90 年代中期以後，以及當新的千年來臨之際，經濟全球化的趨勢日益明顯，中國加入世界貿易組織的呼聲持續高漲，在文化界愈益顯出外來文化、文學與文學理論的影響時，文化、文學全球化、一體化的爭論又隨之而起。有的學者指出，文化全球化在目前已成為一個帶有普遍性的現象，跨國資金的運作，全球性的資本化，以及資訊時代的到來，導致了文化全球化的強大推力[2]。有的學者則認為：「在經濟全球化的條件下，各國文化中儘管有些民族性的東西在弱化，共同性和世界性的東西在日益增長，但這並沒有導致各國文化的一體化、全球化。」[3]未來文學是「世界的」，還是「民族的」

---

[1]　曾逸主編：《走向世界文學》《導言》，湖南文藝出版社，1986 年，第 37 頁。這篇論文總體上是寫得很好的。

[2]　見《全球化與後殖民批評》，中央編譯出版社，1998 年，第 130、131 頁。

[3]　見《中國藝術報》2001 年 12 月 21 日。

爭論的聲音，也愈來愈高；雙方的論爭實際上變成了兩句簡單的而意思相反的口號。看重本土特色的一方強調：「只有民族的才是世界的」；而一些研究外國文學的學者則持相反觀點：「只有世界的才是民族的」。

在 2001 年《中國文化研究》冬之卷上發表了幾位學者的《聚談》，提出了文化建設的許多問題。有的學者提出，經濟全球化的興起，必然影響到文化；當今興起的一股「民族主義」思潮不容忽視，批評一些人把全球化和民族化對立起來，認為當今世界只有民族化，不可能有全球化；同時提出 21世紀不可能僅僅是以某種文化為核心，而是各種文化融合、並存的新世紀；針對《聚談》中提出「文化一體化」的觀點，有的學者表示不能同意，認為文化「全球化」的概念不是「一體化」或「一致化」，認為文化全球化首先是思維模式的現代化指出把全球化與民族化、中國和西方、傳統和現代加以對立是不對的，是二元對立思維模式；歌德提出的「世界文學」觀念就是文化全球化的最早預言，等等。這些意見是很中肯的，有的可以深入討論的。同時，在這篇《聚談》裡，又存在著一些值得商榷的問題，例如，批評者說：一些人「把民族化與全球化對立起來……所謂全球化不過是『帝國主義的強權政治和經濟侵略、擴張妄圖稱霸全球的一種手段而已』」。有的學者提出，「現在還有一種主流思想，認為『全球化』是『經濟一體化』，而漠視政治、文化的一體化，這是非常要不得的……不存在所謂單獨的『經濟一體化』」。有的學者說「民族國家的差異，不在於文化思想和生活習慣和經濟，而只在於政治」。涉及中國現在的民族主義思潮，有的學者認為，「我們的一些觀念都後退了，孫中山曾說：『聯合世界上平等待我之民族』，現在我們不但要求別人平等待我，而且我們自己也不平等對待別人」；認為新儒家「就是強調以儒家文化為本位，要建立大中華文化圈……其實，中國就是想建立自己的文化霸權，來抗衡別人的文化霸權」；「在近代以來所謂中學和西學的較量中，對方始終處於攻勢，而我們則始終處於守勢。」「我們的民族文化心態整個地講是防守型的，這顯然是我們長期以築牆為能事造成的，現在這牆甚至築到每個家庭：請看防盜門……」從長遠觀點看，「關於文化全球化我們完全應該以樂觀的心態對待之。」中國的老莊哲學、寫意繪畫、表意戲劇對

西方現代主義文學藝術發生過積極作用，被西方藝術家接受了，所以「這說明，絕大多數『老外』作為老百姓對中國並沒有天生的偏見。」[4]等等。

就在同期雜誌上，刊有《『全球化』語境下的文化命運》一文。該文作者認為：「任何形式的經濟和文化上的『中心主義』、『沙文主義』都會損害『全球化』的利益。經濟『全球化』不會帶來文化『全球化』」；又說：「有人主張文化也要『全球化』甚至『一體化』，甚至主張『地球村』要有一樣的貨幣、政治、語言、文化法律等等，這種一體化令人不寒而慄，因為它太像『新殖民主義』了」[5]。同時，伴隨著文化、文學全球化的問題，在文學理論、比較文學研究中，也不斷討論著文化、文學全球化與本土化的問題。

經濟全球化引起文化「全球化」、「一體化」的爭論，必然引向文學觀念、世界文學的觀念思考與論爭，而且它們是相當對立，貫穿於中國 20 世紀文化與文學的發展、演變的不同階段與過程之中，其中包含了極其豐富的文學經驗，並在最近一個時期由於形勢的變化而高漲起來。

## 第一節　文化全球化、一體化之辯，現實性與不可能性

如今談論世界文學，如果避開「全球化」問題的探討，看來是不大容易的，因為全球化的氛圍正在形成之中。

文化全球化、一體化的說法是由經濟全球化、一體化引發開來的。上面提及的有的學者認為，文化全球化已是一種現實；一種主流思想既然承認了經濟全球化、一體化，卻漠視政治、文化的全球化與一體化，這是非常要不得的，不可能存在單一的「經濟一體化」。其所以非常的要不得，就在於一些人想以「文化民族主義」來抵制文化、政治的全球化、一體化。再具體一些，就是有的學者指出，某些人想以儒家思想為本位，形成大中華文化圈，建立自己的文化霸權，來對抗別人的文化霸權，比如「中國就想建立自己的

---

[4]　見《關於文化「全球化」的聚談》，《中國文化研究》2001 年冬之卷。
[5]　閻純德：《「全球化」語境下的文化命運》，《中國文化研究》冬之卷。

文化霸權」，云云。這類論點與判斷，情緒化得有失分寸了。實際上現實生活要複雜得多。

　　全球化的跡象的萌發，早在資本主義開闢了世界市場之後就出現了。當資本主義發展到壟斷階段，全球性的景象便日益明顯。壟斷資本主義弱肉強食，為了再次瓜分世界市場，攫取殖民地，進行世界市場、權力再分配，竟連續發動了兩次世界大戰，把各族人民投入侵略的戰爭的血與火之中。戰後出現了兩個陣營，它們各自要達到的「全球性」的目的是十分明顯的，都認為自己具有普遍意義，一個要在全球實行無產階級專政的社會主義，最終走向共產主義；一個要在全球推行資本主義，維護資本主義的霸權，於是全球就進入了冷戰期。戰後發達國家之間的貿易往來加強，相互投資增多，形成了跨國資本主義的經濟體系。它們相互滲透，又互為依存，出現了經濟上的一體化現象。同時，資訊技術的飛速發展，交通工具的極大改進，更其加快了多國資本的流轉與運作，以及自由貿易的拓展。上世紀 80 年代上半期，學術界還並不認為全球化是一個重要概念。只是到了冷戰結束前幾年，即 80 年代下半期，全球化的話題才日益增多起來。等到蘇聯解體，社會主義一時陷入低潮，西方的理論家們趕忙宣佈歷史已經「終結」，資本主義已經勝利「凱旋」，這時全球化的話語宣傳急劇高漲起來，以至到了 90 年代末，全球化成了政治、文化理論界的一個普遍用語。

　　對於「全球化」，確實要問問它的由來，是誰提出的全球化。這並不是說，我們反對經濟全球化，要置身於經濟全球化之外，但是對全球化不加分析，欣喜地把它說得一片風光，告訴我們要以樂觀的態度對待文化全球化，實在是缺乏具體分析的。先看經濟全球化。阿里夫・德里克說道：

> 對於全球化的異常欣喜卻掩蓋了社會和經濟的實際上的不平等；
> 對於全球化是否反映了一種歐洲中心主義現代化的目的或完成形式，仍可以討論。全球化作為一種話語似乎變得越來越普遍，但是對它的熱情宣傳來自舊的權力中心，尤其是來自美國，因此更其加劇

　　了對霸權企圖的懷疑……如果不考慮到資本主義在全球範圍的勝
　　利，就無法理解全球化[6]。

看來，「全球化」是歐洲中心主義現代化的結果，它的宣導與宣傳，來自主
要的資本主義國家，是與 20 世紀八、九十年代資本主義的一次全球範圍的
勝利分不開的，其目的是指向世界霸權的實現。當社會主義經濟體系在世界
範圍內遭到遏制甚至解體，這時美國所說的經濟全球化，自然是由它和發達
國家領導的資本主義經濟的全球化。世界資本主義經濟已經發展到全面控制
世界的地步，它通過跨國金融資本、資訊技術的聯合與組合，在全球的國與
國之間形成了一種緊密的聯繫，組成了一種相互制約的機制，在形式上乃至
實質上走向經濟全球化、一體化的關係。
　　標榜第三條路線的英國社會學家吉登斯說道：

　　全球化可以被定義為：世界範圍內的社會關係的強化，這種關係以這
　　樣一種方式將彼此距離遙遠的地域連接起來，即此地所發生的事件可
　　能是由許多英里之外的異地事件所引起，反之亦然[7]。

他引用沃勒斯坦的話：

　　從一開始，資本主義就是一種世界性經濟而非民族國家的內部經
　　濟……資本決不會讓民族國家的邊界來限定自己的擴張慾望[8]。

他說：

---

[6]　阿里夫・德里克：《全球化的形成與激進政見》，見《全球化與後殖民批評》，中
　　央編譯出版社，1998 年，第 2 頁。
[7]　見安東尼・吉登斯：《現代性的後果》，譯林出版社，2000 年，第 60 頁。
[8]　安東尼・吉登斯：《現代性的後果》，譯林出版社，2000 年，第 61 頁。

在 20 世紀後期，原初形式的殖民主義幾乎都銷聲匿跡了，但是世界
資本主義卻繼續在核心、半邊緣和邊緣地區製造著大量的不平等[9]。

吉登斯的關於全球化的「定義」常被引用，它的意思是全球化使國與國之間
原有的距離消失了，彼此相互緊相聯繫，此處發生的事，和彼處都有關係，
社會關係在世界範圍內得到強化，世界資本主義的擴張慾望，越過了原始形
式的積累，而到處製造大量的不平等。

　　這種不平等現象，我們可以從經濟全球化趨勢下出現的經濟組織形式來
說。比如世貿組織，這是適應經濟全球化而產生的一個機構，它的領導力量
主要是那些西方發達國家。經濟全球化就是發達國家所造成的經濟發展趨
勢，使得所有國家不得不加入其中的一種關係，因為它們別無選擇，因為它
們無法置身於這一關係之外，以致一個國家不加入這一聯繫與組織，在經濟
上就無法展開經濟生產，建立市場，就可能會陷於孤立，而導致經濟的不景
氣，對於大國說來尤其如此。但是那些經濟極端脆弱的國家，加入之後的前
景是否就一定光昌流麗？那也未必。為了跨國資本在全世界範圍內的自由流
動、技術的轉移與控制、高密度生產、贏利和發展，世貿組織，作為實施經
濟全球化的機構，制定了一系列的法規、準則與制裁措施的，這個制定人自
然是西方發達國家。你既然需要加入，或是不得不加入，那麼你加入後就得
遵守我們訂下的遊戲規則。這裡有國與國的相互靠攏，也有激烈的競爭與衝
突；有共同的獲益，同時也顯示著發達國家對不發達國家在全球化、一體化
中的控制與同化。經濟全球化使得不少不發達國家處於這種前所未有的兩難
處境。這就是為什麼中國加入世貿組織的談判，竟花了 14 年之久。我們也
知道，每逢世貿組織開會，總要引來那麼多的抗議。抗議有來自發達國家的，
也有發展中國家與不發達國家的各種人群，最後往往導致流血衝突。1999
年年底，在美國西雅圖召開世貿會議時，會議廳被抗議的群眾團團圍住，進
入會場的多國首腦，竟要憑藉「左道旁門」奪路而走。進入會議大廳後，先

---

9　　安東尼・吉登斯：《現代性的後果》，譯林出版社，2000 年，第 61 頁。

由少數幾個發達國家首腦召開秘密的核心會議，然後把他們達成的協議，公佈於眾，要其他國家照辦，否則就高喊「制裁」！

在這種大趨勢下，中國只有因勢利導，在計劃經濟失敗的教訓中，積極轉軌，參與世界資本主義的運作與競爭，廣泛吸收國內外資本，擴大生產，積累財富，匯入經濟全球化進程，以利國家的生存。

再看所謂政治一體化，它的某種形式，確是存在的，比如歐洲共同體，現在還在加強這種形式。它的出現，就是歐洲諸多發達國家，企圖在國際上增加自己的經濟的和政治的份量的願望而組成的；有類似的北約這樣的軍事共同體。還有美國與歐洲共同體、北約之間的實行全球化願望與協議。但不能說這是政治上的全球一體化，這是一些地域的政治體制類似國家組成的政治共同體。同時我們看到，這些國家還在組織「世界共同體」式的東西，以維護自己的利益。

> 西方正在、並將繼續試圖通過將自己的利益定為「世界共同體」的利益，來保持其主導地位和維護自己的利益。這個詞已成為一個委婉的集合名詞（代替了「自由世界」），它賦予美國和其他西方國家為維護其利益而採取的行動以全球合法性。例如，西方正試圖把非西方國家的經濟納入一個由自己主導的全球經濟體系。西方通過國際貨幣基金組織和其他國際經濟機構來擴大自己的經濟利益，並將自己認為恰當的經濟政策強加給其他國家[10]。

如果以為這是第三世界的哪位學者在揭露美國在全球化中的意圖，那就錯了。這位論者恰恰是為美國政府提出未來文化戰略思想的亨廷頓先生。他所說的這個全球經濟體系以及其他國際組織所促成的全球化思想的本意就是如此：憑著它們強勢的地位，就是要把認為對自己有利的經濟政策、行動，賦予「全球合法性」地位，然後「強加給其他國家」。說得毫無掩飾，全不

---

[10]　撒母耳・亨廷頓：《文明的衝突與世界秩序的重建》，新華出版社，1999 年，第 200 頁。

含糊。20 世紀末最後 10 年，美國通過經濟全球化，進一步積聚了巨大的經濟實力，並且足以稱霸全球，通過經濟來建立一個所謂「地球村」的「世界新秩序」。新世紀第一年所發生的巨大恐怖事件，使得美國軍事霸權、帝國威力終於爆發，它的獨來獨往、我行我素的「單邊主義」，終於表現了帝國主義的常態，並且要以武力一個一個地「修理」它所不順眼的國家。它的航母、飛機導彈，不是裹脅著強勢文明，正在把別的國家捲入全球化遊戲的嗎？有些人看到全球化是帝國主義強權政治與經濟侵略、擴展稱霸的一面，事實難道不正是如此嗎，有什麼可以責備他們的呢！中國有過政治上所謂一體化的結盟經歷，但是那時除了形式上的一體化，並無實質性的一體化，倒是在這個結盟之中，相互爭鬥居多，最後兵戎相見了事。因為別人處於強勢地位，你處於弱勢地位，你就得交出主權，甚至領土，在經濟上心甘情願地讓人盤剝。這不是我們前幾十年的經歷嗎？

　　在各自懷著不同利益而充滿矛盾、衝突的經濟全球化與一體化的環境下，所謂政治上的一體化就是如此。這裡存在誰化誰的問題，又化到哪裡去？於是出現了超越民族國家的理論，即國家主權有限論等說法。哈貝馬斯說：「要在下述對世界經濟秩序的設想上達成一致就更為艱難：這種世界經濟秩序不僅要像世界銀行和國際貨幣基金組織那樣補充跨國性的市場流通，而且要引進世界範圍的政治意志構成因素，並保證政治決策的約束力。」[11]這是說，世界經濟秩序不僅要有經濟方面的機構使之實施，而且還要引入政治決策的約束力，做到這點其實是十分困難的。但一些國家自認他們的價值觀是普遍主義的，於是不斷要把它們強加給其他國家，製造矛盾與衝突。

　　確實，我還未聽到過中國「一種主流思想」，在經濟全球化的情勢下，發出政治全球化、一體化的籲求。因為十分明白，如果一個國家要進入這種政治的全球化與一體化，那就得遵守政治一體化的規則、制度，作為弱勢國家，就得準備拱手交出國家的主權與經濟命脈，或是甘心被限制自己的主權，把自己化得和西方發達國家在政治上成為一體，實際上成為西方大國的

---

[11]　哈貝馬斯：《超越民族國家？——論經濟全球化的後果問題》，見《全球化與政治》，中央編譯出版社，1998 年，第 80 頁。

附庸。可是，仰人鼻息的附庸的地位，就是現代化的國家地位嗎？在政治上理念不同、傳統各異的國家，可以通過對話與溝通而共存共榮，但是在政治上卻要融合而成一體，我表示懷疑。不知道上面所提到的幾位學者，為什麼對政治全球化、一體化的前景如此樂觀，而且還認為，如果漠視這種政治、文化上的全球化、一體化，還是非常要不得的！

再說文化的全球化、一體化吧，這同樣需要進行具體分析。文化全球化實際上可以分成兩個層次的問題來理解。一是從全球化的淺層次的一般意義上說，在當今經濟全球化的環境下，各國的文化更其進入了交往、互相吸收，以致達到不斷的融合、創新的過程。比如，文化的載體手段擴大了，文化的創造機制擴展了，資訊共用的機會加大了，本土與外國的距離縮短了，於是文化的接受更為廣泛了。在文化的交流中，對於和經濟聯繫較為緊密的物質文化現象，各個國家的人們是比較容易接受的。大概西服、皮鞋，穿戴方便，接受的程度極為普遍；又如中學生從西方電影、地攤文化時尚裡學來的在公共場所無所顧忌地接吻擁抱，如今在中國也很平常。在科學技術方面，標準大體都是一致的，所以你做的電視機可以賣給我，我做的電腦可以銷售給你；你生產的先進交通工具，資訊技術，圖像藝術，我可以引進，我製作的大量廉價的日用品，可以向你推銷，國際分工，互通有無。網路化提供的種種知識，不分國別，交上費用，大家即可享用。在這種意義上，我們可以說出現了文化全球化或全球性、一體化的現象。在這裡，採用各自獨立、尊重對方、相互對話、共同協商、求同存異、取長補短、互惠互利、和平共存、共同繁榮的立場與手段，是可行的。在這種全球化的模糊意義上，可以稱做文化全球化、一體化，估計在這一點上分歧不大。

可是，這並不表明各國文化的重要方面，都會全球化、一體化的。因此在第二個層次上，在文化的深層意義上，說各國的文化會趨於一體化，那是十分盲目的。比如說，一些不發達國家，對發達國家早就心儀已久，它們嚮往發達國家的生活方式，以致亦步亦趨，認為人們一旦穿上了發達國家人們穿的西裝革履，改換成與西方一樣的政治制度，說上了西方的話語，上了資訊公路，就可以和西方國家同步發展了，但是這種美好的希望並未如願。何

故？不是政治制度問題，政治上已經有點一體化了；不是住房、生活設施、交通工具的趨同；不是物質、科技、資訊方面的表層的文化；不是穿著吃喝的時尚。這裡涉及一個國家、民族賴以生存的長久的、歷史的文化傳承、文化傳統、文化底蘊與文化積累，一個民族的文化心理、文化素質、文化習俗與風尚等等，綜括起來，就是一個國家、民族文化的價值與精神，涉及各個國家、民族的深層的精神文化了。

文化的價值與精神，也即深層的精神文化的特徵，規定了一個國家、一個民族的特徵，在國家與國家、民族與民族的共同的交往方式或是儀式中，在高級的精神產品中，凸現出各自的特徵來，顯示不同國家、民族文化風采的多樣性。世界文化是多種多樣的，它們自有價值，各有存在的權利。自然，就是深層文化的特徵，也不是一成不變的，而是歷史地發展的。關於這點，我們後面還要談及。有人就對文化能不能被標準化提出懷疑：「究竟是文化及所有的社會活動形式都變得標準化了呢，還是由多元文化的交往與接觸導致了日益增多的形形色色的新的文化形式？」[12]。「世界體系的經濟和政治意義上的擴張，並沒有使世界文化的擴張成為一種對稱的關係」，文化的「全球場是高度多元主義的」[13]。但是，即使是不同的深層文化，由於交往的頻繁和相互發生作用，會在全球化的語境中進行討論與整合，並在溝通中導致相互文化的互補。

在世界文化的多元格局中，實際上文化有強勢文化與弱勢文化之分，強弱相遇，自然會發生衝突，以致融合，但是也會發生這樣的情況，弱者不是受到銷蝕，就是走向潰滅。一般說來，強勢文化歷史悠久，積澱深厚。如中國的文化，雖然曾經有過強勢，但它積弱已久，很難影響別人。近代以來，發達國家裹挾其強大的跨國資本、金融勢力，憑藉高度發展的資訊技術，形成文化工業，製作大量文化產品，宣傳其文化、物質生活方式，在現代性的

---

[12]    馬丁‧阿爾布勞：《全球時代》，商務印書館，2001 年，第 144 頁。
[13]    羅蘭‧羅伯森：《全球化：社會理論與全球文化》，上海人民出版社，2000 年，第 99-100 頁。

名義下，向外傾銷與擴張，形成一股不斷衝擊其他國家政治、文化、思想、藝術的勢力，在國際上形成一種強勢文化。

吉登斯關於全球化所說的話，比起中國的一些學者來要誠實得多。他不僅講了我們在前面引用的有關「全球化」的表述，而且認為，全球化是西方現代性的根本性的後果之一：

> 它不僅僅只是西方制度向全世界的蔓延，在這種蔓延過程中，其他的文化遭到了毀滅性的破壞；全球化是一個發展不平衡的過程，它既在碎化也在整合，它引入了世界互相依賴的新形式，在這些新形式中，「他人」又一次不存在了[14]。

以西方為主導的全球化，毀滅性地破壞了那些不發達國家的文化，對話中的「他人」形象被清除得乾乾淨淨，不復存在了。歷史難道不是記錄了許多這類現象！當這個「他人」已不復存在，只留下的強勢文化，自然可以樂觀其自身的成功了。吉登斯可沒有像我們有的學者那樣，讓我們以樂觀的心態坐等文化全球化的到來好了。當然，擔心也是無濟於事的，問題在於我們如何在全球化的浪潮中，需要做到揚其長，避其短。

其實，觸及一個國家、民族的深層文化，即使在單個的發達國家，也是很難達到全球化、一體化的。比如，公制度量衡方面，早在 1960 年就通過各國使用國際單位制，在全球推廣，不少國家都簽了字，但在一些發達國家就是簽了字也行不通。上世紀 90 年代下半期，美國向火星發射了一枚探測衛星，幾年時間過去，當快到目的地時，衛星卻爆炸了。一查原因，原來科學家們在設計衛星時實行了「一國兩制」，即在科學研究中，一些科學家計算時採用的是公制，但在工程技術中（包括日常生活中）一些科學家卻使用了英制。由於衛星的部分資訊未將英制轉成公制，到時兩制不能自動轉換與相容，指令發不出去，衛星只好自行爆炸了。公里、公斤在中國實行了那麼

---

[14] 安東尼・吉登斯：《現代性的後果》，譯林出版社，2000 年，第 152 頁。

多年，可在一些發達國家至今仍在用英鎊、英里計算重量與長度。何故？文化素質、文化傳承、文化心理、文化榮譽感使然。我富有，我強大，你能把我怎麼樣？你要和我打交道，如果涉及長度、重量與體積，你自己折算去，這就是他們的文化心態。至於物質生活設施、科學技術不是全球化、一體化了嗎？但是一旦涉及國與國的關係，麻煩就來了。日本就公開表示，在高科技方面，要讓中國永遠落後於它 15 年。為了阻止中國經濟的發展，美國一直在給中國製造麻煩，在政治、經濟、文化、軍事方面，多方進行圍堵，製造摩擦，至於在國防尖端技術方面自然更是如此，在這裡哪有什麼真正的文化全球化、一體化可言！

即使在發達國家之間，文化上實際上也有強勢和弱勢之分，很難做到一體化的。身處弱勢的發達國家的學者與政治家，就深刻地感受到另一些發達國家強勢文化的威懾力，他們提出在全球化的境遇中，面對強勢國家的強勢文化的壓力，要保護自己文化的特徵。不久前（2002 年 5 月），德國發生了幾千人上街反美示威（現在已發展到幾萬人上街），這在近 50 多年裡是不可想像的事。何故？英國首相布雷爾出來解說：「現在總有一些美國人看不上歐洲，而一些歐洲人現出反美的情緒」。他又說，歐洲的反美情緒的生成，是「由於猜忌美國的立場和擔心美國文化凌駕於歐洲文化之上」[15]；英國希望繼續充當歐洲與美國之間的橋樑，化解歐美見的分歧。其實，今天的美國文化就是凌駕於歐洲文化之上，它有如出鞘之劍，鋒芒畢露，咄咄逼人。德國政治家赫爾穆特・施密特的《全球化與道德重建》是本很有意思的著作。他在書中說：

> 事實上，我們應當在全球氾濫的偽文化的壓力面前捍衛自己的文化特徵。法國歷屆政府保護電影和電視觀眾，盡力使他們免受氾濫成災的外國槍殺、汽車追逐、強姦、謀殺和各種各樣的暴力鏡頭的影響。

---

[15]　見《文匯報》2002 年 5 月 22 日。

他又說：

> 美國的戲劇、小說、爵士樂和其他音樂，的確豐富了世界文化，但是，
> 性和犯罪場面卻是美國娛樂工業所提供的不良的、有些甚至是十分危
> 險的內容。目前，娛樂工業所向披靡，不僅席捲德國，而且席捲全球，
> 衝擊世界的任何地方，直到中國、日本和印尼的邊遠城市……極其廉
> 價的乃至十分不良的節目全球化正在危害各國的文化傳統[16]。

這是施密特在 1998 年出版的新書裡講的，應該不能算是「老調」重彈！遺
憾的是我們被這種文化工業衝擊了還不覺得，只要有錢賺到手就可以了！

　　在強勢文化、娛樂工業的衝擊下，施密特深感德國文化的傳統逐漸在丟
失，以致今天竟有不少德國人不知亨利希・海涅為何許人了。他說：

> 如果我們不把從先輩那裡繼承來的東西傳遞下去，我們所能傳給後代
> 的東西就所剩不多了；而一旦全球化腐蝕掉我們傳遞傳統價值的能力
> 或意願，我們將坐吃山空，變得退化，成為那種面向收視率、廣告收
> 入和銷售指標並追求大眾化效應的低水準偽文化的犧牲品。

這種情況，在相對的弱勢文化的國家裡是一種相當普遍的現象。在法國，的
確不乏有關抵制美國大片的報導。法國不斷抵制美國大片，當然是想減弱
性、暴力的那些鏡頭的影響。但是這類電影的製作在法國本身也很普遍，以
致最近法國不少有識之士對這類電影的製作與傳播「喊停」！自然，實行抵
制，這裡還有一些更為複雜的原因，即恐怕主要是防止美國電影對法國電影
造成的衝擊，影響法國電影工業的發展與生存。同時，美國的娛樂工業又衝
擊著法國的傳統文化，特別是消解傳統文化的價值與精神，使廣大觀眾成為
偽文化的犧牲品。對於德國來說，恐怕也是如此。這種娛樂工業的大量輸出

---

[16]　赫爾穆特・施密特：《全球化與道德重建》，社會科學文獻出版社，2001 年，第 62 頁。

所捲起的時髦熱，這種偽文化的長時間的潛移默化的影響，正在改變人們的意識、生活習慣與風尚，建立起霸權國家所需要的價值觀與人生觀。

十分可貴的是，這位政治家表現了德國文化特有的反省精神。他又說：

> 由於我們所有歐洲人都接受了一種排他性的、歐洲中心主義教育，
> ——北美人的情況也差不多——因此，我們通常對中國和印度的宗
> 教、哲學幾乎一無所知。我們幾乎不瞭解儒家思想及其影響力。
> 遺憾的是許多西方人卻對此毫不在乎[17]。

《聚談》的幾位論者，看來對儒學所知不多，一談起新儒學，就往「文化保守主義」方面拉去，說新儒學以儒學為本，企圖建立大中華文化圈，要人家說，中國文化好呀；然後話鋒一轉，說「中國就是想建立自己的文化霸權，來抗衡別人的文化霸權」！這種觀點，對儒學、新儒學實在是缺乏分析的。

首先，儒學並不是全無價值的東西，七、八十年來，由於中國一些文化菁英從現代化的角度，很大程度上是西化的角度，對儒學抱了絕對否定的態度，甚至到了 70 年代中期還有「孔學名高實秕糠」的虛無主義之說，對儒學肆意貶低。所以多年來中國的傳統文化不分青紅皂白地被打倒了，也中斷了儒學傳統。結果在幾十年的文化建設中不是西化，就是俄化，可以說走盡了彎路。其次，對新儒學的全面評價，不是本文的任務。但是應當承認，新儒學是對傳統儒學的一種繼承，其中不乏真知灼見。比如，它重視、認同傳統文化，力圖開發其中的積極因素，提出「返本開新，守常應變」的文化綱領。「所謂返本、守常，就是返儒家傳統之本，守儒家人倫道德之常；所謂開新、應變，就是適應現代化之變，開民主、科學之新。」新儒學的代表人物對民族文化具有強烈的自我意識，他們力圖發揚和復興民族文化，並對傳統文化進行疏導、發掘，而具有一種復興民族文化的責任感。新儒家的「基

---

[17]　赫爾穆特・施密特：《全球化與道德重建》，社會科學文獻出版社，2001 年，第66 頁。

本價值取向，不在『復古』，而是企圖廣暢民族文化洪流，護衛民族文化的主體性，接納西方的民主與科學，使傳統儒家文化現代化，發展現實和未來的民族文化。」[18]再次，新儒學自然不能從整體上代表中國當代文化，它在思維方式上、在以儒家學說來涵蓋中華文化整體方面、在宣導泛道德主義方面、在狹隘的民族主義方面，是存在著許多弱點的，也難以為我們接受的。但是，新儒學作為文化保守主義，是中國近代文化發展中的一個重要的派別，在整理國故方面，成績斐然。其實，現在我們對「文化保守主義」的理解，早已與過去的政治劃線分割開來了。其中的有益部分，實踐證明，對於我們當今文化建設是極為有用的。所以對它一筆抹殺，是否可以說這是七八十年來一種西化激進餘緒的繼續？正如施密特說的，是一種典型的歐洲中心主義教育的果實？要是他知道一些並不年輕的中國知識份子，「幾乎不瞭解儒家思想及其影響力」，並對此非但「毫不在乎」，卻如此毫不費力地否定儒家學說，會不會感到雙倍的遺憾呢！

如果我們的一些學者在宣導文化全球化與一體化，而並不清楚如何全球「化」、一體「化」，那麼，美國學者撒母耳‧亨廷頓則宣導一種相反的理論：文化多元論，文明衝突論。關於他的理論，由於學界介紹已多，因此我們這裡只能就部分有關問題進行討論。他認為，當今文化不可能是全球化、一體化的。在冷戰結束後，他說意識形態的衝突不再重要，而轉向文明的衝突了。首先，「在未來的歲月裡，世界上將不會出現一個單一的普世文化，而是將有許多不同的文化和文明相互並存。那些最大的文明也擁有世界上的主要權力」。「在人類歷史上，全球政治首次成了多極的和多文化的。」[19]其次，文化的積累與傳承，形成文明。他認為，世界上存在多種文明，但勢力最大的有基督教文明、伊斯蘭文明和儒教（我只是在儒學意義上理解所謂「儒教」）文明。各種文明之間存在著差異，而「衝突的根源是社會和文化方面的根本

---

差異」[20]。所以冷戰結束以後，社會和文化的衝突提上了日程，成為主導，並進而會引發戰爭，這就是文明衝突論。再次，他提出存在「大中華及其共榮圈」、「中華文明」、「大中華」、「文化中國」，認為中國把自己看成中華文明的核心，企圖成為「中華文明的宣導者，即吸引其他所有華人社會的文明的核心國家；以恢復它在 19 世紀喪失的作為東亞霸權國家的歷史地位」。他又說，「兩千年來，中國曾一直是東亞的傑出大國。現在，中國人越來越明確地表示，他們想恢復這個歷史地位，結束屈辱與從屬於西方和日本的漫長世紀，這個世紀是以 1842 年英國強加給中國的南京條約為開端的」[21]。在他看來，中國要建設自己的文明，必然和其他文明如基督教文明發生衝突，特別是會和美國文明發生衝突，並設想了一場未來的「中美之戰」，那時世界完全變了樣子。宣揚不同文明會引起衝突，以致引爆戰爭，這是一個極有爭議的問題。

　　亨廷頓說未來世界的文化是個多元文化的世界，多種文明並存的世界，不會出現一種單一的普世文化，我想這是很有見識的，也是可信的。因為多種文化的存在，是幾千年來的文明的產物，這是公認的歷史事實。對於歷史傳承下來的某種有影響的文化，不是今天哪些自認為自己的文化是一種普遍主義的文化，對不符合他們的文化原則、價值觀念的他國文化，進行強行的替代就可以替代得了的。強行替代，這是由於歷史太短而缺乏歷史感與歷史主義的霸權主義。文明與文明，確實具有極大的共同之處，所以人們可以相互交流感情、思想，共創共用人類文明果實，促進人類文化進一步接近與融合。但文化與文化又相互不同，它們各有特點，這是在長期的歷史形成中的民族特性、群體智慧、地理環境、政治、經濟、信仰、宗教、生活風尚、習俗等因素綜合而成的現象。文明之間如果發生衝突，其實不在文明自身，真正的原因只在於經濟與政治，這是最根本的。政治上要控制他國，經濟上要

---

[20]　撒母耳・亨廷頓：《文明的衝突與世界秩序的重建》，新華出版社，1999 年，第 250 頁。

[21]　撒母耳・亨廷頓：《文明的突論與世界秩序的重建》，新華出版社，1999 年，第 255 頁。

掠奪他國的財富，這才是問題的實質所在。一切形式的恐怖主義和活動應當受到譴責。當今大規模的恐怖活動，好像是在不同文明之間發生的，其實不然，這恰恰是由國際的政治上的極權主義與霸權主義、經濟上的殘酷盤剝而引起的，是有的國家為了把自己的經濟命脈建立到他國的主權之上、把貪得無厭的吸管強行插入他國油井而引發的。

亨廷頓說，中國在宣導中華文明，中華文化，要恢復過去的歷史地位，又說要恢復東亞霸權的歷史地位。在這裡，他把歷史地位與霸權等量齊觀了。中華文化是我們的傳統文明，恢復這種傳統文化中的優秀成分，以作為建設我們的新文化的承續與借鑒，這是十分自然的。過去幾十年，西化的激進主義情緒，曾經使中國傳統文化的繼承遭到嚴重的損失，一度使民族文化的更新與發展，失去依附。現在恢復這種文明的應有的歷史地位，這怎麼就是企圖建立霸權地位呢？

所謂霸權，就是把自己的種種文化價值觀念，自封為普世文化、普世價值，唯我至高至尊，企圖越俎代庖，把它們強加於別人，實際上卻是暴力替代，實行侵略，進行掠奪，控制別國。中華文明的傳播不是強加，不是強迫接受，不是掠奪，而是交往。例如中華文明中的四大發明，引發了歐洲的現代革命，但這是傳播的結果，而不是強加、霸權、侵略的行為。明朝的鄭和，七下西洋，發現了許多的「新大陸」，但只是進行文明的交往與傳播，並未一發現城市與土地，就攻城掠地，像稍後的西方殖民主義者那樣，馬上就宣佈占為己有。這就是中國與西方不同的思維方式：一個宣導交往，互通有無，和而不同；一個力主佔有，弱肉強食。

一百多年來，中華民族飽受西方帝國列強的侵略和割地賠款之苦，難道這個偉大的民族應該永遠沉淪下去，而不應藉著新的千年的經濟騰飛，在振興中華民族的同時，復興偉大的中華文化，結束如亨廷頓所說的從 1842 年開始的「屈辱與從屬」？按照一些人的說法，新儒家就是以儒家為本，就是要建立大中華文化圈，語調突然一轉說，就是「中國想建立自己的文化霸權，來抗衡別人的文化霸權」，再下去，可能就是中國製造文明衝突了。請問這是什麼邏輯？有什麼根據？這是不是很像亨廷頓式的思維方式，有力量就必

然要稱霸？像不像按照西方人的思維邏輯，來看待中國的復甦與興盛？而亨廷頓後來還承認，要「喚起人們對文明衝突的危險性的注意，將有助於促進整個世界上『文明的對話』」[22]。

　　同時，我們知道，西方文明未必就那麼健全，中華文明卻也自有價值，兩者在對話中自在情理之中，沒有必要妄自菲薄。如果有人自發地認同中華文明，在平等、對話的交流中形成一個大中華文化圈，使中華文化廣為發揚，這損害了誰呢？難道中國在強迫別國接受中華文化、掠奪他國文化、侵略他國文化、消滅他國文化，謀求建立文化霸權嗎？弘揚中華文化，在傳播與交往中擴大中華文化的影響，難道這就是去和別人的文化霸權對抗嗎？一些人如果在所謂的學術交流中，抱著這種心態，在歐洲中心論和他人文化霸權面前，對弘揚中華文化的自主要求、宣揚儒家學說中的優秀思想的國人，就像發出斷喝：「中國就是想搞文化霸權」，這就讓人覺得有點恐嚇國人的味道了！無怪有的學者對於這種政治與文化的全球化、一體化的理論、措施與前景，會感到不寒而慄，因為它真有一點像另類的「新殖民主義」了！

　　這樣看來，文化全球化、一體化是具有現實性的，因為已經存在這類現象，而且可能還會擴大著範圍。但是深層意義上的文化全球化與一體化，又具有難以實現的不可能性。只能各國文化相互接近，取長補短，互為豐富與交融，實行更新與創造，這大概是不同的、多元的文化互為依存的和發展的方式。

## 第二節　多種「世界文學」觀念，趨同而並非一體，文化認同，全球化與本土化，民族主義的兩重品格，民族文學與世界文學關係辨析

　　如果對於文化的全球化與一體化有一個比較實事求是的瞭解，那麼對於文學的一體化這類觀點，就比較容易好解釋了。

---

[22]　撒母耳‧亨廷頓：《文明的突與世界秩序的重建》的《中文版前言》，新華出版社，1999 年，第 3 頁。

　　幾乎沒有人懷疑，歌德是第一個提出「世界文學」的人。18 世紀、19 世紀初，西歐曾有過一陣所謂「中華風」，通過傳教士介紹東方文化，特別是中國的文化，一時東方情調使得許多西歐國家的權貴為之傾倒，視為時髦。歌德從這股時風中，瞭解到了一些儒家典籍，並幾度接觸過中國文學。但由於當時文化交流的水準有限，歌德接觸到的文學作品，只有《好逑傳》、《玉嬌梨》、《花箋記》、收有 10 多個短篇的《中國短篇小說集》；《趙氏孤兒》、《老生兒》等劇作；以及《百美新詠》之類的詩歌等[23]。至於那些真正能夠代表中國文學的一流作品，十分可惜，那時歌德還無緣見到。

　　1827 年初，歌德在與愛克曼的談話中，就對他所讀過的中國文學作品做了評價。大致有這麼幾個意思。一、他說中國的《好逑傳》[24]這部傳奇，「並不像人們所猜想的那樣奇怪。中國人在思想、行為和情感方面幾乎和我們一樣，使我們就很快就感到他們是我們的同類人，只是在他們那裡一切比我們這裡更明朗，更純潔，也更合乎道德」。接著歌德談到了這些作品，「沒有強烈的情慾和飛騰動盪的詩興」，另一個引人注目的特點是，「人和大自然是生活在一起的」[25]，因此他認為，這些作品和他的《赫爾曼與竇綠台》與英國小說家理查生的作品有許多類似之處。二、歌德接著說，這部傳奇絕對算不上是中國最好的作品，「中國人有成千上萬這類作品，而且在我們的遠祖還生活在森林的時代就有這類作品了」。又說，「不過我們一方面這樣重視外國文學，另一方面也不應拘守某一種特殊的文學，奉它為模範。我們不應該認為中國人或塞爾維亞人、卡爾德隆或尼伯龍根就可以作為模範，如果需要模範，我們就要經常回到古希臘人那裡去找，他們的作品所描繪的總是美好的人」。三、「我愈來愈深信，詩是人類的共同財產」。

---

23　見衛茂平：《中國對德國影響史述》，上海外語教育出版社 1996 年，第 105、107、
　　109 頁。著者認為，其時歌德見到的作品，也可能是《花箋記》。

24　朱光潛在《歌德談話錄》中譯本 111 頁就《好逑傳》作注說，據法譯本注，即《兩
　　姊妹》。朱按，可能指《風月好逑傳》。歌德在這部傳奇的法譯本上，寫了許多評論。

25　愛克曼輯錄：《歌德談話錄》，人民文學出版社，1978 年，第 112 頁。

我喜歡環視四周的外國民族情況，……民族文學現在算不了很大的一
回事，世界文學的時代已快來臨了。現在每個人都應該出力促使它早
日來臨[26]。

同年他又說：

> 一種普遍的世界文學正在形成，其中替我們德國人保留著一個光
> 榮的角色。
>
> 現在一種世界文學正在形成，德國人會蒙受最大的損失，德國人
> 考慮一下這個警告會是有益的。
>
> 問題不在於各民族都應按照一個方式去思想，而在他們應該互相
> 認識，互相瞭解；假如他們不肯互相喜愛至少也應學會互相寬容[27]。

預言會出現一體化的世界文學的文章，一般都會引用馬克思和恩格斯在《共
產黨宣言》裡的話。馬克思恩格斯說：

> 資產階級，由於開拓了世界市場，使一切國家的生產和消費都成為世
> 界性的了。舊的、靠本國產品來滿足的需要，被新的、要靠極其遙遠
> 的國家和地帶的產品來滿足的需要所替代了。過去那種地方的和民族
> 的閉關自守狀態，被各民族的各方面的互相往來和各方面的互相依賴
> 所替代了。物質的生產是如此，精神的生產也是如此。各民族的精神
> 產品成了公共的財產。民族的片面性和侷限性日益成為不可能，於是
> 由許多種民族的地方的文學形成了一種世界的文學[28]。

---

[26] 愛克曼輯錄：《歌德談話錄》，人民文學出版社，1978 年，第 113 頁。

[27] 轉引自《朱光潛美學文集》第 4 卷，上海文藝出版社，1984 年，第 458 頁。

[28] 《馬克思恩格斯選集》第 1 卷，人民出版社，1973 年，第 255 頁。

現在我們來對歌德與馬克思關於「世界文學」的觀念作些辨析。朱光潛先生作為美學家與《歌德談話錄》的譯者，在這裡做注時指出，歌德的這一觀點是從「唯心論的普遍人性論」[29]出發的。這一評價自然帶著時代的痕跡，不可苛求。看來，唯心論倒未必，而「普遍人性」說的倒是有道理的。歌德從不同的民族文學中，看到了人類感情的共同性，不同的民族通過文學是可以互相瞭解的。他固然認為要從他民族的文學作品中吸取長處，但他也明白表示，不能把中國文學奉為模範，模範還應到古希臘人那裡去找。這裡的問題在於歌德要人們來促進什麼樣的「世界文學」的形成，這種「世界文學」是一種什麼樣的形態。

　　從上面歌德的文字來看，對於什麼是「世界文學」的形態、內涵，語焉不詳，看來可以有兩層意思。第一層意思是，歌德說的「世界文學」，一、是一種不同於原有民族文學的「世界文學」，民族文學已經存在了，現在「正在形成」一種新的文學形態，他要求人們促進這種文學的早日來臨。二、這是一種「普遍的世界文學」。這裡所說的「普遍」，大概就文學所表現的意義而言，如人類共有的感情、思想等等，比如，他說過，詩是人類共有的財產。三、他又說，這種具有普遍意義的世界文學的出現，會使德國人蒙受損失，也即會使德國的民族文學遭受損失。這大概是說，德國文學難以擺脫本民族的特徵，創作出更具人類意義的作品。但是從歌德說過之後的一百多年的歷史來看，德國並未出現過一種可以叫做「世界文學」的文學形態。19 世紀下半期與 20 世紀，德國文學實際上是一種具有強烈的德意志民族特色的文學。即使 20 世紀的歐洲跨國家的文學流派不斷更迭，影響著德國文學的發展，但德國文學仍然保持了其民族的特徵，而著稱於世。如表現主義作家格・凱塞、卡・埃德施米特、阿・杜布林；現實主義作家湯瑪斯・曼與亨利希・曼、雷馬克、孚希特萬格、茨威格以及敘事劇宣導者布萊希特等人的作品，雖屬不同流派，但都表現了德國民族的特徵與標誌。第二層意思是，歌德實際上所說的「世界文學」，也可這樣理解，即這是一種進入世界範圍的多民

---

[29]　朱光潛先生作的注，見《歌德談話錄》，人民文學出版社，1978 年，第 113 頁。

族的文學。他說，環顧周圍，不同的民族文學看的多了。現在則有不同，古
老的東方文學、中國文學的傳入，使得文學的範圍更加擴大，變成世界的了，
這樣原來周邊的民族文學已算不上一回事。他還說到，如果德國文學要獲得
發展的話，看來還是應該以古希臘人為範本的，而不是以東方文學為典範。
世界文學是各族優秀文學的結合體，是文化交流中出現的各民族文學的一種
相互關係的表述。

　　英國學者柏拉威爾寫過一本《馬克思和世界文學》的著作。此書極為詳
細地描述了馬克思對古希臘、羅馬、歐洲中世紀、文藝復興時期、啟蒙時期、
18、19 世紀歐洲作家以及他們作品的愛好與瞭解。在談及「世界文學」時，
柏拉威爾說到，歌德雖然多次談到世界文學，但

　　　　對歌德來說，這種「世界文學」並不意味著放棄民族的特點。恰
　　恰相反，每個民族的文學都因為它的特殊性與差別，因為它加之於世
　　界文學交響樂之中的特殊音色，而受到國外學者的珍視。

　　　　由於意識到其他民族的特殊貢獻以及懂得珍視它們，我們也就懂
　　得我們自己的貢獻。確實，我們自己的文學在某種程度上也會由於這
　　樣的接觸而改變它的性質，但這只會是一種豐富，而由此產生共生現
　　象，諸如歌德自己的《西方與東方的合集》和《中德四季晨昏雜詠》，
　　仍然會繼續帶有獨特的民族文化的印記和這些作品的作者的天才和個
　　人性格的印記，通常人們是在本國文化範圍之內接受外國的作品的[30]。

我以為柏拉威爾在這裡表述的觀點是十分精彩的，各民族因交往日益增多，
促使文學相互影響而發生變化，獲得新質，這是一方面。但是另一方面，民
族文學又仍然不會失去本民族的特徵及其天才作家的個性特色。誠然，在這
種情況下，民族的片面性、侷限性日益減弱，但即使如此，看來各國文學也
不會完全失去民族性特徵的。

---

[30]　柏拉威爾：《馬克思和世界文學》，三聯書店，1980 年，第 192 頁。

　　美國學者詹姆遜關於歌德的「世界文學」的說法，提出了一種見解。他說到在當今世界各地不同國家裡的思想文化活動背景上，出現了某種跨國文學作品，人們以為，「這種活動似乎是人們以前稱之為『世界文學』的那種文學樣式的新形態。人們通常認為『世界文學』應是由一些經典作品組成，它們能超越直接的國家，民族語境而打動形形色色的讀者。然而實際上歌德和其他人宣導『世界文學』時的用意並不是這樣。要是我們細讀歌德在這方面留下的零散文字，我們會發現他心目中的『世界文學』指的是知識界網路本身，指的是思想、理論的相互關聯的新的模式」。詹姆遜談到，當時歌德閱讀的一些歐洲雜誌，大體上都在鼓吹不同語境間的思想、文化的聯繫。「在歌德看來，真正新穎的有歷史意義的事件，乃是人們如今有機會有條件接觸到他國異地的思想環境並與之溝通，為此，他創造了『世界文學』這個概念。但這個概念在目前的新語境下似乎已不那麼恰當了。」詹姆遜認為，某種類似的事物，正在一個更為巨大的規模上出現，但我們對它要謹慎小心。如在現今文化交往頻繁的背景上，似乎出現了某種跨國文學作品，有人以為就是世界文學的新形態了。詹姆遜認為，沒有必要就此匆忙地作出肯定。他說：

> 就文學而言，這並不意味著創作某種立即具有普遍意義的作品，從而跨越民族環境去訴之所有的人。相反，我認為「世界文學」的含義是積極地介入和貫穿每一個民族語境，它意味著當我們和別國知識份子交談時，本地知識份子和國外知識份子不過是不同的民族環境或民族文化之間接觸和交流的媒介[31]。

這裡大致是說：通常人們把歌德所說的「世界文學」視為一種經典性的作品，由於它們表現了普遍的人性，人類共同的問題而超越了民族與國界，受到不同的人們普遍歡迎。但是詹姆遜認為，這種看法有違歌德初衷，歌德說的實際上不是一種文學形態，而是思想、理論相互關聯的新模式。真正的新事件，

---

[31]　詹姆遜：《晚期資本主義的文化邏輯》（張旭東編），三聯書店、牛津大學出版社，1997 年，第 192 頁。

在於使不同語境中的人們有了聯繫與溝通。因此，「世界文學」的含義，在於不同國家、民族的知識份子積極地介入文學、文化的交流。但是在我看來，歌德所說的「世界文學」實際上包含了上面兩層意思，並不矛盾。當然，我更傾向於我在上面談及歌德關於「世界文學」時的第二層意思，亦即詹姆遜所說的各族人民的思想、感情相互聯繫的模式。因為第一層意義上的「世界文學」，雖經歌德宣導，但一時無法實現的東西，是一個抽象的觀念。

馬克思恩格斯在談及「世界的文學」的形成時，其出發點是從資本主義生產、世界市場形成。而資本主義市場的形成，則是一種不可抗拒的世界經濟現象。「世界文學」就是在這種資本主義經濟的所向無敵的情況下形成的。

在這裡，我們要瞭解一下《馬克思恩格斯選集》中文版編者對「文學」一詞所做的注，編者認為，這裡的所謂文學，指的是「科學、藝術、哲學等等方面的書面著作」[32]，這是十分重要的。馬克思恩格斯在這裡談的是整個資本主義的生產、消費以及世界市場的開拓等，至於涉及精神生產，則指的是文化的各個方面，自然就不是單指我們通常所瞭解的文學，這是符合原意的。這裡所說的「文學」一詞，包括了文學藝術以及科學、哲學等等書面著作，由於世界市場的形成，同時也就形成了世界文化。他們認為，這顯然不是指出現了一種統一性的世界文化，而是說眾多民族、國家的文化走出了原來的孤立、隔離狀態，進入一種相互交往的狀態，以致成了一種世界範圍的文化現象了。在這種情況下，民族的片面性與侷限性日益減弱，並且已日益成為不可能的事，後面這句話是經常被引用的。

柏拉威爾的《馬克思和世界文學》對馬克思恩格斯在《共產黨宣言》一書中使用的 Literatur，Literature 和 Literarisch 做了辨析，認為 Literatur「論述某一科學的一批專門的書籍與小冊子等等和寫作這些作品的作者」，Literature 則指「詩歌、劇本和小說，如果它們帶有一點政治色彩或『資訊』的話，就都有資格包括在這一詞之內」，後者則指文獻一類的一大堆輕飄飄的詞，同現實、社會脫節的東西[33]。從這裡可以看出，《馬克思恩格斯選集》中文版

---

[32]　見《馬克思恩格斯選集》第 1 卷，人民出版社，1973 年，第 255 頁注（1）。
[33]　柏拉威爾：《馬克思和世界文學》，三聯書店，1980 年，第 188、189 頁。

的注釋經綜合而表述的意思，基本上是可以接受的。

馬克思恩格斯說：

> 隨著資產階級的發展，隨著貿易自由的實現和世界市場的建立，隨著
> 工業生產以及與之相適應的生活條件的趨於一致，各國民族之間的民
> 族隔絕和對立，日益消失了。無產階級的統治將使它們更快地消失[34]。

這段話說得未免樂觀了些，民族、國家的侷限性並未很快消失。正如柏拉威
爾所說：

> 《共產黨宣言》並沒有充分估計到對它所發覺的這種傾向的反抗：民
> 族的對立和分歧並沒有像生產和商業的邏輯似乎暗示的那樣迅速而
> 普遍地消滅。實際上，馬克思已開始認識到了這一點，並且在他的晚
> 年，對於過低估計民族感情威力的所謂追隨者，始終抱著敬而遠之的
> 態度[35]。

確實，馬克思後來意識到了這點，所以在 1866 年，就嘲笑過那些把民族、
國家視為早已「過時的偏見」的第一國際總委員會的法國代表。現在我們的
一些學者，為了標舉「世界文學」，只提馬克思早期的言論，而不顧其後來
轉變了的觀點，這往往不符被引者的觀點的整體性的。

　　19 世紀末、20 世紀初，中國社會正處於劇烈動盪的時期，文化、制度
的求新求變，成為國家、民族的命脈所系。進步的知識份子紛紛衝破藩籬，
早在 19 世紀下半期開始，就譯介西方文學，面向世界。他們在與西方文學、
日本文學接觸後，認識到了外國文學的優點，於是大力宣傳，進行迻譯，並
將本國文學與之比較研究，一時蔚然成風。外國文學在中國的傳播，深刻地
改變了中國固有的文學觀念。可以說，對於外國文學在某種意義上也即對於

---

34　《馬克思恩格斯選集》第 1 卷，人民出版社，1973 年，第 270 頁。
35　柏拉威爾：《馬克思和世界文學》，三聯書店，1980 年，第 194 頁。

世界文學的不斷介紹，一直影響著中國文學的演變與發展。我們在第一章裡談到，19 世紀末，有的學者、詩人，由於其條件的獨特，通曉多種外語，進入了法國文學的殿堂，如陳季同。他用法語寫作，撰寫了《中國人自畫像》、《中國戲劇》等著作，同時也把《聊齋志異》部分作品譯成了法語。對法國文學的深刻瞭解，使他形成了一個極為前衛性的「世界的文學」的觀念。在談及中國文學時，他深感其不足，何以促進？他說：

> 第一不要局於一國的文學，囂然自足，該推廣而參加世界的文學，既要參加世界的文學，入手方法，先要去隔膜，免誤會。要去隔膜，非提倡大規模的翻譯不可，不但他們的名作要多譯進來，我們的重要作品也需全譯出去。要免誤會，非把我們文學上相傳的習慣改革不可，不但成見要破除，連方式都要變換，以求一致。然要實現這兩種主意的總關鍵，卻全在乎多讀他們的書[36]。

這裡無疑是指，一，不要侷限於一國的文學、本民族的文學，以為文學唯有中國的好，外國文學不值一哂。二，要瞭解外國文學，那裡有許多值得我們學習的東西，所以要大力譯介。三，也要把我們的好作品介紹出去，參與各國文學相互交流融合的過程。這些主意即使對於我們當今的文學的發展與譯介工作來說，也是十分中肯的。陳季同在 19 世紀末就提出了「世界的文學」的觀念，對於當時中國學界來說，是「相當超前」的，自然也是「和者寡寡」[37]。

「五四」前後，中國許多著名作家、學者都就外國文學的介紹、接受，發表過大量的意見，外國文學的輸入，醞釀了中國文學觀念的更新，並由於中國文學發展的內在需要，終於促進了「五四」新文學運動的發生。

其後，中國著名學者聞一多先生曾經談到世界文化發展成一體的思想。在目睹各國的文化交流日見增多地情況下，他提出過未來的文化將會發展成

---

[36]　轉引自李華川：《「世界文學」觀念在中國的發軔》，《光明日報》2002 年 8 月 22 日。
[37]　李華川：《「世界文學」觀念在中國的發軔》，《光明日報》2002 年 8 月 22 日。

「一個世界的文化」的論點。他說，世界上有四大古國的文化，將來「互相吸收，融合，以至總有那麼一天，四個的個別性漸漸消失，於是文化只有一個世界的文化」[38]。如前所說，有的論者把這一觀點延伸到文學之中，認為將會出現一種一體化的總體文學[39]。

文化、文學全球化、一體化問題，涉及許多方面，是可以深入探討的。

前面談及，經濟一體化現今實際上正在實現。我們看到，經濟一體化要求有一定的權力機構，即使是鬆散的也罷，有企業行為準則，繁多的規章制度，商品的測定標準，各種制裁手段，定期的首腦會議，自然這些會議都為發達國家、集團所把持。一些國家可能存在多種經濟成分，但一旦加入世貿組織，它的主導經濟的發展，可能會受制於整個世界跨國市場經濟的需求，它的物質產品，不得不接受這個國際市場所要求的統一的標準。在物質文化方面，可能比較容易有個趨於共同認承的標準。

那麼在精神文化方面呢？精神文化的生產必須進行現代化與面向世界。第一，先從不同文化、文學的趨同性來說。國家、民族雖然不同，文化、文學藝術雖然各異，但從人類普遍願望、人性的角度來說，應當說是存在著一種共同的趨向的。比如，不同國家的民族、人民，在歷史的發展中獲得共同的人性，具有追求美好生活的嚮往，都面臨著諸多共同的問題，如現實與理想，物質與精神，生存與困境，戰爭與和平，幸福與災難，理性與反理性，孤獨、焦慮與交往，絕望與希望，富有與貧困，生與死，愛與恨，男女老幼等等，並反映到文化、文學藝術中去。在這些方面，自然有著許多共同的語言，一致的觀點，形成一種趨同傾向。文化、文學藝術本身的趨同性，可以使得不同國家的民族、人民的精神產品，相互獲得接受與認可，而且可以成為人類共同的精神財富。可以確定地說，正是這些方面，使得人類可以在文化、文學藝術的交往中，相互瞭解、接近，變得親近、合作、和諧、互相影響，避免生存中消極面，爭取人類正常發展的生活權利。18 世紀和 19 世紀初歐洲的中國文化、文學熱，20 世紀中國的歐洲文化、文學熱都是實例。

---

[38]　聞一多：《神話與詩》，見《聞一多全集》第 1 卷，開明書店，1948 年，第 201 頁。
[39]　見曾逸：《走向世界文學》《導言》，湖南文藝出版社，1986 年，第 37 頁。

文化、文學藝術的趨同性，可以導致融合與同化。在今天資訊化的時代，由
於文化交流的加速，人類的隔閡進一步淡化，地域的差別不斷在縮小，各民
族的文化顯示一種融化的趨勢，而且還會得到進一步的加強。中國文學今後
的發展，通過中外文化文學的交往，受到現代性的指向的影響，將會進一步
地顯示自己面向世界的開放性品格，積極吸取他人文化、文學藝術的長處，
由趨同、融合而走向創新，進而出現一種與各民族都較接近、都能欣賞、認
同的文化現象與文學藝術。

　　但是，第二，在很長的時期內，我們還見不到形成一種一體化的文化、
文學藝術的必然的決定性因素。

　　首先，我們在前面談及的人類面對的共同的問題上，具有趨同的傾向，
但是各個國家、民族的文化、文學藝術的共同性、趨同性，卻並不能導致其
自身的必然的一體化。正是在上述諸多看來是共同的問題上，不同的國家、
民族、人民之間的理解上，存在著同中有異的情況，不同民族對於它們的理
解不盡一致，甚至存在著嚴重的分歧。究其原因，這是不同國家、民族、人
民的自身特徵，在長期的歷史發展中不斷生成的結果。人性是共同的、趨同
的，但是它是在不同歷史、地域、人文環境中形成的，所以各具特色，它反
映了人們自身的本質在歷史發展過程中的不同特點。就以人們當前所關懷的
生存與困境、物資與精神來說，在這些問題上人們面對著共同的境遇，存在
著許多共同的語言，但是深入下去，分歧就出現了。因為各個國家、各個民
族生存的條件不一，困境的程度各異，特徵就不一樣。就說物質與精神，你
吃得很好，認為需要提升精神，免得被物的包圍所困擾，從而忽視生存的更
高意義；他則還食不果腹，主要關心的是如何生活下去。因此在生理上、心
理上，以致道德原則等方面就會出現差別。在長長的歷史進展中，加上新出
現的問題的多方面的影響，於是各族人民各自形成著不同特色的文化積澱，
滲透於各自的哲學、政治、宗教、信仰、道德、人倫、風尚、習俗之中，成
為不同民族和人的自身的本質特徵，進而反映到他們的文化與文學藝術之
中。像這類既具有人類共同趨向，而又顯示著不同民族文化精神特徵的文化
與文學藝術，可以相互接近、靠攏，乃至融合，但如何做到一體化呢！

　　其次，文化、文學藝術的發展，自然與經濟的發展以及經濟一體化是有密切關係的，並會受到巨大影響。但說由此會出現經濟一體化式的文化、文學藝術的一體化，這是不大可能的，也是難以想像的。從淺層次來說，幾個具有強勢文化的國家，能夠成立一個或幾個跨國集團與組織，來對其他國家的文化、文學創作發號施令嗎？能夠訂出一個文化、文學藝術的標準，來讓不同國家的人們共同遵守嗎？你遵命了，未必就能保證別人一定會去照辦。一體化會把具有多樣性特徵的文化與文學藝術置其於死地。中國有過這種教訓，一體化的結果，使得文化與文學藝術枯萎了，世界範圍的一體化，未必就會例外。

　　再次，一個十分重要的問題是語言文字問題。既然提出文化、文學的一體化，那麼，文化創造與文學藝術創造所使用的語言文字也應該是一體化的了，可是如何一體化呢？希望創造一種世界性的語言，使之流行全球，有人這樣做了，如世界語，但近百年來通行的地域並不理想。倒是英語實為美式英語目前大為流行，這是美國的經濟大大領先於其他國家，科技發達，文化工業產品傾銷全球使然，所以在網路上英語占的比重極大，在文化交流中簡直有些暢行無阻的氣勢。但各個國家是否會用它來創造自己的文化與文學藝術呢？對於一個具有悠久的歷史與文化傳統的民族來說，語言文字是他們千百年來形成的思維、心理的積澱物，是人們交流思想、記載感情的工具，是一個國家、民族的歷史、文化傳統的承載物。特別是中國的單音節語言與象形文字，與拼音的語言文字不同，一旦把它們廢除了，它們所承載的文化涵義就被閹割或消失了，幾千年來形成的中華民族的人文思維，就會面臨一場難以預見的成敗得失的災變。獨特的語言與文字是一個民族的文化的根本特徵，所以不少國家，即使人口不多，也把它視為本民族文化的瑰寶。它們頑強地保護本民族的文字，純潔本民族的語言，十分重視把本民族的文化與文學藝術介紹出去，使之傳播光大。因此對於那些熱情介紹他們國家文化、譯介他們國家優秀的文學藝術作品有成就的外國譯者，會給以崇高的獎勵。如法國、義大利、西班牙、俄羅斯、德國等國家政府，都把中國一些著名的翻譯家，視為傳播他們國家的文化使者，而屢屢給以高額獎賞，給以種種崇高

的稱號，各類勳章，並非偶然。十分明顯，這些譯者不僅傳播、保存了這些國家的文化、文學藝術，而且也在世界範圍內保護、擴大、鞏固了這些國家、民族的語言的影響。

在當今全球化的語境中，交往日益頻繁，弱勢語言的命運實堪憂慮。據有關組織統計，世界上幾千種語言正在不斷減少，每年大約以 20 種的速度在消失中。處於文化弱勢的國家，是應該給以切實關懷的，而那些處於強勢文化的國家應該幫助它們生存下去，否則，這些語言將從人類文化中被湮沒而致永遠消失。自然，人類會不會經過幾百幾千年的融合，到頭來匯集了各種語言的長處，逐漸創造出一種統一的語言，一體化的語言，也未可知。但是，象形文字與拼音文字是難以融合的，如果不能一體化，那就是只有共存。

當今情況的複雜性還在於，不是像一些朋友說的，如果不提文化、文學藝術全球化、一體化就是要不得的，等等。經濟全球化、一體化由於自身的矛盾，卻是不斷地衍生著新問題。上世紀 80 年代特別是 90 年代以來，由於經濟全球化趨向的日益明顯，文化的趨同性得到空前的強化，這是事實，而且呈現出上升的趨勢。但是也正是經濟全球化帶來的另一方面的影響，即國與國之間、地域與地域之間的人們，在精神文化方面的分歧又進一步加深了，這也是事實，出現了「本土化」的思潮，非西方文化的復興。

現代化發軔於西方，隨著世界市場的開闢，它影響了其他國家，使世界面貌發生了重大的變化。一些國家在現代化的衝擊下，因為傳統的因襲重負、舊式信仰的根深蒂固，經濟起色不大；而另一些國家，同樣具有自己的深厚傳統，但在自有規範的現代化的指引下，果斷地抓住了機遇，進行市場經濟的轉軌，使自己的經濟飛速發展起來，綜合國力加強了，在國際上建立了聲譽與贏得了尊嚴，民族的偉大復興提到了今天的日程之上。亨廷頓說：

> 現代化所帶來的非西方社會權力的日益增長，正導致非西方文化在全世界的復興。

又說：幾個世紀以來，非西方民族一直很羨慕西方社會的繁榮的經濟，先進的技術，而認同西方的價值觀。但是隨著經濟的起飛，卻逐漸地轉向了自己國家的文化與價值觀，也即轉向了本土文化。「80 年代和 90 年代，本土化已成為整個非西方國家的發展日程。」[40]而本土化的文化的勃起，必然使那些植根於歷史的習俗、語言、信仰以及體制，得到自我的舒展與伸張。也就是說，現代化增強了過去被侮辱、被屈辱國家的民族自信，在中國也是如此。

　　現代化的悖論是，對於強勢國家來說，它以現代化推動了經濟的全球化；現代化的流行，原是對西方中心論的西方文明的傳播。但在不少不發達國家傳播的結果是，使其落後的經濟發展起來了。經濟發展起來後，為其自身文化的復甦提供了機會，於是它們就有能力反顧自身，看到自己的傳統文化並非一無是處，而是十分豐富；進而發現本土文化、標榜本土文化、弘揚本土文化的價值觀等等。民族自信的增強，使得文學藝術本土化的問題隨之而起，在後殖民主義文化思潮的推動下，釀成一股洪大的潮流。這使得非西方文化在世界範圍內走上了偉大復興的道路，這是一個方面。

　　另一方面，全球化趨向的發展，又要求所有國家轉到一體化的軌道上來，一些強勢國家不僅要求所有國家的經濟納入它們打造的全球一體化，而且在文化方面極力推銷它們全球化的計畫，這種文化輸出，大有吞噬其他文化的勢頭，這使得其他弱勢國家的文化進入了生死存亡的時代。到了 90 年代，不少弱勢國家都積極地參與討論後殖民主義與文化本土化問題，民族的文學藝術的處境，於是在世界各地隨著民族認同熱，也興起了所謂的「文化認同」熱。這種認同熱，對於西方霸權政治來說，實際上是政治離心力，對於文化上的歐洲中心主義來說，這是頑強地展現多元文化存在的文化離心力。霸權與控制，多元、離心與反控制，這就是當前所有國際間的重大分歧、矛盾的原因所在。這些矛盾的內在的、深層因素自然是經濟的、政治的，但也在文化思想領域以十分激烈的形式表現出來。比如針對人的存在處境，存

---

[40]　撒母耳・亨廷頓：《文明的衝突與世界秩序的重建》，新華出版社 1999 年，第 88、91 頁。

在主義哲學與現代主義藝術提出過「我是誰？」的問題，那麼現在這種提問
已變成集體的了。亨廷頓說：

> 90 年代爆發了全球的認同危機。人們看到，幾乎在每一個地方，人
> 們都在問「我們是誰？」「我們屬於哪兒？」以及「誰跟我們不是一
> 夥兒」？這些問題不僅對那些努力創建新的民族國家的人民來說是中
> 心問題……對更一般的國家來說也是中心問題[41]。

比如，他談到 90 年代中期，激烈討論民族認同問題的國家，不僅有發達國
家，如美國、日本、德國、英國、加拿大、俄羅斯，而且還有發展中國家如
中國、印度、伊朗等國，至於其他不少不發達國家也是如此。這就是說，經
濟上的全球化和文化上的全球化企圖，以不同角度、多種層次與深度，引發
了本土化問題，引發了民族認同、文化認同熱，並且幾乎觸及了所有的國家。
自然，它們面臨的問題是各不相同的。在強勢國家中，輿論偏重於對主流思
潮的殖民主義及其歷史的反思與批判，對於弱勢國家來說，則引發了對民族
主義的再認識，民族主義正是這樣再度引起重視的。

　　強勢文化對於民族主義主採取批判態度，認為民族主義妨害了全球化的
進程，有違它們的文化原則與價值觀。但是，我們對於民族主義需要進行分
析，不能盲從別人對於民族主義的不分青紅皂白的指摘。民族主義實際上具
有兩面性。一方面，首先，民族主義是民族主體性的表現，是對本土、本民
族的歷史發展的認同。上世紀 80、90 年代，在全球化的大潮的衝擊下，一
時使不少人失去了民族主體性而產生了迷失感：「我們是誰？」由此而引發
了本土化與尋根熱，民族認同和回歸熱，不少弱勢民族從中找到了民族自新
的契機，民族主義成了民族復興的精神支柱與民族的凝聚力。其次，民族主
義是對本民族文化的認同。強勢文化的流行，壓抑了弱勢文化的生存與發
展，貶低了它們的價值。對於中國來說，一百多年來由於積弱太久，一些人

---

[41]　撒母耳·亨廷頓：《文明的衝突與世界秩序的重建》，新華出版社，1999 年，第
129、130 頁。

求新心切，所以往往把自己的文化視為落後的文化，棄之如敝屣，而大力搬進外國文化。但是終究未能建成自己的新文化。80 年代，在新文化的建設中，原有的文化資源有如幽靈一般，形影相隨，忽近忽遠地揮之不去。90 年代的反思，使大批人士逐漸認識了我們民族文化固有的價值，力圖恢復了其應有的地位，由此激起我們對於中國燦爛文化的自豪感，一種民族主義的文化自豪感，這是完全正常的。一些人缺乏這種自豪感，主要由於他們只認同於西方文化，而對自己原有的民族文化，不屑一顧，或罔無所知。再次，民族主義也是抵制強勢國家工業文化垃圾的有效手段，要是沒有這種措施，民族文化的發展將會受到阻礙，法國、德國都在這樣做。

　　但是，另一方面，民族主義是不能濫用的，如果使其盲目化，則會變成狹隘的民族主義，變成排外主義，變成盲目的文化自大狂，坐井觀天的井蛙，從而失去自我更新的活力和反思能力。確實，文化大革命所反映的那種救世主式的民族自大狂，在一些狂人身上表現得淋漓盡致，狹隘的民族主義使我們吃盡了苦頭。今天，沒有人說我們整個的中國傳統文化好得很，但是其中的精華部分，不僅需要發揚與繼承，而且作為全人類的文化財富，是當之無愧的。其實，中國廣大知識份子都有上世紀幾十年的西化、俄化的經歷，今天除極少數外，絕大數已失去那種自高自大、認為自己不需瞭解世界、不肯學習外國、一切都是自己的好的「天朝心態」，而更多的倒是由於長期自卑，滋長了那種傾向西方一切都好的西化心態。一些學者認為，中國的民族主義已發展到這等地步，「我們的一些觀念都後退了，孫中山曾說：要『聯合世界上平等待我之民族，』，現在我們不但要求別人平等待我，而且我們自己也不能平等對待別人。」[42]如果情況真是如此，那麼對於這種極端幼稚和狂妄確實需要反省與批評，對於這種狹隘的民族主義需要進行批判與糾

---

[42] 其實，一百多年來，有哪個強勢的民族是平等地對待過我們的？一個時候，我們受到教育，說只有蘇聯在十月革命後廢除了對我們的不平等條約，云云，我們在很長時期裡也信以為真。十月革命後，蘇聯確有廢除不平等條約之舉，但那是廢除 1917 年二月革命至十月革命之間的條約。1917 年 2 月至 11 月之間，俄國和我國訂了不平等條約了嗎？1917 年前強加於我國的不平等條約廢除了嗎，能廢除嗎？

正。不過，最好能夠就現在有些人如何不平等地對待別人，舉出一些實例，進行分析。

　　和民族主義相對的是強勢國家推行的普世主義或普遍主義。普遍主義的原則與內涵，自然有其普遍的特性與價值，但是在不同的國家，普遍主義未必都能實現，或是馬上實現。這裡必須考慮到不同國家不同民族的不同歷史與制度，不同的文化傳統，不同的思維方式，不同的文化素養，不同的宗教觀與風尚習俗，等等。這些因素都是不同國家在幾千年的過程中形成的，不是你設計一個方案，就可以讓別人馬上跟上、效法的。有的強勢國家，認為自己的文明原則，放之四海而皆準，但是由於自己歷史太短，極端缺乏歷史感與歷史主義，並出於極端自私的目的，根本不考慮別國的歷史與文化傳統，卻要求別國同它一樣，實行它所主張的所謂普遍的價值觀，在政治、文化上企圖立刻推行普遍主義。不按它的原則辦事，就挑起爭端，或憑藉自己的軍事霸權，訴諸武力。結果，使普遍主義變為世界普遍的不公平與不安定，一些國家就把它看成十足的帝國主義。這是典型的 21 世紀的新的「天朝心態」[43]！

　　當今，整個世界的組成，是個不同民族國家的聯合體，民族國家、多民族國家的形式是難以廢棄的，而且在今天全球化的聲浪中，一個突出的國際現象是，如前所說，不少弱勢國家紛紛加強了自身本土化的定位與認同的輿論，這是始所未料及的。至於民族，它們是長期歷史發展中形成的產物，是受到種族、血緣、共同地域、語言、心理以及經濟生活等條件制約的不同的人類群體。在經濟全球化趨勢還未形成的時候，一些人數極少的民族以及它們的語言，已經被強勢民族所同化，而在全球化的趨勢中，不同民族的共同

---

[43]　在學術界早就有這樣的說法，我們瞭解歐美要比歐美瞭解我們多得多，這大概我們積弱太久，總有一種瞭解外國、學習外國的強烈願望。2002 年 8 月 4 日出版的《世界週刊》(三藩市)，載有自大陸遠嫁美國、署名草原的文章《文化舞臺剪不斷理還亂》，文中稱：「來美雖然不長，但我發現大多數美國人對中國的不瞭解，超出了人們的想像。究其原因，一是也許大多數普通的美國人根本缺乏瞭解中國的管道。其次在於生活得太老大、太現實的美國人，也許根本就沒有想去瞭解其他國家的想法。」

性會更多地融合，但是那些具有悠久的歷史、文化傳統的民族，仍會長期存在下去，而且無可替代，並且更加珍貴、更將突出其本土化的根本特徵，加強其定位與認同。這種描寫在馬克思恩格斯著作中是見不到的了。

在全球化與本土化這種兩種相反趨向相互交叉的氛圍中，一些人主張文化、文學藝術一體化，因此也就有文學藝術「只有世界的才是民族的」，或者「越是世界的就越是民族的」，「只有民族的才是世界的」和「越是民族的就越是世界的」之說。

先說越是世界的就越是民族的，或者只有世界的才是民族的。這裡的「世界的」是什麼意思呢？一、如前所說，大概是指人類共同關心的東西，人類共通的感情、普遍的人性、高超的表現技巧、現代技術等運用。我們在上面提到的人類面臨的共同的方面，如現實與理想，生存與困境，生死愛恨、憂患焦慮等，這是文學所關懷的東西，是文學應予伸張的對人的終極關懷。文學作品可以不具這種要求，但優秀的文學必具這種品格，而當今中國的文學，恰恰缺少這種強烈的人文籲求。同時，這大概也是指對其他民族優秀文學經驗包括文學藝術的表現技巧要有深切的瞭解，把握當今世界各國文學藝術發展的高度水準。在文學藝術交流如此繁榮的今天，作家、藝術家必須具有敏銳而前衛的目光，宏放大度的氣魄，及時把握與接受世界文學藝術演變中新穎而有價值得方面，缺乏這種前沿性的文學藝術知識、識別能力與高起點的藝術感悟，就難以創造出和其他民族優秀文學藝術比肩而立的作品來。這也是文學的現代性所要求的。二、可能是指西方人的所謂「普遍價值」，對於強勢國家所宣導的「普遍價值」，我們自應分析對待，吸收它的得合理成分。但是我們不能不看到強勢國家極力要其他國家奉行其「普遍原則」的用心。其實，這種極端自私、霸道的國家，為了霸佔他國資源，對於別的國家與民族，是從來不講什麼自由、民主、人權的，否則，世界就不至於那麼不安定了。自然，這不等於我們不要認真對待這些東西，因為這正是我們自身所不足的。但是如果以為根據人類的一些共同「世界的」一般體驗，去演繹成文字，就能做到文學藝術的「越是民族化」了，恐怕是要落空的。

　　文學藝術對於人類共同共通的東西，還得通過具體的作家、藝術家，通過作品的人物，通過他們所表述的感悟、感情、思想，所掌握的技巧來表現的，這個作家、藝術家必然是一定民族國家的成員。荒誕劇使用一種抽象的符號，表達了人類的一種相當普遍的生存處境的荒誕感，震撼著人心。但是即使這樣的藝術，讀者仍然從中體味到一種法國的或是英國民族文學的韻味，因為別的國家沒有這樣的哲學文化與這種如此深刻的文化生存的體驗。別的國家的作家如果也來這樣寫，實際上就重複了它們，成為仿作。作家可以自稱是「世界公民」，是在全人類的意義上來寫作的，那也是指其創作中的思想的普遍性，關心世間共同面臨的問題。他可以採用多國的人物、故事，表現多國文化的衝突，等等。不過迄今為止，也只有一些按照概念進行演繹的東西。作家進行真正的創作，其實總是以其「民族文化精神」為指導的，即使他要描寫外國現象，為此他也應該瞭解其他國家的民族文化精神，但具體的寫作卻擺不脫其所屬民族的文化精神。民族文化精神，是民族國家的文化價值觀與文化價值體系，它體現著一個民族的理性精神，詩性智慧，道德品格，思想風貌，進取求新的處世原則。它在不同的人群身上表現各異，但綜合起來卻是整體精神的體現，顯示了民族精神的氣度、面貌，而民族性正是民族文化精神的體現。

　　其實，世界性、全人類性、普遍人性都是概括出來的東西，它們的真正的物化表現則是民族性。也就是說，全人類性、世界性是通過民族性凸現出來的，全人類性、世界性、普遍人性必須附麗於民族性。如果沒有了民族性，到哪裡去尋找全人類性、普遍人性與世界性呢？人類通過無數的國家的民族群體（自然也包括各個社會集團、階級）而存在，不同的民族的共同的特性與價值，十分自然地匯入了全人類性、世界性、普遍人性之中。可否這樣表述，全人類性、世界性、普遍人性是共性，而民族性是體現共性的個性。如果一種文學藝術沒有一個具體的民族立足點，不去描寫具體的民族的人的生存處境，民族的人的有價值的東西，那麼，全人類性、世界性以及那種具有普遍意義的東西，也是無從得以體現的。因為，我們還不知道今天有哪個人，既不屬於哪個國家，也不屬於哪個民族。

　　另一些學者提出，「只有民族的才是世界的」，或者「越是民族的就越是世界的」這類口號，在我看來，恐怕他們並不是說只要是民族的就一切都好。小腳、辮子是中國過去特有的，但它們代表的是落後的民族文化，與世界性毫無關係。拿這種例子來反駁上述說法，這是實證錯位，毫無意義。再說京劇，也是中國民族特有的一種文化，這是一種傳統的、有價值的文化，一種高度程式化的藝術。由於它的民族的獨特性十分強烈，不做介紹甚至難為他民族所瞭解，所以作為具有強烈民族特色的藝術，是否能獲得世界性，就難說了，雖說現在受到不少外國朋友的喜愛。拿這些特殊的例子來反駁「越是民族的就越是世界的」，也是毫無針對性的。

　　「只有民族的才是世界的」，或者「越是民族的就越是世界的」的這類口號，意在強調文學的民族性的一面。當然還應看到問題的另一面，即民族性的現代化，對於任何民族文學來說，民族性並不是一成不變、固定僵化的東西，民族性是不斷演變、生成的東西，在其保持自身基本特徵的情況下，其內涵是不斷被改造與豐富的。每一時期的民族性會被各種內外文化因素所浸潤，進而獲得豐富與新生。因此可以說，民族性是開放的、不斷生成的民族性。漢唐時期的漢族的民族性，不同於春秋戰國時期的民族性，當商業與資本主義萌芽發展起來，宋明時期的漢族的民族性大概不同於漢唐時期的民族性，清末民初時期的民族性大概不同於宋明時期的民族性，當代我們的民族性不同於「五四」時期與其後 50、60 年代的民族性。當今中國人民的民族性，已不是封閉的民族性。在中國當今現代化與面向世界的進程中，中國人民與他國人民有著極其廣泛的交往，頻繁的接觸，從中瞭解並吸取他國人民的文化長處，宣導健康的個人的自由進取精神，積極地改變著自己的文化素質以致民族特性，這是不能不看到的變化。民族性受到現代性的制約，一旦在長時間內無有變化，凝固不變，墨守成規，就反映這個民族停滯不前、保守落後了。民族性的細微的或是重大的變遷，大概正是文學創作的重要課題。

　　文學按其自身的內在邏輯而發展，文化交流與外來影響往往是促成本土文學發生重大變革的動因，啟動本土文學的動力。外國文學的形式、思想傾向，它的獨創與新穎之處，都會被本土文化、文學所吸收，進行消化與改造，

與原有的民族文學特性相結合，從而使民族文學藝術不斷更新自己，豐富自己的獨創與新穎，而更具活力。羅素說：

> 不同文明之間的接觸在過去常被證明是人類進步的里程碑。希臘向埃及學習，羅馬向希臘學習，阿拉伯向羅馬帝國學習。中世紀的歐洲向阿拉伯學習，文藝復興的歐洲向拜占庭學習。在許多這種例子中，常常是青出於藍而勝於藍的[44]。

20 世紀中國文學所經歷的也是這樣一個過程。這是現代化的過程，也是面向世界的過程，這是一個衝突過程，也是一個整合、融合過程；是一個比較過程，也是一個吸收、借鑒、創新的過程。在今天全球化的語境中，由於文化、文學交流空前繁榮，民族的狹隘性將會進一步受到衝擊，文學的發展，將面臨一個千載難逢的偉大的變更、創新時期，成為新文化的組成部分，形成中國民族文化、文學的偉大復興，而民族性中最為嚴整的部分將得以保存並獲得發揚。民族文化、文學的偉大復興，不是復舊，而是在啟動原有民族文化、文學的基礎上，進行新文化、新文學的建設，並使其走向繁榮！

　　看來，文學的巨大的生命力，存在於民族性與世界性之間，而不在於越是民族的就越好，或是越是世界的就越高，而是民族性的與世界性的完美的結合。這樣，上面兩個爭論的口號，就需要做些修正：文學既是開放的民族的，又是世界的；既是世界的，又是開放的民族的表述，可能更合乎其自身發展的情況。

---

[44]　羅素：《中西文明的對比》下冊，見何兆武等主編《中國印象——世界名人論中國文化》，廣西師範大學出版社，2001 年，第 89 頁。

# 第七章　文化與文論（一）
## ──全球化語境與文學理論的前景

第一節　**20 世紀 90 年代的文學理論既有解構，也有建構，是現代性的新的理性表現，當前「文化研究」的興起與意義及其後現代性特徵，整體意義上的文化研究與現代性訴求**

　　20 世紀 90 年代，是中國文學理論日益感到全球化影響的時代。其實，早在 80 年代的最初幾年，當外國文論不斷介紹到中國，那時我們討論問題，總要把它們放到更為寬闊的文化背景上去探討，自覺不自覺地匯入世界文藝思想的潮流，從而使我們的意識逐漸趨向一種全球化的傾向。

　　90 年代，是我們深深感到經濟觀念、生活觀念、文化觀念進一步發生重大變革的時代，從國內到國外，似乎到處都在發生著文化爭論、爆發著衝突的時代。在我們自身周圍的生活中，到處迷漫著不安與焦慮，好像一切都翻了一個身，一切都在迅速地流動與轉變之中；所有事物似乎都失去了原有的規範，顯得不很確定，難以定形。顛覆、解構、反中心、反權威、邊緣化等體現了現代性與後現代性的種種思潮大為流行，似乎所有現象都受到它們的浸淫，這使得那些竭力要保持中心、權威的人們，一聽到這些具有挑戰性的名詞就心驚發慌。同時，這個時代也是興起流行文化、大眾文化的時代，一些知識份子通過對它們的研究，能夠表達一定的思想，有限地表述自己的意見，整理並批判各種文化思想，企圖參與現實、歷史的進程，期望著發生某些相互的影響。無疑，這些文化行為正使我們漸漸融入一種全球化的意識之中。

　　至於在文學藝術、文學理論、文學批評方面，90 年代正是它們獲得自主性同時又是走向邊緣化的時代。在經歷了近百年的風風雨雨之後，文學藝術、文學理論與批評終於回歸自身、同時也就失去了人為的轟動效應，而逐步趨向正常狀態。80 年代下半期和整個 90 年代，市場經濟的影響與資訊技術的直接介入，使得大眾文藝、影視藝術以及傳媒工具，對原有的文學藝術發生了重大的衝擊，這導致文學觀念又一次發生了重大的變化，趨向多樣與寬宏。人們的文藝思想進一步分化甚至相互對立，文藝界實際上派別林立（正常意義上的）而又相互共處。多種文學話語與理論話語，可以相對自由地喧嘩，以至達到前所未有的思想、話語狂歡的地步，自然，其中既有嚴肅的文學的探索，也有頹唐的文字經營與媒體的無休止的營利炒作。開頭我們對於這種複雜的文化現象不甚了了，隨後意識到，我們正被不依我們意志為轉移的經濟勢力，投入了商業化的操作之中，這是難以抵禦的經濟全球化和由此而形成的全球化語境所必然產生的現象，我們看到了一個現代性的消極因素與種種後現代性因素雜然並陳的局面。

　　在這種多變的、不確定的似乎是非理性的語境中，作為人文知識份子，我們還是應當採取一種新的理性精神的立場，一定的價值判斷的立場，來理解 90 年代文化現象。我們所持的價值立場，可能會大體一致，或者有很大出入，甚至相互對立，這是完全可以理解的。但是只要不是那種故意引起「轟動效應」的、橫掃一切的、紅衛兵式的批評，或是亂打棍子的痞子式的批評，大家就完全存在著求同存異的對話的可能。

　　中國 80 年代後半期以來的文學理論，是一個解構同時也是建構的過程，解構與建構是共存一體的。解構什麼？解構那些嚴重束縛、阻礙文學藝術發展，無法對文學藝術進行科學解釋的教條規定。這在早期當然是行政力量起了作用，但是我們看到，行政方面後來再行設置任何新的條條框框、清規戒律，已無濟於事，文學藝術與文學理論批評，在市場經濟的影響下，已按著自身的生存方式與自身的規律辦事，遠離行政的號召與指令。這一趨勢的進展，在 90 年代中後期尤甚。促進這一趨勢的出現，現實生活的需求當然是最為根本的原因。只要是不符現實生活發展趨勢的各種號召與指令，即

使看來應時順勢，也再難以發揮它的影響力。在這種情況下，我以為文學藝術、文學理論獲得自己應有的獨立自主性，確立了自己的主體性，是這一時期的最為激動人心的、最為重要的成果之一。

　　所謂文學理論的自主性，主要是指文學理論擺脫了政治的束縛，使文學理論回歸自身。幾十年來的沉重的政治管制，使文學理論完全成了一些政治家手裡的、不斷朝令夕改的某些政治行為的等價物，文學理論完全失去了自身存在的尊嚴與價值。如今，文學理論分清了與政治的界限，作為一門獨立的學問，開始建立起自身的學理。自然，政治作為一種行政的意識與手段，仍有可能來干預文藝現象，但已不易收到實際的效果，這就是所謂解構了。解構還表現在過去不少被奉為重要的、神聖的理論原則，如今已退出文學理論，也是事實，這是一方面。

　　另一方面，文學理論的自主性，自然還在於理論自身的學理建設。80年代下半期和整個 90 年代，是中國文學理論比較全面地建立自身學理的時期，確立自身主體性的時期。在文學理論學理的探索、建構中，無疑，西方文學理論發生過重要影響；80 年代初期，在西方文學理論思潮如潮水般湧入中國的時候，中國文學理論中的西化傾向十分流行。但是西方文學理論中的審美研究、作品形式、結構等因素的內在研究，和那時中國美學問題的大討論，都對中國文學理論改造起到良好的作用。同時在討論中，不少學者對現代文論傳統進行了有批判的吸收，並且力圖打通古今中外。所以到了 80年代後期和 90 年代，中國的文學理論研究就出現了前所未有的生動景象，新說屢起，佳作迭現。文學理論中的新作，都是在解構舊說的基礎上出現的，同時又是新的建構。因此，在我看來，這十多年的文學理論，不是一味的解構，不是一味地聽從外國人說話，不是把外國人的文學理論進行簡單的移植，而是在批判、借鑒的基礎上，對文學理論既有改造，又力圖有所創新，並且卓有成效地創立了一些新的文學理論範疇。在商品經濟的大潮下，文學理論在不斷地走向邊緣化，不被人們重視，但是應當承認，文學理論是個有成績的部門，真正的理論創新，自會留下自己的印痕。自然，我們不能把成

續估計過高，當今一切都處在過渡狀態之中，但也沒有理由妄自菲薄。新的
理性精神的解構與建構，正是文學理論現代性的體現。

正是本著這一認識，我和童慶炳先生編輯出版了《新時期文藝學建設叢
書》，廣收中國在新時期文學理論方面有創建的著作，以記錄學者們所作出
的努力與文學理論的更新，為新世紀文學理論的進一步建設，留下一份思想
資料。

在這套叢書裡，有探討文學審美特徵的著作和審美價值結構與感情邏輯
的著作；有研究文學藝術精神與藝術的生存意蘊的著作；有闡釋藝術與人和
文藝學的人文視野的著作；有文學藝術本體反思、文化批評、漢語形象和現
代性與文學理論現代性問題的理論思考；有文藝學的民族特色、比較詩學、
宗教文藝審美創造探索；有新意識形態批評、圓形批評與圓形思維主張的張
揚；有詩學研究、創作心理、文化詩學、文本生產、原型的理論與實踐的細
緻剖析和審美實踐文學論；有新理性精神文學論等文學理論主張的標舉等。
此外還將收入一些著名學者的論著。從上面涉及的不少論題來看，它們觸及
了文學理論的各個方面，這是過去的文學理論所沒有過的現象。這些論著闡
發問題的深度可能不會令人完全滿意，但重要的是其中一些著述，並非泛泛
之論，它們並非食古不化，更非盲目崇洋，而是針對文學、理論的現實，提
出了新的見解，或是新說；出現了一些新的核心概念，並已在理論實踐中發
生作用，初步形成了我們自己的文學理論的視界。上面提及的一些問題，也
可以作為重要課題而繼續深入，同時新的理論問題還會不斷出現。叢書的出
版，顯示了新時期以來文學理論進展的實績的一個側面。自然，此外還有一
些學者的重要的文藝論著，由於出版條件關係，未能列入，使我們深以為憾，
這是需要說明的。

90 年代，當鳥瞰 20 世紀中外文論的發展時，我曾指出兩者之間曾經發生
過兩次錯位。一次是 80 年代前，西方文學理論的主導研究是一種內在研究，
而我們則把文學理論的外在研究發展到了極致。結果是兩者都走入絕境，難
以為繼。另一次是 80 年代開始，當全球化語境正在逐漸形成之中，西方文學
理論的主導傾向，由內在研究而走向外在研究，而且聲勢越來越大。而中國

文學理論，則由外在研究而走向內在研究，大力探討文學理論自身的問題、規律等等。從目前的雙方文學理論情況來看，說不定可能是第三次錯位了。

在 70 年代末、80 年代初歐美文論研究向外轉的潮流中，我覺得一些學者的取向是不盡一致的。像法國的某些結構主義者，發覺了文學內在研究的侷限性之後，要求將文學研究與文學所包含的其他文化因素結合起來，努力發掘文學本身固有的文化涵義，以充實文學研究，這大體是屬於文化詩學的研究範圍，如托多羅夫。另一些學者特別是後來的美國學者，實際上一開始就轉向了所謂「文化研究」。歐美的這種文化研究，其實早在幾十年前，在德國、英國就開始了，80 年代初，不過是完成了一個巨大的轉變而已，並且由於時代的變化，文化研究相應地改變了自身的涵義與主題。關於這點，中國一些學者已有介紹。我們看到，在當今這種文化研究思潮的高漲中，歐美國家的文化研究，發揮了解構主義、後現代主義的精義，不僅把文藝研究視為文化研究的一個組成部分，而且實際上以文化研究取代了文學理論的研究，漸漸消解了文學理論研究，趨向後現代文化思想。

歐美的「文化研究」，貫穿了後現代主義文化思想，體現了後現代性的訴求，解構了以往的學說。誠如美國學者哈桑所指出的那樣，後現代主義主要表現為如下特徵，即它的「不確定性」與「內在性」。所謂不確定性，即含混、不連續性、異端、多元性、隨意性、變態、變形、反創造、分裂、解構、離心移位、差異、分離、分解、解定義、解密、解合法化，等等。所謂內在性，即強調人的心靈的能力，通過符號來概括他自身，通過抽象對自身產生作用，通過散佈、傳播、交流，來表現他的智性傾向[1]。於是歷史與虛構可以混同，歷史的真實可以被創造，而具有一定偶然性因素的真正的歷史真實，則完全成了偶然事件。文化研究通過文學藝術、大眾文化、城市文化、影視藝術、廣告動畫、音樂演唱、甚至建築這類文化現象的風格與思潮，探討政治、種族壓迫、新的殖民現象、婦女權利與文藝、文化新潮現象，以切入當今社會、政治、文化狀況等，展現了後現代性的文化特徵。

---

[1]　見伊哈布・哈桑：《後現代的轉向》，時報文化出版企業有限公司，1993 年，第 155-156 頁。

　　後現代主義文化思潮，表現了全球化語境中人的思維方式、人們的社會心理發生了重大的變化。在當今全球化的語境中，我們看到，各種社會的、文化的矛盾，正在醞釀、衝突之中，文化研究正好適應了這一情況，從而表現了這一研究的廣泛的社會性、政治性特徵，使社會、政治問題學術化。這種體現了多元化精神的文化研究，表現了對當前政治、社會、制度、文化霸權、經濟、民族問題、種族壓迫、新老殖民主義的反思與批判，顯示了人文科學、社會科學的某種批判性的一面。幾乎與此同時，幾百年來科學分析方法受到了懷疑，學科愈分愈細的做法受到抨擊，呼籲人文科學與社會科學以至自然科學之間的綜合研究的呼聲，時有發生；但是由於缺乏真正的理論建樹，所以又立即拆散、解體了這一趨勢。這種種矛盾的文化思想與心態，成了催生當今五花八門的、頗有聲勢的文化研究的內因，展現了後現代主義的文化景象。

　　80 年代中期，美國學者曾經來中國介紹歐美流行起來的文化研究。接著後現代主義、新歷史主義、後殖民主義、東方主義、女權主義、種族理論等又是風靡中國文論界，並且擴大到社會科學、人文科學的各個領域。80 年代下半期，文化研究在中國還未流行開來，那時我們還把這種研究視為文學理論的一種跨學科研究。90 年代初以後，人們經過了一段時間代沉靜的反思，發現了後現代主義思潮並初步瞭解了其妙處和特點，於是迅速在文藝界廣為傳播，並且形成了一股爭說後現代的熱潮。稍後我們看到，一些原來的文學研究者，轉向了經濟、政治、思想的評論研究，出現了文學理論、批評隊伍跨向其他學科的現象。這一現象，與我們在 80 年代上半期見到的情況截然相反，那時討論文學問題，指責過去忽視審美，同時對文藝與政治、倫理、歷史、社會等聯繫，避之猶恐不及；或是對這些方面形成的干擾，與文學審美應有的文化選擇捆綁一起，進行撻伐，要使文學變得純而又純。現在正好相反，一些原來的文學研究者，致力於譯介外國那些探討社會、思想、經濟、科技的學術著作，進行經濟、政治、制度、思想的評論，力圖介入政治、社會、思想批判，既有指點江山式的激揚文字，又有隨意套用西方術語的現象發生，又一次出現西方術語的大移植，產生了極為複雜的影響。

這自然是，一、在我們的社會生活中，作為多種思想原則訴求的現代性、前現代性與後現代性相互影響而又雜然並陳。後現代主義文化的一些特徵、風尚，已經存在於中國的社會生活之中，所以一些學者的學術思想與之一拍即合。二、中國學術界向來有向西方學術前沿迅速靠攏及時學習甚至移植的風尚，把握前沿性問題，以擴大學術探討的領域，進而掌握這一話語賦予的話語權力。所以不久之後，媒體就冊封了中國的「後現代大師」。有趣的是，一些中外學者原本竭力反對要有什麼中心，宣導顛覆、解構。現在通過後現代話語權力的佔有，贏得了聲譽，自己就成了中心，卻從來沒有聽說要對自己的地位與宣揚的學說，需要進行顛覆與解構的。三、我們發現，後現代研究形形色色，它們把政治、歷史、社會、文學等問題攬在一起，結合起來，介入現實、社會、歷史、政治生活，批判現行制度以及體制的不合理的地方，既可使學術政治化，又可把政治問題學術化，起到知識份子與社會、歷史、現實相互交流、相互影響的作用，爭取到了以往只為少數人把持的部分政治話語權力，力圖負起知識份子的使命，這無疑是學術的也是社會的一個小小的進步。四、這種文化研究，大大推動了對大眾文化、城市文化、影視文化以及後殖民主義、女權主義、女性寫作、建築藝術傾向的探討，而這些部門，也正是文化研究的主要領域，進而形成了一種新的研究熱潮。但是由於種種客觀原因，這種研究與中國實際存在的重大問題還有不小的距離。五是這種文化研究對於文學研究，毫無疑問，具有方法上的借鑒意義，確實，文學研究完全可以從文化研究中引進多種方法，以充實自己。比如，重讀中外文學，我們完全可以借用後殖民主義、女權主義等視角，來開掘作品的新意，擴大文學研究領域，但這不是解構主義的研究，這是借用後現代主義的某些方法，以豐富現代學術的研究。

現在，「文化研究」在中國方興未艾，一些中外文學研究者，得風氣之先，率先進入這一領域，隨後不少從事政治、經濟、哲學、社會學的學者，也卷了進去，顯示了中國當代文化研究中對後現代性的熱切訴求，期望能夠爭取到更多的學術權利與擴大社會科學、人文科學的學術空間。但是，我們也知道，作為當今文化研究思潮的思想導師如福柯、德里達，在今天中國雖

然聲譽正盛，不過在他們的祖國，他們的理論不斷在受到質疑與批判；而風行一時的文化研究，由於自身理論上、方法上、實踐上存在著不少問題，在今天的美國研究界也頗受詬病，我們在後面還將涉及。

我們在上面講的文化研究，主要是指近幾十年來流行於歐美的文化研究，這是一種相對意義上的狹義性的文化研究，新起的理論思潮的研究。其實，文化研究在各國文化活動中早就存在，有著多種文化觀，實際上就有多種派別存在，只是沒有像當前的「文化研究」那麼炫耀而已。比如，中國有歷代經濟、政治、體制的大型文化課題研究，有當今經濟、政治各個方面的大型課題研究，有考古、語言、哲學、倫理道德、文學、藝術以及當代文化風尚等方面的大型文化課題研究，等等，它們是我們文化研究的真正主體。在中國文化研究中，作為後現代主義思潮的文化研究，只占整個文化研究的一小部分。中國整體上的文化研究，就其主導傾向來說，當是訴諸於現代性的。現代性意味著使社會不斷走向進步的新理性精神，這是一種不斷進行反思的、批判的、建設的科學精神與人文精神，它是不斷變化創新、具有無限豐富資源的未竟事業。後現代主義文化研究提出的種種問題，豐富了文化的研究，但對於文化整體研究來說，除了吸取後現代性中的某些合理因素，則更應傾向現代性的訴求。

## 第二節　文學理論研究還能繼續存在、發展嗎？　　　　會被「文化研究」替代嗎？　　　　現代性與後現代性問題

美國解構主義學者希利斯‧米勒，在中國刊物上發表了多篇文章與座談會上的談話，他多次談到文學、文學研究問題，認為在當今電信時代，文學是個倖存者，文學藝術從來就是生不逢時的；而「文學研究的時代已經過去了。再也不會出現一個時代──為了文學自身的目的，撇開理論的或者政治方面的思考而單純地去研究文學。那樣做不合時宜。我非常懷疑文學研究是

否還會逢時，或者還會不會有繁榮的時期」[2]。另一位美國學者加布里爾‧施瓦布教授認為，「美國批評界有一個十分明顯的轉向，即轉向歷史的和政治的批評。具體說來，理論家們更多關注的是種族、性別、階級、身份等等問題，很多批評家的出發點正是從這類歷史化和政治化問題著手從而展開他們的論述的，一些傳統的文本因這些新的理論視角而得到重新闡發」[3]。當他們在學術交流中，發現中國學者所選擇的題目單純地傾向於「審美訴求」，探討詩學、詩性文化、神話美學、中西文論比較等，就覺得這類問題大而無當，說在美國三四十年前就不做了。同時，他們很想瞭解中國一些重要理論批評家的文風，忠告中國學者的研究能夠具體、細緻一些，等等。

在這裡，美國學者的一些意見，確實是切中肯綮的，比如我們有些會議上的個人論題，相對都比較大，較抽象，個人力有不逮，但還是要做，結果是大題小作，空有架子，缺少血肉，學術品質受到影響；而且確定某個選題，往往不管前人有沒有做過研究，解決到了什麼程度，卻是一切由他重新開始，還自以為是創新，實際上這是重複勞動，這自然不符學術規範。不少外國學者的著作、論文，就不是這樣，一般論題小而具體，論述方式是先從某部作品引出一段文字，或一個細節，作為一個引子，然後圍繞引文中的思想，旁徵博引，展開闡釋，以說明某個問題，這叫小題大作，做得好，十分討好。中國一些精通英美文學的老專家，多數受過這類訓練，就是這麼做文章的。但有時也有這種現象，即有些外國學者這類文章有時做的過於瑣碎，難以卒讀。這種學風，從新近的傳統來看，無疑受到新批評、作品細讀方式的影響。同時這種寫作方式，在中國學術研究中其實也是一種基本方式，稍遠一些看，可以說是乾嘉學派的餘緒，近一些說，無疑受到實證主義思想的影響。

對於米勒等學者所作的表述，如果我理解得不錯的話，還有另一方面的一些問題，那就是認為，一、當今文學理論不可能再去探討文學自身的問題，這樣做已不合時宜；二是不可能再形成一個文學研究的繁榮期、一個文學研

---

[2]　見希利斯‧米勒：《全球化和新的電信時代文學研究的未來》，《文藝報》2000 年 8 月 29 日；《全球化時代文學研究還會繼續存在嗎？》，《文學評論》2001 年第 1 期。

[3]　見《理論旅行：對話錄》，《中華讀書報》2000 年 10 月 25 日。

究的時代；當然，文學研究還會存在。三是文學研究在美國已轉向文化研究，
文化研究的某些方法，可以為文學研究提供一些視角，豐富文學研究。但不
管怎麼說，文學研究和文學理論研究，已退居到次要地位。美國學者的上述
意見，透露了一個重要的資訊，這就是在全球化語境的文化氛圍中，文學理
論能否繼續存在並獲得發展。

　　從美國學者的意見來看，為了文學自身的目的，而不顧理論、政治方面
的因素，單純地討論文學問題，將是不合時宜，而且看來在他們那裡，已經
有一段時間。這就讓我明白了過去極感疑惑、十分不解的下面這些現象：譬
如美國哲學家理查・羅蒂在《後哲學文化》中讀到，在英美的文學教學課堂
上，講講諸如佛洛伊德、德里達、薩特、伽達默爾就算是講文學理論課了。
大學英語系的哲學課，不是由哲學系的老師講授，而是代之以英語系的老師
來操作[4]。再譬如有關全球化文化的討論中，有的學者認為，要把文學作品
當作哲學著作來讀，或是相反，要把哲學著作當成文學著作來讀，並要求把
文學研究的方法，引入其他學科的研究，如此等等。純粹的文學理論研究受
到「文化研究」的衝擊而呈現解體現象，這可能就是我們已經好久沒有讀到
當代歐美學者那種精深的文學理論著作的原因了。人們常說，20 世紀是批
評的世紀，這對於歐美文論來說確是如此。從世紀之初到 80 年代，歐美文
論經歷了它的繁榮期。內在研究方式排除文學與外在因素的聯繫，使得在分
解文學作品各個因素的探討方面，曲盡其妙。各種學派一個接著一個，把文
學作品的存在方式的探討，發揮到了極致，以致覺得再往下去，已經難以有
新的作為。這些研究自然都以「審美訴求」為其基礎的。所以研究文學性、
審美現象、審美之維、細讀、象徵、神話、修辭、敘事方式等等這類詩學著
作，已經出版很多很多，再探討下去，一時也難有突破。不少被中國譯者翻
譯過來的這類著作，如果我們留心一下，確實大半是外國幾十年前的東西，
近期這類論著已是不很多見。像 20 世紀歐美文藝批評那樣群星燦爛的繁榮
的時代，可能在未來很難重現。後現代主義文化思潮，正在抹平原來的人文

---

[4]　見理查・羅蒂：《後哲學文化》，上海譯文出版社，1992 年，第 98 頁。

科學中的不同學科之間的界限，代之以泛文化、泛審美化趨向的研究。

可是，中國學者為什麼仍然要以「審美訴求」為基礎，來探討文學理論問題呢？在我看來，在當前全球化的語境中，這種傾向正好顯示了中外文論相互之間的差異所在。這就是由於社會、文學藝術發展的不同，中外學者在文學藝術研究上所持的不同觀點，正好在於中國學者主要是從現代性的訴求出發，而外國學者的著眼點則是後現代性，這就是我在前面所說文學理論研究上可能發生的第三次錯位的原因了。如果說外國文論確是美妙無比，即使全部翻譯過來，但是也仍然替代不了我們自己的文論；我們還得建設自己的文論，這就是中國當代文論的現代性訴求。這可否說明，在當前全球化的語境中，實際上存在現代性與後現代性兩種思想的不同訴求，以何者為主，則要看那個國家的文化發展的具體情況來說。

中國文論滯後，其原因在一個相當長的時期裡，政治閹割了文學藝術的本質特性，即最根本的審美特徵，進而完全遏制了文學藝術的審美的自由想像力。擺脫了這種不幸境遇，文學藝術要成為文學藝術，自然首先要恢復其原有本性，即審美特徵。於是在 80 年代初期，美學、文學理論中就出現了有關「審美」的大討論，使文學藝術恢復其自身特徵，以回到自身，建立自己的學理，確立自身的獨立自主性。但是，我們隨後又看到，由於對文學藝術的審美特徵壓制既久，所以反抗也烈，以致在一些學者的著述中，認為審美就是審美，審美與其他文化因素無關，排除了審美本身的文化選擇與其所具有的文化內涵的現象。

這樣，在中國所謂對文學藝術的「審美訴求」，至今尚在清理與探討過程之中。中國文學藝術所經歷的這種艱辛，可能外國同行是難以想像的。我們今天面臨的不少文學理論問題，對於他們來說，似乎已成過去；從他們後現代性的角度來看，好像已不成問題。但是正好是他們不成問題的問題，對於我們來說，還正是些重大問題，需要深入，進行理論的重構。同時在我看來，即使在他們的文論裡，也是還有一些重要課題要做的，如對文學藝術本質的探討，恐怕也並未完成。在這方面，外國學者也只是各說各的，並無統一定論和現成答案。而且近幾十年由於反本質主義思潮與後現代主義思潮的

流行，不少人寧願多研究具體問題，而少談或不談主義即理論，這種思潮在中國文學理論界也有反映。

比如，如前所說，各類文化的衝突與矛盾，引發了「文化研究」的興起，而且大有涵蓋其他學科的勢頭。90 年代下半期之後，在感受到全球化氛圍的、體現了後現代性的外國文化研究的影響下，中國一些學者，特別是不斷出國考察外國文化、文學的學者，以為現在我們再來探討文學藝術的審美特徵、文藝詩學、文化詩學已經過時了，外國早就不這麼研究了；只有通過幾個文學的例子，引申開去，探討社會、經濟、政治、種族、階級、公共空間、後殖民主義、女權主義、後現代與後後現代，才能趕上外國學術的腳步。這恐怕未必盡然。自然，外國人說得在理的地方，我們需要聽取、學習，從中得到啟發，獲取靈感；但是，請不要用外國人這麼說了、那麼做了，來規範我們的行動，或是作為我們的學術規範。這種一反不久前的唯審美訴求的做法，又使我們感到困惑，文學藝術怎麼了，怎麼把虛擬的文學現象與經濟、史實、社會調查，一視同仁、等量齊觀了呢？它怎麼又成了別種意識形態的附庸，它還能成為一種獨立的審美意識形態嗎？.

退一步說，外國人的理論的確高明，搬用外國理論，以替代我們自己的理論，在文學理論方面，這在過去就出現過，而且在 80 年代又發生過一次，但是這種搬用的辦法未能奏效。對於我們來說，今天文學理論的深入探討恐怕只是開了個頭，我不相信我們的研究開頭就成了終結，我倒更相信現代性是個「未竟的事業」。比如，中國古代文論並沒有一種特定的形態，更不具現代意義上的文學理論形式。一些專家對及其豐富的著述在清理、整合，力圖理出古代文論的核心觀念，進行闡釋，建構它的體系，並且已經取得了重大成績，多種論著各有千秋，但它們分歧也很大，一時難有定論。古代文論的研究，無疑還應尋求新路，進行下去。這是我們文學理論研究的一個重要方面。

當然，更為重要的是，我們還要建立我們自己的當代文論形態。現代性重在精神與價值的重建。近百年來西方文論的簡單移植的傾向，或是替代，固然使我們瞭解到不少東西，但也留給我們不少的教訓。原因在於中國作為

一個文化大國，在眾多的國家文化中，地位確是太特殊了，它幾乎在各個方面都有著自己獨特的悠久的文化傳統。傳統悠久，內涵深厚，可能成為財富，也可能成為包袱。如果因為自己的文化制度、文化傳統存在問題，企圖跨越它們，棄置不顧，而把他人的文化思想、原則搬過來就用，這在現實中往往寸步難行，弊端叢生。主要原因在於移植的東西，並不完全適用於我們特定的文化環境與精神的需求。中國畢竟不同於歐美諸國，後者不僅有著共同的文化源流，而且由於地域關係，在進入商業資本時代之後，交流方便，雖然一些國家仍然保留著不同的民族的文化風尚，傳統與習慣，但無疑有著幾乎大體一致的文化大背景，有著更多溝通的機會，存在著文化上的更多的相似性乃至一致性。世界各國的文學與文學理論，確有它們的相通之處，否則就難以相互交往與溝通。但是一個民族，它所賴以生存的地域的特殊性、它所特有的政治文化制度以及文化傳統的悠久性，在新的文化的建設中，起著極為重大的作用。所以要想更新、要想前進，就必須以現代性而不是後現代性來觀照傳統，既尊重傳統，又批判傳統，融會傳統。不是簡單地採用他人的文化替代自己的文化，而是吸取他人文化中的長處，融會自己文化傳統中的精華，創造新的理論，指導新的文化的創造，進而更新傳統，又形成新的文化傳統。這就是文學理論簡單的搬用總是不能成功的原因，這也就是為什麼要把現代性訴求，視為中國文學理論建設的主導思想。

　　20 世紀的中國文學理論走過了極為曲折的道路，經驗與教訓並存，清理與重新評價正在進行。雖然已有一些批評史、理論史著作，但不少著作由於尚缺乏自己的理論立足點，或帶有方法論上的缺陷，如仍然承襲了非此即彼的思維方式，所以往往把探討變成就事論事；或是只重視某些表面性的文藝論爭，以此代替理論自身的探索，結果現代文論自身的形態不見了，這種趨勢還會持續一個時期。看來需要把種種問題與論爭，置於國際文化、文學思潮與國內社會、文化、文學語境中加以探討，並應用多種方法，努力闡明中國文學理論的現代性與民族性在不同時期的自身要求、差異與內涵，揭示文學理論現代形態的不斷生成與變化。以現代性、交往對話精神、人文訴求，進行學理性的探索；以真正歷史主義的態度，來處理歷史理論現象，對存在

於一些人中間的非歷史主義觀點與態度，進行適當的辨析。如果不承認 20 世紀中國現代文論的多種形態，並把它們看成傳統自身，只用後現代主義的思想進行片面地描述、解構與否定，那麼，我們就很難找到新的文論建設的起點。因此中國文論的建設與創新，還有一段很長的道路要走。這又是文學理論研究自身問題的一個重要方面。

這裡附帶說一下文學史的研究。我們還將在適應現代性的要求、「審美訴求」的基礎上，運用多種方法，對中國幾千年來的文學遺產，必須進行新的整合，儘管現在古代文學遺產研究中有「危機」說，如缺少「興奮點」，甚至可能不會出現「文學研究」的時代。但對以往經典仍然需要重新進行闡釋，同時新的文學材料還會被不斷發現，新的文學經典還會被不斷界定，作為文化遺產的繼承與發揚，還會重新進行下去的。中國古代文學的研究，素有與多種文化因素結合一起進行闡發的傳統，這一傳統看來將會獲得豐富與發揚。又如有關近百年來的中國文學史的研究，著述不少，但有新意的不多，即使是些富有探索精神的著作，也是言人人殊，紛爭不休，而且出現了極端虛無的百年中國文學「新空白論」的調子，還有一些問題，如十七年文學、文革時期文學，都覺得是問題，但討論起來，也是觀點各異。有的稱作文學史，編排有如教程，但很有新意；有的文學史稱作教程，但提出的新說，學術個性太強，公認的程度不夠高，仍需討論下去。

在當今來勢兇猛的、主要是體現後現代性的文化研究的潮流中，作為一門獨立的學科的文學理論，如上所述，恐怕還會按著自身的規律運作下去的，而不會被文化研究所吞噬。同時，文學理論不會被文化研究所吞噬的另一個重要原因，即我們還不能不考慮到今後文學存在的形式與文學藝術創造的思維方式。

把文學視作文化的組成部分，自然是不錯的。幾千年來，文學除了大部分以獨立的藝術形式出現之外，相當部分一直混跡於其他學科之中，人們不斷認識這些現象，瞭解它們的特徵，直到近百年來，才把文學現象從其他文化形式中分離出來；同時也產生了現代意義上的較為科學的觀念。在高科技帶來的物質生活的巨大轉折的全面影響下，人的思維方式也會隨之變化，與

此相應，一切意識形式自然會在其本身發生變異，文學藝術存在的形式也正在變化之中。但是文學藝術的形式無論如何多種多樣，它只能是藝術思維的產物。比如小說，虛構的也好，標榜非虛構的也好，網路小說也好，影視小說也好，寫實的也好，玩玩敘事策略的也好，而且即使是那些不斷出現的藝術新形式，它們都只能是藝術思維的產物。藝術意識、審美思維，是人在千百年的自身形成過程中所形成的本質特徵，是對人的自身本質的確證。在當今文化手段的多姿多彩的變化中，文藝創作會增加自身文化選擇的可能，從而使自身變得更加豐富起來，通過科技手段，使其存在的形式發生激變，但它恐怕不會被文化閹割掉自身千百年來已經形成的特徵，而被一般意義上的文化所兼併。就是說，人的審美思維將會繼續存在和得到豐富，那些引不起審美感受的文字，是難以成為文學藝術的。

文學理論也是如此，19 世紀外國的文學理論批評家提出了建立文藝科學的初步設想，但只是在 20 世紀，文學理論才形成了自己的獨立形態，用以較為科學地闡釋文藝現象。文藝作品自然可以被文化研究視為研究對象，但真正能夠全面說明它們的特性的，恐怕還是文藝批評、文學理論。文學研究與文化研究相比較，在思維方式上是同又不同的。兩者都是綜合性理論思維，但各有專職。文學研究通過審美感受和接受，探討文藝作品自身存在的藝術思想、敘事方法、技巧使用等問題，即使涉及多種文化因素等方面，如政治、社會、倫理、哲學、殖民主義、女權主義等，仍以作品的審美特徵、審美觀念、審美變異、審美思潮、審美傳統等方面為其主線，意在闡明作品自身的問題。審美意識中的文化的選擇與闡釋，豐富了諸種審美因素的闡明，所以它仍是文學的研究。這種審美的文化選擇的探討，大體屬於文化詩學的研究範圍。

當前流行的文化研究同樣是一種混合型思維的研究，但不同於文學研究之處，在於它實際上是一種社會、經濟、政治、思想的綜合研究，它一開始可能從某部文藝作品出發，某個作品的細節作為例子，但其目的不在於說明文藝作品本身的問題。從目前我們見到的文化研究主要表現形式來看，它著重探討的是全球化經濟問題、社會或社會思想問題、政治或政治思想包括諸

如後殖民主義、女權主義、身份、階級等問題。這種研究大多數情況下是政治、經濟、社會、文學問題相互混合一起的，文學藝術在這種研究中的地位，主要只是被用來論證、說明其他學科思想的例子或工具，審美因素實際上被排除、榨乾了。我們看到一些外國文藝學家所做的這種研究及其著作，主要在於闡明，文學藝術的現狀在何種明顯的或隱蔽的程度上成為反映了經濟、政治狀況的手段，這裡也涉及大眾文學、藝術趣味、藝術形式如何變為一種風靡一時的時尚，時尚又如何變為群體的一種追求，但主要在說明社會、政治、經濟等狀況與問題，群眾的文化趣味的流向。這裡文學研究與文化研究往往相互交織，這一方式的確擴大了我們對文學藝術的認識，但大多數情況下，涉及的文學藝術作品，實際上往往被看成了某種意義上的政治、經濟、社會思想的風向標，或是它們的附屬物。

在當今的全球化語境中，思維的綜合是一種趨勢，以致會導致某些學科的合併。但是人類思維方式是否會急遽向混合型思維方式轉向，並完全支配社會科學、人文科學，我看這可能是一個相對緩慢的過程。過去各種學科由於分工過細，妨礙了對事物的整體的理解，而今必須走向綜合，一些學者包括我在內，在大力宣導綜合，也贊成一些課程的綜合與兼併；但相當部分的學科看來還會長期存在下去，各種專門性的探討仍然需要，因為它們自身還有許多問題需要闡明，而且問題又在不斷發展。在這方面，具有綜合性的理論、主義要研究，專門的、局部的問題也要探討；綜合性的本質論要深入，單一的現象學問題也不可偏廢。避談主義而專注於問題，問題可能會被闡發清楚而成為一種發現，但也有可能使問題研究局陷於就事論事，陷於事實的羅列；專注於主義即理論，在充分使用史料的基礎上，可能在理論闡發上有所進步，而不重視文學史實，必定會使主義抽象而空洞。所以問題與主義的研究是相輔相成的，傾向哪一種選擇，全在於學者自身的功力的深淺，文學理論就是如此。同時文學藝術創作中的新問題又層出不窮，文學理論批評的探討也無止境，所以這一過程可能會較長，此其一。其二，後現代主義文化思潮作為一種綜合型思維形式，它的特徵顯然不同於前者，它確是力圖發現現實中的新問題，但這是一種重在描述、報告、趨向徹底解構以至否定的思

維方式。凡是新的就是好的，主要是對以往一切文化只提質疑，或進行顛覆，而不顧其歷史、人文等方面的價值。經典經過幾下貶抑批判，就算被解構了，就宣佈它為死貓、死狗被拋棄了，但是沒有什麼新的可以替代，也不想用什麼替代。

自然，文化研究大大拓寬了社會科學、人文科學探討問題的範圍，它把一些學科打通起來了，使得不少文藝批評、理論研究者，可以兩棲於文化研究與文學批評研究之間，由文藝而進入經濟、政治、社會問題研究的層次，從而也拓寬了個人研究的領域，這可能正是對我們原有發展得過於精細的學科思維的一種反撥。而在這些方面，很可能正是中外學者有著更多的共同語言、可以進行對話的公共活動的領域與舞臺，體現了現代性與後現代性在某種程度上的協調、交叉與結合。至於這類文化研究課題，原先都是外國人根據他們文化發展現狀提出來的，是否都適合中國，適合到什麼程度，在何種意義上可以發揮它的作用，也是一個值得觀察的問題。其實，中外學者的文化研究的現實作用，恐怕也是不盡一致的。

文學理論批評有其自身範圍的綜合性研究，它可以從文化研究的方法中吸取教益。如前所說，學者可以一身兼作幾種研究，或以文化研究為主導，使文學藝術種種材料為我所用；或主要探討文學藝術問題，兼用其他學科與方法。但是以文化研究的那種綜合性研究來取代文學理論、批評研究，是很困難的；抹去文化研究與文學理論研究的界限，效果未必會是積極的。

比如，在我看來，在大學文科教學中設置文學理論批評這類課程是相當重要的。因為文學理論、批評與文化研究的目的不盡一致。文學理論、批評課程，不是滿足於對文化現象的描述，對時尚的追蹤和報導，它探討以及提供的是有關文學藝術的風尚、審美標準、審美的文化選擇等問題的基本知識，辨明作品的藝術思想品質的高低上下，多樣中的優偽良莠，乃至是非曲直，這對於形成人的健康的審美趣味、鑒賞能力至為重要。這是一門人文性的、具有一定價值判斷的學科。缺少文學理論批評的基礎知識，人們自然也能寫作，並且生活得很好，但是也是一些人在藝術上不能分清高低上下的一個原因。同時，文學理論批評的審美標準，不是一成不變的，而是趨向多樣，

需要不斷發展的。當然，有的人即使有了一定的理論知識，但在當今一切都成了商品和消解的時代，也會對它嗤之以鼻，棄之如敝屣，因為有時理論與賣個好價錢是矛盾的。而且有的人也以無知為榮，聲稱對理論、批評不屑一顧，潑皮式的罵街，膚淺的斷語，在媒體的哄抬、營利炒作中，也頗有聽眾，但也就是這麼一種文化品位了。至於文化研究的注意力，文化研究的學者的真正興趣，恐怕也不在於文學藝術自身的問題，而主要是研究經濟、社會、政治、人的活動的公共空間的狀況，人群、階級、婦女權力的變化上，兩種知識不好互相替代。

一般來說，在歐美國家的大學教學的課程設置中，並無文學理論一說，有的只是作品分析，現今似乎也為文化研究或文化批評所替代。前面提及，在課堂上，除了談談德里達、佛洛伊德等人就算是討論文學理論了。有一則消息說到，美國一些大學課堂上的內容設置主要是大眾文化、影視藝術、行為藝術、春宮畫片、廣告動畫等。美國現代語文學會主席愛德華‧薩伊德說：「現在，文學本身已經從課程設置中消失，取而代之的是殘缺破碎、充滿行話、俚語的科目」。同時由於解構主義思潮的影響，過去的經典著作漸漸被否定；文學教學為了不斷求得新奇，以引起聽者興趣，課程就得不斷花樣翻新，於是爭先恐後地引進那些品位不高的、冷僻的文學文本，以替代原有的文學經典。解構主義的影響還表現在對文學意義的消解上，在語言多義、語言能指無限膨脹的思想指導下，以為人們討論文學作品的價值是徒勞的，論者充其量不過是在「表態」而已。當文學的意義、價值、感情被消解乾淨，突然，相反方向的潮流，如國家、民族、階級、等級、殖民主義、權力解構、文化衝突等問題又滾滾而來，讓人應接不暇[5]。這實際上是一種泛文化教學了，它提供了不少知識，但缺乏了人文的關懷。我以為，這些資訊不一定反映了全部的情況，但我想也並非空穴來風，作者也曾就此問題向一些外籍學者做過瞭解，情況大體如此，這是很值得我們思考的。

---

[5]    《外國文學評論》2000 年第 1 期動態《美國大學英文系的衰落和人文教育的滑坡》。

最近在《文藝報》上見到一文，該文作者有一段時間曾經親臨美國的文化研究領域，並做了考察，用不少見聞說明美國文化研究的情況。他說到美國的文化研究，原本盛極一時，但是近十年來，已漸漸走入尷尬的處境。主要是文化理論批評脫離實際，始於詞語，終於詞語，看上去提的問題十分尖銳，實際上只是一些拆了引信的炸彈，並沒有什麼危險。同時，文化理論批評不斷更新，十分時髦，但沒有系統理論。一些保守的名牌大學雖然並不公開反對，但把它們視為左道旁門，在課程中不予認可，以致使得那些原本站在潮頭的理論家們的理論難以進入現實。像德里達、克利斯蒂娃、薩伊德等人，後來都寫起小說來了。也有像斯坦利‧費什這樣從事理論研究的理論家，公開宣佈理論與實踐無關，理論與理論之間也無聯繫，主張「理論無用論」。倒是薩伊德對文化批評理論的遭遇十分痛心，並追悔莫及，他「指責當代批評理論的泛文化趨勢，痛感當今人文傳統消失，人文精神淡薄，人文責任喪失，稱之為『人文的墮落』」，呼籲去掉浮躁，回歸舊時細讀傳統，從文化回歸文本[6]。說的很是實在，他抓住了文化研究的重要問題方面。至於理論家寫寫小說，我以為是一種好現象；不過上面這幅圖景真有些使人心驚，也逼迫我們思考一些問題。

文化研究其實是門相當困難的學科，比較文學研究也是如此。從事這方面研究的學者恐怕得在學養上大下功夫。單憑懂得一些外文，搬用一些外國詞彙，對問題並不內行，就拉開架勢大談文化問題，好像天下大事盡在自己掌握之中，但令人讀後或是覺得整篇文章好像是篇翻譯文章，或是尚缺乏深刻性，有些隔靴抓癢。文化研究既然是門綜合的學問，研究者恐怕得精通幾門專門知識，對一些問題確是做過認真的研究，發表過些獨到的見解，才有發言權。當然，由於中國情況特殊，有時這類文章不免要使用伊索式的語言，從而增加人們理解的難度，這也在情理之中。

文學理論的建設，是新的文化建設的需求。在當今全球化的氛圍中，它無疑應當面向現代性的訴求，面向創新，面向人文價值的追求，面向重構，

---

[6]　轉述與引文均見自朱剛：《世紀之交的美國文學批評理論——尷尬！》，《文藝報》2000 年 11 月 21 日。

面向建設，面向新的理性精神；可以適當地吸取某些後現代性因素，如反對文化霸權主義、文化的唯中心論、僵死教條等等，但不是後現代式的滿足於事態的宏偉描述、報告與消解。

這就是我理解的文學理論在當今全球化語境中的主體性表現。

20 世紀已經過去，文學理論批評留下的遺產是很豐富的，無疑，它將成為新世紀新的文學理論批評建設中不斷議論的話題。

# 第八章　文化與文論（二）

## 第一節　近期文學理論中的三次衝擊與第三次衝擊的成因

　　當今文學理論所引起的爭論，已大大超出文學理論本身的範圍。在全球化的語境中，發達國家的「歷史的終結」、「意識形態的終結」、「藝術的終結」、「文學的終結」，以及經濟、文化全球化、一體化的理論著述和思想觀點，對我們學術界產生了相當影響。這些問題涉及對現實社會生活的定位，對社會文化的定性，文學終結的含義到底是什麼，文學與文化的關係，文學研究是否應為文化研究替代，科技資訊、媒體中介、資本市場對文化、文學的影響，是否由於出現了物的、身體享受的快感美學，美學的精神提升，一定會被替代等等。在對待這些問題上，國內知識界是存在著分歧的。文學理論上的不同觀點的爭論，正是這些分歧的反映。由於涉及的問題都很大，本文作者自知力有未逮，所以只能就事論事，討論文學理論問題。

　　上世紀 80 年代以來，中國文學理論經歷了 3 次衝擊，性質各自不同。第一次是 80 年代。先是對庸俗社會學的文學理論與批評開始，批判它幾十年裡把文學變成了政治，文學評論總與政治掛上鉤，不探討文學自身的問題，否定了文學自身，成為一種政治意識的先鋒，結果文學成了極左政治的工具。隨後改革開放，各種外國文學理論思潮湧向中國，其中文學內在研究論的影響極大，它促使中國文學研究者在深入的反思中，強烈地要求文學回歸自身，主張文學的自主性。這種局面一直維持到 90 年代初。主張文學的自主性實際上有兩種思路，一種思路探討文學自主性只求封閉於文學自身；一種思路則將文學視為文化的組成部分，與其他文化形態密不可分，因此有關文學自主性的內涵是不同的。第一次衝擊的結果，使中國文學理論初步回歸自身，雖然就文學的認識來說，不斷引起爭論。

　　第二次衝擊是 90 年代初到本世紀初 10 年左右時間。這一時期是中國市場經濟最終確立的時期，它帶來了整個社會價值觀念體系的迅速失範與崩潰，也包括審美價值的多樣、變態與混亂。文學從個性化變得私人化了，娛樂化了，審美歡愉被追求感官慾望與粗俗的刺激、享樂所替代，媒體與一些寫作者合謀，製造、引領粗俗的文學時尚。文學淡化並失卻了其社會的價值與功能，自然就走向了邊緣。於是人們發現，文學批評出現了「失語」現象，隨之人們發現，支持著批評話語的理論規範，對於新出現的一些文學現象基本失效。在這裡，我只是指評價當代一些文學現象的理論規範，而不是像一些學者說的整個理論規範。

　　西方後現代主義各種文化研究與批評對中國發生了重要的影響。這一思潮於 80 年代中期進入中國，其後於 90 年代得到廣泛介紹，一些原來從事文學理論、批評的學者，有的忙著進行操演，有的進行深入研究。後現代文化批評觸動並進一步推進了我們原有的思維方式的更新，使我們在現代性的反思中獲得活力。它挑戰話語權力，消解話語的僵化與壟斷，張揚到處存在的差異，展示事物的豐富多彩與多方面性，並以無處不在的不確定性反對事物恆常不變的僵化的本質主義。它審視以往的文化經典，對啟蒙、宏大敘事、元話語、人文精神進行置疑或消解，主張要用大眾文化與大眾文學，來消解主流意識形態。它使用西方各種後現代主義的話語與探討的問題，一反 80 年代那種躲避政治猶恐不及的做法，輕易地擠入政治話語領域，就像外國的多種流派的文化批評一樣，對中外政治、經濟、社會、體制、科技、歷史、文化、女權、性、圖像、影視、殖民主義等問題進行評論，四處通達。雖然由於社會條件的限制，在那些政治性問題的探討方面，常常不能直達原本設置的論題本意而顯得隔靴抓癢，但在政治話語權力上開始獲得共用卻是一大突破，再度使文學研究與政治等方面緊密地掛上了鉤，以各種方式凸顯論者內心儲存已久的強烈的政治情愫，擴大了學術、政治的自由度，在多種學科的研究中，率先垂範走向後現代主義文化研究。

　　對於外國的後現代主義文化研究與批評是必須進行介紹與評述的。後現代文化批評思潮是西方資本主義後期政治、社會、經濟、文化的理論上的產

物，是這一時期西方所探討的種種文化現象的思想表述。到了 90 年代，後現代主義文化思潮在西方特別在美國，已經經過一番操演，實際上已到強弩之末。後現代主義文化思潮進入中國，一開始就顯示了極為複雜的情況。從 80 年代開始，中國在大力扶持、發展市場經濟與資本主義，極力引進跨國資本，融入國際資本潮流，創造和擴展中國的資本與財富，而擠身於全球化的經濟之中。這時外國資本主義的後一階段的物質、文化現象，急速地移入或介紹進了中國，而媒體的長期引領和社會普遍奔向慾望的情緒，在我們的物質生活、文化教育與文化生活中，形成了對於美國標準的追求，逐漸形成著後現代文化在中國本土的基地。出現了現代文化、前現代文化與後現代文化相互交織、糾纏一起的十分複雜的局面。這前現代文化及其意識形態，在中國雖然不斷受到質疑與批判，但由於其長期性並受權力的影響，所以具有極強的韌性與超穩定性。而建設現代化社會的社會結構中，現今出現了「十個階層」，可以說「現代化社會階層的基本構成部分都已具備，現代化的社會階層位序已經確立」，但是這僅是一個「雛形」，「還不是一個公平、開放、合理的現代社會階層結構」，如果調整不好，還會給現代化造成倒退。這些不同階層，佔有著不同的資源的分配，如「組織資源」、「經濟資源」與「文化資源」[1]。一些人在圈地運動、外貿壟斷、項目審批、變相佔有國有資產、錢性權的交易中而暴發；科技知識份子、學校知識份子在 90 年代之後，由於科教興國、教育市場化而紛紛獲益；而社會弱勢群體，舊工業基地職工，特別是邊遠地區的廣大農村居民，生存艱辛，甚至家徒四壁。社會貧富懸殊相當突出，兩極分化也呈擴大趨勢。如果不能不斷地調整這個社會結構，改變經濟收益上的巨大差異，必然會影響人們的政治態度及行為取向，要實現社會現代化也是十分困難的。

　　同時從全球化的語境考察，中國雖然進入了全球化的經濟時代，但在體制與各種社會機制上，在價值創造與分配上，與發達資本主義國家相比差距極大，要達到它們的水準，還相當遙遠。因此雖然處於同一世界、一個經濟

---

[1]　見陸學藝主編：《當代中國社會流動》，社會科學文獻出版社，2004 年，序言第 5 頁、第 1 章第 3 頁。

體系之中，但中國在經濟上顯然屬於發展中的國家。在未來的以後 50 年，從科技、資訊、物質方面來說，中國正在建立的是發達國家早已完成的現代化社會，而在中國現代化的社會的整體建設，是否會轉向現在西方社會模式和所謂後現代社會及其文化體制，恐怕難以逆料。在這種情況下，建設現代物質文明與現代精神文明，自應成為主導潮流與主流意識。在這一意義上，現代性所面臨的問題是面對中國現實，面對當今文明社會建設的需求，不斷進行自身的反思、批判，在批判中進行更新與創新，這是一個發展的過程，一個多階段過程。現代性在其過去的歷史進程中，往往走向絕對理性而釀成災難，但它畢竟是個未竟的事業。在歷史、現實形態相互交織的複雜情況下，我們必須對前現代的封建落後的物質、精神形態，進行不斷地的剖析與批判，同時對後現代文化也必須抱有分析、鑒別的態度，吸收其積極的、有用成分，排斥其盲目的解構一切價值、精神的虛無主義與極力建立自身的話語霸權的趨向。

外國學者對於中國現代性與後現代性的關係的表述，影響著中國的學界。比如詹姆遜認為，「中國的某些部分──城市部分──正處於迅速變成後現代的過程，尤其在後現代性意味著歷史或歷史感或歷史性消失的那種意義上」[2]。對於這一觀點，其實並不完全符合中國城市的實際情況，他說的後現代性，後面還會論及。外國朋友看到中國的一些大城市的發展和出入的高級賓館，後現代主義文化因素可能多些，比如科技網路文化、媒介文化、流行時尚、跨國資本的操作、壟斷貿易，等等，這些現象實際上正是中國現代文化的組成部分，雖然具有一定的後現代因素，並且也正是中國出現後現代文化的思想基礎。至於大量中小城市與農村就完全不是如此，它們是否能夠快速脫離前現代、超越現代階段，或使這幾個階段合而為一，直接進入後現代，可以這樣期望，但實際如何就很難說了。這樣從整體來說我們現階段建設的主導思想主要是現代文化思想原則，恐怕不是西方後現代主義社會、文化所奉行的各種思想原則。雖然，不同的階段相互交織，思想無聲滲透，

---

[2]　見謝少波、王逢振編：《文化研究訪談錄》，中國社會科學出版社，2003 年，第 104、105 頁。

也很難把一條界線劃在哪裡。在歷史上，我們曾經多次企圖跨過經濟基礎而進行經濟文化的超越，結果都以失敗告終，徒然暴露了烏托邦幼稚病情緒，那時反對超階段跨越的論者，無一不受到殘酷的政治批判。所以對於中國現狀來說，儘管後現代的因素不斷摻和進來，包括人民大會堂西邊由於中國建築設計的整體無能、要靠外國人來設計不倫不類的、大恐龍蛋式的後現代文化樣品的國家大劇院，但著重處理的恐怕還是現代化的文化任務。當然，需要開放地、有鑒別地吸收多種有利於我們發展的後現代文化因素，也是建設現代文化的應有之義。

　　後現代主義文化批評並不是一個嚴密的思想系統，而是開放的、主義多樣的、內涵複雜的文化現象，它自稱包括文學理論研究在內。但文學理論有尋求現代性、科學化的文學理論，也有把種種社會文化現象的探討，視為文學理論研究的，這在國外流行過一時。這後一種研究，在中國很難說是文學理論研究，它們進行觀察與做出的評論，不是有關文學作品的探討，文學細節和現象在它們那裡，不是文學批評的對象，而是一種對於社會泛文化現象的評說。它們通過某個文學作品的細節，或某個文學現象，表述作者的一種對於當今政治、經濟、體制、權力與權力分配、革命、民主、公民社會、女權、性別、文化制度、商業現象、消費制度、大眾時尚、模特表演、科技、影視、資訊、公共知識份子、某段思想史、甚至建築設施的各種明白的或是隱晦的政治文化的判斷與批判。這是文化現象的研究，而不是文學現象的研究。同時也不能因為這類研究，出自幾位文學批評家或是文學理論家之手，就可以以作者身份來認定這類研究就是文學理論與文學批評研究。這類文章，社會學家、政論家、思想史家、文學史家、歷史學家、性學家、女權主義者、哲學家、影評家、廣告專業人員、時尚雜誌編輯都在寫，他們寫他們研究的專業問題，要比樣樣在行、什麼都寫的文學批評家、文學理論家內行得多，專門化和深入得多。自然，這樣說並不是否定文化研究。文化研究正在開闢著自己的場地，對現社會迅速出現的多種文化現象進行綜合性的觀察，作出及時的回應，是十分必要的，也是很迫切的事。

　　在對待後現代主義文化思想方面，中國文學理論、批評界不同學者的立足點與態度不盡相同。一些學者積極探討後現代主義文化諸多現象，梳理後現代主義文化、後殖民主義文化現象，態度比較實事求是，分析、批判了其複雜、積極的一面，於我們有用的一面，可以借鑒、吸收的一面，同時也不諱言後現代主義文化思潮的消極面，不利於我們文化建設的極端虛無主義的一面。另一些學者對後現代主義文化思潮寵愛有加，一輪又一輪地追新逐後，一面大力介紹，同時全身心地融入其中，大體持有一種全盤接受、擁抱的態度，不僅接受了其積極的一面，同時也大力張揚其消極的一面，在自己著述中積極地進行操演，並且以自己的論述，提供了這類實例。除此而外，現今對後現代主義文化思潮視而不見，或持全盤否定態度的人恐怕已為數不多了。當然，我們也看到，在對後現代主義文化思潮進行簡單的肯定與否定中，也都不乏情緒化的表現[3]。

　　文化研究與批評對於建立話語的多元性，健康的意見的自由表述，是完全必要的。不能否認，中國文學理論界與批評界由於後現代文化批評思潮的輸入而受到積極的影響。這自然是一種文化的衝擊，表現在文學理論在不斷進行現代性反思的過程中，更加意識到必須克服自身原有的單向性，面向多向性的發展，也即保持自身的主體性的同時，吸收文化批評的多向性因素；文學理論需要面向實際，探索文學理論新問題、前沿問題，而在這方面顯得相當軟弱無力，主要是對於今天的一部分令人眼花繚亂的文學實踐，不易辨認，失卻了理論上的鋒芒。另一方面，文學理論自有其相對的獨立性，它一直不斷在尋找理論的自我完善。它以原有的文化研究為基礎，通過傳入的文化批評的影響，特別是在方法上擴大了自己的視域，使自身在總結近 20 年來走向的基礎上，自然地歸向文化詩學，即以文化為基礎，面向文化的多方面性，同時又和文學學理緊相結合。90 年代的中國的文學理論也是這麼過來的，關於這點我在後面還將談及。

　　在這一時期，文化研究與文學理論研究大致是和平共處的。

---

[3]　可見王嶽川主編：《中國後現代話語》一書序，中山大學出版社，2004 年，第 3 頁，我贊同該文作者對我國當今後現代文化狀態的描述。

　　20 世紀末，西方的文化研究與批評理論移植日多。人們對文化研究、批評理論在國外特別在美國流行、實踐的真實情況，也開始有所瞭解和介紹。在美國批評界與一些高校的英語系，自移植進了文化批評之後，就開始出現所謂逃避文學、取消文學課程的現象，文學理論自然更不值一提了，課堂上大談某些社會文化現象，就算是討論了文學理論，這顯然把文學研究、文學理論，泛化為各種文化現象的教學了。關於這點，本文作者、盛寧先生與余虹先生的文章都有介紹[4]。世紀之交，在中國舉辦的文學理論國際學術研討會上，美國學者就中國文學理論研究中的問題、西方社會資訊科技、圖像藝術的興起，以及美國學界出現文學的終結理論與美國文學理論、文學研究的衰落情況，做了一些評述與討論。根據這一情況，中國一些學者就上述問題對照文學、文學理論發展現狀，委婉地提出了不同的看法[5]，算是表示了一些不同意見。但是有的學者幾次提出，這類爭論，是由於中國學者錯誤地理解了外國學者的觀點所致，所以對話「並沒有在同一個層面上進行」[6]。其實中國學者並未錯誤理解外國同行，米勒先生研究文學有幾十年時間，中國學者是清楚的，但他的文章常有相反的曖昧的含義之處，這種情況也是存在的。他近期的演說與文章，確是傳達出了圖像時代文學研究難以為繼的資訊的[7]，而且是文章的主調，接著又說文學研究可能還會繼續下去，所以才有中國學者的不同意見的反應。最近米勒先生又說：「我對文學的未來是有安全感的」[8]，音調又有些不同了，而且安全感又成了主調。由此看來，我們要對外國學者的話題隨時跟著說，才有可能站到「同一層面上」進行對話，但這樣做，確實讓一些中國學者太忙活了！同時這幾年來，中國的文化批

---

[4]　見錢中文：《全球化語境和文學理論的前景》，《文學評論》2001 年第 3 期；盛寧：《對『理論熱』消退後美國文學研究的思考》，余虹：《文學的終結與文學性的蔓延──兼談後現代文學研究的任務》，《文藝研究》2002 年第 6 期。

[5]　見錢中文：《全球化語境和文學理論的前景》；童慶炳：《全球化時代文學和文學批評會消亡嗎？》，《文藝報》2001 年 9 月 25 日；李衍柱：《文學理論：面對資訊時代的幽靈──與希利斯‧米勒商榷》，《文學評論》2002 年第 1 期。

[6]　見《中國社會科學報》2004 年 6 月 17 日。

[7]　見希利斯‧米勒：《全球化時代文學研究還會存在嗎》，《文學評論》2001 年第 1 期。

[8]　見《文藝報》2004 月 6 月 24 日。

評、研究有了進一步的發展,有了專門刊物《文化研究》,也有了網路版的《文化研究》,一些很有實力的原來的中年文學理論家、批評家,紛紛轉向了文化批評與研究。目前來說,中國文學理論界的隊伍太大了,這和學科的設置有關,實際上可以分出很大部分的學者進行文化研究,去開闢寬闊的文化領域。

但是對文學理論發生影響,最終要以泛文化批評、「後現代真經」來改造文學理論研,從而暴露了文學理論自身潛在的深刻矛盾,釀成了對文學理論的第三次衝擊和危機,則是近一兩年內的事。

這是從對文藝學這一學科的反思開始的。文藝學的現代性的反思,其實一直在進行著,並且不斷在擴大自己的視野。本世紀初,有的學者指出了當今大學文學理論課程的種種弊端,並就文學理論學科的合法性、本質主義等問題進行論爭[9]。2002 年《文藝研究》發表了《對「理論熱」消退後美國文學研究的思考》和《文學的終結與文學性的蔓延——兼談後現代文學研究的任務》兩文。這兩篇文章,其實雖然說的是同一件事,即文化研究在美國學界發生的過程與命運。但兩位作者的出發點、想要說明的問題、要我們從美國的文化研究中接受一些什麼、借鑒一些什麼,意圖是完全不一樣的。2003年末,《文藝爭鳴》連刊 8 篇文章[10],都是討論文化研究和文藝學的關係的,

---

[9]　陶東風:《大學文藝學的學科反思》,《文學評論》2001 年第 1 期;同類文章還有李春青:《對文學理論學科性的反思》,《文藝爭鳴》2001 年第 3 期;曾慶元:《也談文學理論學科性的「合法依據」》,《文藝爭鳴》2001 年第 6 期;王志耕:《文學理論:走在路上》;田忠輝:《文學理論反思與文化詩學走向》,《文藝爭鳴》2002年第 4 期;曾慶元:《再論文學理論學科的合法性依據——兼答王志耕的〈文學理論:走在路上〉》,《文藝爭鳴》,2002 年第 6 期。

[10]　這組文章有王德勝的《視像與快感——我們時代日常生活的美學現實》,陶東風的《日常生活審美化與新文化媒介人的興起》,金元浦的《別了,蛋糕上的酥皮——尋找當下審美性、文學性變革問題的答案》,朱國華的《中國人也在詩意地棲居嗎——略論日常生活審美化的語境條件》,魏家川的《有關身體的日常語彙的審美生活分析》,閻景娟的《從日常生活的文藝化到文化研究——論文藝學的「劃界」、「擴界」與「越界」》,黃應全的《日常生活審美化與中西不同的「美學泛化」》,《日常生活審美化:一個討論——兼及當前文藝學的變革與出路》等,《文藝爭鳴》,2003 年第 6 期。

除了存在少量不同意見外，文章大都認為，大學文藝學已不適應當前文化發展的需求，文藝學必須迅速越界、擴容，原因由於當今中國的社會「與西方社會相似，當今中國的社會正在經歷著一場深刻的生活革命：日常生活的審美化以及審美活動的日常生活化」，導致各種學科的邊界正在發生變化以至消失。文藝學的越界與擴容，就是要把所謂「日常生活審美化」所包含的種種文化生活現象甚至包括物質文化的設施，都擴入文藝學研究，並且改變了文學理論原有的一些專門術語的內涵，提出了一些文學理論的新命題，宣告了要以物的、身體的享受快感高潮的美學，替代精神美學的美學新原則，等等，找到了以泛文化、泛審美生活現象為對象，替代文學理論研究對象，完成改造、更新文學理論的一個實實在在的切入口。緊接著 2004 年第 1 期《文藝研究》在「當代文藝學學科反思」的欄目下，又刊出了一組論文[11]，其中有的論文重申了上述觀點，有的提出改造文學理論的新方案，有的則對近 20 年的中國文藝學或文學理論進行了全面批判，提出了由於我們已經有了「從文化研究那裡取得後現代真經的文藝學」，所以目前已是一派光昌流麗的景象，網路版的「文化研究」同時刊出了一些文章，繼續發表這類討論的文章。

　　2004 年 5 月，北京師範大學文藝學研究中心和中國中外文藝理論學會共同組織「文學理論邊界問題研討會」，不同意見的學者在會上互有交鋒。6 月中旬，中國中外文藝理論學會與一些大學聯合舉辦的文學理論國際研討會，就多元對話語境中的文學理論建構、特別就文學理論的邊界問題進行了廣泛的討論，會上不同觀點紛呈，意見分歧突出。6 月 24 日和 7 月 1 日，上海《社會科學報》和《文藝報》刊出有關會議報導。報導說，會上大多數學者主張文學理論應該積極回應當下現實，拓展邊界，這是真實的；但說中外學者多次指出文學「理論死了」，大多數學者同意文學理論應「向具有『文學性』因素或以文字符號為載體的文化現象和作品開放，應將大眾文化納入文學研究的範圍，但不能對其作純粹的審美和道德判斷，而要對其進行歷史

---

[11]　陶東風：《日常生活審美化與文藝社會學的重建》，陳曉明：《歷史斷裂與接軌之後：對當代文藝學的反思》，《文藝研究》2004 年第 1 期。

的、文化的批判，進行價值干預」，等等，這裡說的大多數，其實只是主張
將泛文化批評替代文學理論的部分學者。而有的對此持有不同意見的學者則
反應十分強烈：認為將泛文化研究替代文學理論、批評研究，這是文學理論
內爆與分裂，文學理論在自己打倒自己，自己否定自己；像美國有的大學將
文化研究引入課堂後，使文學課程與文學理論走向了自身的消解。

接著不久，《文藝爭鳴》刊出爭鳴文章[12]，《河北學刊》發表了 4 篇文章[13]，
進行論辯；隨後《江西社會科學》也刊出了一組文章[14]，就文學理論的邊界
問題進行商榷與探討。此外這時期的《文藝報》也發表了這類爭論文章。

文學理論就學科本身來說，在內容上具有較大的包容性和易變性，在理
論範疇的闡釋上具有多義性，在理論範疇的發展上具有較大的延展性，在其
資源支援上又不如文學史、文學批評有堅實的史料可以依循，而具有不穩定
性。所以，文學理論這一學科具有不斷變化、豐富的特性。當文化思想發生
變革、追問學科設置的合理性而形成壓力時，文學理論處於首當其衝的位
置，是很自然的了。

原本相互依存、互為支持而並不矛盾的文學理論與文化研究，從相對的
穩定狀態進入了不穩定狀態，同時由於後現代文化批評的固有的包容式的替
代性而引起的爭論，就此展開，而大大活躍了學術空氣。提出的問題很多，
下面主要討論當今文學理論性質和「後現代真經」問題。

---

[12] 魯樞元：《拒絕妥協──論「審美的日常生活化」的價值判斷》，《文藝爭鳴》2004
年第 4 期，並見網路版《文化研究》。

[13] 童慶炳：《文學理論的『越界』問題》（主持人話），金元浦：《當代文學藝術的邊
界的移動》，童慶炳：《文藝學邊界應當如何移動》，陳太勝：《文學理論：不斷擴
展的邊界及其界限》，陳雪虎：《文學性：現代內涵及其當代限度》，《河北學刊》
2004 年第 4 期。

[14] 童慶炳：《文學理論的邊界──從當前文學圖書印數談起》，趙勇：《「文化詩學」的
兩個輪子──論童慶炳的「文化詩學」構思》，陳太勝：《文學文本與非文學文本的
關聯與界限──重識文化詩學》，陳雪虎：《自主性和現實性的兼顧與共存──文
化研究作為文學理論生長點的再思考》，《江西社會科學》2004 年第 6 期。

## 第二節　文藝學、文學概論與文學理論辨析

　　首先我想稍稍清理一下在論爭中大家常常使用的幾個概念，如「文藝學」、「文學理論」、「文學概論」等。這些術語的混用，往往造成了它們各自指涉範圍有時被擴大、有時被縮小的情況，帶有很大的隨意性。上面被引的一篇文章說：「文藝學」來自前蘇聯，蘇聯解體後，現在連俄羅斯也不用了，至於歐美根本無文藝學一說，等等。

　　關於文學理論在大學的課程設置及其體系，如今不約而同地、混而統之地都說來自前蘇聯，這裡實際上有兩個問題要分開談的。考慮到過去幾個術語的已經混用的現象，那麼類似於文學理論課程的「文學概論」這一術語，並非前蘇聯產品，實為中國土產。「文學概論」是由中國高校的教學體制所設置的。1917 年，蔡元培出任北京大學校長，大概考察了當時外國大學的教學課程，在北京大學的課程設置中正式列入了「文學概論」，但還無實際教學內容。1920 年，南京高等師範學校暑期學校的課程中，設有梅光迪的「文學概論」課。次年，梅光迪就職東南大學英文系，講授「文學概論」課，採用了美國學者溫采司特的《文學評論之原理》為教材，其後此書譯成了中文。1921 年倫敦出版了《文學概論》一書，是根據日人的著作改寫的。1922 年北京大學才正式聘人講授「文學概論」課[15]。1924 年，有劉永濟的《文學論》出版，1925 年有潘梓年和馬宗霍各自出版了《文學概論》。從這時到 1932 年間，翻譯和中國人編寫的《文學概論》、《文學原理簡論》、《藝術論》這類著述達 40 多種。30 年代初幾年內，老舍在山東齊魯大學講授「文學概論」課，此書講稿直到 80 年代才出版[16]。1930 年，陳穆如編《文學理論》一書出版，這大概是中國較早使用「文學理論」這一術語的情況。1935 年，由蔡元培作總序、胡適編選的《中國新文學大系建設理論集》出版，文集收集

---

了 1917 年後 10 年間關於新文學建設一系列論爭文章。該書第三輯的標題是
「發難後期的文學理論」，文學理論這一術語就逐漸流行開來，雖然文學理
論在中國早已有之，古代文論就是一種獨特的文學理論形態。

　　至於前蘇聯文學理論著作中有 литературоведение 一詞，應譯作「文學
學」或「文學科學」，與「文學學」並行，俄國還有「藝術學」這一術語。
把「文學學」譯成「文藝學」，可能是因為「文藝學」念起來順口，但採取
這種譯法，可能讓人誤解文藝學還包括了其他藝術部門的研究在內。「文學
學」的意思是研究文學的科學，主要包括文學理論、文學批評、文學史研究
以及相關輔助性的學科，至今俄羅斯學界還在使用「文學學」或文學科學一
詞。如果前蘇聯根本就沒有使用過什麼「文藝學」一詞，那麼怎麼能信心十
足地譏諷別人說，解體後的俄國也不再使用「文藝學」一詞了，要由我們來
背上包袱呢！「文學學」這一術語，出現於蘇聯 1929 年出版的一本文集中，
30 年代初（1932 年）盧那察爾斯基在《列寧與文學學》一文中使用了這一
術語[17]。「文學理論」這一術語，則出於形式主義學派托馬舍夫斯基 1925 年
出版的一本著作名：《文學理論・詩學》[18]。40 年代末，美國學者韋勒克等
人就著有《文學理論》一書；至於批評一詞則古已有之。韋勒克在《文學理
論、文學批評和文學史》一文中談到，德國有 literaturwissenschaft——「文
學科學」一詞，「這一術語在德語中就保留了它古代分類學的含義」。他認為
「『文學理論』是對文學原理、文學範疇、文學標準的研究；而對具體的文
學作品的研究則要麼是『文學批評』（主要是靜態的探討），要麼是『文學
史』」，他主張將文學研究的這三個方面即文學理論、文學批評與文學史研究
結合起來，可見在西方也存在關於文學研究的綜合性的文學科學的，其內容
與前蘇聯、現代俄國的「文學學」同，也與我們長期使用的「文藝學」、文
學科學同。但文學科學中的這一三分法，在西方學界受到過主張兩分法學者
的質疑，韋勒克說，有的學者認為，「要麼主張將這三種方法減為兩種，即
是說，只存在文學理論和文學史，要麼只存在文學批評和文學史。這一爭論

---

[17]　盧那察爾斯基：《關於藝術的對話》，吳毅鷹譯。三聯書店，1991 年，第 411 頁。
[18]　托馬舍夫斯基：《文學理論・詩學》，莫斯科國家出版社，1925 年。

在很大程度純粹是語義上的：這是不可思議的語言混亂的又一例子……在我看來，這似乎是我們文明最不詳的特徵之一」[19]。在韋勒克的那個時代，把三種主要的文學研究去掉一種，然後任意排列組合，這可能確是語義上的遊戲。但現在把西方後來的即後現代的「歷史化」、「批評化」的模式引進中國，雖然已遲到了幾十年，卻是具有實質性的，即提出了替代或取消文學理論的意向，以致有的學者認為應該隨著蘇聯的解體而使它壽終正寢了；或是「一句『理論的批評化』就足以使那些由『本質』、『規律』、『原則』、『普遍性』等概念堆積起來的理論大廈轟然倒塌」。但這一已經習慣於把學術零碎化、現象化、平面化的後現代文化觀，可能小覷了文學理論研究的相對的科學性與完整性了。

前蘇聯文學理論及其體系，在中國流行了近 30 年。50 年代中期，幾位蘇聯講師，綜合當時蘇聯文學理論教科書裡的思想、觀念，在北大、北師大傳授蘇聯文學理論，然後聽者，編寫了幾種大體相同的文學理論、文學概論、「文藝學」教材，這是當時歷史的需要和無奈。從此以後，這三個概念相互串用，有時講文學概論、文藝學，實際上說的是文學理論，有時講文學理論，不僅狹義地用，還包括文學批評、文學史在內。在大躍進年代，文學理論完全改成了以毛澤東的文藝思想為主體了。60 年代初，根據周揚提出的提綱編寫、80 年代初出版的《文學概論》，加強了理論性的闡釋，同時也強化了對文學理論問題的狹隘的政治性特徵。至於五六十年代在各種文學鬥爭中提出的種種批評，都是那種配合了當時政治鬥爭需要的政治辯護詞，到後來成了文化大革命的理論的組成部分。目前文藝學這一術語仍在使用，但內容方面已和過去不同，一是使用習慣了，二是在教育部關於中國語言文學一級學科裡，文藝學被設置為二級學科，這是需要有關專家商討後進行修訂的。倒是 80 年代吳調公教授主編的一本文學理論著作取名為《文學學》[20]的。

照我們今天的理解，文學理論可分為狹義的和廣義的兩個方面。狹義的文學理論即大學講臺上的文學理論，與傳授文學基本知識的文學概論大致相

---

[19]　韋勒克：《批評的諸種概念》，四川文藝出版社，1987 年，第 9 頁。
[20]　吳調公主編：《文學學》，百花文藝出版社，1987 年。

同。廣義的文學理論則接近於文學科學，它研究理論自身，探討文學批評、
文學史問題，文學創作中的理論問題等，研究各種獨立的文學現象、文學門
類，或進行學科交叉、綜合的問題研究，涉及語言學、符號學、哲學、人類
學、社會學、心理學、文化學，以及歷史、政治、女權、資訊、宗教、影視
藝術、資訊圖像等。

　　這樣，我覺得今後為免去混用的情況，建議是否不用或少用「文藝學」，
而保留文學理論與文學概論為好。這一意見我曾在 2000 年山東召開的一次
文藝美學會議上表述過。

## 第三節　　當今文學理論還是「前蘇聯體系」嗎？

　　批評文章說，現在「面對著文學創作實踐，面對著當代五花八門的新理
論新術語，還有更為咄咄逼人的各色媒體，文藝學已是六神無主，無所適
從」，幾乎無人理睬了。原因是「當今的文藝學體系來自前蘇聯，文藝學學
科所以具有基礎性理論的地位，就在於它是馬克思主義經典理論提煉的結
果。」「當年從前蘇聯那裡獲得的體系帶有強烈的意識形態色彩，諸如文藝的
本質、經濟基礎與上層建築的關係、文藝與政治、文藝的民族性及歷史發展
規律、文藝本身的藝術形式及規律等等命題無疑都是十分重要，迄今為止還
都在以各種方式支配著文學藝術的闡釋」，但這些命題、術語在今天看來，已
經疲憊不堪，了無新意，必須反思它的「真理性與作為前提的權威性」（引文
及以下引文，均見《歷史斷裂與接軌之後──當代文藝學的反思》一文）等。

　　文章進一步說，即使文藝學由老馬轉向西馬，但西馬文論與後結構主義
的文學理論與批評，「同樣沒有逃脫『馬克思主義的幽靈』。就這點而言，當
代中國的文藝學沉浸於其中的西方理論與批評，並沒有離開馬克思主義半
步，只換了個角度，它偏離了文藝學的根基，也不過是偏離了前蘇聯的傳統。
現另闢蹊徑接上了歐美馬克思主義的源流，如此看來，文藝學也沒有離經叛
道，更沒有走火入魔，而柏林牆的倒塌，竟也未能使中國的「文藝學」走入
「歷史的終結」的軌道，只是不得不重振旗鼓而已。文章也涉及古代文論的

現代轉化問題，因此這一評論不僅是對大學課堂文學理論而言，而且也是針對一般文學理論而說的。那麼，近 20 年來中國大學教學方面的文藝學即文學理論，一般的文學理論研究，是否還是「前蘇聯體系」？

　　對於教學方面的文學理論課的責難，在一定程度上我是同意的。80 年代前，由於馬克思主義被庸俗化並佔有統治地位，所以那時的文學評論霸氣十足，這一學風一直延續到 80 年代少數人那裡。它以不容爭辯的絕對真理的預設性、不可動搖的話語的獨斷性、先驗假設的絕對正確性，來界定有關文學的基本觀念，顯示了極強的本質主義傾向，和由於過分強調階級性而具有強烈的宗派性和排他性。80 年代初的文學理論教本，受到當時兩種編寫於 60 年代的《文學概論》或《文學基本原理》的影響，是留有舊有的痕跡的。而後來二十年間，凡有能力編寫文學理論教材的大學老師，都出版了這類著作。於是出現了這樣一個景觀：同一個學科、同一個論題，有幾十乃至上百的人在編寫、出書。編寫者的知識結構、背景又大致相同，這就導致編寫出來的文學理論教材，在理論上極少創意，出現了由於不同理論板塊的排列組合而呈現出整體的大同小異的情況。在這個意義上說，一些命題、幾個核心觀點，由於相互重複、缺乏原創精神而表現得疲憊不堪，這種情況，確是存在的。而且文學理論作為大學一年級的課程，要讓學生接受這些概念體系也多有難處，主要是學生剛從中學進入大學，閱讀文學作品不多，文學感性知識積累甚少，審美體悟能力不強，而在課堂上卻是一堆一堆概念，這自然會使他們興趣索然。還有一個更為直接的原因，在今天實利主義盛行的年代，學生聽講課程，最好在他們一出校門，就能給他們帶來實惠，使課程直接轉化為經濟效益，因此即使聽講經濟學這樣的課程，據報導也是聽微觀經濟學的為多。而人文科學很難直接轉化為財富，理論課程更其如此。因此即使作為局外人，也是可以想像這類課程教學中的艱辛的。當然這類課程成功教學的例子也是不少的，那多半是從具體作品出發，從學生感性體驗的積累入手，老師傾心投入，對教本內容有所取捨所致。

　　如果說，在文學理論中存在一個「前蘇聯體系」，那麼我認為，主要是上世紀 50 年代以後的事。當然在此之前，比如 20 年代中期開始，中國一些

學者、作家不斷介紹蘇聯的和日本的新興的無產階級的藝術理論、文學理論，其中特別是日本學者的著述翻譯成中文的很多。1930 年出版的顧鳳城的《新興文學概論》比較集中地體現了無產階級文學觀，此書就相當系統地論及了文學的階級性、唯物史觀、社會的基礎與上層建築、社會心理與意識形態、文藝大眾化、無產階級文學批評標準等，但當時馬克思主義文學理論只是一個很有朝氣、潛力的派別，此外還有其他文學理論、批評派別存在。1937 年，以群翻譯出版了前蘇聯學者維諾格拉多夫的《新文學教程》，此書把社會主義現實主義稱做新現實主義，也沒有什麼發揮。只是到了 50 年代，特別是 50 年代中後期，中國邀請蘇聯文學理論學者來華講課，出版了他們的幾部講稿和著作譯本，中國學者也自行編寫了一批文學理論教材，之後，一個文學理論的「前蘇聯體系」才在中國流行[21]。至於在文學批評界，中國的文學思想較之前蘇聯體系，更為「激進」、「革命」、體系化得多。

　　這種「前蘇聯體系」文學理論的核心問題，主要體現在文學本質的闡釋上，闡釋的出發點是哲學認識論，即把文學視為一種認識、意識形態，把文學的根本功能首先界定為認識作用，依次推下去為教育作用，由教育作用轉而引伸為階級鬥爭教育、階級鬥爭工具，為政治服務，把文學自身最具有本質性的審美特性，反而視為從屬性的東西。這一理論體系的關鍵字主要為：認識、形象、典型、意識形態、基礎與上層建築、階級鬥爭與階級性、黨性、人民性、社會主義現實主義創作方法。至於對文學的其他因素的論述，不同學派的文學概論只是大同小異，深淺不同而已。80 年代以後，中國文學理論在各種論爭中一直在批判、清算教條主義、庸俗社會學，自然也包括這種「前蘇聯體系」。不少學者對馬克思主義觀念進行了反思，擺脫了教條主義的束縛，採取了較為實事求是的科學分析態度，強調了文學現象的豐富性、具體性、多樣性、開放性，公認文學不僅是認識，雖然其認識作用不能否定。

---

[21]　這時期出版的有季摩菲耶夫的《文學原理　文學科學基礎》（1948 年版）查良錚譯，平明出版社，1955 年；畢達可夫：《文藝學引論》，高等教育出版社，1958 年；謝皮洛娃：《文藝學引論》（1956 年），人民文學出版社，1958 年；柯爾尊：《文藝學概論》，高等教育出版社，1959 年。

這十多年來來，中國文學理論界廣納百家，大量引進了西方的各種哲學、文化、文學理論思潮，並在介紹西方眾多的學派的理論中，加深了對於文學理論自身的認識，多方面地吸收了其中有價值的東西，並且吸納了古代文論中的有用成分，改造了文學理論。那些原來不適合於闡明文學普遍性的觀點，一些文學概論早就不提了。對於一些可以接受、繼續使用的觀點，則進行了合理的界說與必要的肯定，而不是籠統的全部否定。因此在文學理論觀念體系上、方法上、結構上，已經大大不同於過去，逐漸形成了開放的理論構架，在重大問題的闡釋上，它們與前蘇聯體系完全是不同的，這大體適應了當前文學科學發展的水準。

　　20 世紀西方興起的反本質主義哲學思想，現今在中國相當流行，並把對事物的本質研究與本質主義混在一起，在文論界紛紛指責對文學本質的研究。事物的本質是其自身的規定性，是客觀的存在，研究事物本質是瞭解事物的基本態度，這是一個動態的、不斷適應歷史變化、發展的過程。本質主義則是一種僵死的、脫離歷史發展的、一成不變的規定。探討問題本質，與具體的文學現象的研究，是並不矛盾的。本質問題需要置於事物相互關係之中進行宏觀的、綜合的、比較的研究，具體的現象則要進行個別的微觀的深入。總體的把握可以瞭解事物的根本特徵與理路，對於具體的問題，探幽發微，可以揭示現象的多樣性與豐富性，兩者互為補充，相得益彰。比如關於文學的認識，都明白，「文學肯定不是一個靜止的概念，而必須從共時和歷時這兩種角度加以確定……不是要放棄給文學下定義的任何努力，而是在給文學下定義之時必須估計到這樣的事實：某些文本在特定的時間和地點曾被看作為文學，而換了另外的時間和地點，就不被看作文學了」[22]。就中國文學本質研究來說，現在出現了從主體論、心理學、語言論、象徵論、生產論、活動論、現象學、甚至控制論、資訊理論、系統論等理論多種界說文學本質的著作。因此只要收斂一些偏見，瞭解一下我們現今文學理論中所闡釋的文學觀念，以及對多種文學觀念的多種介紹與評價，對西方文學理論中各種有

---

[22]　佛克馬等著：《二十世紀文學理論》，林書武等譯，三聯書店，1988 年，第 6 頁。

價值的成分的吸收消化與運用，然後拿出 50 年代出版的蘇聯文學理論譯本，或是在蘇聯文學理論嚴重影響下編寫的文學概論這類著作，做個簡單的比較，那麼，怎麼能夠說現今的文學理論還是什麼「前蘇聯體系」呢？這種評價在 80 年代初是符合實際的，移到 21 世紀，就形成時空的錯位了。因此，不能不加分辨，以為只要貼上「前蘇聯體系」，就可以一箭封喉，致對方於死地了！

文學理論課程常常是處於兩難的境地的。一方面，文學理論課主要在於傳授關於文學的一定的知識，概述有關文學的總體發展，所以在對象的闡述上要求具有公認的普遍性，在知識上具有相對的穩定性，在理論上具有較高的科學性，在接受上具有多種啟發性。並且由於它的理論觀念為大學教學體制所規定，所以一般總要受到這一體制的影響。在理論的認識上和審美判斷的共識上，與體制的規定之間，有時可能一致，有時可能發生矛盾，歷來如此。另一方面，文學理論又要面對變幻多端的文學現實，需要面向世界，面向理論前沿，需要加強問題意識，不斷更新自己的內容，擴大它的邊界。就說理論需要面對的文學創作吧，文學創作發生激變是一種常態，在創作中出現了新的潮流，一種文學思潮替代了另一種文學思潮。新的文學體裁出現了，對過去不受重視的體裁或文體，現在得到飛速的進展，比如今天出現的攝影文學，作為具有文學、攝影雙重審美特性、溝通時空的新的文學體裁，與過去單純的文學體裁與攝影藝術，就不能同日而語了。又如網路文學、影視文學、大眾文學、圖像藝術、甚至什麼手機文學，有的過去不被重視，有的是隨著科技、資訊技術的普遍化而產生的，對於這些新的文學現象，文學理論無疑應當積極加以研究，並把已經出現的較為穩定的因素吸收進去，充實自己的內容，擴充自己的邊界，更新原有的知識，進行觀念的創新。

目前大學教學使用的文學理論教本，不能及時地用來闡明當前出現出現的文學、文化現象，而落後於現實，這種情況確實是存在的。這是由於在當今實施市場經濟的條件下，創作自由度加大，相當部分寫作已變為各種慾望寫作、私人化寫作，而且花樣翻新，層出不窮，大大地逸出了原有的規範；同時當今資本與媒體共同製造文學時尚，左右輿論，進一步使原有的社會價

值原則失範，評價體制紊亂與瓦解。由於文學時尚具有新穎的特徵與面貌，並且還在進一步的演變之中，所以文學理論對於這些剛剛出現的新的文學現象，難以及時地、確切地、恰如其分地形成一些比較普遍認同的理論原則來，從而產生了嚴重的不適應性。在這種情況下，首先探討這些新的文學現象，需要做出迅速反應的，最好是文學批評。文學批評可以追蹤這些新出現的現象，利用多種不同的批評原則，來揭示文學現象的豐富性、多樣性，及時討論它們，闡述它們，進行爭論。在這種意義上說，文學理論在對待眾多複雜而新鮮的文學現象上，較之文學批評，相對地講可能要滯後得多。但是當今的文學批評，相當部分與媒體聯姻狂歡，失卻了自身的獨立性、反思性與批判性，很難為文學理論提供理論素材。而文學理論對於從文學現象出發到觀念的提煉與形成，又需要一個比較各種評論的得失的過程，一個揚棄與積澱的過程。所以難以指望從剛剛出現的文學現象中，就能概括出一些普適性的原則，馬上就寫進文學理論教材。

對於今天一些走紅的文學作品與一些熱鬧的文學現象，確實有個辨別過程，辨玉需待七日期。從文學整體發展來看，有相當部分作品和文學現象，很可能是一堆文化垃圾、文化泡沫，有時為一些批評所津津樂道，以為任何新的東西就是文學先鋒現象。或是一些批評懷著反覆無常的偏見與過量的熱情，今天這樣評述，明天那樣論評，把一些合乎它們口味的作品與文學現象，塞進它們從西方某個大師那裡搬來的某個哲學觀念之中，然後在這個概念的框架裡像揉捏麵團一樣揉來揉去，擠弄出一堆自以為十分得意的時髦話語來。看來它們得心應手，也顧不得說的前後矛盾，而對於它們所不贊成的觀念，進行尖刻的抨擊，還頗能贏得一些尚未進入文學大門的天真青少年聽眾的哄笑聲。但事過境遷，這類批評卻並未留下什麼實質性的東西來，而同樣成了泡沫，這種現象我們在近 20 年來見得不少了。這類浮躁的、應景式的好像是一個生手翻譯的批評話語彙集，怎麼能一下就進入文學理論課程呢！

有的批評使用先鋒批評話語，有時可以對適合於這種批評話語的某些作品說得頭頭是道，但在這裡它論及的僅僅是文學中的一小部分現象而已，而對於大量其他類型的文學作品，這種批評話語就力不從心，捉襟見肘，並不

在行。一是可能自以為站在當今西方的某種批評的「高度」，對它所不喜歡
的並非前衛作品不屑一顧；一是可能是無能為力，根本無法將自己搬用的某
個西方的觀念，對那些不熟悉的作品，來一次從理論演繹到理論演繹，還要
故意表示出一種高傲的蔑視來。這類批評一開口，就是只有少數同好懂得的
那些觀念：「存在、神話、當下、在場、向度」，等等，從觀念到觀念，並以
此為時尚，因此被當今有的批評家譏刺為「硬化了」的、「塑膠化了」[23]的
評論，也自在情理之中。

　　其實，不少使用非先鋒批評話語來評論文學作品而很有成就的也大有人
在。在這類批評家中間，年青的、中年的、年長的都有。他們的評論文風要
明快得多，理論概括力要深刻得多，即使面對話語多義之變的文本，審美價
值判斷也要明確得多。所以在當今多元對話的時代，不宜標舉一種單個的聲
音而唯我獨尊，要考慮到當今是雜語共鳴的時代。說到在媒體、新術語面前
顯得六神無主、無所適從的人，那確實還是不少的。這主要恐怕是那些本來
就沒有什麼主見，在文化批評的大力造勢中，在把文化批評與文學理論的攪
渾中，在以前者替代後者的紛紛嚷嚷的氛圍中，而覺得暈頭轉向的人，是那
些在媒體的陣陣炒作中又見新風襲來、唯恐趕不上趟的人。

　　至於時至今日，對於一般的文學理論研究，還把它說成是屬於「前蘇聯
體系」，我以為更是相當偏頗的了。文章所提出的「前蘇聯體系」，如前所說，
大概就是指經濟決定論，就是文藝本質論，文藝與政治並為政治服務等一套
吧。就拿經濟決定論來說，過去在解釋這一觀點時，不少人確實把它絕對化
了。在文學與經濟之間，存在著不少中介因素，它們是隱蔽地、曲折地相互
反映的，文學問題直接從經濟中去尋找動因，結果把問題庸俗化了，當然經
濟條件在文學發展中又是不可低估的因素。但是現在哪些學者在提倡這種理
論呢！比如，詹姆遜提出，早期資本主義時期是文學現實主義，壟斷資本主
義時期相應地是現代主義，跨國資本主義時期是後現代主義，不僅是經濟，
還有資訊技術起著決定作用。可是沒有聽說哪位先鋒學者把這類觀點當作經

---

[23]　見《文學報》2004 年 8 月 26 日。

濟決定論的，倒是被他們經常引用，作為文化批評的出發點的。又如文學與政治的關係，過去搞到文學從屬於政治而被引入了極左的政治的死胡同。80年代由於文學理論中內在研究的興起，使得文學與政治算是「離了婚」了。90年代到現在呢？如前所說，現今文化批評通過自己的各種話語，可以積極地介入政治，擴大了話語的自由度，可以使用西方學者的文化批評話語，操演著自己的政治觀念，與權力共用了政治話語的資源，雖然明顯地存在著不可克服的等級關係，不同的政治觀點也不免南轅北轍。在這種情況下，於是就拋棄了文學與政治無關的觀點，倒是鐵定兩者是不可分離的了。

　　非課堂的文學理論，在研究範圍上要寬闊得多，自由得多。近20年來，文學理論研究廣泛地探討了與文學創作實踐密切相關的各種問題，理論自身的建設問題，出現了多樣性的趨勢。有基礎理論問題的拓展，有古代文論研究的深入，有外國文論的大規模的譯介與運用，有多種文論綜合性的探討。再具體一些，有一類是過去曾經討論過、在新時期重新深入討論的問題，如文學與人道主義、人性、共同美、形象思維的問題；有文學和政治關係，文學的典型性、真實性問題；有現實主義、浪漫主義、所謂兩結合問題等，這在討論的理論深度上，過去是難以比擬的，在相當程度上糾正了過去的偏頗。除此而外，還有一類是面對新的文學實踐提出來的新問題，如文藝美學研究、文學理論的新方法研究、現代主義、「自我表現」、文學主體性、文學審美特徵、審美意識形態論、文學象徵論、文學藝術生產論、文學心理學、文學文體研究、文學語言研究、文學修辭研究、古代文學理論體系和各種問題研究、古代文論的現代轉化問題、大眾文學、文學雅俗問題討論、文學與人文精神、文學的新理性精神、文學與文學理論的現代性問題、生態文藝學、網路文藝研究、後現代主義文論、文化詩學、全球化語境與文學的民族性和世界性[24]問題等。這類問題的討論，深度不一，意見有異，但都屬新的理論探索，並且是近20年來文學理論的主流，怎麼可以算入「前蘇聯體系」的文學理論呢？

---

[24] 可參見童慶炳：《再論中華古代文論研究的現代視野》，《中國文化研究》2003年低期。

　　這類文學理論問題的研究，實際上綜合了中外多種不同學派的觀點和方法，它們本著實事求是的精神，而並未拘泥於馬克思主義的詞句，使文學理論研究表現出應有的寬廣與多樣性來。20 年來的文學理論研究，繼承老一輩學者的傳統，繼續嘗試中外古今的融會，可以說這是近百年來最出成果的時代，出現了一批優秀的論著。比如，有童慶炳的《文學審美特徵論》、孫紹振的《美的結構》、朱立元的《理解與對話》、王元驤的《探尋綜合創造之路》、陸貴山的《人論與文學》、敏澤、黨聖元的《文學價值論》、王嶽川的《文化話語與意義蹤跡》、王先霈的《圓形批評與圓形思維》、饒芃子的《比較詩學》、高楠的《藝術的生存意蘊》、杜書瀛的《文學創作論》、李衍柱的《路與燈》、王向峰的《美的藝術顯形》、暢廣元的《主體論文藝學》、陳傳才的《審美實踐文學論》、吳元邁的馬列文論研究、曾繁仁的審美教育研究、劉烜的文藝創造心理學研究、許明的新意識形態論、夏之放的《審美意象論》、譚好哲《文學與意識形態》、林興宅的《文藝象徵論》、徐岱的《藝術的精神》、王一川的《審美體驗論》、魯樞元的《超越語言——文學語言學芻議》、周憲的《現代性的張力》、趙憲章的《文體與形式》、南帆的《文本生產與意識形態》、曹順慶的《跨文化比較詩學論稿》、馮憲光的《馬克思美學的現代闡釋》、金元浦的《文學解釋學》、蔣述卓的《宗教文藝審美創造論》、黃鳴奮的《超文字詩學》、姚文放的《當代性與文學傳統的重建》、王傑的《審美幻象研究》、唐代興的《當代語義美學論綱》，還有一批中年學者如楊守森、張德興、王振復、鄭元者、傅修延、賴大仁、李詠吟、吳予敏、胡亞敏等人的論著。在古代文論研究方面，不算多卷本的批評史、理論史、文學思想史在內，則有黃霖、劉明今、汪湧豪等人的《原人論》、《範疇論》、《方法論》三卷，組成自成系統的中國古代文學理論體系，有陳良運的《中國詩學體系論》，袁行霈等人的《中國詩學通論》，張少康的古代文論研究，蔡鐘翔等人主編的「中國美學範疇叢書」多種專著，還有其他不少專題性論著如關於神韻、意境、意象的研究，生態文學理論研究；在外國文學理論方面，有盛寧的《人文困惑與反思：西方後現代主義思潮批判》、周小儀的《唯美主義與消費文化》，王寧的《全球化：文學研究與文化研究》等。這類著作在理論

水準上可能參差不齊，但都是中國學者自己的學術觀點的表達，恐怕是不能給它們隨意貼上「前蘇聯體系」的標籤的吧。

對於這類研究和成果如果缺少感性知識，並不瞭解文學理論的進展及其範圍，僅憑著一些西方後現代文化觀念，說中國文學理論閉門造車半個多世紀，一直在前蘇聯的陰影底下匍匐前進，把它們定性為「前蘇聯體系」，對於人們近 20 年來的探索卻視而不見，這樣，從整體上對中國文學理論所做的努力一筆勾銷了。這類話語，肯定會有轟動效應，但並不符合文學理論研究的實際情況，卻是無助於問題的反思的！

## 第四節　古代文論現代轉化是對「前蘇聯體系」的「眷戀」嗎

批評文章認為，當今文學理論中的所謂中國學派的訴求，根本原因在於對當代文藝學偏離了原來的傳統深懷焦慮。「文學理論批評在西方無疑是一門成熟且發達的學科，現在，如果匆忙中就想建構『中國學派』，中國『自己的』文藝學，僅僅依靠前蘇聯的體系，加上中國文論的現代轉化，再加入一點西方現代理論，那只能是一個不倫不類的拼盤，結果只能是弄巧成拙。」

要在文學理論中建立「中國學派」，以我的孤陋寡聞，似乎未曾聽說，但這一口號在八九十年代的比較文學研究界講得較多。反對的人說，這是中國人的民族主義情緒，學術是不分國界的，至於外國人那自然另當別論。提出要建立中國學派的學者說，國際比較文學界有法國的影響學派、美國的平行學派，它們都無視東方文學經驗，而現在中國比較文學研究力量迅速成長，在原有的幾個學派的基礎上，特別是當今在進入跨文明研究、東西方文學文化比較研究的新階段，是可以走出自己的路而會有所超越的，我以為這一說法是合乎情理的。

希望建立有中國作風、中國氣派的文學理論，或有「中國特色」的文學理論的說法，倒是有的。這後一種說法流行於八九十年代，我也是贊成的。主要是七八十年來，中國文學理論一直在西化與本土化之間來回衝突，捲入

的人們各不相讓。主張西化的人，總是認為西方文論成熟而發達。50 年代之後，西化中的歐美文論被冠以資產階級帽子，受到批判與冷落；而西化中的前蘇聯文論，被冠以馬克思主義，人為地使之佔有了絕對優勢；同時某些政治人物，把某個個人的文藝觀點，奉為「真經」，一時間要我們天天誦念。80 年代初以後，這類庸俗化的文學理論包括前蘇聯文學理論受到清算後，西方文論、主要是後來文化批評，一波接一波地壓了過來，一些學者由文學理論轉向文化批評，擴大了話語的領域。但是，歷史與現實的經驗是，如果我們要把它們視為我們當代的文學理論形態與規範，就很麻煩了。

　　第一、近三四十年來，西方文化批評往往是西方某種哲學、文化思潮的衍生物，如前所說，其中確實存在許多積極的因素，給我們以深刻啟發，但是它們的虛無主義成分十分濃重，因此從整體上恐怕難以成為我們文化、文學理論的規範。第二、西方的文化批評是建立在西方後現代社會的文化基礎上的理論描述，在整體上它們難以解釋當今中國社會的文化、文學經驗，它們可能局部地適應於當前的中國文化與文學。如其不然，那麼我們翻譯、搬用它們也就可以了，像上世紀 50 年代，那時前蘇聯三四流的著作大批地譯成了中文，「豐富」了中國的文化，為此原作者與譯者雙方都深感榮幸！但是翻譯、搬用不能代替文化的創造。近十年來，在西方文化批評在中國的流行中，倒是少數對於文化批評有著分析、吸收而不是盲目頌揚、全盤照收的學者，成了探討中有著真正獨立的學術品格的「他者」；而有的評論還只是在詰屈聱牙、一時讓人難知其所云的西方觀念翻譯話語中騰來倒去，用中國的某些文學、文化現象，注釋著它們。看來好像不斷地在更新話語，而顯得左右逢源，實則今天以這一學派的話語為準則，明天則奉另一學派的話語為圭臬，進行演繹。自然，這裡不是一概反對新術語的輸入，不少新術語往往是反映了某種新思想的。這是一個方面。

　　另一方面，80 年代初，當庸俗社會學受到批判，有的研究古代文論的學者嘗試提出，是否可以用古代文論來替代文學理論學科，這在那時自在情理之中。但是完全用古代文論來替代當代文論，難度也很大。主要是「五四」以後，現代文學理論是在新的文學理念上建立起來的，它的一套迅速發展起

來的話語，與古代文論術語很不相同，如果不對在古代文學經驗上形成的古代文學理論話語進行適當地現代的轉化，不對那些極多歧義的文論觀念與術語的涵義，進行梳理與重新界定，古代文學思想就不易融入現代文學理論。當然，不少古代文學理論觀念，甚至古代文論的核心觀念——政教型文學觀，實際上被現代文論所接受，也可以說融入了現代文論的骨髓。比如，古代各種文獻裡所記載的「詩言志」，說法不一，但指向一致，詩是陳志、言志、明志的，描述感情、思想，「發憤以抒情」，涉及人倫教化、政治抱負等。發憤抒情，政治教化，在各個歷史時期內涵不盡相同。而當國運日衰，通過文學來表現上述思想，卻是極為普遍的現象。20 世紀初，在文學中發生主導影響的是梁啟超的文學思想。「五四」前後的人的文學觀、平民文學觀，具有強烈的民主氣息。爾後輸入的無產階級文學觀具有極強的政治傾向性，與古代文論中的教化型文學觀，極為相似，所以一拍即合，在這點上可以說是一脈相承的。但古代文論在整體上是被排斥的，50 年代後尤其如此，形成了深刻的時空的隔閡。因此可以說，出現了現代文論與古代文論傳統既有繼承、但又有脫節甚至斷裂的奇特現象。在這種情況下，如果使用古代文論觀念及其一套話語，來全面闡述現代文學與當代文學，那是難以與現代文學、當代文學研究接軌的。這樣很可能我們又割裂了一個靠得我們最近的現代文學理論傳統，難以進入操作，到後來又得來做彌補、聯結的工作。

　　正是在這種西化難以通達、古代文論替代也難以如願的情況下，學者們提出了要建立有中國特色的文學理論，即如何建設不同於過去的、新的文學理論的當代形態。這裡就出現了傳統、繼承與創新的問題。傳統、繼承與創新是一種客觀的存在，是我們無法擺脫的生存狀態。十分明顯，新的文學理論形態的建立，如果不彌合與傳統之間的分離，就難以收到成效。主要是任何文學理論的創新，既是反傳統的，甚至很可能是褻瀆傳統的，又是傳統的繼續。傳統是創新的未來，而創新則是過去傳統的繼承、改造與發展，否則傳統將失去自己的生命力。繼承傳統，傳統必須融入創新，不斷地被啟動，否則傳統就是死的傳統，傳統的繼承也無從說起，而創新就只能成為無根的創新。創新實際上必須在原有的基礎上，吸取本民族文化甚至他民族文化傳

統中的積極因素，在啟動中形成新思想、新文化、新傳統，而且這是一個不斷演化的過程。不認識、不承認自己的文化傳統，也不想繼承自己的文化傳統，那必然會去尋找他人的文化傳統，繼承他人的文化傳統，不如此就無所依附，就只能依靠純粹地引進外國文化與西方強勢文化的傳統，就造成文化斷裂。就像一個人身處異國他鄉，他要麼固守自己原有的文化傳統，那會與周圍新的環境格格不入。要麼保留自己原有的一些文化傳統，吸收一些周圍環境的文化與文化傳統，改造了自己原有的文化傳統，並對周圍文化環境有所影響。要麼拋棄原有文化傳統的心理壓力，完全融入新的社會環境、文化環境，進入新的文化及其傳統之中，改變原有的身份。

近百年來，引進、西化與傳統的關係始終在爭論之中。每到社會轉折關頭，在西化與傳統之間，總是要爆發形形色色的衝突。50 年代後幾十年打倒傳統的結果，瓦解了一個社會賴以生存和發展的最起碼的人性關係與準則，至今深感創痛猶存。90 年代，當市場經濟全面定位與實施，於是西化之風又勁吹起來，與傳統之爭又不可避免，在文學理論建設中也是如此。

1992 年秋天，錢中文在開封的全國文學理論會議上提交的論文中，對近十年的文學理論的各個方面研究所獲得的成績，做了評述與展望，提出在當代文論的建設中，一個重要方面是「文學理論與古代文論的融合。要建設有中國特色的文學理論，必須融合古代文論，這是一項十分艱巨的工作。有幾個方面困難需要克服。一是表現在最近幾十年來，自引進了蘇聯的文學理論體系後，文學理論的研究始終是與中國古代文論的闡釋相分離的……二是由於幾十年來對中國古典遺產一直持警惕、輕視、批判態度，所以在很長時期內古代文論研究幾乎無甚進展，直到 80 年代才又復興，」[25]希望古今中外融會起來。1996 年初，作者在《會當凌絕頂——回眸 20 世紀文學理論》[26]一文的最後部分，明確提出「古代文論的現代轉換」，文論建設有三種資源，即作為我們出發點的現代文論傳統，需要融合古代文論與外國文論。同年秋

---

[25]　見錢中文：《文藝理論：回顧與展望》書名同，河南大學出版社，1993 年，第 5 頁。。

[26]　見錢中文：《會當凌絕頂——回眸 20 世紀文學理論》，《文學評論》1996 年第 1 期。

天在西安召開了「中國古代文論現代轉換全國學術研討會」，會後有文集出版，學者之間存有意見分歧，都屬正常。後來這一專題，在《文學批評》上進一步展開討論有一年半之久，意在推進古代文論對於當代文論的融入。1998 年《文學遺產》第 3 期發表了陳伯海、黃霖、曹旭的《中國古代文論研究的民族性與現代轉換》三人談。三位學者高屋建瓴，深入細緻，對古代文論的現代轉化發表了不少精彩的意見，提出了實現轉換的關節之點──比較和分解，即既要「在古今與中外文論溝通的大視野裡加以審視，這就形成了比較研究」，同時「還有賴於對古代文論現代詮釋，使古文論獲得其現代意義……立足於古文論自身意義的解析和闡發，剝離和揚棄其外表的、比較暫時的意義層面，使其潛在的具有持久生命力的內涵充分顯露出來」[27]。

2002 年開始，古代文論的現代轉化這一策略，受到幾位古代文學研究者的批評，其中有的說到，「『現代轉換』也好，『失語』也好，都是一種漠視傳統的『無根心態』的表現，是一種崇拜西學的『殖民心態』的顯露」[28]。而上面提及的批評文章卻說：想從古代文論中吸取精華來營建中國當代文論，正是由於對「前蘇聯體系的眷戀」，「根本原因在於對文藝學偏離傳統深懷焦慮！」明明我是主張，要將傳統文論融入當代文論，應該說是重視傳統文論吧，卻被賜予了「無根心態」、「崇拜西學的『殖民心態』」的兩頂帽子！明明是我在批評自 50 年代引入蘇聯文論後，文學理論的研究始終與中國古代文論的傳統相分離的，現在卻被說成是，提倡古代文論的現代轉化就是對前蘇聯體系的眷戀了！對於從兩個方面來的、截然相反的批評，讓人不知說什麼是好！這種對他人話語任意顛覆與顛倒、之後痛加貶斥和嘲弄的揮斥方遒的激揚文字，怎麼能令人信服呢！

其實，古代文論與現、當代文論的融合，一些前賢早就這麼做了，而且成績卓著。早一些有梁啟超、王國維、陳鐘凡、朱東潤、羅根澤的著述，有朱光潛的《詩論》、宗白華的《美學與意境》、有錢鍾書的《談藝錄》、王元

---

[27] 陳伯海、黃霖、曹旭：《中國古代文論研究的民族性與現代轉換問題》，《文學遺產》，1998 年第 3 期。

[28] 見《中國文化研究》2002 年第 1 期。

化的《文心雕龍講疏》。現在則有蔣孔陽的《美學新論》、李澤厚的《美的歷程》、胡經之的《文藝美學》、童慶炳的《中國古代文論的現代意義》、郁沅、倪進的《感應美學》，張少康、蔡鐘翔、陳良運、鄭敏、吳功正、袁濟喜、顧祖釗、蒲震元、古風等人的論著，有曹順慶等人的《中國古代文論話語》、梁道禮的《古代文論的現代闡釋》。更有一些年輕的學者，進一步梳理了古代文論話語，力圖為打通古今而撰寫了一批很見功力的論著，其中有李思屈的《中國詩學話語》、楊玉華的《文化轉型與中國古代文論的嬗變》、李清良的《中國闡釋學》、代迅的《斷裂與延續──中國古代文論現代轉換的歷史回顧》等。如果老學者們的著作，未能趕上對「前蘇聯體系」眷戀的榮幸，那麼年輕一些的學者的著作難道就是表現了對「前蘇聯體系」的眷戀？

　　要建設有中國特色的文學理論這樣的課題，就像重寫文學史那樣，20年來一直受到文學理論工作者的關注。圍繞這一課題，既有理論的探討，又有實踐的深入。現在的批評文章說：企圖建立「中國『自己的』文學理論」，那不過是用「前蘇聯體系」即老馬克思主義，加上中國古代文論的轉化，再加點西方文學理論作料而成，所以這只能是一個弄巧成拙的不倫不類的拼盤！這裡似乎需要說一說現代文學理論傳統問題，即百年來我們是否只有「前蘇聯體系」。

　　如果我們把 20 世紀初以後 80 年的時代算做現代，那麼現代文學理論較之馬克思主義文學理論在空間與時間上既寬且長。現代文論是由「五四」前後一個各種文學思想爭相竟妍的階段和馬克思主義文論在中國的引進與發展階段組成的，它們都是 20 世紀中國現代文論的組成部分，並共同組成了現代文學理論傳統。現代文學理論雖然面目奇特，甚至扭曲，發育不全，但無可否認，它自身已成了傳統，並且成了現代文學傳統的組成部分，雖然現在的 20 世紀的中國文學史對此大都避而不談。從這一傳統使用的基本話語來說，現在我們大量使用的文學理論話語以及一些核心觀念，除一小部分來自馬克思主義文學理論，極大部分來自現代文學理論傳統。比如，梁啟超、王國維移植中外古今文論、詩論，創化了一系列的理論術語，關於這點，可參閱本書第一章第二節，它們與「五四」運動時期增加的不少理論話語，與

後來引入的馬克思主義文學理論的部分話語，組成了現代文學理論的話語系統。如今，現代文學理論現今正在融入當代文學理論之中，並且在此基礎上廣泛接受、融合外國文學理論與古代文學理論中的有用成分，甚至包括某些後現代文化批評話語，組成了當代文學理論話語系統，這難道就一定會成為不倫不類的理論拼盤？其實，只知一些文化批評思想話語，或是相反，只知一些古代文論話語，或是只知一些現代文論話語，要讓他拼湊也是拼湊不起來的。新的理論形態的求索，不是拼湊，更不是移植一下，而是融合。批評文章的思路是，利用不同的理論資源，在它看來一定就是拼湊，而不見還有同一、融合與創新，主要是在於不認同本國有什麼有用的文學思想，而只認同引入的文化研究思想。因此批評文章看來是先鋒、激進，但在 80 年代初這類批評話語還是很有效力的，現在還在運用這種思維方式與話語，就顯得過時了！對於建立新的文學理論的訴求，現代文論傳統是個必須考慮的問題，恐怕不能用後現代文化批評慣用的「顛覆」手段，貼上「前蘇聯體系」的標籤，就可使現代文學理論傳統和近 20 年來文論建設的努力消弭於無形的。

至於說建立有中國特色的文學理論的呼籲，與其說試圖從中國古代文論中吸取精華來重建當代文藝學，不如說僅僅是「對西方發達資本主義文化體系的警惕」，「就是針對當代文藝學的西化傾向的一種抵制和修正」，而現在「中國的經濟已與歐美接軌，科技產業、經濟管理，甚至行政管理也努力吸取歐盟與美國的優秀經驗，但思想意識顯然還對『西歐北美』持深刻的歧見」等等說法，就更使人不敢苟同了。

為什麼呢？主要是 80 年代中期以後，除了極少數人，仍在著述中使用資產階級和無產階級、唯心主義與唯物主義對待西方文論外，不少學者則早就擺脫了這類絕對化了的思維方式，在西方文論中吸收了不少有用的東西。90 年代，後現代文化研究思潮大舉進入中國，不排除少數人把它們視為資產階級文化思潮。但是這時評價西方文化思想的準則，大多數人已不再使用狹隘的階級標準，而是看它們對於我們社會、生活、文化、文學現象的說明的程度，這是有目共睹的。如果認為當今只有「前蘇聯體系」，至於古代文學理論與現代文學理論傳統不過是幾個蒼白的影子，那還留下什麼呢，自然

只有西化可走！既然只有西化，那幹嘛人們還要對西方發達資本主義文化體系持有警惕態度，用什麼中國特色來抵制西化的文化理論呢！

　　實際上中國學界並未抵制文化批評的輸入，現今出版最為熱門的著述，正是那些文化批評讀物的譯本。但是一些學者對「西方發達資本主義文化體系」持有警惕，倒是有的，不過這並不在於它的知識的傳播方面，和許多可供學習、借鑒的方面，而是警惕它還是一個不是吃素的文化體系，在於它是一個利用普世主義，侵襲、破壞和併吞其他文明、文化的文化體系。英國人吉登斯對於體現了發達資本主義文化體系價值觀的全球化觀念說：全球化是西方現代性的發展的後果之一，「它不僅僅只是西方制度向全世界的蔓延，在這種蔓延過程中，其他的文化遭到了毀滅性的破壞；全球化是一個發展不平衡的過程，它即在碎化也在整合，它引入了世界互相依賴的新形式，在這些新形式中，『他人』又一次不存在了」[29]。特別在歐美輿論對經濟全球化、甚至文化一體化的大力鼓吹下，西化就成了一股強大的思潮，滲入我們文化的各個角落。所以有的學者對後現代主義文化研究、批評持有警惕，不在於它是什麼資產階級思想和知識體系，不在於它為我們提供了不少可以學習的東西，而是警惕它與生俱來的、善於顛覆種種價值的文化虛無主義，使我們最終成為不再存在的「他人」，僅此而已！

　　遺憾的是，一些文化批評學者，對於他們熱衷的作業的指導思想，就像我們社會裡的很多官員，對我們從來是報喜不報憂的，不說真情的。在這一點上，吉登斯似乎更為坦白一些。這可能就是那種藉反對本質主義反對對於事物進行本質特徵分析、研究的學術心理的一個方面的原因。

## 第五節　存在什麼「後現代真經」嗎？

　　那麼中國文學理論的出路何在呢？批評文章最後提出，就是「需要下大力研究西方當代的理論與批評，真正能把別人的優秀成熟的成果吃透，在這

---

[29]　吉登斯：《現代性的後果》，商務印書館，2000 年，第 152 頁。

個基礎上再談創建中國的文藝學不遲……我們並沒有能力在短期內改變它，我們唯一能做的，就是老老實實學習、研究，再學習再研究」。如果說「民族國家的身份障礙」不那麼嚴重，那麼「就可以壯著膽子與國際接軌。這在學科體制方面也可以有所變動，就是按照西方的模式，使文學理論「歷史化」與「批評化」。文化研究已經使歐美大學母語文學系變得異常活躍，而中國的文藝學則已「從文化研究那裡取得後現代真經」，「文化研究既直接與西方當代理論批評接軌，使它輕易就越過了歷史斷裂或差距，同時又獲得了嶄新的形象……經歷過文化研究的洗禮，當代文藝學又重新躊躇滿志，從歷史與現實多方面切進各種現象，既顯出包羅萬象的氣魄，又不乏遊刃有餘的自得」[30]。

如果唐代高僧歷盡千辛萬苦到西天取經，取回了一部佛經──真經，那麼我們的現代學者（高僧），則從今天的西天抱回了一部新的真經──「後現代真經」！如今文學理論在這部真經的指導下，不過幾天鋒芒小試，就在我們眼前呈現了一幅文學理論欣欣向榮的美妙的圖景，而且具有了包羅萬象的氣魄，遊刃有餘的自得，這恐怕說得太樂觀了。對於這部真經，我們要學習、學習再學習，研究、研究再研究，學深、吃透，那需要多長時間呢？「隨著全球化時代的到來，知識與思想的民族本位性的絕對界線已經難以確認，學術的國際化趨勢，在相當長的一段時間內，不得不以西學為主導」。看來，對於這部「後現代真經」，我們自然只有學好、吃透的份兒了。這裡要求學深、吃透的如此熱誠且富有激情的語言，我們在 30 年前學習紅寶書時就聽到過了。那時人們足有十多年時間學習革命「真經」，結果把人們弄得傻頭傻腦，不會思想了。在那 30 年間，「真經」可是剝奪我們一切表述的話語權的東西，是使我們扎米亞金的「我們」化的東西，所以現在再度聽到歡呼「真經」，就不由得使人們滿身要起雞皮疙瘩的。現在要求我們在相當長的一段時間裡來學習、研究一部「後現代真經」，並且又是「以西學為主導」，又是「學術的國際化趨勢」使然，一旦學成了，我們真不知會變成什麼樣子了，

---

[30] 引文均見《歷史斷裂與接軌之後──對當代文藝學的反思》，《文藝研究》2004 年第 4 期。

可能化為一灘再也站不起來的水了！到那時，大概可以徹底地和歐美文化真
正接軌，歷史傳統、歷史斷裂、差距等等，不僅可以輕易地越過，而且可以
泯滅不見了。但是對於任何思想、理論，是絕對不能把它們視為「真經」的，
一旦它們成了我們心目中的「真經」，它們就會變為盲目的教條，使我們異
化為它的奴隸。我們只能把對方的思想視為與我的思想的平等的對等物，可
能這些思想在價值上有高低上下，但必須是相互平等、互為獨立的雙方，否
則，就會被別人的思想吞沒了。

　　從文化思想的關係來說，以學深、吃透的「後現代真經」來跨越歷史斷
裂、差距和傳統，使人覺得這又是一種新的歷史斷裂，這恰恰是後現代文化
批評、它的後現代性的非歷史主義一面，很可能是一種類似於要求標準化的
美國式的思維。

　　詹姆遜在一篇採訪錄裡說到：「美國人看問題無須任何歷史角度，也許
連階級觀點也不需要。這在『文化研究』這一學術形式中亦有表現。他們不
在自身特定的環境中看待自己。」[31]這段話我曾在一篇論文中引用過，以為
他是在批評美國的思維方式，因為美國人的歷史很短，就 200 多年吧，因此
沒法「歷史感」起來的。他們談論問題，不跟你談什麼歷史、傳統。但對於
我們來說，這歷史與傳統，既是財富，也是重負，是擺脫不了的。他們只是
給他國立法，強要他國遵守、執行由他們制訂的準則和有利於他們自己的普
世主義規範，不管他國具體情況與歷史條件如何，如果你不同意，那就訴諸
槍炮、導彈！但是當我讀到詹姆遜的另一篇訪談錄時，發現他原來就是一位
具有標準的美國思維的學者。

　　　　現代性的口號在我看來是個錯誤的口號。我認為它產生於某種意
　　識形態的境遇，其中資產階級關於進步、現代化、工業發展以及諸如
　　此類事物的看法，最終一無所獲，而且社會主義的觀念也從中消失。

---

[31]　詹姆遜（詹明信）：《晚期資本主義的文化邏輯》，三聯書店，1997 年，第 41 頁。

　　我真的不認為每個國家有它自己獨特的現代性的條件……我想
強調的是世界各國正在變得相似或標準化的方式，而不是讚頌這些文
化差異的方式。人們還可以證明，文化差異不論有多麼深刻的社會基
礎，現在也正在變成平面化的、正在轉變成一些形象或幻象，而那些
深厚的傳統不論是否曾經存在，今天也不再以那種形式存在，而是成
了一種現時的發明。人們因此而譴責傳媒，但它看來確實是後現代性
的一種邏輯，是它內部深層歷史的消解[32]。

本文在前面引述他關於中國的城市正在迅速「變成後現代過程，尤其在後現
代性意味著歷史或歷史感或歷史性消失的那種意義上」。這種美國式的後現
代主義批評的思維方式，是一種使社會人文科學美國式的一體化、標準化的
方式，有人用美國「麥當勞化」[33]的思維方式，來形容美國式的一體化與標
準化，是個十分形象的說法。這種標準化要求相當普遍，比如我們看到，在
稍稍高檔一些的飯店裡的潔具上也到處標誌著「美國標準」的。在社會人文
科學裡，這種美國式的標準化、一體化思想，消解著歷史的深層意識，深刻
地影響著中國的學術批評研究。詹姆遜說，英國過去曾是美國的傳送帶，「而
如今的美國又好像成了中國的傳送帶」，說得十分實在。好像作為呼應，我
們的批評文章告訴我們不能再強調「民族國家身份」，否則「無非是想走終
南捷徑，無法與別人共同起跑，平等對話。而幻想以民族特色來在國際學界
爭一席之地，以其『特殊的身份』獲得承認，那本身就是打了折扣的承認，
這不過是一種自欺欺人的心理」。「不是『中國的』又何妨」？在去「中國的」
之後，自然就和西方接軌了，和西方的差距彌合了，一灘水和乳汁交融了。
但這恐怕就不止是「終南捷徑」，而是「麥當勞捷徑」了！中國的文化批評
的某種方面（我說的只是某些方面），實際上用這種使歷史再度斷裂的思維，

---

[32] 見謝少波、王逢振編「《文化研究訪談錄》，中國社會科學出版社，2003 年，第
　　104、105 頁
[33] 這裡借用了蘇國勳：《抵制社會科學的『麥當勞化』》一文的術語，見《中華讀書
　　報》2004 年 9 月 8 日。

來彌合原有的斷裂，但最終是否會使文化傳統，化為一溜歷史青煙呢！

　　那麼真的存在什麼「後現代真經」的嗎？其實如前所說，後現代文化批評理論派別眾多，理論上十分蕪雜，自有它的長處和侷限。對於這點批評文章也是承認的：「文化研究、全球化理論、後殖民學說、媒體研究等等，分門別類又相互交叉重複，混亂不堪又涇渭分明，左派的批判理論在資本主義搭建的舞臺上表現得淋漓盡致而又漏洞百出」。那麼，既然認為這類是「混亂不堪」、「漏洞百出」的東西，怎麼一下子就變成了「真經」了呢！這裡恐怕就難說是學術因素在起作用了！後現代以解構邏各斯中心為己任的，而現在要把後現代提到「真經」的嚇人地步，這就大大有違後現代主義反中心、去中心的多元化的初衷了。也許，給人不少啟迪，主張思想解放，力圖拆去凝固不變的教條框框，反對邏各斯中心的後現代文化研究，與解構以往的文化的價值與精神，確立自己的絕對權威的「真經」地位，到處消解別人，而唯獨不肯消解自己，可能這本來就是它的雙重本質特徵的表現吧。西方的文化批評本身自然並非「真經」、教條，可是像橘生於淮而成枳，在它移植到中國後，是不是我們使它成了新的「真經」、教條了呢！

　　利查德・羅蒂作為美國的後現代主義哲學的一位代表人物，是位反本質主義的、反一元論的、主張多元文化的哲學家。最近他訪華時說：美國的新左派，「關切身處邊緣的弱勢群體有其合理性的一面，但往往置國家理念、民族認同和社會凝聚力於不顧，就非常危險了」。又說，「後現代主義因其建設性的薄弱在美國並未佔據主流地位，而中國卻將後現代主義奉為圭臬，這是有問題的」[34]。引語錄自一篇報導，但估計與羅蒂的原意出入不大。羅蒂批評了美國新左派的那些思想，相當曲折而又真實地反映了一些中國學者（自然並非新左派）的理念。同時可貴的是他還講出了在美國後現代並不佔有主流地位的真情，而在我們這裡卻炒得如此之熱。因此，這位後現代哲學家的話語，對於我，對於在文學理論建設中需要增強歷史感的人們，是多少會有一些啟迪的。

---

[34]　見《社會科學報》2004 年 7 月 27 日。

# 後記

　　本專案是北京師範大學文藝學研究中心重大課題「中國文學理論現代形態的生成」的子課題，主要討論現當代文學論爭中的理論問題。

　　這一時期論爭的問題極多，不少同行已有論著問世，它們或進行學術史的探討，或進行簡明的歷史的掃描，或進行階段式的問題的梳理與評述。由於論者的觀點各自不同，所以即使通過同樣的歷史材料，結論也互不相同。我們只是選擇了這一過程中的一些問題進行討論，並且儘量想參與當前發生的文學問題的論爭，用文學的自律、他律與越界的想法來貫穿它們，將歷史中出現過的與當前正在發生著的文學理論現象，從一個側面呈現出來，在亂花迷眼中顯示它們之間的一些聯繫。

　　本書第一、六、七、八章，由錢中文撰寫；

　　第二、三章由劉方喜撰寫；

　　第四、五章由吳子林撰寫。

著者識

2005 年 3 月

文學視界 31　PG0976

# 中國現當代文學論爭中的理論問題

作　　者／錢中文、劉方喜、吳子林
主　　編／蔡登山
責任編輯／劉　璞
圖文排版／王思敏
封面設計／秦禎翊

發 行 人／宋政坤
法律顧問／毛國樑　律師
印製出版／秀威資訊科技股份有限公司
　　　　　114 台北市內湖區瑞光路 76 巷 65 號 1 樓
　　　　　電話：+886-2-2796-3638　傳真：+886-2-2796-1377
　　　　　http://www.showwe.com.tw
劃撥帳號／19563868　戶名：秀威資訊科技股份有限公司
　　　　　讀者服務信箱：service@showwe.com.tw
展售門市／國家書店（松江門市）
　　　　　104 台北市中山區松江路 209 號 1 樓
　　　　　電話：+886-2-2518-0207　傳真：+886-2-2518-0778
網路訂購／秀威網路書店：http://www.bodbooks.com.tw
　　　　　國家網路書店：http://www.govbooks.com.tw
圖書經銷／紅螞蟻圖書有限公司
　　　　　台北市 114 內湖區舊宗路 2 段 121 巷 19 號（紅螞蟻資訊大樓）
　　　　　電話：+886-2-2795-3656　傳真：+886-2-2795-4100

2013 年 6 月 BOD 一版
定價：500 元

國家圖書館出版品預行編目

中國現當代文學論爭中的理論問題 / 錢中文, 劉方喜, 吳子
林著. -- 一版. -- 臺北市 : 秀威資訊科技, 2013. 06
    面 ；    公分. -- (文學視界 ; PG0976)
BOD 版
ISBN 978-986-326-114-8 (平裝)

1. 中國當代文學　2. 文學評論　3. 文學理論

820.908                                        102008943

# 讀 者 回 函 卡

感謝您購買本書，為提升服務品質，請填妥以下資料，將讀者回函卡直接寄回或傳真本公司，收到您的寶貴意見後，我們會收藏記錄及檢討，謝謝！
如您需要了解本公司最新出版書目、購書優惠或企劃活動，歡迎您上網查詢或下載相關資料：http:// www.showwe.com.tw

您購買的書名：＿＿＿＿＿＿＿＿＿＿＿＿＿＿＿＿＿＿＿＿＿

出生日期：＿＿＿＿＿年＿＿＿＿＿月＿＿＿＿日

學歷：□高中 (含) 以下　　□大專　　□研究所 (含) 以上

職業：□製造業　□金融業　□資訊業　□軍警　□傳播業　□自由業
　　　□服務業　□公務員　□教職　　□學生　□家管　　□其它＿＿＿

購書地點：□網路書店　□實體書店　□書展　□郵購　□贈閱　□其他

您從何得知本書的消息？

　□網路書店　□實體書店　□網路搜尋　□電子報　□書訊　□雜誌
　□傳播媒體　□親友推薦　□網站推薦　□部落格　□其他＿＿＿＿＿

您對本書的評價：（請填代號　1.非常滿意　2.滿意　3.尚可　4.再改進）

　封面設計＿＿＿　版面編排＿＿＿　內容＿＿＿　文／譯筆＿＿＿　價格＿＿＿

讀完書後您覺得：

　□很有收穫　□有收穫　□收穫不多　□沒收穫

對我們的建議：＿＿＿＿＿＿＿＿＿＿＿＿＿＿＿＿＿＿＿＿

＿＿＿＿＿＿＿＿＿＿＿＿＿＿＿＿＿＿＿＿＿＿＿＿＿＿＿

＿＿＿＿＿＿＿＿＿＿＿＿＿＿＿＿＿＿＿＿＿＿＿＿＿＿＿

＿＿＿＿＿＿＿＿＿＿＿＿＿＿＿＿＿＿＿＿＿＿＿＿＿＿＿

11466
台北市內湖區瑞光路 76 巷 65 號 1 樓

**秀威資訊科技股份有限公司**　　　收

BOD 數位出版事業部

..................................................................................

（請沿線對折寄回，謝謝！）

姓　　名：＿＿＿＿＿＿＿＿＿　年齡：＿＿＿＿＿　性別：□女　□男

郵遞區號：□□□□□

地　　址：＿＿＿＿＿＿＿＿＿＿＿＿＿＿＿＿＿＿＿＿＿＿

聯絡電話：(日)＿＿＿＿＿＿＿＿＿＿　(夜)＿＿＿＿＿＿＿＿＿＿

E-mail：＿＿＿＿＿＿＿＿＿＿＿＿＿＿＿＿＿＿＿＿＿